U0685463

花城落日

汤谷 著

作家出版社

黑暗中或许有一把剑，
或许有一朵玫瑰，
交织的影子把它们掩藏。
我什么都不剩，
只有灰烬。

——［阿根廷］博尔赫斯

目录

上卷

下卷

上卷

第一章

较 劲

周五的晚餐是林氏家族核心成员每周例行的聚会。作为地地道道的潮汕人，气氛宽松的聚餐既是漂泊异乡的族人享受纯正家乡美食、满足口腹之欲的私人聚会，又是家族企业核心成员餐桌联谊、沟通工作、会商大事的重要工作场合。

餐后的茶事活动通常在林府二楼的书房进行。浓郁、醇香的单枞茶，是潮汕男人的生命之水。茶过三巡，林氏家族的大佬发话，言归正传，一些重大的决定就在这看上去漫不经心的茶叙中敲定了。“重要的会议人不多，人多的会议不重要。”这是中国社会从官方到民间共同默认的铁条。重大利益的交换，秘而不宣的幕后交易，罪恶的权力游戏，不留只言片语、借助夜色掩护实施的杀戮……这些光天化日之下隐匿的争斗大都不在人头攒动的街市和庄严肃穆的庙堂公然上演。

风，往往起于青蘋之末。

柚叔把他那台老式桑塔纳轿车停靠在一处不太显眼的街角，那儿邻近珠江，滨江大街车水马龙，人潮涌动。那时候，在二十世纪八十年代中后期，拥有一台外国品牌私家车的人实属凤毛麟角。江边林荫道耸立着一棵高大的木棉树，树干笔直、粗壮，在四月午后的阳光下闪着灰白色的荧光。树皮粗糙斑驳，坑坑洼洼的，上面布满坚硬、短促的圆刺，活像深宅大院古老木门上结实而又令人望而生畏的铜钉。木棉树高处，枝丫纵横交织，光秃秃的枝头还没生出新叶，殷红、硕大的木棉花朵朵绽放，在晴空燃放成一株热烈、茂盛的火树。树下有一些落花，有的新鲜如初，有的已经枯萎变褐，有的已经在行人冷漠、匆忙的步履踩踏下面目全非。柚叔从地上捡起一朵婴儿拳头般大小的新鲜落花，花朵依然散发着淡淡的、湿漉漉的暗香，墨绿色的花托厚重、紧实，肉质的五片花瓣肥硕嫣红，活像女人口吐莲花时那娇艳、猩红的舌头。他在拾起落花的时候不经意地回头扫视了一下泊车位和四周的情况，确认没有异样，然后顺了江边的人行道信步前行。不露痕迹的警惕是他混迹江湖多年养成的习惯，就像他饭后点上一支香烟一样习以为常。

铺着青石板的江堤和布满苔痕的石栏杆伸向远方，在江湾划出一道完美的弧线，蜿蜒悠长。一排苍老的细叶榕依江而立，浓荫遮蔽，一眼望不到尽头。晴朗、炎热的春日午后，行走在绿荫下，舒适而惬意。古榕如蟒似虬的巨根时不时蹿出地面，或者顶起青石板，让青石路变得凹凸不平。巨大、茂密的树冠向四面八方伸展，苍老的枝干上寄生着生命力顽强的苔藓、野蕨和长势旺盛的石苇。从枝丫上垂下长长的、棕色的须根，恍如倾泻而下的瀑布，在江风中摇摇曳曳，像极了亘古传说中树神飘逸的胡须。苍老的树神俯视川流不息的江水，沉思默想。也许，在某个黎明的清白天光下，在水天相接、短暂平静的湾流某处，祂可以洞见河伯诡异的身影钻出水面，一闪而过，悄无声息，然后，又再次没入激流。风来的时候，祂枝叶婆娑，长须飘舞，窸窸窣窣，款款低语，仿佛是与河伯呢喃，也许是对漫长、孤独、惊悚迭起岁月的絮叨或者徒劳无助的喟叹。

柚叔抬腕看一看表，离下午六点钟林府晚宴时间还有大约一个小时。他的时间观念很强，林氏家族这种重要的聚会，他总是在晚餐开始前早早到达。进入林府，径直去厨房与林母和林嫂打招呼，对她们嘘寒问暖，说说笑笑。直到面容和善的老太太嫌他碍事，老人家笑吟吟地屈着手臂，举着沾满酱料的手，用手肘推他："去去去，去和你雄哥喝茶谈天，厨房里的事不要你瞎掺和！"

柚叔姓潘，本名潘大柚，不到四十岁的年纪，中等个子，身材健壮结实，紫红脸膛儿泛着油光，见人笑呵呵的，样子像个厨子或者肉档屠夫。他圆圆的大脑袋留着短发，像个大柚子，坊间叫他"大柚子"，人畜无害的样子，内里甜蜜。而家族里的年轻人和江湖老手则恭敬地称他"柚叔"。他们深谙他柚子一样憨厚朴诚的大脑袋里面满是心思缜密的盘算和冷冰冰的利刃。

时间充裕，柚叔在林荫道的石凳上坐下，点上一支香烟。林荫道与临街店铺隔着一条车水马龙的大马路，老旧的店铺是一排方方正正像火柴盒一样呆板的旧骑楼和二三层殖民时期留下来的灰暗洋房。偶尔也可以见到间杂其间的传统岭南民居，那些旧民居低矮潮湿，大半截身子吸潮生癣，墙皮斑驳，一副风烛残年、摇摇欲坠的样子。乌瓦顶的沟槽满是落叶和陈年老垢，长着瓦松、矮蕨或者其他寄生科植物。老街背后是鳞次栉比、耸立入云的新式住宅高楼，乍一看，这些高楼就像气势汹汹的巨人扑向低矮的老街，凶神恶煞的样子大有一口吞下它们的架势。街上行人熙来攘往：年轻的情侣、大腹便便的商人、肩扛彩条编织袋面露苦色的民工、旅行的白人、选购商品的黑人和印欧人……恍惚间，宛如一下子进入了一条光怪陆离的时光隧道，让人置身万国贸易集于一身的十三行鼎盛时期。

江面上，干净、漂亮的渡轮总是人满为患。广府人把这种穿梭于密布河网的交通工具叫作“水上巴士”，人们依赖它往来于水乡泽国的每个角落，日出而作，日落而息。此间，江面上来来往往的大型机动船发出巨大的马达声，汽笛长鸣。小舢板间杂其中，灵巧的身影穿梭而过。亘古流淌的珠江孕育、滋润着古老、遍体鳞伤又一再焕发生机与活力的城市，无数心怀梦想的异乡人乘着改革开放的大潮滚滚南下，来到这片植被茂盛、炎热难耐、蕴藏无数商机的淘金地寻找机会，梦想有朝一日腰缠万贯，衣锦还乡。

午后的斜阳照在江面，水面像一块闪闪发光的大镜子。

柚叔的目光投向不远处的码头——大鲨头。早在两千多年前北方兵勇就像凛冽的冷气团越过南岭横扫百越民族世居之地，之前或者更加遥远、古老的纪年以前，那时的花城还是个獞人、狸人、獠人、疍人杂居的临江乡村集镇，河汊交织，阡陌纵横，水田种植着水芋、慈姑或者鸡头莲，獠人和狸人在岸边搭建的高高树寮随处可见，临岸的浅滩处有一些生活在水中的狸人和疍人的简陋船屋，它那时名字还叫作番禺。奔腾不息的珠江还没有把它携带的泥沙淤积到遥远的虎门，咸腥的入海口近在咫尺。在珠江南岸破落、荒凉的农渔之地，旧时人们称呼它“河南区”，而今，老一辈人仍然习惯这个旧称呼。在南岸海珠岛的七星岗、石榴岗一带，至今仍然遗存着千万年之前的海蚀平台、海蚀崖和海蚀洞穴，它们是后人们津津乐道和研究珠江地质、地貌变迁历程的“古海岸遗址”活化石。南海大潮的日子，上涨的海水顺着河道倒灌进入内陆水域。每每此时，百越先民站在小镇堤岸，总能看见成群结队的鲨鱼在咸淡水交融的河口驱逐、围猎鱼群的壮阔场面。大鲨头曾是河道里凸出江面的一块巨石，因为模样像张开血盆大口的鲨鱼头而得名。涨潮的时候，巨石大部分没入急流，仅仅露出三角形石尖在咆哮的江面划出长长水痕，活像鲨鱼乌黑的背鳍逆流而上。大鲨头狰狞的模样既是打鱼人心里的阴影，也是江边游水、嬉闹的孩子们的噩梦。后来，秦始皇的大军践踏了这里，大肆屠杀原住民，烧毁民房，饮马珠江。遭受重创的百越民族不得不离开世居之地，纷纷沿着陆地南缘和珠江干流西迁流亡。再后来，北方人不断南下拥入，人高马大的蒙古鞑子，心狠手辣的旗人，西洋人，东洋人……战争，和平，再屠杀，再繁衍，再流亡……历史总是惊人地相似，循环往复，旧戏新演。两足动物如同草芥，岁岁年年，枯枯荣荣。花城也在一次又一次历史更迭中浴火重生，扩展蔓延。临水而居的茅舍、竹屋在年岁更迭中堆积，汇聚，渐次生长，小鱼港逐渐有了城市的轮廓。日月轮转，沧海桑田，沉积的泥沙不断将珠江入海口一点一点不露痕迹地推向远方。渔船日渐多了起来，捕获不再像早先那么容易，连凶猛的鲨鱼也鲜见光顾食物匮乏的内陆河道，直到踪影全无。江面日益拥挤不堪，江水日渐污浊。时光拉回到再近一些的时候，也就是清乾隆“禁海”时期，广州府是大清国唯一的对外通商口岸，闻名遐迩的大鲨头一带就成了广州府最兴盛的客货码头。洋人、洋货从这里上岸，通过富得流油的“十三行”老街源源不断走向广袤的北方。那时候，沿江一带，繁忙的码头，泥泞的马路，熙来攘往的街道，到处可以看见体壮如牛的葡萄牙水手和肩扛洋枪、穿着威风凛凛大英帝国皇家海军流苏制服的黄毛士兵经过；手摇纸扇、身着丝绸长衫、后脑勺拖着金钱鼠尾辫子的买办、商贾扬长而过；还有搂着樱嘴丽人、玉制貔貅文玩不离手、油头粉面的八旗公子招摇过市。当然，更多的是像蚂蚁一样聚集在码头等候活计、头上缠着几圈肮脏发辫、衣不蔽体的苦力。这些靠出卖劳力赚取微薄收入的人，在花城俚语中被称作“咕哩佬”……大鲨头的巨石在鸦片战争中被西洋人的炮舰夷为平地。再后来，岸边建起了大楼和伸进江面的平台，成了热闹的游轮客运中心，每天络绎不绝的行人和商贩通过渡轮和小舢板往返珠江两岸。大鲨头从江面消逝了，洪水过后，从遥远西江上游携带的泥沙滚滚而下，淤积江湾，形成沙洲，地名也因此从“大鲨头”慢慢变成了“大沙头”。时光来到更近一些的时候，也就是距今大约不足百年的光景，那时幸存的孩童现在已经成了凤毛麟角、遗世寥寥的耄耋老人，他们依稀还能回忆起当年兵荒马乱的花城境况：炮声隆隆、烽烟四起的大街上难民如蚁，江面迅疾如飞的舰艇发出震耳欲聋的炮声，炸弹落在城里的某个地方，浓烟滚滚，火光冲天。逃难的人群挤满大街小巷，街道上仿佛换了一批人儿：乞丐，车夫，穿着旧长衫、拖着独辫子的遗老遗少，穿长衫、剪了辫子的新青年，卖苦力的短衣帮，头戴浅色南洋帽、身着新式方方正正衣裤的华侨，扮成士绅模样、头戴礼帽、手拄文明棍、心怀叵测的社会活动家，破帽遮颜、目光机警的革命者，面容枯槁、四处乞食的流浪儿童……江面上，在炮火间歇，有行色匆忙、仿佛落水蚱蜢一样奋力挣扎的小舢板从水面划过。入夜时分，战战兢兢的城市上空，远远地能听到从珠江南岸长岛的陆军士官学校那儿传来的熄灯就寝的军号声……

码头上游，临江坐落着孙中山先生闻名遐迩、命途多舛的“大元帅府”遗址。

江边有人钓鱼。柚叔嘴上的烟卷冒着淡淡的青烟。他眯缝着小眼睛，回想起了十年前他初到花城的情景：那时的省会城市远没有现在这样繁华、气派。林志雄雄哥在躲避缉私案流亡他乡音讯全无两三年后，在花城事业有了起色，辗转托人带给他一封信，要他尽快前来帮忙料理生意。收到信的时候，他已经在东莞的运沙场干了一年多的装卸工作。他收拾了简单的行李，经熟人介绍从珠江口的虎门码头搭乘一条逆流而上去往花城的渔船。珠江浑浊的江水臭气熏天，江面漂浮着垃圾、杂物和动物的尸体。时值初春，天空阴霾重重，冷风夹着小雨。狭小、阴冷的驾驶舱里充斥着柴油、机油、海鱼的腥味。破旧铁壳船突突突的柴油机吼叫声震耳欲聋。

那时候，柚叔快到三十岁了，穷困潦倒。他从魔沼般不堪回首的缅北回到家乡已经三年多的时间了，没有职业，没有户口，也没有配偶。隔三岔五，他要去到县城的“知青安置办公室”打探消息，试图通过官方的渠道获得身份，然后谋个差事糊口。他迫切需要解决的是他的户口问题，没有户口的“黑人”是无法通过政府安置一份职业的，也无法在社会的任何一个角落立足。当年，他跟随雄哥，背着家人在县城的“知青办”报名，去往云南知青建设兵团插队劳动，后来又从那里偷偷渡过中缅界河，到达缅甸参军入伍，支援“亚非拉”人民的国际共产主义革命事业。这在当时是他们这批地位低下、饱受歧视的“地、富、反、坏、右分子”子女为数不多的自我救赎机会。但前提条件是，执行这一秘密使命必须注销国籍和户籍。他们和一帮豪情万丈的小知青隐姓埋名在缅北的热带雨林艰苦鏖战十年，无数同伴葬身异域，但革命的前景一如缅北丛林潮湿雨季里点燃的篝火，火焰愈燃愈小，明明灭灭。旷日持久的缅北共产主义革命步履蹒跚、跌跌撞撞，晦暗的前景侵蚀着身在异国他乡艰苦鏖战的年轻人的热忱和希望。战争的后期，几乎每一天，都传来前线战事失利的消息，亲眼目睹战友身首异处惨死红土弹坑中的场面，而丛林游击战似乎丝毫不见起色。一晃十年就过去了，火热的希望转眼就成了一堆被人遗弃的丑陋、冰冷、气味难闻的灰烬。战争幸存者却进退维谷、万念俱灰。一些人从私下抱怨到后来大声咒骂，违抗军令和扔下枪支愤然离去的事件时有发生。这些没有国籍的军人中间，陆续有人当了逃兵，私自越境返回家乡。迎接他们的没有鲜花和掌声，甚至连家人都不知道他们失踪十年的踪迹和去向，乡邻和政府官员的冷漠让他们既吃惊又失望。

回到家乡最初的那段日子，柚子夜夜噩梦，他仿佛日日生活在幻觉中，一切都变得虚幻、失真。他们在缅北十余年血肉横飞、九死一生、孤军鏖战的经历转眼间化成梦魇和假象，不能说出来、无从证明，也无人知晓，更无人过问。

时间到了 1983 年前后，村里一些大胆的年轻人开始外出打工闯荡，生活似乎开始有了些许变化。一天下午，林志雄来找他。他们出门，一路径直向海边而去。

两人密谈甚欢，甚至错过了晚饭。两人对接下来要做的“海上贸易”洋溢着兴奋和憧憬之情。说是海上贸易，其实就是在东南沿海一带的渔村刚刚兴起、还在偷偷摸摸从事的海上走私业务。

说干就干，林志雄和柚子他们总共四五个人，弄了一条旧渔船，昼伏夜出，风里来浪里去，胆战心惊地干了一年三个月，也狠赚了一笔钱。柚子也是在混迹海上的惊险刺激营生中认识了疍家人敖金——那个“水上精灵”和行船高手。雄哥在此期间再次娶妻生子。但好景不长，转眼工夫，他们遭遇了海关来势汹汹的缉私行动，林志雄的侄子阿松被抓，其余的人四散逃命。东躲西藏的日子是一段难熬的时光，雄哥自那夜弃船逃命后杳无音信。

差不多提心吊胆过了一年，柚子在春节潘氏宗族聚会的时候，央求一位远亲带他出门谋生。这样，他到了虎门珠江口的一个运沙场做淘沙工，每日的工作就是不停地往运沙船上装卸河沙。不管是烈日还是暴雨，船只一旦停靠在简陋的货场码头，柚子就和十几个工人赤裸上身、一拥而上，在巨大的沙丘前挥动大铁铲。货轮装满，尾巴突突突冒着黑烟驶离。与一群皮肤油亮乌黑的民工在一起干活，柚子感到踏实快活，心满意足。他们总是铆足了劲，一鼓作气，口里发出“嚯嚯嚯”的催促声，扬沙飞舞，汗如雨下。一阵子工夫，货轮的船舱就堆成了一座小山儿。月底，他们扣除伙食费后，每人可以领到三百元左右报酬。这在当时可是一笔不小的收入。柚子的父亲在家乡镇上的粮油站工作到快要退休，每月全部的到手收入也只有五十二块多钱。转眼，临近春节了，柚子在沙场已经干了将近一年。年节将至，沙场歇业，装卸工人准备返回家乡过年。有家室的工友去到虎门的自由市场给家人买一些廉价的新衣、糖果。柚子主动提出了春节期间在沙场值班留守，他光棍一人，丝毫没有回家的渴望与兴奋。沙场空荡荡的，出门购物的工友还未返回。他坐在破落的工棚里笨拙地给父母写了一封信，与其说是写信，不如说是一张便条。他把皱皱巴巴的便条写好，塞进信封里，用口水封口，从锈迹斑斑的铁皮柜中取出一沓纸币，想了一会儿，又抽出一张纸币装进裤兜。他要把这封信和一沓钞票托回乡过年的远亲捎带给父母。

他脑海中想起了年迈的爷爷、奶奶，苦命的母亲。当然，还有他相中的一个姿娘。“姿娘”是潮汕方言中对年轻女子的称呼。这门亲事已经有些眉目了，只是走私案一冲，怕是未来难测。那可是一位水灵灵、羞答答的美姿娘啊——他想。

当年，因为外祖母娘家的亲戚远居南洋，他的两个常年在海上以打鱼为生的舅舅在村上“革委会”扣船封海、打击偷渡的运动刚刚开始的时候，一次出海捕鱼后就再也没有回来。镇子上风传，出海打鱼的两兄弟已乘着季风下南洋投奔远亲去了。

一天上午，刚刚吃过早饭，家里闯入一伙身穿绿色上衣、臂戴红袖章的人。那帮叽叽喳喳、神气十足的年轻人在柚子家里翻箱倒柜，家什、杂物被他们翻腾得一片狼藉，甚至连鸡舍也不放过。他们用抄鸡舍的长棍殴打了围着他们吠叫的小黄狗，可怜的“阿黄”才六个多月大，它惨叫着拖了断腿逃出院子，从此再也没有回来。生活异常艰辛，母亲经常会被押送到“批斗会”上羞辱、示众。不满十五岁的柚子离开学校已有些日子了。他整天在外面游荡，没有伙伴，沉默寡言，目光怯懦，碰到行人就远远地躲开。他几乎天天出门，破旧的衣兜里揣着阿婆递给他的蒸番薯或芋头，家里也没有其他可以吃的东西了。他出了镇子，在茂密的树林或小溪那里东游西荡，树上的果子、植物的根茎、鸟蛋、蜂蛹、蟑螂……他知道什么东西可以填饱肚子。每个潮汕人自幼就知道什么是可以充饥的美味，什么东西入口会要了你的性命。他总是清早出门，傍晚时候回来，手里提着一串野果或巨大的葛根，或者，他从兜里掏出晒干的小鱼。

“阿婆，你直接吃吧！生晒的鱼干很美味。”他对婆婆说，小眼睛闪闪发光。

“你这样整天在外面瞎跑，也不吃东西啊？”婆婆长年累月裹着黑头帕，瘦小温和，唠唠叨叨。

“我在外边可以搞定。”他说。

“我打算做个弹弓，明天看看能不能搞到一只鸟，爷爷会喜欢你煲的斑鸠汤。”他手上拿着一截分杈的龙眼木棍在摆弄，飞快地用小刀剥离树皮。

闷热的午后，柚子在林间空地的一块大石板上躺下，浓荫以外，在耀眼阳光下晒得滚烫的石头上，晾晒着开膛破肚、身体蜷曲的小鱼。那是他上午从小溪里捉来的。他仰面朝天躺着，脸上盖着一张新鲜的芭蕉叶，蕉叶凉丝丝地贴着面颊，舒服而宜人。远离嘈杂和纷扰，没有心事，没有烦恼，也没有希望，柚子躺在树荫下时睡时醒，像一只在豆荚藤下打盹的鸡。微风轻抚，林涛呢喃，野蜂在夹杂着大海腥味的空气中嗡嗡作响。东边三十多公里以外是波澜壮阔的大海，柚子以前跟着大人去过海边几次，他喜欢在辽阔海滩撒野和踩踏涌浪的感觉。但自从海禁之后，海边就成了一块常人不敢轻易涉足的禁地。

傍晚时分，镇子上锣鼓喧天，人声嘈杂。

“出事了！章老师被抓回来喽。”有人大声喊着往敲锣打鼓的方向跑。

街道两旁围满了人群。柚子正准备回家，心里一惊。他三年级的时候上过章老师的语文课，那是一个戴着黑框眼镜、不苟言笑的中年男人，整天心事重重、没精打采的样子。柚子飞快地跑向大人们聚集的小街，利索地爬上一棵高大的橄榄树，坐在结实的树杈上。黄灿灿的夕阳余晖洒在树冠和他的身上，亮闪闪的，那一刻，柚子仿佛成了传说中的小金人。他从大人的头顶上俯瞰下去：锣鼓队过来了，游行队伍前面，两个大汉架着一个蓬头垢面、步履踉跄的瘦弱男人。那人几乎是被拖着前行，一条腿耷拉在泥地上画线，衣衫褴褛，浑身血渍斑斑。柚子认出了这张没有了眼镜的脸，眼神空洞，面如死灰。他胸前吊着一块牌子，上面用毛笔写着："叛徒，卖国贼，偷渡者！"白底黑字上画着醒目的红色的叉。

锣鼓队走过，窃窃私语的人群跟随在队伍后面。人群走远，但时不时还能听到游行队伍在呼喊口号："打倒叛国者！坚决镇压偷渡香港的敌特分子！……"

柚子从树上溜下来，飞快地往家跑去。

他气喘吁吁地给大人讲述刚刚发生的事情。爷爷和奶奶神情慌乱，仿佛大祸临头。妈妈抹着眼泪独自走进黑洞洞的堂屋门。面色阴冷的父亲压低嗓子警告他不许靠近海边，"不然，你会丢了小命！"他语气凶狠，像个恶棍。

柚子小心翼翼踅进黑屋里，上床睡觉。他感觉这夜从未如此地闷热、烦躁和压抑，屋子里充斥着浓重的霉味，讨厌的蚊子老是在耳边发出嘤嘤嘤的声音。三个妹妹和幼小的弟弟也被奶奶催促着上床睡觉。大人们怀着心事，闷闷不乐，柚子在床上翻来覆去睡不着，他感到困惑和不安，也想念曾经和他如影相随的"阿黄"。

"天要落雨喽……蚊子都在找地方躲藏。"屋外传来婆婆的呜呜哝哝的自言自语……

第二天早上大雨刚过，村里的大喇叭播放了三遍通知：吃过早饭，各家各户到学校的操场上集合开会，公捕公判偷渡分子。柚子的妈妈被人从家里五花大绑推出院子，他们押送她去到操场上陪斗。柚子猜得到，他的外公外婆也一定会如期出现在审判台前的一列队伍中，面向人群"低头认罪"。

被证实的消息是：章老师他们一行三人在夜深人静时分从深圳河大鹏湾水域偷渡香港，刚下水就被边防士兵开枪打死一人，受了重伤的章老师和另一个人被抓了回来，各自押送回居住地示众、正法。

公捕公判大会开过，章老师就被拉到海滩上枪毙了。

冬天来临的时候，整日闲荡的柚子扩大了食物搜寻的范围。他还穿着破旧的单裤，浑身哆嗦，饥肠辘辘。旷野一片萧索，采收过后的番薯地已被他刨过二三遍了。他在番薯地里没有刨到可食的东西，显出失望的样子，双手抱在胸前，小身板佝偻着止不住打战。

出了镇子往北约五里地左右，有一个村子，名叫祖安。村头的大榕树那儿，传来节奏短促的喝叫声。树荫下，几个年轻人在习拳弄棒。他走过去，在大榕树巨大的侧根上坐下，饶有兴致地看他们翻腾、跳跃，一位理着粗硬平头的中年拳师蹲坐在距柚子不远的树根上，他把嘴伸进一截大竹筒里，使劲吸烟，偶尔抬起头大声纠正一个年轻仔："下盘要稳！下盘要稳！"

后来，他在那里认识了林志雄雄哥，跟着雄哥在林家班习拳练武。拳师姓林，年轻人恭恭敬敬叫他均伯。

多年以后，每当多疑的雄哥对他产生信任危机的时候，林家班的情谊和九死一生的缅甸丛林经历，又会使他们兄弟重拾友谊、和好如初……

林家周五的晚餐六点钟从第一道水蛇老鸡汤开始，潮汕人和广府人称它"龙凤汤"，一龙（蛇）一凤（鸡）堪称煲汤绝配。鱼生配芥末酱，牛肉丸配沙茶酱，海蟹、贝、虾，大盘小盏，都是新鲜、清淡的潮式美味。潮汕人饮食讲究，料理简单而用心，崇尚食材的原汁原味，他们从内心深处抵触淡水养殖的鱼类上桌，是因为这些鱼身上有股难以清除的泥腥味儿。林嫂上完菜，回到厨房和林母用餐。按照潮汕人祖上传下来的规矩，女人不能出现在拥挤热闹的正式筵席上。

出席林氏家族晚宴的八个男人酒足饭饱，陆续到二楼茶室坐下，松松散散的样子，柚子嘴角上叼着一根牙签，在他身边坐着的身体后仰、脊背紧贴红木沙发靠背，显出一副悠闲自得神情的是林氏家族酒楼生意的掌门人林志祥；相邻而坐、衣着朴素、不事张扬的中年男子是掌管林家地产业大权的林普德。还有一个看上去与林氏家族企业并不搭界、自主经营茶艺店和红木工艺品买卖的王顺心——算起来他是林志雄家族的远房外甥。茶桌是一块巨大的黑檀木根雕，桌面部分依照树根的外形轮廓雕刻成大大小小、高低错落的三张荷叶，一侧隆起的位置则精工雕刻着一朵盛开的白莲花，白莲花是工匠巧妙利用了树根木质的白皮妙手而成。这是王木匠王顺心的杰作。

茶室平日里是林志雄的书房。屋子里灯光柔和，烟雾缭绕。

林志雄坐在茶桌后面掌壶，依次往三个茶杯里添茶水。地地道道潮汕"工夫茶"的茶事活动中只有三只茶杯，这是从老祖宗那里延续下来的习惯，三个杯子组成汉字的"品"字，那么，饮茶就有了品味、品玩的意趣。后来又赋予了忠诚侠义的内涵，意思是：三个杯，桃园三结义。多人饮茶，也是三只茶杯轮转，家人、朋友、兄弟，不分彼此，相濡以沫，甘甜与共。后来，居住在城里的潮汕人讲究，也只是三个杯轮转，只是用滚烫的开水烫洗一下再斟茶轮到下一位茶客饮用而已。遇到新朋友或外乡人光临，他们则会另外取一个茶杯，供他专用。

茶过三巡，雄哥清一下喉咙，会议开始。林志雄的长子林潇湘起身关上屋门。

柚叔把最近频频发生的糟心事儿简要叙述了一下。

近一个礼拜以来，林氏经营的客运公司，遇到几个小混混在客车上抢劫旅客财物的情况。频繁出现的抢劫事件弄得乘客人心惶惶，投诉不断，客车的上座率也受此影响。结合此前有竞争对手雇用社会闲杂人员，开着面包车堵截林氏营运大巴的挑衅事件发生，一时间，林氏客运公司的声誉受到严重损害，利益受损。

“我们看看怎么结束这种被动局面？”雄哥用平静的口吻问道。

“有这么几个情况：一、这帮杂种五六个人团伙作案，基本上三人上手，另外几人掩护；二、不定时作案，但大部分时间集中在中午十二点到下午五点之间；三、上车地段在东圃至黄埔港二三十公里之间，不固定；四、作案得手后，下车地段基本在黄埔与新塘之间，那里是两个城市辖区接壤的‘三不管’地带；五、他们勒索、抢劫时，手持西瓜刀；六、他们说普通话，没有广东口音，应该是外省人。”柚叔简短地分析情况，他是林氏家族客运业务方面的全权负责人。

他补充道：“我们安排的人手在车上设伏，那帮混混就销声匿迹；我们的人不在车上，他们就中途上车捣乱。看来，他们是有准备的，对我们的情况了如指掌。”

雄哥侧过脸，目光看向一个模样英俊的年轻人：“阿松，你说！”

阿松二十来岁，是林志雄弟弟的儿子。早些年，因为在家乡跟着大伯林志雄在海上走私香烟、电器锒铛入狱，在牢里蹲了三年。林志雄幸运逃脱，好在他从缅北回来是没有身份和户口的“黑人”。他东躲西藏一阵子，用走私赚来的钱打通关节，托人把阿松从监狱里捞出来洗白身份，同时一举两得，还为自己和潇湘上了户口。在买通关系、人情交易的过程中，金钱的神奇魔力令他开窍。“金钱是个好东西！”——他经常把这句话挂在嘴边。

出狱不久，阿松就被伯父带到广州，由林志雄亲自调教、打磨。说来也怪，自那次牢狱之灾之后，阿松轻率、毛躁的习性一扫而光，他开始变得谨慎、机警。善于动脑子的阿松成长很快，在林志雄的点拨和教导下不久就能独当一面。他现在手上管理着林氏家族的一家庞大的物业公司，在他手下从事安保服务工作的年轻人都是清一色来自潮汕家乡的林姓人，或者是底细可靠的乡邻。他们是一些纪律严明、身手不凡的擒拿格斗高手和执行款项催缴任务、摆平麻烦的冷酷执行者。林志雄非常器重阿松，一方面是因为他们血缘中的叔侄关系，更重要的一点是，这个崽崽年纪轻轻就经受了走私案的酷刑拷打和冰冷铁窗的历练而守口如瓶，一如既往地忠实可靠，为林志雄脱身和后来的斡旋争取了时间和空间。现在，这一板块“海上业务”仍在隐秘地进行，由一个名叫敖金的皮肤黝黑、沉默寡言的人常年住在海边渔村打理，“贸易业务”是林志雄对这项日进斗金的冒险活动的命名。敖金手上有一支对海岸情况了如指掌、水上作业驾轻就熟的精干队伍。阿松此后再也没有出现在海面上，他只是偶尔作为大伯的观察员秘密前往潮汕沿海打探“贸易业务”的运行情况。敖金从未出现在林家的正式活动场合和高层会议上。公司里，除了林志雄、柚子和阿松，没有人认识敖金，也没有人知道公司还有此项秘密营生。

阿松简要介绍了三天来卧底跟踪的情况。“客运公司报警后，警方的便衣在车上设伏了一周，那帮混混一直和便衣警察捉迷藏，他们总能在便衣离开的时候得手。这很不正常！今天上午，我见了警方的那位大哥。”他说的那位大哥是林氏家族在警方的线人。阿松话语停顿了下来，迟疑的目光看着林志雄，意思是：要单独汇报还是继续说？

“说吧。”雄哥轻轻扬了一下下巴。他对这个年轻人格外放心。阿松帅气，精明，做事井井有条。最重要的是，他具备干大事的两个重要特质：大胆、谨慎。这点，长子林潇湘虽然长他一岁，但处理事情或者应急方面都差了几分火候。用林志雄略带调侃语气的话来说：阿松善于用眼和耳，观察和倾听细致入微，判断冷静，不多一言；潇湘擅长使用嘴巴和鼻子，巧舌如簧，快人快语，具备惊人的语言天赋和警犬般敏锐的嗅觉，几乎是一瞬间的工夫就轻松惬意地融进一个完全陌生的女人圈子，凭着气味，就能瞬间捕捉到隐藏在香水味背后忽隐忽现、不绝如缕、尽管百般掩饰仍强烈如地火般令人亢奋的雌性荷尔蒙信息。

阿松继续说：“很明显，这些混混后面有根，那个躲在幕后的人在警方有眼线。我已要求警方的便衣撤离，那帮人才会再次浮出水面。接下来我们要一举拿下这些混混，刨出他们的幕后大佬。”

“大家都说说。”雄哥看上去放松了。他从茶台下拖出竹制的大烟筒，熟练地将烟丝搓成花生粒大小的圆球，塞进铜烟嘴里。“呼噜呼噜”，水在竹筒里翻滚，白烟从他鼻孔喷出两股直线，然后飘散开来。那支金黄色的竹烟筒有壮年男人手臂般粗细，竹管上散布着深棕色的斑纹。林志雄当年离开缅北丛林身背简单的行囊返回家乡时，一手牵着八岁的儿子林潇湘，另一只手就拿着这支名贵的三尺来长豹纹水烟筒。

三粒水烟抽完，他把烟丝盒、打火机和水烟筒递给身旁的黑衣人：“大哥，抽颗烟。等会你留下。”他对那个黑衣人用国语说。

他又了解了房地产公司和美食城两个方面的业务情况，告诉那两个板块业务负责人，每家抽调几个人交给阿松："抽出哪些人？什么时候到场？怎么做？听候阿松调遣！"他简短地做出决定，然后叮嘱柚叔"客运公司的熟面孔不能出现在这次行动中"。雄哥要求他不动声色，只要做好日常客运业务就好。

东拉西扯了一阵，柚叔他们起身告辞了。

屋里就剩下阿松、雄哥和黑衣人。他们一直聊到深夜。线人的密报已经证实作案者是竞争对手欧氏客运公司的人，但在会议上，他们三人谁也没有吐露口风。

被雄哥称为"大哥"的黑衣人，名叫莫木，是一个来自广西的壮族人。看上去六十岁左右年纪，身材瘦劲，长着一张典型的马来人种的面孔：凸出的颧骨和外扩的鼻翼。他皮肤黝黑，样子像个地地道道的农民。因为常年抽烟和喝浓茶的习惯，牙齿乌黑。他平日里少言寡语，在白云山里经营林氏家族的农场。其实，莫木真实的年龄五十一岁，只比雄哥长几岁。十多年缅北丛林的生活，给他留下了一条瘸腿，也改变了他的容颜。他从一个精力旺盛、希望在缅甸的国际共产主义运动中建功立业、一举扬名立万的狂热青年，变成了一个看上去苍老、佝偻、离群索居的老人。他没有配偶，没有子女，远离在广西壮乡的破落的家。他跟着林志雄在花城打拼有些年头了，自从林志雄接手客运公司不久，雄哥就把他从十万大山的老家接出来，一直在他身边做些打杂的事情。当然，雄哥也没有亏待他，丰厚的薪酬，住房，还有在林氏家族高层不可撼动的地位。在林氏家族高层的圈子里，全部是清一色来自潮汕偏远小镇的同乡人，他们开会时操一口外人难以听懂的家乡话。这种艰涩难懂的方言，就是镇子以外的乡邻也无法完全听懂。在执行任务、秘密联络，或者落入对手陷阱甚或被警方抓获向外传递消息时，他们的语言是天然的屏障和保护色。当手下人用普通话或广州白话打电话给上司时，这就等于告诉上司，他处在麻烦当中，身不由己。当收到用简短的家乡方言反馈消息时，说明一切如常，工作顺利。莫木是个例外，他听不懂他们叽里哇啦的鸟语，但他从不插言，也没有不适感。如有必要，雄哥会单独向他说明会议情况。大小事务，雄哥怎么安排，他都无条件服从，干脆利索地执行。他心如死灰，眼神坚硬如铁，死在他手上的人不计其数：那些像割草一样倒在他机枪前面的缅甸政府军士兵、"金三角"大毒枭的人、在缅北果敢地区争权夺利的家族武装农民。当然，还有近些年与雄哥为争夺利益打打杀杀的对手。有所不同的是，在繁华热闹的珠江三角洲，他们除了偶尔街头相遇大打出手外，大部分时候，他都是单枪匹马执行任务，出其不意把一根绳索套在对手脖子上让猎物静悄悄咽气。他看上去一瘸一拐，身材瘦削单薄，靠近目标的时候从不引人注目，腰间缠着一把刀身柔软轻薄的妖刀，那是一柄赫赫有名的缅刀，刀刃锋利，刀尖如芒，刺、扎、捅、削得心应手，是流行于缅甸丛林少数民族中的近身搏斗的暗器。此刀薄如蝉翼，不适于久战硬搏，操弄不当极易伤及自身，技艺炉火纯青者却游刃有余，从不失手。使用它唯一的诀窍就是速度，巧用腕力和寸劲，身体闪展腾挪间，目标顷刻身首异处。莫木干得异常顺手，不留余地，没有破绽。他的身手只在林氏家族高层的几个人中知晓，雄哥对他信任有加，也总是单独交给他棘手的任务。

“面相、模样惊人的欺骗性！计划的缜密！执行的利落！缄默的口风！”这是林志雄评价莫木无人能及的四把利器。

当年，林志雄在丛林战中冒着枪林弹雨把受伤昏迷的莫木从弹坑里刨出来，一路撤退、转移，在他伤口溃烂、高烧呓语、濒临死亡的那段日子里，雄哥和柚子不离不弃，始终肩扛手背带着他一路逃亡。

“我的命是雄哥捡回来的。”他说，声音听上去像自言自语。战争给他留下了一副伤残的身体和黑洞般的回忆。

阿松的人已经不声不响工作了三天。一路人马负责在客车上埋伏，他们装扮成提着行囊的民工模样，五六个人一组，分散在车厢前部靠过道的座位和后排座位上，这样容易控制事态防止作案者狗急跳墙。客车行驶五六十公里，驶过案发地段未见异常，再搭乘林家对开的班车返回车站，换了外套和行李，再松松散散地登上下一趟车。五组人马轮流作业，保证每趟班次没有遗漏。另一路人马紧锣密鼓去往劫匪下车区域踩点，到歹人下车路口摸排接应者可能出现的线索。每天晚上，阿松都工作到深夜，把汇总后的情况亲自报告林志雄。

第四天下午，三名作案者在客车上被顺利擒获。另一个人见势不妙，打烂车窗玻璃跳出疾驶的客车，但这个摔断腿的烂仔很快被抓住，这帮肆无忌惮的小混混无一漏网。大客车停靠在公路边一辆等候的绿色面包车旁，四个罩着黑色头套的男子被拖上面包车。大客车司机关好车门，安抚惊魂未定的乘客。“这帮狗日的杂种被一锅端啦！以后大家放心乘车。”司机用普通话、潮汕话、广州白话各重复了一遍。然后发动客车继续上路。

绿色面包车上，阿松他们快速搜身，确保这几个人没有通信设备。那时候，手提电话还是稀罕物，在花城街头，手持大哥大招摇过市的香港商人还是改革开放初期的花城一景。

在行驶的面包车上，阿松开始殴打其中一个年轻小个子，他的经验告诉他，涉世未深的“雏鸟”最容易松口和屈服。很快，那个满口是血、浑身发抖的小个子说出了他们头儿接应的地点、车辆型号、车牌号和车上接应者的人数。

面包车停在一辆黑色轿车跟前。阿松钻进黑色轿车，他用沉甸甸的“大哥大”指示另一路人马收网：“摩托车布好点，守住前后路口，其他三辆车‘品’字形卡位，不能漏网！完事把货送到农场。”

“掉头！去农场。”他用潮汕话简短地吩咐司机。

车子到达农场的时候已是黄昏。晚霞漫天，归鸟在山林里叽叽喳喳地讨论一天的见闻或者在临睡之前卖力地向异性倾诉衷肠。雾霭如烟，起于密林，渐次弥漫、晕染开来，像一张静美的画卷。农场是一幢两层的平顶小楼，坐落在三面环山的怀抱里。楼前是一片开阔的蔬菜种植园，菜地以外顺着山势往上是火龙果种植园和荔枝林，再往上是茂密的热带和亚热带混交林。莫木和他的手下十来个人管理着菜地和果园，农场的雇工都是山脚下村子里的农民，收工后，他们就回到村子自己的家中去了。

黑色轿车停在旧楼前，莫木一瘸一拐出门迎接阿松。

他们进屋简单交谈了几句，莫木起身往外走：“干得漂亮！我去安排晚饭。你们辛苦了一天，也饿坏了。晚上吃点土菜，喝杯酒。剩下的事情我来处理。”他对阿松说，操着一口带有广西口音的汉语。

“我喜欢农场的饭菜，你养的果园鸡、种的菜都很地道，铁锅柴火饭就不用说啦。”阿松看上去神情有些顽皮。

坐下来喝几杯茶的工夫，屋外传来车辆驶近的声音，汽车发动机声音混杂着嘈杂的脚步声。阿松走出来，看见莫木正指挥人手押送着两个男人进了一楼尽头的房间。

傍晚的天色安静祥和，厨房里冒出的白烟弥漫开来，流连在竹林和黛青色的林区，一派田园牧歌情调。

不多时，阿松看见莫木的人扭着一个五花大绑的大个子从小屋出来，转弯去了屋后。不久，屋后传来木棍的击打声、男人的惨叫声以及木根的断裂声和男人凶狠的呵斥声。阿松扔掉烟蒂准备前去查看，此时莫木从屋后回来了，进屋取了一只沉甸甸的塑料罐。他对阿松小声说：“这杂种牙关紧，撬不开嘴。不给他尝点甜头哪行？”莫木的嘴巴看上去黑洞洞的，面无表情出门。

阿松跟着莫木到屋后树林，看见那个高大结实的男人赤身裸体被捆绑在香樟树树干上，面孔扭曲，眼神无助，身上伤痕累累。几个人围在周围，一条浑身乌黑的箭毛狗蹲坐在地上，兴奋地摇头晃脑，不时地喷着响鼻。那条黑狗是莫木从家乡带来看护农场的纯种广西猎犬，空闲的时候，他们也会带着它上山打猎。莫木把罐子交给手下一个高个子年轻人，高个子走到香樟树跟前，打开罐子，把一种黏稠的棕黄色液体从光身子的人头顶慢慢浇下去。阿松疑心他们要点火烧他，正要插话。莫木厉声对那人说："这是蜂蜜，蚂蚁很喜欢。你是如实相告还是等红火蚁啃光你的骨头？你愿意玩，我们就耐着性子陪你！"

不多时，那人开始挣扎，睁圆惊恐的眼睛，不住地哭喊求饶。

"我们走，去喝茶吧。"他对阿松说。

他们回屋的时候，屋子里亮着灯，热气腾腾的饭菜已经上桌。阿松他们吃饭的中途，莫木出去了一趟。再次回来的时候，他神色显然轻松了很多，阿松从他一闪而过的笑容里捕捉到了这种情绪。

阿松用完饭，走出小屋。夜色里，莫木的人拖着那个赤身裸体的大汉过来。灯光透出玻璃窗，照在那人湿漉漉的头发和闪着亮光的身体上。莫木的人已经用水管帮他冲洗了身体，他通身泛着红光，眼睛肿胀得眯成了一条缝，喉咙里发出咯咯声，呼吸短而急促。他被单独关进另一间小屋。

阿松和莫木走向小楼远处的黑夜。"我们现在关在另一间屋里的光头佬是欧氏家族的老三，他是堵截我们营运大巴、抢劫乘客财物的组织者和领导者，幕后真正的大佬是欧氏客运公司掌门人欧秃子。挨揍的大个子是他的司机兼保镖！其他的事情那个保镖可能真的不知道了。"莫木说。他看到阿松叼在嘴上的烟头一明一灭，面色若有所思。

"你吃饱了？那好！我们去贝勒府，听老大怎么吩咐吧。"他对阿松说。

他们回屋。阿松对屋里的人大声说："这两天在农场放松放松，打牌、喝酒！看住这两个杂种！"

阿松发动汽车，车灯划开夜幕，推出两道雪亮的光柱。

莫木坐上副驾驶位，摇下车窗。他招呼厨房门口那个抽烟的厨师："煮点车前子汤给那个大个子喝。不然，那个可怜虫会没命的！"

梁氏家族在珠江三角洲经营客运业务已有些年头了，是省会广州发往东线客运业务最早也是经营最成功的几个家族之一。那时，深圳是全国最早开放的城市，全国各地的人都往广州拥，成群结队的打工者、跑业务的、经商进货的、走私手表或者香烟的、小偷、妓女、骗子如过江之鲫。广州火车站的候车大厅和车站广场上人山人海，外出讨生活的人衣着臃肿，摩肩接踵。每天，成群结队、鱼龙混杂的异乡人通过公路客运再转往黄埔开发区、东莞、深圳等沿海开放地带寻找工作机会。因为客流众多，国营的汽车公司远远不能满足需要，一些头脑灵活的商人疏通关系，开始经营客运营生。各路客运大巴铆足了劲来来回回跑，昼夜不停。人满为患，就连深夜火车到站，客运大巴也是像装货物一样把外乡人赶进密不透风的车厢。雄哥在追剿走私案的风头缓和之后来到花城讨生计，落脚在梁家经营的客运公司做司机。那时，有牌照的司机是紧俏货，因为他头脑灵活，人也勤勉，加上在处理乘客闹事方面凶狠果断，有力地维护了梁家的利益，林志雄因此深受老板赏识和喜爱。在街边和大马路上混社会的人中间，一早就流传雄哥出手狠毒、不好招惹的说法。一帮小混混亲眼目睹了他们凶神恶煞的大哥拦截车辆索取保护费时，被驾驶室跳下来的雄哥用长柄扳手打得血肉模糊、面目全非的场面。自此，林志雄驾驶的那辆客运大巴的车牌号就成了流氓无赖避之唯恐不及的咒符，即便是那些新入行的冒失鬼想凭借人多势众动什么歪心思，也是在反复掂量过对手之后作罢。梁家客运公司有十来辆运营巴士，司机紧缺，老板亲自驾驶一辆大巴跑营运，老板娘和几个信得过的亲戚在车上卖票收钱，生意红红火火。但没几年，骨瘦如柴的老板累倒了，这个玩命干活，吃喝嫖赌样样俱全的中年男人得了肝癌，瘦得皮包骨头，不久一命归天。

丈夫早逝，加上客运业务繁忙，每天收款、汇总、跑银行存钱，汽车调度、故障维修，性能较差的国产客车的保养、抛锚，还有偶发的交通事故处理、客运管理和交警部门关系的打理等事务，让一个新寡妇人心力交瘁。这个可怜的中年女人越来越多地出现毫无征兆的勃然大怒或者大哭大闹。

一天晚上，刚刚收车下班，一名中年男子在停车场叫住林志雄，要他进屋谈谈。在屋里，他看见一个老男人和一个十六七岁的小姑娘，那个模样清秀的短发女孩是梁老板的女儿，名叫梁振华，林志雄见过几次。她是个活泼好动的孩子，很像她的男孩子似的名字。简单的交谈过后，他知道，那个老头是梁振华的外公，中年男人是她的舅舅。女孩说她妈妈得了很重的病，在医院里。

她的舅舅叫梁鸣，是政府的一名小官吏。客运公司眼下面临的情况林志雄心知肚明，一番交流过后，他们要林志雄接手梁家的客运公司，希望他提出条件。突如其来的消息令他震惊和不安，他不知道该怎么办，这个老人和中年男人看上去彬彬有礼，言辞恳切。“这事太突然了，我要想想。”他说，看上去神情悲伤，犹豫不决。他的好日子没过多久，收入稳定，妻子在家乡独自带两个孩子和他从缅甸带回来的前妻的儿子林潇湘。每月，他要按时寄钱回去供养家人。他如实告诉了那位老人：他对在梁家的工作心满意足，感恩戴德。

老人点点头，温和地说：我们信任你，不会让你为难。

走的时候，梁鸣握着他的手说：“在你做出决定之前，这段时间由你全权负责公司的业务。明天早班，我到公司来宣布任命。辛苦你了！”

接下来几天，林志雄心事重重，看上去郁郁寡欢。他抽空去了一趟医院，一是看看老板娘的病情，二是把这些天的营收款完整地交给她。

那女人躺在病床上，穿着蓝色竖条纹的病号服装，面色浮肿，水泡眼有气无力。女孩和她的外公在病室里。

林志雄小声询问了病人的情况。那女人看上去目光呆滞，心不在焉。老人说：“她刚刚服了药，让她休息吧。我们去外面说话。”

他和老人在病房大楼走廊的尽头交谈。不久，小女孩也过来了。她腼腆地对老人说：“妈妈睡着了。”林志雄把一个黑色的袋子交给老人，恭敬地说：“阿叔，这是一周的营业款，包里有一张单子，记录着每笔收入和营运车辆的支出。”

老人接过袋子，顺手交给小女孩。看来，他对钱的事情并不上心。“我跟你说的事情想好了？”老人小声问。

“我不知道该怎么做。心里没底。”林志雄低着头，不敢看老人温和的目光。

老人笑了笑：“就两种方式，要么你把公司买过去；要么你租赁，每年收入、支出多少，我们不管，你只要按年交给我们租赁费。你别把这事想得那么复杂。”

然后，老人告诉他，医生诊断女儿患了严重的抑郁症，此前已经发生过一次自寻短见的行为。振华已经高中毕业，过完暑假要去香港读大学，这段时间，她一直在医院陪伴妈妈。

老板娘在医院里住了一个多月。林志雄每周都去看她，也准时交上营业款。她的情况时好时坏，家人在谈话中流露出来的忧虑也更深，梁家人更希望林志雄选择全盘买断的第一方案。

一天，老人对林志雄摊牌了。他们需要林志雄给一个说法，否则，公司就要另寻他人。女儿的病情和外孙女就学让梁家亟待做出选择。

林志雄犹犹豫豫，提出了一个分期付款的思路。一是他一时筹不到足够的钱来全盘接手，仅能支付一半的款项；二是给他一两年左右缓冲期付清余款，他为此愿意多支付一笔款项作为过渡时期梁家的资金利息；三是款项付清之后，他每年会支付两成的利润给梁家，梁家永远享有客运公司两成的干股。

老人头发稀疏，红光满面。他温和地注视着林志雄，像一位长辈慈祥地注视一个毛孩子。“既然这样，那好吧！”他回复道。“但是，”他说，目光有力起来，“下星期一就把这事办了，公司过户到你名下。此后，你得独自应付所有的麻烦。这担子并不轻松啊！”事情就这么在久拖不决之后定了下来。

林志雄抽空回了一趟潮汕老家，他需要筹到一大笔钱款来打开这扇冒险之门，开启一段看上去前景诱人但注定颠簸、动荡的创业之路。他在老家几乎是一夜之间恳求了所有的林姓人，承诺给他们支付远远高于银行利率的资金利息。鉴于事情紧急，他火急火燎地挖掘一切筹钱的门路，甚至被迫向曾经有过隔阂和嫌隙的熟人开口借钱，遭到当面奚落或者冷遇也毫不动摇。终于，他一脸倦容、风尘仆仆地回到花城。在艰难筹款的过程中，在家乡祖安享有崇高威望的均伯带头出钱出力，到处张罗为这事担保，从而打消了家乡人因走私案对林志雄产生的不信任和顾虑。

过户手续进行得异常顺利，梁鸣提供了申请变更法定代表人书面材料和原法定代表人病亡证明等一大堆资料，然后是双方签字和换发新的营运执照。一切手续办妥后，一名官员模样的人把他们送出办证大厅。梁鸣握着那人的手，感谢他的协助和通融，才让繁文缛节的众多手续得以便捷简易。“按照规定，另一名公司成员在世，她必须到场签字，鉴于梁处长姐姐病重的特殊情况，你们又出具了公司的委托书和医院证明，这就可以通融了。”

事情的变化看上去如此奇妙，基于梁家对林志雄过往工作的赏识和信任。更重要的是，小女孩梁振华插嘴说：“外公执意要把公司交给一个地地道道的‘胶己人’，他了解你的过去，还知道你在缅甸当过兵。”办理完公司变更手续，林志雄用捉襟见肘的余钱请梁家人吃饭的时候，小女孩快人快语。

这让林志雄吃了一惊。

打那之后，林志雄接手了梁家的客运公司，在人海茫茫的花城就多了一位潮汕老乡和亲戚。每到农历的节庆，他都去梁家看望一家老小，带一些潮汕土特产给他们分享。当然，他们也开始使用家乡话亲切地交流。甚至在多年以后，梁家举家迁往香港，他们也一直保持着密切的往来和电话联系，他去往香港办事、出差之余，一定会登门拜访。老人一家每每对他的到来都充满了热忱。有一次，老人亲自把他送到大门外，拍着他的肩膀意味深长地说：“君子喻于义，小人喻于利。视野放开阔一些，我没看错人，你好好干吧。”后来，梁振华大学毕业嫁给一名香港医生，林志雄也被推选作为来自潮汕地区的家乡代表登台致辞。那时候，林志雄已是一位在珠江三角洲赫赫有名但一直低调的实业家和成功人士。

林志雄在接手客运公司的头几年里，一切顺风顺水。他重新招兵买马，为了节省开支，亲自前往汽车配件商城联系零配件供应商和个体维修厂，拜访客运管理部门的人，通过梁振华舅舅梁鸣在政府部门任职的有利条件，还结识了运政和交通稽查方面高层的关系人——他们是他顺利开展营运业务坚实的靠山。在整治交通违法、处理交通违章、打击客运超限超载的历次活动中，他的公司都安然无恙，平安无事。而唯一让他闹心的是来自竞争对手或明或暗的骚扰。为了抢夺客源或营运线路，竞争者之间摩擦不断，有时大打出手。林志雄明白，在市场开放、搞活之初的那些年头，机会转瞬即逝。豪强出于林莽，英雄起于田垄，顽强者野蛮生长，成功与失败系于一念。成堆的问题要他发号施令，他需要一帮敢作敢为的人来应付麻烦。而每一个竞争者背后，都有不俗的实力和背景。适者生存、大鱼吃小鱼、成王败寇是潮汕人面向大海应对海盗、宗族械斗、漂洋过海异域谋生最基本的法宝和童年时期形成的文化基因。好勇斗狠、老谋深算、坚韧顽强、敢闯敢干是这支族人的文化符号。林志雄仿佛大海上迎战惊涛骇浪的船长，他面无惧色，沉着冷静，看上去说说笑笑或者疾言厉色，但在梳理事务方面判断清晰，应付各种社交往来温和体面。他出席正式场合风度翩翩、儒雅斯文，转身面向竞争者的撕咬时身手敏捷、毫不留情。他中等身材，面相端正，鼻翼宽阔，留着整齐干练的寸头，说起正事来语调缓慢，深思熟虑，发出指令简洁明了。

令莫木和柚子惊讶和钦佩不已的是，苦难的缅北生活似乎没有在雄哥的外表上留下丝毫印记，他仿佛生来就是为这样的大场合准备的：气度从容大方，游刃有余。他从不装模作样，故作高深，大部分时候衣着简单，深谙广府人简朴、随意、不事张扬的习性，走入街头，汇入人流，一点也不显山露水。

总而言之，客运业务应接不暇，客源爆厢，盈利就如平地捡钱一样易如反掌。同业竞争中的吵吵闹闹也都在可控范围之内，几家客运公司也都在摩擦中维持着微妙的平衡，仅有的几次中小规模的持械对垒也是在剑拔弩张、口水乱飞、互相指责、威胁恐吓之后谈判解决，然后获得一段时间的缓解与平静。摩擦加剧了客运市场的竞争，一方面令其他一些试图入行的新贵望而却步，同时，也是竞争者之间反复试探彼此实力的火力侦察。林志雄明白自古财富险中求的道理，怯懦者不配享有尊严和地位。他沉湎于激烈起伏的市场环境，一如渔民投身在波涛汹涌的海面拖网捕鱼，而风平浪静的局面让他感到索然无味和多疑敏感。与其他几大家族大佬不同的是，林志雄缅北丛林生与死、血与火、灵与肉的铭心刻骨的经历铸就了他沉着冷酷、谨小慎微、奋力求生的本能。他的临危不乱和深谋远虑不仅在林氏家族中无人能及，也使觊觎他的对手不敢小觑。更重要的是，这一潜质赢得了幕后靠山的信任。不事张扬、低调勤奋、坚如磐石是他赢得广泛认可的名片和符号。“大事装糊涂，小事要慎重！”他多次在内部会议上强调。满脸写着聪明的人难以成事，而粗心大意又容易败事，一些往往看上去毫不起眼的缝隙可能是巨大危险趁虚而入、令人猝不及防的致命暗门。

也就是在这一时期，在积累了一笔丰厚财富后，他逐渐淘汰老旧国产大巴，添置了气派、威风、性能优良的瑞典客运巴士。这些设施豪华、座椅宽大、在炎热滚烫的北回归线以南能为乘客提供凉爽冷气的先进交通工具为林氏客运公司赢得了美誉，从而也在同行竞争中取得优势。不仅如此，他并不安于现状，他身上属于潮汕人的冒险天性再次复活。他把客运公司的日常调度、运营逐步交给已经熟悉业务的潘大柚去张罗，他腾出精力数次悄悄前往潮汕沿海了解海上走私情况。他轻车熟路，径直去到走私货物的秘密集散地探访地下交易情况；深夜出海，去到茫茫公海找到狡诈的台湾走私货船主或者香港的老熟人接头；频繁出现在隐秘货场了解提货价格和交易细节。敖金是他以前冒险走私时期的老搭档，他寸步不离地跟着他。他们地地道道的潮汕话就是一张通行证，在对陌生人分外警觉的一些禁区畅行无阻。在这里，走私者谨小慎微，从来不敢懈怠和马虎，一旦遭遇警方的线人或便衣闯入，那些形迹可疑的外来者必被毁尸灭迹，抛尸大海，绝无例外。否则，走私客一旦疏忽大意东窗事发，损失的不仅仅是一船货物和金钱，更重要的风险来自深夜的海面，弃船逃命者要么葬身大海，要么被缉私船捕捞上岸从此面对漫长的铁窗生涯。更加可怕的后遗症是，有人侥幸逃脱或事后出狱，走私链条上的上家和下家因此产生的芥蒂和不信任将根深蒂固。说透了，每个从事这个行当的人都知道，他们是在刀刃上捞食，一着不慎，满盘皆输。

敖金还在娘胎里的时候就生活在水上，一条破旧的木船就是他的家。他的祖上都是世代打鱼为生的疍家人。

疍人是土生土长的南越原住民，他们并不耕种和经营土地，终年生活在船上。早年间，源源不断从中原流落到这儿的汉人占据陆地，先期到达的逃难者在平原安营扎寨，修建村庄，种植庄稼；后来者多为客家人，他们大多沿丘陵、山地落脚，开垦荒山，广种田地，修筑设计精巧、外观严丝合缝、易守难攻的围龙屋，男女老少几百口人就居住生活在硕大的圆形蚁巢般的村寨里。农闲时节，这些北方逃难而来的垦殖者无休止地打鱼，他们毫无节制地捕捞，吃不完就拿到街市上兜售鲜鱼或鱼干。人越来越多，居住地越来越拥挤，地上的东西吃完，水里的东西捞尽，人多势众的潮汕人挤走了疍人的水域。疍人在船上目睹了他们和后来移居而来的客家人为争夺土地、水源大规模械斗的场景，数千人旷日持久地打斗，血流成河。这些贪得无厌的北方来客鸠占鹊巢，疍人逐水而居，在陆地上上无片瓦，下无立锥之地，不得不去往更荒僻和遥远的水域扎下船屋。疍人操一口类似于海南黎族方言的寮家话，外人难以听懂。他们大都性情孤僻，沉默寡言，随波逐流，居无定所。他们没有文字，因此也没有学校和户籍，是中国历史上实行“保甲”制度以土地囚禁人口和管理户籍以来历朝历代统治者一直悬而未决的难题。当然，他们也是官府眼中的贱民。在这个国家五十六个民族中并没有疍族，那些驰骋在草原生活在毡房的人，居住在竹楼的人，在大西南耕种梯田的人，等等，都有他们民族的命名和符号，但终生顺水漂流的疍人什么也没有，一如船底清澈的水流一样来无踪去无影。疍人世代驾一种船身狭长、尖底阔面的“鸟船”出没风浪，面对大自然喜怒无常的变化毫无畏惧，终年漂泊，从水中捞食得以繁衍生息。南宋周去非《岭外代答》一书记载“以舟为室，视水为陆，浮生江海者，疍也”。疍人的世界仿佛一枚顺水漂流的鸟蛋一样脆弱和随遇而安，正如疍家民族的命名一样宿命。在粤东民间也把疍人称作“疍家贼”，是说这些逐水而居的人往往顺手牵羊，偷窃岸边庄稼地的玉米、番薯或葱蒜，连根拔走成熟的苎麻用于修补破损的渔网。秋冬少雨的季节，疍人驾船逆水而上，去到林密水狭的河谷，罕见上岸，动作麻利地盗伐国有林区的大树。树木茂密、幽静无路的林区，有几日昼夜不停传出哐啷哐啷的凿木声，偶尔也见密林袅袅上升的炊烟。不几日，几艘散发着桐油味的崭新“鸟船”便顺流而下，进入大江大河。疍家人并不为自己的偷窃行为愧疚。本来，在祖上，这片水域和土地上的树木还有果实是属于他们的，后来却成了凶巴巴的潮汕人的、固执势利的客家人的、拥有军队强抢豪夺的官府的。他们在岸上被人追赶时夺命而逃并不是因为做贼心虚，而是出于面对人多势众者的保命本能。“你们才是十足的强盗！”他们总是这么想。至今，还有歌谣唱道：“疍家居水上，孑孑风雨中。出海三分命，上岸低头行。生无立足所，死无葬身地……”

敖金是个告别水上生涯融入陆地生活的另类。他自打出生就很少踏上陆地，从未进过学堂，和他的父母和族人一样目不识丁。他在青春叛逆期因为和父亲的一次激烈对峙离开了船屋，怒火中烧的父亲因眼前这个乳臭未干的黄毛小子的冒犯而歇斯底里，父亲赌咒发誓：“滚吧！下了船，你能在陆地上待过龙王节就算本事！”——那时，过了三月三“疍家婆买力节”有二十来天，敖金实在无法忍受父亲对母亲的家暴，放胆出手阻拦，父子斗气，从船上打到水里，各不相让。敖金撅着脖颈走了，自此告别了经年累月吱吱呀呀响个不停的老旧船屋。他有着棕黑油亮的皮肤，骨碌碌转的黑眼珠深陷在凸出的眉骨下，因为常年缺乏蔬菜和水果营养，厚嘴唇裂出一层干皮。敖金自此开始了全新的陆地生活，但仍然保持疍人常年赤脚的习惯，脚趾短粗有力，向前叉开，像鸟爪一样牢牢地抓住陆地。疍人重要的风俗禁忌是穿鞋登船，所以，疍人无论男女老幼，常年赤脚。在和潮汕人、客家人打交道的过程中，敖金开始熟悉他们的语言，也逐渐了解了让他的父母避之唯恐不及的陆上野蛮人的脾性和特点。耀眼的太阳每天急匆匆划过天空，接着，夜幕从四面八方开始挤占白昼的每一寸空隙，催眠那些在青天白日里满眼透出浮躁和欲望的灵魂——繁星满天，万籁俱寂。居无定所的敖金蜷缩在桥洞下或者残破倾颓的寺庙里度过长夜，他张着黑洞洞孩童的双眸，白天里车水马龙的大路此刻隐身成了拱桥下的一截蜿蜒的僵尸，或者，他就努力睁大眼睛试图在黑暗中看清楚披头散发的厉鬼如何从残垣断壁的拐角悄然飘过……他开始回想过去，那些在木船上枯燥乏味、日复一日的日子，散发着桐油味的狭窄的船屋，繁星撒满河床的寂静的夜，或者炊烟从船甲板袅袅升起母亲煮食鱼汤的美好时光……一个雨过天晴、崭新如洗的清晨，他们的小船停泊在韩江水域一处熙来攘往的小镇码头，父亲去陆地的集市售卖鲜鱼，然后买一些盐巴、火柴和过冬的衣物回来。敖金心怀喜悦，盘腿坐在船甲板上逗弄一只小螃蟹，等待父亲凯旋。尽管父亲面色阴沉地嘟囔买冰棒要花掉买火柴的二分钱，非常不情愿但还是答应会从集镇上给他带来味道美妙、神奇的冰棒。母亲在码头那儿浅水的青石上洗衣。几个小孩子背着书包在堤岸大路上蹦跳前行，活像清晨兴奋的鸟儿一样叽叽喳喳说个不停。太阳升起，河面远处的薄雾开始消退。码头上行人多了起来。一条摆渡木船从对岸划过来，船上下来几个男人，他们扭送着一个五花大绑的老头往堤岸上走。被捆绑的老头激烈地和他们争论着什么，那几个凶神恶煞的男子就对他拳脚相加，口中不断恶声咒骂。老头儿倒在地上，脸贴着泥地，不住地号叫，开始哭诉。母亲仓促地回到船上，看上去心惊惊的样子。她催促敖金回到船舱。敖金碎声嘀咕，问母亲那儿发生了什么。“他们说那老头儿昨晚偷吃了国营农场牲口石槽里的猪食，上个月还偷砍了国家一棵树。说那些东西是属于国家的，他犯了罪，要扭送他到公安局。”那帮人挟持着老头上岸走远，父亲背着一个竹篓过来了。他看见父亲与他们迎面走过的时候低头远避，一副生怕招惹他们的样子。父亲上船，敖金得到了他梦寐以求的冰棒。“那帮人嘴巴里一直在说国家，啥是国家？”他在津津有味地吸吮凉丝丝的冰棒的当儿问父亲。“国家啊，我也闹不懂陆地上的人口口声声说的什么国家。兴许吧，国家是天空，是大地，是风、雨、雷、电什么的。或许是龙……”父亲把固定木船的竹篙从河床的淤泥里拔出来时说，“管它是什么哩？疍家人只信河神！”父亲像是自言自语。小船后退着离岸。敖金就站在甲板上撩起短裤宽松的裤管，往江水里撒尿……

他仍然赤手空拳靠捕鱼摸虾度日。河流、湖泊、近海的鱼虾捞无可捞的时候，他就在岸上打零工为生，后来结识了林志雄。他对林志雄的信任和喜欢缘于他对他坦白地说自己是疍人的时候，林志雄的表情并不诧异。他专注地看着他，“我不管你是什么人？我把你当兄弟。”后来，事实也证明，林志雄说话算数，雷打不动地做了他的大哥。那时日子难过，一同打零工赚不到几个钱。林志雄只要有一碗饭，一定会分一半给他填填肚子，遇到有人欺负敖金，他也总是挺身而出，他才不管那些蛮横的主是不是“胶己人”。“记住，他是我兄弟。”他总是这样警告别人。敖金敏感而机警，自打离开族人起，就淹没在陆地人堆里寄生。夹缝求生教会了他隐忍和倔强，他孤立无援，没有伙伴和固定的窝，时饥时饱，像一只四处流浪的野狗，寒暑交替，他在村寨、田野、杂树丛生的山林和海边滩涂游荡，反正他有大把时间，也不用急匆匆赶路。他漫无目的，自由自在，无牵无挂。多疑、胆小又没有禁忌和顾虑，有时大胆妄为，有时畏人如虎。直到有一天他遇到了雄哥。那天，雄哥在码头上装盐，他得在天黑之前把一大堆装盐的麻袋整整齐齐地码到一只停泊在那儿的木船上。他为了加快进度，双肩分别扛着两只麻包来回穿梭，他大汗淋漓，脊背在海边毒日头下晒得黝黑发亮。敖金在树荫下观察那个大男孩有一段时间了。那个大男孩留意到他，但他没有心思搭理他，沉重的活计让他气喘如牛，目光冰冷。一袋盐从他的肩上滑落下来，“嗵”的一声，重重地落在地上，袋口裂开，雪白的盐粒撒了出来。船舱里冒出船老大的脑袋，他就在那儿双手叉腰，恶声咒骂起来。敖金飞快地跑过去，动作麻利地捧起盐粒，帮助那个大男孩把散落出来的东西重新装回去，然后去不远处灌木丛那里扯过一根葛藤，用牙齿把它咬断，迅速将袋口编织严实。

他们在这期间都没有说话。大男孩继续搬运那堆圆滚滚的麻袋，敖金退回树荫下歇凉，百无聊赖，眼皮开始打架。昏睡中，敖金感到有人用脚轻轻踢他，他一个激灵坐起身，眼前出现那个大男孩疲惫的脸。夕阳西下，海面金光闪闪。“走吧！跟我去水渠那儿洗洗脸，我们去找点吃的。”自打那天开始，他就跟了雄哥。慢慢地，他开始乐意接受这个仗义、慷慨的大哥的保护，他觉得温暖和踏实。自从离开父母之后，雄哥是这世界上唯一对他好的人，大哥说一不二，敢作敢为，在他心目中，大哥就像有一次他偷偷溜进尖顶教堂听那位捧着硬壳厚本书、声若洪钟般的长老朗读的那样“……要有光。于是，就有了光……”所说的那位无所不能的神。再后来，他们一起从海上走私货物，直到事发后各自逃亡。逃亡的日子里，敖金也去寻过父母。他用雄哥分给他的钱买了花花绿绿的一大堆礼物，顺着河流一路打听父母的下落。后来，一个淫雨霏霏的早晨，他看到一只疍人的“乌船”在拱桥孔洞下面避雨。他走过去打探消息，但那人告诉他，他的父母两年前已经启程远去海南岛他们族群聚居的地方去了。“他们找过你。但是总在陆地上那些迷宫一样的巷子里迷路，后来就放弃了。你去天涯海角那边寻他们？”

“不！”他对那个光脊背穿青色粗布短裤的男人说，“我只是想看看他们。这里有些吃的送给你吧！白色盒子里是治疗风湿的药，如果你行船碰到去往海南那边的疍家人，就麻烦捎给我的父母。也转告他们我一切都好！我不再回水上生活了。”这是他此后数十年屈指可数的几次看见孤独漂浮在水上的疍人，他依然记得那人惊诧、哀怜的神情和他黑洞洞的嘴以及睁圆了的黑眼珠……

而眼下，敖金跟在看上去在遥远的花城发了财的大哥屁股后面屁颠屁颠地东奔西跑，看到雄哥的小本子上密密麻麻写下数字、画出海岸线弯弯曲曲的示意图、海关稽查的岗哨等。

一个月后，“海上业务”就这么不声不响地开始了。林志雄周密地把活儿分成三块：连自己名字都不会写的敖金作为船长只负责水面业务，在危机四伏的公海接头，在漆黑一片地狱般的海面完成心惊肉跳的交易，迅速装船，然后返航；另一支人马负责在海岸接货，用雷霆般的速度将货物装上卡车运送到隐秘地方仓储；第三支队伍仅仅处理货场安保和货物的隐秘分销。三块业务都是单线联系，相互封闭作业。与所有走私客相比，林志雄有两名居住在城里的情报人员，他们堂堂正正地经营一家茶叶专营店，跟所有“海上业务”都不搭界。茶庄里，经常会有政府官员、警察和海关稽查方面的老熟人在这里品茗闲谈。茶叶店也是半卖半送把当季最新鲜的上等高山乌龙茶让客人带走。这些见多识广、与客人侃侃而谈的店主，总是在紧要的关头，用暗语电话联络敖金做出应变。

第二章

白颈仔有毒

林氏家族的客运业务与欧氏客运公司近来矛盾升级缘于一件看起来可以忽略不计的小事。欧氏家族有一趟客运线路是从花城发往海陆丰方向的新业务，在经过一段令人欣喜的开局之后，他们遇到了麻烦。在海陆丰境内的偏僻乡村路段，村民隔三岔五拦截他们路过的班车索要高额的过路费。经过讨价还价、安抚打点后，那些路段获得短暂的平静。但很快，他们发现事情比预想得要复杂，这种拦路索要天价保护费的情况不几天就死灰复燃，而且愈演愈烈。一天，班车在经过村子时意外压死了一条狗。狗主人拦住客车，把一头水牛系在车前，开口说，他的狗是他家庭重要的一员，要求赔偿十八万元。司机报警求助也无济于事。事情一直拖到天黑，导致延误旅程的乘客心急火燎，与司机发生激烈冲突，撕扯中双方都有人受伤住院。欧氏家族为此支付了一大笔钱来赔偿狗的性命、伤者的医疗费和停车费。万般无奈，欧氏家族的大佬——江湖人称“欧秃子”的出面恳求林志雄帮助摆平那一带的麻烦，但遭到林的拒绝。

欧氏家族明白，他们的司机不懂当地方言，人生地疏。更重要的是，他们物色不到一个有分量的人物来从中斡旋、疏通那一带的关系。“难道要我林志雄给他每趟车配一个保姆？”林志雄很不高兴。他在生意场上一直以慷慨仗义著称，但也始终坚守住老辈人留下的古训作为底线，那就是：人脉资源和商机绝不与人分享，它们绝不能成为商业应酬中的交易标的或者馈赠的利是，没有边界的大脑充其量就是一堆乱糟糟的垃圾场和疏于管理的庄稼地，毫无价值也不值得同情。同时，他知道，民风彪悍的海陆丰地区的人有极强的领地意识，他们欺生又好勇斗狠，并不那么容易对付。警方和政府官员对他们的行为也是睁一只眼闭一只眼。因此，村民在自己的地盘肆无忌惮，为所欲为。他们要吃要喝，还要打点上面的保护人。这是林志雄不愿意出手相助的关键。每次，那个方向的地头大佬前来省城办事，林志雄都是亲自出面接待，酒楼场面奢华，推杯换盏，称兄道弟，给足了那些家乡强人面子。正因为如此，林氏家族的营运班车在那条线路上从未出现过节外生枝的事情。然而，这恰恰成为欧氏家族判断林志雄从中作梗的把柄和依据。他们终止了那条线路的营运业务，对“吃独食”的林家心怀怨怒。

欧氏家族的发迹史在花城的商业圈子里并不光彩。

早年间，欧家在广州城北部一个名叫从化的小县城经营一家鱼档。县城人口五六万人，说是县城，其实更像一个破破烂烂的小镇。那里的人以耕种、养殖为生，经济落后，日子过得并不富裕。县城往东北二十多里，是闻名东南亚的温泉度假胜地。欧家父亲是个卖鱼为生的“水猫仔”，天不亮要去鱼市进货或承包私人鱼塘捕捞鲜鱼，然后趁着新鲜劲上市贩卖。鱼档收市较早的时候，他就急急慌慌骑上单车，后座装着渔网、鱼篓，去到流溪河或更远的小北江一带的自然水域张网捕鱼。运气好的话，这项不要成本的劳作可以极大缓解捉襟见肘的家庭开支。他精疲力竭回到家中，往往已是深夜。短暂的冬季，他又以屠狗为业，骑着快要散架的破单车走村串户收购活狗。他是一个杀气很重的人，所到之处，此前还四处乱窜的土狗大老远听见他的叫卖声或者仅仅是听见那辆单车发出的吱呀声就露出惊恐的样子，远远躲起来。就连村里的顽童都不敢轻易走进他那有一股血腥味的老屋。奇怪的是，他家里也从来不闹鼠患，连蟑螂、斑蝥之类的虫子也没有踪影。村里人说，以杀生为业的人戾气太重，很多在他手中丧生的鱼呀、龟呀、狗呀的阴魂跟随着他，人眼无法洞悉，而动物却能感知得到。少年时期的欧秃子衣衫破烂，浑身肮脏，皮肤经常生疮流脓，因为头上经常有癞疮疤而人称“欧秃子”。他游手好闲，四处闯祸惹事，脾气粗暴的父亲养活一家已是心力交瘁，每遇街坊邻居因儿子惹是生非找上门来，总是对他一顿拳脚了事。欧秃子后来在家乡因偷鸡摸狗、盗窃国营商店被判了三年刑期。出狱以后，贫穷、寡情的家人不再接纳他。他最后一次出现在破破烂烂的老屋前是来警告他父亲的，他剃了光头，脑袋刮得锃亮。他站在院子里高声叫骂，身后跟着两个鬼头鬼脑的小男孩。他扬言，终有一日他要回来剥了“水猫仔”的皮。他的父亲手持剖鱼的窄刃刀追出门去，一边追赶一边恶声咒骂：“白颈仔！我斩了你这条忤逆不孝的毒蛇！”

“白颈仔”是当地土话中对凶狠毒辣的眼镜蛇的俗称，每当眼镜蛇要自卫或发动攻击的时候，它高高竖起身躯，头部向两翼张开，像一个扁平的铲子，脖颈上有一片白色的斑纹。所以，当地人把眼镜蛇称作“白颈仔”。欧秃子见膀大腰圆的父亲操刀奔来，落荒而逃。

自此以后，欧秃子又多了一个诨名“白颈仔”。

他从此再也没有回过老屋。白颈仔性硬，即使在多年以后，他荣华富贵、威风八面、誉满花城的时候，父母先后病重住院和亡故入殓，有人捎信希望他回去奔丧守孝，他鼻孔朝天，负气拒绝。

他在家乡逗留了一段时间，整日和一帮小混混在一起，偷窃、抢劫和骚扰居民，多起有记录的案件都和他有关。警察在一个深夜收网的时候，白颈仔翻窗逃亡，一路辗转流落多地，最后在花城三元里一带落脚。

那时的三元里，是广州出了名的城中村。因为毗邻广州火车站的区位优势，那一带很快成了闻名华南的服装、皮具、饰品、五金等小商品批发中心。几条狭窄的街道人流如织，客商云集。每天进货的小商贩、送货的轻型货车、三轮摩托车、出租车经常把臭烘烘的街巷堵得水泄不通。闷热的气候、泥泞的街道、蚊蝇飞舞的街边垃圾堆、汽车马达声、粗暴的喇叭声、叫骂声、招徕客人的吆喝声、店铺里传出的巨大音乐声交织在一起。来自非洲的黑人，南亚的印度人、巴基斯坦人，和推着木架车贩卖干果、切糕的维吾尔人汇集在南来北往采购货物的人流中，人头攒动，拥挤热闹。这里是快速繁荣的花城最活跃、最兴旺，也是治安环境最令人头痛的街区。每日成堆的经济纠纷事件，诈骗、打架闹事的刑事案件令警察疲于奔命，也使居住在批发城周边的居民牢骚满腹，苦不堪言。但是，每天面对滚滚涌入的人流和商机，店铺和住宅出租带来的金钱诱惑，当地人还是痛并快乐着。

在这个花花世界，只要是这个世上你能想到的东西，三元里应有尽有，从珍贵的珠宝，在巴黎或米兰最流行的服装、箱包、腕表，到花里胡哨的女人配饰、璀璨夺目的吊灯、五金配件、生活用品等，应有尽有。甚至白粉、枪支、假钞、各种肤色的异域情色女郎……总之，你需要什么，在这里，神通广大的商人和精明能干的投机者都可以满足你的需求。

白颈仔在这个鱼龙混杂的大市场开了眼界，靠着油滑和狡诈很快就在乱哄哄的城中村活得如鱼得水，风生水起。

三月的一个晚上，白颈仔和他的伙伴喝得醺醺带醉，摇摇晃晃去到一家名字叫“花城夜宴”的霓虹灯闪烁的娱乐城找乐子。在光线昏暗、彩灯炫目的舞厅，刺耳的迪斯科节奏中到处可见扭动身体的红男绿女。两名身着火红比基尼的妖艳女郎在高台上蛇一样扭动着胴体。空气异常污浊，混合着酒精、烟草、廉价花露水、汗臭和黏黏糊糊荷尔蒙的味道。不大工夫，他们因为一个身材火辣的伴舞女郎与一名黑人发生了冲突，混战中，那个身体健壮的黑人突然捂着肚子惨叫，然后倒地。惊恐的人群四散而逃，快节奏的舞曲仍然震耳欲聋，滚灯的光影如炸开的流星雨般旋转，舞池地面上躺着身体蜷曲的黑人，地板上有一大摊黏稠的血液和被丢弃的血迹斑斑的短刀。

由于致死一名尼日利亚人，主犯被判了死刑，白颈仔入狱八年。

再次出狱，白颈仔欧秃子遇上了贵人。

一名承包高速公路工程的惠州客家老板收留了他。那人姓谢，是个精明强干的中年人，粗糙黝黑的脸上长着大而多肉的鼻子。欧秃子网罗了几个难兄难弟在施工区看护建筑材料和工程设备、器材。他们骑着摩托车在堆积如山的石料场、高高耸立的沥青拌合楼和仓库之间飞奔，追赶窃贼，恐吓村民。这份职业让他有了重操旧业的归宿感和成就感，他驾轻就熟，脸上泛着得意的油光，光头刮得分外白亮。

雨季来临的时候，筑路工程的进展时断时续。

暴雨如注，声如飞瀑。从简易工棚的破旧窗户望出去，厚重的雨幕如烟似雾。雨幕以外，可以隐约看到山体挖掘面裸露的红色伤口和滚滚而下的绛红色泥流。

一个穿着雨衣的赤脚男人在雨幕中匆匆赶到工程经理的蓝色铁皮屋前。一阵急促的敲门，他用客家话叽里哇啦说着什么。接着，客家老板和那人开始逐个敲击两排工棚的简易木门。“咚咚咚”的敲击声和粗暴的吆喝声、咒骂声响彻暴雨中的工区。“材料仓库进水了，大家带上工具，铁锹、镐什么的，快！快！快！所有人，去到仓库排洪抢险。他妈的！拖拖拉拉！快点！”他们大声叫骂，在积水过膝的场院里来回蹚水。

欧秃子翻身下床，套上雨衣，拿了铁铲往外跑，一边催促他的手下赶快行动。

他很快跑到队伍的最前头，一路上开始估摸仓库进水状况与他负责安保工作有多大的责任。他想，老板在气头上，无论怎么责骂都不能辩解和推诿，埋头干活就行了。

工人们一顺溜排在屋檐下，建材仓库门打开了，室内进水并不严重。欧秃子指挥民工分成两拨，一组紧急转移水泥、石灰到地势高的地方，他操了大铁铲带一队人马跳进洪流开始挖沟排水。

谢老板到来时，仓库外围的洪水正快速下降，漫进屋门的积水正在退去。老板怒气冲冲进屋查看了一圈，开始恶声恶气地咒骂仓管员。出门，看见欧秃子像头水牛一样在齐腰深的水潭奋力挖宽排水沟。“行！欧秃子不错！”谢老板说。在工地，只有老板敢当面叫他欧秃子。而对于白颈仔欧秃子来说，他更喜欢人们叫他“白颈仔”这个野气、凶狠又有点酷酷味道的诨名，它听上去有一种令人望而生畏的气势，而“欧秃子”则是他不愿被提及的、极度敏感的旧时伤疤。

险情很快排除了，仓库损失不大。雨势小了下来，但户外施工是不可能了。冲过凉，换了干净的衣服，谢老板叫上欧秃子，驱车去到东莞的“快活林”娱乐城潇洒去了。“快活林”是东莞色情业首创“莞式服务”的地方，公道的价格，水灵的妹子，贴心的服务，花样百出的性爱游戏，令所有去到那儿的男人津津乐道，流连忘返，乐此不疲。

白颈仔赤身裸体躺在按摩床上，身姿婀娜的年轻女郎用她柔软、灵巧、猩红的舌头温柔地舔着他的每一寸肌肤。他浑身酥软，嘴里轻轻哼哼着：“哦……宝贝！……”

从天堂般的“快活林”回来，欧秃子灵魂开了窍。富丽堂皇的夜总会大堂、身材高挑、容颜姣美、衣着性感的女郎列队迎候，百依百顺的性奴、激烈缠绵的性欲宣泄、柔情蜜意的打情卖俏……这些场面让他心潮起伏、欲罢不能。他首次体会到了金钱的美妙和巨大的魅力。拥有了金钱，这世上一切尊贵的享受、鼻孔朝天的富商派头甚至目空一切的帝王气概都可以实现。他开始认真而又迷惑重重地反思他的人生：他胡游浪荡的过往岁月、今朝有酒今朝醉的鼠目寸光、没头没脑的争强好斗、心浮气躁的乡村莽夫行径……还有铭心刻骨的饥饿、日复一日机械的劳动、危机四伏如履薄冰的狱友关系、牢头的殴打、狱警的体罚，以及没有指望的眼下和渺茫的将来……白颈仔彻夜难眠，辗转反侧。

第二天一大早，他穿戴整齐，去到谢老板的办公室认真地打扫卫生，给老板烧水、沏茶，心甘情愿、毕恭毕敬为老板点烟、跑一些杂务。然后带着他的人马出去巡逻，见到公司的技术人员彬彬有礼地问候，甚至在工程进度紧张的时候帮助民工装卸、搬运。一旦回到工区驻地，他接上软管把老板的黑色越野车冲洗得干干净净、闪闪发亮。他不止一次对他的手下训话，“我们不仅要做好工地的安保工作，还要提供更多更好的服务，做老板的好助手、公司的好管家！”他斩钉截铁地说。

筑路公司有人开始窃窃私语，他们对欧秃子另眼相看，也有些迷惑不解。谢老板偶尔也调侃欧秃子不寻常的改变。欧秃子小心翼翼地告诉老板，从前他年少无知，愚蠢短视。

月底，公司发了工资。他瞅准谢老板心情舒畅的时机，提出晚上要回请老板吃饭和娱乐。谢老板是个没有读过几年书的粗人，对年轻女人的肉体充满无休无止的热情和迷恋。他经常对工地上的人炫耀他的风流史，他说，他睡过的女人多不胜数，什么白皮肤的、黑皮肤的，少妇、学生妹、模特、艺人不计其数。

在去往“快活林”的路上，谢老板兴致勃勃地说起他和一个金发碧眼的俄罗斯舞女的风流韵事。“黑鬼不成，简直搞不定！她们像发情的母狗，转眼就把你吸干！”

那晚，欧秃子开了洋荤。夜总会的妈咪把一个鼻梁高挺、人高马大的乌克兰女人送到了他的包房。

返回工地的路上，欧秃子闷闷不乐。“我还是更喜欢上次那个阿红！”他对老板说。

“怎么啦？”谢老板问。

“我差点没给那头母牛压死！”他说。神情有些懊恼。

谢老板大笑不止，笑声像一只受惊的鸭子，嘎嘎地叫着，身体前仰后合，不住地颤抖和剧烈咳嗽。

欧秃子大叫：“小心！”

越野车差点失控冲下路基。

此后一段时间，他们成了风月场上的好基友，两人无话不谈，亲密无间。欧秃子对在“快活林”上班的江西妹阿红情有独钟，在这个年轻女人身体上，他找到了无与伦比的快乐和满足感。他迷恋她那光滑圆润、丰满多汁的肉体，喜欢她挑衅般嘟哝的樱桃小口，她的狡黠、她的任性、她的狂野、她孩子气的天真无邪、她女王般的愚蠢与高傲……

南方的秋天短暂而舒适。欧秃子在谢老板那里分包了高速公路的附属工程，修筑护坡和路基下面的排水沟。他一方面兢兢业业做好工地的看护工作，同时招聘民工，用心组织工人去修建公路的排水系统和山体的挡墙护坡，作业区安排得井井有条。他在工区和施工路段两头奔波，巡逻料场、进货、租赁小型施工机械、按照施工监理的要求整改返工、对待各方检查满脸堆笑又谦虚随和。

晚上闲暇下来，他约了谢老板喝酒、找女人。生活在忙乱中充满希望，简单刺激，安心又充实。他成了老板的得力助手或者按他在阿红面前炫耀的他是谢老板的“生意合伙人”，他开始受人尊敬，离开工地出去谈业务的时候穿戴整齐、体面斯文，说话做事不再冒冒失失和感情用事。

工程进展到中期，结算一笔工程费用。欧秃子没有用这笔款项去支付赊欠的材料款和设备租金，他买了一辆锃亮的皮卡车。开着这辆还未上牌的新皮卡，他首次单独行动，独自一人去“快活林”幽会阿红，还载上阿红外出兜风，给她购买琳琅满目的化妆品和金银首饰。

回到工区没几天，欧秃子发现撒尿时下体灼热，隐隐觉得尿道有些刺痛。他没太在意。再后来，灼痛和奇痒开始折磨他。他躲在工区简易的冲凉房提心吊胆检查生殖器：从尿道口，有乳白色的脓液流出来。欧秃子有些惊慌和迷茫，他不知道发生了什么。在犹豫了几天后，把这事说给谢老板听，试图寻求帮助。老板笑到几乎要喘不过气，鼻涕、眼泪，剧烈地咳嗽。大鼻子笑得上气不接下气。欧秃子平静地站在一旁，一脸委屈和无奈。

“你怕是中招了！去看医生吧，风流病中意风流鬼！”老板边说边抽风般大笑。

病好了以后，欧秃子平静了一段时间。工程快收尾了，他一门心思放在工地上，想把最后的事情做完。

一天，谢老板大中午就约欧秃子晚上出去寻开心。欧秃子以工期紧张为由推脱了，再说了，他的性病痊愈没有多长时间。

“我还有要紧的事告诉你！”老板说。

“现在不能说吗？”他问。

“一朝被蛇咬，十年怕井绳。哪个风流鬼没被性病摊上过？”谢老板笑嘻嘻地说，“正事晚上说，你把工程上的事情安排一下。”

“好吧。我也正好教训教训阿红那只母狗！”欧秃子回应道。

这晚，谢老板告诉他，工程最后总验收定在 12 月 5 号，通车剪彩仪式在元旦进行，省里面的要人出席通车典礼。

“我们的钱，12 月 25 号，圣诞节那天结清。”老板说。欧秃子心里高兴。

欧秃子在“快活林”列队欢迎的佳丽中看到了阿红。“今天老子开心。我改天收拾你！”他恶狠狠地对阿红说。然后，搂了另外两个女郎上了楼上的包房。

阳历新年那天，高速公路通车庆典的现场异常热闹。巨大的红色充气拱门分外显眼，五彩缤纷的氢气球在厚重云层的背景中迎风飘扬，舞狮队的锣鼓敲得震天响。出席活动的嘉宾大腹便便，西装革履，胸戴鲜花，头发梳得整整齐齐迎风不乱。他们活像一些盛装的小丑在临时铺就的红地毯上走来走去，同周围的宾客寒暄，使劲握手，面带僵硬的微笑。

庆典现场人头攒动。欧秃子的工人们站在庆典现场红土场地的远处，穿了皱皱巴巴的干净衣服，看上去神情漠然。他们四周张望，牲口般的眼神流露出些许不安和焦虑。不多时，从其他地方又有几个工人汇聚过来，他们面色阴郁地低声交谈着什么，一种泄气、绝望的气氛笼罩着这伙人。一个人蹲下身子，低头沉默。

那时候，工地上盛传承包工程的谢老板出事了，白颈仔欧秃子下落不明，眼看工程竣工，高速公路剪彩通车，可民工们累死累活干了两年多的活，工钱还没有着落。

其实，事情发生在几天前。欧秃子驾着皮卡车跟着谢老板的车子到项目部结算工程款。他们要在工程部的人下午下班前，拿到最大一笔也是工程项目最后一笔现金。在工程部的办公室，他们笨手笨脚、晕头转向地签完一个个书面文件；在财务部，他们把一大堆成捆成捆的钞票装进三个白铁皮大箱子里。老板把欧秃子修建护坡和公路排水沟的工程余款当面点清，让欧秃子在一张临时找来的纸上签了收条。付完钱，事情完毕，准备装车回家。欧秃子显得心事重重。他帮老板把三个铁皮箱搬上车，告诉老板他还有事要去二楼找一位副总经理。他要谢老板先走。说完头也不回地迈上工程指挥部绿皮板房的二楼楼梯。

冬季昼短，天色已晚。离通车剪彩仪式还有几天时间，未正式通车的高速公路没有行人和车辆，暮色中宽阔平坦的柏油路面伸向远方。谢老板心情愉快，跟着车里的音乐声哼唱着黄家驹的《光辉岁月》。

视线远处的路面上，摆放着两台工程车和路障，有几个人正从路面上搬离施工遗留下的沙袋和石块。谢老板驶近路障，停下车，走过去查看，一边嘟嘟囔囔那些人行动缓慢。就在这时，有人从身后用铁管击打了他的头部，谢老板哼都未哼一声倒下去，另一个人举起钢钎，狠狠地把一根钢钎从他的脊背心插进了他的身体。

那几个人迅速把铁皮箱从越野车上搬下来，装上施工卡车，然后把身体软绵绵、已经没有气息的谢老板抬着扔下路基的陡坡。末了，他们合力将那辆黑色越野车推下路基。连路障都未来得及清理干净，就匆匆忙忙驾驶工程车消失在愈来愈浓的暮色中。

谢老板命大，他在昏迷中醒来，艰难地从路基下的水沟爬上护坡，爬上路面。他在漆黑的夜里忍受着身体的剧痛，下肢已无法支配。在恐惧和绝望中等待，每一分每一秒都啄食着他求生的意志，吞噬着渺茫的希望，他在漫长的等待中昏死过去好几次。终于，在凌晨一点多钟，黑夜里传来一辆路过摩托车的突突声。那个摩托佬惊骇地发现躺在马路中间浑身是血、手臂艰难挥动的男人。骑车人惊魂未定，跨在发动机突突作响的摩托车上不敢靠近。躺在地上的人百般哀求。摩托佬打电话报了警，飞也似的消失在夜幕里。

谢老板捡回一命。

曾经风光无限的谢老板在重症监护室几次与死神擦肩而过，侥幸生还，在医院住了很长一段时间。后来出院被家人接回老家，但他从此瘫痪在床，再也无法出门行走。他在毫无希望的漫长康复中挣扎、煎熬，无数次回顾事发的前前后后，梳理那一天的蛛丝马迹，令他迷惑不解的是出发那天欧秃子在施工区的再三拖延，以致返程时天色近晚；唯一无法排除嫌疑的是欧秃子，他是唯一知道那天他的行踪和车上载有巨款的人；办完结算手续回程的当口，欧秃子一反常态，断然拒绝和他同行。这些细节充满蹊跷，谢老板苦思冥想，一点一点艰难、细心地往前推敲，捋顺线索和各种推断，这个读书不多，内心充满功利、欲望，总是急匆匆直奔目的的生意人从未像卧病在床、行动受限、前途晦暗的当下这般绝望和心有不甘：他们要置他于死地，他们出手简单而致命，他们抢劫了三铁箱的钱。但他侥幸活了下来，虽然生不如死，但至少，当事人活着，一些线索和疑点就会随着时间不断聚合和发酵。那么，事情就还没有终结。

欧秃子在被警方关押一段时间后无罪释放。他聪明地摆脱了侦办环节的各种威逼利诱，从而避免了一场牢狱之灾，最强有力的证据就是，他有事发之时不在场的人证。警方走访调查了欧秃子提供的证人并提取了证词。除此之外，案发之时，没有目击者和其他任何有价值的线索。这起涉案金额不菲、手段残忍、引发舆论广泛关注的抢劫杀人案成了一桩悬案。

很长一段时间后，谢老板托人给白颈仔欧秃子带信，希望他方便时可以来惠州他的老家探望他。他想，见了面就可以从对方神色、言行举止的蛛丝马迹推断一些重要线索。但是，这一一厢情愿的邀约遭到了白颈仔坚决拒绝。后来，他又一次固执地亲自打电话给对方，激烈的争吵过后，对方用挑衅的语气直接嘲笑了他目前丧失行为能力的处境和徒劳、天真的妄念，白颈仔在电话那头说：“哎，我就是马上站到你对面，你手里有一把刀，又能奈我何？杀了我？来呀！……”

坊间盛传，谢老板最后一次出手，是在第二年除夕这天。他用一百万的标的，预付了五十万现金委托职业杀手去做掉白颈仔。杀手们跟踪目标一段时间，腊月二十九上午接近九点钟，在白颈仔居住地外的路口围堵住他的车辆。那帮杀手开车截停目标车辆，下车逼近他的时候，白颈仔突然猛烈加油，撞开了夹击的车子，疯狂踩踏油门亡命逃窜。杀手举起双管猎枪，“砰砰”两声，白颈仔崭新的越野车后挡风玻璃破碎爆裂。但他加足油门逃走了。杀手们夜里来到谢老板的住处，向金主陈述情况，并提出支付剩余的五十万，他们将在半年内拿白颈仔人头来复命。谢老板沉默了很久，拒绝了这一要求。漫长的治疗快速地消耗着他的财富，他无法预知，支付剩余五十万，是否真能如愿以偿。

“那么，就让白颈仔自此生活在惊恐不安中吧！或者，你们哪天拿了他的人头来，我就当面付清余款。这项委托长期有效。”谢老板声音虚弱地说。

这是谢老板最后流传在江湖上的逸事。自此以后，他被人遗忘。他虽然活着，但已经死了。时间让一个长期卧病在床、房门紧闭、与世隔绝、音讯了无的男人自此活活湮灭……

白颈仔悄悄地搬到新的地方居住，在一个更加隐秘的地方蛰伏起来。

大约两年以后，他出手吃下了一家股东内讧、半死不活的私营客运公司，开始在人流涌动的街头和车水马龙的省道上经营客运业务。

接手这家经营惨淡的客运公司后，一开始业务并不顺利，麻烦不断，竞争者的摩擦、老旧车辆的抛锚、上座率不能令人满意、与乘客的矛盾和争吵、罚款、管理上的感情用事导致的混乱和走马灯一样的员工更换……白颈仔疲于奔命、焦虑和伤神。开局看上去并不容易。“但有什么是容易的呢？这年头，在这块土地上，连抢劫都是要冒极大风险的事情哩！”他把事情简单明了地想了一遍，就又开始投入到新一天的工作中去了。“毕竟，这是一门正正经经的生意。”他想。

他用了一年左右的时间把客运业务理上正路，公司看上去仍然争吵不断，跌跌撞撞，但他已经逐渐适应并开始醉心于这种颠簸、动荡、摇摇晃晃的赚钱日子，这就像那些常年在水面生活的人，在颠簸不已的木船上神态自若、优游自在。他每天在公司简陋的客运大楼里跑出跑进、楼上楼下，不断打电话高声咒骂那些向他反映情况或寻求帮助的司乘人员，凶神恶煞地当面吼叫车辆调度或者身边的助手。转而致电管理部门的官员，又语调温和、客客气气，甜言蜜语中充满献媚与赞美。或者风风火火把车急停在汽车维修厂的院子里，大声威胁修理厂老板或维修工人。他骂骂咧咧，看上去对他们维修客运巴士的能力与水平充满质疑和指责。忙碌的一天让他感到充实和有驾驭感，他趾高气扬，既烦躁又心满意足，像一台开足马力的马达一样精力旺盛。公司在他的全力驱使下开始盈利，他打通关节结交管理部门的要人，大笔花钱参加一些行业协会和政府部门的颁奖和评比活动，领回来各种式样琳琅满目的锦旗、奖牌和金碧辉煌的奖杯。他把它们陈列在落满灰尘的会议室橱窗里，到处向人炫耀和吹嘘他的头衔和荣誉。在客运行业，他的公司总算有了一些影响和名头，这让他在与同行说话、谈判时腰杆挺直，声音洪亮，在争执或矛盾中不落下风，甚至小有优势。

农历六月初，是荔枝成熟的季节。

荔枝是甜蜜的罪恶之果。它有着毒瘤般凹凸不平的暗红色果皮，洁白莹润的果肉甘甜多汁。早在大唐盛世的时候，这一岭南佳果因为深受一位丰腴美丽的皇妃的挚爱而与一个盛世王朝的轰然坍塌联系在一起，从而使它毁誉参半。它是炽烈爱情的甘甜之果，又是沉湎情欲的图腾符号。在历史上被无数文人骚客脍炙人口的诗篇吟诵传唱，千里单骑，只为博得美人开颜欢心；它是荒诞不经的罪恶象征，荒废朗朗朝纲、耽于蛇蝎美色而使虎狼入朝、社稷倾颓。

而从中医角度来说，这种水果容易上火，热气的属性容易诱发贪食者邪火上升，口舌和面部生疮长疖。

潮湿闷热的雨季，在羊城小巷街市，头戴竹笠、肤色黝黑、长着马来人面孔的土著男女挑着箩筐沿街叫卖，小贩们的箩筐里装满疙疙瘩瘩的鲜红荔枝或者青白果皮的番石榴。成熟的番石榴因为散发着一股浓郁的鸡屎味而被当地人俗称“鸡屎果”。

林志雄乘坐的黑色奔驰轿车穿过大街小巷，驶向位于珠江南岸的一个隐蔽农庄。这里绿树掩映，盛开的水红簕杜鹃和修竹使这个农家饭庄显得雅致和安静。

在阿松他们抓获欧氏家族老三之后的那个星期六，在政府客运管理部门一位地位显赫人物的斡旋下，林志雄和白颈仔欧秃子同意坐下来谈判讲和。欧秃子在赴约前打电话给中间人，提出讲和的前提是释放他的三弟和他的马仔。林志雄爽快答应了。

在谈判之前释放人质的决定让林氏家族的一些人纷纷议论，柚子他们认为最大的筹码轻易脱手于谈判不利。林志雄力排众议，他说：“先礼而后兵吧！”

林志雄在农庄停车场下车，一眼看见一个身体富态、衣着得体的胖子停下车钻出驾驶室。林志雄热情上前打招呼，握手寒暄，然后把长子林潇湘和阿松介绍给他。那人正是此次谈判的调停人，是客运管理部门的实权人物，人称“宋处长”。

林志雄和宋处长一边聊天一边随着农庄服务员的引领走进一间芒果树浓荫遮蔽的独立木屋。林潇湘和阿松在木屋花径外的一处露天餐桌前坐下，这里正好守住谈判木屋花径出入口，同时也可以看到停车场的动静。不久，服务员过来为他们撑起了一把巨大的墨绿色太阳伞。阿松去到车上拿来一套旅行工夫茶具和一袋家乡口味的话梅。他们在太阳伞下坐着饮茶聊天。

天气异常闷热，蝉的鸣叫时断时续、单调乏味。木屋门窗紧闭，空调的室外挂机发出轰轰轰的噪声。欧秃子迟迟不见赴约，林潇湘开始有些不耐烦，嘴里嘟嘟哝哝，推测欧秃子三弟脱险，开始耍什么花招了。阿松劝他耐心：“不管怎样，他一定会到场。为什么？就因为那个胖处长。白颈仔目前还不敢怠慢他。”

一壶茶的工夫，一辆黑色路虎越野车从远处驶进农庄的停车场。从车上跳下来几个男人。从副驾驶座钻出来的一个光头男人，身材矮胖，穿着花里胡哨的丝绸短袖衬衫走在前面。光头男子富态的脸上有一对细而锐利的眼睛。“看！欧秃子。”阿松小声说。阿松以前因双方客运业务的摩擦在谈判桌上见过他几次面。平心而论，阿松知道，那是个难缠的菠萝头，浑身长满尖刺。欧秃子大声在用手机和什么人通话，声音咋咋呼呼。他的四个保镖紧随左右，环顾四周。

白颈仔姗姗来迟，一直等到他的三弟安全回到家中之后，他才心无旁骛地出门赴约。他明白，这样，他就没有什么损失了，他的人回到安全的地方，没有了把柄在对方手上，谈判就变成了个名不符实的走过场。

宋处长哐啷一声拉开木屋的门，大声招呼“欧总！欧总！”，一边用力向停车场那儿的人打着手势，另一只手还按在耳边的手机上。他们正在相互通话。白颈仔大声回应宋处长，从耳边放下电话，小眼睛扫射周围，看见了太阳伞下坐着的两个年轻男人。他目光凶狠，步伐迟疑了一下。宋处长走到花径跟前，看出白颈仔的戒备。“那是雄哥的司机。欧总，你到木屋来。其他人自便！”宋处长说。雄哥这时也出了木屋，在门口远远地和来人招呼示意。

林潇湘和阿松站起身，礼貌地向宋处长和欧总点头致意。任何时候都不失体面和礼节，即使面对世仇和行将毙命的对手，也要体现出彬彬有礼和从容风度——这是林志雄一再告诫手下人的规矩。“永远不要轻易亮出你的底牌！”林志雄的叮嘱早已深入阿松的血液和骨髓。他们俩谁也没有正眼看一眼欧秃子的保镖。

宋处长他们三个人进了木屋，木屋的门哐啷一声关上。四个保镖在撑开太阳伞的空桌前坐下。两桌人相隔不远，但此后都没有说话。不同的是，阿松他们使用精致、小巧的潮州瓷器品茶，而那几个保镖则使用农庄统一招待客人的金属茶壶和大口茶盅饮茶。

天气晴朗，像棉花一样一团一团的白云飘浮在低空。偶尔会有微风吹过，送来九里香浓郁的芬芳。

不久，木屋里传出很大的说话声，像是激烈的争吵。阿松他们站了起来。接着，木屋的门再次哐啷一声被用力拽开，白颈仔怒气冲冲走了出来，嘴上骂骂咧咧：“你们囚禁和殴打我的三弟，让我在江湖上丢脸。太过分！莫得吭（粤语：没得讲）！”

宋处长跟了出来，一边劝和，一边提醒欧总：“谈判讲和的场面斗气，无助于解决问题，也是不合适的。”

林志雄出门叫住宋处长，他看上去面色平静：“就到这里吧。宋处长，多谢您为此事费心。我们都是生意人，讲究和气生财，最应该避免的是好勇斗狠。如果大家不顾长远利益，缺乏理性和诚意，那就没有对话和谈判的基础了。”

他握住宋处长的手，再次感谢宋处长的盛意并为他所受的委屈致歉。

“人渣！”宋处长对一溜烟驶离农庄的白颈仔愤愤不平。

三天后的上午，林氏家族高层扩大会议在客运公司会议室举行。雄哥端坐在董事长位子上，平静地看着每一个进入会场的成员。他温和地同走进来的每一个人打招呼，看着他们的面孔和眼神。大家坐在椭圆形会议桌前，出席会议的有二十来个人。有人神情凝重，有人窃窃私语。莫木在一个不引人注目的角落坐下，沉默不语。

“人齐了？那我们开会。”林志雄问，微笑着把目光投向客运公司经理柚子。柚子点头，起身，然后走到门口关上了会议室的门。

“看来，有些人已经知道了我们同欧氏客运公司谈判破裂的事情了？”雄哥平静地扫视了一圈，笑眯眯地继续问，“那，大家都说说自己的看法。”莫木已经感觉出了林志雄的心思，他不会把不满和情绪流露在脸上。对于这种事关大局的与欧氏客运公司的高层谈判，大佬还没有开会传达，有人就已经提前泄密，这是严重的犯禁。

柚子首先发言：“我们不应该在谈判前释放人质，这样没了筹码，欧秃子就毫无忌惮，他哪里还把我们放在眼里呢？”

雄哥歪着脖子，一脸祥和，没有看柚子，他只把脑袋歪向柚子一侧：“你是什么时候知道谈判破裂这个事情的？”他小声问柚子。

“昨晚上潇湘睡不着，打电话跟我说了一下事情的经过。”柚子回复他。

“哦。”雄哥微笑着点头。莫木不经意地瞟了林潇湘一眼，他正在全神贯注地抠他的手指甲。

大家纷纷发言，有人控诉欧秃子在江湖上的种种不义，有人数落欧秃子竟然丝毫不给宋处长面子，东拉西扯了半个多小时。阿松自始至终没有说话，林志雄注意到了这个细节，他对这个知晓内幕又不轻易表态的侄子总是高看一眼。

“现在听我说。”林志雄平静地阐述他的想法。

“释放欧家老三和那个大个子是大势所趋，他们没有犯死罪，我们不能用极端的方法率先出手。那么，长期关着他们？有意义吗？我们放了他，一是给足中间人面子，二是我们顺势有个台阶下，三是对欧家做到仁至义尽。冤家宜解不宜结，我们还要做生意，不是吗？他这次彻底失去了宋处长他们的信任与支持，在江湖上多了一桩劣迹。江湖啊，看上去鱼龙混杂，纷乱吵嚷，但它也是有规矩和秩序的场合，它是讲礼数、重义气的地方。人呐，不能把什么事都做绝了，吃相难看不说，也是在每天自掘坟墓。”他顿了一下，接着说，“那么，多行不义必自毙，放他一时又如何？”他目光有力，环视四周。接着对林氏家族所有企业，特别是客运公司提出安全要求：“今天的会议只有一个主题，那就是：今后一段时间，各业务板块全面自查自纠安全隐患，防患于未然，用心提防对手可能施放的各种明枪暗箭，哪个环节出事，业务板块负责人承担全责！大家听明白了没有？”

所有人都齐刷刷站起来，表态说：“明白！”莫木敏锐地预感到，这实际上是雄哥另一种形式的战前动员，他预感到，一场真正的较量刚刚拉开了帷幕。

林志雄散会前宣布，即日起，林潇湘调往地产公司售楼部任副经理，阿松调回总部任董事长助理。

会议结束。林志雄留下柚子、莫木、阿松。真正的会议这时候才开始。林潇湘的泄密意外改变了会议流程，但却使接下来的行动更加隐秘和严丝合缝。

雄哥他们在客运公司用完午餐，回到贝勒府的时候，林潇湘在家里和一个中年男人喝茶。柚叔留在客运公司处理业务没有随行。雄哥与那个中年男子简单寒暄过后，支开林潇湘，让他去准备赴任地产公司的行李，并对林潇湘说：“走前，我有重要的事情和你谈！”

林潇湘出门后，阿松关上了屋门。

莫木问那个中年男人：“阿鼓，你把了解到的情况和潇湘说了？”

那个名叫阿鼓的中年男人摇摇头说：“莫。”

莫木点了点头。

阿鼓是莫木安排进欧氏客运公司的线人，是个地地道道的广西京族人。京族人即使在广西南部山区的祖居之地也算是少数族裔，他们和高居越南人口80%的京族人也称越族人同源。有研究民族学的专家认为历史上越南曾是中国的藩属国，广西境内的京族人因战乱南迁至越南境内繁荣壮大。但也有学者持相反的观点，认为越南境内京族人经商或者避难渡过北部湾进入壮乡，定居繁衍，然后逐渐融入汉、壮、侗族社会。阿鼓只身前往欧氏客运公司应聘，不露痕迹地隐瞒了在林氏企业任职的经历。他已经在欧氏客运公司那边干了三年多时间，从客运大巴司机一直升任到人事主管。作为人事主管，他的主要工作职责是考核客运司机和为公司选拔驾驶技术过硬、薪酬低廉的司机。两广地区地理毗邻、语言障碍小、生活习惯相近、用工成本低，这成了广西籍低端劳动力在珠江三角洲颇受青睐的原因。为了打消欧秃子他们的怀疑，雄哥他们有意选择一位看上去和潮汕裔人毫无瓜葛的京族人卧底的做法看来是经过深思熟虑的。

阿鼓在欧氏客运公司刻薄、神经质、急功近利的经营模式中小心翼翼地顺势而为，每日逆来顺受，如履薄冰，工作也算小有成就，获得了欧氏公司的信任。

他简短地向林志雄和莫木介绍了欧家老三返回后的情况，欧老三的保镖回到公司驻地的当天下午，呕吐、眩晕，不能说话，医院已经下达病危通知。欧氏高层近期酝酿向林氏客运公司发起致命一击，但更加详细的攻击方案他并不掌握，欧秃子他们何时出手、地点、目标都不清楚。一方面欧秃子生性多疑，行动诡秘；另一方面，也有可能细节还在密谋中。

"'不和潮汕佬在大庭广众之下打打闹闹了，我要让他们从客运市场彻底消失。'这是欧总的原话。"阿鼓补充道。

在场的人都未说话。

雄哥又问了一些其他情况，然后转头对阿松说："阿鼓的薪水从本月起上调一档，你亲自落实！"

他告诉阿鼓，事情紧急，你一定要小心。有新的情况，请径直通过公用电话与莫大哥联系，不用亲自跑一趟。

"阿松，你开车送阿鼓走。阿鼓，安全第一，一定要小心保护好自己。"他握住阿鼓的手把他一直送到门口。

阿松他们离开后，林志雄立即打电话给柚子，直接明了告诉他要加强客运公司总部和停车场的安全警戒，防范可能的意外。他没有说阿鼓的线报。他知道，越少人知道这一情况，阿鼓就越安全。

林志雄叫林潇湘进屋。当着莫木的面，林志雄声音低沉、面孔阴冷地厉声训斥林潇湘口风不紧、难当大任。

"多用脑子！"他用食指顶住自己的太阳穴用力钻动，接着数落，"广府人有句口头禅，说有种人'周身刀，冇张利'，就是说你这种人，表面叽叽喳喳，浑身别满利器，但没有一把好用，没有一样技能可以解决问题！"

父亲鼻孔里喷着粗气，语气冷酷地说："背上你的行李，自己搭车去地产公司报到。没有认真反省之前不要回来。"他说。

林潇湘像个犯错误的孩子一样耷拉着脑袋，提着行囊出门走了。莫木坐在那里喝茶，看上去一副置身事外的样子。

两人坐在茶室里许久没有说话。

莫木拿出水烟筒递给雄哥。"嗯？抽颗烟消消气。这孩子也不容易，跟我们在缅甸丛林里的时候，他在童子军营地没少吃苦头……"莫木用广西口音的粤语说。

林志雄长长出了一口气。"我们兄弟好久没有坐下来单独叙叙旧喽。今晚，喝点酒吧？"他说。

莫木笑着说好。他知道，林志雄基本不沾酒，即使是非常隆重、非常重要的场合，他也是点到为止，润润嘴唇。他固执地认为，烈焰般的酒精容易让平静的大脑思维混乱和行为失控。“令人思维活跃、精力旺盛的东西很多，但酒精和毒品是最坏的选择！”他一直这么认为。

那晚，他们喝酒，饮茶，聊潇湘的短板和性格缺陷，林志雄倾诉他对长子的希望、失望和忧虑，一直到深夜。然后，雄哥昏昏沉沉上楼睡觉。阿松开车送莫木回到农场。

半夜，一阵急促的电话铃声吵醒了沉睡中的林志雄。

雄哥拿起电话听筒，那边传来柚子用潮汕方言慌里慌张报告的消息：有人在客运公司纵火，火势很大！纵火者已经抓住，消防救援正在赶来！

阿松和林志雄驱车过珠江大桥的时候，就看见江对岸熊熊燃烧的大火映红夜空，江面像是一片血色的镜子，滚滚浓烟在火光之上翻卷升腾。林志雄打电话给柚子，要他单独控制纵火者，不能交给警方，此事非常要紧，务必高度保密。

黑色奔驰轿车接近客运公司地段的时候，道路已经有些拥堵，大量消防车和警车停靠在客运公司大门出口两侧的马路上，刺眼的警灯不停地闪烁，尖利的警笛声深夜搅得附近的居民心惊肉跳。

地面到处是积水、乌黑的泥浆和散乱的帆布消防软管、杂物。客运公司附近的马路上，到处可以看见受惊的街坊在围观，火光映在他们脸上，红彤彤的，有人焦虑，有人露出诡异的微笑。

他们把轿车停靠在马路边，徒步往客运公司大门赶去。

阿松和负责警戒的穿反光服的警察简单交谈几句，警察放阿松和林志雄进入客运公司大院。

院子里到处都是人，跑东跑西的客运公司员工，维持秩序的警察，搬动消防水带的救火队员。五六台红色的消防车在距离起火中心三十多米远的地方喷一种白色的粉末。空气中弥漫着呛人的烟气。火势异常猛烈，巨大的火柱腾起十层楼高，火焰以上的滚滚浓烟宛如巨大的毒蘑菇翻卷上升，迅速地膨胀，势头凶险，面目狰狞。火场中心位于车辆检修车间那里，厂房的屋顶已经坍塌，水泥墙面在大火中发出毕毕剥剥的爆裂声。距离火场中心越近，空气越滚烫，炙烤燎人。林志雄内心惊骇，感觉麻木，一种活像要被烤焦一样的恐怖揪住心尖儿。他透过大火看见熊熊燃烧的客运大巴的骨架，火光前，几个穿着笨重的人在消防车那里扬起喷枪。

林志雄大汗淋漓。他和阿松在混乱、嘈杂的现场寻找柚子。离火场五十余米远的办公大楼的玻璃窗在大火烘烤下发出强烈的爆裂声。

他们与柚子会合。三个人边走边大声说着什么，背对火场，去往院内香樟树遮蔽的一栋僻静红砖瓦房。阿松蹲在树影里守住门口。

瓦房里空间狭小，窗帘拉得严严实实。屋内灯光昏暗，地面上堆满金属配件、汽车轮胎和油迹斑斑的油桶。两个男人坐在破旧的靠背椅上，泥地上跪着一个头发长而凌乱的黑衣人。

林志雄和柚子进屋的时候，坐在靠背椅上的两个男人起身向他们点头致意，没有说话。

林志雄低头看着那个跪着的矮个子。

“就是这个人吗？”林志雄问。

柚子说：“是这个杂种！夜班保安发现起火，赶过去的时候，这个湖南仔摔过来一个空油桶砸向保安，在逃跑时被捉住了！”

那个跪在地上的人赤脚，一直耷拉着脑袋，身体蜷缩着似乎想拼命收缩自己。

林志雄上前一把攥住那人的头发，用力把他的头往脖子后面扭。

林志雄看到了一张年轻、满是粉刺、惊恐的脸：细小的眼睛，被殴打变形的面颊，突出的眉骨，尖瘦的下巴，眼神像一只待宰的牲口一样慌乱而绝望。林志雄猛地拖拽他的头发，几乎把他悬空。他把他拖到窗前，拨开窗帘，露出一条缝隙，火光从玻璃窗缝隙里投射在那人扭曲的面孔上。

林志雄一直攥住他的头发。他低下身子，几乎是贴着那人的脸。那个满脸粉刺的黑衣人感觉到这个愤怒的中年人鼻孔喷出的热气。“好吧，我给你三个选择。”黑衣人从对方压抑、平静的声调里听出来克制怒气的巨大力量，“第一，我把你交给警察，你和你的老板去坐大牢，大火造成的车辆、房产、设备的损失，足以让你和你的老板在牢里蹲到白头；第二，我把你从旁边那栋办公楼顶上扔进火场，这样让你一了百了；第三，你跟我合作，把知道的全说出来，捡回一条狗命。”林志雄声音低沉，一句一顿。

黑衣人带着哭腔不住磕头求饶。说他愿意配合，把知道的情况全部告诉他们。林志雄一脚踹过去，黑衣人惨叫着飞出去，撞在空油桶上，发出“咚”的一声巨响。

林志雄用潮汕话和柚子耳语几句。

很快，柚子走了出去，径直去了火场参与救援。

阿松和林志雄夹着那个黑衣人，他们勾肩搭背，像亲昵的朋友，从客运公司僻静区一个狭小的侧门出来，驱车离开沸腾、混乱的火场。

第二天早上，似乎整个城市的人都在说昨晚大火的事情，茶楼饮茶的大伯大妈，还有江边林荫道遛鸟的老人，人们或者表情夸张地陈述火势或者故作神秘窃窃私语。昨晚那场惊心动魄的大火成了接下来几天里大报小报第一版显要位置的重头新闻，彩印图片赫然呈现了夜幕下烧红的天空和咆哮的火柱。

一家颇有实力的运输企业葬身火海，偌大的客运候车和调度大楼被大火吞噬，只剩下焦黑一片的废墟和空洞的残垣断壁，像是被海鸟啄食一空的巨鱼骨架。一夜间，整个大院子繁华褪尽，色彩顿失，活像被一种巨大的力量从上到下泼上了一层厚重的墨汁，呈现地狱般的单调、冷酷和死气沉沉。柚子禁不住失声痛哭。

令人猝不及防的灾难事件还搭上相邻街区低矮、残破的老民居。有消防员和参与救火的客运公司员工受伤住院。至于起火的原因，众说纷纭，警方仍在紧锣密鼓排查线索。

接下来的几天，林志雄都没有出现在客运公司的废墟现场。他异常忙碌，不断地外出拜访消防部门、保险公司的关键人物。在火灾后第三天，通过梁鸣的引荐，他秘密拜见了一位政界要人。拜访结束，在驱车回家的路上，阿松明显感觉到大伯几天以来首次出现的放松神情，甚至流露出如释重负的快慰。“老话说：危机！危机！是危险，但也是机遇。”他在车上对阿松说。

荔枝下市、龙眼上市的季节，林氏家族接连开了几个重要的会议。这几个会议奠定了林氏家族此后十余年的发展方向和重大投资转型。他果断终止了林氏家族借以起家和兴旺的客运业务，他像一个政客一样在企业会议上大讲国家发展战略和城市规划以及交通设施发展趋势，谈到未来城市轨道交通、高速铁路对今后社会生活的影响。他滔滔不绝、口若悬河，谈及守业与顺应趋势的辩证关系。“我们要在客运公司的废墟上建起一座雄伟的高楼！”他斩钉截铁地说。“这场火灾迫使我们浴火重生。意外之灾也迫使政府下定决心解决这片城中村的拆迁和改造项目。我们为了今天的局面，费尽口舌，和拆迁居民讨价还价，和利益各方漫长鏖战。现在好啦！一场大火，这一切迎刃而解。”他没有说出口的还有火灾后保险公司的巨额赔付。

火灾严重打击了林氏家族企业高管的信心，但作为家族掌门人，林志雄用他的机智和临危不乱向家族企业每一位成员传递信心和希望。他似乎把白颈仔欧秃子的事情忘到九霄云外去了。会议结束，与会者对大佬充满敬佩、对公司未来满怀憧憬。但私下，他们也对林志雄见利忘义、搁置仇恨的反常行为充满疑虑和不解。

林氏家族自此彻底退出客运市场。

从阿鼓那儿证实的消息是，欧老三的保镖在医院的病床上咽气了，大个子死于严重的脏器衰竭。

柚叔郁郁寡欢，嘟嘟囔囔。大火一举烧毁了他执掌的欣欣向荣的事业，也终止了他每天早出晚归、兢兢业业投身其中的全部人生依托、乐趣和使命。他手下的兄弟被分散到家族企业的各个不同的角落，客运公司负责安保的主管也因为疏于管理对火灾负有不可推卸的责任，从而入狱三年。尽管这招妙棋是大佬一手安顿妥当并运作得严丝合缝，但在柚叔看来，他毕竟眼下损失了一个兄弟。柚子仿佛自那夜大火之后眨眼之间成了光杆司令，活像一个海上落水者一样一下子失去了坚实的甲板，失去了在船甲板上掌舵的成就感。他每天还去客运公司上班，同那个看门人面对满目疮痍、到处是残垣断壁、黑黢黢的废墟，他看见露天停车场积水上漂浮着的肮脏的垃圾，失去屋顶的厂房里焦黑变形的汽车骨架，人去楼空，往日里熙来攘往的客运大楼一片狼藉，空虚颓废，死一般的寂静和触目惊心的破败感让人灰心丧气。他仿佛蹲守坟场的守灵人，面对着祭祀过后随风飞扬的一堆丑陋的灰烬。火灾现场释放着难闻的凄凉味道，活像充满尸臭气味的殓尸场。柚叔感到从未如此郁闷、失落，内心空荡荡的。他想，客运公司火灾，赖以起家的基业付之一炬，损失惨重，他负有主要责任；但仇家纵火，人赃俱获，理应迅速反击，既追索损失，也复仇惩罚，以正声威。他单等一声令下，带着几个兄弟扑向仇人，巴不得冲锋陷阵，一把揪出欧秃子的心肝喂狗。但现在，一切好像未曾发生。大佬严令所有人守口如瓶，不可轻举妄动。只有他仿佛一觉醒来，仍然在水里挣扎，上不着天下不着地。

中秋节快来临的时候，林氏家族在客运公司旧址上兴建楼盘的事情才办妥了前期所有的准备事项。阿松全程陪同林志雄跑市政规划部门、国土管理部门、城市建设部门、水、电、汽、环保、交通、房产、银行，等等。他们一趟一趟不知疲倦地递交申请，报送堆积如山的书面材料，早出晚回，经常很晚回家或者陪同重要人物吃饭、娱乐、住酒店。办一件事情挺不容易，就连雄伯这种植根花城多年，根基深厚、人脉广泛、神通广大的成功人士都疲于奔命，何况那些街市小民。在三个多月的时间里，林氏家族背后的工程技术人员和设计团队昼夜不停运转，任何一个管理橡皮图章的部门对他们上报的方案提出异议或吹毛求疵的要求，林志雄的团队都是快马加鞭、加班加点地改进和完善。林志雄明白，如此耗资巨大、牵扯面广、利益丰厚、前景美好的项目，分享蛋糕是不言自明的游戏规则。问题是如何下刀，切多切少是一个最为头痛的问题：有些人遮遮掩掩，神神秘秘；有些人狮子大张口，贪得无厌；有些人一本正经，看上去庄严神圣，油盐不进，其实内心充满渴望然而顾虑重重，矛盾交织。

“烧的纸钱多，招的饿鬼多！”林志雄对阿松说。他把阿松带在身边，让他全面了解家族公关的每一个细节，熟悉官场生态，结识重要的人物。看着一出一出粉墨登场的作秀表演，就是让他在一幕幕鲜活的演出中窥悉人性重重褶皱下面赤裸裸、生气勃勃、曲折幽暗的神经中枢。在遮蔽严实、曲径通幽、涂脂抹粉的文化烟雾后面，是阴暗、潮湿、细菌和病毒滋生的罪恶渊薮。对阿松耳提面命，悉心栽培，一方面是家族生意快速成长的需要，另一方面，也是基于长子林潇湘自身的性格短板的考量。林氏家族的事业必须后继有人，青年才俊必须经过选拔、考验和险恶商战江湖的锤炼才能担当重任。潇湘出生在缅北，母亲在战火中葬身异域。在战火纷飞，不断转战、逃亡、阻击的跌宕起伏的热带林莽鏖战中，林潇湘寄养在一对华裔村民家里，度过了童年。贫穷的缅北华人夫妇的庇护，童子军训练营，缺衣少食，乱云飞渡，陷阱和地雷防不胜防的灌木丛或落满枯叶的隐秘小径，露营日子遭遇的毒蛇猛兽……这孩子侥幸长大并具备顽强的生存和适应能力。但读书少，缺乏童年时期潮汕家乡浓郁文化氛围的熏陶，他性格中野蛮生长的自然属性左右着他，他总是无法安静，遇事缺乏思考和耐心，做事急急吼吼的，但他性格乐观，充满活力，喜欢和同龄人打闹嬉戏。但林志雄知道，这孩子担不起林氏家族这副重担。

礼拜天，林志雄难得空闲。早饭过后，他的妻子出去市场买菜，林志雄和母亲一边喝茶一边有一句没一句地聊起家常，阿松和周末在家休假的林潇湘陪伴左右斟茶说笑。近来，林志雄在繁忙的业务活动之余，听到了关于林潇湘在地产公司工作和生活中的一些传闻，他已经不声不响安排人去调查了。他准备在知晓更全面的情况后找地产公司负责人和潇湘谈谈。长子在新岗位三个多月了，熟悉了那边的人际关系和业务，也很快和同事打成一片。但他在那里没有安分太久，就和售楼部花枝招展的小姐勾勾搭搭，眉来眼去。更加令林志雄担忧的是，他不仅因为对售楼小姐雨露均沾从而引发女人之间的争风吃醋、明争暗斗甚至大打出手，他还像一只发情的公狗一样醉心于娱乐城的娘们。男人好色并不可怕，但毫无节制地滥交不仅仅是透支身体的自残行为，更是胸无大志、沉溺感官兽性的劣行。

林志雄和母亲说说笑笑，提及了过往久远的一些事情和一些阿松和潇湘非常陌生的故事里的名字。话题甚至说到了林志雄和他的弟弟也就是阿松爸爸幼年的顽劣，全然没有忌讳两个小辈在场。

屋外传来铁大门开启的金属碰击音，林志雄的妻子从菜市场回来了。

“阿妈！雄哥！均伯从老家看咱们来了。”林妻在院子里高喊。然后就听到了一个男人中气饱满的说话声和爽朗的笑声。

随同林妻一起进屋的是一位精神矍铄的老人和王顺心。

林母迈着小脚麻利地迎到门口，神情兴奋。那老人把随手带来的礼物放下，阿嫂长阿嫂短地问候，然后把礼包交给了她：“这些都是家乡的特产，上等的深海花胶、瑶柱和阿松妈妈亲手做的各种花样的米粿。”

寒暄过后，大家坐下来吃茶。林潇湘陪继母出门再返菜市场，老家尊贵的客人到来，自然要准备丰盛的菜品。

林志雄烧水换茶。这是潮汕人饮茶待客的规矩，客人到来，烫洗茶具更换新茶是基本的礼仪。王顺心起身打开了他刚刚拿进屋的纸箱：“试一下我带来的茶叶。三种香型，凤凰山正品。今年新茶，我已经窖放三个多月了，茶性醇熟了。”

王顺心并不是祖安镇上的人。在潮汕老家，乡邻们称他王木匠。其母是林氏家族嫁出去的闺女，王木匠算是林家的甥侄，他叫林志雄舅舅。他在花城经营一家名叫“苍雀鸣和”的茶艺和木雕工艺品店有些年头了，打从雄哥“海上贸易”不声不响启动之后，他就顺利登陆花城，利用祖上单传的金漆木雕技艺经营门店，后来又盘下了家乡的一座规模不大的茶山，捎带经营自产的茶品。在广府经营几年，口味挑剔、刁钻的老茶客和身份体面、谙熟红木雕刻工艺品的高端客户积累了不少。他是每周五应邀出席林氏家族高管晚宴的局外人，与林家往来频繁、随意，觉察不出功利色彩。隔三岔五，他熟门熟路过来喝茶，同一家老小谈天说地。王家在潮汕地区世世代代以木工手艺为业，他们家族精工巧作的金漆木雕工艺品在十里八乡享有盛誉，所以“王木匠”是对这个家族所有传承这门手艺男人的统称、尊称和昵称。爷爷去世后父亲接过了这个名字，现在，这个称呼归王顺心所有。

滚烫的开水烫洗茶具，然后新茶冲水，第一遍洗茶、醒茶。一股奇异的兰香随着水蒸气弥漫开来。林志雄第二次把滚烫的开水冲入茶碗，用茶碗盖轻轻刮去上面的浮沫，把盖子送到鼻子下轻轻地嗅闻。“真香！”他说。

浓浓的茶汤入口，饱满的兰花香味充溢口腔，纯正的半发酵茶汤滑过舌面，趁热吞咽，持久的醇香味儿绵绵不绝，经久回味。这神奇的淡黄色液体如缕不绝地传递森林的气息，阳光的味道，茶树生长的高山半干旱环境下清风、雨露、岩石、溪流、云雾的生动讯息——鸟语、花香、山岚、星空、露珠的灵性与野趣……层层叠叠，如余音绕梁，袅袅婷婷……茶汤抚弄着味蕾，回味甘甜，给人遐想，令人放松。

“天呐……天……空谷幽兰，如丝如缕……”林志雄喃喃自语，像一个美食家一样轻闭眼帘，嘬咽唾液，在味蕾体验中沉湎流连。

王木匠听深谙茶道的林志雄如此评价，开心得像个孩子，脸上泛着红扑扑的光泽。

潮汕人祖上种茶，历史久远。到了清代中期，潮州工夫茶冲泡的人文讲究与茶艺程式形成一套完整体系，饮茶之风盛行。在潮汕，人们把茶叶叫作“茶米”，是和大米一样司空见惯又须臾不离的生活必需品，食可以无鱼无肉，但饮不可一日无茶。随着潮汕商人外出经商，工夫茶走出家乡，又因为敢于冒险的潮汕人“闯番南渡”，把潮汕工夫茶以及茶文化播撒到了南洋和更遥远的大陆。流传在当地的茶文化主要讲究：茶具讲示、净手入座、泥炉生火、砂铫掏水、榄炭煮水、烫罐温杯、茗倾素纸、壶纳乌龙、甘泉洗茶、提铫高冲、壶盖刮沫、淋盖追热、烫杯滚杯、浅斟茶汤、关公巡城、韩信点兵、敬请品味、先闻茶香、和气细啜、三嗅杯底、瑞气圆融等诸多细节要领，老茶客如数家珍娓娓道来，把日常饮茶活动推向历史与文化的关联中，一招一式都透露出文化渊源与历史典故。外乡人见此，驻足寻香而来，莫不称奇赞叹，跃跃欲试。

厨房里，林妻和林母愉快地忙碌。菜刀在木案上发出带节奏的“嘚嘚嘚嘚”声的时候，均伯郑重道出了此行远道而来的目的：今年春节是林氏宗族的大年，每六年一届的“迎老爷”仪式将从正月十五元宵节开始，迎神赛会持续六天。这是宗族的大事。

“迎老爷”是潮汕地区流传甚广的祭神活动。

相传林姓始祖来自商朝纣王时期的贤相比干。比干是纣王叔父，曾倾力辅佐两任君王主政天下，品性正直耿介，疾恶如仇。纣王得天子位久，荒疏朝政，耽于享乐。比干忧心如焚，多次秉笔直书，进言劝谏。一日于殿上激语，触怒纣王。王曰：口口声声赤胆忠心，却屡屡让本王难堪失颜。你自比圣人，挖出心来让寡人看看是否赤如红日还是黑如漆炭？比干执剑割腹，剖出心脏，掷地怒视纣王。民间传说，比干因为曾服用过姜子牙馈赠的灵丹妙药，没了心脏依然可以不死，他拂袖出殿，遁入山林。此后，比干无心，化却私情，主持公道，没有偏废的美名传遍天下，他成了正义、公平的化身。百姓供奉他作为买卖公平、童叟无欺的财富之神。再说比干家人为躲避朝廷追杀，逃于河南上林，其妻诞下一子。纣王覆灭，周武王成就霸业，闻听此事，召来比干之子，依避难地赐其林姓，命名林坚。此为历史上林姓第一人。从此，林姓开始在上林出生地生根发芽，开枝散叶。及至北宋末年，北辽骑兵渡过黄河、挥师南下的时候，林氏家族在赵宋王朝宫廷为官的头人为躲避战乱和金兵对汉人的大屠杀，带领家族成员从河洛地区一路辗转逃亡。都城开封沦陷后，游牧民族的马蹄和弯刀在广阔的中原地区一路所向披靡。烽火四起、兵荒马乱的岁月，林氏一族拖家带口，风餐露宿，一年后渡过长江，暂时落脚在九江庐山一带休整。逾半年，北宋徽宗、钦宗二帝被北方兵蛮掠去漠北，史称“靖康之耻”。民间盛传：不久，宋徽宗被女真人剥了人皮，制成“人油灯”照明，钦宗目睹父皇被大卸八块放在大鼎内炼制人油的过程，号啕大哭，数度晕厥。金兵势不可挡，一路南下，饮马西湖。匆忙被推选继位的宋高宗还是个幼童，宋室残兵败将簇拥着小皇帝从浙东逃亡海上，在茫茫大海上续命、流亡四月有余。几年后，蒙古人与金人发生争端，南宋联蒙抗金，形成南北夹击之势对付强敌，不想饮鸩止渴，引狼入室。金人被灭，而蒙古人大举南下。1235年，宋元战争爆发，鞑靼骑兵的铁蹄声响彻黄河、长江流域广袤的平原、山丘与河谷。林氏族人再度举家上路，一路向东南流落闽地。在山大林密的武夷山区安顿下来，先后有两位体弱多病的老人在此亡故，青冢他乡。

族人守灵数十载，寄居异域，渐习闽语。

忽一夜，亡故的亲人托梦给头人，在梦中，皓首白髯的父亲暗示他，带领族人一路向东南方向，去往一个三江交汇、云霭缭绕、东邻大水的地方。那里是梦中的家园、富庶温暖之地……

头人惊醒。待到天明，家族成年男丁会商南迁动议。最终，族人中，有一家人因家眷临产，留在老人安息之地坚守，其他人收拾行囊、干粮，三日后启程。

宋元战争打了三十多年。南宋军队的最后一支武装且战且退，到达陆地最南端的广东新会、江门一带。在濒临大海的崖山进行最后殊死的抵抗。“崖山海战”最终全线溃败，十万将士自杀或投海为赵宋王朝殉葬，海面浮尸盈天。南宋大臣文天祥的诗记载：“揭来南海上，人死乱如麻。腥浪拍心碎，飙风吹鬓华。”

高高的南屏山以南，云雾缭绕的潮汕平原，那时还是蛮荒之地，河汊纵横，荒无人烟。在沼泽之乡，猛兽出没，鳄鱼隐伏。林氏难民在此安营扎寨，垦荒种植，定居了下来。逾三年，留守武夷山区的林家人辗转来投。再三年，林氏家族组织青壮年男丁重回武夷山区，将埋葬在那里的亲人遗骸迁至潮汕地区族人的定居地重新下葬。这场旷日持久、规模空前的迁坟活动之后，林氏家族的定居地终于有了正式的名字：祖安村。意思是祖宗灵魂安息之地。多年以后，祖安村人丁兴旺，规模不断扩张，他们还在村子的风水宝地建起了气势雄伟、飞檐斗拱、雕梁画栋的林氏宗祠。这就是后来享誉十里八乡的祖安镇。

迁坟仪式那年的春节，头人决定自此以后，每六年组织一次大型的纪念活动，主旨是祭奠、祈福、迎神、庆典。

“出门九十九，武夷丢祖宗。幸留十九口，乞怜再启程。高高南屏山，耸立入云端。莲花山头望，低云瀛水到天边。鳄鱼叼食淘气仔，魔沼之地路难行……”广泛流传于祖安镇一带的民间歌谣生动记述了林氏先祖拖儿带母九十九人一路流亡、迁徙的历史。

林氏祠堂里，陈列着祖先使用过的生产、生活用品，如农具、器皿、蓑衣、斗笠，还有历代林氏先贤、名人的画像、身世简介和家书。被林氏族人视为珍宝的是锁在红木玻璃柜中的几卷纸质泛黄、边缘缺损、竖排版的线装书——林氏族谱。多卷本的林氏族谱是林氏后人慎终追远、缅怀先祖的重要文献和生命指南。家族男丁出生，及满周岁，在宗祠盛宴亲友，由家族长老主持认祖归宗仪式：掌灯焚香，首先祭祀先祖；然后按照字牌命名新生儿，一遍一遍在列祖列宗的灵位和画像前面呼唤新生儿的名字，祈祷祖先的亡灵护佑新丁；最后，翻开族谱，研墨提笔，由文房先生郑重其事地在其父兄的名字后面记录男孩的姓名、生辰。及至孩子成人，翻阅族谱，沿着血缘线索，不断上溯宗族历史，他能够清楚知晓“我是谁”“我从哪里来”，然后用终生实践，回答要往财富聚集的地方去。

丰盛的午饭开始的时候，林氏家族在花城创业打拼的重要人物陆续到齐。林志雄举起酒杯，用潮汕话说：“涵盖弄欣！”这是一句家乡口头祝福语，意思是：全都兴旺。年届七旬的均伯看着一个个由他主持入族仪式、当年还嗷嗷待哺的婴孩如今已是春风得意、事业有成的大人时，感慨不已。他乐呵呵地接受每一个小辈的敬茶和祝福，谈笑风生。

修缮祠堂和迎神赛会的经费问题在席间轻而易举地就敲定了。香港、澳门和南洋番邦的林氏后人的邀请，均伯正式委托林志雄办理。

“感谢大家一直以来的支持！林氏家族兴旺发达、枝叶繁茂是神的护佑、祖上的恩典和后来者勤勉努力的结果。这是我最后一届主持庆典。”均伯说。起身向大家鞠躬。

众人愕然。长辈向晚辈行礼让他们惊慌失措，加上均伯口中的“最后一届”令人费解。席间一片哗然。

均伯要大家都坐下，他慢慢道出了近些年他对家族后事的安排和后继人的栽培。他说：“江山代有才人出，一代更比一代强！我老啦，祖安必须要有新人来接棒。”

“大家放心！祖安镇林氏家族历经八百多年，风风雨雨，世代传承，只有根系发达才能枝叶茂盛，抵御风浪！”均伯表达干净利落，语气铿锵。柚子在老人的身上，仿佛看到雄哥的影子——声调不高，语速缓慢，语气不容置疑。

第三章

农场那些事

林志雄紧张筹备在客运公司火灾原址兴建地产大楼奠基仪式的时候，莫木负责的农场那边近来发生了一些烦心事儿。这让林志雄非常闹心。大火造成的社会影响还未消除干净，拆迁、楼盘立项、报建、开工前的准备等，棘手的事情和矛盾层出不穷，对纵火主使者的惩罚已在隐秘地推进，大网正在不露声色中铺开。此时，传来农场那边与所在地村民摩擦加剧的消息，纷争大有愈演愈烈的态势，此事在林志雄看来有些蹊跷。“人为财死，鸟为食亡”，生存是比天还要大的事，林志雄安排阿松做准备，礼拜五一早去一趟农场。

周五上午七点来钟，林志雄和阿松驱车进入白云山林区。随着旱季的到来，空气清爽，艳阳高照。北回归线以南阔叶与针叶混交林生长繁茂，郁郁葱葱。欢快的鸟鸣声在丛林空谷回荡。

车子经过农场山脚的村庄，阿松远远看见村口的大路上设置了一处路障，三四个穿迷彩裤、短帮皮靴的青年人守候在那里。一个染着红发、留着鸡冠头、臂戴“治安”红袖章的人将驶近的车辆拦下，语气凶狠地盘问阿松的车辆去哪里。

“去上面水库钓鱼。”阿松说。

“这个检查站是查什么的？”阿松随口问。

鸡冠头并未理会，也没有看阿松。他似乎对着空气说：“交一百块过路费！”

“为什么？”阿松问。

“路是我们村花钱修的。使用它就要交过路费！”那人瞪着阿松，凶巴巴地说。

“听说这路是农场林老板出资修的。不是吗？”阿松语气温和地说。

“你们是干什么的？”那人抬高语调。

“钓鱼的。”阿松回复。并没有看那人。

“那你啰唆什么？交钱，通过。不交钱，掉头回去！”那人很不耐烦地高声咆哮。坐在不远处树荫下的两个年轻人朝这边看过来。一个穿黑色紧身上衣、迷彩裤的男子走过来，手上拖着一人高的钢管，钢管在水泥路面上跳舞，发出“嘚嘚嘚”的金属磕击声。林志雄从后排探了探身子，拍了拍阿松的肩膀，向阿松扬了扬下巴。阿松掏出一百块钱递出车窗。

鸡冠头梗着脖子收了钱，看上去很不情愿地去马路中间移开木马。

车子驶过村子，拐弯进入去农场的岔路。

林志雄他们在农场两层小楼前停稳车子的时候，莫木出来迎接他们。

三人进屋，坐下来喝茶，小声聊了起来。

最近一段时间，村里有几个年轻混混隔三岔五来到农场，他们跨在吼叫的摩托车上，不断扭动把手上的油门，把发动机轰到震天响。混混们提出要求，用命令的口吻勒令农场必须重新与村里签订山地承包合同。他们说，多年前林氏家族与村委会签订的合同转让金额太低，不公平，村里人吃了大亏，他们要为父老乡亲讨回公道。对于村里年轻人的折腾，村委会里的几个主要头目并不同意，他们是当年这桩交易的当事人。他们告诉年轻人的理由无可辩驳：首先，这桩交易当年并不吃亏，三座无人问津、杂树丛生的荒山出售三百万元，这笔钱当年是可以在花城最繁华热闹的地段买到一栋气派高楼的；其二，当年村委会没有资金和实力来开发和利用这片偌大的山地；其三，林氏家族在此经营农场已有十余个年头，改造荒山投入了巨大的人力物力；其四，当年林氏家族为开辟农场出山的道路，一并花钱为村里修筑了宽阔的水泥马路，是一大善举。

年轻人在村子里提出的动议受阻后并未善罢甘休。他们在村里咒骂村干部吃里爬外，胳膊肘往外拐，出卖村民利益。村干部中间，也有胆小怕事的人保持了沉默，当然，更有诡计多端的村干部希望两面讨好，从中揩油牟利，背后使坏的。另一方面年轻人到处煽风点火，蛊惑意见摇摆不定的村民趁机拉拢人心。他们的要求遭到莫木严词拒绝后，村里的年轻人在一天深夜挖断了农场与村道接口的道路。为此，农场的工人和那帮人发生了冲突，双方大打出手，棍棒飞舞。警察赶来出面调解后，冲突两方先各自治疗伤者。这样，事态表面上看上去风平浪静了几天。他们不再挖农场的路，转而在村口设置路障。农场每天清晨去往市区配送蔬菜、瓜果的车辆经常被拦截，往往需要武力押运通行，对峙和摩擦成了家常便饭。混混们执拗地纠缠农场，看上去一副不会善罢甘休的样子。莫木他们通过村委会的人摸底，很快，问题的症结水落石出：出现这一情况是因为村子里一个坐牢回来的名叫“虾仔”的人从中作梗，他笼络了村里几个无所事事的烂仔，背后联合不久前病故的村支书的儿子，他们公开依据的理由是由于近年土地价格飞涨从而在村民心理上造成的巨大落差，但背后真实的意图是提出要入股农场，参与分红。村支书姓罗，村里人叫他“罗老大”。罗老大患癌过世后，接替他职务的是个年事已高在村子里没有多大威望的病篓子，主心骨的老迈和昏聩使混乱和纷争无法得到有效控制。而罗老大活着的时候是村里说一不二、德高望重的头儿，他是林志雄他们谈判购买山地的主要联系人和购买合同细则的制订者。他的警察儿子当时并不起眼，在林志雄的印象里，拜访老支书的时候，在他家里见过他儿子。他儿子叫罗文明，话语不多，看人总是不经意用偷瞄的方式一瞥而过，目光闪烁，阴气很重。当时林志雄并未在意那个神情诡异的后生，但现在，这个警察成了那帮人的幕后主使。表面上，他似乎置身事外，并不参与交涉，也不抛头露面。

林志雄仔细听完事情的来龙去脉，抬腕看了看手表。“时间还早，你去村里一趟，约村干部、虾仔和那个警察，下午三点在农场谈谈。你和阿松出面。我只做旁听。”他对莫木说。

然后，林志雄和阿松从汽车后备厢搬出了钓鱼的各种工具包，一名农场工人从厨房里提了两个灌满开水的热水瓶。“茶具和茶叶要带吗？”那工人用潮汕话问。阿松摇了摇头说：“不用了，包里面都有。”

三人收拾好东西，背着沉甸甸的钓箱、竿包，从小路上山，一路去往半山腰的水库。农场的小黑狗跟在他们屁股后面摇着尾巴，一行三人和小黑很快消失在茂密的树林里。

莫木和司机上了皮卡车，下山去了。

小水库的水面有六七百亩的样子，青山环绕，水质清澈，鱼儿不时跃出水面，发出巨大的水花声。四岸杂树丛生，绿草如茵。林志雄坐在一株高大的橄榄树的浓荫下挥竿，看着鱼漂在水面上随风摇摆，一边心平气静地思考下午三点钟的谈判。阿松忙完了所有钓鱼的准备工作，在自己的钓位插好鱼竿架，往两个钓点抛了几个打窝的饵团。然后在大伯身后的橄榄树下找到一块平地，支起了一个简易铝合金折叠小桌，开始烫洗茶具，冲泡工夫茶。

林志雄酷爱钓鱼。除了喝茶以外，他最钟情的户外休闲活动就是坐在水边，安静地守候。他熟悉鱼类的习性和爱好，他知道什么鱼种喜欢活动在什么水层，它们的摄食口味和在水下看不见的地方游动、栖息的习惯：鱼儿在水下游动时推动水面形成的波纹，鱼儿呼吸时吐出的气泡，浮漂轻微的变化，这些都是判断鱼情和鱼种的重要依据。掠食果腹是任何一种动物悲情的宿命，而人类的贪得无厌、欲壑难平并不比水下的鱼儿高级和神圣。林志雄在垂钓中悟出的真谛是：投其所好，耐心守候。

时近中午，虽然中秋已过，但气候异常炎热。鱼情不紧不慢，虽然令人讨厌的小杂鱼不断骚扰鱼饵，但林志雄知道，在自然水域，这是不可避免的状况，在杂然相处的大自然面前，任何物种都一视同仁有适应生存的权利，它们有各自生存的诀窍和秘密。

微风习习，涟漪如丝。小鱼突然停止闹窝，林志雄打起精神，目不转睛地盯着鱼漂。多年的垂钓经验告诉他，疯狂啄食的小鱼一旦消失，一定是大鱼到来前的短暂平静。果然，随着浮漂漫不经心的几次轻微点动，然后，水面上红色漂梢慢悠悠地下沉，然后没入水中，林志雄果断提竿。鱼竿受到强力牵引非常沉重，弯成满弓。大鱼拖着鱼线开始缓慢移动，绷紧的鱼线发出尖锐的呜呜声。林志雄离开了座位，开始在岸边移动绷紧的身体。阿松他们听到了鱼线发出的尖厉呼哨，这是刺激每个钓鱼人的梦幻般的声音。他们扔下手中的鱼竿，提了抄网赶来帮忙。大鱼拉着鱼线一直往深水区下沉，红绿相间的鱼漂早已没入深水，竿尖点动，几乎已经接近水面。林志雄双手握竿，紧紧地把鱼竿抱在怀中。水下那个庞然大物慢吞吞地游弋，有一股满不在乎的蛮横和不慌不忙的从容劲儿。绷紧的鱼线切割着水面，呜呜的呼哨声挑逗着钓鱼人的神经。它看上去不肯轻易就范，在水下仿佛闲庭信步，并不像小鱼被锐利的钢钩刺中时拼命地扑腾挣扎。十来分钟后，林志雄大汗淋漓，气喘吁吁。他不停地念叨：“好家伙！好家伙！”

阿松接替了林志雄手中的鱼竿。他已经感觉出这条大鱼巨大的力道。林志雄呼哧呼哧地喘着粗气，他告诫阿松一定要沉住气，千万不要着急将大鱼从它熟悉的深水水域拉上光线强烈的水面，以免刺激大鱼发力逃窜，从而酿成爆竿或断线局面，这样将鸡飞蛋打，徒劳一场。

大鱼一直在水下不慌不忙地游动，看上去慢条斯理，满不在乎。

突然，它停了下来。它就稳稳地定在深水里看不见的地方一动不动。阿松抱紧的鱼竿仿佛挂在了水下的石墩或树根上，任凭阿松如何用力，那条大鱼纹丝不动。它停歇在水下幽暗的地方，全然不顾鱼钩给它制造的疼痛和伤害，活像长了根一样定在那里，坚如磐石。它倔强地与岸上的人对峙着，表现出一副蛮不讲理、一较高下、破釜沉舟的架势。

林志雄在岸边捡起一块小石头，开始敲击阿松怀中的鱼竿，敲击制造的鱼竿振动会牵动鱼线，刺激鱼钩给它造成的伤口。钓鱼人必须让大鱼游动起来，这样才能消耗它的体力，直到它筋疲力尽从而就范。但它并未理会他们的小把戏。它死亡一般冷酷，恍如不曾被一根索命绳索牵引着。岸上的人束手无策，阿松依然抱紧鱼竿，汗水湿透了T恤。他坐在泥地上，牛仔裤上满是泥污和绿色的草汁。

岸边的杂草已经被他踩踏得一片狼藉。但他不会放弃，也拒绝了别人接替。他喘着粗气，脸色煞白，表情扭曲，紧咬牙关，腮帮子鼓突，脸皮下露出鼓鼓囊囊的咀嚼肌。

莫木的黑狗兴奋地吠叫，望着水面跑来跑去。然后，它像是觉察到什么，停在那里，竖起脖子，耳朵转来转去。一转眼，它跑下堤坝，消失在了树林里。

不久，堤坝下的树林里传来说话声。小黑从小道上跃出身体，跑上堤坝。莫木他们来了，告知林志雄他们准备下山吃午饭。

见到大鱼上钩，莫木异常兴奋。他快步跑过来，搓着双手，嘴里“嚯嚯”地叫着。

“换我来对付它！”他对阿松说。接过了鱼竿。黑瘦的莫木双臂满是疙疙瘩瘩的肌腱，他死命地握紧鱼竿。在僵持了一阵后，他开始艰难地往橄榄树以外开阔的地方挪动。他双脚蹬在泥地上，一只脚上的人字拖鞋扭曲变形，翻转到了脚背上。小黑不停地吠叫，扭动着身体，两只前爪奋力地刨着地面，望着平滑如镜的湖面。莫木喘着粗气：“不要让小黑冲进水里！”和莫木一起上山来的人抱起小黑，站在岸上观战。

大鱼在水下纹丝不动。

莫木一点一点地往远处移动。鱼竿弯曲到快要炸裂的弓形，竿头已经探进水面。他艰难地挪动后仰的躯体，调整有利位置。“轻轻弹动鱼线！”莫木气喘吁吁地说。

阿松探出身体，像拨动吉他弦一样用指尖弹拨鱼线。鱼线发出紧绷的嗡嗡声。

大鱼似乎并不理会。

“继续。”莫木用尽全身力气稳住手中的竿。

嗡嗡的弹奏声持续了四五分钟。这要命的振动刺激着大鱼受伤的神经，它开始剧烈反击，在水下横冲直撞。莫木大叫：“闪开！”他被大鱼牵动着在岸上跑来跑去，像一个被甩来甩去的小人儿。但他狠命地抓着鱼竿，绝不松手。阿松冲了过去，从身后紧紧抱住莫木的后腰，以免他被拖入水里。小黑在那人的怀里激烈地挣扎，大声吠叫。

在一阵剧烈的角力过后，大鱼试图冲向远处水域的尝试被控制住了。它牵动鱼线在水里游来游去。在阿松的协助下，莫木始终摆动鱼竿引导大鱼游动的方向，决不让水面下的大家伙停歇下来。后来，它又有两次试图挣脱要命的束缚，重回自由，但都被岸上那两个该死的人冷酷阻止。它乌黑的背鳍在水面露出三角形的尖角，像利剑一样划开水面，巨大的黑色身影在水中若隐若现。“黑鲩！”林志雄看到大鱼漆黑尾鳍晃出水面时惊叫。

约一个小时后，大鱼不再挣扎，它精疲力竭，雪白的肚皮翻出水面。莫木把鱼竿交给阿松，他跳下水里，协助岸上的人成功把大鱼送进抄网。大家一起用力，把大鱼拖上岸。

一行人收拾了东西，抬着战利品，说说笑笑下山回到农场吃午饭。

下午的谈判，林志雄本来安排莫木和阿松出面去接洽，留下余地，达不成沟通，大佬再出山是一种慎重的策略。在他眼里，这几个人的小打小闹不足挂齿。但擒获大鱼的兴奋让他有了好心情，那么，既然来了，冤家宜解不宜结，就试着解开这个结吧。他想。

农场小楼一楼大厅的门敞开着。村里来的人和农场的人坐在宽大的木质茶几周围喝茶。大家东拉西扯，话题围绕农时、雨水、邻近村庄的富庶和他们认识的富豪人家的趣事打转。这就是成年男人进入正题、讨价还价前司空见惯的兜圈子和心理预热，一团和气的背后隐藏着缜密的心思和狡黠：人们大都不会一开始就直奔主题——客套话开场，嘘寒问暖，酒色财气，长辈、家人、收入、时运、天气……兜兜转转，忽远忽近，云遮雾绕。然而，就是在这看上去不经意的拉家常过程中，利益诉求各方察言观色，预判对方的底气、心情、实力、性格、耐心等，为后面接踵而来的交锋调整思路与策略。林志雄面带微笑，客客气气听他们说话，阿松动作熟练地冲茶、斟茶、递烟。虾仔——那个高高瘦瘦、一副魂不守舍、满脸不屑表情的男人把头仰靠在木沙发靠背上，显得傲慢无理，烦躁不安。已故老支书的警察儿子今天休假，专门穿了警察服装参加谈判，他可不想被人小看，他明白这身执法者的制服在无声中透露出的威严、居高临下所产生的微妙心理威慑。他低着头，手上一直在盘弄一块青玉雕刻的貔貅。

貔貅是民间寓意财富的神兽，这头长着狮虎的头颅、体型富态臃肿、四肢短小的怪物因为没有排泄的肛门而成为中国民间聚财、守财的图腾符号。传说这个只吃不拉、形貌丑陋的“四不像”，拥有饕餮巨胃，什么珍馐美味、金银财宝、荣华富贵统统被它囫囵吞下，再也不会消化分解一丝一毫。它是闽、台、浙、粤一带商人崇尚的文玩。林志雄终其一生也难以明白这个吃尽林林总总、永不排泄、贪得无厌的怪物如何成了名商大贾和煞有介事的名流、文人须臾不离的宠玩和招财进宝的瑞兽的。阿松起身给大家散烟，其他人都接住了，罗文明面无表情，没有表示，也未拒绝。阿松就把一支烟放在他近前的桌面上。虾仔双手插在裤袋里，摇头拒绝，眼神傲慢、散乱。阿松没有理会。

与农场两层小楼形成直角的是一排红砖瓦房，那里是农场的厨房、杂物间和厕所。厨房门前一棵高大的扁桃树挂满果子，青色果子像芒果外形样子，只不过个头比芒果小一些。扁桃树浓荫下边，水龙头在往一个大木盆里注水。那条大鱼就仰面朝天躺在水盆里，厨师用一把宽刃菜刀在鱼体靠近鱼尾的地方切开一道很深的伤口，他要赶在大鱼咽气前让它把体内的血液排尽，这样，晚餐端上桌的生鱼片才雪白透亮。如果它已经死亡，血液凝固在肌体里，血流就无法排放干净，这样做出的鱼生就不地道，也影响菜品的看相。按照林志雄的安排，谈判和沟通顺利，就挽留客人在农场共进晚餐。

水喉在不断地流水，大木盆里殷红的血水流溢出来，满地都是血水。大鱼看上去奄奄一息，它巨大的鳃一张一合。

在林志雄的示意下，村长把话题扯到农场与村子的事情上。林志雄平静地说，想听听村委会的意见。

村长说："这事是铁板上钉钉的事，老支书在世的时候主持了这桩交易，白纸黑字的书面合同写在那里。我没什么可说的！"

虾仔跳了起来。他细长的脖颈青筋暴突。"放屁！嗦嗨（粤语：臭逼）！"他恶声咒骂。

其他村干部站起来劝解。那个警察低着头，纹丝未动。

阿松站起来，林志雄用眼光示意阿松坐下。

"你算什么东西？代表村委会收取木器加工厂保护费，对修房造屋的村民吃、拿、卡、要。你这样迟早还要遭报应的！"村长也不示弱，厉声训斥。村长是个矮壮的中年农民，穿着有领的横条纹T恤，那张平庸敦厚的脸写满愤怒。

罗文明并未站起来，他略微抬起来头。"大家是来说事情的，过头话不要讲啦。"他说。听上去他没有倾向争吵的任何一方，也在婉转批评争吵的双方。林志雄喝着茶，没有看任何人，他竖着耳朵仔细推敲眼前的争吵人和旁观者的心思。

冷场，赌气，抱怨，嘟嘟囔囔，一个多小时时间，商谈没有任何进展。罗文明事先告诫虾仔，千万不要先亮出底牌，况且，今天是在大庭广众之下。因此，关于入股农场、参与分红的事只字未提。他们反复纠缠的主题是：现在土地价格飞涨，造成了当年出让山地的买卖不公平。后来，林志雄看着这样口舌缠斗毫无意义，他语气平缓地阐述了三个观点。第一，十多年前的购地合同在当时物价水平情况下公平合理，不然，书面购买合同不会有上级政府多个部门的签字同意和加盖印章；第二，有人认为农场利益丰厚，那么，我可以告诉大家，迄今为止，农场并不盈利，所有收入支付雇工薪资、种子、肥料、机器、耗材等费用，开支过后基本持平。大家都是庄稼人，靠种地能发财村里就不会有那么多农地撂荒啦；

第三，我是农民出身，和大家一样对土地深有感情，看到土地和上面的庄稼就心里踏实。再过几年，我老啦，回到山上种种菜，养养鸡，钓钓鱼，就这么简单。“但是！”他说，“如果有人眼红，我现在就可以把农场双手奉还，前提是退还当年购地的款项，支付山地改造、道路、喷灌、果树、建房的所有投资，这不是一笔小数目。当年在这荒山野岭，挖掘机和大量人力花了三年多的时间一点一点才刨出今天这个样子。”

“其他摆不上桌面的心思，免提！就这样。”林志雄斩钉截铁地结束了会谈，也算婉转下达了逐客令。

第二天一大早，到农场来干活的村民带来了一个令人震惊的消息：昨天深夜，村里有人被砍。几个蒙面人闯进村长家里，他们殴打了村长，打烂门窗和家什。邻居听到激烈的打斗声起床赶过去的时候，那帮人很快逃进了黑夜里。

浑身血渍的村长被村民送进医院抢救，生死未卜。

一时间，村里众说纷纭，人心惶惶。

整整两天，村长在医院昏迷不醒。第三天中午的时候，医生走出重症抢救室。他说村长命大，他活过来了。因为抢救及时，他终于脱离了危险。但失血过多，人很虚弱，他的儿子就躺在并排的另一张病床上为父亲输血。林志雄和阿松在病房里待了很久，告辞的时候，他把一个沉甸甸的信封交给伤者家属，小声叮嘱他们耐心伺候病人，其间的治疗费由农场支付。“行凶者一定会得到惩罚。眼下首要的事情是病人的康复。对了，病情稳定后请告诉你儿子，他是好样的，我想见一见他。”他对村长的女人说。

接近年底的时候，是村委会选举的重要关头。村长出院在家里调养，行凶者自那一夜之后石沉大海，警方并没有获得什么有价值的线索。罗文明就在凶案侦查组，村长的岳父向他打探案件侦破进展，他一脸漠然地说：“连村长一家在晚上都没有看清楚拿刀的人的相貌，我们上哪去抓人呢？”

虾仔笼络的几个马仔开始上蹿下跳，在村里大肆活动，不断拉拢选民，为虾仔的竞选活动造势。频繁设宴请客，馈赠廉价的礼品，高调渲染有利的民意倾向，为虾仔正式角逐村委会主任职务摇旗呐喊。他到处拉拢人心，许诺一旦当选就免除村民全部的水费和电费，这笔花销由他个人出资。他还承诺将提高驻村企业的租金让大伙获得更大的收益，他要把村子变成远近闻名和令人羡慕的富裕村。村里有些人并不相信他，大家背后议论他的人品，对前不久发生的砍杀村长一事心有忌惮，大家都心照不宣，知道这事是他背后作祟，他偶尔口无遮拦，拿砍杀村长的事威吓其他竞选者放弃竞争。

村委会里已经有人倒戈，副村长是个缺了一条胳膊的残疾人，是条见机行事、心思狡黠、油腔滑调的泥鳅，做事、为人心机重重，村里人都叫他“留一手”。他开始暗中为虾仔出谋划策，拉拢选民。一些见利忘义的村民已经公开选择站在虾仔一边，帮他洗地和涂脂抹粉。看来，他是铁了心要取代现任村长了。

村长出院回家第三天，家里举办露天酒席答谢亲友病中探望和关心。借着这个机会，村长的儿子宣布正式竞选村委会主任一职。村长领着儿子给大家敬酒，他左眉骨上方留下来明显的刀疤，手臂和腹部的伤口还未痊愈，不能饮酒，他的儿子代他敬酒，每到一桌，那个看上去憨厚、稚嫩的年轻人和桌上的人一一碰杯然后一饮而尽。年轻人名叫李金柱，小名柱子。村里人按照广府人的称呼习惯叫他“柱仔”。“柱仔”和“猪仔”谐音，久了，大家就亲昵地叫他猪仔。

冬至节前一个礼拜，村里已经有人家在准备过节的美食。在岭南地区，素有“冬至大如年，数九过寒冬”的说法，冬至节这天，家家户户都是按照春节的规格和重视程度准备家宴，焚香祭祀，杀鸡宰鹅，置备美酒佳肴，隆重纪念冬节这一传统节日。12 月 22 日这一天之后，岭南的冬天正式到来，温暖褪去，寒冷成为常态。

这天，莫木他们接到村里在农场打工的人线报，虾仔、那个警察和“留一手”他们一起准备两天后去往江西赣州联系一批木材。他们已经成功控制了村里福建佬开设的木器加工厂，今后工厂所需的木材由他们供应。为了避免工厂关门，福建佬被迫屈服。

收到线报后，莫木开着皮卡车离开农场，径直下山去了。

林府的茶室里灯火通明，重要的人物齐集于此。林志雄调兵遣将，安排人手立即出发，前往东莞堵截在那里省亲正准备赶回村里参与江西之行的“留一手”。林志雄希望此事消化在那两个人之间，避免事态扩大、蔓延和节外生枝。他吩咐拦截者制造交通事故，把“留一手”固定在骨外科病房。剩下的事情，阿松他们在去往江西的路上处理干净。

阿松第二天早上带着几个人驱车前去出省的国道一带沿线踩点，出发前，他已收到消息，东莞方向的人顺利得手，“留一手”一大早在去往茶楼享用广式早茶的路上被一辆飞奔的摩托车撞伤，断了一条腿住进了医院。柚叔他们的车辆在当晚出动，轿车、皮卡车、大型厢式货车，分散驶往江西方向。

礼拜天早上，虾仔和罗文明在村口的大排档吃过早茶，他们嘴上叼着牙签，一前一后上了车。不远处，一辆脏兮兮的搭客仔摩托车在树荫下等候客人。白色丰田越野车启动，车载音响正在播放张学友的《吻别》："我的世界开始下雪，冷得让我……"

车子出村汇入主街道的时候，驾驶座上的罗文明习惯性地看了一下后视镜，那辆跟随在后面的摩托车拐弯去了市区的另一个方向。他心满意足，盘算着这一趟赣州之行要达成的交易和并不那么诱人的利润空间，但他明白，事情终归要一步一步推进，不能把木器厂逼上绝路，得留着那只下蛋的鸡，心急了会鸡飞蛋打。"该死的福建佬！"外省人并不那么好对付。但他毕竟是屈服了。互联网上有个很有名的段子说"广东人吃福建人"，他心里嘟哝。

丰田越野车离开市区，驶上 105 国道的时候，天空下起了雨。刚过冬至，气温又湿又冷。那时，105 国家公路是广东北上江西的唯一通道。

他们在车上说起了村里选举的事，伤后正在康复的村长意外推出远在深圳打工的儿子回村参选，这令他们措手不及。他们的忌惮首先来自这个没有污点的大学生的文凭，虽然人微言轻，尚且缺乏影响，但他父亲担任村长已有些年头了，村长积累的威望和号召力不可小觑。再加上林志雄的暗中支持，罗文明他们打算一举控制村委会的如意算盘怕是前途未卜，凶多吉少。"我找人把那臭小子做了！"虾仔说。

"不行。"

"这也不行那也不行，眼看着下锅的鸭子要飞了！"

"索嗨！你懂什么？上次砍人的事情还没完，你知道我顶着多大的压力冒多大的风险吗？"

一路无语。三小时后，车子进入新丰江库区，顺着眼前的 105 国道往前不到一小时就将进入江西境内。道路湿滑，小雨淅淅沥沥，车窗外湖光山色一片朦胧，萧瑟落寞。

越野车在山间弯道上遇到一辆抛锚的大货车停在道路中间。货车巨大的后轮胎甩出的泥浆在黄底黑字的车辆号码牌上厚厚地覆盖了一层，隐隐约约可以看到号牌上"赣 B-7×××1"的字样。

有两个穿雨衣的男人手上拿着长而弯曲的套筒，在雨幕中笨手笨脚地拆卸车轮。越野车驶近，他们与拆卸轮胎的人交涉几句，然后大货车让出一条仅可通过的窄道。

越野车驶过。"狗娘养的！"罗文明关上车窗玻璃，阴沉着脸咒骂。一溜烟，随着后轮抛起的水雾，越野车很快消逝在弯道竹林的那一边。

大货车迅速发动，完全横在两车道的路面上。他们不慌不忙地准备拆卸货车后轮。

快要驶出弯道的时候，罗文明看见前方一辆警用面包车停在那里，车顶上警灯闪烁。那里还停着一辆厢式大货车、两三辆轿车和一辆皮卡。它们后尾灯闪着红光，几个武警模样的人正在那里举牌盘查。

一个戴着武警头盔全副武装的人走过来，他手持一块上面写着红色“检查”字样的手牌，示意他们停车。

警用面包车上下来几个穿黑色制服的人，他们走近越野车，要求司机出示驾驶证。

“你是警察？”

“是。”罗文明淡漠地回答。

“熄火。另一位，我说你，请出示证件！”另一个人走到副驾驶门边对虾仔说。

虾仔慌乱地从斜挎包里翻出身份证，递出车窗外。

那个武警接过身份证，放在一个手持的黑色电子设备上扫描。

“你坐过牢？”

坐在越野车驾驶位的人接过话：“是的。不过，他已经刑满释放了。”

“没问你！”那武警厉声说。

“去哪里？”

“江西赣州。”虾仔眼神慌乱地回应。

“干什么？”

“做生意。”

“你跟他啰唆什么？说、说、说……”罗文明语气阴冷地数落虾仔。

“你是警察，不得干扰我们执法！一个警察去江西跑私活，不妥吧？”穿着“特警”字样制服的人抬高语调说。

那个手持停车牌的人从他伙伴手里拿过身份证，对虾仔说：“下车。请跟我到警车上录取指纹。”语气听上去平平稳稳。

虾仔走在两个穿武警制服的人中间，一转眼上了贴着深色车窗膜的警用面包车，那上面还坐着两个戴武警头盔的人。滑动车门关上。

“把两手伸出来！”

“干什么？”虾仔本能地问。

“我们接到线索，你和一起杀人案有关！”

虾仔以为砍杀村长的事情败露，像泄气的气球瘫坐在车座上。

一副手铐铐住了他的双手。

后排的人往虾仔头上套上一个黑色的布袋，把他的脑袋严严实实装进去。

“别紧张。我们问，你如实回答。”

虾仔的脑袋在黑色布袋里瓮声瓮气地说：“好。”

警车的前灯闪烁了两下。

越野车跟前的武警对驾车人罗文明平静地说：“请打开后备厢。”

罗文明把埋在方向盘上的脑袋抬起来，很不耐烦地拔了车钥匙下车，重重地关上车门。

“这箱子里面是什么？”

罗文明低下头翻开后备厢里的一个纸箱。“是一些香烟和酒水，招待客人的。”他说。

就在这时，他感到有什么东西击打了他的后脑。他身子一软，侧脸看到身后的人举起的橡胶棍又落在自己的脑门上。

“轰”的一声，罗文明失去了知觉。

与此同时，不远处面包车上，后座的人把一根绳子猛地套在虾仔的脖子上，一双有力的手抓住绳索的两端，死死地往后勒。

几分钟工夫，虾仔不再动弹，他失禁的小便流在裤裆和车座上。“恶心的臭虫！”车子后座上的人骂道。

很快，他们把两具尸体搬上越野车，一个人从罗文明的裤子口袋里掏出车钥匙发动车辆，松开刹车。

那人在关闭越野车车门之前，仔细检查了挡位和尸体的坐姿。然后给他们扣上安全带，把虾仔的身份证塞进他的上衣口袋里，一把扯下黑色面罩，关上车门。

他打了一个手势，几个戴白手套的人一起用力，将越野车推下路基。车子冲下山坡，翻滚了几圈，一头扎进微波荡漾的湖面，激起巨大的浪花。

警用面包车上的司机下车，卸下头盔挟在腋下——是阿松那张英俊的脸。他在公路上俯瞰这一幕，迅速回到警用面包车那里，熟练地拆下车号牌和车顶的警灯，发动车辆。这时，厢式大货车的后门已经打开，几个人从货车肚子里拖出两块长木板，一头搭在车厢边缘，一头放在路面上。阿松就从两块大木板上把面包车开进货车的肚子里。

丰田越野车已经没入水中，湖面泛起一股一股油渍。

总共不到十分钟工夫，阿松他们干完活，清理了现场，换了服装，飞快地上了那里停靠的车辆，消失在了湖区公路上。

小雨如丝，远眺湖光山色，如烟似雾。

村里的选举结果揭晓的时候，已是阳历年年底的最后一天，山村里已经有人家在准备第二天阳历年过节的饮食。猪仔骑着摩托车来到农场，卸下一篮子鸡蛋和两只老母鸡，说代表父亲前来农场慰问节日。选举总算大功告成，元旦节，猪仔和父亲约了镇里的领导一起聚聚，吃个便饭，表达谢意。特此前来邀请莫木和林志雄出席。

莫木拨通林志雄的电话，向林志雄说明猪仔的来意，林志雄在电话中犹豫了片刻，婉言推脱了。“那么，元月 2 号中午吧，农场出面宴请村委的新一届领导班子成员，恭贺你们顺利当选！”猪仔接听电话时林志雄对他说。

元月 2 号上午，风和日丽，扁桃树上的果实已经成熟。农场的厨师在厨房里紧张地准备菜品，林志雄和阿松去到水库垂钓。接近十二点的时候，他们下山来了，看上去兴致勃勃，渔获不错。远远地看到农场小楼前的空场地坐了一堆人，林志雄大声招呼村里来的人，上去与新当选的新一届村委成员一一握手道贺。老支书颤颤巍巍，牙齿已经掉光了，嘴皮皱皱巴巴地耷拉着，像个未装满东西的松松垮垮的布袋。林志雄握住他的手，另一只手扶住他的上臂亲切地问候他。老支书坐下。这时，林志雄看到了腋下拄着拐杖的“留一手”，他受伤的小腿缠着厚厚的白纱布，在拐杖与另一只腿之间弯曲悬吊着。因为唯一的手拄着木拐杖，林志雄没有和他握手。“腿怎么啦？”他吃惊地问他。

“留一手”一脸苦相，说起了大约两个礼拜前在东莞女儿、女婿家做客，都准备要返家了，给一辆“扑街”的摩托车撞上，断了腿骨。众人讪笑。“还是你小子命大，如果不给摩托车撞到，你怕是和虾仔他们一起见龙王爷喽……”老支书说话口里漏风。大家大笑。老支书呵呵地笑，开始剧烈地咳嗽，肩膀随着咳嗽声猛烈耸动。

雄哥讪笑：“你现在又变成‘留一腿’喽！”众人哄笑。

话题就转向虾仔和罗文明的死讯上。前几天，失踪多日的两具尸体被人从新丰江水库打捞上来，说是一个外省的长途司机提供了线索，那人跑货运好几天了才想起这事，在外地打电话给警察说见到有一辆白色小车失控冲进了水库。

蛙人下水折腾了好几天，车子给吊车捞了上来，那两个人歪着脑袋安坐车里。尸体都泡胀了，白白胖胖的样子。虾仔的鼻子和上嘴唇被水下的什么动物啃食了大半，嘴巴像撕开皮的香蕉，一截惨白的舌头半吐出来活像香蕉的果肉。林志雄点上一支香烟，转头说“留一手”真是命大福大造化大。“留一手”就说，消息传回村里的时候，他惊出一身冷汗。那两家人去殡仪馆认完尸体，哭了一场，捧回两个骨灰匣子，再哭一场，然后在村里安葬了事。

午饭开始，众人推杯换盏，其乐融融。

也就是那天，在村里的人走后，莫木第一次从林志雄的口中听到他要在这儿兴建几栋房子的想法，他想搬到农场来住。“山上空气好，僻静，适合老年人居住和养生。”

莫木笑他竟然称自己是老年人。

“我说的是我妈。”林志雄轻描淡写地说。

莫木想，他可能就是说说而已吧，就没有再搭茬。

腊月二十四，灶神爷回府。林母一早就在神龛前面亮烛焚香，供盘摆满了祭祀的烤乳猪、烧鹅、甜点和两碟水果。

林志雄独自在餐厅用早餐，他可有一大堆事情需要落实。过几天就要启程回潮汕老家过年了，得赶紧把手头上紧要的事情安排妥当，哪些人节日期间留守值班？有哪些事项必须在春节长假之前落实？还有一长串需要在节前当面拜访的重要关系人——他们是他用心经营的事业基础和林氏家族企业坚实的依靠。他打算年后返回花城，趁着正月里带一些家乡的上等海产品一一亲自登门拜年。林氏家族兢兢业业、勤勤恳恳打拼到时下，已经绝非某一个人或一个单一团队可以独自支撑得了。表面上，所有团队成员忙忙碌碌、认真工作，人人都在勉力以求、尽职尽责，但往往是背后从不显山露水或者从未与林氏企业有过直接瓜葛的人，以及隐居深宅大院、足不出户、鲜有人知、过去和现在都不曾出现在自己已知世界里的某个人突然在某个重要的节点浮出水面起了关键作用。他们或者在花城某处看上去普普通通的民居中隐居，或者在遥远北方云遮雾绕的皇城盘踞，或者在海外的某个角落。是他们在波澜不惊中助推着时局或一些事态往前后左右某个方向发展。他结识的层面愈高，结交的人脉愈广，愈是感觉命运的神奇和不可捉摸。老祖宗说高瞻远瞩，视野决定胸怀，其实，这些都是一长串经历的产物。这就像登山，一开始并没有明确的目的地，走走停停，信马由缰，偶尔留意路边的小草、野花。半道上稍事喘息，也只看到山坳、更高的山头。再往上，汗流浃背，气喘如牛，看见泉水、溪流、参天大树和林地的风光。待到站上山巅，看脚下连绵起伏的山峦、河流、城市和极目无垠的地平线，每个人都会意识到个体的渺小，曾经令人大开眼界的阅历、画面、财富、权力、荣誉、得失等这些东西都会显得微不足道。他有时候想：自己就是个走出村子打鱼种禾的乡下人，他小心翼翼地划着木船，顺着家乡河流寻找沿途渔汛，忙忙碌碌撒网、收网，小船顺水漂浮，网里收获寥寥或者偶有意外惊喜。但不经意间，有一天，小船鬼使神差划进某个陌生的水域，有时可能是一股奇怪的漩涡或急流将小船带到充满激流险滩的大水面，然后他看见浩渺无垠、孤独无助、令人内心忐忑的大海，他惊魂未定却有如神助般化险为夷，跌跌撞撞，随波逐流，他也因此增长了见识，开阔了眼界，在惴惴不安之余重拾勇气和信心。他要客客气气面对变化，虚怀若谷，谨慎研判，有时却是凭着奇怪的本能做出选择。尽管家大业大，事业兴旺，但本质上，出外闯荡的潮汕人所有冒险行为的准则都基于这样一个底线考量：奋力求生的时候亡命一搏，逃出生天；事业起步的时候全力以赴，孜孜以求；利益攸关的时候冷酷无情，寸步不让；家业兴旺的时候却谨小慎微、战战兢兢、如履薄冰。他们抱持浓厚的家族观念，勤勉、抱团、坚韧。他们像家乡海岛上落巢而生的苍头燕雀：这种麻雀般大小的生灵聪明机警，和许多小型雀鸟不同的是，它们知恩图报，得到救助后会对救助者表现出一种长久的亲近和感恩。在苍头燕雀集中居住的海岛悬崖峭壁之上，每当有其他掠食鸟类入侵它们的领地，它们都会异常团结，成群结队与形体硕大的海鸥或鹞隼展开一波一波的殊死搏斗，不少成员负伤坠海而亡，但它们毫不退缩，英勇无畏，直至入侵者落荒而逃。俄国作家屠格涅夫曾在他的短篇小说《苍头燕雀》中描述了一只雌性苍雀鸟为保护从巢穴坠地的幼雏，以其弱小的身体独自面对一只大狗而毫不退缩的场面。

“每一个看上去孤孤零零的潮汕人后面，都会在危难时刻突然冒出一群胶己人出手相助。”这是流传在花城街巷的一句俚语。

林志雄吃完早餐的时候，王木匠来了。阿松在院子里洗车。

王顺心前来告辞，他准备先一步启程赶回老家，前去协助均伯张罗游神赛会的准备事项。这是一项大工程，劳神费力，从传统庆典节目的排练到服装、道具、出游神位的精工巧作、进展接近尾声的祠堂修缮等，均伯年事已高，事无巨细，样样过问和操心。作为林家的甥侄，王木匠的手艺正是恰逢其时，雪中送炭。

院子里，高大的宫粉紫荆花开得茂盛热烈，长长的豆荚从树叶和花朵的缝隙里垂下来。他们就站在紫荆树下闲聊。林志雄对王木匠的决定由衷赞赏，同时也约定，王木匠启程的时候，让儿子林潇湘驾车同行，载家眷先期返回老家，为全家人春节回家居住做一些准备。林志雄要等到远在法国留学的小儿子林墨染回国以后，再一同驱车返家。阿松有一会儿感觉到他们的话题转到了自己身上，他看见他们都在时不时望着他，然后说着什么，声调像是故意压低了。大伯满眼笑意，愉悦之情溢于言表。

阿松擦干车身的时候，王木匠准备告辞。林志雄和他握手。这在阿松看来有些一反常态：王木匠就像林家的家人，虽然他不在林氏企业服务，但平时来往频繁，喝茶、聊天几乎无话不说。非常熟悉的人变得异乎寻常地客套，令阿松大笑起来。“王哥，有什么好事不和我分享？”他说。

距离洗车的地方十来步远，王木匠掀一掀眉毛，伸出弯曲的食指做出刮鼻子的亲昵动作，没有说话，然后转身出了大门。

林志雄打电话给远在香港的梁振华的外公，问安之后确定了对方春节期间回故居祭祖的时间，然后约定梁家一行从香港九龙过罗湖海关的接送事宜。“这个春节，我要在老家用最高的礼仪接待你们！”他说。然后爽朗大笑。

下午，林志雄在农场和莫木一起召见了阿鼓，询问了一些欧氏家族的事情。对于纵火后平安回到欧氏家族的湖南仔小忆，林志雄特地叮嘱阿鼓要密切留意。“你在暗处，他不知道。你盯紧他，这个人我还不大放心！他对我是一只重要的鼹鼠。”林志雄说。阿鼓走的时候，林志雄把一个沉甸甸的红包交到他手上，说是过年的利是，祝福他年节快乐，代为问候家人。阿松把一些年货特产什么的装上皮卡车，叮嘱司机直接把阿鼓送到火车站，“一路小心！一路顺风！”他对司机和阿鼓说。

天快黑的时候，阿松的车子到达农场。

阿松领着一个身材瘦小的年轻人进来。他是半年前纵火烧毁林氏客运公司的那个湖南仔，名叫小忆。

说起“湖南仔”这一称谓，在花城俚语中专指在车站、码头、批发市场、工业开发区等一带流动人口聚居区长期盘踞，以扒窃、贩售车票、兜售手机和笔记本电脑以及名贵手表等赃物为业的年轻湘人，他们居无定所，聚众打架闹事，作奸犯科。这批流民人员众多，不同帮派各自控制着一片区域或某个行业：在广州火车站一带据守的叫“铁锤”；在码头和鱼市盘踞的叫“水鬼”；活跃在公交汽车上扒窃旅客财物的叫“走鬼”；为地下赌场、夜店提供保护收取高额佣金的叫“坐地炮”；昼伏夜出、翻墙入室的叫“猴子”。

改革开放之初，整个社会松绑，穷困潦倒的人们迸发出压抑已久的澎湃热情与活力，仿佛一下子掀开盖子的强大火山，滚烫的岩浆喷薄而出，山呼海啸般涌向地势低洼的东南沿海。湘地南邻广东，湘人大举南下闯荡，滚滚洪流中一些身无长物又生性好斗、好逸恶劳的年轻人在异域他乡抱团谋生，毒瘤般恣意扩张、蔓延。他们像城市下水道寄生的老鼠，饥饱无常，东躲西藏，心惊胆战。表面热闹繁华、光怪陆离的城市生活背后，这些獐头鼠目、神情猥琐、在茫茫人潮中觊觎时机、出手作案的歹人如水中浮萍，无根、无助、得过且过、漫无目的。他们出手迅捷，冷酷残忍，得手时潇洒风光，倒霉时饥寒交迫，失手时饱尝拳脚甚或铁窗之苦。他们往往逮住大单兴奋、庆幸，上供大佬之后出手阔绰、眉飞色舞，而转眼间案情败露不得不抛开满皮箱的金银财宝避祸他乡、亡命天涯。

淘金客蜂拥南下，南越王故地敞开怀抱接纳了这些背井离乡外出寻找机会的人们。但旧有的封闭时期形成的管理模式凭着惯性依然磕磕绊绊运行。它看上去已经像一架老式牛车，摇摇晃晃，心力交瘁，千疮百孔。社会治理的力不从心导致了社会毒瘤的野蛮生长、扩张。管理失控，风气失范，丛林法则大行其道是非法活动猖獗的根源。但成熟的黑帮不同于街头打打闹闹的混混，他们内部有着极其严谨的等级来掌控鱼龙混杂的帮派成员，选拔成员有一套运转成熟的机制，要么是久经考验的老成员举荐，并对被举荐者的忠诚担保；要么是经过牢狱历练的同类；要么扔给他一把刀，一桩命案就是最有说服力的投名状。黑帮行动隐秘迅捷，管理赏罚分明，对背叛者的处罚严苛、残酷，毫不手软。

小忆与这些团伙里的任何一支帮派都无瓜葛，他是一个孤立的个体，穷困而又身无一技之长，寄身欧氏家族企业门下，头脑简单、多疑、敏感、好斗。出于知恩图报和愚蠢的服从意识，他听从欧秃子指令，一把火烧了林氏家族苦心经营十余年的客运公司。起初，他简单地认为：翻墙进去，泼上汽油，点一把火，然后溜之大吉。这事以前他也干过，在湖南农村老家，夜里一把火烧了别人家的草垛或仇家的牲口棚易如反掌。但这次，他没有那么幸运，他被捉住，他们狠狠揍了他。还被两个潮汕人挟持着返回他的老家，见过他苦命的母亲。母亲是他在这人世间唯一的亲人，尽管家境一贫如洗，但母亲与他相依为命，家里只要有一口饭吃，母亲总是从自己满是缺口的土巴碗中分一大半食物到他的碗里。在村里，他们一家孤儿寡母是低声下气、与世无争的存在。母亲胆小，独自抹泪的时候也只有丑陋得像只小虫子一样的小忆可以看到。

在回村的山路上，小忆跪在那两个人面前，恳求他们不要在母亲面前提起他闯祸的事情。他说他的母亲会受不了。他泪流满面，即便是在林氏客运公司那晚被轮番殴打、跪地求饶时，他也不曾如此委屈和脆弱。

他在家里为母亲洗完脚，擦干水，剪了指甲，穿上鞋子。“我要和这两个朋友回城里去了。有空再回来看你。”他帮母亲梳头时说，不住地抹眼泪。

母亲站在破落的泥房子前目送他们离开，她患了严重的风湿骨病，一瘸一拐，看上去苍老、瘦弱。“这是林老板给你的五百块钱，你去给你母亲吧。”小忆错愕。

那个潮汕人示意他不要声张。小忆就走回到母亲身边，把钱塞给她。回来时，小忆非常认真地要他们转告林老板，“我欠他的情”。

小忆在外边晃悠了接近一个月，然后回到欧氏客运公司去见欧秃子。他听从了阿松和林志雄的建议，想好了几种欧秃子起疑心时应对的策略。

欧秃子独自在宽大、落满灰尘的办公室发呆，听到马仔通报说失踪了好长一段时间的小忆现在前来见他。他吃了一惊，满腹狐疑，同时又有太多悬而未知的情况需要当面核实。欧秃子从办公室的玻璃窗看着楼下漫不经心同保镖聊天、抽烟的小忆，迟疑了很久，才决定单独见他。

“叼你老母！你这段时间死去哪里啦？”欧秃子一见面就开始恶声恶气地咒骂。

“我逃回老家。躲躲风头。”

“你不说一声就走？害得我提心吊胆。”

“我吓坏了。火势实在太大！那阵仗，现在想来还是后怕……”

“他们发现你了？”

“没有。来！抽一支我从家乡带来的烟。”小忆掏出一盒外观压变形的“白沙”牌香烟，抽出一支，递给欧总。

欧秃子推开他的手，紧张兮兮的神经放松了。他拉开办公桌的抽屉，取出一盒“中华”烟，丢给小忆。

小忆点燃香烟，神情陶醉地吸一口。“我怕给欧总带来麻烦，主要也是为了保命，我就跑了。”他说。烟雾从他那稚气又满是粉刺的面孔那里飘起来。

欧秃子抽出一支香烟，拿烟的手停在半空中，他老鹰一样的眼神掠过小忆的脸，看上去心事重重。沉重的疑心是一条无处不在、无时不在的毒蛇，殷红的蛇信子伸出来，不断在空气中感应、试探、捕捉蛛丝马迹的变化。而多疑者往往被困在月夜树影的晃动或自己的影子中不能自拔，就像动物在镜子中看到另一个自己时惊恐、愤怒、上蹿下跳的样子一样。“蛇！”欧秃子失声大叫。

“什么？在哪？”小忆吓了一跳，从木沙发上蹦了起来。

“哦、哦……没事……一条蛇，它在这里吸我的脑水儿……”他用手指随意地指一指自己的脑袋，接着说，“这样好。他们没有线索就万事大吉了！”欧秃子回过神来，眼神恍惚从遥远的地方回到眼前。

小忆沉默一阵后说：“我还是睡不踏实，几次梦到通天大火，映红了半边天空，常常被噩梦吓醒。还梦到被警察抓去坐牢。这可不是件坐牢就可以对付过去的事儿啊。”

“傻逼！林老大的客运公司都推平了，准备开发房地产啦！姓林的杂种还从保险公司捞到了巨额赔偿。”欧秃子拖长尾音，听上去信心十足。

“呃。我再也不敢踏上那个地段了。太折磨人喽。”

“没事。你这下子帮了我一个大忙，直接把一个最强的竞争对手干死了。他再也不会和我抢食啦。不过，这事不能和任何人透露风声。你说得对，此事非同小可，不仅仅是坐牢的问题。”欧秃子轻轻地用巴掌拍拍小忆那张满是粉刺的脸。

走的时候，小忆问自己的工作岗位，因为他有段时间不在客运公司上班了。“你明天搬来秘书室上班，在我身边跑跑腿。”

小忆从裤兜里掏出两张往返广州与老家的火车票，说：“好长时间没有收入，手头紧。看欧总能不能报销？”欧秃子盯住皱皱巴巴的车票，翻了翻眼皮，神情轻松又大大咧咧地说：“洒洒水（小意思）啦，明天让财务给你搞定。”他爽快答应了。

这是林老板一再强调的细节，小忆感觉在欧总面前做得无懈可击。出了欧氏客运公司的大院，小忆仍旧在思忖林老板的话：对付疑神疑鬼的人，细节的真实可靠，才可以让对方如释重负。

第四章

湖南帮与湘西王

上世纪八十年代后期，偏居南海一隅的花城突然热闹起来，随着经济的松绑，接踵而来的是社会的对外开放，港澳台商人捷足先登，然后是大规模、持续不断的各国资本、企业、技术进入饥渴难耐的东南沿海。一时间，郁郁葱葱的岭南大地到处可以看见新开工的建筑工地，大大小小的工业开发区，林立的烟囱和蜂拥而至的农民工。那时候，夜以继日，在花城的火车站偌大的广场满眼都是乌泱乌泱南来北往的打工者，置身摩肩接踵、川流不息的人潮，耳边充斥着外出闯荡生计的异乡人南腔北调的口音，在闷热、潮湿、长满奇形怪状热带植物的陌生城市落地，蓬头垢面、张皇焦虑的南下客拖着塑编化肥袋里塞进的寒酸行囊，异乡人开始一段心惊肉跳的闯荡生活。临街商铺堆满琳琅满目的商品，年轻的店员操着拗口的国语起劲地叫卖。从一望无际的人流头顶望出去，色彩鲜艳的广告牌和旋转霓虹灯伸向远方。偶尔也可以看见操北方口音的游客粗喉咙大嗓门在店铺里讨价还价，店主花言巧语，笑里藏刀。在这个拥挤、嘈杂、车流涌动的快节奏城市，每时每刻，都充满着希望、机会、惶惑、失意和光天化日之下的偷窃作案、花样百出的诈骗以及令人提心吊胆防不胜防的恐吓与暴力……

寄生花城大街小巷的“湖南仔”中，势力最大、声名远播的帮派是江湖人所称的“湘西帮”。帮主“湘西王”手上掌握着一支人多势众、活跃在花城火车站以及京广铁道线飞驰列车上流动作案的江洋大盗，势力范围横跨粤、湘、鄂三省，大本营就隐藏在花城火车站广场周边破旧的民居里。他们把周围几栋相邻的老式矮楼一股脑租赁下来，周围很快就形成了一群操湘西口音、嘴里不停咀嚼槟榔的年轻人小圈子。后来因为树大招风，作案累累，恶名昭著，在花城警方的“雷霆清剿”行动中损失惨重，不得不秘密将总部迁往京广铁路的另一个枢纽株洲。他们蛰伏在那里暂避风头，吸取此前过度张扬的教训，神不知鬼不觉地再次蓄积实力。

早期，盘踞花城火车站一带的是一帮本地小混混。这帮小流氓三五成群，蓄着蓬松的长发、穿着花里胡哨的港衫招摇过市。他们中地位等级低下的马仔穿着并不合身的冒牌铁路制服，兜里揣着脏兮兮的红袖章。物色到目标以后，就冒充铁路执法人员，肆无忌惮地匆忙掏出红袖章，往胳臂上胡乱一套，突然出现在疲惫而惶恐的外地人面前，在广场和候车厅恣意处罚那些外乡客，或者顺手牵羊，扒窃旅客行李、财物。他们主要的收入来源是高价倒卖紧俏车次的火车票，“黄牛”们往往在一个上午就倒手数百张车票，获取的丰厚利润足够他们在未来一个星期过上花天酒地、醉生梦死的生活。后来，一帮人高马大、操着河南口音的人出现了，仗着孔武有力和出手狠毒，他们鸠占鹊巢，全面控制了车站广场和流花汽车客运站一带的街区。

那时，“湘西王”还是个在站前路手表市场和红棉大酒店一带服装批发市场低声下气出卖劳力的“咕哩佬”。哪里有活计，他就和几个成天赤裸上身、肤色黧黑、肩扛竹扁担的同乡赶去挑货。因为他姓王，天长日久，相熟的商户都叫他“扁担王”。烈日下，大雨中，他们随叫随到，任人使唤。雇主们生意好的时候出手大方。遇到连绵阴雨，门可罗雀的时候心情郁闷，对他们的工钱和送货速度横挑鼻子竖挑眼，谩骂、克扣、拳打脚踢成了家常便饭。“扁担王”人高马大，健壮有力。在成年以前，他是个连县城都未去过、家住乌龙山深处、穷得叮当响的庄稼汉的儿子。

坊间盛传：一天，他在家乡崎岖、荒僻的山路上遇到一个赶路的巫师。那个蓬头垢面、穿着怪异、一身阴气的老头儿匆匆扫了一眼擦肩而过的年轻人，那后生身材高大、穿着短了一截的破旧裤子。巫师已经走过去好几十步，回头叫住他，执意叫他过去算命看相。他没有钱，家里人也不曾给他算过命，能活着并勉强吃口饭就算命大了。老头儿没提收钱的话，问完他的生辰八字，意味深长地端详他很久说：“男人女相，南人北相！自古就是奇人异士之征候。你身居湘地，却状如北人，他日必是威震一方之熊罴。”巫师告诉他：人挪活，树挪死。你走吧！外面是你的天地。

不久，他真的离开家乡，来到花城广州。但他根本没有在意那老巫师最后告诫他的话：你命中缺水，不宜往南！

他是一个仗义之人，自打来到花城，就对带他出门的同村人感激有加。他膂力过人，干活利索，帮助同伴，充满浩气，遇到重活责无旁贷。伙伴受到刁难、侮辱，他仗义执言、维护体面。他很快成了队伍中的顶梁柱和主心骨。

一个闷热的黄昏，“扁担王”和他的同伴收工，坐在临街店铺的台阶上歇气。一棵树冠茂密的香樟树把它长长的影子伸过来，店铺准备打烊，交易市场出入口高峰期蚂蚁般的人流已经消退。高高耸立的摩天大楼以外，天空的乌云已经探出浓黑的头颅，隐隐地能听到远处传来的沉闷雷声。一架民航飞机咆哮着从低空掠过，它浑圆、光滑、银灰色的机腹从头顶一晃而过，像一条大鱼的身影匆匆游过。这时，五六个操河南口音的男子来了。领头的人穿着斯文，黑色的皮鞋一尘不染，看上去像写字楼的文职人员。他两手插在裤兜里，大大咧咧告知这些湖南籍“咕哩佬”，自明天开始，他们得离开这里，不准再从事目前的营生。一个高大、冷漠的黑脸汉子从军绿色挎包里掏出一把明晃晃的菜刀在另一只手上轻轻拍打。那个黑脸人并不看他们，绛紫色的宽脸庞绷得紧紧的，目光不时地扫视身后的街道和大雨来临前偶尔匆匆赶路的行人。搬运工对这一突然出现的情况感到意外和吃惊，那黑脸汉子手上抚弄的菜刀此刻就是货真价实的恫吓。他们生活在低贱的底层，靠出卖苦力挣到一星半点辛苦钱，没有人看得起他们，也没有人留意这个又脏又累的行当。他们起初的判断，以为是地痞流氓索要保护费。这在周边街区司空见惯，隔三岔五，都有商户和“小混混”因争执而吵闹，或者发生店铺被打砸的事件。“咕哩佬”在批发市场进进出出，见惯了这样的场面，明面上的理由是商品的瑕疵或者假冒伪劣，可是，在廉价的批发市场，又有谁能够用白菜价买到货真价实的名牌手表或者华丽的大牌时装呢？看破底牌的店主识相，讨价还价或低声下气一番，然后塞钱打发阎王。咽不下这口气的店主不认这些恶棍的卯，据理力争，但很快遭到谩骂、恐吓、殴打，柜台被砸，最终还得被这帮人狠狠敲诈一笔方得安生。

然而，这一次，“咕哩佬”判断失误。这帮河南人冷冰冰地拒绝了他们递上的“茶水费”。“茶水费”在花城是个奇怪的街头俚语，它泛指回扣、酬金、佣金、小费和公务人员“吃拿卡要”的过水钱以及黑道保护费。在潜规则盛行的社会，从生老病死、吃喝拉撒，到婚丧嫁娶、求医问药、上学、出行购票，甚至撒一泡尿、吐一口痰都要付出代价。明规则是个摆设，所有人都想抄捷径，捞取好处。没有原则，只看利益。胜者为王，极尽手段。那么，每个人都在这个泥塘中，塘水日渐干涸的时候，大家互相啃咬、伤害，因严峻的生存危机引发的摩擦、仇恨、互相伤害就愈演愈烈。

谈判没有达成一致，搬运工没有了退路。那帮人早已通过拳头摆平火车站一带旧主，牢牢控制了车站“黄牛”、扒手和地下旅馆，然后腾出手开始拓展新的市场业务，眼下是要全盘控制批发市场的物流周转行业，然后重新定价。

大雨将至，狂风猛烈地摇晃着街边的树木和户外广告牌，垃圾和树叶仿佛漂浮在湍急的河面上一样飞快地顺着街面流往下风口。店铺的铝合金卷帘门在大风中发出哗啦啦的响声。这当儿，两伙人谈崩了，他们大打出手。场景看上去像上世纪的无声电影中的画面，他们在街道上闷声打斗，互相追逐，你来我往，扁担挥舞，菜刀乱掼。大风吹动他们的头发和衣裤，迎风的人活像纸片人一样跌跌撞撞前行，背风的人衣服和裤子像个气球鼓出。

倾盆大雨呼啦啦落下来的时候，河南人跑了。

"扁担王"他们首战告捷。

雨停的时候，搬运工已经在简陋的中医诊所包扎完伤口回到阴暗潮湿的出租房。吃过晚饭，有人仰在铁架床上打盹。

"扁担王"在厕所里洗澡。打斗时，有人狠狠踢了他的下体，那里痛得钻心。这时，传来了敲门声。接着，他听到激烈的争吵声和撕打声。他赤裸身体冲了出来，看到了那帮蛮横的河南人。不过，这次，他们人更多，几乎把小屋挤得水泄不通。

那帮人不由分说，见人就打，见东西就砸。小屋里传出号叫声和乒乒乓乓家什和器皿破裂的声音。

"扁担王"大吼："干什么？！"这时，他头上挨了一记闷棍，身子一软，倒了下去……

半夜的时候，他苏醒了。已经有人把他搬到他的床上。孙行者就趴在床沿上打瞌睡守着他。孙行者是个退伍老兵，当年曾参加过对越自卫反击战，在战场上立过功受过嘉奖。他姓孙，大伙都叫他的外号"孙行者"，因为他拥有特别耐疲劳、行走如飞的腿脚而得名，倒把他的本名孙千里忘了。孙行者头上缠着绷带，白色纱布外面沁出血渍。

"扁担王"想要呕吐，他艰难地支撑起身体，摇摇晃晃往厕所走。但他跌倒了。孙行者醒过来扶他。

他在厕所里剧烈地呕吐，强烈的眩晕感控制着他，只要睁开眼睛就觉得天旋地转。孙行者扶他回到床上，喂他喝水。不久，他又开始呕吐，从口腔和鼻腔里像高压喷枪一样往外喷出恶臭的胃液、胆汁。

"扁担王"昏睡过去的时候，孙行者出去请中医诊所的医生看过了。那个看上去一脸倦容、穿着脏不拉叽白大褂、仿佛还沉浸在睡梦中的医生给"扁担王"把了脉，掀开他的眼皮看了看。然后开了几包草药。说情况不好，怕是伤了脑仁，叫他们尽快去大医院看看。

第二天傍晚，林志雄开的末班客运大巴在火车站和流花车站卸完旅客。雨后的路面还有污浊的积水，街上行人熙来攘往，到处可以看见从火车站广场出来带着大件行李的旅客。这时，几个外乡人背着一个大汉朝林志雄的客车走来。孙行者小跑几步上前和林志雄简单交涉，林志雄看上去很不情愿："收车啦。"他冷淡地对陌生人说。劳累一天，他正准备赶去医院看望住院的老板娘，然后才能回家冲凉歇息。孙行者简单说了昨晚的情况，恳求林志雄帮忙，他们用了大半天时间东挪西凑筹集了一点医药费，已经被多辆客车拒载，再耽搁时间怕误病人的救治。林志雄从着装和外貌判断这些异乡人，他们看上去焦虑、诚恳。林志雄选择了信任和提供帮助。外乡人上了车。林志雄说："去'慈信医院'吧？那里医术好，口碑不错，收费也公道。我的朋友也在那儿住院，我正好前去看望。"几个外乡人感激不已。然后，没有耽搁，大巴车从火车站广场左转弯掉头，一路驶往市区。约莫半个钟头，车子停在医院门口，那些人下车的时候，林志雄手指门诊部大楼向他们说明了一楼大厅急诊挂号和缴费处的位置情况，几个穿着土气、笨拙的外乡人下车，千恩万谢。林志雄摆摆手，发动汽车去寻找停车场。

河南人接管批发市场货物搬运业务后，引起了货主和客商巨大的反响。从一些前来进货然后搭乘客运大巴返程的小商人的口中，林志雄证实了湖南仔与河南佬发生冲突的传闻。商户们对新来的搬运工们漫天要价、坐地还钱的行为怨声载道，多有抵制。然而，情况似乎没有任何改善。新来的"咕哩佬"并不着急网罗业务，他们一堆一堆坐在批发市场的屋檐下或者在市场出入口溜达，威胁不知底细的冒失鬼，驱赶市场里抢活的人，看见陌生的苦力一拥而上，盘问、刁难，迟滞他们的行程，弄得赶时间搭乘火车的外地客商心急如焚，叫苦不迭。

下个星期，林志雄再去"慈信医院"看望梁振华的妈妈。那时，他接手梁氏客运公司的方案被梁振华的外公首肯。离开病房时，林志雄喜悦，放松，像个千辛万苦赶考不期中举的穷秀才，眼前的世界豁然开朗，整个人儿都感到风和日丽，飘飘然恍若梦中。下楼后，在通往住院部的后花园碰到一个中年人，那个陌生人热情地招呼他。那人是孙行者，他头上的纱布已经拆了，左侧额角上留着结痂的伤口。起初，林志雄并没有认出他。

他与孙行者寒暄问候，在花园石凳上坐下聊天，吸着孙行者递上的烟卷，林志雄告诉他近来听到的关于批发市场河南人漫天要价所引发的议论。孙告诉他，他的伙伴被那帮人打成了脑震荡，目前病情正在好转。孙转告了他的伙伴的心愿：在他康复后，他们一定会登门感谢危难时刻出手提供帮助的陌生司机。"医生说，再晚一点，他的脑子里出血会要了他的命。况且，你当时连车费都没收！"孙行者说，“你是个好人。”这样，准备打了招呼告辞的林志雄主动提出去病房看看那人，反正他的手上正好拎着梁家在病房硬塞给他的一袋水果。

就是这样，机缘巧合，鬼使神差，两个日后在花城黑道上赫赫有名的人物首次见面了。因为林志雄当时在危急关头对陌生人不经意的出手相助，抑或是他对落难人起码的尊重，甚或是病房中对异域他乡陌生者的问询、看顾，这些看上去微不足道的偶然善举，却让这两个男人日后保持了长久而牢固的友谊。林志雄私下也认可，“湖南帮”在花城野蛮生长，树大根深以后，林家的客运业务此后在火车站乃至市区的多个揽客区运营过程中顺风顺水，与这帮人的暗中关照密不可分。多年以后，“扁担王”一手操控的湖南帮在地下黑帮中威风八面，如雷贯耳，他在江湖正式有了如雷贯耳的名号——“湘西王”。但湖南帮树大招风，后来遇到警方凌厉的清剿行动，“湘西王”受到满城通缉，林志雄帮他分析各种风险，说服他避开警方对北上线路的严密封锁，然后亲自驾车护送，一路往东巧妙周旋，愚弄盘查的警察，再向北，安全将他送到潮汕家乡避难。在局势平稳、危机解除后，林志雄派人经海上秘密把他送抵厦门。在那里，得到同乡协助，伪造身份，顺利登上厦门至湘潭的长途大巴，返回家乡，隐姓埋名、暂避风头。也正因为如此，“湘西王”知恩图报，在多年后的节骨眼上为林志雄剪除最凶狠的对手提供鼎力支持。

关于“湘西王”在花城黑道上崛起的故事，坊间的传闻光怪陆离，迷障重重，真假难辨。

他蛰伏家乡疗伤，“湖南帮”从此在花城站前路批发市场一带销声匿迹。坊间盛传，隐居家乡的“湘西王”投奔当地一位响当当的苗族巫蛊高手拜师学艺，掌握了一套神乎其神的迷踪“下蛊”本领。当他再次现身花城向仇人报复时，拥有几近失传的苗疆邪术的“湖南帮”帮主法力无边，所向无敌，在他神奇法术的驱使下，携带致命毒液的虫子会神不知鬼不觉地执行隐秘使命，并对特定目标实施“必杀技”。

在湘鄂黔渝四省市交界之处的湘西大山密林之中，生活着苗族、土家族、布依族等多个少数民族。这里因为流行一种奇异的殡葬风俗“赶尸”而令外界侧目。

“赶尸”起源于苗族的对外移民和迁徙活动。据考，“赶尸”习俗有文献记载的历史可以追溯到明朝末年李自成、张献忠的起义。其实，湖广一带原住民移民四川的历史一直可以追溯到宋末蒙古鞑靼人入侵中原时期，元至正十一年（公元1351年），中国爆发反元农民起义。湖广人徐寿辉、明玉珍相继发动农民起义。元朝统治者为镇压反抗，进行了血腥大屠杀。湖广地区陷于战乱，位于湖广东北部随、麻、蕲、黄一带的百姓相继避乱入蜀。蒙古人恶行累累，不久王朝覆灭。及至明太祖朱元璋打败明玉珍、攻占四川后，为了补充四川人口不足，迅速恢复生产，曾下令迁移一部分湖广人入川垦殖。《宜宾县志》就有记载：“大抵来自元明者多吴、楚人”。躲避战乱、流离失所的难民一路乞食进入大西南，形成第一场规模不大的移民活动。明末清初，在大规模的战争中，李自成、张献忠的起义军与朝廷官兵不断地轮番拉锯厮杀，尸横遍野，瘟疫随战乱接踵而至，西南川、黔、滇境内人口锐减，耕地荒芜。张献忠农民起义军此前一直转战于湖广各地。由于长年战争消耗，张献忠部队伤亡颇大。崇祯十六年（1643）四月、五月、八月和十二月，张献忠曾在湖广的麻城、武昌、荆州、长沙和湘潭等地区数次招募兵勇扩充军力，农民起义军由起初的两万人发展到十万人。到崇祯十七年（1644）正月，放眼全国，中原地区屡经战乱，除了四川和江南，几乎没有完好区域。为了日后能与李自成平分天下，张献忠率领大西军主力西进四川。这几十万以农民军身份入川的湖广人，除一部分在作战中死亡之外，张献忠所率湖广籍残部在兵败后脱下戎装就地落户，形成第二波移民活动。

清军入关后，势如破竹，广袤中原如年久失修、摇摇欲坠的老屋，瞬间坍塌。清军由汉中入川，在西川射杀张献忠，荡平川渝。自此，因战争而出现的移民活动告一段落。《四川通志》记载，当时四川省人口只剩下九万人。紧接着迎来的，是清政府的政策性移民。康熙十年（1671），清政府明令“各省贫民携带妻子入蜀开垦者，准其入籍”。康熙二十九年（1690），清政府又作了关于“以四川民少而荒地多，凡流寓愿垦荒居住者，将地亩给为永业”的规定。同年，还作了凡他省人“在川省垦荒居住者，即准其子弟入籍考试”的规定。

“湖广填四川”是一场规模浩大、旷日持久的移民迁徙，使得很多农民、商人背井离乡来到四川生存繁衍，他们中的大多数就此长别祖居之地，终生再难回到故土。虽然目不识丁，但固守“忠孝礼义”儒家文化的穷苦移民及其后裔又固执地抱持“落叶归根，慎终追远”信念，此生不幸寄居异域，但生命之灯熄灭，纵是经历千难万险，也要魂归故里。而湘西苗人把客死他乡亲人的遗体千里迢迢运回祖居之地隆重葬入祖茔，这一执拗的信念既是神谕的力量，又是对死者最好也是最后的尊重与纪念。因此，“赶尸”活动从早期移民的死亡一直绵延六百多年，直到新中国成立后强力扫除“封建迷信”，这一神秘丧葬风俗戛然而止。

湘西沅江上游重峦叠嶂，土地贫瘠，与世隔绝。苗民山寨保守封闭，苗人以农垦、采药或狩猎为生。山大林密，瘴气重重，恶性疟疾经常在人迹罕至的山寨流行，除土著湘西苗人、土家人以外，几乎鲜与外界来往。苗人男丁客死异乡，即使是殷实之家运送尸体返乡安葬，也都因为地理限制、山路崎岖遥远而选择这种赶尸的方法，何况寻常穷苦人家。于是，“赶尸”这个行业应运而生，从事这个职业的人在当地被称为“赶尸匠”。在湘西苗人的记忆里，“赶尸”和“赶尸旅店”的传说自童年时期就在他们的脑海烙下深刻印记，深山里的孤村野户、人迹鲜至的古刹破庙、泥墙残损的遗弃老屋，都是赶尸人选择荒僻路径长途跋涉时临时歇息的场所，这些只接待赶尸人和尸体的茅舍旅馆，因破旧茅屋的木门昼夜不闭而广为人知，其中的忌讳和原因并不为人知晓。

赶尸匠别出心裁，发明了将尸体直立放置、两人肩扛、长途运送的方法，就如逝者借尸还魂，穿山越岭有尊严地行走回故地一样，老马识途，故土难忘。这是对孤魂野鬼、客死他乡者灵魂的招安，也是对未亡人长年累月心心念念、挥之不去、嵌入生命、日日夜夜啃噬亲情良知的复杂情感的终极告慰。赶尸活动最少需要四个人：掌灯人、引尸人、扶尸人、赶尸人。掌灯人既是队伍的向导和主心骨，也是灵魂孤悬的行尸走肉的引领者。掌灯巫师身着明黄色法袍，腰挂铃铛，手持阴锣踽踽而行。跟随身后的是沿途不断抛撒纸钱的引尸人。串在两根竹竿之间身着青布长衫、头戴竹笠的死尸队列一首一尾的是赶尸人和扶尸人。深山幽谷，山路蜿蜒，一队青衣长衫人款款而行，小路跌宕起伏，幽灵队伍上下颠簸，蹦蹦跳跳。远远看去仿佛旧时皮影戏里的人物活灵活现，又像一队鬼魅在舞蹈。这样的画面不时出现在胆小、迷信、少见多怪的山民的生活和噩梦中。

关于赶尸的传说，在湘西民间多不胜数。

繁星满天，招魂者带领一队尸体昼伏夜行。阴锣森森，提醒夜行人避让，或者昭告途经的孤村野户人家，关门闭户，拴狗煨火。有时，赶尸匠竟然能一次护送七八具尸体千里归乡。湘西作家沈从文描述湘西赶尸活动细节时写道：若眼福好，必有机会看到一群死尸在公路上行走，汽车近身时，还知道避让在路旁，完全同活人一样。

在湘西，旧时候缺医少药，久病之人最终扛不过萧杀的秋冬季节，晦气的赶尸营生一般在这个时候生意兴隆。

赶尸活动最早由人背着尸体赶路。后来，遇到好几单委托生意，为了节省人力物力，便将尸体肢解之后，仅保留头、颈、手足，其余部位就近葬于荒山秃岭，使用一种神秘的草药水对头颈、四肢做防腐处理，然后固定在“人”字形的竹架或木架上，再捆扎些干草填充，穿上衣裤，外套宽袍大袖的寿衣，固定鞋袜，最后罩上青布长衫，用青布裹面，头戴宽檐斗笠，固定在两根横杆中间上路。当然，画着稀奇古怪图案的黄表纸是他们降妖伏魔、法力无穷的符咒，封在脖颈领口、手足与竹、木架连接的部位，任何吊唁者、亲人，连同逝者的生母，揭开面罩查看遗容也只能到此为止，因为咒符封住了亡人的灵魂，漂泊者从遥远的异乡魂归故里，就靠老法师点在死者印堂、颅顶、手心、足心处的朱砂印和严厉的道符守护。更重要的是，这是法师和赶尸匠的底线，所有庄严神圣、阴森恐怖的职业秘密绝不能因为任何一丝破绽而功亏一篑。死者家属所求不多：倾尽家财，唯一指望亡人全尸而归。所以在葬礼中，赶尸人全程守护，直到升棺、入殓、下葬、上坟完成，一单买卖才圆满收场。

这种神奇的药水是赶尸匠在漫长脚力赶路过程中保持尸体不腐的独门绝技，秘不示人，从无文字记载，仅靠师徒单传。药水涂抹在尸体上，可以较长一段时间完整保留逝者生前的容颜，让焦急等待、守候的亲人在入殓之前辨认和做最后的告别。少小离家，归期渺茫；岁月沧桑，亲人诀别。当年满头青丝的后生仔在魂归故里时大都容颜老去。技艺高超的赶尸匠熟练利用含有水银的药水，能栩栩如生保留死者生前面部、颈部、手足的胎记、痣、伤疤等标志。至亲之人通过可以探视的身体部位或某处特殊的印记，瞬间就能辨识长别的亲人。

“扁担王”本名王家槐，名字拆解就见“鬼”字。初次外出闯荡就被世态炎凉和弱肉强食的现实世界撞了个鼻青脸肿。他回乡养病务农，静待时机。人们说：他心急火燎想要学习巫蛊之术，四处打探拥有巫蛊奇术之人的线索。为此，他在农闲时节穿行于古村野宅，追踪深居简出的年迈相士，寻访隐姓埋名的世外高人，拜会洗尽铅华的傩戏祖师，探寻行踪不定的老道仙师，追踪身怀绝技、熟稔奇门遁甲之术的木匠以及擅长阴阳风水、手持罗盘的星相宗师。他屡屡空手而归，但他执拗地认准这事儿一定靠谱，人间自有奇人异士，只是他们隐居大山某处的褶皱中，鲜为外界所知，就像茂密丛林里隐伏着奇珍异兽一样。

经过一段时间狂热的追踪，在广袤大山浩如烟海的世界面前，王家槐感到困倦和劳累。连大山里最后一个苍老独居的赶尸匠也于七年前毫无征兆、无声无息地离世。但流传苗乡的种种传闻和偶尔某个长者神神秘秘的只言片语，又如星星之火，瞬间点燃他的热情。他深信关于世外高人遁世而居的传说绝非空穴来风，那些能呼风唤雨、法力无边的异人和窥悉天机、洞悉世事变化类似鬼谷子一样的异士绝非消亡殆尽。但对于“巫蛊”之术，男人们似乎讳莫如深，欲言又止。

后来，他投在一个老猎人门下学习狩猎技术的时候，还是打探到了一些关于巫蛊的有价值线索。

湘西苗人狩猎活动有一套完整的仪式，老猎人在家中神龛的下面，装有一个倒立的木雕神像，祂是大名鼎鼎的梅山之神。老猎人说，只有敬了梅山神，打猎才顺利，有收获。不敬梅山神，就是遇有猎物，也打不准，弄不好会发生枪膛炸裂或动物伤人的灾厄之事。

苗人土话把狩猎时挖陷阱的活计称为“挖凹”，在野兽必经的林间小路，或隐蔽的三岔小道交会处，猎人手握镢头开挖，一边挖一边念叨神秘的咒语：“一开东方甲乙木，二开南方丙丁火，三开西方庚辛金，四开北方壬癸水，五开中方戊己土……”咒语很长，但必须诵念完整。土坑挖好后，在底部装上捕兽夹，坑口用树枝、杂草覆盖伪装，野兽走过来落入陷阱，会被捕兽夹强有力的铁嘴咬住难以脱身。经过一段时间跟师学习，王家槐慢慢明白，施法念咒固然神秘莫测，但敏锐的眼力和丰富的狩猎经验才是关键。老猎人通过观察野兽留下的足迹、粪便、杂草倒伏的痕迹等这些蛛丝马迹判断它们的种类、去向、途经的时间、落单漫游还是成群结队。通过周边的植物的种类、果实判断野兽的食物链，通过山势地形的起伏，预判是前腿短后腿长的野兔，还是麂、麝、獐、野猪、黑熊之类。“前腿短的野兽很少跑下坡的路，这样容易栽跟头。”师傅说。山里的猎人都是地地道道的苗民，农忙时节回到地里采收庄稼，农闲时候上山打猎改善生计。况且，打猎也是个运气活，空手而归也是司空见惯的事。王家槐在鳏居师傅那里住了些日子，天气不好无法出山打猎的时候，他给师傅挑水砍柴、清理牲口棚，里里外外忙活。师傅对他满意，嘴上没说，但眼神由疏远到温和、亲近，这点他还是感觉得到。春播开始后，他赶完师傅地头的活计，告别师傅回家播种自家土地。

仲夏时节，正是农闲。山间坡地上玉米胡须开始发蔫干枯，坡地的红薯在泥土下面正生出饱满壮硕的块茎。野猪这时候成群从老林里出来祸害庄稼，正是围猎野猪的好时机，师傅托人带信给王家槐，要他准备一番，和他上山“干活”。他明白猎人们的行话，他们禁忌直通通说“打猎、围山”这一类的术语，因为无处不在的山神鬼怪会透露风声给狼虫虎豹，动物们收到风声就躲得远远的，让狩猎活动颗粒无收。散居深山的猎人行前的准备工作主要是检查和擦拭自制的火铳，准备火药和钢珠，收拾干粮，最后净身。沐浴干净就是对山神起码的虔敬，其实，对于嗅觉敏锐的动物来说，沐浴净身的好处是隐伏等候猎物的时候不至于因为人身上的不易觉察的气味引起它们的警觉和逃离。

一大早，他收拾停当，出门赶往师傅的住地。大概要上坡下坡步行三个多小时才能到达师傅居住的名叫“杀虎口”的地方。师傅年轻的时候，在那一带曾经打死过一只成年的雄性华南虎，那只硕大的虎皮被他当作褥子一直使用，这也是他屡屡向人展示的资本和俘获名望的见证。也因为这张夹杂着老男人汗臭和雄性动物膻味、毛发残损的虎皮褥子，师傅成了驰名乌龙山一带的“狩猎王”，他所居住的地势陡峭山口被当地人易名为“杀虎口”——那里，原先的地名叫“鹰嘴崖”。

五个猎人在师傅丛林掩映的旧瓦屋里聚齐，吃过晌午饭，太阳刚刚西斜的时候，一行人准备启程去往密林狩猎地。这当儿，一个气喘吁吁的中年男子从屋前的山坡冒出了头，他背着一个陈旧的粗布包袱，肩上挂着长鸟铳，一路赶来参加这场狩猎盛宴。老师傅皱着眉头，一脸老皮像屋后龟裂粗糙的核桃树皮。他说："你来了，就留在屋里烧水煮饭送吃喝。拖拖拉拉，哪里像干活下手的样子！"

"路程远么，我一路紧赶慢赶，腿都磨短了一截。"那人上气不接下气地说。

"你就留在屋里。"师傅说，"现在连我算上六个人，正是个吉数。你加进来是七，这不成，七是拐弯，不吉利！放心吧，我们逮到大家伙一定有你一份肉吃。"

"我不看重吃！我就想试试修理过的火铳中不中用。"那人执拗地说。

"那好。反正我们要在山上待几天，大家轮流，明天我安排人下来替换你。你就安心看家，准备明天中午的伙食。"他把屋门钥匙抛给他，一转身领着大家走向屋后林区的上山小径。

太阳完全被西山遮住的时候，一行人依山而上，一路爬上山坳的一处平地，在那里停住喘气。老师傅转过身，用一根手指压住自己的嘴唇，眼珠骨碌碌转。大家静下来。他指一指前方不远处杂树环绕的一块形状不规则的玉米地，与玉米地相邻的是一块狭长的月牙形的番薯地，藤蔓郁郁葱葱，长势旺盛。红薯地的尽头，台地边上耸立着一棵高大的枫香树，倚着粗壮的树干，有一个简易、破旧的"人"字形窝棚，山风阵阵，枫香树繁茂的枝叶哗啦啦作响。大家明白，目的地到了。

"这里，平时不住人，庄稼快成熟的时候，临时凑合几天……"师傅碎声细气地说。

大家沿着杂草丛生的小路来到枫香树下，放下行囊，师傅留下三个人清理窝棚，领着王家槐和另一个人走进庄稼地查看地形。三人轻手轻脚从玉米地与番薯地接壤的田埂往里面走。长长的玉米叶子伸出来，不时扫过他们的面颊或者脖颈。

时间接近黄昏，天气依然溽热，知了的鸣叫时断时续。快到林地尽头的时候，师傅停下脚步，他指向玉米地深处。那里，一大片倒伏的玉米植株赫然在目，玉米棒子被粗暴地撕扯下来，残缺的玉米棒子周围，散落着嚼碎的玉米粒。再往前，番薯地被什么东西毁了一片，薯藤横七竖八躺在掀翻的泥地上，根茎暴露，师傅示意大家蹲下来，他指指新翻过的泥地上大大小小凌乱的蹄印，"来过一群野猪。看来，是一家子都来抢我的口粮哦。"他用手遮在嘴巴前面低声说。

小路尽头，是开垦坡地时留下的一个高高土坎，上面长满茅草、蒿和星星点点开着白花的菊科植物，土坎那里，有一个巨大圆石，圆石周围生长着灌木、荆棘和茂密的葛藤。灌木丛和荆棘下方有一道隐秘的缝隙，红色的沙石泥地上可以看到动物钻出钻进留下的痕迹，稀疏的杂草被踩踏过了，陷入泥土里。它们就是从这条隐秘的小径钻出林子，下到食物丰沛的庄稼地。师傅指着红薯地与土坎交界处一个硕大的蹄印："看，大家伙！"他诡异地一笑。蹄印新鲜完整，有拳头般大小，看上去是不久前留下的。

杂草和灌木茂密的缓坡往上，是无边无际的杂木林，背后是屏风一样高耸的悬崖，夕阳洒在铁灰色的峭壁上，金光闪闪，像一幅气势宏伟的画卷。悬崖下，是师傅只身猎杀华南虎的地方。

他们回到窝棚那里的时候，棚子里已经清理干净，行李就挂在棚架或木桩上，防止林鼠或昆虫啃食干粮。师傅在枫香树下焚香烧纸，口中念念有词，向山神祈祷。

猎人的世界中，盛传有一种神奇的"黑山咒"狩猎境界。传说"黑山咒"的法力可以控制周围几座山头的野兽，这种魔法像一个无形大罩子，附近几座山上动物瞬间被黑暗笼罩，法师仅留唯一的亮光在陷阱或狩猎口，獾、金钱豹或者老熊什么的会被一种鬼使神差的法力驱赶，走向光线熹微的亮光口自投罗网。

暮色来临的时候，师傅布置火力和人手分布，既要考虑野猪的出入路径，又要顾及受惊或受伤的野兽失控伤人。他把人员分为两组设伏，一组三人在巨石上居高临下守住路口，另一组火力在巨石对面的高坎上设伏。那里，很快搭好了两个用新鲜树枝搭起的低矮窝棚，两组火力的方向分别对着路口和红薯地。为避免夜间受到蛇或者毒虫的袭扰，他们都涂抹了师傅配置的一种散发着苦艾味道的药膏。

湘西山民中一直流传"一猪二熊三老虎"的说法，意思是说，受伤后发狂的成年野猪在危险性上要比凶猛的老虎和黑熊更可怕，它的愚蠢、野蛮劲儿往往令人望而生畏。大部分时候，野猪都是胆小、警惕、成群出没的。偶尔遇到行人或者听到异响就一哄而散，迅速逃离。在身受重伤负隅顽抗的关头，成年雄性野猪仗着蛮力，会拼死发泄、报复。它怒不可遏，在一刹那能将附近碗口粗的树木咔嚓一声拦腰撞断，或者循着硝烟的气味狂奔而至，把它长喙上弯刀般的獠牙死命插进猎人的身体发泄。狂暴中，它肆意撕咬、踩踏对手的尸骸，直到那个倒霉鬼变成一堆面目全非的烂泥。

林地虫鸣，万籁俱寂。山区的夜晚凉爽、枯燥无味，潮湿的空气中混杂着丛林、腐殖枯叶和青草的气息。繁星满天，夜空寥廓而深邃。浓重的夜露漫天而下，宛如从窃窃私语的星星那儿不绝如缕地降临大地的甘霖，悄无声息又无处不在。

夜深了。有小动物急匆匆蹿过林地，枯叶发出“沙沙沙”的声音。漫无边际的黑暗中，林子里隐伏的世界开始活跃、繁忙。突然，猫头鹰尖厉的长啸划过山谷，虫鸣声戛然而止，周围的世界瞬间陷入死寂。“扁担王”趴在用树枝搭成的简易掩体下面，掩体散发着香樟树和山地茅草混合的清香味道，对面的猎人无声无息融化在看不见的地方。师傅和另一个伙伴在打盹。

虫鸣声再次响起，时断时续。松果或其他什么果实在黑夜里落下，能清晰听到坚果砸在树枝上和穿过层层树叶时发出的碰击声和摩擦声。

师傅曾经说过，夜间干活，眼睛已经不重要了。仔细分辨各种声音，判断野兽行路的声响和它们走近时散发的气味才是关键。优秀的猎人都有猎狗一样敏锐的嗅觉和听觉。

天亮了，山谷里鸟鸣声此起彼伏。师傅早已醒来，盘腿坐着，嘴巴里嚼着什么，一脸倦容。蜷缩棚子里一整夜，王家槐感觉腰酸背痛，准备起身出去活动筋骨，师傅按着他。

“一大早，兴许野猪出来找食，再等等。”师傅递给他几片干树叶让他嚼，“提提神。”他像耳语一样说。

干树叶在口腔里发出苦涩的味道，余味回甘，茶香浓郁。

太阳从东边山脊爬升上林梢，师傅留下两个人继续蹲守，其他人去到枫香树下的窝棚里吃干粮，小声聊天，也可以抽烟。“兴许，明儿天亮的时候，会有大货进来。”师傅说。然后又烧纸焚香，呜呜哝哝念那些咒语。最后还把一截红布条系在枫香树的矮枝丫上，祈祷树神保佑，梅山神赐福。

中午，师傅安排人下山去拿晚饭，替换那个留守在家的猎人上来。

留守人提着竹筐、背着长铳上来了的时候，天色已近晌午。他送来米饭、煮熟的腊肉、干豆角焖土豆和一小罐又冲又辣的剁椒。他看上去很兴奋，像条神情亢奋的猎狗一样舔着嘴巴，脸膛涨红，走来走去安静不下来。大伙安静地用晚饭的时候，他独自一人穿过玉米地和番薯地交界的小路，去到蹲守处值守。“天呐，天呐，我都憋了一天一夜喽……”他在穿过庄稼地那条小路时说。师傅在大家调笑的时候流露出显而易见的不屑和轻蔑：“他这样沉不住气，哪里成得了出色的猎人嘞？”

一夜无话。

天麻麻亮的时候，有人用指尖捅了捅王家槐的腰，他从昏昏沉沉中醒过神，在清白的晨光里，看见师傅那张树皮一样的老脸异常严肃，他食指贴在嘴皮上发出轻微的嘘声，然后指一指耳朵，又指指大石头后面的灌木林。这时，他听到林间枯叶的沙沙声，动物穿越纵横交织的树杈、藤蔓时身体摩擦发出的刺啦声音。沙沙声里混杂着大型动物穿行林地时发出的沉重、凌乱的脚步声。它们就躲藏在茂密的灌木丛下面，看不见影子。它们逗留在那里，似乎并不急匆匆下到庄稼地，也许嗅到什么不祥的气息，它们没有马上钻出来现身。野猪沉重的喘息就从巨石后面的矮树丛里看不见的地方传来，一会儿近，一会儿又远了。它们能清晰嗅到近在咫尺的玉米和番薯藤散发出的刺激嗅觉神经的诱惑味儿，野猪在晃动的树丛里发出粗暴和焦虑交织的哼哼声。师傅把一片新鲜树叶噙在口中，吹出小雀的鸣叫声，这是他们早先约定的狩猎信号，提醒对面隐伏的同伴做好准备。接着，那边传来两声小雀的低鸣。师傅和另一个人在他左右趴下了，火铳在手。

呼吸开始变得急促和紧张起来。

野猪群没有犹豫多久，还是在饥饿的驱使下鱼贯而出，下到红薯地。一只体型硕大的成年雄性野猪走在最后，在野猪群用强健的长嘴筒急匆匆翻开泥地和薯藤啃食新鲜番薯的时候，公野猪还站在出口与庄稼地交界的斜坡上迟疑，它抬头四下张望，耳朵竖着转来转去。它有着庞大的躯体，估摸着足足有五百来斤，灰白色粗糙的皮肤，体毛稀疏，长长的獠牙从下颚的嘴皮伸出来，凸出上嘴喙，像两把白晃晃的弯刀，看上去威风凛凛。

猎人在紧张与不安中等待。柔和的晨风吹来，空气中弥漫着野猪身上粪便和尿液混杂的气味和新翻泥土的气息。

在两声清晰短促的小雀鸣叫过后，“轰轰轰”一阵枪响，王家槐透过浓重的硝烟，看见那头雄性野猪中弹，它从地上腾的一下弹起来，庞大的身躯像一张弓一样一跃而起，那一刻，他似乎感觉它身体高高弹起，一直在上升、上升……有那么一刻，他仿佛看见它强壮、灰白色的躯干快要与他的鼻子齐平，他嗅到它身体的恶臭味和血腥味儿。它发出愤怒、绝望的嚎叫声，小眼睛杀气腾腾地盯着他……

王家槐此刻汗毛竖立，感觉口干舌燥，唾液里有一股浓浓的苦味儿。

野猪群受惊四散，向四面八方箭一样逃离。师傅从藏身的巨石上一跃而下，他迅速装填弹药，近距离往受伤挣扎的公野猪前肢与躯体连接处靠近心脏的地方补了一枪。猎人们大获全胜，这次狩猎他们总共捕杀了三头野猪。

晚餐丰盛，在师傅的老屋，大家伙忙碌了大半天清理猎物，煮食美味，气氛轻松、热闹。一锅红焖野猪肉，大盆大盆端上桌，大家开怀畅饮。师傅把一颗弯刀般的野猪獠牙交给王家槐，要他找个红绳穿上，挂在脖颈上。老人说，这是凶悍之物，可以辟邪降魔。

喝了很多师傅自酿的苞谷酒。也就是在那夜，师傅首次讲起一直讳莫如深的蛊术。

蛊，在湘西大山里俗称“草鬼”，是只有女人才拥有的一项奇技淫巧。

在深山老林散居的苗族、侗族、布依族人山寨，有蛊的妇女被当地人称为“草鬼婆”。“蛊”作为象形文字，上“虫”下“皿”，意思是指豢养于器皿中的虫子。流传于少数民族地区的蛊术是一个毁誉参半的特殊行业，这一职业往往与治病救人的草药、推拿正骨的医术和祛病降魔的巫术以及伤天害理的投毒暗算混杂交织，水乳交融，恍如半人半兽、英雄与魔鬼合体的怪物。救人急难，又阴险毒辣；凡胎如人，又通天入冥；日出而作，日落而息，而又绝世独立、云遮雾绕。那些受到某个神灵启示或者被某个鬼魂附体的女人，在丛林中捉来蛇、蝎、蜈蚣，斑蝥或者颜色如枯叶的巨大飞蛾等林林总总千奇百怪的异虫毒兽秘密豢养，经年累月，蓄积毒液。待到毒虫养成，搜集的毒液便成为主人复仇或者泄愤的武器，用来伤害村邻。

掌握蛊术的妇人终生只豢养、驯化某一种虫子。在瓦罐中，用自己的经血暗中喂养，悉心调教，每日独自对其念咒施法。成熟的毒虫非雄非雌，身体肥硕，模样狰狞，眼神或阴鸷或谄媚或冷漠，禀性宛如它的主人。人们说，女巫的灵魂就寄生在成虫体内。蛊——往往在人们不知不觉中悄然行事，去执行主人的意念：了却啃噬主人心尖的嫉妒，对沾沾自喜、得意扬扬的强人实施警告或者报复。毒虫年老死亡，主人把它的尸体焙烘，研磨成粉末，藏于指甲内，不经意间向仇家的饮水、食物中隐秘一弹，蛊便放好了。师傅说，这一弹的手法也很讲究，有一指弹的，有两指弹的，中毒程度深浅各异，下蛊者可以解蛊，治愈病患；合并三指或四指尽放其蛊，则无药可医，中蛊者必死无疑。

在闭塞的山寨，掌握下蛊绝技的妇人凤毛麟角，她们大都是一些地位低下、饱受屈辱的弱者。而不同村寨的蛊婆都有自己的独门秘籍，中蛊之人深受其苦，而求助别的蛊婆往往无济于事，无从解蛊。民间形成的共识是，解铃还得系铃人。

广泛流传于湘西的民间传说是，蛊毒缠身的蛊婆就如疾病缠身的人，蛊婆本人亦是欲罢不能。蛊毒在其体内不断繁衍，日积月累，一如郁积的仇恨一样在旷日持久地蓄积、燃烧。蛊毒若不释放，蛊主就会憋出一些奇奇怪怪的顽疾，最终毒侵七窍，一命呜呼。蛊婆难以忍受毒蛊的折磨，将蛊放出，毒死耕牛或者一棵参天大树的事情常有发生，极端的情况下，她也加害村邻甚至向自己的亲人下手。

湘西的神秘“蛊术”和泰国的“降头术”，被并称为两大邪术而蜚声海内外。

苗人没有文字，观念封闭，笃信蛊术，在他们口头传唱的歌谣中，关于“巫蛊”世界里的奇闻逸事多不胜数。在沟壑纵横、林暗地湿、瘴气弥漫与毒虫猛兽伴生的苗乡苗地，身体强壮的成年男子常年户外劳作，忽然滋生怪病，经年累月面黄肌瘦的情况时有发生，莫名其妙猝死的人也不在少数。人们往往把无法解释的死亡现象大都归因于巫蛊，假如村里一个活蹦乱跳的男孩忽然暴毙，人们疑心可怜的孩子兴许是多年前吃了邻人一块甜糍粑，蛊毒发作才致不明夭折，家人认定是那个老妇人在甜糍粑中放蛊。那个行为古怪的老妇人被村人背后指指点点，人们细声碎气、鬼鬼祟祟地四下议论，说东说西，全然忽略了包藏祸心者的煽风点火。

在山村，素有“无蛊不成寨”的说法。广泛滋生的亦巫亦医的迷信活动既是阴险、狠毒的人们唯恐避之不及的神秘之门，又是救人病难、祛除疑难杂症的一剂灵丹妙方招魂驱魔的阴阳道场。

蛊婆是游走在人间与冥界、洞悉阴阳密码的奇人。平日里，与亲戚、邻居和睦相处；发癫时，与饿鬼、阎王窃窃私语，同亡灵神秘对话。蛊婆性情异于常人，终生疾病缠身，眼神阴冷，眼睑发红肿胀，但穿着整洁，家中异常干净，鼠蛇不侵。传言说，蛊婆施放毒蛊，出于自己体内蛊毒的煎熬，蛊毒在身，日积月累，到了某日的临界点一定会爆发，不毒害别人必伤害自己，像月经来潮一样仿佛遵循着某个诡异的节律。蛊婆一旦因为放蛊失手激起公愤，村邻必把这老妇捉去，捆在木桩上，在三伏天的酷日下暴晒，名曰“晒草蛊”；或者押出村口，用石块掷死。这种村寨私刑，官府从不过问。

苗人祖上是以母系为中心的山地聚落，聚落文化中女性的权威左右着苗寨家庭乃至家族的生产、生活、婚丧、繁殖、教育、医疗等方方面面，而男性则是耕作、狩猎、抵御外族欺凌的工具和守护者。苗族巫文化“落花洞女”“蛊术”常常以女性为中心人物，正是母系氏族习俗和文化留下的烙印。“蛊文化”由母系缔造和传播，其真正的目的是为了更好地挟持男子依附于集体从而终身服务于家庭以及家族，为环环紧扣的农时和繁重体力劳动周而复始地操劳。说得直白一点，男人就是牲口棚和庄稼地两头奔忙的公牛。

王家槐不久有了心上人，这在村寨里和远在外地谋生的亲友中引起轩然大波。

那是他回到家乡一年以后的事情了。王家槐置家人、亲邻和长辈的担忧与反对于不顾，执意要娶麻垌村蛊婆的女儿。蛊婆的女儿名叫翠儿，是个长胳膊大手的瘦高姑娘，额头突出，眼窝深陷，面颊狭长，下巴尖瘦，梳着一根枯黄粗大的独辫子，说话粗声大气，有着男人一样爽朗的笑声和直率火辣的性格。她的母亲做媒，两个“高人”一见倾心。村子里的人背后都说，他是中了蛊婆所下的“蛊”

或者坠入翠儿的“蛊情”走不出来。

蛊婆家孤女寡母，住在远离麻垌村十五里的山坳。麻垌人记得，翠儿的父亲年轻时性情开朗活跃，风流倜傥，既是村寨里动作麻利的庄稼汉，又是一等一的竹器编织能人。一根山坡上寻常可见的竹篾、藤蔓、柳枝或者棕树叶、草茎，经他的巧手制作，转眼工夫，就变成了漂亮的竹篮、针线收纳盒或者一只活灵活现的蜻蜓、蚱蜢……当然，农历每三日一场的集市上，出自他手的器形精美的手工艺品如女人胭脂盒、提篮、柳条箱，还有生动的竹节蛇、灵动的草编螳螂、雀鸟都是妇人和孩子们追捧的抢手货。然而，他更为人津津乐道的是他那美妙的歌喉，他是苗家山歌的行家里手，歌声高亢嘹亮、热情似火，能让天上的云彩流连止步，能使林中的百灵屏息聆听。“三月三”苗歌会上，他引吭高歌，往往能使那些和他对唱盘山歌的年轻女孩心旌荡漾，坠入爱河而无力自拔。老婆坐月子那年的三月三，他一夜未归。天亮时分，他浑身是伤踉踉跄跄撞进家门，从此一病不起。不出月余，咽气归山。

麻垌人盛传，苗歌会之后的那夜，他幽会良家闺女，中了女孩母亲的蛊毒。

安葬亡夫，待到翠儿满月。新寡之妇独自前去寻仇。徒步三十余里，双手叉腰站在集市激烈叫骂，满村寨奚落挑衅，仇家闭门不出。毕了，她放话出来：要誓死杀光仇家所有的男丁。两年后仇家的男人探亲回家，无病无痛暴死于路旁的苦荞地。再后来，仇家为了保护未成年的孩子，举家迁往外地谋生，从此杳无音讯。山寨人说：复仇的女人固执又心狠手辣，小心夜叉，提防蛊婆。

关于父亲的事，翠儿在长成一个开始懂事、扎羊角辫的小姑娘的时候，曾经亲口询问母亲。母亲告诉她，一个势单力薄的女人怎么可能毫发无损地了结一个大男人的性命呢？“是老天爷收了他，为你爸爸报了仇。”她任由谣言肆虐而保持沉默，仅仅是风助火势，就让那家人惶恐和绝望罢了。

身材高大孔武有力的王家槐平素少言寡语，但和性情爽直、充满野性的翠儿情投意合。他乐意和她在一起，同她出双入对、风风火火下地干活，听她大声武气发号施令。翠儿做得一手香辣可口的饭菜，动作麻利地把他从荒僻小路上设置的捕兽夹上收获的小动物剥皮开膛，不大工夫就从灶间端出一盆刺激味蕾的美味佳肴。空闲下来的时候，她就陪着她的心上人往铜烟锅里装烟丝，吧嗒吧嗒吸老旱烟。她抽两口吐出烟雾把烟杆递过去，他塞进嘴巴继续吸，女人唾液里甜丝丝的味道让他着迷和兴奋。男人总是在年青时期长久痴迷于他遇到的第一个女人，不管这个女人是姿色乏善可陈的村姑还是柔情似火、声名狼藉的寡妇。

蛊婆执意要男方入赘女家，虽然她的女儿并不出众，甚至于在山乡人看来翠儿不是那种珠圆玉润、模样俊俏的闺秀，但却是她养老送终的唯一依靠。男家对结亲蛊婆本来就心怀芥蒂，横生阻拦，对儿子去做上门女婿断然无法接受。这样僵持了一段时间，王家槐还是有空没事就跑三四十里山路去和翠儿幽会，无怨无悔地去帮她们料理农事，维修漏雨的屋顶。

师傅已经不和他来往。老猎人对这门婚事难以置信，徒弟如果娶了一个蛊婆家的女儿，这事要是传出去，会严重损害他的声誉。他郑重其事地与徒弟谈了这事，他要他在这门婚事和受人尊敬的猎人之间做一个选择，王家槐沉默了很久，后来头也不回地出门走了。

蛊婆对婚事做出妥协让步是在一个冬天的晚上。

火塘里炉火熊熊，火塘之上悬挂着一只鼎锅。鼎锅上空，乌黑的瓦椽下悬挂着长长短短、大大小小熏黑的腊肉，一整只成年猪分解的尸体都挂在那里，剖开的猪脸压得扁平，从绳索上冷漠地俯瞰下面烤火取暖的人，像是傩戏表演中鬼怪的面具。火光映在蛊婆脸上，半阴半明。她再次提出了结婚的话题，“扁担王”明确告诉她，自己家人坚决反对他入赘女家，这事已经没有商量的余地。

“那就看翠儿了，我就养了这么一根独苗。”她不露愠色，眼睑红肿。

长久的沉默。目光空洞、面容狰狞的猪脸下方，火塘里火苗明明暗暗、闪烁跳跃，发出毕毕剥剥的声音，间或有未干透的柴火在燃烧时喷出白色的湿气，传出“噗——”的长声，像是火苗的讪笑。

“翠儿，你跟娘说说，是要守着老娘还是要嫁出去？”

性子执拗的翠儿良久沉默，她低下头去，瘦削的肩膀在火塘亮光的跳跃里剧烈起伏。她，开始哭泣。

这个大大咧咧的姑娘自幼就继承了母亲坚强的性格，在上学路上与侮辱她母亲、歧视她蛊婆家出身的男同学大打出手，毫无畏惧；在田间或村口，与那些伶牙俐齿、背后说长道短的悍妇拉开架势对骂，全然没有女孩子的矜持和怯懦。但此刻，她显出脆弱和无助的样子，伤心欲绝，肝肠寸断。蛊婆在明明灭灭的火光中看见那男人站了起来，他身材高大壮实，手足无措，紧张局促。

蛊婆生存在闭塞的山寨，这一身份意味着挑战乡规民俗，为此付出的代价不仅仅是女人毁誉参半的名声和从此亲友疏离以及以邻为壑的社会关系，更为严重的是家人、子女所背负的终身歧视甚或亲人反目。能只身应对乡规民约压力而又泰然处之的女人要么是逆来顺受、心如死灰的行尸走肉，要么就是内心强大的女汉子。她抚摸着女儿的头发，喃喃自语：“可怜的翠儿……可怜的翠儿……”

“娘啊，我肚子里有了他的种……呜呜……”翠儿哭得更厉害。说完，她转身跑回自己的睡房。

蛊婆万般无奈，最后妥协，导致这个固执的寡妇做出让步的关键因素是女儿的未婚先孕。那老女人曾在深夜恸哭，哭泣声如腊月凛冽的寒风……

婚礼在经历了漫长的讨价还价和令人窒息的明争暗斗之后定在了农历正月初八。世上所有涉世未深的青年男女走向被乡规民约认可从而心安理得享受男欢女爱延续传宗接代的合法繁殖之路前，大都经历了繁文缛节陋习的煎熬和冷酷无情长辈煞有介事的折磨与摧残。成年人的世界复杂、愚蠢，雾瘴重重，充满算计和心理角力。王氏家族、家长在隐忍、坚持与耐心之间游走，表面上小心翼翼，隐忍中用尽全部心思去揣度、试探那对母女的心理底线，反反复复，绵里藏针，把一场看上去理应热热闹闹、欢乐喜庆的婚事活动活脱脱弄成了一桩牲口集市上的冷酷交易。

翠儿在这一天将嫁过去，她的老娘作为新娘唯一的送亲者将要出席婚礼。男方的长老又节外生枝出面反对，他们要求蛊婆按照约定俗成的礼仪在婚礼当天回避。“翠儿孤身过门，老娘是她唯一的依靠！你们的良心叫狗吃啦？”王家槐大声咆哮着，怒火中烧。看上去，他倔头倔脑，双眼充血，一屁股坐在门前的青石门墩上哼哧哼哧喘粗气。大家都不出声。

正月初八早晨，前来参加婚礼的亲友冒着户外的白霜，嘴巴哈着白气，一路翻山越岭，陆续汇集到王家院子里。新搭起的露天泥灶冒出袅袅炊烟，大铁锅上簇起竹制笼床，木案上响起厨师和帮厨妇女切菜的哒哒声，院子里凌乱摆放着五六张方桌和一些样子粗鄙的长条凳。旧瓦房的堂屋门上贴了鲜红的婚庆对联。大人们在屋子与一大堆桌凳之间进进出出，走来走去。孩子们则在场院边追逐嬉闹，大孩子躲在屋后的角落学着大人的模样，表情兴奋、动作笨拙地咂着烟卷，用烟头点燃零散的爆竹，飞快扔向树林里，“啪”一声，吓得飞奔的幼童驻足掩耳。王家槐戴了新郎官的黑礼帽、胸前斜挎一朵丝绸大红花，领着接亲的队伍出发了，他们提着糖果、酒水、猪肉等琳琅满目的礼品出了院子，鼓乐队跟在后边，唢呐和笙笛在锣鼓声里吹奏出嘹亮、欢快的曲调。在寒意裹挟的早晨，一行人下了院落前的斜坡，没入竹林小路，转过山那边，鼓乐声渐行渐远。

日上三竿、暖阳高照的时候。亲友们差不多到齐了，把个不大的农家小院挤得满满当当，到处都可以见到穿了新衣的男男女女，说话声嗡嗡嘤嘤响成一片，喜庆的小院像春暖花开时节热闹、拥挤的大蜂巢。大家说说笑笑，嘘寒问暖。不久，竹林和落叶林以外的山谷响起了隐隐约约的唢呐声。一壶茶的工夫，林子那边传来噼噼啪啪的鞭炮声，向主人和宾客宣告：接新娘的队伍即将驾到。

新娘子一身盛装，浑身上下的银饰在阳光下闪闪发光。她头戴红盖头，低着头在局促、紧张的新郎牵引下前行，浑身上下的银饰铮钬作响。

这时，院子尽头的土场上欢迎的鞭炮震天响，鼓乐齐鸣。一对盛装新人在亲友的簇拥下踏着满地爆竹的红纸屑，穿过硝烟踏进王家院子，一名年长妇女向新娘递上一把大红伞，新郎背起新娘，在众人的喝彩声中过“独木桥”“跨火塘”“进门槛”。在拥挤的堂屋里举行认亲、行礼、拜堂仪式。末了，在青年人和孩子们的簇拥下入洞房，闹新娘……

揭了红盖头，王家槐愣住了。轻施薄粉胭脂、蛾眉银冠的翠儿温婉高贵，恍如传说中苗王骄傲的公主。“啊、啊！”他结结巴巴地说，“我的天！仙女下凡。我领你去给亲友敬酒吧！”

苗家喜宴上坐满宾客。新郎、新娘向每桌客人逐一敬酒，恭恭敬敬向长辈行礼、问安。在院场最边缘的一桌，他看见几个着装新潮、城里人模样的男人安静地坐着喝酒、用菜，他们与看上去老实巴交、笨头笨脑的土著形成鲜明的反差。一个男人抬头看过来，王家槐大叫一声，跑了过去，使劲和他们拥抱、握手、打趣。来人是孙行者和当年他们一起在花城闯荡时的工友。他们是：不善言辞的小武，喜欢穿花里胡哨外套的明仔，外号“神偷圣手”的秋子——大伙都叫他“泥鳅”，还有醉心赌博、经常惹是生非的聪儿，都是居住在方圆不出百里而结识于异乡花城的苗乡人。

王家槐的婚礼事先并没有邀请他们，因为他无法确定那些漂泊在外讨生计的患难兄弟是否返回了家乡。孙行者他们的到来，让新郎意外和惊喜。

“今天，你们哪个都别想走！等我把婚庆的场子应酬完，今晚，我们单另喝兄弟酒！”他指着他们兴奋地说。

翠儿她妈没有出现在屋外的酒席桌上。

孤独的老女人独自端坐在花花绿绿的洞房里，与屋外热闹的婚宴气氛显得格格不入。她穿着苗家节日的盛装，头发梳得整整齐齐，两腮扑了胭脂，嘴巴上抹了口红，手指夹着过滤嘴烟卷，表情庄严、呆板。屋外宾客的说笑声和时断时续的鼓乐声从贴了窗花的木格窗传进来，她就那么枯坐着，若有所思，冷若冰霜，高深莫测。除了面容和善的亲家公偶尔走进来取家什什么的说上几句话，连淘气的孩子也不敢冒冒失失地闯进蛊婆所在的房间。

太阳西斜，冬日昼短。一些路途较远的客人吃完酒宴陆续告别。

曲终人散，蛊婆终于要走了。

她将独自回到那个冷冷清清的家。农家养女一场空，一想到下半辈子将要在漫长岁月中离群索居，独守空房，这个固执、坚韧、心如钢铁的女人还是感到内心空空，脚下飘忽，身子骨不寒而栗。她执拗地拒绝女儿和王家槐的送行，因为还有一些迟来的远客需要一对新人接待、招呼。翠儿默默垂泪，王家槐在左右为难中突然想起了什么，他快步跑回院子，委托天不怕地不怕的孙行者他们一路护送岳母到家，这事才算安顿妥当。

夜深人静，山乡霜寒，一钩弯月宛如蛾眉。月儿如同一个高高在上的超级银匠，把苗乡广袤、肃穆的山山岭岭镀上了一层梦幻般的银辉。

身怀有孕的翠儿已经睡了，为这场婚事忙碌了好一阵子的家人也已歇息。王家槐和孙行者他们从黄昏的酒席宴一直喝酒、叙旧，直到天黑才挪到厢房的火塘边煮茶聊天。

他们阔别已经有两年多了，花城一别，兄弟四散，为了生存，他们像无根的浮萍，随着水流或风儿四处漂荡，哪里适合临时落脚，就行李卷一扔，白天咬紧牙关出力流汗，夜晚随便蜷缩在一个只要可以拉开被褥席地而卧的地方安身，繁重的体力劳动让简陋、粗糙的睡眠直截了当而又扎实可靠。漂泊异乡的农民工活像逐水草而居的食草动物，漫无目的，动荡不宁，哪黑哪歇，每日胡乱塞进嘴里的粗粝食物仅仅是提供他们再次起身前去挣到可怜巴巴糊口钱的动力来源。问题的关键是，大部分时候，这些埋头追逐水草的两足动物总是在某个时候突然面对草场日渐枯竭、满眼荒芜的困境，他们不得不去往更远更危险的地带寻觅机会。也许，辛苦忙碌几个月下来，雇主拿钱跑路，孤独无助者身无分文，要么号啕大哭，伤心绝望；要么铤而走险，作奸犯科。孙行者的足迹遍布大半个中国，在建筑工地、码头、货场、矿山下苦力；小武去过沙尘暴肆虐的准噶尔沙漠给黑心矿主开采露天煤矿；泥鳅因为小偷小摸案子坐牢半年，出来后到过人迹罕至的昆仑山为玉石商人开矿；明仔搭伴几个年长的乡邻踏出国门，去过非洲的坦桑尼亚和赞比亚华人工地做外劳，他说，那里角马成群，是食腐鬣狗的家乡；聪儿则一事无成，混迹炎热、混乱、工厂林立的珠三角大小城镇，白天在破旧风扇刺啦刺啦作响的出租屋酣睡，晚上出现在烟雾腾腾的地下赌场打牌下注，身边净是些烂鬼、赌徒。皮条客和妓女也在夜色下出出进进，忙碌生计。

这晚，他们郑重商议了重返花城的事，希望“扁担王”出山，再张罗一些兄弟重出江湖。“两年多来，我一直等着机会去捏碎那帮歹人。”孙行者说。年前，他只身南下，在花城与聪儿会合，花了接近两个月时间摸了一些情况。

“扁担王”平静地说：“我一直在等着这一天。”他咽了一下口水，双目如炬，“翠儿有了身孕，等生下孩子，那时，我应该拿到了一样秘密武器。那帮人会死得无声无息！”

他给伙伴们递烟时说：“给我点时间。”

窗外传来鸟儿的鸣叫，晨光微露，天空乌蓝，那钩弯月正在隐却身影，像一把暗藏的苗疆弯刀。孙行者他们辞行出门，踏着霜露悄然隐没于林间小路。

一年以后，那是个正月将尽的日子，“扁担王”和孙行者提着大包小包的湘西年货正式在花城拜访了林志雄。那时，距离他上次离开花城已经足足有三个年头时间了。看着车水马龙、引擎轰鸣、人流拥挤嘈杂的大街和拔地而起的一幢幢密集压抑的高楼大厦，前些日子还在冷冷清清乡间小路踌躇而行的他有过一丝的惶惑和不适。他居住在说着家乡方言、每日有湘西口味饭菜的同乡人群居的异乡出租房里，每天早出晚归，混迹街头。夜晚，在灯光昏暗、简陋潮湿的临时租住地，各方面的情况都汇集在一起，对于下一步要采取的重要行动，他和孙行者已经开始勾勒出一张逐渐清晰的地图：“河南帮”聚集的几处据点、他们的人数、每日活动路线、“四大金刚”的巢穴、势力范围等。这些情况就用一支破旧的圆珠笔记录在一本廉价的小学生作业本上，字迹潦草，各种符号和歪歪扭扭的线条重重叠叠，涂涂改改。白天，那个皱皱巴巴的小本子就装在王家槐肮脏破旧的双肩牛仔布包里须臾不离。

一日，“扁担王”在街头与四大金刚之一的“白面书生”在街头擦肩而过，那人趾高气扬，身后跟着两个马仔。“扁担王”背身在街边的凉茶铺要来一杯凉茶，脑海里瞬间浮现出三年前那个暴风雨将临的黄昏两帮人在街头打斗的画面——扁担、绳索呜呜响，河南人的菜刀在大风中翻飞，广告牌和铝合金卷帘门在狂风中哐啷哐啷作响……他咽下一杯苦涩的、草药熬制的棕色液体。“白面书生”和他那两个凶神恶煞、膀大腰圆的马仔从他的背后扬长而过，他们并没有认出他来。王家槐感觉到血液一下冲上颅顶，呼吸不由自主地加快，牙关咬得咯咯作响，凉茶抑或是肾上腺素在口腔里散发出极苦的味道……

这几年林氏客运公司欣欣向荣，虽然此间经历了不少曲折与风波，同行竞争中的明枪暗箭，街头强人的虎视眈眈，客运途中的横生枝节，敲诈、抢食、索贿等不期而遇的麻烦事让林志雄颇费周折，但客运业务整体上火爆，让他赚得盆满钵满，林氏家族的名头已是蜚声大街小巷。这时候，“河南帮”也开始盯上了在火车站一带揽客的民间客运公司，隔三岔五，那帮人指使闲杂人员“碰瓷”或者故意找碴儿围困营运客车，“河南帮”的大佬及时现身，居中斡旋、调解，或明或暗，示意客运公司交纳保护费息事宁人。“河南帮”打听过林氏家族的底细，知道林志雄的厉害，没有明火执仗地开口索要。

林志雄凭着混迹社会多年的经验，一下子就看穿了这帮人的把戏，明白那帮人的心思，他们小打小闹其实就是在反复试探他的实力和底线。他们多次捎话、带信，希望他和他们的老大见见面、喝喝茶，林志雄一直没有正面回应。见面要么谈崩从此撕破脸皮，要么答应他们的要求，从此臣服，获得一时安宁。林志雄苦苦寻思，试图找到一条折中的路子，或者一个有威望和影响力的人物居中斡旋。他已经在着手摸那帮人背后的老底，他知道，这帮人在人流密集、客商如云的车站码头长期盘踞，兴风作浪，吃拿卡要，恶贯满盈而平安无事，一定有其赖以生存的根本，无根的浮萍，在鱼龙混杂、暗流丛生的岭南江湖永远只是个匆匆过客。刨出他们的根系，看穿他们的底牌，幕后人物水落石出，就等于找到了解决问题的钥匙，那扇沉重的门自然打开。

“扁担王”在湘西老家田间地头务农、养牛，日子过得看上去平平淡淡，但他一门心思沉醉在对巫蛊的浓厚兴趣之中。翠儿生下了健康的女婴，但秋天里岳母突然的病亡还是让麻垌村和周边的村寨议论纷纷。

关于蛊婆暴毙的真相，坊间说法千奇百怪，莫衷一是。

第一种说法是：蛊毒满溢，失控伤主，蛊婆中毒暴亡。第二种说法是：蛊虫噬主，蛊婆无法忍受煎熬，悬梁自尽。第三种说法则听上去更加骇人听闻，令人后背发凉：秋收末尾，翠儿携家槐和新生儿回娘家小住，在山坡地采收秋洋芋的时候，翠儿口渴，临时回屋取水，但见家中异常安静。她在黑洞洞的后屋寻到母亲，听见母亲跪于神龛前，念念有词，沉迷蛊境不能自拔。翠儿听到了母亲对女婿爱恨交织的呓语和诅咒，母亲双手捧碗，碗里盛着煮好的草药凉茶，这个年轻守寡而今独守空房的中年女人流露了对身强力壮、和善寡言的家槐无法遏制的爱恨情仇和铭心蚀骨的复杂感情，她在凉茶里下了蛊，要自此拴住他的心，驱使他顺从、臣服，了却她熊熊如烈火般的欲念和挚情。翠儿惊恐出屋，一路跌跌撞撞来到坡地，家槐看出异样，小心询问，翠儿欲言又止，喃喃自语道：“我累了……你千万不要碰除了我以外任何人提供的饮食……哦……我心里痛……痛到要命……”

午后，干完活返回家中。岳母端出凉茶为家槐解渴，翠儿慌乱上前，佯装失手打翻茶碗。母亲嗔怒，又从厨间盛出一碗，翠儿抢先接过说，热身凉茶，容易生寒伤胃，“我去煮过再食！”并要家槐在灶间添柴架火。俄顷，茶水刚沸，蒸汽弥漫，铁锅里瞬间腾地冒出一条大蛇，翠儿与家槐惊骇，蛊婆自知把戏穿帮，羞愤出屋，自尽于屋后的皂荚树上。

而这个说法的另一个版本则说，蛊婆恋婿之事穿帮，一病不起。翠儿后怕，担心夜长梦多，偷偷拿出其少女时候月经初潮就一直秘密豢养的蜈蚣蛊，弑母护夫。

翠儿和家槐安葬了亡人，守孝三日。自此，断了娘家路。

农历惊蛰前后，人山人海的花城火车站一带，三三两两混迹着一些“吃槟榔的人”。古历说：惊蛰为干支历卯月之始；卯，仲春之月，卦在震位，万物出乎震乃生发之象。嚼槟榔的人看上去并没有正经事情要做，一眼就能把他们和拖着行囊急匆匆赶路的旅客区别开来。这种味道浓郁，具有咖啡、薄荷、巧克力混合气息和烟草功能的食物有着可怕的、异常呛人的味道，初次嚼食的人会被它激烈的混合了唾液的汁水呛到鼻涕眼泪横流，刀锋一样锐利的割喉感和窒息感令人心跳加速，呼吸加快，由此带来的生理上的快感和挑战让嗜食辛辣的年轻湖南人陶醉其中而嚼食成瘾。槟榔是产自海南岛和东南亚的一种水果，地处亚热带内陆的湖南并不生产。说它是水果，是因为它生长在高高的槟榔树上，样子像绿色的橄榄，但它的果实其实没有果肉可食。种植它们的海南土著把新鲜的槟榔果混合白色的石灰膏一同放入嘴巴里咀嚼，红色的咀嚼液在口腔里翻滚，生猛有力的味蕾冲击几乎让人晕厥。但它提神醒脑，容易上瘾。而湖南人却发明了一种炮制、烘干的工艺，让它更加便于储存、运输，独立的密封小包装也方便携带和食用。湖南仔出现在排着长龙的售票大厅，游走在人潮涌动的车站广场，穿行于相隔不远的长途汽车站候车大厅，或者出现在站前路客商云集的手表批发市场以及红棉大酒店一带的服装批发城。

“湖南仔”的密集现身引起了在一线作业的“河南帮”眼线的注意，但片言只语零碎的消息似乎并未引起大佬的关注。他们牢固控制这片区域有两三个年头了，大佬们整日花天酒地，沉醉在温柔乡里。脑满肠肥者常常因为自负和轻而易举的财富成功而使紧绷的神经一点一点松懈和麻痹，况且，这些“吃槟榔的人”仅仅就是在他们的地盘胡游浪荡，无所事事，一副人畜无害的样子。

这期间，“扁担王”与孙行者先后三次到白云山的农场密会林志雄，对他们接下来要推进的行动方案进行仔细推敲和研判。天气异常炎热，农场一楼简陋的客厅吊顶风扇扑啦啦旋转，坑坑洼洼的水泥地板上用白色粉笔画满弯弯曲曲的路径和方块形楼宇的示意图，红色粉笔标出的箭头符号表示进入的途径，绿色粉笔标出的小圆圈示意接应点和每次行动安全区。令雄哥放心的是：“扁担王”手头有绰绰有余的调遣力量，可以集中优势兵力一个钉子一个钉子地拔掉目标；孙行者是对越作战时侦察兵出身，胆大、心细，对地下作业时的临场应变和意外情况判断理性，推演中对细节和环境变化、撤离路径逐项逐项提出简单明了的要求。有那么一会儿，林志雄恍惚瞬间感受到战场的残酷和瞬息万变。“自古以来，事以密成，语以泄败！你们最大的优势是：你们在暗处！花些力气摸清对手，是动手前的关键。力戒鱼死网破或者被警察盯上这两种情况发生。”雄哥一字一顿地说。

讨论结束的时候，雄哥提出了一项个人提议：“等大功告成，我们三人结拜为兄弟，不知二位意下如何？”这项提议得到“扁担王”和思虑严谨的孙行者的热烈回应，他们起劲地握手，罕见地拥抱在一起。告辞时，林志雄拿出一捆用旧报纸包裹好的二十万元现金塞进“扁担王”的怀里。王家槐站起身，用力地拒绝，林志雄嗔怒地说：“办事情哪有不花钱的地方！”他转身拿过一把精美的短刀，小叶紫檀刀鞘上镶嵌着一只金光闪闪、栩栩如生的喜马拉雅山雄鹰图案，刀柄上有两颗耀眼的绿松石。雄哥把崭新的闪着黑光的尼泊尔弯刀抽出刀鞘，然后再插回去，双手递给孙行者。“你是军人出身，也许用得到它。”

孙行者起身接刀，神色庄严。他抽出弯刀欣赏：“好家伙！廓尔喀军刀，高原勇士荣誉的象征，是举世公认的近身搏斗名器！”刀子沉甸甸的，非常有手感。

他立正向林志雄行了一个标准的军礼。林志雄向他回了一个军礼。他们还想说什么，林志雄快速包裹这些东西，放进一个旧木盒捆好，交到他们手上，他竖着食指在嘴唇上发出嘘声，然后把他们送出屋门。

端午节前，首个台风给花城带来了猛烈的降雨，黑压压的雨云在低空舔舐着犬牙交错的城市楼群，暴雨紧一阵缓一阵，大风呼啸，低洼处的街道不久变成积水及腰的河川，随处可见街边的大树倒伏在马路的积水中，阻挡了城市公交车的通行。这是珠江流域大名鼎鼎的“龙舟水”，一年一度，它总是如期而至，从未缺席。江河暴涨，水上居民攒足了精气神准备龙舟竞渡，角逐荣誉。雨停的间歇，柚叔突然造访了“扁担王”和孙行者他们租住的老旧居民楼，他带了雄哥最新打探到的可靠消息：天赐良机，树倒猢狲散，那帮人的保护伞“进去了”。“他们的后台倒了！是动手的好时机。雄哥说了，如需人手，我们将全力相助。”柚叔简短停留后悄然离去。

接下来几天，台风雨绵绵不绝。入夜，大水蚁穿过密如蛛网的雨幕成群结队飞向灯火，这种长着薄翼、身体通红的虫子包围了花城所有亮灯的空间，街灯，霓虹灯，客厅，卧室，所有开启光源的地方都聚集着飞蚁，碰撞摩擦中，飞蚁的翅膀脱落，它们在地上、墙壁、窗户玻璃上密集爬行，无孔不入。“湖南仔”不声不响，隐秘清除了“河南帮”外围小弟，一张大网正悄悄围拢四大金刚。其实，他们如此顺利收复失地，关键在于“河南帮”背后那个胃口奇大的后台——那个一手掌管车站治安的派出所头儿因贪腐案东窗事发，锒铛入狱。而帮派内部，此前由于利益分配潜伏的矛盾公开，严重内讧导致帮派分裂，“湖南仔”借机出手，逐个击破。

“河南帮”实力最强、马仔众多的是老大“关爷”，他身材高大，仪表堂堂，外表看上去像个白净、斯文的干部模样。一方面因为此人姓关，家中排行老二，另一方面，因为“关二爷”关羽是他口口声声的忠勇之神。势力位居第二的是人称“白面书生”的智多星王守一，他是个诡计多端、满脑子圈套的军师，手上人数不多，但狡诈多谋，深得老大信任，屡出奇谋，在帮派内享有盛名。但他心思太多，游走在大佬和其他两大实力名将之间，煽风点火，制造间隙从中巩固地位。其他两派是跟随老大最早开始打打杀杀、孔武有力、喜欢蛮干的“公牛”和心狠手辣、好狠斗勇的“毛和尚”。毛和尚姓毛，常年刮着铮亮的光头，下巴蓄着毛茸茸的黑胡楂。

就在“河南帮”各个派系因手下马仔莫名其妙失踪而相互猜忌和指责的时候，“吃槟榔的人”开始动手了，他们这次异常团结，充满斗志，隐秘中汇集全部力量，毕其功于一役。孙行者带着一帮兄弟混进“公牛”派系控制的赌场，枪响灯灭，一阵鬼哭狼嚎和混乱的踩踏过后，神枪手孙行者他们准确清除既定目标，迅速清理现场，登上一辆垃圾运输车，消失在雨夜的大街。与此同时，“扁担王”率领的人马兵分三路，对身材伟岸、相貌堂堂的“关爷”的主要党羽展开清剿，“关爷”的两个保镖死在了寻花问柳的床上，大佬对突然闯进其别墅的陌生人暴跳如雷，凶相毕露，但顷刻间被一枪爆头。“毛和尚”被押解到去往广西梧州的面包车上，后来尸体成了台风天气西江流域无名浮尸中的一具。而生性狡诈的“白面书生”侥幸逃走，从此在花城和他的河南驻马店老家销声匿迹。

坊间关于“湖南帮”崛起的传说很多，人们对王家槐兄弟复仇的故事添油加醋，各种版本的传说甚嚣尘上，神乎其神，似乎每种说法都有鼻子有眼，活灵活现。而最离奇的说法是，王家槐之所以成就威风八面、称霸花城车站一带的“湘西王”，他的老婆翠儿——那个蛊婆的女儿功不可没：她使出令人毛骨悚然的蜈蚣蛊助她的男人铲除仇敌。传闻说：翠儿在夜深人静时分，放出那条硕大殷红的千足蜈蚣精，它于暗夜穿行于城市密如蛛网的下水道，攀墙入室，神不知鬼不觉地诛杀仇人。

传言到了林志雄那里，他诡异一笑，再不多语。

第五章

祖安故事

腊月二十九这天临近中午饭的时候，林志雄他们长途驱车进入潮汕祖安镇境内。

祖安镇是个依山傍水的古村落，大部分民宅依然保留着潮汕地区传统的厝屋建筑形式，远远望去，一大片灰色的瓦顶错落有致。在林志雄的记忆里，一条清澈的小河从镇子东边流过，向东南蜿蜒流入三十公里以外的大海。说是小河，其实，它更像是一条宽阔的深溪，河面最宽处百十来米。河水清澈，波澜不惊。两岸杂树丛生，水草如茵。祖安人把这条小河叫作乌溪。乌溪是条神奇的河，它会随着天气和季节的变化而呈现多姿多彩的面貌，有时明亮如练，有时碧绿清澈，暴雨季节呈现黄绿混合的颜色，乌云滚滚的天气又变成黑如墨色的冷酷之水。乌溪盛产鱼虾，每年桃花盛开的时候，一些从大海洄游产卵的鱼类常常挤满河道，一到这时候，乌溪水面鱼跃鸥飞，两岸渔民撒网捕鱼，好不热闹。

乌溪是祖安人名副其实的母亲河，大小渔船钻过村头古老的青石桥，渐渐消逝在桥上挥手道别的亲人视线里，驶入大海。祖安渔民出海或者“下番”就是经由这条水道顺流而下，驶入前途未卜的茫茫大海。“下番”是老辈人对闯南洋的俗称，风雨如晦，岁月如梭，每年季风适合的时候，都有穷困潦倒、无路可走的祖安人冒死闯海。有人后来荣华富贵、衣锦还乡；有人终生浪迹异域，一文不名，青冢他乡；而更多的“下番人”就此一别，杳无消息。

隆冬季节，山寒水瘦。远远望去，小镇像一个萧索的大鸟窝安顿在黛色的山脚和白亮如带的小河夹角处。这是林志雄自幼熟悉的土地，他对这里的一草一木、街巷、稻田、果园、滩涂，就像熟知他自己身体各个器官一样了如指掌。在林志雄幼时的记忆里，祖安村是个百十来户人家的小村落，北倚南屏山，坐北向南，青砖瓦房紧密有序地分布在绿树竹蕉掩映的道路两旁，溪流淙淙，蝉鸣鸟啼。青石板铺就的街道呈“井”字形布局，主街二横二纵。后来，随着人口的不断增多，村庄的规模不断向四周蔓延、扩张，小村落成长为一个居住人口超过千户的小型集镇。

潮汕厝屋以三合院“下山虎”样式居多，主屋坐北向南，居高临下，东、西厢房称为“厝手房”和“八尺房”，像伸展开来的手臂，大门则像张开的虎口，合院整体呈现北高南低的讲究，便于南来的暖湿气流进入院落，利于空气流通。这种建筑布局在当地被称为“下山虎”。四合院围成天井的大户人家院落，在当地被称为“四点金”，多了临街入户的一排门房子。线条柔和的屋顶和圆润蜿蜒的防火山墙，不同于北方飞檐斗拱、张扬硬朗的几何造型，它高度契合了岭南当地树冠巨大、枝杈四面伸展、婆娑婀娜的生长形态，屋脊和墙垛按照“金木水火土”阴阳五行的讲究装饰着威严的天神、栩栩如生的瑞兽砖雕以及花卉、戏剧人物的镶瓷画板。屋檩涂上鲜艳的红油漆，木椽则是耀眼的蓝色，这在当地建筑中被称作“红桁蓝桷”。老人们安详地在洒满阳光的石板街上信步漫游，孩子们则在大榕树那儿的广场上追逐嬉闹。这些年，林志雄虽然每年都回到故乡一两次，但时移世易，物是人非，水墨画一样的村子正在以令人难以置信的速度扩张成一张乱七八糟的大拼图，活脱脱的是美人痣瘤变成了一个硕大狰狞的肿瘤。故乡的面貌愈来愈陌生和难以辨认起来，新建起来的洋楼或者五六层方方正正的高楼刺目地穿插在古朴的乌瓦房中间。农闲的时候，修建房屋的人家门前堆满建筑材料、施工车辆以及建筑垃圾，常常堵得狭窄的街道通行困难。往日宁静祥和的老街变得拥挤、吵闹，一茬一茬长大的年轻人面孔陌生，神气十足，他们骑着轰隆隆作响的摩托车从音乐声巨大的小街上飞驰而过，从他们趾高气扬的脸上，早已经看不到其父辈或者祖上那种谦和、礼貌、斯斯文文的底蕴。林志雄想，常常怀旧意味着衰老的开始，难道我真的老啦？其实，在他的心目中，秩序、规矩、信义、忠诚、拼搏等这些潮汕人祖祖辈辈珍视的东西一直以来都是后来人尊崇的典范和信条。在人地生疏的他乡以及遥远神秘的番邦异域，这不仅仅是身处异乡潮汕人安身立命、建立信任、赢得尊严与荣誉的根本，同时也意味着身处危局时，一句“胶己人”（自己人）就能得到素昧平生的同乡的倾力相助。抱团闯荡是弱者求生的本能，也是一把利器，在家乡本土，族人钩心斗角，为屑小利益吵得面红耳赤，互不相让。一旦身处外乡异域，他们又会拧成一股绳一致对外。对“胶己人”遇上的麻烦袖手旁观、置若罔闻，在潮汕人族群中是自我孤立和自绝于团队的蠢行，人在江湖漂，哪有不挨刀？同伴遇有危难，救危济困、披肝沥胆是他们地域文化中最被看重和推崇的信念。

古色古香、飞檐斗拱的牌楼耸立在村口。为迎接今年的迎神赛会，牌楼经过修葺，新上的油漆和彩绘图案鲜艳夺目。牌楼上朱漆“祖安村”三个大字肥硕、雄壮，颜体书法令三个大字气势磅礴。虽然祖安村已经是个人口密集的集镇规模了，但林氏族人还是一直沿用祖上那位高中进士、在皇城里做了大半辈子翰林编修的名人题写的牌匾命名来称呼它。镇政府的大楼就坐落在镇子中央的主街上，但大家还是习惯了“祖安村”这个老地名。在祖安人的世界里，男人的成功只有两个标志：要么读书做官，进京入朝，威风八面算是顶级；要么经商赚钱，富甲一方，腰缠万贯从而被人称羡。

林志雄在牌楼之前下车步行，这是他一直以来回乡的习惯。“尊重家乡，敬畏先人。”他不止一次跟身边的人说。从内心深处来讲，每次回乡，他都非常享受在家乡备受尊崇和拥戴的过程，没有竞争压力和烦心事儿，完全放松，被亲情簇拥和环绕，一种喜悦和满足感油然而生。他从繁杂、紧张、冷酷无情的生存现实一路走来，回归朴实、单纯、心安理得的乡间小镇生活，只有这片土地能给他无与伦比的满足感和松弛感——既要有菩萨的心肠，又要有金刚的手段——他想，这就是现实教会他的全部处世哲学：硬朗，但不失人情味。透过牌楼的门洞，一眼看见修葺一新的林氏祠堂。祠堂前的红土广场上有两棵郁郁苍苍的古榕。大榕树下有人闲坐聊天，孩子们点燃零散的爆竹，迅速四散，然后“咚”的一声响，仔仔们就又聚在一起叽叽喳喳喧哗不止。广场上有一口古井，是林氏先民最早定居此地修建祭祀祠堂时留下的见证。前几年，政府在青石井台那里竖立了一块石碑，上面刻着：“林氏宋井”。根据族谱记载推算，古井开凿于元朝初年，但林氏先民并不认同外族入侵者和他们的纪年方式，依然延续了宋末的纪年规矩。其实，那时候，南宋最后的抵抗已在崖山海战中全军覆没，大臣陆秀夫身背十岁的末代皇帝投海已经两年多时间了。还有一口更早时期开凿的老井位于老街的中央，尽管老井的内壁已经斑驳残损，井台上铺设的青石板因为岁月风蚀和频繁使用已经磨下去深深的凹痕，石面光滑如玉。直到现在，古井依然可以使用，临近的住户习惯了从那口甜水井里取水烹煮食物，年节时候坚持取用井水浸泡和烹制糕、粿之类的传统小吃。人们说，用此井水炮制的点心分外甘甜。广场边缘有一口池塘，塘边有一座高耸的瞭望塔，那是兵荒马乱时期抵御海盗或者流寇留下的见证，村里原来共有东西南北四座高塔，后来仅仅保留了祠堂前面的一处，早年间，用作更夫值守使用。最后一代更夫去世后，钟表已经普及到家庭，更楼也就不再发挥作用。而今，青砖更楼依然耸立在那里，成了孩子们捉迷藏的好去处。朽坏的木楼梯也有人不定期维修更换，村里的老人偶尔也登临瞭望塔怀旧，慨叹时光之匆匆，岁月兮不居。老人们对年轻后生试图拆除塔楼的想法非常愤怒，他们固执地认为，瞭望塔说什么也不能动，“风水轮流转，三十年河东，三十年河西。还不定什么时候，瞭望塔又将重新启用，发挥它洞察前哨、保护族人的作用”。

林志雄信步向祠堂那里去，一路上，遇见乡亲、熟人，他殷勤打招呼。碰到长辈，他谦恭请安、敬烟点火，极尽殷勤礼节：“看到您老人家身体这么硬朗真是让人高兴啊！明天，就是腊月三十，我要登门看望你们一家人哩。”他双手扶住老人家，“对啦！还有二爷、三叔、张婆婆……我都要去一一看过！”他向那些熟悉的面孔鞠躬，大伙笑着，亲亲热热地把林志雄围在中间。与林志雄随行的是一个身材瘦高的青年，他头上梳着无数的小辫子，蓬蓬松松、长长短短的一大堆顶在头上。年轻人二十来岁，鼻梁上驾着银丝边眼镜，面孔瘦削，五官端正，看上去像个斯文儒雅的新派潮男。他继承了林志雄家族方正的额头和厚实紧闭的嘴唇，眼睛细长，深卧在眉骨下，眼神温和而专注。“这是幺儿林墨染，有五个年头没有回过老家了。”林志雄搂过年轻人的肩膀，把他介绍给周围的乡亲。林墨染有些腼腆，身子笔直地向长辈鞠躬行礼。“染儿啊！几年不见，长得我们都认不出来了呢。”“哦嚯！完全不像从前在镇子上读书时的样子喽！你不说的话，我还以为是南洋回来的华侨崽哩。”一堆男女叽叽喳喳围着他们说个没完。“都是这一脑袋麻花辫子的过，看上去怪里怪气的惹大家见笑。”林志雄笑眯眯地回应。

从牌楼到林家院子，最多也就一里路，林家父子走走停停，足足花了一个钟头时间。阿松把车停在院子里，在大门口已经等候多时。他们走入院子，一大家子人从屋里拥出来迎接他们，林志雄出嫁的女儿和女婿，弟媳和她在外省念大学的女儿。林志雄一眼看见他的弟弟独自一人坐在橄榄树下的竹椅子上闭目养神。看着一堆人迎接大哥归来，他对大哥腼腆地浅笑，眼神似乎还在遥远的地方。“这下，都回来齐了？”林志雄走到弟弟跟前时，弟弟脸上仍挂着不确定的笑容，小声嘟哝，像是自言自语。“回来齐了。”林志雄拉来一把竹椅坐在他身旁，“今年人回来得齐全，我们热热闹闹过他个肥年好吗？”“好啊。”弟弟仍低着头，笑得自然和放松起来。“染儿从国外回来了，他给你带了强身健体的好东西。”林志雄小心地措辞，他知道弟弟对有病啊、药啊、治疗啊这些东西敏感而且多疑。

“染儿！过来见过二叔。”他抬高声调叫道。

林墨染快步从人群中跑来。

弟弟抬头看见一个陌生而且梳着怪发型的青年人走近，立刻坐直身子半起身的样子，双手紧张地握紧竹椅扶手，表情警惕而凌乱。染儿蹲下来抚摸着他的膝盖："二叔！我是染儿。"

染儿仰头看着二伯的脸："二叔，你不记得我啦？"林志雄看到弟弟的神情缓缓放松，急促的呼吸慢慢平静下来，他瞟一眼染儿的脸马上移开视线，再瞟一眼再移开，几次三番，林志雄觉得弟弟脑海里一些突然扬起的尘埃缓慢地降落，一种亲和的、似曾相识又坚实可靠的东西忽隐忽现。"哦。"他喉咙里发出轻微的感叹，开始用温暖的眼神打量这个年轻人，"染儿吗？染儿，怎么就长变了呢？"他喃喃地说。

弟媳和她女儿走过来。"阿妈和大嫂在灶间收拾好了饭菜早就在等候你们了！嗯啦，阿松爸现在情况很好，能吃能睡，平日里也能帮我洗洗菜，扫扫院子，活动活动筋骨。但不能看电视什么的，电视节目的嘈杂声会让他不安，特别是打仗、追杀的情节会刺激到他，我们把电视机都送人了。快过年了，这两天崽崽们放鞭炮的声音经常会吓到他，他就显得烦躁。"弟媳说。她名叫秀英，是个体态胖乎乎、样貌和善、唠唠叨叨的女人。

林志雄仔细地听，目光一刻也没有离开弟弟。他转过身对着弟媳，语气诚恳地说："真是辛苦你们母女俩。"她笑着回复："看大哥说到哪去了？一家子平平安安的就是前世修来的福啊。阿松在你身边，大哥就多夹磨夹磨他，年轻人毛毛糙糙的，还不懂事。"她耷拉着眼皮不敢看林志雄的目光。在她眼里，大哥是个威严的家长，尽管他在家里总是和和气气的。

秀英没有读多少书，是个外村穷苦人家的女子。父母一连生了九个千金闺女，看样子一门心思直到生出儿子才会罢手。家里负担重，张嘴吃闲饭的多，长女秀英不满十七岁的年纪，父亲做主，就把她嫁给了林家老二。那时，秀英其实还是个懵懂的孩子，瘦弱，胆怯。林家老二脑子受过刺激的事她的父母略知一二，但父亲在祖安村打听到的情况挺让人乐观：林家祖上书香门第，林父曾是村里小学的教书先生，四十来岁因感染黄热病而亡；长子林志雄前几年离家出走，杳无消息；林母贤淑能干，做得一手远近驰名的老婆饼售卖为生，家境算是宽裕。这样，秀英就嫁过去了，而且很快成了林母做饼的好帮手，话语不多，动作麻利。林家老二病情稳定的时候，一家人和和气气，生活忙碌充实。林母也总是在黄昏店铺关门后让秀英提着香喷喷的老婆饼和美味的卤鹅或者糖果回娘家帮衬父母，一群妹妹见到姐姐回来，像是见到稻谷的雏鸡一样兴奋地扑过来，父母也逐渐心安。

这当儿，林母端着热气腾腾的餐碟从灶间出来吆喝开饭。林墨染叫一声"奶奶"，飞奔过去，接过餐盘，老人家呵呵呵地大笑，一边唠唠叨叨说："怎么瘦成这样？"

林墨染把盘子放在餐桌上，老人家拉他过来，踮着脚去拨弄他的发辫。“这是什么鬼名堂？像是爬了满脑袋的虫子！”老人家嗔怪道。林墨染就做出鬼脸，狡黠地说去厨房看阿妈，泥鳅一样弓着身体从老人家手里溜了。阿妈和姐姐在柴火灶前忙碌，姐姐往灶膛里添木柴，见墨染进来，一脸惊喜欢颜，母亲浅笑，慈祥地看着儿子，眼泪在眼眶里打转。

餐桌上摆着炒薄壳、煎蚝烙、一碟沙茶酱炒素粿、生腌蟹和装着鱼饭的竹篮。林墨染拿着蟹腿从壳里吸吮蟹膏，一边啧啧赞叹。“天呐！我经常夜里发梦，梦到小时候的味道，馋死了……”他说。嘴唇和腮帮子上沾着腌蟹的酱汁，大家取笑他像只馋嘴的花猫。染儿摇头晃脑显出满足的神情，一大家子人气氛轻松、愉快。

林家新宅是个占地五六亩的大院子，坐落在镇子东北角依山傍水的地方，远离老街道的嘈杂和喧嚣。院内并排两栋中式联体别墅，两株高大的罗汉松增添了屋宇的气势和品位，这是林志雄花费不菲从大老远的南屏山移植过来的。院子东临乌溪，修剪整齐的绿植高低错落，名贵花卉四时绽放。顺着院子东边修竹掩映的三折台阶，可以直接下到乌溪边的亲水平台喝茶聊天。平日里，秀英她们就在临水的平台那里淘菜、洗衣。新环境住了一段时间后，秀英才理解了大哥的用心，开始一点一点领略这个清静、优雅的大宅院的魅力。

这地方是林志雄几年前用老街的一套“下山虎”老式祖屋同家族的银匠置换来的，林志雄在花城生意兴隆，积累了一笔财富，开始寻思着找一处僻静、宽敞的地方安顿兄弟两家人，最主要还是想让弟弟远离老街一带的市井嘈杂和纷扰，对疾病的恢复和康养有利。带着林志雄的私人委托，风水先生在镇子周边晃悠了一圈，回来神秘地告诉他，就镇子东北角傍山邻水之地是风水上佳之选。林志雄委托在家族德高望重的均伯前去试探银匠一家口风。老银匠虽然早已荒废了手艺，但他的子女们希望通过林志雄老屋当街店铺的位置优势经营杂货店，交易没费多大周章就顺利达成。林志雄说服老母和弟弟一家放弃老屋，选择吉日去到林氏宗祠，上香祷告列祖列宗。他知道，祖屋乃先辈遮风挡雨、安身立命之所，爷爷，上至爷爷的爷爷以上，一代一代人在这儿诞生、成长、颐养天年直到寿终正寝，祖业传承到他这一辈，没有充足的理由放弃它，就无法告慰先人的在天之灵。但是，为了弟弟以及日渐长大的孩子们今后成家立业，他相信，自己的选择是正确的和可以慰藉先人的。建房之初，也是颇费思量，最终，林志雄采纳了孩子们的建议，把它建成了一座有着大玻璃窗、敞亮和气派的新中式大宅子，原先打算兴建潮式旧民居的想法因其低矮、阴暗、潮湿等局限性被最终否定。

用餐过后，雷打不动的是“滴茶”习惯，林志雄饮下三盅乌龙茶汤，然后踱出屋门。

“大江东去浪千叠，引着这数十人驾着这小舟一叶……”他小声哼唱潮剧《单刀会》的唱段，在院子里东瞅西看。“又不比九重龙凤阙，可正是千丈虎狼穴。大丈夫心烈，我觑这单刀会似赛村社。”这是关汉卿鼎鼎有名的戏曲唱段。阿松耸着鼻头、上掀双眉，向林潇湘和染儿做出鬼脸。“嘘！你听，听，大伯唱起来喽。稀罕！”他说。

林志雄踱到厨房门口，对母亲说去看望均伯，晚饭不用管他。

大年三十的午饭是祖安林氏宗族所有成员集体团聚的时候，晚餐则各自回到自己的小家庭吃团圆饭。这个习俗就像海洋栖息的一些鱼类到了时辰一定会从遥远的水域洄游到乌溪产卵繁殖一样准时和不可改变。这一古老的风俗说不准是何年何月约定俗成，似乎从中原迁徙而来就保持和强化了这一原乡习俗，未曾间断。即便是灾年歉收甚至是兵荒马乱的岁月，这项氏族聚餐活动也雷打不动。宗族文化通过节庆的方式召唤远方的游子，在外闯荡的人千里迢迢也要在除夕之前赶回祖安村过年、拜老爷。

孤零零的鸟雀缩着脖颈蹲在电线或者枯树枝上。从寒冷的大清早开始，一拨一拨家庭来到祠堂，为先祖上香磕头，孩子们在面色庄严的大人引领下一次一次认识和铭记居住在狭小神龛里的先辈。空气冰冷，香烟缭绕，祠堂里夹杂着大海微微的咸腥味儿和祠堂彩绘油漆气味。对于孩子们来说，这些陌生而熟悉的名字神气活现地出现在大人们一遍一遍讲述的故事中，飘浮在威严祠堂大厅的空气中，甚或是入夜之后融化在他们充满童趣的嬉戏、对战中。夜空浩渺，星河璀璨，威风凛凛的智斗海盗故事或闯荡世界誉满乡里的财富传说，随着晚风不绝如缕地回荡在村子上空黑洞洞的夜色或者明明灭灭的灯火中，远处的大海轻歌细语，黑漆漆的渔船安歇海边，列祖列宗在天之灵从高高的天堂俯视着村落，直到它渐渐安静，进入梦乡……

林氏宗祠是个两进的四合院，前院主要用于族人婚丧嫁娶活动的接待；后院正堂的神龛上安放着列祖列宗牌位，这里主要用于祭奠、纪念等宗教仪式。东厢房的方格木门敞开着，可以看到屋子里摆放整齐的新制神像，花里胡哨的一大路神仙被固定在两根木杠中间，单等元宵节当天游神仪式开锣鸣炮，壮汉们肩扛“老爷”，一队长长的游神队伍在震耳欲聋的鞭炮声和鼓乐声中去往各家各户和所有的店铺、酒楼、茶肆为乡邻拜年祈福。众人你抢我夺，争相迎福，把个抢神祇求多福的闹神活动推向高潮。妈祖的神像不在此列，她的神像由当地最受尊敬的潮汕木雕艺人单独制作，对神像尺寸和工艺、服饰有特别的要求和讲究。神像的所有细节完工，要选一个农历吉祥的日子由村里地位尊贵的长者主持仪式请进妈祖庙。妈祖庙坐落在乌溪青石桥下游临河的高堤上，出海归来的人逆流而上，远远就可见灰瓦红墙主殿的翘檐。游神赛会的时候，妈祖将率一众“老爷”华丽出游。

妈祖是临海而居、靠海生存的渔民的首神和护海女神。她本名林默娘，民间传说，默娘常常身着绚丽羽毛，盛装飞翔于海空之间。在狂风暴雨、惊涛骇浪的危急关头，她冲破厚重、翻卷的云层，翅膀划过垂天的闪电，前去拯救那些在茫茫大海上孤独无助的渔民或是饱受摧残的商贾船队。对于在岸上忧心如焚、苦苦守望的亲人来说，妈祖庙是缓解担忧、托付思念、祷告平安的庇护所和还愿场，是海洋人的灵魂安放地。

祠堂前院摆放了三十来张老式八仙桌和长条凳，第一拨坐桌的是成年男丁。围观的人、头戴白色高帽的厨子和端汤递水的妇女挤满院落。全村的人此刻都聚集在此，人头攒动，大家喜笑颜开，迎接新年。

林志雄被安排与宗族辈分尊贵的长者坐在前排醒目的位置。开席前，均伯起身，他拄着拐杖，一瘸一拐上了台阶。这几天他踝关节的痛风犯了，钻心的疼痛折磨着老人。林志雄扶他上台阶，老人清理喉咙，请大家安静。“开餐之前，有三项议程，我主要讲讲正月十五迎老爷活动的安排；接下来请林志雄致辞；最后是大管家林家祥通报牌楼与祠堂修葺、迎老爷庆典以及今天聚餐的各项资金支出情况。”均伯声音洪亮，慢条斯理，新剪的平头和刮过胡须的瘦削下巴使他看上去精神、干练。但疼痛时时折磨着他，这从他偶尔拧紧的眉头或脸上一闪而过的痛苦表情可以感觉到。他感谢了所有人，感谢工匠、林氏家族义务参与劳作的人、演出的人、厨师、张罗后厨的服务人员，感谢为今年大庆祝无私奉献的所有村民。他把目光投向林志雄，特别感谢了在外闯荡、事业有成的子弟们热心宗族公益的责任心和担当精神。“涓涓细流，汇成江海。善款惜用，造福桑梓。每个人尽一份力，祠堂、牌楼的修缮和今天聚餐的费用以及即将到来的迎神活动的支出才有保障。谢谢大家，谢谢每一个家庭。同时，在此，我勉励在座的后生仔，以林志雄他们为榜样，胸怀理想，志向远大。人不出门身不贵，守在庭院少见识。”他接着严厉斥责了不守规矩、自私放任、好逸恶劳的现象在祖安村露头，数落个别家长娇惯子女、失职滥情、狭隘贪婪的陋习。“男人要像牲口一样养，经得起摔打，熬得了清苦，挺得住磨难与艰辛！女人要像健壮的禾苗，耐得住贫瘠，抗得了病虫，丰收高产！娇生惯养，放任自流，贻害无穷！”老人语气铿锵起来，目光如炬。他俯瞰全场，咽了咽口水，喉结滚动。他挪动下肢，把重心放在另外一只腿上。“今儿大年三十，话不可说重。年节祭奠林氏列祖列宗，慎终追远，扬善弃恶才能传承和进步。”

林志雄在台下听得入神，他此时此刻觉得均伯形象高大，凛然如神。老人家深孚众望与他公正、大义、无私、睿智的品格密不可分，均伯深谙宗族历史，熟悉族人宗教文化，知晓建筑讲究和各种庆典礼仪，主持公道，调解纠纷，是宗族信赖的长者和主心骨。

林志雄被邀请上台致辞，选择在祖安村隆重的场合接受村邻、宗族的致敬和欢呼，并不仅仅是因为他在祖安公益活动中慷慨的奉献，更主要的用意是，他是个受人尊敬的人，一个成功人士，是乡邻们心中做大事业的典范和楷模。他在简短的致辞中表达了四个方面的内容。一是与均伯等人长期投身宗族公益所付出的辛劳相比，自己的捐资心甘情愿、不足挂齿；二是感恩列祖列宗在天之灵的护佑，感恩妈祖、城隍爷、观音菩萨、土地公等各路神仙老爷对祖安人的恩典赐福；三是祝愿所有的老人健康长寿。“最后，我要说给年轻人和孩子们，做人信义为重，礼仪在先；做事全力以赴，先苦而后甜。均伯是德高望重之人，希望后生仔不负所望。”

“开席！”均伯发话。祠堂外面鞭炮齐鸣，锣鼓响起。祖安人把乡村宴席俗称“坐桌”，一般十二道大菜，点心、甜米粿和主食不算在内。上菜次序讲究“两头甜”，甜品开道，甜羹收尾，中间各种海鲜、鸡、鸭、鹅、牛肉一应俱全，琳琅满目。众人用餐敬酒的当儿，大管家林家祥上台通报各项费用开支、审计、监督的情况。他是个体态微胖的中年人，看上去憨厚、朴实，是均伯正在培养的接棒人。

一整个下午，闲暇无事，林志雄走访了祖安村的几户孤寡老人。这项活动，林志雄已经不声不响地做了有好几个年头，从未中断，像是一项例行的工作，他会准时在年节到来前恭恭敬敬去看望老者。均伯打算陪同，因为腿疾行动吃力，就没有随行。林志雄推开一户轻掩的屋门，走进冷冷清清、孤寒破落的老屋，与老人们聊天说话，问候健康。末了，放下几包礼品、糖果，递上几百元现金红包，叮嘱老人们注意饮食营养。然后，双手作揖退出屋门，接着去往另一家。在八十四岁高龄的河生爷家里，林志雄逗留了较长时间。河生爷自幼家境贫困，目不识丁，十二三岁就开始跑船，跟船主出海打鱼，做过运盐船上的水手，年纪轻轻就上了远洋商船，曾数度闯荡南洋，足迹遍及东南亚很多国家的海港，是村里见多识广的“下番人”。他在爪哇岛上定居超过十年以上，还没来得及触摸到财富的龙须，就因为家中老人病重，不得不中断梦想，草草变卖了甘蔗田返回祖安承担孝悌之责。辛苦积攒的一点钱都花在了老屋修缮和老人治病之中。后来，为满足老人临终遗愿，他娶了一个智力迟钝的女子为妻，在家乡安顿下来，但家境并未有大的改观。他手臂上有一个靛蓝色的刺青，是一个船锚的图案，那是在百无聊赖的远洋货船上船老大留给他的礼物。船老大告诉他，铁锚既是平安符，也是船只稳定停泊的定心丸，它牢牢抓住深水下面看不见的沙石或者暗礁，任凭风浪，绝不轻易放手。“做人也是这个理，故土和亲人就是航海人的锚。”他对他说。河生爷把神奇的远洋见闻和缤纷绚丽的异域故事带回了祖安，林志雄记得小时候听河生爷讲述大海那边的故事时的情景，话语断断续续，故事有时并不连贯。有时，他停顿下来慢吞吞地装烟丝、点火、吧嗒吧嗒从大竹筒里往外吐烟雾。听者神情焦虑地不断追问，刨根问底，讲述者不慌不忙，平静，安闲，一副波澜不惊的样子说开去。河生爷命途多舛，四十多岁就成了鳏夫，独自拉扯唯一的儿子。待到儿子成家，年轻夫妇在一次出海捕鱼时遭遇风暴，双双殒命，留下一个嗷嗷待哺的婴儿。河生爷一夜白发。

林志雄走进院子，瓦房年久失修，屋顶看上去有些塌陷、摇摇欲坠。一个穿着肮脏棉袄的小男孩坐在泥地上饶有兴致地盘弄一只老母鸡，老母鸡时不时发出简短、烦躁的咯咯声。

“娘碰仔，爷爷呐？”林志雄问。那个男孩有一个古怪的名字。

“在厨房烧水，拾掇年夜饭。等一下要宰了这只老母鸡炖汤。”小男孩仰起头，两行结痂的鼻涕粘在上嘴皮人中穴那儿。他认识来人——那个在大城市养尊处优、誉满乡里的大人物。

他朝着黑洞洞的堂屋门方向大叫爷爷。一会儿，一个拄着拐杖、颤颤巍巍的老人出现在门洞那儿，老人牙齿掉光了，嘴皮儿松松垮垮的。他与来人打招呼，吩咐孩子去搬凳子出来。

他们就坐在午后洒满阳光的院子里拉家常，谈论老人的健康、孩子上学和年货的准备情况。

“再困难，孩子上学的事情都不能耽误了。只要他肯读书，所有的费用我包了。春节过完，我安排人手把这房子翻盖一下，雨季来临前弄停当，不能外面落大雨屋里下小雨。费用你们不用操心。”林志雄说。

河生爷一副过意不去的神情。屡屡亏欠人情让他不安。

“我这身子骨，怕是熬不了几年。阿雄，你听我说，我们爷俩受你恩惠太多，无以报答。我没了，这孩子就成了孤儿。你收了他，让他这辈子在你身边伺候你，也了却我一桩心愿，娘碰也有条生路。”老人对林志雄说，声音有些发颤，感觉就要哭出来了。

“河生爷，您千万不要这么灰心。林家人是一根藤上的瓜，您遇到困难，我们鼎力相助是应该的。您老人家尽力把娘碰拉扯大，不能就这么放手。这样子，您有个牵挂和期盼，也能多活些年头。万一到哪天您撒手了，我向您保证，接下来我带他走。”林志雄宽慰老人。年关上了，谈论这些事情让人沉重和忌讳。

林志雄抚摸孩子粗而硬的短发：“娘碰，爷爷老了，你要学会懂事。你是他的拐杖，在身边勤快伺候着。这上面有我的电话号码，遇到紧急情况就打电话给我。爷爷性子刚硬，遇到事情难为情。你记住了，我过完年就可以带你走，但丢下爷爷是万万不可的啊。好好读书，用心照顾爷爷，搞不定的事打电话给我。记住了？好孩子，我喜欢你。”他把一张印有电话号码的卡片交给孩子。

孩子用黑豆一样的眼睛打量着卡片上的数字，又抬头看林志雄，目光专注，炯炯有神。他没有说话。

这当儿，阿松与墨染提着两个竹篮走进院子。他给河生爷送来热气腾腾的水蛇炖老母鸡汤，一整只红亮肥硕的烧鹅和一篮子鱼饭。

“我过来喊大伯回去吃饭。给你们爷孙俩送一些刚出锅的吃食，你们今晚守岁的时候享受吧。”阿松说。

孩子一骨碌起身：“我饿了。想吃一只鹅腿！”

“不！现在不行。晚饭前，要用它们祭祖，让远在天堂的祖先和你爸妈漂在海上的灵魂享用过后，我们才可以动它。你饿的话，可以先捡一条鱼饭吃。”爷爷说。

阿松看见孩子在竹篮里取一条鱼，急不可待地咬开鱼的脊背，撕下一大块鱼肉。“娘碰，我给你买了一双新球鞋。你明天一大早过来磕头拜年，试试鞋子合不合适，我封红包给你好吗？”阿松说。拍一拍孩子满是污垢的小脸。

“嗯。松哥，你不是答应过年的时候送我变形金刚吗？”他在嚼鱼肉时仰着脸说话。

“当然。它放在一个新书包里，和新鞋子放在一起。你要好好读书，长大了比谁都有出息，明白吗？”

除夕夜，林志雄领一家老小在堂屋的神龛前为祖宗烧香叩头，祷告祈福。

礼毕，一大家子人围坐在餐桌边，开始吃年尾团圆饭。林志雄的女儿一家不在桌上。按照潮汕风俗，女儿嫁出去了，就要跟着夫婿的家庭团聚守岁。女婿是个精明能干的后生，相貌堂堂，名叫陈颂先，在政府机构上班，老家零零碎碎的事都是他在照应、张罗。林志雄在家宴上宣布，今年春节，大家庭将要完成两件事：首先是以最隆重的礼仪迎接大恩人梁家正月十五从香港举家前来度假过节；

二是为林潇湘和阿松相亲做好接待。潇湘眼瞅着往三十去了，看上去还不像要醒事的样子。老祖宗说三十而立，希望潇湘通过成家立业开始担当责任。阿松小两岁，年前王木匠物色了一户人家的姿娘，说那姿娘仔家教严格，性格温良贤淑，人儿生得如花似玉。“我们都听媒人的安排，见见面，看看年轻人能不能对上眼，双方家庭是不是满意。”他说，“好吧，佳偶天成！”他突然用了一句成语，“姻缘姻缘，重要的还是缘啦。”林墨染不住地向两位兄长做鬼脸，逗得桌边的小孩子咯咯直笑。

正月初一一大早，林志雄洗漱完毕，在祖宗神龛前上了香，一家人去了祠堂拜神，然后便和阿松一起驱车出门。“不吃早点啦？”林妻从厨房门探出头问。院子里冷清而寒冷，墨染还在被窝里酣睡。

“约了重要的人在县城一起早餐。中午饭回来吃！”他说。车子出了门，很快驶出安静的村子。阿松前一天下午已经带上年节的礼物拜访了敖金，约好时间，正月初一早上一起乘车去到城里老字号的酒楼喝早茶。敖金节假日的时候住在村子以北约二十里远半山腰的茶园，茶园主人正是王木匠。墨绿色的茶树整整齐齐排列成飘带一样弯弯曲曲的梯田，敖金住在茶园边角一处竹木掩映的普通平顶房里。车子驶近茶园的时候，敖金出门快步从小路拾级而上，赶往大路与他们会合。他穿着不太合身的新衣，皱皱巴巴的，一只袖口挽了一圈，脚上趿着暗黄色的人字拖鞋，在霜寒天气看上去寒酸而土气。三人都没说话，敖金拉开后车门，迅速钻了进去。

对敖金来说，进城是件麻烦事。他不习惯人多嘈杂的环境，他习惯了常年赤脚生活在船上，鞋子在脚上总令他局促不安。一旦回到水上，疍家人特有的航船天赋使他在面对永恒晃动、凶险难测的浩渺水面时气定神闲，安之若素。他对水上生活有着异乎常人的灵性和预判能力：在夜色如漆的海面，他那深卧眉骨下机警的眼神能捕捉到熹微星光下漂浮的船只，“那里有一条船。看见了？那个漂浮的黑影。”可别人什么也没发现；抑或是浊浪滔天活像咆哮的地狱一样的鬼天气，他竖着耳朵总能捕捉到暗夜里远方传来的洋流拍打船体的声音；他能细微甄别浪头咆哮的嘈杂声背后洋流撕扯船甲板和船身龙骨发出吱吱嘎嘎的隐秘声响。走私客在月黑风高之夜出海接货高度警觉和敏感，敖金总是疑神疑鬼，他异乎寻常的捕捉蛛丝马迹的洞悉能力使海上作业常常逢凶化吉，远离灾祸。他说：“这是特别的，深夜返航的渔船一般桅杆上有灯，再说了，它不会一直猫在那儿一动不动。接头的船会有特别的灯语，我们还没到约定的海域位置。”情况可疑时，他们佯装空手而归的打鱼人，也亲眼目睹了缉私快艇在漆黑的洋面突然睁开雪亮的眼睛，两股光柱射得人眼冒金星，双目旋盲。缉私艇全速追逐，探照灯死死咬住漆黑洋面上狂奔的走私船，可怜的船员要么束手就擒，人赃俱获；要么弃船投海，生死由天。林志雄对敖金在水上捕捉信息的禀赋非常赏识，他知道，他和敖金不同，他在缅北丛林作战时也因卓越的洞察力而备受战友尊敬和赞誉，任何风吹草动、沼泽地的印记、气味，甚或林鸟突然惊飞的信号等迹象都为他判断处境提供清晰的依据，这一切都来自经验、观察和一次次战地喋血的教训。而敖金的这一天赋恰恰来自于他在娘胎里起就一直在水上漂泊，离开了水，他的这种能耐荡然无存。他似乎自打上岸那一刻起瞬间变成一个迟钝、羞怯、无所适从的人。而林志雄的走私业务仅有的一次栽跟头正是离开海面交易时遭到缉私警察的伏击，货物全被查扣不说，还搭上了阿松入狱。

潮味早茶异常丰盛，桌上摆放着小盘小盏的各式早点：蟹、海鱼、精致的虾饺、沙茶酱炒粿条、火候地道溢满新鲜血汁的生腌血蛤，当然，也更少不了潮汕人逢年过节必不可少的意头吉祥的红桃粿。三人在装修典雅的包间安静用餐，话语不多，敖金要了一杯米酒。近些年，敖金养成了当地人喝早酒的习惯，这是海边生活的人才能领略的享受，醇香的米酒下肚，驱寒又祛湿。林志雄过问了两个新入伙的年轻人的情况，他对他们还有些不大放心。“到目前为止，他们干活卖力，人也醒目。再说了，如此优厚的报酬，上哪里找？”敖金抿一口米酒说。酒精下肚，他明显活络起来。

“他们的身份和底细都是经过摸底的，是信得过的胶己人。但留意他们闲暇时经常往来的圈子。人在环境中是会变的。”雄哥关切地看着敖金，语调平淡。

“嗯。这个不敢马虎！要是给条子窥到缝隙，可就麻烦大了。”

阿松身子一震。敖金扑哧把酒笑喷出来。他明白阿松还心有余悸。阿松也笑了，毕竟他现在是个经受过风浪的成年人了。

“把控住界限，任何人只完成他手头仅限的活儿。这样，有点风吹草动也不会伤筋动骨。”

敖金说：“嗯啦。像一只壁虎那样，遇到危险断尾求生。”

林志雄笑了。他平时从不在早上饮酒，但他要了一杯米酒。“新年快乐！敖金。今天正月初一，给你拜年！”他说，“我给你带的东西都是广府人喜欢的腊肠、点心什么的，有一箱好酒和一服祛风湿的中药，你自己泡酒喝吧。等赚够了钱，我带你定居香港，我们兄弟再也不用过担惊受怕的日子了。我说到做到。”

敖金看见雄哥站起身，一脸严肃、身子笔挺地举杯过来，立马站起来，“我一直都相信你。雄哥，新年快乐！”他说。雄哥是这世上唯一值得他信任和依赖的人，这种情义从他决定放弃疍人逐水而居、随波逐流的生活方式正式上岸不久就开始缔结了，风风雨雨，算起来也快三十年了。这些年，虽然雄哥远去了繁华的省城定居和打拼，他们兄弟一年也就私底下见一两次面，年轻时候天天泡在一起情同手足的亲近感渐渐淡化，雄哥随着年岁的增长愈来愈像一个寡言少语的大人物了，看上去严肃、谨慎、高深莫测。但敖金依然信任他，雄哥总有一种本领能够巧妙化解他的局促和隔膜感，让他打开话匣子东拉西扯地说上一通，雄哥乐意做他的忠实听众，平平淡淡听下去，从中判断他需要的或者感兴趣的信息。阿松听他们说话从不插言，他有些困惑：一向反对铺张浪费的大伯点了满桌子的美味，三个人怎么消化得了？他知道，大伯在花城居住久了，已经深谙广府人节俭、实惠、摒弃排场的生活习惯。但在用餐结束的时候，阿松的疑问迎刃而解。大伯在临走时又点了几样好吃的美味，他说："统统打包！"服务员拿着便餐盒分装食物的时候，阿松听到大伯低声对敖金叮嘱："小弟！大过年的，你拿回去，饿了加热下酒。一个人过节，挺不容易哦……"阿松敏感地听出来，服务员在场打包饭菜，大伯避免提及"敖金"这个名字，而使用了"小弟"这个亲切的称呼，阿松对大伯细节上的严谨敬佩不已。

林志雄他们驱车从城里回来的时候，林家院子里早已坐满一大拨前来拜年的客人。远远地，在大门外边就听到院子里客人的喧哗声和说笑声。

冬日的太阳暖烘烘的，金子般的阳光洒满院落。柚子、林氏企业的六七位高管、王木匠他们随意坐着，说说笑笑，饮茶聊天，其乐融融。一只条纹猫兴致勃勃地盯着嗡嗡嘤嘤低飞的土蜂，它表情好奇，全神贯注，一副煞有介事的样子。娘碰仔穿了新球鞋，坐在地上正津津有味地玩一个红黑相间的变形金刚玩偶。松哥不在家的时候，秀英婶婶在正月第一天的早上就把礼物馈赠给了孩子。院子东头竹林那儿，一株光秃秃的桃树花蕾鼓胀，含苞待放。

林志雄一一和来客握手致意，问候家中长幼。大家坐下继续喝茶。厨房里的饭菜香一阵一阵飘来。"对啦！要请均伯过来喝酒。"林志雄坐下一阵说。

阿松和潇湘站起来。"我们去吧！"阿松看了一眼潇湘哥，"老人家腿脚不便，我们哥俩把他抬轿子一样抬过来！"他做了一个抬轿子的动作，和潇湘一起大笑。大伙也笑。

"嗯……还是我亲自去请。这样妥当一些！你们俩去请河生爷过来喝酒。"林志雄站起来说。他看见弟弟志婴独自坐在他屋前阳光半遮半掩的台阶上，抠着手指甲。弟弟并不过来和客人凑热闹。

"我陪舅舅过吧？一并向老人家请安。"王木匠起身。林志雄大声而且干脆地说："好！"看来，他对王木匠的陪同非常满意。他们出门，路上一直小声嘀咕着什么。

林志雄的弟弟名叫林志婴，是个敏感、憨厚、不善言辞的中年人。

在林志雄的记忆中，小他两岁的弟弟一直是个胆小听话的乖孩子。志婴有着细长、明亮、总是充满好奇神色的眼睛，小身板瘦高羸弱。父亲那时还在镇子上的小学做教员，算是个在单位吃皇粮的人。家里有两个女儿、两个儿子。父亲希望儿子饱读诗书，将来能谋个一官半职就算功德圆满。"文化大革命"开始后，县里的工作组在第二年春节刚过就进驻到祖安村。镇子上阶级斗争运动一浪高过一浪，学校也时不时就停课闹革命。学校老旧青砖围墙上刷着白色的方方正正的标语，石灰墙皮斑驳的教室外墙上有几张黑板报，图案是工农兵手握《毛主席语录》红色硬皮书的形象，文字则是"斗私批修"或者"抓革命促生产"之类的时政宣传内容。工作组的人天天组织小学教师开会、读文件、学习"闹革命"的典型事迹，鼓励年轻教师和学生勇敢挑战权威，大胆"造反"。不久，校长停职遭受批判。林志雄的爷爷年轻的时候曾经做过地方的乡约，大约相当于后来新社会的乡长、镇长之类，因此，他们家被定性为"历史反革命分子家庭"。父亲虽然还没有被人揪上批判大会示众，但工作组的人已经在大小会议上公开点名他的出身问题。看着从前受人尊敬、严谨治学的老校长每天佝偻着背打扫厕所，父亲日渐预感在为期不远的时日自己可怕的结局，只会比老校长更难堪和艰难。几天后，他被工作组的人找去谈话，三天三夜未归。母亲找到学校去时，透过破旧的教室方格木窗，看见形容枯槁、消瘦的父亲在讲台上低头站立，接受全校师生批判和检举揭发。不久，父亲病倒。没出两个礼拜，高烧不退、呕吐不止的教书先生在郁闷中逝去。

林家在这一变故中深受打击，家庭气氛一下子变得冷清、单调、疲惫和说不出的萎靡不振。志婴已经上初中了，每日无精打采的，上学也是三天打鱼两天晒网。父亲临终前叮嘱两个儿子不管遇到再大的困难也要把书读完，但林志雄读完两年高中之后就再也没有进任何学校了。农忙的时候，他就和姐姐一起下田，帮着母亲打理农活。家里制作加工米粿和点心的活计有两个姐姐帮手，林志雄并不参与。但生意惨淡，街坊邻居都穷困拮据，前来帮衬他们生意的人寥寥无几，点心铺门可罗雀。林志雄农闲的时候也出去打鱼，或者跟了村里有经验的船家出海捕鱼。无事可做的时候，就在林家班习拳弄棒。镇子上有些背景的人家已经把孩子送去参军或者送去做下乡知青。母亲领着林志雄，拎着一包热腾腾的点心，去镇上找领导模样的人打探门路。老婆饼被人收下，但那人神情诚恳地对母子俩说，你们这样的家庭出身，参军的念头就不要想了，知青下乡的指标，要看以后的情况，眼下不行。这事就这么搁下了。回到家，林志雄憋着一肚子失望和委屈，仿佛钻进风箱的老鼠四处受限，里外受气，进退无门。后来，他认识了柚子，除了清早跟着师傅练拳蹲桩，他们很快成了无话不谈的密友。两个处境相似、惺惺相惜的大孩子开始小心翼翼地密谋，他们一门心思要效仿镇子上成功的先例，准备弄到一艘大木船出海下番，到遥远的南洋闯荡世界。一个偶然的机会，柚子从远房亲戚那里打听到县里有报名去往云南生产建设兵团参军的消息，说是条件宽松，没有家庭成分出身的限制，但可能要去遥远的缅甸前线打仗。这一消息令两个大孩子兴奋和跃跃欲试。他们打小就从露天电影的战争场面中埋下了英雄主义的种子，很早就向往英雄成长的军旅生涯，梦想在炮火连天的战场冲锋陷阵，大展身手。他们在这一鼓舞人心的消息刺激下，像黑夜里的飞蛾扑向火光一样义无反顾地朝那个方向奔去。

一切顺利，他们在县城的“知青办公室”报了名，填写了几张表格。一个官员模样的中年男人走进来，向他们讲述了一些大道理。最后，那人宣布：“去往云南建设兵团的队伍三天后启程，你们回去准备简单的生活必需品，军装、被褥由县里统一配发。这是一项高度保密的使命，不能向任何人透露风声。你们可以简单跟家里人讲到遥远的云南插队当兵。仅此而已。听清楚了？户籍问题我们会安排专人去到你们户籍所在地办理注销事项。好吧！看你们的表现了！”

“我们现在需要军装，不然，家里人不会相信我们的！”柚子说。

“军装在三天后集合的时候统一配发。”那个接待他们填表的戴着老花镜的人说。

“柚子说得是，我们就这样回去跟家里人说，他们打死也不会相信的。”林志雄站起身别扭地行了一个军礼。

那个官员模样的人已经要走出房间了。他迈出去的那只腿收回房间的泥地面，狐疑地看着他们，目光停了片刻。他大声叫另一个办事员过来：“带他们去仓库签字领军装。”

“不是出发前才统一换装的吗？”那个拎着一串叮叮当当作响的钥匙串的年轻人说。

“没事，带他们去吧。反正他们也跑不了！”他说。然后，用鹰一样锐利的目光看着他们，“但是，保密是一等一的大事！”那人斩钉截铁地说。两个大孩子对官员模样的人既佩服又感激。

这样，他们穿了崭新的军装，飞一样从县城一路徒步走回祖安村。巨大的喜悦撩拨着他们，自打懂事起战争电影在他们成长过程中灌输和强化了顶天立地的军人形象，两个大男孩感觉自那一刻起，瞬间进入了一种新境界，对未来充满强烈的憧憬：自豪、骄傲、扬眉吐气、脱胎换骨。一粒火星在倏忽之间飞进胸膛，他们热血沸腾，情绪激昂。他们像患了热病的人，面部潮红，气喘，语无伦次，喋喋不休，眼神灼热。

自打穿上梦寐以求的军装那一刻起，他们相互起誓，从此，他们要像真正的军人那样挺胸抬头，站有站样，坐有坐相，行事雷厉风行，果断坚决。

柚子回到家，向爷爷和父亲行了一个军礼，倒把两个大人惊了一跳。

“三天后，我就到部队去了。”他直截了当地说。

“可是……可是你还是个孩子。”父亲一时也慌乱了。

“我现在已经是一名军人。”他神情严肃地说。他在屋檐底下坐下，小身板挺得笔直。弟弟、妹妹回到院子的时候，看到哥哥穿一身崭新的军装，跑过来看稀奇。但他们停在了半道上。哥哥瞟一眼他们，神情冷峻，令人望而生畏。

妈妈出来。她听到这番对话，看着眼前突然陌生起来的儿子，眼泪扑啦啦流淌。但是，接下来的一段时间，任是大人们怎么询问，柚子就这么昂首挺胸、直挺挺坐着沉默不答。这孩子去了一趟县城回来，整个人都变得冷漠、倔强、不近人情，看上去刻板、生硬，甚至有点倔头倔脑。

他说：“我只能说这些。上面有纪律，连一同参军的人的情况也不能透露。我们要去很远的地方。就这样。”说完，他就进屋收拾他的东西去了。大人们在院子里发愣，一时间，对这个意外变化回不过神。

林志雄参军走的时候，弟弟送他出门。弟弟是家里唯一支持他的人，这两天他放学一回来就戴上哥哥的军帽，腰间扎上崭新的军用皮带，扛着木枪神气活现地在阳光下走正步、行军礼，眼神亮晶晶的，对哥哥即将开始的军旅生涯充满向往。而妈妈和两个姐姐则看上去忧心忡忡，念念叨叨。

然而，十年以后，他从遥远的缅甸返回故乡，弟弟则变成了另外一副模样。

志婴读完了初中。那时候，社会上读书人已经不受待见，饱读诗书、有些学问、在乡下曾经备受尊重的老人都已灰头土脸，头顶“臭老九”的帽子，被认为是守旧、落伍、身份可疑的另类。志婴回家待着，无所事事。适逢中苏关系紧张，一天，村里的大喇叭广播了一条消息：国家二号领导人、敬爱的伟大领袖的接班人林彪，驾机潜逃，叛国投敌。其叛逃行为因为飞机坠毁在蒙古温都尔汗而美梦破灭。村里消息灵通的人开始神神秘秘地小声议论：看来，这一下，要和苏联人开战啦！

大人们表面镇定，其实内心惶然。小道消息和难以言传的不安笼罩着村庄。很快，村里的年轻人被组织成民兵队伍，开始全天候军事训练。志婴也加入了年轻人的训练行列，每天操练齐步、正步，向左转、向右转。负责训练他们的镇上武装干事是个正规军出身的老兵，在朝鲜战场上曾经和美国人真枪实弹地干过仗。他嗓音浑厚，满口东北腔，有着一张不苟言笑的黑脸，动不动就对行动缓慢的年轻人拳打脚踢。训练漫长而枯燥乏味。偶尔，队伍也拉到海边的滩涂组织实弹射击，老式的步枪，震耳欲聋的枪声，呛人的硝烟，年轻人首次真枪实弹操控致命武器时的紧张、忐忑、魂不守舍，志婴都经历了。"妈呀，吓得我心蛋子都跳出来喽。"他在靶场和身边的同伴小声嘟哝。这个不满十五岁的孩子看上去吓破了胆，呼吸急促，脸色煞白。

转眼过了旧历新年。雨水多了起来，桃花盛放在淅淅沥沥、连绵不绝的雨丝中。民兵训练时断时续。一天早上，春雨停歇，周围村庄的男女老少都被组织到海边的滩涂，县里的公捕公判大会在这里召开。

民兵大队提前在大榕树那儿的空场地集合，教官宣布今天的任务，有二十个人被叫出列。他们的任务是二人一组负责押解犯罪分子上台宣判。审判结束后，还要押解执行枪决的犯人到滩涂指定的位置，由荷枪实弹的解放军战士执行枪决。出列的人中，有一个人当场腿一软，瘫坐在地上号啕大哭。"我……害怕。我害怕……我晕血……"那人双手蒙着脸，像个孩子一样放声痛哭。

教官很快从惊愕中回过神，他板着面孔，高声咒骂："窝囊废！胆小鬼！"

他背对身后的另一列队伍突然大声喊道："林志婴！"

"到！"林志婴脑子里突然一片空白，挺胸收腹，声音干硬、空洞。

"出列！接替他的任务！"

"是！"林志婴向前跨步，立正，歇斯底里地叫一声。

公捕公判大会快结束的时候，小雨漫天而下，细如蛛网。死气沉沉的滩涂尽头，黑沉沉的大海低声喘息，喧哗。

听到"革委会"主任在高音喇叭里宣读最后一名敌特分子死刑、立即执行的话音一落，志婴和他的拍档双手钳住那个犯人，迅速将那个死刑犯架起来，拖下咚咚作响的木制临时舞台。

志婴和他的拍档几乎像是拎小鸡一样拎着死刑犯跟着前面的押解队伍大步流星往空旷的滩涂而去。志婴脸色发白赛过海面上的泡沫，他气喘吁吁，脑子里空空如也，步伐踉踉跄跄。身后蜂拥着海浪一样涌动的看热闹的村民、孩童。

九名犯人一字排开。另一名陪同枪决的重刑犯稍稍拉开一点距离。志婴知道，在他们身后不远，就有一排荷枪实弹的军人。他听到一声口令，接着，身后传来“咔哒”一声整齐的枪械上膛时金属碰击的声音。

“砰！砰！砰！”一阵枪响，硝烟中，九个犯人齐刷刷倒下。志婴在枪响那一刻一头栽倒在地，不省人事。

枪决犯的家属号哭着收拾尸体的时候，工作人员迅速围拢过来，就地紧张地为满脸沙土、四肢抽搐的志婴做全身检查。他完好无损，排除了枪支走火误中的担心。在场所有的人都长出了一口气。但志婴神志昏迷，口吐白沫，白眼翻得令人提心吊胆。

他苏醒过来的时候，妈妈和两个姐姐守护在他的床边。妈妈看见孩子眼里惶恐不安的神情。

“婴儿，你怎么啦？”妈妈试探着问。

“他们打中我了。”他说。

“没有。婴儿，你身上没伤。”大姐插话道。

“不！他们打中我了。那一下，有个东西飞进我的脑子里。”他肯定地说。急忙坐起来，用手摸自己的后脑勺。

“他们打中我了。子弹就从这里钻进去。”他用食指按在自己后脑勺上。

志婴翻身下床，动作看上去急不可待，眼神像只受惊的鹿。

“婴儿，你去哪？”妈妈跟出里屋。她开始紧张起来。

“我去海滩那儿找我的尸体。”他坚决而又飞快地咕哝，像是自言自语。

志婴中邪的事很快在祖安村传开了。

他像着了魔，从前那个略带羞怯、瘦高、斯文的人儿变得烦躁不安、心神不宁。他眼神涣散、飘忽不定，在他眼里，似乎已经看不见周围的任何人、任何事了。他一门心思地活在自己惊慌凌乱的世界里。

一家人心急如焚。

他总是在家人稍稍放松警惕的时候离家出走，几乎风雨无阻地奔走在海滩或者阒无人迹的旷野。他活像一只孤独的野狗，偶尔停下来东瞅西看，两手像爪子一样在沙地上刨着什么。他长时间观察自己阳光下的影子，低头自言自语，对走近的人视而不见，或者猛然回过神，接着向更远的人迹罕至的礁岸走去。林母也总是在听到街坊邻居说在村外的某个地方看到了婴儿独自一人晃悠时，就把炉膛上烤到一半的米饼扔给女儿急匆匆出外寻子。这个好脾气的中年女人一边对提供消息的人浅笑着嘟哝“刚刚还在床上睡觉，怎么一眨眼就跑那么远嘛……”，一边快步往村子东头去，她齐耳的短发在风中凌乱，黑发中开始出现愈来愈多的白发。

满脸皱纹，看上去有些疲惫和苍老。

志婴“中邪”的事儿，直到端午节过后一个风雨交加的早晨老先生阔别故里多年后重回祖安村的时候，一直对婴儿生拉硬拽大灌各种褐色中草药液体而不见应验的家人才盼来了一线转机。

“老先生”是祖安人对林道士的称呼。

祖安村的老辈人经常讲一个流传已久的关于林氏族人的古老预言，故事是说从林氏高祖背井离乡起，族人就因为流落迁徙、远离祖地、无法叶落归根而背负祖先的恶咒：祖安林氏，命中注定，每隔一代人，就会出现一位曲高和寡、特立独行的异人——他将无限追根溯源，毕生用苦难禅修悟道，直达河图洛书的精髓，用无数个繁星点点、朗日拂穹的黑夜与白昼梦回漫天黄沙、枯枣树兀立的泥屋和塬上荒冢。老人们在闷热的夏夜手摇蒲扇，向孩子们述说从老辈人口口相传下来的偈子，用尽隐晦之词称颂被魔咒裹挟、甩出命运正常轨道、离经叛道的祖安异士。但大伙儿都心知肚明，这绝不是一桩体面光鲜的差事。哪个家庭摊上这事，就意味着受到命运诅咒，生出了不食人间烟火的异类。尽管他天资出众，禀赋超人，但命途多舛，绝世而立，孤老终生。

林道长和癫子林散子就是很好的印证。人们窃窃私语，议论说到了林志雄这辈人，婴儿恐怕是要走上这条坎坷路了。风言风语传到林母耳中，着实让她寝食难安，忧心不已。

林道长是个古怪、神奇的老人。出生在祖安村，但年轻时候出家修行，没有人知道他云游四方的准确行踪，只知道他有时住在南屏山深处的道观里。祖安人并不常去道观上香求卦，因为山路崎岖，路途遥远，除非万不得已，遇到什么身体的疑难杂症，久治不愈。人们依然习惯去到宗祠磕头或者在自家堂屋的神龛前焚香祈告，或者，东行出村，去往妈祖庙祈愿。道观叫“风雷观”，因路途遥远、僻静，香火并不旺盛，只有三两个枯守的道士离群索居，青灯修行。门口匾额上的名字日晒夜露已经褪色，道观住持林老先生遵循“天道自然”的理念，也懒得打理。但太上老君正殿匾额上“道炁长存”四个金漆大字却深深印在善男信女的脑海里。传说，那遒劲、古朴的字迹出自林老先生之手。他严格修行到第二十个年头，人到中年，正式接任道观住持的时候，兴师动众修缮了一次前院后殿。虽说是住持，但大部分时候，林老先生都云游四方，居无定所。偶然回村，人们见他穿了褪色的青布长衫，圆口黑布鞋，裤管缠着绑腿，行走如风。在村里，没有人准确知道先生的年龄。有人说他八十岁，有人说他应该早过了九十了。他长长的白发绾成一圈压在头顶，用一支小木棍横穿发髻固定住。下巴雪白的山羊胡子并没有传说中的那么长髯飘飘。但他精神矍铄，神态安然，目光里有种超然物外的空洞感。早年间，他也是私塾里的饱学之士，后来，因为一桩婚事，遭到女方家人的横加阻拦，女孩投井自尽，林先生离家出走，自此了断尘缘。

林老先生每次返回故里的时间并不固定，有时相隔三年，有时五载，或者在秋天的早上，或者是隆冬的某个黄昏。天气温暖的时候，返回故里的道长歇脚在祠堂；而寒冷季节，道长临时寄住在癫子林散子的老屋。散子老屋曾是祖安村赫赫有名的大宅子，屋宇气派，院内古树参天。散子祖上排行末尾，系出偏房，在讲究尊卑长幼秩序的林氏宗族中地位卑微。但到了散子爷爷一辈，闯荡南洋，靠经营糖厂和潮州刺绣富甲一方。后来，荣归故里，在家乡起根发苗的旧屋原址耗费巨资修造了金碧辉煌的新宅子。老辈人至今仍然津津乐道散子的祖屋赛过皇宫。“当今世道，最最热闹、讲究的屋顶不在紫禁城，而在散子的老屋。那屋顶，飞禽走兽、神仙皇帝、奇花异卉、才子佳人应有尽有。每一块彩色瓷雕都是一出传世大戏！”大屋落成，那家人并未久住。因为战乱，举家又返回南洋。多年以后，岭南刚刚迎来解放，老屋里回来一个西装革履的洋学生，他就是林散子。他留学西洋，满腹经纶，志在报效祖国，不顾家人的反对，执意返回故里要成就一番事业。还雇人清理了祖屋，打扫积尘，冷落多年的大宅子又苏醒过来。散子热情好客，一时间，宾客盈门。居住数十日，屋主接到北方来的书信，就取道水路，从厦门抵达上海，在大学堂任教去了。后来，大宅子前来过一个英气勃勃、活力四射的南洋妹，在大门紧锁的宅邸前叽里呱啦讲一种语调急促的鸟语，政府的人接待了异乡来的洋小姐。第二天，她就走了。人们从政府那儿打探的消息说，那个腋下夹着油纸伞、提着硬质皮箱、风尘仆仆而来的姿娘是散子的恋人，追随他的足迹，去找黄浦江畔的亲密爱人去了。几年后，清理阶级队伍的时候，省城下来的一支工作队来到祖安，开始调查林散子的家庭出身、来历、回乡动机等。祖安人重新又记忆起那个被淡忘的人，村里盛传，林散子在上海的大学课堂翻了船，散布西方反动思想，被打成了美蒋特务。

林散子孤身一人失魂落魄回到家乡已是多年以后的事了。他从此疯疯癫癫，衣衫褴褛，四处流浪，乞讨为生。人们见他举止怪异，言行飘忽，时常自言自语，有时使用的语言也异于常人。散子祖上行尾，族人习惯了把这房所出男丁用“幺”字辈相称，例如：幺祖，幺爷，幺叔。散子被乡邻习惯性称呼为“幺叔”。那女孩就不知下落了，有人说她投了江，有人说她远走南洋，没人再敢冒昧去散子那里揭那块伤疤。

幺叔的大屋自此少人造访。因为他行为反常，举止乖张，孩子们甚是惧怕，妇女和老人也对他敬而远之。林老先生寒冷时节回村暂住的时候，均伯出面央了几名宗族男丁到大屋拾掇卫生，安排老人居住几日。那些日子，幺叔衣衫整齐干净，刮了胡须的脸崭新、漂亮。暖阳初照，散子与老先生盘腿而坐，在老树下的石桌那儿冲茶对饮。石桌上有一本打开的老式线装书，上面画有一些怪异的符号。均伯得空过来陪先生，看见林老先生与散子促膝而谈，讨论着书上那些深奥的文字和线条扭曲的画符，兴致高的时候，先生用一支竹管吹奏出高远、绵长的曲子。散子向东而坐，面孔镀满金色的朝阳。一曲奏罢，老先生轻抚白髯，沉吟不语，神态安详，目光旷远。散子正襟危坐，脸庞干净，目光沉静。红彤彤的太阳映在他的双眸中，那热情、冰冷、精灵一样的红点在他眸中微微跳跃。

幺叔的书房里有成摞的竖排版线装书，随意码放在老旧、笨重的书柜上，书桌临窗。桌面满是积尘，上面经常放着一沓毛边纸，一方雕刻了松鹤图案的端砚老砚台。毛笔就搁在砚台上，毛边纸上有一些竖写的潦草文字。书房平时紧锁，连打扫卫生的人也不能进入。起风的时候，散子邀先生和均伯进到书房，继续饮茶聊天。也是在那间屋子，老先生告诫均伯："散子非等闲之辈，他大彻大悟，出离世俗，无牵无绊，绝世独立，远非常人可以理解和评判。其喜怒哀乐，癫癫狂狂；或者诗词歌赋，纵声吟唱；或者出口成章，引经据典，戏说王侯将相；或者痴人说梦，鬼话连篇……他在自己的世界里游荡、倾诉——真与假、黑与白、是与非、惊世绝学与污言秽语、祈福与诅咒、浮华与腐朽等自相矛盾的东西杂然相陈，相生相伴，如同季节交替，四季轮回。林氏族人一定要懂得善待。"

书桌靠窗的位置，立着一个满是孔洞、样式怪异的小叶紫檀支架。支架上停歇着一只老龟。老龟一动不动，龟甲凹凸不平，裂纹丛横，像一块惟妙惟肖的石雕。均伯忍不住想取过来把玩。

"别碰它。"散子说，"它不习惯被生人打搅。"

"它，活着？"均伯问。

"活着。"幺叔低头沉思一样，没有看他们，也没有看那只龟。

"喂它吃什么？"

"小鱼，或者菜叶。"

"每天都要喂食吗？"

"不。它吃得很少，像我一样。十天半个月给它喂点吃的就行。也不挑食。但要干净，新鲜。"

阳光投进方格窗，照在桌面一角。光线中可以看见翻卷的尘埃。那只老龟缓慢伸出一小截脖颈，露出黑亮的小圆眼。它眼神迷茫、迟钝、温和、有气无力，四肢在空气中徒劳地划动，任凭如何挣扎，也无法接触到顶在腹部的树棍儿。它像是飘浮在空中，在那根树棍上待了无数个年头。老龟在这屋子里，没有天敌，没有伤害，也没有阳光雨露，除了幽暗房间带着霉味的空气、奄奄一息的呼吸和它古怪的主人，它就只能用身体全部的器官和日益苍老的龟甲去感知、体会大宅子外面的昼夜交替、寒来暑往。

“它几岁？”

“不知道。我捡到它时，它只有拇指盖大小，伤痕累累。我赶走了那只啄食它的绿毛水鸟，从乌溪那儿把它带回家。在这间屋子里，它和我做伴超过二十个年头了。”

“何不放归山林？龟是长命之物。”老先生说话。

“它是我唯一的伙伴。或者说，它就是我，在那截树棍上沉思，打盹，徒劳地划动四肢。没有伙伴、家人、配偶、子女……它就那么划呀划呀，就像在浩瀚世界遨游，除了空气，窗外的阳光，鸟鸣，它什么都没有。”幺叔看那只龟，再把目光投向窗外，“其实，它就是我们每一个人，所有的努力都是徒劳。末了，回归泥土，一场空而已。”他像是喃喃自语。

三人陷入沉默。

“但是，它有一个响当当的名字。想知道吗？”幺叔突然问。他把目光从屋外的阳光里拉回来，看着均伯。

“愿意洗耳恭听。”均伯笑答。

“天子。它名叫‘天子’。”

均伯问：“为什么它会有这么一个令人上头的名字？”

“你想，那些高高在上的人，和它有什么不同吗？环顾四周，四下都是危崖和虚无，它飘浮在高处，手足无措，无从发力，徒劳游弋，在漫长的孤独中茕茕游荡。所有的东西都是虚妄的、失真的——连同空气以及屋外的阳光鸟鸣。孤家寡人一个，黄粱美梦乍现罢了。”他轻描淡写地说。均伯却像瞬间被雷击中。

有一年农历端午那天拂晓，暴雨就轰隆隆铺天盖地泼洒下来。倾盆大雨持续不断下了四个来钟头，祖安村静悄悄地龟伏在雨幕中。中午饭时候，低洼处的积水很快蔓延到了街道和空地，村子里所有的道路都消失在浑浊的洪流中。稻田一片汪洋，芋头地高高的芋叶没入泥水，仅仅露出叶尖儿在泥水中摇摆，像个奄奄一息的溺水者做徒劳的挣扎。乌瓦房漂浮在一片汪洋中，像是样子古怪、孤零零的老船或者几截黑黝黝的浮木。

雨势稍小一点的时候，均伯穿上笨重的墨绿色塑胶雨衣蹚水上街，他要去村子东边的乌溪看看洪水的涨势。在青石桥那儿，均伯看见一个戴斗笠、长布衫前后摆掀起塞在腰带上的老人。雨天早上光线昏暗，均伯走近，认出那人是阔别已久的林老先生。

两人寒暄过后，立在桥上看洪水涨势。涛声如吼，浩浩汤汤奔涌向前的河水看上去有一股摧枯拉朽、势不可挡的劲头。绛红色、黏稠的洪流打着漩涡，河面不断涌来枯树枝、浮木，还有肚皮滚圆的牲口尸体。猛涨的河水已经接近堤坝，再上涨大约三五尺，就漫过大堤，进入地势较为低洼的村子，如若那样，后果将不堪设想。桥门洞已淹没了大部分，上游冲下来的整棵大树、柴草等杂物堵塞了一部分桥洞，巨大的洪流在拥挤的桥洞那儿发出雷鸣般的咆哮声。

"情况紧急。先生，跟我走吧。我带你去弄点吃的。事不宜迟，得赶紧回去找人来清理桥洞，不然，要出大事！"均伯说。

两人一前一后回村。降雨时疾时缓，村里的男人们陆续行动起来，一些妇女卷着裤管、头戴竹笠，蹚过积水来到乌溪边凑热闹。堤坝上到处是人。男人们用长长的竹篙去捅桥门洞那儿阻塞的杂物，另一些人试图用绑在竹竿前端的铁钩把一根长绳索穿过大树的枝丫，他们打算用绳子把那棵堵塞洪水的大树拖到岸边安全的地方。

晌午饭后。雨停歇了一小会儿，厚重的云层依然压在低空。村里家家户户的门口垒起了沙袋，竖着木板，试图阻止门外的洪水漫延进入院内。有人高挽裤腿，用木盆从院子里往大门外舀水。

这夜，祖安人睡得心惊胆战。屋外的雨声吼了大半夜。

清晨，一阵锣鼓声穿过雨后宁静的老街。一队行人从祠堂那儿出来，在叮叮咚咚的鼓乐声中蹚水走过街道，径直向乌溪方向而去。鼓乐队后面跟的人越来越多，人们纷纷走出屋子，仿佛巨大僵尸下边听到神秘讯号急急忙忙集结的蝼蚁。

鼓乐队在林老先生的带领下上了青石桥。围观的人挤满妈祖庙前长长的河堤，身材矮小的人在人群中踮起脚，像鸭子一样伸长脖颈，生怕错过了什么细节的样子。人们在洪水巨大的轰鸣声中窃窃私语，表情好奇又带有平日少见的神秘色彩。

林老先生在晨光熹微的青石桥中央站定。苔痕斑斑的古老桥身在狂野的洪水中微微战栗。桥面上摆了一张老式木桌，八仙桌上摆放了黑、白、黄、紫、绿五色粮食的五个大碗，还有一只油亮肥硕的卤鹅和两盘水果。香炉里插着点燃的香、红蜡烛。老先生神情严峻，挥舞着桃木宝剑左突右横，点刺劈扣，褪色的青布长衫在河风中飞舞。鼓乐队在他周围站成八卦图的形状，音乐的节奏契合着他的祭祀道场，时起时停，一阵轻柔一阵激越。

河水从清理干净的桥洞那儿争先恐后奔涌而下，吼声震天。妈祖庙前，河道下游一片汪洋，水面浑浊、宽阔、辽远。

鼓乐声停止的时候，均伯和一个男孩捧着托盘走上桥中央。托盘上盛放着五谷杂粮的种子、时令蔬菜和水果。

老先生在红烛上点燃一大沓黄表纸，口中念念有词。黄表纸快要燃尽的时候，他向石桥栏杆外抛出余烬，接着点燃第二沓黄纸。火焰熊熊，纸灰在河风中漫天飞舞，仿佛成群游荡、盘旋的乌鸦。

锣鼓声轻快柔和的时候，老先生在桥上往滚滚河水中抛撒五谷杂粮种子、水果和绿叶蔬菜，口中咕噜咕哝说着经文。绿叶菜在湍急、浑浊的水面漂浮着旋儿，飞快向下游逝去。这时，河岸上鞭炮声齐鸣，乳白色的硝烟从堤岸杂树茂密的树冠那儿迅速弥漫开来。锣鼓声铿锵有力，一条五彩缤纷、长长的竹龙在堤岸奔跑，围观的人群喧闹起来。

此时，青石桥下方绛红色、黏稠、宽阔的水面出现了一个巨大的漩涡，漩涡缓慢移动。一个硕大如盖的黑色脊背浮出水面，在众人的惊呼声中，那个深黑色布满裂纹的巨大脊背动作迟缓地一点一点上浮……终于，它露出了苍老的头颅，圆的颅顶和尖的鼻子，然后是老皮横生的僵硬脖颈。“看！天啦！那只大龟！”人群中有人尖声大叫。

老先生在桥上不紧不慢地往浑浊的水流中抛撒青菜、水果和整篮整篮的鲜鱼。“神龟神龟请调头，东海龙王在召唤。神龟神龟你慢走，三年五载再回来……玄武大帝回龙宫，玄武大帝回龙宫……”道教笃信的阴阳五行中，玄武主水，玄武大帝的图腾正是蛇与龟的合体符号。老人的山羊胡子在微微颤动，他手持白色拂尘，语调平和、神情坚定，泰然自若。巨龟微微抬头，嘴巴半张着，乌溜溜的黑眼睛在老树皮一样皱皱巴巴的眼眶里向外张望。它迟疑不决，看上去若有所思，衰老的龟背满是深深的裂纹。但它缓慢地挪动身躯，足足有两分来钟，它转向了顺流的方向。接着，它几乎是一点一点下潜，然后慢慢消逝在湍急的河面。

岸上围观的人群一片欢腾。

一顿饭的工夫，洪水明显地消退了，岸边的水位线下降了约有一尺，先前淹没在洪水中的杂草和小灌木露了出来，泥浆水在它们身体上留下的痕迹清晰可见。

祖安在凶险的洪灾面前终于化险为夷，大家都松了一口气。

然而，五年之后，面对乌溪又一次突如其来的洪水，均伯还是不由自主想起老先生当年的祈语：那天早上，乌溪桥下洪水如万马奔腾，声如雷吼；岸上鞭炮轰鸣，五彩长龙疾走如飞；大龟浮现，旋即隐去；老先生手持拂尘，口中念叨

“神龟神龟你慢走，三年五载再回来……”

现场的嘈杂声里，只有均伯和那手捧祭品的男孩近距离听得分明。

老先生在祖安村住了几日，村民们对他敬佩有加，待若上宾。但老先生不喜欢热闹场面，只吃素食。偶尔有几位长者作陪。

临行前两天，均伯陪先生饮茶，同时就志婴中邪之事郑重向老人家求医问方。他知道，老人家常年避居深山，炼丹制药，兴许有一剂偏方可以驱邪扶正，将走火入魔的志婴拉回到正常人的轨道。老人仔细听，对触发志婴病症的诱因和发病的细节、症候表现等所有细节一一询问，似乎对任何蛛丝马迹都不放过。这中间，均伯还特意出去了一趟，把志婴的妈妈请到祠堂，让她当面向老先生陈述他想知道的任何细节。

“好吧。”老人家说，“我明天一早出门上山，采点草药。你们叮嘱周围邻居，今晚早些安歇，门窗紧闭，切勿发出声响。家里的闲杂人等回避，母亲和均伯在场就可。”他谁也没看，似乎陷入沉思。“可怜的孩子，被惊厥之手紧紧攥住，受尽心魔凌虐。看看情况如何？我尽力而为。”末了，他说。

晚上，老先生在均伯陪同下来到林家。屋子里静悄悄的，十五瓦的钨丝灯泡发出昏黄的光，屋子里阴暗潮湿，充斥着一股霉味。志婴服了老先生配制的镇定安神的草药汤，这会儿正坐在床沿洗脚，准备上床睡觉。

老先生进屋坐下来喝茶，均伯和林母东拉西扯聊几句家常。老先生神态安详，偶尔不经意地关注没精打采的志婴。

“婴儿，你哪儿不舒服？让爷爷帮你看看好吗？”老先生温和地试探。

“嗯。我一直在服药，每天都服。”志婴并未抬头，只是迅速翻眼瞟了一眼陌生的长者，他似乎回想起来什么。在上小学的时候，有一天放学回家的路上，他见过很多年才回一次祖安村的林老先生，大人们老说先生是个神奇的人，孩子们则大都对他敬而远之。“你是林老先生？我见过你一回。天一亮，还未下床，妈妈就让我灌下去一大碗药汤。唉，苦到嗓子眼这里了。”他说，用瘦长的手指指一指自己的喉结。他似乎愿意和并不熟悉的老先生唠叨。

“嗯。你说得对，药都很苦。”先生慢条斯理地说，语调亲切柔和，“让我看看好吗？兴许，我可以把你脑子里那个东西拿出来。”

志婴突然专注起来，他看着他，“你看到这里面的那个东西了？那颗子弹？真神奇！”

“我要仔细看看。”老先生说着，走到志婴跟前。

“这儿，这儿。对头！是这儿。”志婴的手指按在后脑勺上，移来移去，终于停在了一个地点，很肯定地说。

“好的。好的。是这里，我看到它了，一颗弹头，它在那儿折磨你，让你烦躁是吗？”先生语速很慢，声调轻和，像是在安抚即将入睡的孩子。

“是。”志婴的语气变得简短又肯定，“是的。他们总是不信我说的话。这下子是真的了吧？”

老先生俯下身子，捧着志婴瘦削的脸：“婴儿，乖孩子，你听我的吩咐，乖乖地躺在床上，我想法子，看能不能把那颗子弹取出来。听话，乖乖的，什么也不用想，就像往天睡觉那样子。好的。哦，好的，你是个乖乖儿。好的，就这样……就这样……躺下去。好的，闭上眼睛。按我的吩咐去做，直到我叫你起来。闭上眼睛。好的……好的，就是这样……就是这样……很好。”

志婴像个听话的孩子安静地躺在床上。

先生用他的拂尘轻轻从志婴头部一直扫到脚，一下，一下，动作又轻又慢……

他把食指竖在嘴唇上示意旁观者安静，又勾勾手指示意均伯过来。他把拂尘交给均伯，示意均伯像他那样轻拂婴儿。他开始轻手轻脚一圈一圈打开随身的包袱，从里面拿出插满银针的一个皮夹子。消毒过后，老先生动作熟练、从容地将长长的银针一根一根从志婴的颅顶、额头、太阳穴等一些穴位扎进大脑里。银针长长短短，最长的足足有三十来公分，有头顶到下巴的距离长。现在，这些银针都钻进婴儿的大脑里。

先生从包袱里抽出一支竹箫。

悠远的竹管声响起乐声，曲调平缓而绵长，时而宛若淙淙流水，时而像远山鸟啼。有一会儿，林母仿佛从竹箫声中感觉到阳光透过厚重的云层，长时间以来笼罩在她心中的雾霾渐渐散去，崭新的、高蓝的天空明亮清新，恍如天堂……她泪如泉涌。

一刻钟的样子，先生放下竹箫，端坐着，微闭眼睛。他开始和婴儿对话，语调有时空洞、冰冷，有时又柔软亲切，像是耳语。婴儿断断续续，像梦中呓语一样说一些不连贯的只言片语，像碎片一样拼凑出刑场经历的场景。老人正全力以赴、谨小慎微地进入婴儿梦中迷雾般的世界，他似乎努力在分辨、理顺一些错综复杂的线索，试图引领这个可怜的孩子走出迷宫。

“好吧，孩子。我这就要把钻进你脑袋里的东西取出来了。”老先生不紧不慢地捻动银针的手柄，把它们一根一根从婴儿的头颅里轻巧地抽出来，仔细擦拭，然后把它们收纳进皮夹子里。

婴儿支吾：“好，好啊……”

“我要你掉转头来，头伸出床尾，趴下睡。对！就是这样。乖孩子，就是这样……”

“闭上眼睛。对！闭上眼睛。就像刚才那样，放松。什么也不要想……”

箫声又响起。

婴儿安静地趴在床上，仿佛睡去，脑袋耷拉在床沿外面。

道长从包袱里取出一支手电筒，一把老式的剃头刀。老人坐在床尾的小木凳上，把手电筒交给均伯，吩咐林母去拿毛巾、肥皂，一个铜盆盛一点温水。他把婴儿的脑袋放在自己的膝盖上夹住。

“子弹就是在这下面。我触摸到了。”他说。

“对。是那个地方。”婴儿的声音从下面很远的地方传出来，瓮声瓮气的。

“好的。好的。我知道。”他在铜盆里打湿毛巾，涂了肥皂，抹在婴儿的后脑勺上。

屋子里光线昏暗，均伯打着手电筒给老先生照明。道长把毛巾打湿，打上肥皂，仔细擦拭婴儿的后脑勺。接着，用剃头刀在后脑勺那里剃出橙子大小的一块白色头皮。

屋子里异常安静。能清晰听到锋利的剃刀切削发根时发出的铮铮声。道长用一支毛笔在毛发剃净的地方涂出铜钱大小的朱砂色星星图案。“我就要把子弹弄出来了。会有一点疼，你忍一忍就好。它再也不会折磨你了……”他用一根银针点刺那个星星图案，然后拿镊子夹住星星往上提。婴儿在下面喊疼。“好的。忍住。子弹就要出来了……出来了……”他轻声说。接着，当啷一声，传出金属落在铜盆里响亮的声音。均伯和林母都吓了一大跳。

“好了。婴儿，你可以睁开眼了，仔细看看。是它吗？”道长拨开铜盆水面漂浮的头发，从水里捞出一颗铜弹头。婴儿趴在床沿，仿佛从沉睡中醒来，神情还有些迷迷糊糊。

“你摸一摸它吧，千真万确。一颗弹头。”

婴儿伸出手指，小心翼翼地触摸那颗有些锈迹的弹头。“哦，哦，好家伙！是一颗弹头。我说嘛……一直没有人相信我……”他自言自语，留意到了先生手指上朱砂红的血渍，还侧过脸看看屋里的其他人惊奇的反应。

“好吧。看清楚了？你准备珍藏它吗？兴许，你佩戴着它，心里就踏实了。”老人问。

“不，我不想再见到这东西。”婴儿的脑袋在先生膝盖之间像拨浪鼓一样摆动，声音含混。

"那好。让你妈妈把它扔到远远的地方去，它再也不会折磨你了。好的。你不要动，像刚才那样趴好了。我这就给伤口那儿敷药。听着，一个礼拜之内，伤口这儿不能见生水，不能洗头，防止染上破伤风。"他把一些酱色的药膏涂在发白的那块头皮上，再盖上一块牛皮纸药贴。

屋里弥漫着药膏浓郁、刺鼻的味道。

婴儿坐起来休息，又喝下一碗新煮的深色药水。看上去，他还有些迷糊，但很安静。

"侧身睡吧，你再服几天药就万事大吉了。"

志婴躺下休息的时候，先生把工具收拾进包袱，三人出了睡房，来到堂屋坐下喝茶。堂屋里灯光幽暗，神龛前面点着红烛和三支香，青烟如丝如缕。

均伯和老先生聊天，挽留先生在村里多住些日子，说这些天先生歇脚在祠堂，受苦了。先生平淡地说："出家人习惯了清寡生活。再说，贫道也乐于和祖先们在一起。在那儿，我和他们有说不完的话，每一次在祠堂留宿，老祖先都启示我一些此前未曾揭晓的道法和困扰、束缚心智的问题。"

"先生是天上有星宿的人，慧通三界。"均伯赞道。

他们饮茶闲聊的时候，林母去了婴儿睡房一趟。出来的时候，吧嗒一声，关了电灯拉线开关，轻轻关好门。

"睡了？"先生问。

"睡了。睡得很踏实。"林母脸上露出少有的轻松神情，舒了一口气。

"先生是祖安人的救星，是我们家的恩人。设若婴儿就此让我省心，全托了先生恩典。我这就去给二位弄点夜宵。"

"不必，出家人过午不食。"

"这样啊？那明天在我家吃饭，早餐就过来。他均伯，辛苦你了。明早你陪先生一起过来好吗？"林母感激先生，但拙于表达。她是个贤淑、坚强、内敛的女人，尽管命途多舛，但始终温和、体面、通情达理。她中年丧偶，孑然一身支撑家门；长子远走他乡，杳无音信；两个女儿陆续出嫁，身边缺了帮手，生活日渐艰难，内心空寂；幼子乖戾反常，村邻唏嘘或者侧目……但老妇人从未放弃希望，坚守门庭，每日起早贪黑制作口味纯正的手工饼，殷勤招揽客人，碰上家境贫寒的乡邻牵着馋嘴孩子走过，她还得搭上笑脸免费送上一个小饼给饥饿的仔仔解馋。生，不易；死，更难。她心里明白，一旦她倒下，这个家就散了，林家的血脉到此也就断了……她不敢多想，想多了自己也会不寒而栗。

先生见她抹泪，就说："人生无常，尽力就心安吧。"他答应明天一早过来，过来看看婴儿的情况，之后就要动身赶往遥远的秦岭。他要在一个重要的香期——道家所讲的重要的时间节点，拜谒重阳宫。“这是两枚护身符，一枚常年带在身上，一枚压在枕下。从今往后，婴儿就是个特别的潮汕人，不事茶酒，远离热闹。记住了？”他压低声音，告诫她，今晚的诊疗过程务望保守秘密，这样对病人好。婴儿的病在心里，他指指自己的胸口。他讲述了两个截然不同的病例故事：有一年，先生在惠州罗浮山修行，救治过一个被“过山风”咬伤的壮汉，过山风就是书上说的剧毒眼镜王蛇，那时，他被蛇咬的腿已经肿成一个大罐子，又乌又青，像一截木头。先生给他开刀放血，抓药治疗。三个多月康复下地，但他出门第一件事情就是去事发地的泥洞找到那条咬伤自己的毒蛇。他费尽周折从洞里引出它，打死它然后斩下蛇头。再后来，他就常年把风干的蛇头挂在脖颈上。这个客家佬从此再不畏惧蛇蝎。另一个病例是在厦门鼓浪屿，是个深宅大户人家的阔太太，在洋人的教会学校读过书。她产下一名健康的女婴，自此常年抱病，说有一个衣着华贵的白发老妇日日夜夜纠缠她，老妇血盆大口，伸着长舌，一副吊死鬼模样，经常掐脖子想要扼死她。家里人谁也不相信她的胡言乱语，可她就是在一个青天白日的大上午，自缢在阁楼上。只有老掌柜暗自叫苦不迭，少奶奶口中的吊死鬼就是她不曾谋面、上吊自杀的婆婆。“心结、心结，要命的就在那个结。打开它，困惑就豁然开朗。”

一大早，均伯陪同先生来到林家。婴儿洗了脸，换了整洁的衣服，看上去干干净净、斯文有礼地坐在老屋天井的竹椅上。他的两个姐姐和林母在厝屋的灶间忙得不亦乐乎。

婴儿罕见地起身迎接他们。

“睡得好吗？”先生问。

“好。”婴儿回答。

“服过药了？”

“嗯。”

“有哪里感觉不对劲吗？”

“没有。就是感觉后脑瓜子凉凉的……”

“嗯，没事。不要担心这个，过几天就好了。”先生要婴儿坐下，然后仔细端详昨晚处理过的药贴和周围头皮的状况。他凝神看着婴儿的眼睛——那双眼睛清澈明亮，闪烁着孩童般单纯、干净、好奇、一闪而过的光影和天真烂漫，仿佛乌溪的流水。先生再一次捧着婴儿的头，像抚摸一件精巧的器皿，他轻闭双眼，手指缓慢移动、按压。林母从厨房出来的时候，听见先生正襟危坐，声调温和地同婴儿说："从骨相来说，婴儿，你会是一个长寿之人。"

先生转身叮咛林母，以后，婴儿的药在饭后一个时辰服用。有一味镇静安神的全虫入药，空腹伤胃。

均伯把一串黄草纸包裹的药包交给林母："先生说，服完这六服药，就没事了。"

早餐的时候，婴儿规规矩矩陪着他们坐桌。这让在厨房里忙碌的女人们欣慰。

先生用餐简单，不食荤腥。起身告辞的时候，林母出来，倔强地挽留他们坐下饮茶，她们正在厨房蒸制红桃粿、鼠壳粿等一些点心，给先生路途上当干粮。

均伯也劝先生坐下喝茶。话题就讲到先生此行将到达的目的地重阳宫。他讲了全真七子。

自古圣贤多隐士，盛世闭关乱世出。"长春子"丘处机七十高龄携十八弟子在宋末战火连绵的岁月西出阳关，一路西行追踪蒙古鞑靼人征战的足迹，沿途讲经传道、布施饿殍，弘扬玄义。历尽艰辛，跋涉万里。三年后，终于在阿富汗境内寸草不生的雪山追赶上蒙古大军的马队，辗转进入成吉思汗行军大营，拜谒威风凛凛、南征北战、横扫世界的帝王。丘祖上前抱拳稽首，时值不可一世的鞑靼王因连年征战心力交瘁、疾病缠身，便向白髯皓发、仙风道骨的长老寻求长生不老之药。丘祖正告："贫道没有长生不老之药，但有长寿延年之道。"丘祖因势利导，阐释了养生、健康、延年益寿应以清心寡欲、平和逍遥、扶危济困为根本，加之药理施之，就身心和谐，百病难侵。成吉思汗又向他问及治国之道，丘祖说了那段名垂千古的话："欲统天下者，必在乎不嗜杀人，需敬天爱民为本。"蒙古王听罢，恍有所悟。不日茅塞顿开，龙颜大悦。赐丘祖玺、书、护符，遂诏示天下，命丘祖执掌天下道教之事。屠城无数、杀人如麻的鞑靼王勒令"止杀"：放弃屠杀战俘和屠城，赦免天下。丘祖因拯救数十万军民免遭生灵涂炭而名垂青史。

他说："歌谣中唱道：盛世天下佛门昌，道家深山独自藏。乱世菩萨不问世，老君背剑救沧桑。我在毗邻终南山的重阳宫拜谒过全真七贤灵位，那里竖着高过一丈二尺的大石碑，上面用汉字和蒙文铭刻着元朝廷的封赐诏书。道教推崇生命至上、平等、逍遥，达到无父无君的超脱状态；忽视皇权、国家、民族、种族，追求天人合一。这些理念、主张并不受历朝历代君主、权贵的待见。但是，道教关注生命是亘古不变的主题，遵循自然之道，寻求长生不老，拯救乱世生灵，等等，只有生命是存在的精华，天地万物，唯此为大。"

婴儿陶醉在故事里如痴如醉，均伯也是第一次拨开笼罩在先生身上各种神乎其神的传说，首次从先生的阐述中领略道教的真义。林母端上来一盘刚出锅热腾腾的鼠壳粿让大家品尝，“莫慌，还有一锅上笼，很快就好。”她宽慰先生，转身回到厨房。

鼠壳粿是潮汕一带特有的食物，采新鲜的鼠壳草嫩芽捣碎，与上好的糯米粉、番薯粉混合发酵，然后蒸制而成，口味香糯，蕴含着鼠壳草的清香、绵软、丝滑。先生自是赞不绝口。这当儿，他们品尝美食，先生讲起了他此行最终将要循着道教轨迹上溯，去到的一个古老而神秘的地方，翻越长满苍松翠柏的秦岭，抵达秦巴腹地，那里是道教的发轫圣地——汉中的米仓山。

“那是一片夹在秦岭与大巴山之间的沃土，物产丰饶的平原，美丽的汉江从绿宝石一样的盆地中间流过。平原的风刮过古老建筑的翘檐，阡陌纵横，钟灵毓秀，厚重历史的沧桑感扑面而来。”他说，“我年轻的时候曾去那里踏寻道教宗师张道陵的足迹，拜谒天师高祖张良隐居之地。”

先生说，在秦岭南坡深山一个名叫留坝的地方，运筹帷幄之中、屡出奇谋、用兵百战百胜、辅佐“汉中王”刘邦击溃不可一世的楚霸王项羽最后成就汉家基业的军师张良功成身退，选择此地隐居。张良洞察先机，退居山野不仅远离了宫闱内斗和阁僚间争权夺利的纷扰，同时，更重要的是成功躲过刘邦功成名就清除战争功臣那毫不留情的诛杀之祸，全家老小得以保全性命。留坝因张良曾被刘邦册封为“留侯”而得名。

其兴也勃焉，大汉王朝奠基伊始，汉高祖刘邦遵循张良临别的治国箴言，修身养性，无为而治，修复战争创伤，黎民百姓得以喘息、繁衍，国力得以恢复、蓄积。其亡也忽焉，逆道而行，汉室四百零七年基业呼啦啦大厦倾颓，王朝覆灭。一时间狼烟四起，群雄逐鹿。汉中自古乃兵家必争之地，百姓在战乱中生灵涂炭，饿殍遍野。张良后人张陵（本名）乃出祖庙，奔走于秦巴之间山川河流，用五斗米开始周济栖息于旷野、山林的流亡民众。至今，在属于大巴山系的米仓山一带，民间依然流传着天师张道陵草创“五斗米道”的故事。“五斗米道”是道教的最早形式，就是在战乱岁月通过化缘筹集五斗米入教，哀哀无告者抱团取暖、共度时艰的一种求生方式。

汉中是刘邦隐姓埋名十年，靠着莽莽秦岭的阻隔，在这片肥沃之地养精蓄锐、秘密练兵，一举北出秦岭直捣都城咸阳成就伟业的地方。汉中古城质朴恢宏的北城门上，有一副篆刻体石门对联，上面写着“汉家发祥地，中华聚宝盆”。说的是汉王刘邦在此斩白蛇起义，成就汉王朝的故事。文史学家考证，汉人、汉族、汉文化的根基和灵魂源于该地。同时，取上下联首字阐释“汉中”地名的来由。

先生说：“我在那里，还见识过一处神迹。”他说，从汉中平原逆汉水而上，在汉水源头有一个名叫羌州的地方，羌州县城往西北六十多里的崇山峻岭中，一股激越的水流从峡谷石缝迸流而出，那地方就是汉水之源，名叫玉带河。玉带河就像一根漂亮、碧绿的丝带萦绕羌州古城，盘桓在莽莽苍苍的西秦岭和大巴山之间，一路蜿蜒向东，流入富饶的汉中平原，然后滚滚东去，在楚地名镇汉口汇入波涛起伏的长江。在汉水之源高耸入云的悬崖峭壁之上，有一行摩崖石刻。相传，华夏始祖早年间遭遇洪灾，江河泛滥，汪洋一片。大禹被众人推举出来主持治水。这个从亡父尸体里蹦出的神童长大成人，左手拿着准绳，右手持规矩，继承亡父遗志，重拾亡父未竟的事业，足迹遍及神州大地每一个浸泡在汪洋大海中的氏族聚落，治水历时十三年。他吸取父亲鲧治水失败的教训，改变父亲毁誉参半的围堤筑坝、堵截洪水的做法，变“堵截”为“疏导”的策略，收效显著。自此，在大禹手上，开九州，通九道，陂九泽，度九山，始成华夏。盛行当地的民间传说称，大禹曾依长江而上，沿江疏通河道，追踪溯源，治理水患。行至汉江源头，但见壁立千仞，而水源出口山体垮塌，阻塞水流，滋生洪涝。禹遂化身为一只大熊，攀岩而上，顷刻间乱石穿空，飞沙走石，山谷里声如雷鸣。大如屋宇的巨石从山崖滚落而下，源头和山间河道不日清理顺畅，河水自此乃流畅自如。完成如此壮举后，禹王伸出利爪般的手指，在悬崖绝壁之上刻下形状怪异的三个象形符号。写罢，但见一只形容枯槁、衣衫褴褛、体魄伟壮的熊罴从高高的崖壁一跃而下，连蹦带跳蹚过河床上高低起伏的巨石，隐入山谷。河床上的巨石历经岁月洗礼，流水冲刷，如今已经变得光滑圆润。但在光滑的石头河床上，两行深深的足迹清晰可见。大禹留下的脚印长逾十尺，步幅间距十丈余。“我在那些石头上见过这些脚印，五趾叉开，仅仅是一个脚趾的凹痕，就足可以躺下一个半大孩子。当地人说，熊人氏大禹为了治水，累得小腿上都没肉，从前茂密的腿毛都磨光殆尽。我想，替天行道、急民所难者，必有神助吧！”先生说。

悬崖峭壁上曲曲折折的摩崖石刻，历经几千年风吹雨打，石刻符号边缘的棱角已经风化斑驳，爬满苔痕。多年后，一支从京城远道而来的考古队到达这里，一位白首皓发、满腹经纶的甲骨文研究学者考证，摩崖石刻上所书的文字是象形汉字最早的甲骨文体，硕大如盖的三个字符经过缜密论证，为“嶓冢山”三字，落款还有两个站在绝壁下方无法识别的小字，为“禹王”二字。摩崖石刻没有留下纪年落款。考古论文公布于众后，在史学界和古老的汉中掀起轩然大波。此后，在此神迹之处，时常有游客、学者的身影流连于巨人的大脚印，追思和祈福活动在山民中未曾断绝。

那地方就是后来声名远扬的嶓冢山。按照历史纪年推算起来，起码也有超过四千年以上的历史。

这是婴儿首次聆听关于道教的故事，神奇的传说震撼了他。他张着嘴巴，一脸惊讶、好奇的表情。

志婴的病算是好了，从此再也没有提过脑袋里有颗子弹的事。他变得安静，少言寡语，常常陷入苦思冥想之中。他开始对宗族历史和一些纸张泛黄的旧式竖排版线装书痴迷，很多时候，他独自一人发呆，一副想入非非、心不在焉的样子，与村邻和亲戚鲜有往来，人情日渐疏远、淡漠。他偶尔会去幺叔林散子的大屋坐坐，一待就是大半天。人们不知道他们在交谈什么，只是有时能听到他们爽朗的笑声传出屋外。

第六章

女 人

正月初五吃过早饭，林志雄一家老少准备前往县城给大姐拜年。恰逢王木匠介绍给潇湘的那门亲事约定男女双方这一天在媒人家里首次见面。作为家长，林志雄放心不下，显得犹豫不决。一会儿想留在家里等候相亲的结果，一会儿又觉得要陪同老母亲一同前往探视一年中甚少谋面的大姐一家人。他左右为难，林妻作为继母不便插话。但林母一句话就打消了他的顾虑，她说，年轻人首次见面，有媒人牵线，还不到父母操心的时候。这样，林志雄又检查了一遍潇湘准备带走的见面礼，叮嘱了几句就跟着大伙驱车上路了。

长兄如父，大姐似母。他依然铭记小时候在生活困苦时期大姐对弟妹无微不至的关心和付出，大姐总是把自己碗里不多的饭菜分给年幼的弟妹，及至他开始读小学一年级的时候，寒冷落雨的冬季，大姐赤脚背着他蹚过泥泞的小路去往学校读书，或者帮他收拾了书包背在肩上，牵了他的小手一路回家……他从缅北回到老家的时候，大姐、二姐已经嫁人。大姐嫁给与祖安村相距不到五里的龙眼树村陈家，姐夫出身厨师世家，做得一手好菜，是个勤快的庄稼汉，日子过得紧紧巴巴。后来经济开放，姐夫他们一家在小县城租赁了一间店铺做起传统潮汕小吃，靠着为人本分和地地道道的祖传厨艺，小店生意稳定，一家人省吃俭用积蓄了好些年，才在城里买了房子，全家老少就搬到热闹的城市去居住了。

二姐嫁给了一位教书先生，靠二姐夫稳定的薪水过日子，虽不富裕，但省心、舒坦。一个女儿、一个儿子，也都各自成家立业。

大姐夫把午饭安排在城里最豪华的饭店。除了潇湘缺席，大姐、二姐、弟弟，还有林志雄家老老小小坐满三围大餐台。林母乐呵呵地拿出一大摞红包，每人派发一份新年利是。老人的红包不仅仅是几张崭新的钞票，更重要的是代表了她对晚辈全部的爱怜和新一年的所有祝福。家人围桌过年，其乐融融，说说笑笑。墨染的脏辫在酒席宴上成为表哥表姐们取笑的话题，连三岁小孩也有意无意地总把目光落在他的怪发型上。

吃完饭下楼，在去往楼后僻静停车场的路上，林志雄陪着母亲还有大姐走在前面，林母正和大女儿小声聊潇湘相亲的事。这时，从停泊的车辆与绿篱笆之间看不见的角落传来一个女人压抑的哭声，这哭声来自顽强的抑制和洪水溃坝一般绝望的深渊，号哭声撕心裂肺，绝望与呜咽声混杂，隐忍纠结、顾虑重重又声嘶力竭。但瞬间，哭泣的人似乎觉察到了行人，那绝望的号啕声收住，变成了胸腔里可怕的哽咽和强烈的喘息。林志雄大惊，快步从两辆并排停靠的车辆间隙走过去，阿松也快步赶来。只见一个瘦高、短发的中年女人蹲在角落抹眼泪。她听到了走近的脚步声，抬头张皇地扫一眼来人，迅速低下头去，用衣袖草草擦去泪水。号哭声就这么戛然而止。那女人匆忙起身，然后转身离去。她没有抬头，身体仍然在哽咽中抽搐。她局促地低头绕过车尾，急匆匆离开众人的视线，一边用衣袖去揩眼泪和鼻涕，一边佝偻着脊背向停车场外疾行。

“嗨！遇到什么事了？我可以帮忙吗？”林志雄朝那个背影喊着。那女人并不理会，匆匆忙忙与林母和大姐擦肩而过。林母追着那急匆匆的身影关切地询问，那女人没有抬头，急急地出了停车场，穿过车来人往的大街，进入了对面一家店铺。

林母一脸惊讶，一把拉住林志雄衣袖，“去，看看出了什么事？大过年的，可怜的人！一定发生了可怕的事。不然，那种哭声会戳到我心窝子里。我一辈子也没有遇到过。”老人焦虑地说。

林志雄穿过马路，径直钻进那间杂货铺。不久，他返回来，说在店里没有看见那个女人，不知道躲在哪个角落或者从杂货店后门离开了。这时，大姐拽着她丈夫也赶到林母身边。林志雄向姐夫简单说了刚刚发生的一幕，姐夫说他兴许认识那间店铺的老板，便行过马路前去打探消息。

林志雄站在马路边抽完一支烟的时候，大姐夫回来了。墨染不知道发生了什么事，阿松正在跟他说起刚刚经历的怪事。

此刻，一家人在街边围拢，听姐夫讲那女人的事：那女人名叫陈木莲，来自龙眼树村。龙眼树村临近祖安镇，位置靠近乌溪下游。早年间，因为干旱年头争抢水源和耕地边界纠纷，两个村庄曾经发生大规模械斗，双方村寨的成员互为眼中钉，肉中刺。两个村子炊烟相望，鸡犬相闻，但至死不相往来。后来，还是均伯不顾族人的担忧和反对，在一年春节，只身前往，主动携礼拜访龙眼树村的长老，双方长老推心置腹，明理讲和，化解世仇。作为人多势众的林氏宗族长老主动迈出和谈第一步，龙眼树村陈氏一族反应强烈。三日后，陈氏长老带领三位年长有威望的族人携带大礼回访祖安，受到祖安林氏宗族隆重、体面的接待。双方乘着酒兴，在有争议的边界划出一条狭长的公共走廊，刻石立碑，鉴证睦邻友好，记录公共水源在农时播种抢种期的用水契约，农历单数日子林氏优先，农历双数日期陈氏优先。双方共同出资在那里兴建风雨亭，种植景观园林树木和修竹，供两村庄稼人田间劳作时休憩、避雨。自那之后，相邻林、陈两个姓氏化干戈为玉帛，来往渐多。交流、通婚、结亲等情况多了起来。林志雄的大姐也就是在两村亲善的大环境下由均伯撮合，嫁与龙眼树村陈家。

陈木莲离婚已经至少有三个年头了，因为婚后十多年一直没有生儿育女。姐夫说认识她的娘家人和她的前夫。她前夫是个常年在海上跟人打鱼的粗人，脾气急躁，嗜酒如命。十天半个月出海回来，那女人就成了他的出气筒，邻居常常听到屋里传出剧烈的殴打声和女人的惨叫。在民风守旧的潮汕地区，无法生育男孩的女人抬不起头，况且是个不生育的女人。她在惊吓度日的破房子里挨了十年，最终被休回龙眼树村娘家。起先回老屋与年迈的母亲住在一起，两个弟弟已经成家。她的前夫后来娶了一个麻脸女人，很快就生了一男一女。今年冬月，木莲的母亲去世，老人安葬。两个弟媳常有矛盾，她也夹在中间受气。一个多月前，分家另过的两个弟弟为分割母亲的财产大打出手，木莲被赶出家门，无处可去。后来经城里姑妈引荐，木莲临时落脚在杂货铺做工。春节期间，店铺歇业过节，员工放假七天。她买了礼物回娘家小住。听说，今天上午又被弟弟他们撵出村子。

“兴许，这可怜的女人觉得无路可走了。”姐夫说。

回到大姐家，一大堆人把客厅、卧室、餐厅挤得满满当当。林妻和两个姐姐在厨房用海石花、冰糖煲糖水。林母看上去闷闷不乐。林志雄知道，要是往日，老人家肯定又在厨房一马当先，女儿和儿媳她们都沦为配角。但这当儿，她坐在沙发上陷入沉思，一副忧心忡忡的样子。

弟弟志婴在阳台修剪花草的枯叶病枝，一副置身事外的样子。

厨房里在熬煮糖水的时候，林母把林志雄和姐夫叫到一间卧室。“我担心那个不幸的女人，人在无路可走的时候最容易想不开。”她说。她要女婿出去找到那个女人，“我们把她带到广州好吗？做做饭，搞搞卫生什么的？我们收留她，给她一个家。”她对儿子说。

等到儿子点头同意，林母又说：“你得给她发一份工资。我要帮她！兴许，换个环境，她会遇到一个好人，成个家什么的……”她说。便催促女婿出门。

约莫两个钟头的工夫，姐夫回来了。“那个杂货店老板无法做主，木莲胆小，从没有出过县城，不敢拿主意。这事折腾了好久。后来，联系到了木莲的姑妈。”

姐夫停下来喝水，脸上泛着红黑的油光。

“赶快往下说。急死我了！”林母催促。

“她姑妈来了，打听我们这家人的情况，老人怕上当受骗。还好，志雄的家业在县里无人不知无人不晓，名头响亮。但她一定要见见老人再定。我们还是赶快去一趟吧。”

林母一行来到店铺的时候，店老板在门口恭候。对于在小县城声名显赫、如雷贯耳的林氏家族掌门人突然造访，店老板显得兴奋又紧张，他不断地搓着手说小店寒酸，让客人委屈之类的客套话。小茶几那儿坐着一位满脸老年斑的婆婆，身边站着局促、紧张的妇人木莲。林母一马当先走在最前面，林志雄目睹了母亲从见到这个恸哭的女人那一刻起一整个下午的心神不宁和急不可待，母亲坚定、果断、思路清晰和绝不拖泥带水的行事风格仿佛在那一刻又回来了。她热情地和老婆婆打招呼，把那个可怜的女人拉到身边坐下，一边和老婆婆叙述往事和她们都曾经经历过的旧岁月，一边帮那个一直低着头不敢打量陌生人的女人整理头发。那女人五官端正，皮肤白皙，消瘦，安静，衣着朴素干净。不多时，挤满货架的小店就回荡着母亲和老婆婆爽朗的笑声。年轻的时候，作为相邻村庄的年龄相仿的女人，她们不曾见过面，但林母在当地响当当的点心是老婆婆在新婚的日子才有机会品尝过一次的美味。“只有一次，味道至今我还记得。我们穷人家，哪有钱再花销哦……”林志雄听那老婆婆说。

“安排一餐饭，就我们这些人参加，我要收这个可怜的孩子做干女儿。”林母当着大家的面吩咐林志雄。

事情就这么定了。

正月初八“拜干妈”仪式上，这个名叫陈木莲的女人穿着一身林母置办的新衣、新裤、新鞋，跪地向林母行礼，敬茶。林母把个大红包作为见面礼送给木莲。初九上午，阿松载着木莲和她简单的行李来到林家。一个廉价彩条蛇皮袋就是这个无以为家、前途晦暗的女人安身处世的唯一家当和依靠。短短几日发生的事情让她恍惚置身梦中，一切看上去意外、离奇，给人失真的感觉。但对于一个失去希望和凭借的女人来说，除了死，还有什么好出路呢？随遇而安是怯懦、命途多舛的可怜人牲口般的生存哲学，除此无他。

安顿停当，木莲就开始和家中妇女们一起准备不日将要从香港到来的梁氏一家和“迎老爷”活动宾客的招待美食了。

潇湘的亲事看来不大乐观。他去见了那女孩，但显然并不感兴趣。脸上写满怅然若失的表情，面对任何长辈关切的问询，他都不温不火说“没啥感觉”。林志雄知道潇湘的性格，他心里装不住事情，说实在的，他其实还是个快乐、直率、精力旺盛的大男孩。但他希望儿子再多和那个女孩相处，兴许熟悉一些会擦出火花。但林墨染坚决反对父亲的想法，这对同父异母的兄弟平时并不很亲热，性格、志趣、爱好大相径庭。用林志雄的话来说，潇湘是个现实主义者，染儿则是个彻头彻尾的理想主义者。染儿一直埋头读书，又在国外待了几年，对潮汕社会和岭南文化缺乏了解。他理想高远，容易情绪化，但聪明，敏锐，表面张扬和富于个性，但骨子里是个彻头彻尾对人对事谦恭、低调的人。他具备读书人较真、直入本质的禀赋，心思单纯，坦诚，但往往显得不切实际和好高骛远。

阿松在和潇湘非正式地沟通过后，提出了他的判断：潇湘喜欢性格明亮、花枝招展的辣妹，对那个大学毕业、戴着一副眼镜、斯文矜持的女孩找不到沟通话语，或者说，他感到无所适从。阿松笑着说："潇湘哥是狗见刺猬，无从下口！再说了，他阅人无数，品味高着呢。"

"那不叫品味，那叫重口味！"林志雄铁青着脸说。

阿松和染儿都大笑起来。

正月十二，林志雄和阿松驱车前往深圳罗湖口岸迎接梁氏一家，潇湘开着一辆别克商务车随行。梁氏一家在潮州故居祭祖和走访了几家远亲，游玩了开元寺、湘子桥和韩公祠等一些名胜古迹。正月十五吃过丰盛的早点，梁振华的舅舅梁鸣因为公务繁忙先行离开，一辆从省城开来的专车大清早就在那儿等候了。

梁鸣随着职位的升迁，已经是花城一颗冉冉上升的政坛明星。在政府官员中间，传言近些日子有来自京城的两位行事风格低调的官员专程赴穗考察梁鸣的政绩和操守，关于他不日进京高升的小道消息不胫而走。

林志雄经过两日来近距离的观察，感觉梁鸣并无异样。他谢绝地方官员的所有陪同和宴请，看上去平静，言辞谦和，似乎比往常更加谨小慎微，目光里依然是那种模棱两可、虚无缥缈和难以捉摸的味道。林志雄是聪明人，对地方大员试图通过他的渠道打探高层动向、人事变动以及政策导向的花言巧语不为所动，婉言搪塞。他只管做好私人接待的所有细节，也帮助梁鸣阻挡花样百出的滋扰和应酬。这让梁家的祭祖、省亲活动单纯、简朴、不事张扬。梁鸣对他也颇为信赖，从旅途中衣食住行、吃喝拉撒的细微安排中可以看出一个人严丝合缝的执行力和不露痕迹的洞察力以及处世哲学。何况，林志雄在与梁鸣的相处中，自始至终对政客们挖空心思试图窥悉的政坛内幕、动态，甚至政要的八卦趣闻等绝口不提，在日常接待中保持了两个成年男人舒适的距离、理解和尊重。

林志雄知道，任何一个成功的男人都有自己一套在复杂局势中辨析问题、拿捏分寸、做出选择的独门秘籍，他们从芸芸众生中脱颖而出不仅靠自身的勤奋努力、人脉关系、机缘巧合，更重要的是缘于自己的眼界、胸怀、旁人不及的韬略和抽丝剥茧的冷静研判。理性，唯有理性是判断一个人成熟与否、浅薄或深刻的唯一尺度。那些感情用事、缺乏耐心、没有独立决断、人云亦云的人，大都在“羊群效应”中浑浑噩噩度过一生。他们埋怨命运、埋怨他人、埋怨环境，终生潦倒，愚蠢、短视又自作聪明，鸢飞戾天又急于求成，自身伤痕累累，屡屡重蹈覆辙又不懂反思，因果循环又伤害亲人再祸及子女。命运就是如此残酷，它绝不会因为你曾经的苦难而就此给予补偿或大发慈悲。生活在底层哀哀无告者即使偶尔浮出水面得以短暂地喘息，但又在旋即而至的下一个浪头中奋力挣扎、勉力求生。历史总是惊人地一再重演，能够从水深火热的泥沼中挣脱上岸者寥寥无几，而这些凤毛麟角的幸运儿大都是绝境求生的亡命之徒，靠了胆大妄为、不择手段、孤注一掷的冒险和机缘巧合功成名就，铸造辉煌。而更多的人则任凭命运主宰，起起伏伏，了此一生……

送别梁鸣上路，潇湘驱车送身怀有孕的梁振华和她的先生返回香港。那个戴着银丝边眼镜、斯文有礼的年轻医生给梁家宗亲和林志雄留下了良好的印象。

林志雄陪同梁氏父女回到祖安村的时候，时间已经接近下午三点。那时，镇子上热闹的迎神赛会早已开始。

祠堂外的广场上锣鼓喧天，人山人海。车辆已经无法通行，林志雄下车陪着客人兴致勃勃地加入观礼的人群。

游神队伍在大锣鼓乐队带领下进入镇子主街。紧跟锣鼓队的是两列身穿节日鲜艳服装的青年男女，脸蛋描了浓墨重彩的潮剧脸谱，抬着华丽的各式标旗。旗面绣着美轮美奂、生动活泼的龙、麒麟、凤凰等一些神话传说中的瑞兽图案，令人眼花缭乱的刺绣工艺全都出自大名鼎鼎的潮绣世家之手，而今精通勾金描银刺绣秘籍的老绣工已是凤毛麟角，而且大都是老眼昏花、力不从心的老人。均伯曾告诉林志雄，这些宝贝是上几代人留下来的一笔财富，耗时费工、精工巧作的潮绣艺术品已经不可复制，再难寻觅。仅仅就是精细的刺绣金线的制作，熟练的老师傅都要花上三个月以上的工夫去熔炼金水、用心打磨，然后抽丝剥茧一样完成特定工艺要求的一盘金线，何况是一针一线旷日持久地绣制一面锦绣大旗。标旗队伍后面是盛装游行的戏剧人物：凶神恶煞的钟馗、红脸关公、黑脸包公、威风凛凛的杨家将、身姿婀娜的嫦娥、装扮怪异搔首弄姿的媒婆、闪展腾挪的悟空、喜庆率真的八戒、脖颈挂着大念珠的沙僧、骑在白龙马上相貌堂堂的玄奘等。接着出场的是坐在轿子上的各路神仙，由仪态万方的妈祖神像领衔，后面的每顶轿子依次坐着送子观音、财神、药神、龙王、土地爷等所有与潮汕人日常劳动、生活休戚与共的神灵。潮汕人把这些神灵统称为“老爷”。“老爷”队伍后面，是喜庆的英歌舞、采茶舞和风格彪悍的鳄鱼舞方阵。鳄鱼舞生动演绎了潮汕人祖先初到魔沼之地勇斗鳄鱼、蟒蚺的场景。

迎神活动的高潮在“抢神”环节。游神队伍挨家挨户去往商家、居民门前拜年祈福，所到之处，主人早已集中了全家精壮男丁前来“抢神”，男丁少的人家，也是广邀亲朋前来助阵，竭尽全力也要让“老爷”们在自家门前多滞留些时间。祖安人讲究多留老爷多得福，丁财两旺万事兴。所以，抬轿的壮汉挟持“老爷”往下一户人家去，前一户人家拼了命地截留，你争我夺，拉拽争抢、追逐嬉戏的场面激烈、刺激。常年有人出海的人家争抢妈祖神，渴望生仔的妇女争抢观音娘娘，家中老人或幼儿多病者争抢药王爷。而备受青睐的财神则是家家户户追逐的焦点，一时间，拉锯争夺呈白热化，全家总动员，店主和雇员齐上阵，角逐场面人仰马翻，财神轿子东倒西歪。奋力争夺的环节，寓意着潮汕人财富的来之不易和珍稀资源在竞争、获取过程中奋力角逐的历程。就见平日里斯斯文文的郎中、先生赤膊上阵，娇羞腼腆的小媳妇在拉锯战中全力争夺，四脚朝天跌倒也全然不顾。围观者哄笑呐喊，锣鼓家什敲出声威震天的架势。

广泛流传于潮汕地区的“迎老爷”活动基本包含四个阶段。一、祭奠、请神环节：追思故人，祈祷神灵。二、游神环节：神仙出游，吉庆赐福，民间歌舞表演。三、抢神环节：纳运争福，祛厄搏旺，祈愿神顾。四、夜场花絮：焰火表演，潮剧演出，夜市民间手工艺品和地域农家特产展销活动。从正月十五日开始，活动持续六天。平日里安静祥和的祖安村摇身一变，迎神赛会俨然演变成了一个集宗教盛典、民俗展演、展示宗族经济和文化实力的集合体和社交场，祖安人家烹饪美食，盛宴宾朋，男女结缘、约会，邻里消弭纠葛、矛盾，在一团和气的节日气氛中开启又一个轮回。

接近晚饭时候，林志雄一行人回到家中。

屋里屋外满是林家的亲友。

在厨房门口帮厨的女人中，有一个身材高挑、体态婀娜的姑娘引起了阿松的注意。她扎着干练、粗大的马尾长发，白皙、漂亮的脸庞透着自然的胭脂红，长着岭南人少见的挺直、小巧的鼻子，浓密卷曲的长睫毛下面是一双顾盼生辉的大眼睛，琥珀色的瞳孔呈现异样的风采，满含少女的娇羞。平日里很少进厨房的墨染总时不时挤进女人堆里和那女孩说话。阿松以为她是染儿的女同学，没有在意。但那女孩实在生得俊俏，不施粉黛，却摇曳生姿，顾盼生辉。

林志雄也注意到了那个模样出众的姑娘。他猜测，这应该是前两天王木匠为阿松遴选的女孩，为了不让小女孩事先知晓相亲的事产生心理负担，大人们商议，用游神赛会观礼嘉宾的名义，林志雄委托王木匠邀请了她的父母和她一起过来做客。这样，女孩和她的母亲应邀前来帮厨宴宾。

女孩的父母出于自家姿娘仔没有见过大世面、年纪尚小的考量，同意了这个巧妙的安排。

她名叫香儿，今年刚满十七岁，读完初中已经在家帮助父亲出香一年多时间。父亲姓蒲，是远近闻名的制作沉香的世家好手。靠着这门独特的祖传手艺，出自其家的名贵沉香，是岭南、香港和东南亚一带痴迷香道的鸿儒巨贾、政坛显贵竞相追逐的文房珍品。青烟袅袅，迷人的熏香洋溢在富贵人家的书房、厅堂，赏香者飘飘欲仙，感受香道中那宛如清风抚弄林梢、鸟鸣穿越幽谷、蜂巢在枝杈间暗送蜜香的境界和韵味。然而，常年辛苦穿行密林的采香人却回报微薄，终年忙碌，所获寥寥，也仅仅是全家人勉强维持温饱而已。价值连城的沉香就如黄金、珠宝一样，装点了富贵人家的生活，而挥汗如雨的淘金客、命途多舛的采玉人大都一生窘困，与珍馐美味、荣华富贵扯不上关系。

蒲师傅名叫蒲怀仁，是个皮肤白皙、瘦劲精干的中年人。因为常年独自翻山越岭寻找白木香树，形成了沉默少语、坚韧内敛的性格。在祖安当地，蒲家是孤姓小户，势单力薄，没有宗族荫蔽，因而与大姓旺族相处显得谨慎低调。蒲氏祖上自明朝初期从福建泉州南迁粤东北，原是泉州豪门显贵。追溯蒲氏先祖，其为唐朝盛世来自西域的波斯人，世居长安经商为业。后来经历“安史之乱”的战火冲击，宋时南迁，在海上丝绸之路兴旺的泉州港僻居并发展壮大。至南宋晚期，靠海上丝绸之路与阿拉伯半岛的商贸往来，蒲氏一族已是富甲一方的豪绅。波斯人在闽地经数代与旺族的通婚、繁衍，族人完成本土化再造，身份和地位得以巩固。据考证，蒲姓来源于波斯“卜”姓，是“伊卜拉辛”在大唐时期的简称。在融入东方文化的历程中，“卜”姓按照汉族的命名习惯和姓氏方式，衍化而为“蒲”姓。及至南宋末，蒲氏依仗执掌泉州市舶司的权力资源，完全垄断港口的海外贸易。宋理宗平定海盗倭寇的海战中，当时蒲氏掌门人蒲庚寿出于海洋贸易安全的考量，选择与朝廷合作，广修战船，一举荡平海上来犯之敌。蒲庚寿获得封官晋爵，从此雄霸一方。至蒙古鞑靼铁蹄南下，大宋王朝风雨飘摇之时，蒲氏望族选择袖手旁观，拒绝出手扶大厦于将倾。同时对南宋逃亡将军张世杰下令“征招蒲氏海船以迎敌”的政策坚决抵制，殊死相搏。宋军战败，南宋皇室被杀者不计其数。老臣陆秀夫被迫携年幼皇子南逃广东，后来葬身崖山海战。蒲氏选择了与新主鞑靼人合作，再次升官发财。不想元朝不足百年而倾覆，大明兴起。明太祖朱元璋追究蒲氏卖国求荣，置中原汉人于异族奴役之下之罪，诏令天下“禁蒲姓者不得读书入仕”。数载，明太祖扫荡海寇，打算借助蒲氏商船力量，遭到蒲氏族人力拒。朝廷再次下诏：“令此蒲氏男性世代为奴，女性世代为娼。列全域三大‘贱民’之首。”曾经在泉、漳两州世代显赫的蒲氏族人受到株连，四散逃亡，隐姓埋名，沦落异乡苟且偷生。

林志雄在询问王木匠之后证实了他的预判。到这时，他不得不巧妙提醒像只绿头苍蝇一样围着香儿打转的墨染。阿松在得知王木匠的意图后简直像是变了一个人，兴奋之情溢于言表。他突然间就变成了一个紧张而缩手缩脚的笨男孩，往日潇洒、沉着、处理事情有板有眼的成熟风度顷刻间灰飞烟灭。在天真、稚气、无拘无束的美少女面前，阿松彻彻底底沦陷了。连林志雄都诧异这女孩强大的魅力。

“她是个少见的美姿娘！但你放松才好。见过优秀的猎人吗？平心静气，胸有成竹。嗯？”林志雄提醒阿松，用手挠阿松的胳肢窝。

“她一下子就进到我这里来了。戳得我的心尖儿怦怦直跳。”阿松指指他的心脏部位，羞涩地说，还用眼睛余光瞟一眼那女孩漂亮的背影。

林志雄陪着宾客开始用餐的时候，阿松显然放松了一些。他开始在厨房和餐厅之间频繁穿梭往来，为客人们上菜、斟酒。潇湘、陈颂先和染儿他们年轻人坐满一桌，说说笑笑。但林志雄留意到，染儿似乎情绪低落，闷闷不乐。

筵席上，王木匠把香儿的父亲隆重介绍给香港的客人，说他是潮汕地区仅存的制香艺人，一场“文化大革命”革了文化的命，很多祖传的手工艺和传统文化被毁得乱七八糟，连根拔掉。现世年轻人知晓“香道文化”者凤毛麟角。但沉香是个好东西，白木香树百年结香，经历风雨雷电、病噬虫蛀，伤口溃烂处分泌汁液，结痂成香。历经岁月淬炼，白木香树虽然疾病缠身，但老而不死。在地震、洪水、山体垮塌中埋入地下，经历水蚀、土侵，树身腐朽，而沉香经过土地、流水长年累月的窖藏醇化，完好保留了下来。药王的医典记载，沉香安神、正气、散瘀，香薰治疗是有效应对失眠头痛、肺气郁结、化肿止滞的灵丹妙药。

梁振华的外公听得用心，红鼻头上渗出细微的汗珠。他频频点头称赞：“在香港和南洋一带，顶级沉香是稀缺资源，只有小部分高端人群玩赏。阿雄，”老人对林志雄说，“请神仙不如遇神仙，我在此敬蒲先生一杯酒！我们家需要货真价实的沉香，女儿睡眠一直不好。今后，我家就是您沉香产品的忠实用户。谢谢您啦！”

老人向蒲师傅敬酒。林志雄一直盼着一个机会酬谢梁家，就此机缘巧合，了却一桩心愿。

“我办事，您放心！这事包在我身上。”林志雄赶紧回应。

蒲先生起身，举杯齐眉，躬身回礼，浅浅地笑。他是个斯文有礼的人，饮酒时用一只手遮在酒杯前面一饮而尽。他这一拘泥于古礼的举动赢得了见多识广的老人的夸奖。

“我这次带来一块沉香老料，是送给林家老人的年礼。餐后歇息，不妨燃香品味。”蒲先生在落座前恭恭敬敬地说，声调不高，身板挺直。

王木匠是玩红木、品香道的行家，一听此言，就即刻附和道：“好啊！好啊！这下可有福享受喽……”

餐后，男宾们在林志雄带领下，上二楼茶室，众人坐下等待饮茶，开始期待采香行家、玩香达人的引领，徜徉沉香世界高妙深邃的境界。

香儿在厨间简单吃了口饭，准备和妇女们清洗碗筷，收拾餐厅和厨房卫生，被乐呵呵的林母给轰了出来：“好啦、好啦，这下厨房的活儿不用姿娘仔操心啦。阿松！阿松过来！”老婆婆高声呼叫孙子，“去吧，带香儿出去玩吧。街上迎老爷那么热闹，把个美姿娘圈在厨房怎么行？”

香儿的妈妈把身子探出厨房门口，鼓励女儿出门：“去吧，有你松哥陪着，不用担心人生地疏。”身材修长的香儿羞答答和阿松出了大门。

雄哥冲泡第三遍滚水的时候，蒲师傅小心翼翼地打开他随身携带的一个油布包裹，揭开一层又一层黄草纸，一块类似于炸制过的猪响皮一样的东西露了出来，那个样子并不规则、深褐色、表面凹凸不平，看模样足足有一个大开本时尚杂志的大小，上面隐约可见红色泥土的痕迹。

蒲先生说：“这是一块少见的海沉。”他停顿了一下，动作轻巧地把那块东西捧起来，接着说，“海沉是行道上说的产自海岛的沉香。我幸运在汕尾海域的一处荒岛上寻到它，它的树根在岸边岩石上扎得很深，没有被海浪卷走实属幸运。这块沉香可以和世上鼎鼎大名的印尼加里曼丹岛沉香媲美，广府人崇尚的奶香，行业里称为女儿香，它具备；若即若离、甜丝丝的蜜香它有；沁人心脾、安神正气的药香它有……”

他从整张沉香上剪下牙签大小的一小根。“试试吧。”他两指捏着那根细棍儿，点上火，迅速吹熄火苗。一丝青烟在茶室里袅袅飘散开来，屋子里瞬间弥漫着一股舒适、安稳、幽香宜人的味道，香味里弥漫着青春期少女的体香味，似有似无裹挟花粉味道的蜜香，纯正、提气的草药香味。林志雄首次接触沉香，餐后饮一杯好茶，和着室内不可名状的诱人香气，不得不说，这是人生难得的享受。

从那以后，赏香成为了林志雄继饮茶之后始终无法割舍的痼习，两样嗜好终其一生，如阳光、雨露、衣食、思索一般须臾不离。

第七章

野蛮生长的时代

花城又称羊城。关于“五羊衔谷”的传说在岭南大地广为人知，流传久远。说的是古时候岭南之地连年降雨，田垄寮舍一片洪泽。持续的洪涝导致饥民流离失所，饿殍遍野。一日雨歇，南海的天空突然仙乐渺渺，云端之上，五位仙人乘五色羊款款而下，那天宫之羊毛色绚丽如雨后彩虹，模样乖巧可爱，目光慈祥温婉如若湖水。它们口衔稻穗，徐徐降落在越秀山山巅。五位仙人轻摇羽扇驱赶浸泡岭南大地的洪水，把金色稻穗馈赠百越先民，教导他们勤恳稼穑，广种田地。且祝福：“愿此阁阓永无饥荒！”言毕，乘祥云而去，留下五色羊于人间。五色羊遂化而为石，自此永驻人间。后人为纪念“五羊衔谷，造福桑梓”这一神迹，在仙人乘云而去的越秀山用花岗岩雕刻了五羊石像耸立山巅。时至今日，越秀山上巍峨矗立的五羊雕塑依然是羊城百姓心中吉祥安康的守护神，也是外来游客拍照纪念的一处胜景。

横亘北回归线上的岭南地区，主要栖息着广府、潮汕、客家三大民系，此外还居住着文化习俗独特的海陆丰民系和濒临海南岛的雷州民系。早年间，汉人与瑶、壮、畲、疍、狸、獠等百越民族杂然而居，在林密水广、降雨充沛的富饶之地繁衍生息。广府民系占据珠江三角洲流域和粤西、粤北一些农业耕作条件优渥的平原地区，他们是最早秦军南征的兵勇与土著百越人融合的产物。后来因为中原连年战火，一些士人望族及流离失所的北方汉人陆续越过长江，选择从楚、湘一带迁徙南下，通过韶关南雄珠玑巷休整，再沿着南岭官道南下进入气候湿润、物产丰茂的岭南腹地扎根。这就是史称的“衣冠南渡”。广府人所使用的粤语，是秦汉时期黄河流域古中原语系与百越俚语的混杂体。潮汕民系最早来自中原河洛地区，要晚于广府汉人南下的历史，有据可考的首次迁徙可以上溯到东晋末年“五胡乱华”的战乱岁月。逃离战火的河洛地区汉人向东南逃亡，从吴地进入闽南定居。后来历经几度王朝推倒重来的争斗游戏，河洛汉人于隋末、宋末与草原民族的连绵战火间再度举家流亡、迁徙，在粤东临海地区落脚生存，形成血缘稳定、民俗独特的潮汕民系。他们使用的深奥潮汕语是隋、唐时期的中原古汉语与闽越方言的杂糅体。而中原汉语在此后漫长王朝更迭过程中发展、演变，不断融入北方游牧民族的语音和语汇，脱胎于母体的潮汕语却随着岁月流逝成为了完全封闭、原汁原味的古汉语化石，迥异于日新月异、面目全非的原乡话，两者的沟通在经历时光洗礼、剥蚀之后形成了巨大的语言鸿沟，鸡同鸭讲，各有路数。客家人的南迁也大抵在这一时期或者稍晚，已有的大量文献证实客家人在历史上曾有过五次大规模南迁，但进入岭南的时间要晚一些，待到这支民系越过南岭的时候，南越大地上农业耕种条件优渥的平原和商贸重镇已经被先来者占据，客家人选择在山区垦殖繁衍，逐步向富裕的腹地和城镇渗透。在与先来者争夺土地、水利资源的过程中，客家人曾付出不屈不挠的努力，史志记载了历史上多次规模空前的“客土大械斗”事件，向人诉说了勤劳、倔强、心有不甘的后来者围庐建屋，与山贼、流匪、广府人、潮汕人旷日持久的生存竞争与融合纠葛的故事。

至今街头巷尾还流传着识别三大民系特征的段子：“广府人捉筷，潮汕人尚茶，客家人崇书。”说的是广府人沉湎享乐，喜好美食；潮汕人嗜茶，沉溺茶饮；客家人推崇耕读，喜好功名。

作为南方贸易重镇，有文献记载的广州港对外商贸的历史始于明朝。其实，来自民间自发的商贸往来应该更早，理性推测应该不晚于汉武帝统一南越国之后。战火导致的移民迁徙路径在和平时代成为回溯通商的商道，开始了最古老的民间物资往来，逐渐形成稳定成熟的陆上贸易通道。海上贸易大约起源于渔民的偶然际遇：远海捕捞的木船因台风裹挟，误打误撞，掀开海外世界的一角，自此开启了近海贸易与南洋探险的早期尝试。只是地处遥远南蛮边陲的海洋通商探索不在傲慢封闭的内陆帝王的官方叙事中罢了。花城真正作为饮誉世界贸易大港的时期，还要追溯到大航海时代。葡萄牙环球航行的一支船队沿着达·伽马探险的航道打开了通往东方的财富之门。1553 年七八月间，葡萄牙商船进入澳门近海，他们借口“舟触风浪，水湿贡物”，请求守卫在那里的海防官员放他们进入澳门岛“晾晒”货物。不知是借口还是阴谋，那些天，伶仃洋风急浪高，洋面咆哮声一片。葡萄牙人花五百两白银贿赂岛上官员，得到默许临时上岸歇脚，补充给养。西洋人自此登堂入室，就地变卖货物，安营扎寨。他们学会乖巧地与官员周旋，和颜悦色地与土著商贩讨价还价，流连在乌瓦窄巷体察民风。不到一年时间，洋人们携家带口，混杂在当地人中间扎下根来。他们学习土著的烹饪技巧，学会饮茶和坐在屋檐下神态安闲地摇蒲扇。后来，更多葡萄牙人陆陆续续前来投亲靠友，他们开始在小岛杂树丛生的空地修房筑屋。孩子们多了，他们修起了只有自己子弟才能就读的学校。身着长袍的传教士来了，再后来就在山坡上盖起尖顶直刺苍穹的教堂。时而温文尔雅、时而粗鲁暴戾的异种人像野草一样疯长，他们看上去人畜无害，但随着人多势众，他们有了自己严格的圈子，葡萄牙人拥有了自己的白栅栏洋房社区、学校、教堂，也带来了来自地中海地区的古怪饮食。在中国人的认知世界里，自家住房和耕地神圣不可侵犯，官家的土地自有官家操心。无人开垦的荒山野岛是远在京城的皇上老儿操心的事，栖民自然无人稀罕。但外来者肆无忌惮的扩张还是引起低层官员的不满，葡萄牙人未雨绸缪，一不做二不休，在地势险要的岛礁上筑起了白色的炮台，安装了三门硕大粗壮的火炮。在接下来的两百多年时间里，虽然洋人与当地居民、商客、官府偶有摩擦，但大都在可控的范围内。葡萄牙人也算收敛和隐忍，愿意缴纳每年五百两银子的土地使用租金和高额的关税。只要贸易差价有利可图，他们还是攒够满满一船的货物，然后在季风适宜的天气扬帆远航，把新奇的中国商品运往地中海沿岸自己的家乡赚取利润，然后又把满船的西洋货物运抵澳门卖给中国商贩。他们一年做一次远洋航行，航程历时半年，三五只商船结伴同行，以应对红海猖獗肆虐的海盗。风尘仆仆的水手驾船进入伶仃洋，一挨码头，紧锣密鼓卸货收款，就吹着口哨奔向岸边等候的亲人。拥抱，亲吻，牵着孩子，欢天喜地地推开澳门岛上自己家的木栅栏，把满满一布袋金币咚隆一声扔在地板上。他们集中居住在澳门岛大约两平方公里的区域，只是澳门岛一小部分面积。吃饱喝足，蒙头大睡。养足了精神，洗去远洋疲惫，然后学着本地人的样子趿着木屐，“叮咣叮咣”去往葡萄牙人聚会的小酒馆，同那些际遇相同的人谈天说地，开怀大笑。说实话，多年的东方生活，他们已经完全融入这个炎热、喧闹的小岛，每次远航回到自己日渐陌生的祖国、家乡，这些航海人都找不到只有澳门岛才能给予的亲情、友情和说上三天三夜也说不完的历险故事——那些光怪陆离的异邦文化、异域风情、海洋历险和艰苦卓绝的财富故事既让冒险家着迷，也让他们唏嘘感叹和心惊肉跳。经历了两个多世纪的东方贸易和异域生活，从当初的三五只木船试探性交易到后来蒸汽轮机轰鸣、成编队的铁甲船云集伶仃洋，高鼻梁的洋人发现，冷漠、机警、疑虑重重的岛民其实纯朴、保守、心地和善。他们逐渐积累了一整套与官府、商人以及本地渔民、村夫打交道的诀窍，时而谦恭，时而势利，时而通情达理，时而凶神恶煞。传教士把他们的上帝带到这块穷乡僻壤，他们的学校也开始接纳当地一些富商子弟进校学习葡萄牙文，教会学堂也收纳流落街头的孤儿教育开化。等到内河港口更大的贸易中枢广州港开放海运贸易的时候，葡萄牙人捷足先登，葡语就成了当时东西方贸易中唯一通用的国际语言。荷兰人、西班牙人、英国人、瑞典人等，他们的商船在与广州最初的贸易中大都通过澳门码头停泊，通过熟悉葡语的中国买办和能操一口流利葡语的引水员驾小舟领航。这样，体型庞大、吃水深容易深陷河床淤泥的远洋船舶才能顺利沿着珠江主河道逆流而上，到达指定的外来船只停泊"锚地"——黄埔港。

美国人范岱克博士的著作详细描述了当时广州港盛况空前的贸易景象：雄伟壮丽的"粤海关"大楼和前来报关、验资的西洋人、拉丁人、斯拉夫人和波斯人以及穿丝绸长衫、脑后拖着长辫子的中国买办、翻译；紧邻天字码头的沙面租界有洋人开设的银行、商馆，有与众不同的天主教堂和熙来攘往的洋人家眷；管理水务商贸的官员乘坐雕梁画栋的龙船顺流而下前往黄埔"锚地"审批外籍商船资格准入，风和日丽的早上，波光粼粼的江面上大大小小的舢板夹道欢迎，外商代表、买办和翻译乘坐的小舟鱼贯跟随，引水员成群结队驾小船殿后而行；官船抵达"锚地"水域，但见外籍商船万炮齐鸣，铜管乐器演奏的西洋迎宾曲嘹亮悦耳，洋水手在商船上攀爬绳索，在空中像猴子一样翻滚掼荡，或者爬上高高的船桅在高空闪展腾挪，如杂耍般做出惊险动作助兴。那是广州对外贸易的黄金时期，是庞大的大清帝国唯一的对外通商口岸。商船云集，长相怪异、牛高马大的外籍商贾多如过江之鲫。每年上缴紫禁城的关税银两源源不断，数额惊人。两广总督借此博取政绩，借手中通商特权，中饱私囊，腰缠万贯。

后来，日益猖獗的鸦片贸易让人性堕落、消沉，世风萎靡淫旖。1840 年，中英"鸦片战争"爆发，清王朝战败，被迫签署《南京条约》，香港落入英国人之手，再后来澳门沦为葡人接管。此后一百多年，中国闭关自守，关起大门内斗、互耗，直到日本人趁火打劫，战火从北方的松花江一路燃烧到珠江河畔。昔日繁荣的广州港铅华褪尽，在贫困潦倒中一蹶不振。而当年的小渔村和小码头香港迅速崛起，成为东方最繁盛的自由港，而澳门则成长为金碧辉煌、歌舞升平的旅游娱乐之都。从云端之上俯瞰太平洋西岸大国，翻阅其厚重历史，苦难与厄运交替上演。无数强人曾攀上权力之巅，罔顾黎民苍生，目光最终落在权力、金钱、江山社稷之上，从未就社会运行的游戏规则做出过系统探索和尝试。天下昏昏，岁岁枯荣；庙堂轮替，周而复始。睁开眼睛看天下，却一叶障目看不清自己。

流传广府粤语中的"咸湿佬"一词，是粤人对海边晒盐苦力的称呼。烈日如炙，海风咸腥，盐工在海田灌满海水，靠烈日的蒸发等待结晶的海盐，然后将晾晒干燥的盐粒装袋上船，运送到盐商批发仓库码放整齐。他们是千家万户每日生计不可缺少的食盐的生产源头，但从事晒盐作业的苦力终年劳作，所获甚微。那时候，盐业销售属官府垄断专卖，任何食盐私售都会被处以重刑。寄生在盐业买卖上的利益链多如海沙，盐税，盐船转运和押送，仓储，逐级批发，分销，苛捐杂税，行贿受贿，敲诈勒索，匪患抢掠，等等。盐工是海边所有营生中最低贱、最艰苦的职业。“咸湿”一词描绘了他们汗流浃背，体液结盐的劳作强度。后来，这一称谓被扩大了，泛指在码头、货场夜以继日出力流汗的扛工搬夫。广府人也称这些穷苦人“咕哩佬”。“咕哩”与粤语“苦力”一词读音相似，但有学者研究认为，该词从香港传入，是个外来词，是英语“coolie”的音译。Coolie 在英文中的意思是：苦力，廉价出卖劳动力的人。后来鸦片泛滥，烟馆林立，卖淫嫖娼充斥街头巷尾的时候，“咸湿佬”一词又用来调侃那些在窑姐儿床榻之上挥汗如雨的男人，进而扩大到那些整天不务正业、游手好闲、看见女人目光猥琐的混混以及乘人之危调戏、揩油妇女的行为。这一词语在车水马龙的花城发展出了另一个词语“咸猪手”，指的也是在人流拥挤场合要流氓，触摸女性隐私部位的行为。“咸湿女”最早特指大贸易时代泛舟珠江的疍家女，在西洋水手云集的黄埔港锚地，她们驾小舟兜售小百货、食品，也在狭窄的船舱向西洋鬼佬提供性服务换取银两。“咸湿”一词再后来进入十里洋场的洋泾浜地区，它主要描述纸醉金迷的法租界夜场舞台上穿着暴露、靠活色生香“大腿舞”吸引眼球的女郎。随着强烈音乐的节奏，在炫目的彩灯流转中，舞女搔首弄姿，扭动性感、诱人的大长腿，挑逗保守社会氛围中大胆妄为的冒险家。当地人把“大腿舞”与古老、驰名的金华火腿联系在了一起，大腿的刺激与火腿的咸湿、美味产生了奇怪的暧昧反应。后来，在十里洋场舞厅靠卖肉为生的女子，就被称作“咸湿女”。

其实，十里洋场大上海的最早发迹离不开广府商人的功劳。道光二十三年后，清廷被迫开放上海、宁波、福州、厦门作为通商口岸，疏于从事海外贸易的上海港，买办、掮客、通办、跟班、衙役等与洋货买卖直接关联的职业，超过三分之二来自岭南。就连李鸿章创办的上海招商局，98% 的买办商人都来自珠江三角洲。英国传教士晏玛太在《太平军纪事》一书中记载：“咸丰年间，有八万广东人在上海谋生。数字是否准确姑且勿论，但上海开埠之初，广东人手把手教会了上海人怎么做海外贸易生意，是大抵符合事实的。”

花城春早。细雨伴着潮湿、霉烂的植物气息和春日里暖烘烘的温情以及花儿在微风中摇曳时争奇斗艳的势头如期而至。初春时节，也是岭南魔障般纠缠不休、欲罢不能、令人沉沦的“回南天”频繁光顾的日子。旷日持久的阴雨天气，无处不在的湿气弥漫在空气中，悄无声息又固执冷酷地腐蚀男人坚硬如铁的外表和任何壮志凌云的英雄梦想，侵蚀戏曲红伶和深宅大院妙龄红颜的花容月貌，吞噬伛偻于巷、苟延残喘、往事深如面部褶皱的垂垂老人所剩不多的生命时光。街道湿漉漉的，室内墙壁上和铁皮文件柜上挂着水珠，瓷砖地板布满绵密、细薄的水露，行人走过，留下湿黑难看的脚印。空气沉重、阴郁，阳台檐下晾晒的衣物六七天时间了，还能一把攥出水来。连被窝也是冰凉返潮，散发着难闻的霉味。

林志雄正在为新大楼奠基仪式做着紧张筹备工作的时候，传来“湖南帮”与欧氏家族发生冲突并激烈火拼的消息。那时，湖南人在火车站一带经营地盘有一段时间了，他们干脆利索地铲除了对手，势力范围稳步扩张，已经在江湖闯出了名气。

新大楼的命名着实让他伤了一番脑筋，新派潮流人士主张取一个洋名字，叫什么“罗马大厦”“开罗广场”“加勒比黄金海岸”等，主张地域命名的专家广征博引列出来“南越王宫”“海珠蜃楼”“珠江钜星”“羊城琼楼”等看上去古老、诗意、有底蕴但大而不当的名称。专家论证会开了三轮，两派口沫横飞，什么市场调研、地产命名趋势研判、大数据分析、文化与核心竞争力、堪舆学与易经、命名学与运势等宏大、高深、卷帙浩繁、小题大做的阐述令人眼花缭乱、目不暇接。鼎鼎大名的文化学者、头发稀少的教授学者、响当当的地产品牌策划师，各色人等粉墨登场，把一件在林志雄看来的区区小事上升到专业学术会议或者经济学研究论坛的高度。后来，还是林志雄一锤定音，在他再次听取大楼设计者的思路后，正式提出：由三栋建筑组成的大楼，主楼拟定名“沉香大厦”，作为商业中心和高档红木家私、木雕工艺品、珠宝、箱包、名牌服饰、奢侈品购物中心定位。另外两栋，一栋作为高档饭店功能定位，名叫“潮人码头”，一语双关，既代表潮人潮味，又寓意潮流和先锋荟萃；另一建筑定位酒店和娱乐功能的就叫“忘川”。他的思路简短表述出来，赢得了满堂喝彩，那些此前在论战中面红耳赤的几方人马瞬间收声，立马调转船头开始追捧和论述这三个命名的文化意义和核心价值取向。

一天晚上，林志雄安排柚子单独出行，秘密前去打探“湖南仔”与欧氏家族发生冲突的情况。柚子开着他那辆黑色桑塔纳轿车在城里漫无边际地游荡，通过隐秘渠道大街小巷寻找“吃槟榔的人”。蹊跷的是，除了有西关店铺的伙计目睹两帮人在水产交易市场大打出手，动用棍棒、西瓜刀、自制的火枪现场打死一人这些消息之外，其他更有价值的信息收获寥寥。柚子在车站、码头往日“槟榔仔”出没的区域没有发现他们的踪迹。似乎一夜之间，“湘西王”的人在花城褶皱般密布的街巷销声匿迹了。整整一天的寻找，柚子把了解的情况反馈给林志雄：目前已经证实，那个持枪打死人的湖南仔已落入警察手中。林志雄从这些迹象判断事态的严重程度。夜深人静时候，他和柚子悄悄出街，通过公用电话和“湘西王”试图取得联系。林志雄一向谨慎，他对电话有着甚于一般人的提防和不信任，不到万不得已，他不会使用这一方便、快捷的联络通道。说来，此一严苛的家族戒律，源自梁鸣看上去不经意间的提示。梁鸣告诫他，重要的事情不能通过电话的方式传递讯息，除非你认为所谈的事情无关紧要，否则，所有的私密通信，都在监控的范围内。“要么简短！要么不使用它。”梁鸣的告诫就此生效。电话接通三次，一直没有人接听，这是“湘西王”鲜为人知的保密手机号码。第四次尝试，电话通了，一个陌生人说话，林志雄报了姓名，很快，电话那边传来王家槐的声音，简短交流几句，林志雄挂断电话。回到家，林志雄吩咐柚子准备动身，前往韶关。在湘粤交界的一个地方，“吃槟榔的人”躲在那里。“事态看上去难以收拾。你明天下午六点赶到韶关市湘粤大街友谊酒店对面的电话亭，他们有人来找你。见到他们，情况就会一清二楚。看来，白颈仔欧秃子不一般啦！”林志雄神情凝重地说。

柚子准备驱车离开的时候，一身运动装扮的林墨染回来了。他们打过招呼，林墨染扔下鼓鼓囊囊的运动挎包，一屁股坐在客厅的红木沙发上，长长地舒了一口气。他看上去累极了。近来，他迷上了西洋拳击，每天下午四五点，他都去往一家健身俱乐部参加拳击训练。而阿松则仍然保持着每天清晨去和固定的咏春拳名师练习传统功夫的习惯。林志雄提出让染儿与他柚叔同行，去往韶关长长见识，顺便也熟悉一下家族业务，但林墨染一口回绝，他甚至连韶关之行的目的是什么都未了解就拒绝了这样的安排。这让林志雄有些恼火。但碍于柚子的面，他没有强求。

柚子走后，林志雄想和染儿好好谈谈。

染儿看上去一脸没精打采的样子。林志雄觉得，儿子在法国待了几年，完成学业回国后父子之间并未充分交流过。春节后从潮汕老家回到花城，染儿一直赋闲在家无所事事。他有些变了，对待事物缺乏热情，也缺乏耐心，在餐桌上也很少与家人交流，有好几次因为一句玩笑或者无关紧要的小事，和阿松斗嘴顶牛，搞得阿松一脸尴尬和莫名其妙。

屋里就剩父子二人，林妻和林母已经睡了。新来的用人陈木莲已在厨房里为染儿准备晚餐。

“你回来三个多月了。下一步有什么打算？”林志雄问。

“我还没有理出个头绪。这是我自己的事，不用你操心。”染儿冷冷地回答，他在低头玩弄新买的手机。

“你要是打算在家族企业里面发展，我好提前给你物色适合的岗位，也好安排合适的人带一带你。”父亲克制住情绪。

“这个不用你管，我的事情我自有主张！”他的目光一刻也没有离开手机屏幕。

“你的意思是你翅膀硬了，看不上这个家族企业？”林志雄抬高声调。

“不。你老是误解我的表达。我的事业和未来规划是我的大事，和你的兴趣爱好、价值追求没有丝毫关联。不要把两个毫不搭界的事情扯在一起！”染儿显出了不耐烦，他看上去不想持续这场谈话，“对不起，我刚刚训练完，要冲凉换衣服。”他站起来，扭头准备回到自己房间。

“站住！混账东西。你说你的事情和家里没有关系？你的发展是你的私事？那么，你是谁的孩子？你上学的费用由谁支付？你现在没有工作和收入，你的吃穿用度谁在为你埋单？”林志雄大怒，把手中的茶杯恨恨地砸在地板上。

林墨染看上去有些吃惊。他可能认为父亲小题大做，并没有意识到他的回答里冷淡、顶撞的意味令父亲恼羞成怒。他站在通往二楼的楼梯上。“那你要我怎样？我不是三岁小孩了，我有我的考虑。在没有考虑成熟之前，我无法告诉你答案。”

“你的意思是我们不需要沟通，是吗？”

“不是。我需要时间适应眼下的生活，需要时间摸清一些情况再作出研判。”染儿语气柔和下来，毕竟，他是崇拜和信任父亲的，对家族生意和父亲流传于坊间的江湖传闻略知一二，虽然他对父亲从事的一些事情抱持否定的看法，但这个白手起家，在家族企业一言九鼎的人身上有他的过人之处和深孚众望的秘籍。只是，这个在法国留学一心学习珠宝首饰设计的年轻人似乎心高气傲，对家族生意毫无兴趣，一直仿佛置身事外。

林母和林妻听到瓷器的破裂声和林志雄激烈的吼叫声，从卧室出来查看。陈木莲在厨房和客厅之间来回走了好几趟。这个胆小怕事的女人总是为别人的争吵担惊受怕，诚惶诚恐。

林母嘟囔儿子袒护孙子的时候，林妻去了一趟厨房，看看晚饭准备的情况，一边安慰受惊的木莲。

父子之间简短的争吵平息。但争吵让林志雄打算培养染儿接班家族企业的想法开始动摇，原本有计划有节奏让他融入家族事务，渐渐渗透秘密领域的安排看来要搁置下来。

阿松凌晨一点多回到家。近来，他在工作之余一直在忙碌香儿的事情。香儿刚刚来到花城没几天，在王木匠的店铺上班。阿松要给香儿安排租住的地方，带她熟悉新的生活环境。这个一直在乡下小地方长大的女孩对车水马龙、眼花缭乱的大都市既新奇又无知，生活上对阿松充满依赖。但她乐观上进，正全力以赴跟着老员工练习茶艺和接待礼仪，还要熟悉那些稀奇古怪的名贵红木工艺品的名字。她穿了统一的工作制服，天青色的中式对襟上衣，下配民国情调的黑色短裙，看上去斯文、雅致、仪态万方。连店里面的其他女孩都惊讶这个初出茅庐的黄毛丫头的天生丽质：雪白、修长的美腿，脸上羞涩的红晕，怯生生、乌黑明亮的双眸。

阿松看到大伯独坐书房脸色阴沉地抽烟，看上去满腹心事、郁郁寡欢的样子。他脱下外套扔在沙发上，洗了手，走过来给大伯烧水冲茶。

“怎么啦？”阿松小声试探着问，试图从大伯紧锁的眉头判断答案。

一杯热茶饮过，林志雄长长地舒了一口气。他没有说染儿顶撞他的事，却直接谈了警察全城追捕“湖南帮”的事情和对事态的研判。

“要准备接手‘湘西王’留下的地盘吗？”

“不。对待朋友，永远不可以乘虚而入。在常住人口超过两千万的都市，有足够的空间让大家彼此容身和发展。我们林家存在的价值绝不在江湖浮名上，也不仅仅停留在街头打斗的胜负输赢上，我们最终要靠实业和堂堂正正的社会名望立足。江湖险恶，某些时候，我们需要一支既信任又能制衡对手的力量存在，并在特殊时候给出有力呼应。”林志雄说。他已经恢复了平静的心态，身体松弛地靠在沙发靠背上。

“你柚叔已经在去往韶关的路上。在湘粤边界，‘湘西王’的主要成员都撤到那个进退皆可、静观事态的安全区。我们就等他摸到第一手情况再作判断。”他说。

“嗯。”

“香儿那边的事安排妥当啦？”

“是的。暂时安排住下了。”

“她那边就让王木匠他们多操点心。你及时联系一下线人，跟踪案件的动向，盯住白颈仔。兵法上说，明修栈道，暗度陈仓。我们是时候出手，浑水摸鱼了。”他平心静气地说。

阿松平静地点头。

“机不可失。”他简短地分析了这个天赐良机。一方面，在与“湖南帮”火拼过后，欧秃子的实力并未伤筋动骨，现在“湖南帮”正被警察全城追捕，对手远走他乡暂避风头，欧秃子扬扬得意，摆平警方以后容易志得意满，放松警惕。另一方面，此时出手，一击而中，可以转移视线，瞒天过海。

三天后，柚子驱车风尘仆仆回到花城。但他随车带回一个人，让林志雄大吃一惊。

林志雄在电话中用潮汕话简短吩咐柚子直接把车子开到农场，“我和阿松随后就到！”他说。

入夜，山间农场异常安静。二楼的一间密室，林志雄见到了正被全城通缉的“湘西王”。他只身冒险返回风暴中心是因为发生了更加严重的情况：孙行者昨晚在东莞虎门一个村庄的出租屋落入警方之手。“湘西王”不带一个随从孤胆返回危机四伏的花城，目的就是试图寻求解救兄弟的一线希望。身材高大魁梧的王家槐戴着一顶长而卷曲的假发，鼻梁上架着一副宽边黑框眼镜，走在街头人流中，就是林志雄猛然一下子也认不出来。

其实，欧氏家族的生意涉足农副产品交易领域大约也就不到半年的时间。此前，欧秃子偶然从《南方都市报》全文刊载的一篇关于芳村一霸“崩牙仔”出庭受审的报道中读出玄机。长文详细挖掘了“崩牙仔”团伙发迹、壮大、操控芳村和花都两大水果批发市场，敛财、掘金、欺行霸市直至命案落网、出庭受审的详细经过。欧秃子感兴趣的是庭审现场提到的一串数字，“崩牙仔”每年从操控两个市场的果品批发业务中获利超过六千万元。“天呐！”欧秃子惊叫，他立即招来两个弟弟会商此事，这是天大的商机，“仅仅是水果业务一项就有这样诱人的回报，要是控制了蔬菜、水产、肉类所有农副产品领域，一年进项多少？你算算，不得了！天大的数字！”他对两个弟弟说，并使劲去揪正在为他们端茶递水的小忆的耳朵。茶水洒得小忆满手都是，欧秃子异常兴奋。小忆已经是欧秃子身边的红人有一段时间了，在欧秃子争雄客运市场、剪除最强劲竞争对手的较量中，小忆一马当先，冲锋陷阵，孤身一人深入虎穴，一把火就将在客运市场苦心孤诣经营十多年、大名鼎鼎的林氏家族逐出竞争行列。身材矮胖、从前尖嘴猴腮这几年身体急剧发福的欧氏掌门人不止一次在内部高层会议上表扬小忆。他说，市场是用拳头打出来的！在敢作敢为的小忆身上，他看到了自己年轻时候天不怕地不怕的影子。

说干就干，欧秃子是一个雷厉风行的人，只要有了想法，他就会千方百计付诸实施。“办法总比困难多”——这是欧秃子信奉的混世和成功秘籍。他的两个弟弟转天就出现在两个相距一百多里的交易市场，表面在交易区四处转悠，摸行情，背后笼络在市场周围活动的烂仔打探消息，很快，欧氏兄弟三人拼凑出隐藏在繁忙、热闹交易市场背后的那只隐秘的大手。欧秃子重金拉拢市场管理机构的关键人物，两个弟弟组织人马摸清楚“崩牙仔”落网后乘虚而入、立足未稳的“新手”的情况。

仅仅就是一夜间，他们顺风顺水，接收了新的业务：傍晚店铺快要打烊的时候，在交易区，欧秃子的人公开使用钢筋抽打负隅顽抗的新主，钢筋无声地抽打在那个大汉身上，冷酷的施暴者像在击打一扇沉甸甸的猪肉一样平心静气，有板有眼，毫无人性。飞溅的鲜血染红了店主避祸紧急拉下的铝合金卷帘门和墙壁。那人在血泊中挣扎，他的小喽啰们稍作抵抗就望风而逃。

小忆通过隐秘渠道把相关情况和下一步针对“湖南帮”海鲜市场的情报信息传递给林志雄。林志雄听完并没有表态。那时，他刚刚从“沉香大厦”的施工现场赶到农场。工程开工有几个星期了，千头万绪的事需要协调、衔接，他的一支来自家乡的能干、高效的施工队伍在那里夜以继日地干活。地产业务方面的负责人是一个精通建筑的技术型人才，他来自祖安林氏宗族，忠实可靠，沉默少语，是个管理工地、严把细节的执拗人，但他不善社交和人情往来。与多个部门的沟通，材料供应商的衔接，资金的调度，等等，都需要林志雄亲自去处理。他似乎陷入眼下的忙碌而无暇他顾。这两天，工地大型打桩机的牵引钢索断了，造价近六十万元的德国打桩机钻头卡在地下十多米深处的岩层缝隙里，阿松正在多方联系拥有独门绝技的“工程水鬼”。蛙人要顺着打桩管道下潜到泥浆黏稠、漆黑一片的井眼深处找到巨大、沉重的钻头，重新将钢缆牢牢拴在钻头连接孔上。这是一项危险的营生，潜水衣上挂满笨重的铁块，蛙人在泥浆黏稠的作业区下潜都要依靠这些配重才能沉下去，仿佛沉入深不可测的地狱黑洞。林志雄听闻过同行的工地出现过类似意外，工程蛙人在这条短短的危途上遭遇井下塌方，卡在某处，窒息而亡。林志雄因此也捏了一把汗。

接下来，欧氏家族在孙行者控制的海鲜市场试图复制水果市场的成功模式，遭到了孙行者和他的兄弟们冷冰冰的拒绝。

那时候，“湖南帮”耕植火车站紧俏票源的黄牛市场、地下赌庄和隐秘贼市已有好几年江湖履历了。到了九十年代中期的鼎盛时代，活跃在花城的“嚼槟榔的人”保守估计不下千人，内部因为争权夺利或者意见分歧出现了不同的派系。随着队伍的日渐壮大，已经正式确立“湘西王”名号的王家槐一手遮天，他的主干嫡系死死抓住三大板块业务毫不松懈。与此同时，帮派内部等级森严，一些后来加盟的年轻干将立功心切，急于争取赏识和重用，整天围在大哥身旁邀功请赏，或者经大哥授意，带领手下兄弟秘密执行绑架高利贷赌徒，恐吓、教训“变节者”的使命。新来者需要通过实战谋取表现和奠定在“湖南帮”中的地位。早期一起打拼的兄弟之中，除了“神偷圣手”泥鳅依然受到青睐，手上掌管着一支活跃于车站、码头、夜幕下商业街的扒窃队伍外，不求上进、外表张扬、喜欢招蜂引蝶的明仔和性格阴沉、不善言辞的小武逐渐淡出“湖南帮”的核心圈子。整日沉湎于赌博的聪儿曾是“湘西王”倚重的地下博彩业板块的掌门人，他谙熟赌博游戏规则，精通赌徒心理和见不得人的作弊技巧以及江湖上花样翻新的抽老千骗局。王家槐在该项业务开张初期看好聪儿的天赋和特长，全面倚赖他掌管、操控无业人员混迹、江湖歹人出没、鱼龙混杂、看上去乱哄哄其实内里章法井然的三处隐蔽赌窝。聪儿的角色定位应该是精明强干的管理者，突发事件的应急协调者，隐秘危险的洞察者，巨大金库忠实可靠的守卫者和守口如瓶的财富搬运工。但遗憾的是，他嗜赌如命，醉心赌桌前的刺激，迷恋烟雾弥漫、人声嘈杂、变幻莫测的赌场环境，对枯坐在安安静静办公室冷眼旁观、隔靴搔痒的职位感到厌倦和沉闷。这个喜欢热闹、刺激的赌场老手似乎对于晋升为幕后长官心不在焉，总是抵挡不住诱惑，满脸涨红、两眼放光、搓着双手出现在金额巨大的豪赌密室，坐庄操盘。对于他治下其他赌博场子出现的打架斗殴、管理混乱的情况置若罔闻。一年后，大哥再也无法认同这种乱象持续下去，王家槐怒发冲冠，径直褫夺了聪儿的一切职务。聪儿愤愤不平，但也仅仅是郁闷了半晌儿。没了羁绊的聪儿像出笼的小鸟，轻装上阵，流连在挥金如土的牌桌前，游走于天堂和地狱瞬息交替的赌博游戏。他的所有鬼精明、美好光阴和全部聪明才智都消耗在人声鼎沸、赌鬼云集的地下赌场，运气盈门的时候，日进斗金，酒色财气，莺歌燕舞；一败涂地的时候眼若枯井，行尸走肉，茕茕孑立。大部分时候，他四处赊账、举债度日。他终于堕落成了广府人口中说的那种不折不扣的“烂鬼”了。

性格阴沉的小武和穿着花里胡哨的明仔有天晚上来找孙行者，快言快语的明仔直截了当地提出让孙哥挑头，拉几个兄弟分家单干。一向沉稳、义气、严肃的孙行者大为吃惊。在“湖南帮”中身居二号人物，他收入丰厚，地位稳定。儿子聪明优秀，嘴巴伶俐的小女儿正上小学。按照孙行者的期望，儿子在湘西老家读中学，他勤学识礼，学业优秀。他希望儿子有一天去读大学，然后吃一碗平稳、体面、衣食无忧的政府饭。他尝尽了没有文化的底层粗人所经历的白眼、奔波和操劳。“人间炼狱都是专为苦命人准备的，你不想走父亲的老路，就发奋读书吧！”他告诫儿子。虽说近一段时间以来，他渐渐被“湘西王”闲置、撂荒，看上去显得清净寂寞。但本质上，他是个本分和容易满足的人，街头打打杀杀也是实出无奈。在日渐被边缘化的局势面前，他虽然有时郁闷，但总体来说，他安于现状。小武慢条斯理分析了三个方面的情况：一、大哥正在全力培植自己的嫡系，提防、削弱早期起家的兄弟；二、核心事务我们没有知情权和表决权，在团队中影响力正在淡化，长此以往，我们迟早会成为一块可有可无的抹布被人抛弃；三、每年收入是多少？我们无从知晓，虽然养这么多人开支不少，但我们有权知道最后剩余多少？它们去了哪里？

孙行者思考了一个礼拜，其间也去找过“湘西王”尝试谈一谈。没有人知道他们具体谈判和交流的情况。但他们表面上客客气气，双方都语焉不详，半遮半掩。翠儿做好了饭菜希望他们兄弟喝上一杯，再三挽留，但孙千里婉言谢绝，低头出门。出生入死的兄弟，有些话虽然没有挑破，但混迹江湖多年，彼此心知肚明，没有必要捅破最后一层窗户纸，连最起码的兄弟都没得做。孙行者这样想。

后来，孙行者正式拉小武和明仔入伙，在羽翼未丰的情况下一点一滴地蚕食珠江水产市场，经过半年多持续努力，算是在江湖上正式有了自己独立的地盘和营生。在控制水产交易环节取得实质性胜利之后，孙行者曾经以独立帮派舵主的身份正式拜访过林志雄。林志雄在恭贺孙行者的同时，也力劝他在名分上仍然留在“湘西王”旗下，作为在花城闯荡的外省人，表面团结、强大和统一的组织，其影响力和江湖地位可以令他事半功倍，信心倍增。这样，对外也维护了大哥的面子，是一个两全其美的选择。孙行者权衡利弊，同意了这个建议。林志雄伸出手与孙行者相握，感谢对方给自己玉成好事、化干戈为玉帛的机会。林志雄喜欢拘于古礼，在成全好事的时候高抬对方。他出面邀请王家槐过来，因分家拆伙而失和的兄弟坐下来，敞开胸襟，摒弃前嫌。“湘西王”认同了林志雄阐释“树大分枝，家大分户”的道理，他怀念一起在花城闯荡时结下的手足之情和危难时刻的生死相依，欣赏孙的敢作敢为和襟怀坦荡，更赞叹和感激雄哥的友情和远见卓识。兄弟交恶，暗中较劲，谁也不肯先行示弱或者俯身屈就：孙行者不会亮出底牌让大哥看出他走不出大本营荫庇的弱势，王家槐碍着大佬的体面也不会主动生拉硬拽寻求离心离德的创业兄弟在一条大船上消耗。雄哥撮合这场兄弟会是最佳人选，同时也是最佳时机。时机太早了，饭菜夹生；太晚了，结怨已深，饭菜已凉。但是，“湘西王”对于小武和明仔的背叛耿耿于怀，对于他们二人在这场兄弟失和的闹剧中扮演煽风点火的角色颇为恼火。湖南人握手言和离开后，林志雄因此对自己团队潜伏的危机引发一连串的思考和预判。人性的弱点是共通的，江湖风云莫测，内部任何细微的裂缝都会成为大堤溃坝的诱因或者系统性灾难的导火线。漫长历史中，混世魔王一旦功成名就无情剪除患难兄弟的故事一再上演，试图分享权力和荣耀的人死相难看，祸及九族。高度集权是家天下的需要，也是一手遮天者欲望膨胀的必然结果。厚重、喋血的历史其实反复阐释了这一简单的宿命。只是，身处迷局中的人无力自拔罢了。

欧氏家族希望轻取水产业务的图谋受阻后，也开始暗中调查外省人孙行者的底细和背景。白颈仔不会善罢甘休，在又一次街头打斗之后，他试图选择退而求其次，提出强势入股分享利益的解决方案。了解白颈仔的人都心知肚明，这只是阴险狠毒的蛇蝎之人一个巧妙的过渡办法，一旦允许其入场，最终的结局是他等不及站稳脚跟就会出其不意地反咬一口，恩将仇报。林志雄因此对孙行者发出严厉忠告。

小忆告诉林老板：一天黄昏，孙行者只身赴约，来到位于欧氏客运公司大楼顶层的董事长办公室。孙行者的突然赴约造成欧氏家族高层一阵慌乱，连混迹江湖多年的欧秃子都未预判到眼前出现的这个其貌不扬、穿着普通的中年汉子就是江湖上赫赫有名的冷血杀手孙千里。湖南人单枪匹马出现在董事长办公室门口，对拦住他的高大魁梧的保镖看都不看一眼。

“我找欧总。”孙行者平静地说。

“什么事？”保镖轻蔑地看着眼前的人问。

“不知道。是他捎话找我来的。”

“你是谁？”

“孙千里。”

欧秃子惊讶地看着出现在门口的中年人。

“请进！斟茶。”欧秃子从红木大班桌后面站起来。他很快镇定下来。

“我就是你捎信要约见的人。在下孙千里！”那中年男人不卑不亢地对欧秃子说。

小忆给那人倒茶的时候，那人正襟危坐在沙发上，面无表情地拒绝了。他也没有正眼看一眼随后走进房间的欧秃子的另一个保镖，独自掏出一盒“芙蓉王”牌香烟，自己点上吸了起来。“你们约我谈谈。说吧，什么事情？”他打走进房间起就目光空旷，一副目中无人的样子，此时正从鼻孔里喷出两股烟雾。

“哈，既然来了，就不要着急。也就是水产市场的事，区区一桩小事罢了。洒洒水！这样吧，下班时间也到了，我们找个饭店喝杯酒聊聊。你看怎样？”欧秃子的小眼睛在那人脸上扫来扫去，试图捕捉什么。

“喝酒？那是朋友之间的事。你！是上门夺食的棒客。”那人顿了一下，“我只是特地来告诉你一声，别打算从我手里分去一个子儿。”他用湖南口音的普通话说，声调并不高。

“扑街！索嗨！你以为你是谁？”欧秃子勃然大怒。

“想怎样？孙千里随时奉陪。告辞！”他说。站起来，往门口走。

欧秃子的两个保镖围拢过来。一个大个子保镖从身后用绣着花花绿绿纹身的有力的胳膊搂住孙行者的脖子，就在那一瞬间，这个在越南战场经历过炮火洗礼的老兵肘部用力后击，一躬身，轻巧的一个背摔，大个子从他肩头飞了出去，重重地摔倒在门口墙角那儿，撞得木门哐啷一声响。孙行者就势一个侧前翻，单膝跪地，一撩后衣襟，手中举着一把自制的短筒火枪，枪口对准欧秃子。

“别动！”他声调冰冷、严厉地说。

所有人都惊呆了。孙行者又把枪口对准摔倒在地的大个子，摆动枪管：“乖乖地滚过去，不然，我轰烂你的脑袋瓜！”他起身往外退，在门口那里，不慌不忙地收了枪，插进腰带，然后扬长而去。

小忆说，他当时就给吓尿了。欧秃子也明白遇到了硬茬。

他觊觎那个交易兴旺的水产市场为时已久，到了嘴边的美味不能入口，这让他焦虑、困惑、心烦意乱。隔三岔五，他派人去那儿骚扰生事，试图迫使外乡人妥协、退让。一天，在农产品交易市场湿漉漉的水产交易区，双方发生了迄今为止最大规模的一次械斗。两方参与混战的有百十来号人，棍棒、钢刀上阵，受伤者无数，孙行者的马仔在混战中一枪结果了欧秃子三弟的性命。

消息很快就传回“湖南帮”大本营，“湘西王”一筹莫展。孙行者的人马迫于人命案之后迅速转入地下，公开的场面已经见不到他们的身影。“湘西王”派人去寻孙行者的下落，打探情况，仅是见到衣着花哨的明仔，没有联系到销声匿迹的孙行者。“湘西王”打算静观其变。不出一个礼拜，“湘西王”的麾下有几个马仔失踪，很快，他们接到线报，警方一场大规模的针对“湖南帮”的扫黑行动正在秘密展开。迫于日趋紧张的风声和形势压力，“湖南帮”为了自保不得不整体转入地下，收紧招人耳目的赌场业务，在火车站广场兜售车票的黄牛也是提心吊胆，扒窃作案者偃旗息鼓，暂回老家躲避风头。孙行者的部下四散而逃，各自保命为上。

“湖南帮”大本营回撤到湘粤边界的第二天，蜗居在东莞虎门的孙行者被便衣警察抓获。“湘西王”马上意识到，一根看不见的绳索正在悄然套上他的脖颈并逐渐勒紧，他在恶声咒骂欧秃子的同时，也开始担心孙行者的结局，苦思冥想营救的可能和策略。“人在江湖漂，哪有不挨刀？事已至此，尽人事吧！”他自言自语。正在手里飞快用一支金属钩针编织毛质拖鞋的翠儿听到了，那女人正色说道：“那是你一起出道创业的兄弟！他救过你性命，你必须出手相助。否则，你在江湖上怎么立足？这帮兄弟又如何看待你？”

这样，王家槐出现在了农场。

王家槐说，他将在今夜去到黄埔港，住在一个可靠的、在码头从事船运装卸工作的老乡那里。那地方苦力、水手、闲杂人等众多，容易隐藏，警方现在搜捕的重点在“湖南帮”的老巢和他们此前经常活动的地盘，对北上的车站、码头盘查严密。黄埔港一方面有一群可靠的老乡照应和掩护，交通也较便利，可以从多条路径秘密约见关系人。万一有风吹草动，水、陆都可以逃遁。

“我将全力提供帮助。家槐兄，你眼下最需要我做什么？”林志雄说。

“湘西王”起身抱拳行礼：“感谢雄哥危难之时愿意出手相助。待我明日斡旋过后看看事情的走势。我王家槐也是仗义疏财之人，此前也让关系人饱尝厚礼。我前去试探、接洽，看看如何捞人。我知道雄哥人脉深厚，如果可能，帮兄弟打探一下警方上层的动态。其他事情我自会处理，绝不连累大哥。”

“千万小心！我已获知初步信息，这事出了人命，动用了火器。已列入警方大案要案侦办。”林志雄抱拳回礼。

是夜，柚子驱车把“湘西王”秘密送往黄埔港临江的一处破落小巷。大型船只的汽笛声从夜幕不远处传来，路灯昏暗，细雨漫天。王家槐佝偻着背，很快走向小巷的尽头，一拐弯，消失在夜色之中。

与此同时，在白云山，一支施工队在“沉香大厦”工程的间歇期开进了农场。大量施工机械一个上午就把农场二层小楼前的空场地挤得满满当当，兴建“白云居”别墅的工作就此展开。头戴黄色安全帽的民工在工地上忙碌，挖掘机和推土机突突突冒着黑烟，在荔枝林里来来往往，平整出一块一块隐蔽在密林中的山间平地。打桩机昼夜不停哐啷哐啷作响，两个星期不到的时间，一些粗大的钢筋混凝土柱子如雨后春笋般从地下冒了出来。

一天深夜，莫木的小黑狗在农场小楼前拼命地狂吠。狗叫声由远及近，听得出来，小黑在一边吠叫一边后退，一直退到农场两层小楼前的空场地那里。莫木手操一根武术棍在扁桃树下的阴影处观察等待，一个黑影走近。突然黑夜中传出舞动的木棍划过空气时发出的呼啸声，那黑影一惊。就在这一刹那，木棍的呼啸声戛然而止，棍子一头牢牢地顶在黑影的胸口。

“你是谁？干什么的？”莫木声调严厉、冷酷。

“是莫大哥吗？我是王家槐。”黑影答道，声音听上去有一丝惊慌。

一束刺眼的手电光射在黑影的脸上。小黑狗围在那人身旁又扑又叫。

“怎么是你？深更半夜的，我以为工地进来贼人了。”莫木的声调缓和下来，但仍然流露出狐疑。

“盘查很严！我一路东躲西藏，只有选择深夜来投雄哥。”那人说。

莫木低声呵斥小黑安静。这时，有农场的伙计起床，木门吱呀一声打开。“什么情况？”伙计手上操着一把铁铲站在黑门洞那儿。

“没事。睡吧！”莫木在黑暗中对伙计说。伙计在黑门洞那儿犹豫了一下子，似乎没有睡醒，打了一个呵欠，转身回屋，哐啷一声关上屋门。

他领着那人上到二楼，进入密室。这个蓬头垢面、形容枯槁、浑身散发着恶臭的大汉看上去样子落魄，裤管和皮鞋上到处都是红泥和污渍，随身携带的行李包早已不见踪影。莫木下楼，思考片刻，到厨房去给他找点吃的。王家槐简单洗了个澡，换上莫木为他准备的干净衣物。在吃甜糕的时候，他向莫木叙述了这些天发生的事情：“孙行者的案子因为人命和涉枪，已经成为全省引人瞩目的重案，想要在现阶段想办法捞出来，看来比登天还难。连他目前关押在哪里都探听不到消息。我已经为他物色了可靠的律师，但必须是直系亲属委托签字，律师才能代理这个案子。我得想法子赶回湘西老家，让孙行者的老婆出面会见律师。这当儿，风声走漏，前天夜里，‘条子’包围了我落脚的地方，借着老乡的掩护，我翻出围墙，仗着一身力气，冲破外面的伏击圈，一路狂奔经过码头的广场，一头扎进黑暗的珠江，侥幸逃脱。白天不敢在人多眼杂的地方露面，只有东躲西藏，走走停停。思来想去，还是雄哥这里可靠，这才赶到这儿来，向雄哥求助……”

莫木很少说话，听他讲完，只是碎声说：“眼下，当务之急是安全脱险。”

直到密室如豆的灯光隐没在黎明的晨光中。屋外，鸟鸣啾啾，回荡林区。工地隐没在密林的薄雾中，从那里，偶尔传来早起的建筑工搬动钢管的“哐哐”声。莫木起身下楼，给雄哥打电话。

半个来钟头，林志雄驾车急匆匆驶进农场。他提着一件行李包，径直上了二楼。

在简单的交谈过后，林志雄把行李包递给王家槐，“换上它。趁着一早人少，事不宜迟，我们走吧！”他说，“证件、路上的盘缠都在包里。还有一些食物和水。路上遇到盘查尽量少开口。”

王家槐换上崭新的竖条纹衬衣，脱下短了一截的睡裤，换上深色西裤和铮亮的黑皮鞋。雄哥看着他这身打扮，示意他戴上假发和眼镜。“嗯。很有型。像个艺术学院的先生！去，把胡子刮干净！”他接着说，“我下去发动车，你随后带好行李下来。”

不久，大个子拎着软壳包低头下楼，钻进汽车。“如有急事，联系阿松。我安排妥当那边的事就回来。”雄哥对莫木说。车子掉头，很快驶出白云山。

林志雄返回花城几天后，收到“湘西王”从他的家乡打来的简短电话报平安，他长长地舒了一口气。他回想起在祖安海边与王家槐挥手告别时的场景：他安排敖金亲自驾船出海，走水路隐秘护送正被严密盘查和通缉的王家槐安全离开粤东进入福建境内。两个上船护航的人都在海上业务中久经考验，忠实可靠。敖金手下的另一个兄弟已经提前出发，乘坐地面交通工具一早去往漳州港熟悉情况准备接应。接下来，那人将一路护送“湘西王”到达厦门，从那里，有每天发往湖南方向的长途巴士。为了确保万无一失，他们放弃了购票环节审查严格的铁路交通，选择了管理相对松懈的公路客运。“湘西王”登船之前，他们紧紧地拥抱，他看到“湘西王”眼中热泪打转。“路上小心。到家就报个平安，省得我担心！”雄哥拥抱时低声在他耳边说。

“湖南帮”的势力自此在花城式微，而水产市场表面看似恢复平静，但欧氏家族已在暗中运作，在市场杀戮余波未尽之时，欧秃子熟练地利用了商户的恐惧心理巧妙介入，使用胡萝卜加大棒策略很快得手。这样，大约三个月时间，欧秃子以一个同胞兄弟的殒命作为代价开始延续父亲的劏鱼生涯。他控制整个水产市场，只是手上从来没有一条鱼，浑身也没有父亲身上难闻的鱼腥味儿。

第八章

初生牛犊

沉香大厦是一个庞然大物。它从地面掘出的深坑里一点一点冒出头来，周围推土机、挖掘机、搅拌机昼夜不停地忙碌，蚂蚁般的建筑工人进进出出，悬臂吊装塔一截一截升高，那个躲在绿色围蔽网里的怪兽缓慢地长大，逐渐高出周围低矮的楼群。即使在雨季的时候，骤雨暂停的间歇，它也争分夺秒、势不可挡地往高处攀升。大约有两年的工夫，它已经长成了一个躲在帷幕后面的高高在上、凌驾珠江南岸的巨人了。

那时候，整个花城俨然就是一个大工地，城市的四面八方都有无数新开工的基建项目。它正在以令人难以置信的速度向外围扩张、裂变，撕开大口子的工地，泥水横流的坑道，隆隆的建筑机械作业声，锯木声，刺耳的金属和石材切割声，数不胜数、远远近近的挥舞手臂的塔吊，不断长高的脚手架，横冲直撞的渣土运输车。偌大的城市日夜不停地膨胀、延展，大大小小的工厂、商场、加工作坊、仓库飞速入驻，开业、开工、进货、出货，四通八达的道路上络绎不绝穿行着南腔北调的外省打工者。他们像匆忙的蚁群奔赴酷热难耐的工地、繁忙吵闹的工厂、恶臭简陋的作坊、餐馆后厨、兜售廉价百货的商铺。那是个开足马力改变贫穷的时代，希望背后藏着恶，突变背后是一些人的狂欢，却是另一些人的噩梦。羊圈是羊群的庇护所，却是牧羊人的财富基地，草料枯竭的时候羊群得忍饥挨饿，水草丰茂的时候释放羊群快速育肥。羊群最大的梦想是有吃有喝，牧羊人最大的梦想是吃肉喝酒。

这期间，阿松与香儿在祖安老家按照潮汕人的风俗和礼仪举办了一场郑重其事的订婚仪式。也是在那场订婚宴结束之后，林志雄讲起了在海边打鱼人中流传甚广的关于“鲎的故事”。那时，宾客都已散去，女人们黄昏时分在厨房里清洗餐具，依偎在乌溪之畔的院落安静了下来，像停泊在绿树花丛下的一艘漂亮游艇。

东南沿海渔村饮食中一直流行一种独特的小吃，它的名字叫“鲎粿”。它是由海洋动物鲎的肉质与糯米粉、番薯粉按一定比例混合，简单调味然后蒸制的食物。这种生长着马蹄形背壳、蟹足、拖着有毒的长长剑尾的奇怪动物，在一些地方被称为“马蹄鲎”。早在三亿多年前的泥盆纪，它就生活在温暖的海洋浅水中了。那时候，三叶草和最早的原始贝类诞生不久，叱咤陆地的恐龙远未出现在海岸线上。鲎经历了亿万年海洋和大气环境的变迁，依然保持了它最早的生命形态，因此也被称为“海洋生物的活化石”。它常年生活在海边浅水的沙质洋流中，主要以捕食小型浮游动物为生，也进食海洋藻类。鲎生长缓慢，大约十二年以上才能达到性成熟，开始繁殖。成年的雄鲎体重大约在五斤左右。这种身背甲壳、张牙舞爪的动物因其体内含有一种特殊物质而使其血液呈现深蓝色。鲎的可食用部分有限，肉质很少，但异常鲜美。随着渔民的大肆捕捞和近海环境的污染，而今，鲎的身影几近绝迹。“鲎粿”已成为街市难觅芳踪的美食，也仅仅停留在老人们的传说中了。

鲎喜欢成双成对出现在海岸的浅水区域。落潮的时候，早起的人们往往意外捕捉到在洒满朝阳的浅滩巡游觅食的鲎。受惊的鲎在水中逃逸速度非常快，一眨眼工夫，它们搅动水底的沙子，箭一样消失在渔人的视线中。所以，赶海的人往往都拿着轻便的撒网或者鱼叉捕捉它们。

常年赶海的渔民发现一个奇怪的现象：一旦公鲎被捉，已经成功逃走、远离危险的母鲎一定会回到原先的水域寻找伴侣，即使接下来的命运危险和致命，母鲎再次三番，依然会固执地重返险境，呼唤和追寻同伴的身影。结果往往是它们双双落网。而母鲎一旦率先被擒，公鲎在瞬间逃离，它会自此消失，永远不会回到危机四伏的同一浅滩。

林志雄讲完故事，用意味深长的眼神看着潇湘，他说：“家庭是潮汕人漂泊四海依然魂牵梦萦的根本。没有家，任何人都是无本之木、无源之水。祖安人调侃某个男子是鲎佬，那这个人一定是个薄情寡义之徒，缺乏责任担当，不可信赖。”祖安人把公鲎称为“鲎佬”，把母鲎称为“鲎婆”。

林墨染自从和父亲发生争执后，后来又有两次不大不小的矛盾，大都是因为生活习惯不同导致的摩擦。父亲虽然不算正规军旅出身，但他上过战场，经历过枪林弹雨洗礼，身上有着战地生涯打下的深刻烙印：沉默寡言，细节严谨，守时重信和危机意识。他的生活习惯就像他手腕上佩戴的那块老旧的罗马表一样走时准确，一丝不苟。早上五点钟起床，洗漱，打拳；七点用早餐，然后饮茶；八点钟出门商务拜访，或者在书房开始处理家族企业的事务；中午十二点用午餐，饮茶；一小时午睡，饮茶；下午会见客人或者去旗下项目部走走；十八点晚餐，饮茶，散步……他对年轻人生活中无序随意、熬夜娱乐、贪睡晚起的恶习甚为不满，尤其对潇湘和染儿不吃早餐，把一整天大好光阴打得鸡零狗碎、缺乏持之以恒的目标的状态深为忧虑。潇湘和染儿为避免父亲动怒，一直小心翼翼，尽力避免家庭矛盾。但总在某个时候狭路相逢，撞个正着。于是林志雄怒火中烧，劈头盖脸一顿训斥。阿松是让林志雄省心的孩子，后来，潇湘搬去地产公司那边了，偶尔周末或节假日回来住。染儿枯守在家的苦闷，大多源自他职业的不确定和目前无所事事的状态。他思考了一段时间，做出来两个决定：准备参与沉香大厦广场和楼宇的建筑装潢设计与施工的竞标；然后以工作为由，搬出去独立居住。毕竟，父亲虽然严厉，但他是爱他们的。在强势父亲的羽翼之下，单飞的打算看来并不那么容易达成。

他物色了几个思想活跃、大胆又具备实际施工经验的年轻设计师，准备一旦项目进入实质性阶段就招纳他们进入团队。他打算，在设计方案大致成型后进一步邀请建筑装潢方面的资深教授作为设计团队的总顾问，对方案初稿会诊和指导。他埋头桌案，不断阅读，跑图书馆查阅文献，用心领会国外顶级设计师的经典作品，还筹备去一趟美国几个大都市和一些意大利的古老城市参观游学。看上去，这个一副嬉皮士打扮、对生活和社会涉足不深的年轻人突然正儿八经忙碌起来，开始昼夜不停撰写可行性论证分析报告和各种计划、方案，拟定团队运行资金预算表。他不想事先草率同父亲试探和沟通，他一门心思要拿出一个相对完整、成熟的方案再去正式谈判，他要通过一个不说话的书面方案改变父亲对自己幼稚、毛糙、无所事事的看法。年轻人想证明他已经长大成人，像一个独立的男人一样应该受到尊敬和正视。他有些固执且不近人情地认为，不管是谁，未经他自己的独立思考和判断，都不能把个人的想法、学说、习惯、期望、爱与责任等意识形态的东西硬生生地强加给他，让他负重前行或者委曲求全，甚或迫使他畸形生长。他想，他属于林氏家族，但更重要的是他属于他自己，他长大了，不能被他人左右和摆布人生，他有选择生活、职业、事业、理想、爱情的权利，他要对自己的选择不懈努力和付出。

林墨染毕其功于一役，誓要通过这个机会一展身手和实力，虽然他在法国主要学习和研修的专业方向是珠宝首饰设计，但他在那儿选修学习过欧洲古典建筑美学等一些相关的课程，他清晰地意识到自己实际经验不足的短板，但他具备活跃的思维、异想天开的创意和东西方设计美学的广阔视野与比较优势。为此，他几乎是每个周末都与他未来的团队成员在一起聚会、讨论，请他们吃饭，在花城沙面曾经的万国租界区具有法式情调的咖啡馆享受午后时光，他对他的伙伴们滔滔不绝地阐述他的想法和创意。对初期方案不断听取意见，修改完善，晚上回到家挑灯夜战，对讨论的结果付诸文字、图表和各种大大小小的图案。未来团队成员大都有目前的职业或者临近硕士毕业的后期答辩，他倍加珍惜和他们在一起的时光，从他们的专业分析和讨论中，他受益匪浅，备受鼓舞。在轻松、明快的辩论气氛中享受观点交流、碰撞带来的愉悦和创造力迸发的快意。这五六个年轻人热爱艺术，无拘无束，行事直截了当，似乎丝毫未受世俗社会市侩气、中庸、扭曲、顾虑重重、曲意逢迎、遮遮掩掩、阴暗、潮湿、病菌丛生的腐朽文化影响。年轻人的聚会坦诚、热烈、阳光灿烂和富有成效，没有成人社会的套路和重重雾霭。有时欣赏电影或者世界经典建筑纪录片，有时候，墨染即兴弹奏吉他，哼唱一段法国浪漫情歌："我们徜徉在丹枫白露的林荫小道，阳光洒在你的宽边遮阳帽上。你大海一样的双眸令我深深陶醉，我不觉回想起塞纳河畔与你相识的那个早晨……"

他们满怀希望，试图要通过自己和同伴的努力，打造一个正在快速崛起和飞速建设中的花城的设计经典，一旦初步设计方案被采纳中标，他们就抛开眼下的职业和所有羁绊投入"墨染工作室"并肩战斗。他们清楚知道，眼下的方案，其实类似于一部电影的剧本雏形，更加复杂和精确的数据运算，浩大、枯燥、旷日持久的施工过程才是考验团队的试金石。

方南即将完成研究生阶段的学习进入职业选择，他已经在墨染工作室不声不响工作了将近两个月，因为没有收入来源，他已经从林墨染那里领取薪资补贴，其他的团队成员还没有正式入列，他们对初期的工作投入巨大热情和精力完全出于友谊和对工作室未来成长的期许以及成员间价值观的认同。当然，林墨染也在公司章程中有了明确的承诺和股权、利益分配方案。"我们一起努力，创造一个优秀、高效、管理透明的'理想国'。"林墨染郑重其事地告诉每个即将加盟的团队成员。

团队委托方南联系他的美术学院的导师指导他们的想法遭受了冷冰冰的拒绝。那个特立独行、性格古怪的老教授还未听完方南的叙述就中断了谈话。他是个在花城建筑设计和装潢领域享有盛誉的性情乖张的老头，平日异常忙碌，除了日常教学、科研、指导硕士博士之外，他有着大量的社会兼职和头衔。他对名不见经传、还在草创阶段没有实力的小公司毫无兴趣。同时，对社会上未经他的许可打着他的旗号招摇撞骗，侵犯他名誉权的行为深恶痛绝。因为普遍的侵权现象泛滥，维权的无力感，使怨气重重的老家伙变成了一头愤世嫉俗的狮子，身边的人大都领教过他的乖张和莫名其妙的暴怒，对他小心翼翼，提心吊胆，担心不知道什么时候或者什么场合，愤怒的老狮子会因毫不相干的愤懑突然大发雷霆，出口爆粗。林墨染试图单独拜访老教授，陈述诚意，但方南的预约也被老教授直接回绝。

看上去，这扇门关闭了。

林墨染一筹莫展。在苦闷的时候，他还是身不由己地去看了正在工作中的香儿。他对那个清纯、害羞、充满少女魅力的女孩难以忘怀。独自一人的时候，脑海里时不时浮现她姣好的身影，他扪心自问，他是喜欢香儿的，对松哥的抵触和无名恼火甚或是对令人尊敬的父亲的顶撞大都归因于此。但内心另一个声音一直提醒他，这是一场毫无希望的单相思，松哥和香儿的交往看上去顺顺利利，又般配合适，美女帅哥，佳偶天成。潮汕文化中家庭、兄弟、宗族的长幼讲究从小就深植在血液里，他冲不破，从道义上讲，也不能去挑战。他埋头工作，竭尽全力投入工作室筹建和设计方案的打造，其实是一种暂时的忘却和逃避。

平心而论，他依然坚定地喜欢那个清澈溪流般修长、生机勃勃的女孩，她就是一湾干净、透明的清流，荡涤男人粗粝、浮躁和野蛮的灵魂。

他在王木匠的店里度过了愉快的两三个小时，和王木匠饮茶聊天，和店里面的姑娘们说说笑笑，更主要的是看着香儿忙忙碌碌接待客人的身影和她专注认真与顾客交流、沟通的样子。她现在已经是个熟练的营业员了，保持着潮汕姿娘的勤勉和善解人意，下班后就到街边抱着公用插卡电话和松哥聊天或者做两道精美可口的家乡美食等候她的心上人到来。

沉香大厦的建设按照施工进度到了后期。与此同时，农场别墅区的修造已经完工，装修也已进入收尾阶段。接近年底的时候，林志雄在考虑两件大事：一个是选择良辰吉日，大本营搬迁到农场；另一桩事就是沉香大厦整体装潢设计和施工的招标事宜。

潇湘的婚事，被林志雄在忙碌中忽视了。光阴如梭，一晃一年过去；一晃又一年过去。林氏家族企业忍痛放弃客运行业，把主要精力投入商业地产开发、酒店、餐饮业。隐秘的“海上贸易”在堂而皇之名正言顺的百货、烟酒、电器批发的经营中“借船出海”，走向北方的各地市场。事务繁忙，一些环节像走钢丝一样险象环生，残酷地消耗人的心智。偶尔，潇湘的婚事从林志雄的脑海一闪而过，接着就会被下一刻打来的电话或者其他需要紧急处理的事务覆盖过去了。

潇湘自从搬到地产公司去上班之后，回家的次数日渐减少，因为与地产公司的女孩子们纠缠不休的风流韵事遭到父亲的严厉斥责之后，潇湘对父亲的威权越加心存畏惧，他简单地认为，父子之间的芥蒂源于代沟和生长环境的反差。油腔滑调的潇湘总能找到充足的理由推脱回家聚餐，但周末和重要节日是一定要出现在家庭中的，毕竟他的血液里流着潮汕人崇尚亲情、宗族至上的因子。虽然他不出生在潮汕老家，生母也不是潮汕人，八岁时才和父亲离开炮火连天的缅北回到父亲的出生地，对老家的方言备觉陌生，读小学开头那两年，也曾因语言障碍饱受困扰。但他用了一年多的时间就完全掌握了这门世界上最难弄懂的语言，融入祖安村小伙伴的日常嬉戏中了。这个好动的孩子有着极其顽强的适应能力和语言天赋，童年时期，父亲大部分时候都在前线同缅甸政府军作战，他在大后方的缅北小村落里寄住在华人老乡家里，穷困的云南裔华侨有一大堆孩子，在与小伙伴的相处中，他很快能操一口流利的云南、四川方言。母亲隔三个月或半年从前线回来看他，他也因此熟悉湖南方言。后来长大一点，在后方的儿童营地，他与那些来自大城市曼德勒和首都仰光的思想左倾激进的华侨们的孩子一起在童子军训练营生活、学习和军训，大约一年时间，他就能说一口地地道道带有果敢地区口音的缅族话。他肤色黑不溜秋，顽皮，喜欢打架。非常能吃苦，乐观好动，野性十足。

潇湘的婚事在地产公司有了一些眉目。地产公司的总经理是个性情随和、衣着不太讲究的中年人，他总是穿着建筑民工的统一工服、头戴一顶橘黄色的安全帽在工地急匆匆进出，工作服上满是灰尘和水泥、石灰的斑点。他是一个来自祖安村林氏宗族的本家人，名叫林普德，按辈分算起来，是林志雄的长辈。他精通建筑，为人忠厚，低调，是个勤勤恳恳、精打细算的人。从林志雄的地产业务运行一开始，他就在林氏企业的建筑事务方面独当一面，并且深孚众望，也备受大佬的信任和器重。自从林潇湘来到地产公司上班后，他就把潇湘委托给销售部的经理林向前去培养和打磨。不出一个星期，他就风闻潇湘在售楼部美女云集的工作场合拈花惹草的事。出于部门管理的需要，更主要是因为争风吃醋，售楼部经理林向前很早就将这一信息传递给了林普德。碍于他是林志雄长子的缘故，林普德约见林潇湘并委婉提醒他注意身份和影响，从严约束自己，为有一天担当大任打好基础。其他更严厉的告诫与约束，林普德也就爱莫能助了。他一方面考虑自己身份、地位的局限，无法像一个真正的父亲或者长辈那样铁面无私严格要求、训诫；另一方面，林家长子是未来家族企业的主人，他得小心伺候，以免因此招致小主的敌意给今后的工作和事业带来麻烦。潇湘在祖安相亲的事他知道，林志雄交代售楼部经理留意亲事的动态和进展，但观察的结果令人失望。潇湘回到花城不多日子就故态复萌，流连在花丛中乐不思蜀，把那个名牌大学毕业、架着一副斯文眼镜的女孩忘到九霄云外去了。后来，暑假刚开始的时候，售楼部一位湖南籍女孩带来了一位艺术学校刚刚毕业的表妹来应聘，售楼部经理林向前一见到新来的女孩就两眼放光，心花怒放。但没过一个星期，他就敏锐地注意到林潇湘像一只绿头苍蝇一样成天围在那女孩身边嗡嗡打转。心生醋意的经理第二天就把情况告到了总经理那里。面容和气的总经理听完，沉吟了半晌，最后，他说："与其为这事烦恼，退一步主动玉成一桩好事如何？这样，大佬感谢你还来不及呢……"他们讨论了半个下午，最后，售楼部经理认可这是一步好棋。他心想，与林潇湘争斗结果注定是输，何况潇湘未婚，而自己仅仅是已婚男人无法摆上桌面的偷腥猎艳罢了，于情于理都是哑巴吃黄连，有苦说不出。意见一致后，他们快马加鞭，正式听取了林潇湘的意图和想法，接下来就郑重其事约见了来自湖南的这对表姊妹，试探她们的意向，了解女孩的家庭背景。对林潇湘来说，这是正中下怀的美事，他围着这个名叫郝琪的女孩打主意已经有些日子了，但受表姐的警告，漂亮女孩郝琪对林潇湘始终带着提防和戒备。林潇湘清楚，这事看来并不像此前所有的男欢女爱那样顺顺当当，一拍即合。表姐跟她说，售楼部凡是有点姿色的女孩大都上过那家伙的床，表姐没有说出口的是，她其实也是被他临幸过的众多佳丽中的一员。一脸阳光、待人殷勤、口吐莲花的富家公子林潇湘花钱大方，总是费尽心机为瞄准的猎物馈赠样式别致、有趣的礼物；他口若悬河，风趣幽默，深得涉世未深、春心萌动的姑娘青睐。对他的身份和家庭背景了如指掌的姑娘们哪一个不是想入非非的主呢？做梦都想有朝一日登堂入室，从此过上锦衣玉食的富婆生活。然而，姿色出众、心高气傲的郝琪是个有心机、有章法的女孩子。这一方面得益于表姐的提醒和劝告，另一方面也源自她那世故、狡黠的母亲的悉心灌输与教诲。再说了，那姑娘对自己出色的容貌、美妙的身材也有着清醒的认知。虽然刚刚二十岁的年纪，但她可不像表面上看起来天真和幼稚，在艺术学校读书那会儿，她已经是众星捧月、男孩们使劲追逐的校花。她的一颦一笑都调动着围在身边的乳臭未干的男同学上蹿下跳，魂不守舍。

在那次她们颇感意外的上司召见中，表姐表示郝琪刚刚毕业，涉世未深，这事儿太过突然；同时，她也委婉表达了终身大事一定要父母做主的意思。但两个姑娘见到顶头上司的诚惶诚恐、听到结亲意图难掩兴奋之情的小伎俩还是在两个江湖老手面前暴露了底牌。

第二天，售楼部经理林向前带了一名助手乘坐火车直奔郝琪的家乡而去。有着林氏家族企业的历练，他们很快就不露痕迹地对郝琪的家庭、亲缘、父母的职业及社会关系等有用的信息兜了个底朝天。有趣的是，这个新来的姑娘在公司里被同事们调侃叫"好奇"，在她家乡小县城的亲戚、熟人中也都称她为"好奇"。

那是一座秀丽的山城，清澈的汨罗江绕城而过。因为一名仕途失意的楚国大夫的投江自尽，汨罗江随后与投江者才华横溢的诗篇一起名扬史册。农历端午节也因此和这位旷世诗人结缘，一些煞有介事的民俗学家、文化学者连篇累牍地撰文介绍吃粽子、赛龙舟的节日习俗与纪念、祭奠三闾大夫屈原之间的历史渊源，硬生生地为这一农历节庆赋能。这样，投江者被推上民族英雄和爱国主义的圣殿。

从湖南汨罗的小县城回来，他们合计了掌握的情况，就一起去见大佬林志雄。林向前眉飞色舞、绘声绘色讲述“好奇”的个人和家庭信息，令他们意外的是，看上去，林志雄并不高兴。他面无表情，一副外人闯入地盘的警觉和戒备神情。他们两人都明白，对于一个地地道道的潮汕人来说，潮汕男人娶一个纯正的潮汕姿娘才是正经八百、板上钉钉的正理。抛开地域歧视，仅仅就文化、风俗、习惯认同方面来说，潮汕姿娘被认为是这个世界上最无可挑剔和出类拔萃的异性族群，她们知书识礼、贤淑温婉、奉献家庭、厨艺超群，其优秀程度远胜被男人津津乐道的日本女人。潮汕人深知，他们生命中须臾不离的工夫茶之所以品质出众，是因为只有味觉细腻、挑剔的舌头才可判别出每株茶树细微的属性差异和在炮制过程中的别具匠心，从而诞生了世间最美妙绝伦的茶品。一片茶山，生长着众多茶树，它们看上去树形、叶片一致，茶树品种统一，甚至于一些年轻的茶树就来源于同一棵古老的母树，截枝插活或者母树侧枝袋料分蘖培植而来，但每株茶树的生长微环境不同，光照、水分、地势等细微的差异，使它们的品性、特质都有区别，加工制作的成品性状、滋味、香气有所不同，变化万千。这就像同一个村庄同一姓氏、同一祖源的每个家庭成员的音容笑貌、习惯爱好、品行与行事方法有所不同一样，就是父母和子女都存在着显著差异。因此，老茶师在制茶过程中总是精挑细选，对来自不同茶树的采青叶片区别处理，单独杀青、发酵、揉捻、炒制。一锅茶，永远仅仅炒制一株茶树的茶青，尊重个性差异，从而出现了令人赞不绝口的兰花香、银花香、水仙、杏仁、荔香、蜜香等茶品。在潇湘的婚事上，林志雄的直觉不仅仅来自母亲、妻子、姐妹和对家乡一众女性的尊敬与欣赏，也不是因为地域观念或者是其他一些嚼舌头的人无端的猜想，潮汕地区语言独立，观念封闭，但恰恰是因为这一点，它却是中国境内保持祖上文化、风俗、习惯最为完整、纯粹的地方，有些人说那里封建保守，但林志雄却不苟同。社会在进步，家庭分工和角色定位也在发生微妙的变化，但他在对照日本社会的家庭结构、分工、角色属性后认为，潮汕以外广袤地区在一场一场政治运动的浩劫下，和祖上文化的根早已断裂，这些无根的两足动物随着一场一场政治大潮起起伏伏，身上原来属于祖上遗留下来的文化、宗教、信仰的烙印愈来愈淡，随着岁月和社会大环境的洗刷，历史赋予的集体记忆，那些铭心刻骨的伤痛与告诫早已荡然无存。在经济开放的时代又拼命追名逐利，不择手段，在金钱面前毫无底线，穷尽伎俩。林志雄记得，有一次，他在拜访梁鸣的时候，在梁鸣的府上见过一位大学教授，那位头发蓬乱、愤世嫉俗的老人尖锐地把这种现象制造的人类概括为"空心人"或者"稻草人"。回到潇湘的婚事上，眼下，这事儿让他顾虑重重，他依然坚持"人以类聚，物以群分"的简单道理。"你见过一棵葡萄树上结出金橄榄吗？"他停下来，抽一口香烟，又说，"那么，指望一个来自湖南汨罗的姑娘像潮汕姿娘一样贤淑持家就是一种冒险或者赌博。"

"可是，潇湘的生母不也是湖南人嘞？"林志雄的固执在家族享有盛名，碰上性格执拗的林普德，他啥都敢说。

林志雄看着他们，愣了一会儿。他没有对林普德拿自己首次婚姻堵自己嘴的冒失举动生气。

他平静地说："这不一样。那时候，人失去了国籍、没有了户口、枪弹呼啸的情况下，能有几种选择呢？"

喝下一盅茶，他温和地反问："现在呐？我们回来了，生活在族群中，条件完全不同了。"

原来预计会被大佬肯定和赞赏的二人内心七上八下，低头告辞出门。

阿松的工作卓有成效。他紧盯欧秃子的动向，对锁定的目标不紧不慢地接近，记录他的踪迹，包括：起床、洗漱、上班、住地信息；保镖工作情况、习惯、技能、弱点；欧氏企业的结构、社会背景、核心团伙成员的情况等。甚至对欧氏本人的猎艳次数、做爱时长都了如指掌。他团队的几个精挑细选的成员都忠实可靠，胆大心细，是久经考验的林家班的骨干。阿松密切与小忆和阿鼓保持着单线联系，经过漫长、耐心、枯燥乏味的摸底，阿松就是闭上眼睛，也可以勾勒出一张欧氏企业细致入微的图表。他向伯父和莫木汇报情况时通常有两个笔记本，一个简明扼要，一个则像是财务流水账一样忠实完整地记载了每一天欧氏企业主要成员的活动情况，以便查阅和汇总分析。"非常好！"林志雄夸赞道。他甚至用诙谐的口吻夸奖阿松的流水账比细心的家庭妇女的每日开支记录还完整、准确。"是的。你大妈都隔三岔五把临时购买的支出忘到九霄云外去了。你做得真细致！"他说，动手的时机大概选择在完成搬家和新大楼顺利开张之后，眼下暂无大碍。君子报仇，十年不晚，但周密和不影响大局是第一位要考虑的因素。"烧了我赖以起家的窝，这事儿要是放过去，潮汕老爷都不会原谅我。"他口中的老爷，就是守护潮汕人的众多神灵。莫木从林志雄阴冷如石的目光中又读到了缅北战场生死决战那会儿他目睹过的东西：视死如归、凶狠如狼、锐利如刀锋的食肉动物的本性。

已经是农历的大雪节气。广袤的北方、贫穷而粗糙的北方已经陷入严冬的萧索里苦苦煎熬。花城依然绿树成荫，阳光灿烂，百花齐放，一派春光明媚的景象。世界上最吊诡的事情就是：你在冰天雪地的世界里瑟瑟发抖冻成狗，我在花团锦簇的岭南吃着冰桶说你身处童话世界不懂罗曼蒂克缺乏情调信口胡诌。

林志雄一早起来饮完茶，就在院子里转悠，里里外外、楼上楼下看个没完。

“在找什么东西吗？”林妻和陈木莲在厨房里准备早餐，见他不紧不慢地踱步进来东瞅西看，林妻问。

“没有。”他饶有兴致地看四处的墙壁，拉开储物间的木门，往黑洞洞的里间瞅瞅，然后关上门，踱出院子。此时，院子里一左一右两棵高大的紫荆和丝木棉在晨光中怒放成茂密、热烈的花树，姹紫嫣红，鲜艳夺目。他喜欢这地方，当年，他从一家急于移民出国的广府人手上买下了这栋临江的老楼。老建筑是晚清时期一个八旗王爷的商行，是一栋两层欧式的独立别墅。至今，年纪大的街坊依然沿用旧时的称呼，叫这栋老房子“贝勒府”。算起来，它已经二百来岁了。笨重的石头墙壁，狭小的木框玻璃窗，户外连廊的拱形线条锈迹斑斑，带有地中海葡式风情的阁楼尖顶和高高的壁炉烟囱。林志雄接手后，花了一番力气让这栋历经风雨、千疮百孔的老屋焕发生机。修缮很好地保留了原来屋宇的外观样式和内在结构，翻新了塌陷的屋顶、虫蚀的木门窗和楼梯扶手，彻底改造了老旧的排水设施。老屋翻新出来，外观和内饰保留了旧建筑的年代感，“贝勒府”看上去古朴、大气，细节考究，犹如一场重生。楼上楼下总共有十一个房间。一楼客厅、餐厅、接待室、厨房储物间、卫生间和陈木莲的住房，二楼住着林母、林志雄夫妇、潇湘、阿松和墨染，另外一间就作为林志雄的书房和茶室，是林氏家族关键人物聚会的小型会议室和茶饮场所。目前看上去，已是拥挤了一些，孩子们如果成家，这里显然将人满为患。农场兴建的别墅两列六栋，已经找风水先生择了吉日，搬过去以后，人满为患的问题就迎刃而解。这里，打算交给阿松办公，算是林氏家族企业顶在前面的指挥枢纽，类似于战场上的前线指挥部。

吃过早餐，林志雄就打算上午陪着母亲，一家人集体出行，去白云山探访即将要搬迁入住的新房子。墨染熬夜很晚才睡，清晨迟迟下楼用餐。听到父亲说是去看新房，往日对这些事情毫不在意的他欣然响应，这大大出乎林志雄意料。“很好！这样就齐了。木莲也去。中午就在农场那边吃饭。”林志雄愉快地说，接着把话题一转，“唉，你最近看上去忙忙碌碌在搞什么名堂？”他问墨染。

“在弄一个正事儿，查很多资料。”染儿把头埋在碗口里飞快地嗦粉，他不想延误大家的行程。

“能透露吗？”父亲问。

“当然。可现在还有一点点问题很棘手，这事妥了就和你正式谈。”

“正式谈？”

“对！”

阿松站在门口抽烟，歪着脑袋，饶有兴致地听他们父子对话。

“喔！看上去蛮大件事哦？！”

“是的。”染儿把头抬起来，专注地看着父亲。

“好！那我们准备出发。今晚我有兴致和时间。”父亲站起来。开始往外面走。阿松也出了门。

染儿出门口时，父亲的车子已经发动引擎。

“你上阿松的车！”父亲探头出车窗简短吩咐儿子。染儿看到父亲今天兴致勃勃，精神爽朗，剃得干干净净的面颊和下巴在晨光中看上去棱角分明、线条简洁，富有表现力。

父亲的车子启动，掉转头，然后平稳地驶出大门，汇入洒满阳光、车水马龙的大街。

染儿上了副驾驶座，扣好安全带。“行啊！我猜想你最近在弄件正事。你专心投入工作的样子让人钦佩。”阿松笑着说。他打心眼里欣赏勤奋努力的人，这是潮汕男人安身立命、四海闯荡的根本。“可惜，我帮不上什么忙。”他又补充道。

“错！后面需要你帮大忙。”染儿说。看上去神色一本正经。

“哦？”阿松诧异。

“路上我和你细说。”车子出大门停下，阿松钻出车去锁好大门。

去往农场的路上，染儿讲述了他最近正在着手编制的工作室筹建方案和沉香大厦装潢设计预案，也谈了关键的权威人士拒绝加盟产生的困扰。

阿松一直在听，一边驾驶车辆驶出主城区，一边在思考。“我想，事不宜迟，不能再拖下去。现在已经有一些实力雄厚的公司在竞标，他们早就拿到了沉香大厦的建筑施工图纸，你处于地下状态想一鸣惊人，目前还在外围打转，没有进入实质性阶段。这样会误事。”他用关切而又带责备的口气说。

“不能事先声张这事。我已经去过两次大厦工地，详细看了建筑布局情况，等拿到图纸，仅仅是数据修改、订正和局部的调整了。”

“非常好。是时候揭开面纱走上前台了，明天你跟我上工地去。我以我的名义给你复制一套完整图纸。我想，大伯约你今晚谈谈，兴许，他能帮你搞定你需要的人。”阿松说。

“他不懂这个行业，恐怕难。再说了，那个老教授是个油盐不进的怪人。”

“不一定。但是，你今晚要和盘托出你的想法。我会在场全力帮你。”

“好吧。好吧……有你帮我，我心里就踏实了。我太需要证明自己了。”染儿像是喃喃自语。

车子拐进绿树掩映的农场，远远地就看见莫木陪着林志雄在院子里聊天，抽烟。林母、林妻、木莲在别墅花棚下面坐着喝茶，潇湘在那儿的石桌上笨手笨脚地剥一只金色榴莲长满硬刺的坚硬外皮。女士们说说笑笑，神态怡然。

别墅区是一个封闭的大院子，隐藏在果园深处的密林里，只有站在地势更高的半山腰才可以一窥别墅深灰色的琉璃瓦屋顶。进入别墅区唯一的道路是农场二层小楼前面的一条加宽的砖石路，在林区潮湿的空气中，这条新修的道路已经新长了稀疏的苔藓，要不了一个雨季的时间，道路就会像一条苔痕斑驳、地衣和阴生植物点缀的古老驿道一样蕴含岁月、季节、阳光雨露的印记了。别墅区依着山势地形分为两阶，每一阶有三栋房子，别墅外观、色彩和结构一模一样，呈弧线扇面分布。林志雄考虑母亲喜欢清静选择了后排最里面的一栋房子，这栋房子仅仅是比其他几栋尺寸大一些，背靠山坡，多出了一个充满岭南园林韵味的后花园，修竹椰树点缀，水榭亭台呼应。其他并列的两栋，一栋分配给阿松，为他未来结婚以及与父母过来同住，另一栋交给已到婚娶年龄的潇湘。前排靠近大门口位置的房子由莫木居住，他已经萌发了为莫木和木莲牵线做媒的念头。另外一栋给了王木匠——这个看上去和林氏家族企业并不搭界的人。还有一栋暂时空着，林志雄还没有想好是交给迄今为止仍无法做出预判与评估的墨染，或者交给敖金养老，只是不知道敖金是否适应人生地疏的花城生活。而柚子和其他家族企业的高管的住房问题，林志雄早在几年以前就分批为他们在城区解决了，要么直接馈赠房子，要么以现金的形式补贴。只有自己的亲人或者几个身边贴身的人的住房迟迟没有解决。迄今为止，他们从未患得患失，流露抱怨或者不平。林志雄带着大家逐一参观了每栋装修簇新的房子和考究的花园，最后进入自己宽敞明亮的大房子。一进正门，是一间方方正正的堂屋，那里，神龛和考究的红木供桌已经就位，玉皇大帝富态威仪的神像安放在神龛中央。神龛前，铜香炉里插着点燃的线香，香烟缭绕，新式的电子烛台亮着柔和的红光。林母一马当先，领着众人在神龛前上香、作揖，俯首在新地毯上磕头、祷告。趁着母亲、妻子、木莲她们流连在一楼厨房、客厅的时候，男人们上了二楼。在最靠里面的书房，他们看见了身上沾满锯末、浑身散发着油漆味的王木匠，他正在完成木制书架最后一列的安装工作，做工讲究、木纹精美的书柜排满了整整一堵墙。林志雄他们进来，王木匠放下木工工具起身相迎，他的徒弟，一个腼腆憨厚的青年也垂手恭迎。王木匠审视所有进来的男人，然后向舅舅林志雄演示了最后一列书柜的功能奥妙：他打开一个隐藏的机关，轻轻一推，书柜像一扇门一样打开，从打开的门里，有一个秘密楼梯，楼梯向上可以通往屋顶，往下直通地下车库，一道巧妙做成工具收纳柜的暗门是车库难以觉察的出口。别墅所有的土建工程完工后，王木匠和他的徒弟已经不声不响在这里作业了将近一个月，所有房子的隐藏楼梯都已完工，仅剩下眼下这最后的收尾工作。林志雄非常满意，夸奖王木匠做事可靠、细心。“暗门会设计成全自动和手动两种模式，万一停电，手动打开也很方便。关闭时自动落锁，两三个壮汉都休想徒手打开这扇花梨木材质的坚固、隐蔽的门。”王木匠说，他看着阿松打趣说：“你的房间一样的设计，不信你试试。我先不告诉你机关，考考你的解锁水平！”他向阿松抛了个飞眼。女眷们上来的时候，王木匠合上书柜，殷勤地与她们打招呼。

农场的午餐简单、朴素、食材天然，充满大自然绝妙的原始气息。一家人在小楼前的广场露天围餐，金子般的阳光洒在每张欢快的面孔上，洒在鸟鸣啾啾的静谧林区。青山如黛，微风清澈、温柔，如诗如画。几株高大的异木棉开成绚丽的花树，把一抹亮丽的粉红点染在绿林背景上，惹眼、醒目。

木莲在简陋的农场厨房里帮厨，一位胖厨师在锅灶前忙碌。潮汕人寻常的家庭料理并不比职业厨师煞有介事、装盘考究的菜品逊色，农场里食材天然，烹饪简单，直截了当，但厨子深谙主次关系和配伍诀窍，味觉协调，猛火急炒，锅气焦香，浑然天成。莫木在厨房与餐桌之间来回穿行，步履轻快。林志雄看着莫木来来去去的身影，用手肘轻轻碰了一下妻子，朝着莫木的背影不经意地扬一扬下巴，小声用潮汕话对她说：“喽！我和你说的莫兄与木莲的事情，用点心哦……”

深秋午时的暖阳依然猛烈，吃饭的人额头上汗津津的。染儿早已脱了外套，穿着短袖。小黑在餐桌下钻来钻去，寻找人们丢弃的骨头。染儿看见父亲和阿松用过餐，就立在远处的蔬菜地边上抽烟，一边小声交谈着什么。其实，早餐的时候，染儿与父亲对话时，阿松在场，父亲不经意安排堂兄弟俩乘一辆车，就是想通过阿松了解染儿晚间要谈的事情，为晚上谈话预留思考的空间。阿松心领神会，做得不露痕迹。林志雄听阿松述说，看上去平静的眼神掠过一丝不易觉察的惊喜的亮光。阿松跟着大伯多年，对他的神态、表情、肢体语言非常熟悉。他知道，大伯是满意染儿目前所做的事情的。“那么，我们就看看他的表现了。”停了一下，他说，“不过，我对他的希望，远不止这些。他应该看到一个更大的世界，而不仅仅陷在技术、技艺的层面……”

阿松明白大伯口中的“大世界”的意思，他是希望染儿能在未来真正成为林氏家族的掌舵者和领路人，而不是仅仅在某一项目或者某一领域成为专业级技术人才，他应该成为整合各种力量和社会资源的决策者和成功商人。

是夜，驱车回到贝勒府，父子俩在书房开始了两个成年男人之间的首次对话。染儿调整好移动式投影仪的位置，连接手提电脑，投影里出现了一幅沉香大厦壮丽的画面。他抱来的资料和图纸在书桌上堆得像一座小山一样。染儿手上拿着控制器，站在书桌后面开始介绍自己的设计方案。他按动翻页键，银幕上出现一幅夜间灯火辉煌、流光溢彩的都市超级大楼的画面：星光熠熠，有着各种巨大球体和抽象几何图案组成的星际穿越感觉的广场，充满未来主义神秘情调；在射灯映衬下高高耸立、尖顶直插夜空、富有宗教建筑般庄严伟岸美感的沉香大厦主楼；华灯下，宾朋满座、熙熙攘攘的潮人码头餐饮区；充满欧洲古典主义情调的酒店设计……林志雄被这个大气磅礴、异想天开的设计方案震撼了。他去过世界上很多著名的都市，香港、澳门、纽约、巴黎、罗马和米兰等，见识过一些赫赫有名的顶尖建筑设计，但一个小小年纪、名不见经传，看上去斯斯文文、乳臭未干的毛孩子设计出如此大胆、充满想象的方案，的确让他叹服。

林墨染鼻梁上架着金丝边眼镜，神色肃穆中难掩激动。他像一个年轻的学者一样开始阐述整套方案的设计理念，他希望在这个方案中，实现沉香大厦主楼的东方情调：飞檐斗拱的木结构和琉璃元素，曲径通幽，含蓄、奢华的宫廷、园林、木、石、流水细节；餐饮、酒店则融合西方建筑美学的特点，繁复的洛可可建筑装饰，大量的人体雕塑和拱门的弧线应用。“广场部分则是未来主义的大胆尝试，”他停下来，目光严肃地看着父亲和阿松，然后用激光笔绕着画面外围画了一圈，“这里将由一大圈雕塑、造型怪异的绿植和狂野的文化墙封闭，进出广场，将通过‘金、木、水、火、土’五个时光隧道一样的廊道实现，廊道的外形从空中俯瞰，将是巨大的软体动物或外星生物的硕大造型，廊道内壁将依据上述五个主题使用金色、棕色、红色、透明钢化玻璃、黑色这五个基本色为背景，长长的廊道就像艺术长廊一样会有很多神话人物塑像、壁画和神秘符号，使用声、光、电一些手段营造氛围。只是，我现在还不能向你们做出展示，我的团队目前正紧锣密鼓完成剩余两个主题廊道的设计方案。”

他走到阿松和父亲摆放工夫茶具的黑檀木根雕茶几那里，饮了一盅茶。

阿松长长舒了一口气，“非常好。令人震撼！”他赞叹道。

父亲看着阿松说："怎么感觉你比他的压力还大？"

"这个奇幻的设计方案打动我了。"阿松说，用大拇指点一点自己心脏部位。

"下面，我将逐一进入细节介绍。"染儿回到他刚才的位置。

楼下厨房里，林妻正和木莲清洗和整理餐具。她和她不经意间谈起莫木，试探她对这个广西壮族老男人的看法，夸奖他的忠厚、淳朴、坚实可靠，感叹他的人生际遇和命途多舛……

这当儿，林母的房间传来清晰、单调的木鱼声。老人自从家务事有了木莲接手打理之后，此前里里外外忙碌的身影就安歇下来，心就静了，神态愈加安详平和。她在几年前的农历二月十五释迦牟尼涅槃日去了一趟光孝寺上香祷告，恭恭敬敬从住持大和尚那里请回一尊释迦佛像和诵经木鱼。自此，老人就在家里夜以继日地叩击木鱼，呢喃诵经。她盘腿打坐，双眼微翕，口中念念有词，一心一意为家人祈祷平安，安慰那些远在家乡祖坟栖身的亲人的亡灵。光孝寺坐落于越秀区净慧路，是公元前二世纪南越王赵建德的故宅。三国争霸时期，吴国贵族虞翻谪居于此，成为虞氏私家园囿。虞翻身故之后，家人辟苑为寺，成为宗教祭祀场所。与它最初闻名遐迩的命名"制止寺"的初衷大相径庭的是，漫长历史上，"制止寺"连同它身处的这块土地和信众一起饱经战火蹂躏。俗世的争端、不幸、纷扰并没有止于寺门之外。因为岭南籍禅宗大师六祖慧能削发受戒后埋藏青丝于此，光孝寺深受广府善男信女追捧，烧香拜佛，祈神还愿者络绎不绝，信徒众多，香火鼎盛。

"梆、梆、梆……"木鱼声声，潜入林区静谧的星空，隐入山外灯火璀璨、摩天大楼鳞次栉比的花城夜空，隐入脑满肠肥的商人醉生梦死的舞步之中，隐入焦虑重重、夜不能寐的政客、小吏的卧榻，隐入深夜忙碌的贩夫走卒的凌乱碎步和寻常百姓鼾声如雷的呼吸吐纳之中。"梆、梆、梆"，木鱼声声，头发花白、睡眠愈来愈少的老人在祷告曾经谋面或未曾相识而今魂魄飘浮在暗夜幽静角落的祖先魂灵；她怀念她那身体单薄、神情儒雅、英年早逝的丈夫；回想她那唠唠叨叨、走路歪歪扭扭的小脚婆婆；回想那些安葬在祖安宗族坟茔里曾经活灵活现的人和那些曾经鲜活而今变得苍白、简单的趣事……"梆、梆、梆……"木鱼声声，她为此生占据她全部心思的儿女、孙辈日日夜夜祈祷，祈祷各路老爷——潮汕人头顶所有的神灵，保佑家族勤奋进取的男丁；保佑与世无争、看上去永远置身事外的婴儿安康成长；祈祷上苍保佑，让潇湘、阿松、染儿遇到通情达理、面若圆月、通透贤良的姿娘喜结良缘；愿她认识的所有人，包括那些曾让她耿耿于怀、芥蒂一生的刻薄之人、自私褊狭小人、作恶多端的歹人安度一生，终有善果……

二楼书房，三个男人之间的谈话一直持续到深夜。这当儿，阿松的电话铃声响起，他起身出门接听。返回书房的时候，他动作麻利地重新更换茶叶，洗茶，再冲泡一壶新茶。“染儿，休息一下，过来喝杯茶。”他说。

染儿过来喝茶。林志雄看向阿松，他知道一定有事发生，阿松才临场暂停。

“什么事？说吧。”他对阿松说。

“刚才接到电话，说柚叔心情不好，外出饮酒返家，与小区的保安发生冲突，打伤了人家。他老婆说，柚叔到现在还安静不下来。我去看看。”

“好。”林志雄说。阿松出门。

饮下两盅茶，父亲对染儿说：“继续。”

话题回到最棘手的问题上。染儿说，导致广场时光隧道设计方案进度缓慢的原因，主要是他团队的成员阅历和某些历史知识的欠缺，他的团队成员中年龄最长的也才三十五岁。“金、木、水、火、土”阴阳五行的主题廊道涉及《周易》和很多上古神话传说中的人物雕塑，色彩、造型和灯光共同营造置身远古洪荒的穿越体验，比如盘古开天、夸父追日、精卫鸟、半人半马神等，这些需要深厚的上古文化积累。“我们团队竭尽全力，但时间紧迫，容不得我们仔细阅读和消化这些庞大、精确的历史文献。”染儿说，“我们陷入困境，进展缓慢。我们渴望一个这方面的权威加盟或者给予短期的指导，但被多次拒绝。”

“他是谁？在花城，这方面影响最大，能量辐射港、澳、南洋一带的人物就是马王钟鼎文喽！”父亲搭话。

“马王？正是他。你怎么知道他？”

“我见识过他马厩里养的世界名马，远比香港赛马场上的英国名马优秀至少两个等级。他们都来自西亚一些王储的顶级马场。”

“听他的学生方南说，钟先生是个超级马迷，还不晓得他是个超级玩家。方南现在在我的工作室服务。”染儿说。

“我试试吧。钟先生不太好商量，年轻时候经历坎坷，是一个才华横溢又奇崛傲世之人。他只对两种人感兴趣：他信任的人和具备价值认同的人。其实，”父亲顿了一下，接着说，“打交道多了，你会发现他随和到不拘小节的程度。在他别致的马场，当着尊贵的客人的面，经常是赤着脚走来走去。他谈吐观点惊人，从不在乎金钱、名誉这些外在的东西；他愤世嫉俗，常常口吐秽言，但却情烈如火，为人爽直。其实吧，他对那些受人尊敬、有见解、有道德原则、特立独行和富于创造性的人礼遇有加。我试着以我的身份和他预约，看看情况如何再通知你。”

染儿看上去大喜过望，远比方案被选中还要兴奋。果然，他说：“这太带劲了！中不中标倒是其次，我就是想让他会诊一下这个辛辛苦苦弄出来的方案。它不仅仅对我意义重大，更重要的是团队里那些志同道合的伙伴们的工作需要认可，他们对此倾尽心血又无怨无悔。我们渴望获得他的指点。”

阿松驱车回来的时候，二楼书房里父子俩的谈话依然在继续。

“回来了。没有事吧？”林志雄问。

“没事。柚叔呕吐了几次，现在安静地睡了。”

“伤者情况如何？”

“没什么大碍。做完各项检查，在医院里住院观察两天。放心吧，我都处理妥当了。与保安的上司沟通良好，我向他阐明了态度，我们对此事会负责到底，让伤者满意。”

“很好。”

“染儿，效果如何？”阿松关切地问。

“有老爸大力协助，白袍将军周瑜单等东风了……”染儿用调侃的口吻说。三个男人都愉快地吃茶。

第九章

欢 聚

拜访钟鼎文教授的时间约定在下周星期六，那是在莫木正式定亲、缅北三兄弟单独聚会之后一天。

木莲在花城林府做用人已经有些时日了。这个命途多舛的女人谨小慎微地适应新的工作和大户人家新的环境，除了厨房里的一日三餐，林府的环境卫生、洗洗涮涮的事情都是她操心的事。在林家愉快、宽松的家庭氛围下工作，木莲很快适应了在花城人生地疏的生活，看上去，这个三十多岁的女人渐渐恢复了自信和活力，面色开始红润，瘦弱的身子骨日渐圆润，穿着打扮也体面合身。她和林家的两个女性相处融洽，干妈对她关怀备至，总是一再告诫她千万别把自己当外人，这里就是她的家。林家的两个脾气温和、说话轻言细语的女人用极大的耐心陪伴她熟悉厨房、餐厅、卧室等所有的房间，熟悉油、盐、酱、醋各种五花八门的调味料以及装有各种滋补调理中草药的瓶瓶罐罐摆放的位置。林家的男人总是忙忙碌碌地进进出出，他们像工蜂一样不知疲倦地劳作，对家务事并不在意。大约有三四个月的工夫，她能够轻松独自完成一家人的一日三餐，逐渐摸准一家老少的口味和习惯，林家保持了潮汕老家的吃穿用度习惯，只是同小户人家相比，林家每日的菜品花样多一些，对烹饪火候和食物的质地更加讲究。遇有客人众多的周末聚会，三个女人在厨房同心协力烹饪出一桌大餐，用来款待那些漂泊花城、奋力打拼的家乡人。除了长子林潇湘口味重，喜食辛辣是个例外。林志雄调侃儿子继承了生母湖南人的饮食习惯，这样，木莲也知道了林志雄的两个儿子原来是出自迥然不同的两个母亲。她会专门为潇湘提供一碟野山椒碎与蒜蓉、生抽配置的蘸料。在这里，木莲牢记林志雄妻子的告诫，所有房间的卫生，木莲均可打理，二楼书房除外。那里是家里最神圣的地方，林志雄对房间任何一样小物件的摆放都有忌讳、讲究，整个房间的打理谁也不得插手，都是林志雄亲自处理。书桌上的文件盒，笔墨纸砚，文房摆件，茶桌上的杯、壶、罐、炉，屋子里陈设的书柜、博古架、花瓶、树桩盆景，墙壁上的字画，等等，林林总总，书房的主人都找风水先生堪舆、调理过了。林志雄说起来也是军人出身，生活细节严谨，书房总是干干净净，家什和物件摆放井井有条。这里，除了在客人离开后阿松可以打理，其他人一概不得插手，即使林妻也不行。林妻说起一件事，有一次，她去书房收拾卫生，把书桌上一张随意涂写了符号的纸片丢弃到垃圾桶，惹来林志雄不快，还是林母出面数落儿子的小题大做，这事才过去。但自此就立了规矩，书房成了一块禁地，非请莫入。

对于林妻撮合她和莫木的亲事，木莲一开始深陷矛盾与惶惑之中。她对那个其貌不扬的老男人没有恶感，也无所谓好感。他看上去又黑又瘦，少言寡语，还有一条能明显觉察出来的瘸腿。经历坎坷的男人心思成熟，让人感到可靠。但他年长她二十多岁，又是来自潮汕地区以外的外省人。家乡人说：潮汕姿娘不外嫁。远嫁他乡的女人在家乡是会被取笑一辈子的。她既担心被娘家人看笑话，又顾虑龙眼树村的族人、乡邻们说三道四。但又怎样呢？她想，一个离婚女人，一个连娘家人都不愿意收留、无家可归的女人，一个没有生育能力的女人……其实，她已经断绝了再次嫁人的念头，她无法预测一个丧失生育能力的妇人半路出嫁、重组家庭会面临怎样的境遇和变故：上下为难，左右讨好，战战兢兢，如履薄冰。俗话说，后妻难当，屈辱与冷暖自知。

她向干妈倾诉自己的烦恼，泪水涟涟，几度哽咽。林母心疼木莲命运的不幸，不住地宽慰她。后来，老人像喃喃自语一样说：其实，一个人过一辈子也没什么不好。只是，老无所依的时候，一个人孤苦伶仃的，生疮害病，谁来为你端汤递水呢？“孩子，是不是考虑再成个家？条件许可的时候再领养一个孩子，恐怕是个办法。你仔细琢磨琢磨？你姑妈年纪也大了，我也有一天要归山。你往后的日子还长，谁来疼你？”林老太太哭了……自己抹眼泪，也为木莲擦眼泪。木莲感觉到老人粗糙的手有一些颤抖，“我们女人就是这样苦命。无法选择生，但我们努力坚持，兴许可以选择体面地死。有个后人，有一天为我们收尸入土，这样不至于曝尸荒野，灵魂不至于变成孤魂野鬼……”老人喃喃地说，像是在安慰即将入睡的孩子……木莲哭累了，真的就伏在老人膝盖那儿睡着了。

长相端正、性格温顺的木莲答应了这门婚事。林志雄心头的一块石头落了地。定亲头几天，木莲希望回一趟潮汕老家，亲自向姑妈说说这门婚事。姑妈是这个世界上唯一牵挂她的亲人了，木莲也常常挂念姑妈的健康。她征求林志雄许可，如果可以的话，她想接老人过来住两天，看莫木一眼。林志雄认为她的想法合情合理，只是住宿问题怎么安排呢？还是林母思维敏捷：“住在农场啊！那里莫木的房子全部装修好了，添置几样被褥，不就成了？”

“好。就这么定了。”林志雄安排阿松准备启程。阿松就告诉大伯，香儿也在念叨想回家看看父母，姿娘仔想家了。林志雄就让他和王木匠商量，阿松也正好回家看看父母，一并接父母来花城，在新房子里住些日子。

木莲姑妈第一次出远门来到花城，这几天莫木开车载着她和木莲游玩花城繁华热闹的商业区和市区里几处有名的风景名胜。阿松的父亲不喜欢热闹，就和阿松妈在农场闲逛，在新房子里东瞅西看。

与此同时，林志雄择了吉日，开始了大本营的搬迁。平日里安静的农场突然一下子人声鼎沸，大大小小三辆货车来来回回运送家私、家电和大包小包的行李，看上去坛坛罐罐、锅碗瓢盆林林总总，工程量不小。繁杂的搬家事项在阿松的指挥调度下按部就班、紧张有序地进行了两天。老宅里大部分器具、家私都留了下来，给阿松他们办公和接待使用，新家也只带过来个人的生活用品、厨房用品，其他大部分物资都去一站式超级市场采购。参与搬家的人员经过林志雄筛选，仅挑选了五个绝对信赖的下属与阿松、潇湘兄弟、王木匠等全程参与。莫木因为要陪同木莲和她的姑妈外出游玩，没有出现在搬家队伍中。晚饭过后，搬家工人撤走了，莫木一直在林志雄的别墅忙碌，他和阿松、潇湘、王木匠他们调整家具摆放的位置，打开包裹，清理各种器具、用品。

木莲和她那患有风湿病、腿脚并不利索的姑妈也在厨房帮忙整理餐具，老人扭扭摆摆，摇晃着肥胖的躯体，在厨房和林母说说笑笑，爽朗的笑声时不时就划破夜空，传上二楼林志雄他们紧张忙碌的宽敞房间。林志雄判断，姑妈对苦命木莲的这桩婚事应该是满意的。

第二天一大早，在新家的餐厅用早餐的林志雄就听到母亲跟他说，阿莲姑妈的意思，他们也都老大不小的年纪了，订婚、结婚合并着办，她希望孩子的婚事早日安顿妥当，也了却她的一桩心事。姑妈说：“我这把老骨头时日无多，说不定哪天就叫不答应了，此番首次大老远来一趟省城，兴许就是最后一次。不如订婚和结婚就合在一起办了，往后啊，就是给阿莲他们瞅个合适人家的孩子，领养过来，后继有人。”

这个消息令林志雄喜出望外。他知道，这些天，除了忙着搬家，母亲和妻子为莫木和阿莲的婚事没少操心，她们不声不响地在与远道而来的木莲姑妈相处中影响着这对姑侄，循循善诱，入情入理，为这对饱经风霜的成年人的婚事撮合、斡旋，化解顾虑，消弭分歧。

“阿妈，我替莫木谢谢您！”林志雄一本正经地对母亲说。

这样，莫木就得到了一个妻子。

简短的婚礼仪式照例由林志雄主持，地点就放在农场别墅区一进大门第一栋莫木的新宅子里。出席活动的除林志雄一家，还邀请了住在闹市区的柚子一家和王木匠。潇湘、阿松、染儿在忙各自手头的事，吃完中午的婚宴，就回城上班去了。

几个男人餐后就走到后排林志雄的别墅，在二楼书房坐下来喝茶。王木匠张罗烧水、清洗茶具，林志雄、柚子、莫木坐下来抽烟。柚子宴席上多喝了几杯酒，看上去面孔涨红，气喘如牛。

饮茶期间，柚子一个时期以来积累的怨气和郁闷终于借着酒劲儿释放了出来。他粗声粗气地咒骂欧秃子毁了他热爱的职业，让他失去事业的凭借和依托；抱怨他自此在林氏家族被忽略，地位一落千丈；他历数自己的落魄、失意和委曲求全……雄哥几次劝导他，不要在莫木大喜的日子谈论丧气的话题，但柚子似乎止不住。他喘着粗气，面红耳赤，嘴巴里喷出一股酒气。仿佛他今天不是来参加好兄弟的婚礼来的，而是一门心思要大倒苦水。后来，他竟然像个怨妇一样哭了起来，全然不顾体面。林志雄默不作声，耐心听他倾诉，很久以来，他已经敏锐感觉到了柚子的变化，他理解他的诉求和委屈，只是眼下的情况，他一直没有完全考虑妥当老战友适当的位置和新职业的切入口。他甚至曾经简单粗暴地认为，时间也许会解开柚子内心的结，淡化柚子的失落感和固执地对地位、权威、荣誉的渴望。他忽视了作为一名地地道道潮汕人的柚子对虚荣、体面、要命的讲排场顾面子的陋习坚韧不拔的追求。看来，当初他草率地判断他经历时间的消耗会像莫木一样安天知命、从容豁达是个错误的判断。有那么一刻，林志雄甚至天真地认为柚子的变化不过是中年男人常常会经历的更年期综合征的表现罢了……柚子还在唠唠叨叨、断断续续啜泣……他自责由于自己的失职导致客运公司被人纵火，恶声恶气咒骂自己今天的处境都是咎由自取、理所当然，说自己无所事事每月领取高额薪水时都心如刀割、羞愧难当……“眼看农场的大房子竣工了，陆陆续续有人搬过来，自己没份。我鞍前马后、风风雨雨追随雄哥，可在雄哥眼里成了可有可无的窝囊废……”他号啕大哭起来。三个在场的男人脸色难看，神情错愕、忐忑。林志雄示意莫木和王木匠离开。

莫木他们下楼的时候，就听到林志雄愤怒的吼叫声传来：“你他妈的给我听着！堂堂大男人，一个上过战场的军人，像个妇道人家一样哭哭啼啼，呜呜哝哝。

整天鸡毛蒜皮，怨气重重。你的老婆还在楼下收拾厨房，你竟然不顾体面在我面前抹眼泪……”

宽敞的书房霎时安静了下来，然后是长时间的沉默。

阿松一直在人去楼空的贝勒府忙碌，工人们已经将狼藉一片的室内垃圾、杂物清理出去，一辆轻型小货车停在贝勒府院内，头戴黄色安全帽的工人手拿铁锨正往车厢里填装垃圾。阿松和地产公司的林普德总经理商量老宅的粉刷和装修。他们出出进进，楼上楼下查看房屋建筑结构、水电布局，在文件夹上记录办公区的安置和接待室的装饰。后来，小货车走了，他们站在洒满秋日夕阳余晖的院子里抽烟。

“两百多年过去了，老房子现在看来依然有味道，经得住时间检验。”林普德看着殖民时期葡萄牙式的老房子说。

他知道林志雄对老建筑、老物件、有年代感的东西非常尊重。时间，是任何东西都无法替代的奇妙之物，它无始无终，虚无缥缈；它本身并不记录和叙述；它只刻画和改变，与光线和空气一起在所有事物上发生作用，留下印记。只是人发明了文字和计时工具，把有限一段短暂的刻度记录在苍白无力的古旧典籍的文字里。它其实无时无刻不在天地玄黄之中，蛮荒以前，有史以来，未来以远，寄住在旧房子、老街巷苍老的面容里，那些斑驳的青石，残垣断壁，苟延残喘的老树……岁月无痕，屋檐下的鸟雀换了一茬又一茬，门前热闹的大街枯枯荣荣，行人熙攘或者荒芜冷清，一代一代人如同飘零的落叶，转眼即逝。而珠江不语，迤逦东去；逝者如川，来者啁啅……

阿松在傍晚驱车回到农场，这时传来柚叔喝完喜酒回到家中割腕自杀的消息。莫木给外出应酬的林志雄打了个电话告知这一突发情况，接着就驱车赶往医院。柚叔躺在医院的病房里输血，目前还没有苏醒。一位年轻的主治医生告诉莫木，已经补充了不少血液。

林志雄急匆匆赶到医院，看见莫木和阿松在场，目光对视了一眼，谁也没有说话。柚子的老婆在走廊的长凳那儿哭泣，两个女儿陪在身边宽慰她。见雄哥走过来，那女人哭得更厉害，“呜……呜，雄哥，怎么会这样？呜……呜……”她哭哭啼啼述说。

“没事。会好起来的。我知道他近两年的苦闷，但没料到如此脆弱。”他拍一拍那女人多肉的脊背，看着两个背着书包读中学的女孩。

那女人边哭边说：“柚子把雄哥的友谊当命根子。他说，他被冷落了，遗忘了。”

“唉！我已经在给他张罗新的业务，他即将重新披挂上马。还没腾出工夫告诉他，他就等不急。”他说。

他又接着说：“柚子在缅北刀山火海都过来了，会没事的。我这就过去见医生，看看需要做些什么。”

许久，他从医生值班室出来。

阿松敏锐地觉察到大伯脸上放松的神情。

“那个年轻医生是个地地道道的潮汕人。柚子失血过多，幸亏抢救及时，现在心率和呼吸都在走向平稳。他会好起来的。”大伯说。

众人都松了一口气。

柚子在医院恢复治疗的这当儿，林志雄快马加鞭拜访了几个重要的关系人，他已经瞄准了政府即将推向市场的一块极具商业开发潜力的商用地盘。那里紧邻城市中心，区位优势诱人，周边簇拥着响当当的写字楼、商场、百年历史的大学、名头响亮的中学和实力雄厚的医院，是各大地产商竞相争夺的目标。尽管该地块价值不菲，标价已经远远超出去年地王的三倍，但行内人士心知肚明，拿到那块地，赚钱就如探囊取物，易如反掌。政府标价越是惊心动魄，大小报纸的头版头条和电视台的黄金时段越是添油加醋地炒作，它的知名度就越高。报纸的各种套红标题夸张、惊悚的用语和市民的街谈巷议，其实，都是在无形中助推市场热点和在做免费的广告宣传。掮客永远不嫌事大；跟风趋利者闻风而动，摩拳擦掌，跃跃欲试；看客们内心张皇，满腹狐疑；一贫如洗的外乡客风餐露宿，生如飘蓬。

他从位高权重的梁鸣住地出来，心里已经有了七八成把握。林志雄的思维习惯是，万事不到板上钉钉，永远不会满打满算，自以为是。

夜幕浓重，街市华灯一片。车流如织，临街食肆座无虚席，食客的喧哗声嗡嗡嘤嘤，嘈嘈切切。俊男靓女信步商业区，踏着恶俗、刺耳的音乐节奏，广场舞大妈们跳着千篇一律、扬扬自得的舞蹈。肢体残缺的乞讨者正在卖力兜售苦难，希望获得路人的施舍。形色诡异的青年男子穿梭在人流中，明目张胆地向擦肩而过的行人推销赃物。

林志雄在街边电话亭拨通远在湖南株洲的王家槐的电话。那时，远离花城的“湘西王”已经在那里站稳脚跟，他吸取教训，开始在隐秘中重操旧业，从前的旧部大都归队，在一些关键位置上发挥作用。株洲是京广铁路线上的重要交通枢纽，那里交通四通八达，南来北往的货物、人流通过那个交通枢纽分散去往全国东西南北各个方向。这个紧邻南粤的地级城市正以日新月异的速度发展和建设，辖区内庞大的农业人口、商贩除了一部分南下广东，剩下的一部分拥挤在市区和快速扩张的城市周边寻找生计和出路。孙行者的马仔持枪杀人的案子拖了很久，杀人者判了死刑。在律师巧舌如簧的周旋下，孙行者最终获刑十年。“湘西王”的大本营秘密迁往株洲后，陆续收编了一些孙行者的部下。案子逐渐淡出人们视线后，原来盘踞花城车站、码头、商业区和地下赌场的人悄无声息地陆续回来了，只是“湖南帮”内部经过整肃和清洗，淘汰了一部分劣迹斑斑、在花城警方已有案底的老手。他们行事更加警觉、诡秘，作案手段和套路愈加隐蔽和收敛。赌场业务人多嘴杂，大规模地下赌庄太招惹耳目。他们化整为零，去往城市周边流动人口众多、治安混乱区域售卖政府禁止的香港马会“六合彩”。这些分散的六合彩售卖点大多以临街小吃店、烟酒摊点、零担货物中转站或者货运信息经纪行作为外衣掩护，投注金额门槛低，从两元一注到几千上万，上不封顶。一些财大气粗的豪赌客在小金额下注尝到甜头后一掷千金，梦想鸿运当头，一夜暴富。但大部分下注者十赌九输，依然是生活在廉价出租屋的打工仔。当然，也不乏输红眼的本地冒失鬼，用自建房屋做抵押，借下高利贷孤注一掷。开码时间准时在晚上八点通过香港电视台揭晓。那一刻，有人喜形于色，雀跃蟹行；有人捶胸顿足，美梦破裂；有人一言不发，黯然离去，瞬间跌入冰窟。家破人亡、露宿街头的事情时有发生。当然，地下投注站大肆渲染的幸运者往往是彩票营销的噱头：撞大运者瞬间金银万贯，兑现的钞票成捆成摞地摆在投注站破旧的木桌上。轰动一时的财富效应，既树立庄家的信用，反映资金实力，也无形中传播了香港六合彩“公平、公正”的游戏规则。

雄哥在电话中将柚子自杀住院的消息简短告知王家槐，谈了柚子的失落和苦闷。就下一步打算让柚子牵头，在王家槐六合彩业务目前还未及伸手的区域开辟市场的意图征求对方意见。林志雄明白，“湘西王”虽远在株洲，但他在花城的地下六合彩地盘从未易手，虽然经受冲击，但一直在暗中营运，那些隐蔽在郊区街市的彩票网点没有撤退，只是更加小心谨慎和不事张扬。每一个看上去摆不上桌面的地下隐蔽行业，都有外人看不见、摸不着而帮派内部却泾渭分明的界限，从事这些隐蔽行业的帮派都有固定的势力范围，在盘根错节、野蛮生长的过程中都经历了残酷的搏杀和利益争夺，黑吃黑、大鱼蚕食小鱼和虾米的游戏日日上演，如同表面看上去阳光灿烂、郁郁葱葱的林莽或者波澜不惊、碧波荡漾的江河湖泊一样隐伏着吞噬游戏。

“湘西王”听完，沉吟良久，最终点头。“不过，雄哥！我一直欠你的情。这事，我们还是约个时间坐下来，把一些话说在明处，先小人，后君子。把界限弄清楚了，免得今后争争吵吵伤了兄弟和气。”

“好。等柚子康复，我们一起前来株洲拜访。兄弟一别，也有两三年未见，咱们好好聚聚！”雄哥挂完电话，身体斜倚在电话亭内壁陷入沉思：看来，“湘西王”真的今非昔比！他的意味深长的沉吟和瞬间厘清是非利害的能力已不再是很多年前那个啰里啰唆、瞻前顾后、土气、自卑的咕哩佬可比了。实力让“湘西王”自信，交往有理有节，看问题直截了当。

林墨染自从见到钟鼎文那一刻起，就打内心深处不喜欢眼前这个容貌丑陋的老头儿。他赤着双脚，穿着宽大的亚麻布肥佬裤，上身套一件同样是亚麻质地的皱皱巴巴、圆领、领口有三颗扣子的渔夫式短袖上衣。一身酒气，一头乱蓬蓬的白发，肤色黑中透出酒精上脸的那种涨红，从额头以下，鼻梁延伸到人中、下巴的整条中轴线前倾，仿佛出生的时候有人捧住他的面颊使劲往中间挤压过似的，从而使他的鼻梁、嘴巴一带和下巴鼓凸出来。当然，这也包括他鼓凸的眼球。

他跟随父亲走进一个农家小院。院门并不起眼，看上去普普通通。一截深灰色古旧的石墙被当作照壁保留了下来，石墙后面是宽敞院落，一排茅草房与一栋全玻璃的透明建筑形成直角，隐藏在起伏的草地和一些造型别致的老树后面。修剪整齐的草坪上，零星、随意地摆放着一些样子怪异的石头。在那里，他还看见了一只奶山羊和一只正在向他们张望的苏格兰牧羊犬。庭院里，溪流淙淙，在低洼处形成自然的水潭，水面躺着睡莲，几朵黄色的莲花惬意地漂在圆形叶片的缝隙处。一黑一白两只天鹅浮在水面，见到陌生人后，它们一扭尾巴，游向水潭远处大树的阴影里。树下有个独木支撑的茅顶凉亭。

他们在赤脚老人的引领下，走过溪流上面的木制拱桥，穿过一个簕杜鹃盛放的花棚，在亭子下面坐下。老人回屋去拿茶具的当儿，染儿才有机会对父亲夸赞这栋独特、雅致的庄园，“在繁华嘈杂的都市边上，居然有这么一栋依山傍海的神仙居所，真是让人大开眼界。”他说。

“谈完了你的正事，我带你去见识先生的马。就在那边，”父亲指一指那栋玻璃房子，“那个玻璃房子后面，通往另一个小院，马厩就在那里。先生须臾不离他的马。他在玻璃房子里工作，随时可以俯瞰到那些毛皮像名贵丝绸一样闪闪发亮的家伙。”

老先生端着茶盘过来了，笑嘻嘻的。“阿雄，你猜，刚刚谁来电话了？”他说。搁下茶盘，开始烧水。

“您这里高人、名流荟萃，我猜不出来。”

“梁鸣。那个大忙人！”面色涨红的老人说。他打开一只哥窑冰裂瓷的青黄色茶叶罐，用一支小巧的竹铲取茶。

“我告诉他，你和你的公子在我这里。他马上就说，让你一个钟头后去他家楼下接他。他还说，不想要专职司机掺和这种私人的聚会。”听得出来，老人对梁鸣的不期而至非常高兴。

“好吧，喝杯茶先。然后你就准备出发。你刚才说你的公子叫染儿？嗯呵！我记住了，这名字好听，林墨染，有意境。哎，我说阿雄，你这个人读书不多，取名字倒是蛮有水平。林潇湘、林墨染……”他开始调侃林志雄。墨染看得出来，他们之间的交往随意、熟稔，便放松了下来。

“你放心去接梁鸣，染儿就放在我这。我待会儿领他去见识我的马。好吧，我得赶紧给女儿打个电话，要她带那个顺德厨子过来准备晚饭。这年头，我已经不大习惯在酒楼吃东西了。山珍海味，我都不大放心，现在的世道，什么环节都有坑、有毒。连吃饭都不那么放心了。”先生说。

林志雄去了一趟车上，拿过来一大包东西。“这里给您带了一些自家产的好茶。我知道先生口味刁，特意精选的茶品。还有这个，”他手上拿着一截像腊肉一样的古怪东西，郑重地说，“这个是一块名副其实的沉香，您是花城有名的玩家，试试它，看钟不钟意。”

“啊，你总有好东西分享给我，让我喜出望外……”他接过那截朽木一样的东西，双手捧到鼻尖那里闻，然后深吸一口气，“嗽，简直太美妙了！我喜欢这味道。可是，我说阿雄，我老是收你的宝贝，拿什么来回馈你哩？我这儿除了马呀、鹅呀、山羊呀这些东西，就没什么值钱的东西喽。我除了对建筑、装潢、绘画这些东西在行，基本就是个废人。你对我真是太好了！我得找个法子回个心意才行。”

“请别往心里去。我有幸得到一些稀罕东西，自然分享给先生和梁鸣才是。您就不要客套了。不过，今天我带儿子前来拜访，确有要事。”林志雄话题一转、一顿，顺手拉起邻座的染儿，“幼子在法国是学珠宝设计的，他鬼使神差玩起了跨界，正在竞标我即将完工的沉香大厦和广场的整体装潢设计。他弄了个方案，我是外行，不懂这些。但他用了不少心思，抛出来个初步模样，想让先生给把把脉。今后，如果他从事这个行当，先生如不嫌弃，就收下这个学生。”

老人正在熟练地洗茶，把手中的茶碗放下，开始专注地看林墨染。那一刻，染儿瞬间感受到形容枯槁的老人有力的目光：那目光聚精会神，犀利，温和，清澈，有一股仿佛洞穿一切的锐利劲儿。

“哦，你是学珠宝设计的？”

“是的。先生。”

"从未涉足过建筑领域？"

"是的。仅仅选修过部分课程，在巴黎听过一些大师的讲座。"

"这个行当非常苦，并不像你想象得那么容易。"他开始冲茶，然后把茶汤倒进茶海上的过滤器，再斟进三个小瓷杯。伸手示意客人饮茶。

"好吧，好吧。等会我们两人单独聊聊，看看你的立意和大图。"

林志雄插话："真是不好意思！在星期六，您放松和休息的时间让您劳神费心。"

"没什么。这个可不敢儿戏，我看过方案再说。你准备出发吧！把时间留给我们。"老人起身，又对染儿说，"你去取图样过来，然后上那栋房子的二楼，我们这就开始。不过，我得赶紧给女儿打个电话才行。今天一早，海边种稻子的农友捉来一盆新鲜漂亮的禾虫送给我，得赶紧让厨子处理了待会下酒。"他边打电话边往玻璃房子那里走去。

"有禾虫吃！真是有口福了。"林志雄喜出望外。

"是上等禾虫，正应季，错过就要等下一个时令。"先生说。

岭南饮食中仍然保留了百越先民丛林生活时期养成的食虫饮食习惯，海边滩涂挖出的沙虫，溪流出产的沙蚕，泥沼中浮游的塘虱（也叫"水蟑螂"），淤泥中钻洞的土狗蚍蜉，竹虫，蜂蛹，蚱蜢，林林总总。这些虫体食材中，禾虫算是顶尖的靓货，它们生长在海边咸淡水交汇的稻田水域，以腐烂的稻秧根为食，因此也叫"稻底虫"。在每年种植两季水稻的珠江河汊滨海农田，五月和十一月是禾虫成熟的繁殖季节，成虫钻出淤泥成群交配，这个时候容易打捞，新鲜上市马上就会成为饕餮食客竞相追捧的美味佳肴。骤雨过后，漫天红霞，正是采集禾虫的好时机，种稻人把这种天象叫作"禾虫天"，广府童谣唱"天红红，捉禾虫，卖到鸡笼埋……"，形象道出黄昏劳作，傍晚上市，售卖到鸡笼隐没夜色的场景。禾虫出水身体通红，样子像一只只身体扭动的小蚯蚓，泥沙清除干净的禾虫蒸蛋或煎炒，简单烹饪，就是一道滋味独特的美食。其实挑逗、撩拨食客味蕾的是红色禾虫腹内成熟的生殖腺，入口爆浆，其滋味无与伦比，食过一次就终生难忘。

林志雄往返接人到达庄园用了两个多小时。回到庄园敲门的时候，开门的是一个体态丰盈、容貌姣好的中年女子。她是钟鼎文先生的女儿钟蕙兰。寒暄过后，她指一指玻璃房子说："还在工作室里面，老爷子找到感觉了，一进入状态，什么都忘了。"

她将林志雄和梁鸣迎进来，关好大门，冲着玻璃房子大叫："daddy！下来喽。贵客到。"

不多时，头发蓬乱、赤脚的老人和染儿走出玻璃房子。路上，老人还在起劲地和年轻人说着什么。

林志雄给梁鸣远远地介绍说："那个年轻人是幼子林墨染。"

梁鸣与墨染握手。众人在亭子下落座，钟蕙兰就过来烧水换茶。

她单膝跪地，动作熟练、优雅，透出见多识广女性的从容、内敛和柔美。一件剪裁合身的藕荷色丝绸旗袍，没有任何花纹和刺绣装饰，只在脖颈上挂着一串质地上乘的翡翠项链。

钟先生有一儿一女。子承父业，在建筑领域造诣颇深，婚后一家子移民美国，现在在弗吉尼亚州一所大学任教。蕙兰是先生身边唯一的依靠，隔三岔五回来居住，每有重要的访客，她就充当女主人的角色。她拥有香港户籍和一段短暂婚姻，没有孩子。在花城经营一家卓有声誉的古玩行，主要做一些古玩、字画和现当代艺术品的收藏、经营和投资咨询业务。因为与香港艺术品市场往来密切，对瞬息万变的市场动态窥得先机，加上她对收藏品价值独具眼力的判断，这些年的生意回报颇丰。她为人自信大度，品位优雅，在花城业界信誉良好。地方名流、鸿商巨贾、政界要人和一些不愿意抛头露面的隐形富豪，愿意通过私人委托，让她承办私人藏品的专家鉴定、估值、转手交易等。这些来路可疑、价值连城的艺术品大都在香港结算，交易资金存入信誉良好的外资银行。钟蕙兰深知其中的风险，她隐秘地担当供需双方中间人的角色，并不插手交易细节，偶尔为某一桩价格分歧较大的买卖提供中肯意见和风险评估，让一些看起来阴云密布、毫无希望的交易拨云见日、达成共识，握手言欢。

钟先生的妻子曾是誉满粤港澳的戏曲名伶，出生在家底殷实的西关大屋。祖上来自福建厦门，早在乾隆时期十三行贸易享誉世界的时候就是花城经营茶叶生意卓有声誉的闽商，其家族在茶叶成品交割时浩浩荡荡的船队从泉州港出发南下，白帆点点，逶迤绵延数十里，一眼望不到头。蕙兰母亲在戏曲人生鼎盛时期登上过珠江三角洲繁华都市的众多驰名舞台，经她演绎的戏曲剧目和脍炙人口的粤曲唱段至今仍是上年龄的戏迷们津津乐道、流传甚广的佳话和唱段。她在"文化大革命"中饱受摧残和羞辱，作为"封建余孽"和"大毒草"被人绑住游街示众，剃阴阳头，泼粪，吊打。一天晚上，她平静地沐浴之后，独自在卧室化了完美的戏曲妆容，换上华美的金枝玉叶戏服，戴上雍容华贵的凤冠遮掩刺眼的阴阳头，轻声哼唱几句熟稔的唱词。然后吞下了一盒名贵的祖传龙泉印泥，体面地告别人世。那年，她二十九岁。钟先生那时在韶关"右派"劳改农场接受改造，三个月后才接到噩耗，身心备受打击，此后性情变得古怪和孤愤。

新冲的茶是林志雄方才拿来的，水蒸气飘散开，一股沁人心脾的花香弥漫在草亭间，如兰似桂，是梁鸣熟悉的味道。众人陶醉在滚烫、热烈、浓郁、醇正的茶香里。

“好茶！”钟鼎文说。

“阿蕙，请点评一下这款茶。女性的味觉更灵敏、细腻！”林志雄笑着说。

钟蕙兰嫣然一笑：“雄哥，我们家喝你的茶有些年头了，其他的茶都喝不上口。如兰似桂，丝滑醇厚，余香萦绕，回甘生津。真是妙不可言。”她给众人添茶，从梁鸣的茶杯开始，然后是林志雄、染儿，再到父亲，自己面前的杯子一直空着。“我今天搽了口红，会影响茶汤的纯正味儿。”

“我去厨房看看，不然，厨师又找不到东西抓瞎了。”她起身告辞，低眉浅笑，欠一欠身离去。

钟鼎文抬腕看表：“时间紧张！我说染儿，吃过晚饭，你开车回去取你的全部资料过来。我下周三要赶去狮城新加坡开一个学术会议，你作为我的私人助理与我同行，我带你去长长见识。对了，今晚开始，你就住在我这里。我们今晚就开始工作，把你的方案完善了。”

“文伯！头一次见面，你就这么器重犬子？”林志雄笑着说。又看神情谦卑的染儿。这会儿，林墨染已经没有了初来乍到时的距离感和内心的抗拒感，像一只完全顺从的羊羔一样变得放松和心甘情愿。染儿说：“好的。我把准备的东西一起搬来。我要通知方南他们明儿一早赶来吗？”

“不。我通知他。他赶来前，还要到学校图书馆帮我借两本重要的文献带过来。”

“嘀！你的仔，不简单！他是个人才。方案非常有想法，极具想象力。大胆、有创意。”钟鼎文指指点点林志雄，接着说，“不过，接下来，我们得忙几天，看看怎么把他这个天马行空的设计落到实处。有些烦琐的工程力学计算，一定要数据准确、可靠。这是个大工程！阿雄，依据这个方案，可能装修的投资预算大大超出你原定的预估。但我要说，创造一个梦幻的经典，值！”他用力地拍染儿的肩膀，然后又兴奋地摇晃他，弄得染儿单薄的身体像个拨浪鼓一样剧烈晃动。

钟鼎文看一看一脸惊喜的林志雄，又看一看微笑和投出赞许目光的梁鸣，接着说：“主楼一定要庄严，古朴。世界上经得住时间检验的经典建筑无一不是遵循这一美学理念。然后通过奇幻、瑰丽、异想天开的元素去烘托、晕染它。”

林志雄收了笑容，一脸严肃：“文伯，这么说，您打算收这个学生啦？”

“当然。我喜欢这孩子。”钟鼎文放下茶杯，郑重神色说。

“文伯，我知道，您退休后立下规矩不再收徒。您如此破例是墨染的造化。我知道您不在乎钱，但我们父子用什么来感谢您呢？”

这当儿，钟蕙兰走过来了。她邀请客人到餐厅就餐。

“这个好说。从现在起，染儿，你每周六、日两天过来陪我骑马。这是工作。我不需要你支付学费，你今后要每周过来两天，学会照料我的马，和它们交朋友。”说完，钟先生起身领着客人往餐厅走去。

梁鸣像个忠厚的长辈一样拍了拍染儿的后背，“好好跟钟先生学，这是个绝佳的机会。”他说。

深秋夕阳的余晖洒满轻歌细语的海面。他们用过餐后茶，稍作休整，就准备出去骑马驰骋。钟鼎文从里屋出来，换了一身洁白紧身的骑马服，霎时间，他从一个松松垮垮的老人一下子变成了一个精神抖擞的骑手。他挥动马鞭，在马靴上抽得嘭嘭响，腋下挟着白色的头盔。“你确定不和我们一起跑上几个来回吗？”他对林志雄说。

“我是步兵出身，你们是威风八面的骑兵！我就不凑热闹了。”林志雄转身对梁鸣说，“我这就去车上取你的行李过来换装。你们放松骑马，我和染儿回去一趟，搬他的资料和生活用品过来，省得年轻人丢三落四地来回折腾，耽搁时间。”

“好吧，好吧！不过，你要带染儿过来看看我的宝贝才行。”

“当然。一定要他见识一下那些漂亮的精灵。”他们往玻璃房子后面走去，林志雄去车上拿行李。

推开围墙上的一扇柴扉，马场就在眼前：它是山坡上一条狭长的林地，一排瓦房依山而建，那里是马厩、草料仓库、储物间以及养马工人的住所。瓦房前面，有一个木栅栏围闭的圆形驯马场。一条泥土小路从林地中央伸向远方，消失在绿树丛中。路旁，有一条水质清澈的小溪，碧绿的水藻随着流水摆动，摇曳生姿。遛马的时候，马儿就从溪流中饮水。

林志雄拿来梁鸣精致的旅行包。钟蕙兰也在那里，她接过旅行袋，对林志雄说：“晚上我顺路送鸣哥回去，雄哥就不用劳心了。”接着就带梁鸣去了瓦房那里的更衣室。出来的时候，梁鸣已经换了神采奕奕的骑马猎装。这当儿，养马工人从马厩牵出两匹身材健壮、高大，毛皮闪闪发光的大马。一匹周身漆黑，宛如绸缎；另一匹枣红马，额头正中央有一块醒目的菱形白斑。工人熟练地给它们套上马具的时候，那匹枣红马抖动四蹄，嘴里喷出巨大的响鼻。

温柔的海风轻抚山坡，海涛呢喃。远处是珠江入海口繁忙的伶仃洋水道，船体巨大的远洋货轮进进出出，汽笛声此起彼伏。马场上弥漫着海洋潮湿的气息、不知名野花的香气和牲口粪便的气味。

梁鸣翻身上了那匹黑马，钟鼎文在工人协助下跨上枣红马。他们一前一后在圆形的驯马场溜达、热身。不久，梁鸣策马扬鞭，黑马奋蹄向前，枣红马接着起速。在圆场地跑了几圈后，枣红马一马当先，驶出栅栏，他们沿着林间小路，一溜烟，马蹄嘚嘚，消失在林地尽头……

第十章

地下博彩

柚叔的第一家地下博彩投注站设在城乡接合部一条人来人往的商业街末尾。店铺主要经营走私名烟名酒的批发业务，生意看上去平平淡淡。然而，从下午五点左右开始，附近工厂工人倒班时间到晚八点香港马彩收官出号之前这段彩票销售高峰时段，穿着廉价 T 恤、脚上趿着人字拖鞋的民工络绎不绝来到小店消费。他们聚在一起，热烈地讨论一些道听途说的开奖消息或者地下发行的油印小报预测的生肖数字，绞尽脑汁试图破译那上面刊载的藏头露尾预言诗。准八点，香港电视新闻公布开奖号码，人声鼎沸的投注站和在那附近溜达等候幸运号码的赌徒一片哗然。有人兴高采烈，有人垂头丧气，有人懊悔临场轻信传言更改投注号码导致与大奖失之交臂，有人则面如土色独自走开。这些远离家乡在外闯荡的异乡客中，年长者平日里节衣缩食，省吃俭用，每月要从微薄的收入中邮寄一大部分给远在老家的妻子去供养子女读书、给老人买药。年轻未婚者无羁无绊，肆意挥霍，要不了十天半月就囊中羞涩，身无分文。他们在浑浑噩噩中随波逐流，凭着生命的惯性往前滚动，哪黑哪歇，随遇而安。透过博彩押注，赌上运气，死水微澜，晦暗的生活通过这一刺激、冒险的游戏多了一些情趣、慰藉和异想天开。对他们来说，生命全部的意义就在“死”和“活”之间踢踏，身处苦难而不觉，同在一片蓝天下而毫无尊贵、体面可言，任凭命运摆布而逆来顺受，自私、狡黠、沾沾自喜而又灵魂空洞。

柚叔重新焕发斗志，全力以赴投入新业务的拓展中。那是他和雄哥在株洲之行返回花城一星期之后的事情。在株洲，他们受到“湘西王”热情的款待。那时，“湘西王”因为在花城警方留下案底，王家槐通过遍布大街小巷的“办证”牛皮癣广告，用低廉的价格从办证商贩那里弄到了一张新的身份证。他对外公开的身份叫“辛公民”，是一个湘西失踪人口名单上的名字。

极度辛辣、令人味蕾火烧火燎的湘式酒宴过后，在“辛公民”豪华的办公楼，聊天从他们共同关注的孙行者的入狱开始谈起。那时候，孙行者被判刑十年，已在河源的监狱服刑超过一年。其间，受“湘西王”委托，林志雄到狱中探视过一次。他们就隔着铁窗，抓紧时间小声交流。林志雄告诫孙行者，他唯一要做的事情就是耐心和顺从，严格杜绝节外生枝。

“我们谈得很好。他看上去精神状态不错。知道你的努力和良苦用心。”他对王家槐说。

整个下午，他们都在谈论孙行者。

晚上，在王家槐的办公室，柚子在场，他们三人就彼此共同关注而且敏感的地下博彩业势力范围做了简短的协商，雄哥低调豁达，极尽谦和。不大工夫，两个信守江湖义气的老友达成一致，他们对着一张崭新的花城旅游地图，由王家槐执笔，在“湖南帮”势力业已完全布局成熟的西、北区域用粗大的红笔画出一条红线，城市东、南区域警力充裕的硬骨头划归“潮汕帮”开拓。约定清晰简明：一、遵循红线界线，各自发展业务；二、信息、情报共享；三、保持高层联系，化解误会和纷争。这场郑重其事、肥得流油的隐秘市场分割看上去就这么粗心大意和草率地敲定了，没有任何文字记录，仅仅留下了双方各自持有的两张画了歪歪扭扭红线的城市旅游地图。地图下方的空白处，签了“槐”和“雄”两个字，下边是落款日期。

其实，这场表面上看起来寻常、随意的约定，是基于双方长期以来的友谊、信任和江湖规矩：一、遵循先占为王的既成事实，市场分割由先入者操刀；二、君子一言，驷马难追，无需诉诸文字留下遗患；三、协作、分享和争议的解决。

签完字，王家槐领着二人进入他那灯光辉煌的会议室。会议室坐满黑衣人，椭圆形会议桌中央预留着三个空位。林志雄来到门口时听到一声简短的口令——“起立！敬礼！”会议室里，黑衣人齐刷刷起立行礼。

“请雄哥检阅！”王家槐大声说。

林志雄鞠躬致意。会议室瞬间掌声雷动。

从株洲返回花城，柚叔开始雄心勃勃地二次创业。带着几个小弟，每天花十几个小时泡在店铺或城中村乱哄哄的街巷，花一些小钱同赌鬼们交朋结友，吃吃喝喝。他们不声不响，步步为营推广业务。一开始，投注站每天光是廉价的“双喜”牌香烟的派发和茶水的应酬都要消耗一个专门的人手打理，但柚叔明白，这些投资都是值得的。买马的人在店里逗留得越久，对他判断市场、获取信息、调整策略越加有益。他希望一开始中奖面更广一些，这样可以增大博彩的诱惑力，通过大张旗鼓地宣传中奖事迹，用中奖事实直截了当印证扑朔迷离的博彩运气确实存在，这样就达到事半功倍的效果。投注站还通过隆重的仪式为兴高采烈的幸运儿披红挂彩，兑现成捆成捆的百元中奖大钞，希望更多的人见证和知晓。老奸巨猾的柚子知道，这对扩大投注站知名度、建立兑奖信誉至关重要。为此，他们绞尽脑汁施出了一些刺激彩票销售的手段，在暑热难耐的时候每人分发一根价格便宜的冰棒或者切开一只凉冰冰的西瓜慰劳赌客，凝聚人气。打从第一间彩票站站稳脚跟开始，他就乐此不疲地复制这样的模式，像肿瘤细胞一样快速扩散和渗透市场。开发区工厂林立，到处弥漫着制鞋厂皮革和胶水难闻的气味，令人头晕目眩，丹宁布印染企业大肆排放的污水让沟渠河道变成了靛蓝色的污泥浊水。一开始，日常光顾的马迷大多是当地社区的常住居民、外来商户店主、游走的业务员。逐渐地，彩票站拥来更多的来自全国各地操不同方言的打工仔——那些背井离乡、收入低廉、生产环境恶劣、超长工作的民工，他们梦想一夜暴富从此逃离苦海；指望幸运之神眷顾从此衣锦还乡；渴望苍天有眼让他瞬间撞开财富之门，从此享尽荣华富贵……

大本营搬到农场后，林氏家族的所有男人似乎比以前更加忙碌。它现在有了一个正式的名字“白云居”。一开始，林志雄打算直截了当地叫它“林苑”，后来想着住在别墅区的人并不都姓林，冠名“林苑”具有太过明显的领地意识，他担心引起误会，就求教钟鼎文先生。钟先生沉思片刻，建议直接用农场所在地命名，给出了“白云轩”或者“白云居”作为参考选项。林志雄选择了不事张扬的后者。不出一个星期，一块凹刻着“白云居”三个红色大字的黄蜡石矗立在大门外的草坪上，它旁边还种植了一株苏铁和一丛修竹作为装饰。三个字的铭文由梁鸣题写，书体散淡、内敛，童趣中体现章草书法的变形品味，意趣无穷。

阿松在贝勒府的指挥中枢处理家族所有的事务，林志雄只是每天上午去到那里拍板定夺一些重要事项。柚子仿佛上足发条的时钟不知疲倦地拓展他中意的博彩业务，林志雄不得不在他快马加鞭的时候时不时勒紧缰绳防止这项目前还是非法状态的地下业务像脱缰的野马一样失控。花蝴蝶一样的潇湘看上去正式收心，除了不紧不慢地配合售楼部的业务，业余时间，似乎一门心思与汨罗女孩“好奇”拍拖恋爱。墨染自从师从钟鼎文，似乎一下子找到了人生的方向，全部身心都投入到沉香大厦工序浩繁的装潢业务中，钟先生像个老船长一样镇定指挥，年轻的“大副”精力充沛、信心十足。莫木倒是天天见面，在清晨的薄雾中，和着林区此起彼伏的鸟鸣，他们依山而上，半个多钟头就到达山间湖泊那儿，高大的橄榄树下，有一块平地。湖面微风荡漾，他们在那里舒展筋骨，打几趟拳。莫木拥有一套自创的壮族猿猴拳，他闪展腾挪，上下翻飞，身形和手法宛如活跃在十万大山深处枝杈间和悬崖峭壁上蹦跳自如的白眉叶猴，全然看不出有一条残疾的右腿。他是一个习惯沉默寡言的人，早饭后就和工人一起进入蔬菜种植园，安排每天时令蔬菜的装车和运输。接着和工人一起翻地、施肥、浇水、防虫。抑或蔬菜种植换季播种完工，他又紧锣密鼓组织工人处理果园的追肥、剪枝疏通光照、催熟、采果等。他和性格绵软的木莲相处融洽，在工余，花更多的时间陪伴木莲利用农场积压的果蔬精心炮制来自她家乡的花样繁多的腌菜、果脯。这些坛坛罐罐里发酵的纯手工小吃，一旦经过时间、酵素、恰如其分的香料的奇妙反应，就会形成风味迥异、美味可口的佐餐佳品，同时，又是烹饪潮式大餐的绝佳配料。每一轮私房秘制菜出坛，它们都成为在花城林氏企业服役的潮汕人津津乐道的乡味乡情，要不了半天的工夫就瓜分一空。这些橄榄菜、梅干菜、腌菜脯或者乌榄、话梅、酸梅酱、沙茶酱也是林志雄馈赠好友的一份独特随手礼，为他联结同乡、沟通故旧发挥了作用。这些选料细致、制作工序大有来头的家庭纯手工食品分门别类装在潮州玉瓷的大肚罐里。他有时要花上一个下午的时光，耐心地用一支签字笔在小纸片上写下朋友们的名字、装瓶日期、建议最佳食用期限等。这些自制的标签有时写得不够端正，他就自我调侃一番，然后重新书写，直到满意。写好的标签用宽边透明胶带粘贴在大肚罐瓶肩位置，最后恭恭敬敬在粉红色卡纸上写一段祝词，不饰辞藻，平和朴素，大多是一些问安和分享之类的内容。签上名字和日期。这些七七八八、琳琅满目的白瓷瓶装进印有林氏农场字样的果蔬箱，打包封口。电话预约了时间，这箱饱含情意的小礼物与一箱白云山有机蔬菜或者水果就被林志雄亲自送到朋友的府上。“有时候，礼不在重，而在恰当和走心。朋友不在吃吃喝喝，但也不能久疏往来，有需求时方才上门。这是一门学问，广府人讲究交往分寸和火候拿捏，像粤菜烹饪一样考究。”他对阿松说。有一次，他在分享给钟鼎文先生时又单独对染儿说。

弟弟志婴夫妇在农场住了些日子。这期间，香儿在周末休假来看望他们。她和阿松从车上卸下一大堆新鲜的食材和水果，弄得阿松妈纳闷他们大手大脚不会计划，不懂节俭。

“香儿说，她要做几个菜，请大伯、大妈、婆婆还有顺心哥、莫伯伯都过来吃晚饭。”阿松对妈妈说，打消她的误解。

“我的烹调手艺怕拿不出手。伯母一定要帮我，我等一下去请木莲阿姨过来帮忙。”香儿羞涩的样子，看上去楚楚动人。

“好说，好说。难得姿娘仔有这片心意，我们一起哈……”阿松妈笑呵呵地回应。“不过，松儿，你爸爸近来老念叨要回老家。我们也该回去了，老家的门一锁，也没有个看家护院的。”她补充说。

抽上午的闲暇空闲时间，香儿翻箱倒柜，清理衣物、床单被套，把它们一股脑儿拿到楼下去清洗，然后晾晒。午饭前，前后阳台的晾衣竿挂得像是万国旗一样随风飘扬。阿松污迹斑斑的球鞋也被香儿清洗干净，白白亮亮地躺在阳光下。

晚饭前，林志雄从山间湖泊钓鱼回来，他径直走进阿松的家。在一楼厨房，几个女人正在那里忙碌，蒸锅上嘶嘶地冒着蒸汽。

“喏！这是一条活蹦乱跳的大土鲮，非常新鲜。把它打理干净，清蒸了。水开下锅，大火蒸制七分钟。时间一定要控制精确哦！”他笑呵呵地又说，“我这就去冲凉换衣服。今天品尝一下香儿的手艺哈。”林志雄对厨房里的女士说。

约莫六点钟，林志雄陪母亲过来。莫木和王木匠已经到了。坐定，上菜。林志雄提议今晚喝一杯，莫木兴致勃勃。他故意吊林志雄的胃口：“看你喽？不喝也无妨。”他诡异一笑。

“喝！今儿高兴。叫厨房里的人都出来坐桌，又没外人。”林志雄说。

阿松应声从里屋提着一瓶陈年玉冰烧米酒出来。莫木伸手接过酒瓶，仔细端详它古朴的外包装和上面的文字标识。“看上去错不了！”他说话的时候已经情不自禁吞咽口水了。

林母去了一趟厨房，硬是把女士们赶上餐桌。

香儿腼腆地解下围裙。她的马尾辫有些松垮，看上去有一种凌乱和倦慵的美。她最后一个走进餐厅，碎声碎气对阿松说：“鲮鱼刚上蒸锅。看准时间，七分钟时间提醒我。”便挨着阿松落座。

阿松准备开酒。莫木按住他的手说：“没有别的吗？这酒珍贵，留着等你结婚的时候喝吧。”

香儿还是个小女儿家的心思，听到大人们说“结婚”啦“嫁人”啦之类的话，羞红了脸，心里扑腾扑腾直跳。

阿松说：“父亲滴酒不沾，我也不喜欢喝酒。这瓶酒在家里放了些年头了。”

“等等，我回去一趟，马上就来。”莫木起身，“前些日子，老村长上来农场，送来一坛米酒，是村里烤酒世家的老师傅的头酒，米香味十足。”

莫木回来的时候，双手捧着一个酱黑色瓦瓮。众人笑他打算今儿要灌醉一屋人。

众人开始动筷，夸奖香儿的好厨艺。香儿就又羞红脸说都是长辈的功劳，我其实就是跑跑龙套，打打下手。

阿松吃力地从酒瓮里往外倒酒。后来还是王木匠回身取过一个茶壶分酒，这才解决了每次抱起大家伙斟酒的麻烦。

林志雄嚷嚷着要喝酒，其实就倒了一小杯。

志婴滴酒不沾，低头喝汤。他咂巴咂巴嘴巴，像是自言自语："今儿这汤煲够了火候，青头鸭非常地道，滋味甜美。"

王木匠成了陪莫木喝酒的主力，每人倒满一茶盅。阿松取了一个小酒杯准备给自己斟酒，王木匠大声嚷嚷这样不成："今儿，你首次在新家做东，二舅滴酒不沾也倒罢了，你不行哦？再怎样也要拿出东道主的诚意，奉陪到底噻！"

阿松坚持不胜酒力，能力不允许硬撑。王木匠直接拿过一个茶盅斟满酒："男子汉大丈夫，顶天立地！不要辜负了香儿的厨艺。"

林志雄笑着，看他们表兄弟之间斗酒嬉闹。

这当儿，有人敲敲屋门进来了。

"这么热闹，怎的就不招呼我？"

来人是染儿。

染儿笑嘻嘻地说。他腋下挟着红色安全帽，身上的工服上还沾着工地上的石灰浆。他看上去有些疲惫，脸庞晒得黑了一些，样子比平日显得消瘦，粉丝头乱蓬蓬的，头发里还夹杂着木屑。但看上去他目光成熟，身板结实。

"我是闻着香味儿寻上门啦。来得早不如来得巧！"染儿打趣。用眼神迅速瞟了一眼俏丽的香儿。

阿松起身迎接他，接过他的安全帽放在餐厨柜上。他对染儿说："想着给你打电话来着。大伯说你在工地那边忙，时间不一定凑巧，就算了！连潇湘哥那边也未招呼，就院子里几个人凑一起吃顿便饭。快！坐下先喝碗汤。"

香儿招呼染儿坐下。染儿妈从厨房拿出一副碗筷过来，她一脸怜爱，嘟嘟囔囔说儿子在工地晒得又黑又瘦，受了不少罪。

林志雄就接上话茬，肯定儿子的表现："这样挺好。干事情就是要踏踏实实，勤勤恳恳，这是祖安林氏祖宗推崇的品德。一条谋生的船，独自出海，饥肠辘辘，上无阴凉，下无陆地，成天到晚在水上漂着，除了空气和水，连个人影都看不到。我那时候才十来岁年纪，就这么熬过来。"

阿松给染儿倒酒，染儿伸手阻止："我饿坏了。先喝点汤，等会儿还要骑摩托车去工地一趟。"

王顺心就笑话染儿急吼吼的，放松一下无妨。

众人看染儿喝汤。他又说："不行，那边随时需要现场调整，施工难度复杂得要命。我今儿特地回来找父亲商量去越南的事，我们要往沉香大厦一楼主大厅放置一根沉香巨木作为镇店重器，这也是钟先生力挺的方案。这事就像大海捞针，可遇不可求。昨天，广西防城港那边传来讯息，我想要的东西出现在了越南广宁省一个叫山峒的地方。那里距离北部湾大名鼎鼎的海滨城市海防不远，海路和陆路都可以抵达。我需要一位行家与我同行，王哥，你是红木领域的行家里手。”他把目光停留在王木匠身上。

“我乐意同行。但是，沉香专家嘛，”他把目光投向香儿，接着说，“香儿她爸，蒲先生拿捏得更精准喽。”

林志雄大叫：“鲮鱼！鲮鱼！”

身姿娇美的香儿一个激灵，麻利起身往厨房跑。

“请蒲先生的事这么突然，他现在在哪里呢？出门进山了没有？档期是否允许长期出境作业？这些都是未知数。看来，我还是要回一趟老家，亲自去请蒲先生。”

清蒸鲮鱼搁上葱丝、姜丝，淋上热油和蒸鱼豉油，冒着热气端上桌。香儿羞答答地说：“蒸过火了。一打岔，就疏忽了时间。”

林志雄邀请大家品尝。他用筷子夹一块鱼腩放在母亲小碗里，“淡水鱼中，土鲮是非常好的一个本地品种。在水质清澈的环境，土鲮生长缓慢，民间有‘三秋美鲮’的说法。就是说，经历三个年头成长的鲮鱼最多也就长到一斤半重，入秋季节的土鲮肉质丰腴、鲜嫩。”他说。夹一块鱼肉自己品尝，“火候有一点点过。但清甜的品质还在。香儿，做这桌菜用了不少心思吧？不错！我告诉你一个秘方，是一位赫赫有名的粤菜厨师告诉我的。名贵鱼类烹饪一是火候，二是精细、简约。蒸鱼豉油沿着盘子边沿浇上就可，切记不可淋在鱼体上，直接浇在鱼身上，豉油的咸味渗入鱼体，既影响菜品美观也影响土鲮肉质的甘醇滋味。记住了？”他看容貌可人的香儿点头，非常满意。

席间，染儿很少开口。他看上去沉着，成熟，似乎若有所思。

林志雄举杯邀约莫木饮酒。“歪鬃女人无雅粿。”他说了一句家乡话。莫木不懂他说的意思。他就解释这句家乡方言俚语的含义。在祖安一带广泛流传的这句俚语意思是说，观察一位女性的持家能力和烹饪水准，从她的梳妆打扮就可以判断七八成。一位穿着邋遢、发髻歪斜的女人，在繁忙的厨房难以制作出外观精巧雅致的米粿和口味地道的菜肴。“讲究人才能办出体面事。”他补充说。接着，又怕香儿误解，再次肯定了今天菜品的装盘技巧和老火靓汤的耗时费心。

接下来大多数时候，他都和莫木在交流垂钓土鲮的体会，对鲮鱼凶猛的力道和持续的抗衡耐力津津乐道。

志婴夫妇准备回乡，约好与林志雄同行。这天，潇湘回到家中，他是专程前来与父亲商量婚事的。那时，汨罗女孩怀孕已经超过三个月。这事，已经让畏惧父亲权威的潇湘犹豫了好几天，那女孩小腹日渐隆起，妊娠反应强烈，经常呕吐不止。她哭哭啼啼，催促他拿个主意。无奈，潇湘硬着头皮去找父亲商量。林志雄一听，火冒三丈。大骂潇湘生米做成熟饭要挟他认卯就范。林妻和母亲听到林志雄的咆哮声下楼来。老人家一听有曾孙子了，喜形于色，数落儿子乱发脾气，就亲热地拍一拍潇湘的面颊，催促潇湘赶快带姿娘仔来家里见面。

林志雄无可奈何，事已至此，发脾气归发脾气，但林家有了新生命，这事就得认真面对。只是对做事毛糙、头脑简单的长子生一些怨气罢了。

他打电话招来潇湘的上司林普德和王木匠。二人到来的时候，莫木已经在书房里陪林志雄喝茶有些时候了。林志雄看上去情绪恢复平静。他简单把事情说明了一下，他说，今儿开始，拜托林普德正式与汨罗方面的人接洽，“你就全权充当媒人的角色吧！事已至此，臭小子对我霸王硬上弓哩！”听上去，他余怒未消。他要林普德正式前往汨罗拜访那女孩父母，了解双方生辰八字，择期先订婚，同时商量婚事细节。王木匠配合婚事，看看“白云居”潇湘的婚房还需要做些什么添置。安排完毕，他说他要回一趟祖安老家清静几天，也顺便拜访蒲先生。说完就径直回卧室休息了。

香儿是个细心懂事的姑娘。她用自己的薪水为父母买了一些广府特产，去了几趟夜市为四个妹妹挑选冬季的新衣。跳蚤市场人头攒动，在华灯下顺着街边一溜儿排开去，货摊上销售的大都是珠江三角洲生产条件简陋的小厂出产的便宜、实用的生活用品：服装、拖鞋、针头线脑、五金配件、花里胡哨的塑料雨衣、菜刀、砧板、蟑螂药、粘鼠胶以及琳琅满目的女人头饰等。她拒绝阿松陪同，一方面是不想占用他宝贵的时间，更主要的原因是担心他取笑自己锱铢必较的穷人消费陋习。她花很长时间挑挑拣拣，讨价还价，心态平和又机敏，对摊主的调侃和善意的奚落置若罔闻，看上去像一个十足的家庭妇女一样精打细算。

香儿天生丽质，长大一些愈加身材苗条，艳若桃花。作为长女，她很早就跟随妈妈一起承担家务。每天放学回家，扔下书包，就接过母亲手中的刮刀或者窄刃钩刀，去处理父亲千辛万苦从遥远山林运回来的白香木。母亲这时候疲惫地起身，抖落一身的木屑，到厨房里给孩子们做一顿简陋的晚饭。父亲大部分时候都不在家，他经年累月泡在炎热的林区或者行走在寻找白香木的路上。这些看上去千疮百孔的朽木侵蚀着沉香树汁，这就是珍贵的沉香油。有时候，沉香油就只有薄薄的一层，母女要把没有浸油的白木完全剔除干净，小心翼翼地保留灰黑色的精华部分。大部分时候，她一个下午的时间只能清理一截白香木，最后的成品也就是一块薄如笋壳的东西。它们形状各异，散发着迷人的香味儿，安静地待在晾晒架上避免曝晒，等待时间自然阴干。

她有着精工巧作般美丽的外表和男孩一样有力的大手，神态安静，做事专注，浑身散发着少女的气息和沉香美妙的味道。唯一的缺憾是拥有一双常年劳作、关节分明的大手。直到有一天，王木匠上山选货，偶然撞见在作坊里钩香的美少女，因缘巧合，她走出大山，跟了沉稳如兄长般的松哥。

林家少年郎在祖安村方圆一带赫赫有名。除了富甲一方的因素之外，潇湘、阿松、墨染个个都是外形俊朗、见多识广的青年才俊。潇湘英俊潇洒，风流倜傥；阿松沉着冷静，少年老成；墨染漂洋过海，满腹经纶，才华横溢。他们都宠着香儿，打心眼里喜欢这个新来的妹妹，喜欢与她说笑，打趣，众星捧月一样呵护她。在香儿看来，三个大男孩彬彬有礼，充满活力，有着良好的家教和礼貌，为人随和，做事低调。潇湘的魅力在于灵活的应变能力和巧舌如簧；阿松则坚实可靠、胸有韬略；染儿顽皮率真，身上总有灵光乍现的光芒。

林志雄回到祖安。志婴和老婆开始打扫院落，整理房间的时候，林志雄出门看望均伯，顺路去看了河生爷。

第二天一早，他出门去找敖金。早茶时候，他和敖金谈论海上业务的情况，了解海上供货细节、价格波动以及其他竞争者的状况。他知道，海上业务已经有很长一段时间风平浪静，业务活动顺风顺水。但好日子并不会一直这样持续。毕竟，在现阶段，它还是一桩不被法律允许的营生。那些不知深浅、不加收敛的冒失鬼迟早会为自己的放肆扩张付出代价。他敏锐地觉察出危险，果断命令敖金收缩业务，减少库存，稳扎稳打。“泛滥成灾，低价竞争，这样是自掘后路。”他说。

中午时分，他和敖金出现在了南屏山山坳里的一座瓦房前。那里群山环抱，满眼都是郁郁葱葱的亚热带林莽。一条样子凶狠的黑狗和它后面屁股一扭一扭的幼仔迎接陌生的访客。大狗疯狂地吠叫着，阻挡他们的步伐。这时，侧屋里探出一个女人的身影。她认出来人是林志雄和一个陌生人，走出来招呼他们。她腆着大肚子，身上蓝色的围裙上沾满木屑。

“囡囡们呢？”他们在堂屋里坐下，林志雄问。

“在学堂里。下午三点多才放学回来。”她说。一边往侧屋去，又说，“我给你们捡一些自家树上的水果吃着，得赶紧给贵客烧水沏茶。”

她吃力地往屋外走，林志雄再三推辞不用生火烧水，香儿妈端来一篮子脆梨。林志雄把香儿带来的东西交给她，还递给她一个信封。“香儿的积蓄。”他说，“香儿这孩子不错！节省开支体贴父母，在那边也很上进。她捎话问候你们，挂心你有孕的身体。快要坐月子了吗？”

香儿妈看上去很平静，有些疲惫。“现在六个多月。顺利的话，应该是开年三月间生崽吧？”她抚着肚子，“指望是个男仔。要不然，天都要塌了！”她说。神情看上去轻松，像是自嘲。

她坐了一小会儿，执意要去厨房烧水，一边嘟哝说家里来了贵客，连杯茶水都不上，就失了礼节和体统。

“好吧！好吧！您真是太讲究了。”看样子，他拗不过她，“那我们到作坊看看你们新出的沉香，好吗？”

“去吧。在那边屋子里。最近，老蒲好运，寻回一些好货哩。”她说。

“老蒲呢？就要回来了吧？”他问。

“快了，他说这趟不远，也牵挂我的身体。应该就这几天返来。”她在黑黢黢的灶间说，声调抬高了一些。

他们在作坊逗留了不多工夫，香儿妈过来说茶水煮好了。

堂屋的木桌上，两碗荷包蛋冒着热气。

“趁热喝一口。都是自家养的鸡下的蛋，和市场上的不同。”她说。

“我这就给你们沏茶。”她挪动笨重的身体出屋。

“真是个好女人！”林志雄对敖金说。他咬开荷包蛋，“你看，蛋圆汤清，微微溏心，火候最佳。好味道啊！”他补充说。敖金傻笑，他是个粗人，对饮食没有太多讲究。但他也吃出了荷包蛋的清香味儿，质地细腻、味道纯正。

喝了一会儿茶，东拉西扯了一阵家常。林志雄准备告辞。他递给那女人一个装有五千元现金的信封，说是阿松给他们的心意，买点营养品，添置些家用。

“我此行还有要事找蒲先生，邀请他和王木匠他们出一趟远门，兴许耽搁十天半个月的。眼看年底了，你有孕在身。我们一起商议一下看看，是等孩子顺利生产了再出行还是怎样？等老蒲返家后就及时联系我吧。”他站起来说，“或者，蒲先生出远门期间，我安排阿松妈和香儿回来照顾你。生孩子是大事，不容闪失。”

香儿妈就笑了：“哪有那么娇贵的？又不是头一回生崽！”

在门前的土场上，他跟那女人交代，作坊里的宝贝全都留给他，沉香大厦就快开业了，这些值钱的宝贝都会派上用场。

蒲先生来到祖安镇林府那天，林普德来电话说潇湘的订婚仪式确定了。找算卦先生看过日子了，这天是个宴宾、庆典的好日子。婚礼给了三个吉日的选项，订婚仪式过后与郝琪父母当面商议结婚大事。

挂完电话，林志雄对蒲先生说，办完潇湘的婚礼，就准备阿松和香儿的婚事。

对于越南之行，蒲先生听从雄哥的安排，考虑到沉香大厦装修工期与开业庆典的筹备事项，加之年后适逢越南北部湾临海进入雨季，一旦巨木选中需要搬离山区，连绵降雨、道路泥泞等因素都会对野外施工作业、长途跨境运输造成困难，蒲先生也建议事不宜迟，及早着手为好。

意见一致后，林志雄给王木匠打了一个电话说明情况。蒲先生回家准备了简单的行李，第二天就跟雄哥赶往花城。等蒲先生父女在花城见过面，看过了女儿工作和生活的环境，阿松就驱车送香儿回来照顾母亲，阿松妈隔三岔五就过去看看，帮忙打理一下家务，毕竟阿松妈是过来人，更理解孕期女人的需要和难处，也让第一次出境远行的蒲先生安心。

接近年底，潇湘已经随同汨罗女孩返回了她的家乡。届时，潇湘将陪同那家人抵达花城，正式出席订婚仪式。应女孩父母的要求，林普德代表林志雄随后赶往汨罗，在那里宴请女孩的至亲好友，在她家乡正式对外宣布郝琪订婚的消息。

在花城的订婚酒宴设在林志雄位于老城区繁华地带的“潮乡酒楼”。晚宴快要开始了，林志雄姗姗来迟。阿松已经回到祖安老家，安顿香儿妈的照料事宜。林志雄再次走上家族企业前台，安排一些要紧的事务。

政府在此期间推出一块重要的商业住宅用地拍卖，地段极具市场潜力和开发价值，云集花城的各路地产大佬摩拳擦掌，一副势在必得、舍我其谁的架势，用尽各种社会资源四处游说，疏通关节，暗中发力。距离拍卖会还有一段时间，但竞争、搏杀的火药味在行业内已四处弥漫，暗算和各种市场假象迷障重重，牛皮吹上了天，大话狠话足以隔空摧毁喜马拉雅山。林志雄活动频繁，但所到之处，似乎都觉察有无数双眼睛在暗中盯梢，各路关系都语焉不详，表态谨慎，模棱两可。几番试探，林志雄迅速明白过来，这桩买卖非同凡响，水深异常，暗流激荡。

他首次考虑要动用梁鸣的关系，试图在这场竞争中加上最重的砝码。

眼看到预定的六点钟开宴时间，林志雄才与办理越南出境手续的王顺心、蒲先生和墨染会合，急匆匆赶来。

豪华包间的名字叫“凤凰山”，里面坐了两桌人。“潮乡酒楼”二楼的其他包间都使用来自潮汕家乡的地名命名，如“湘子桥”“乌溪”“南屏山”“乌岽山”等等。林母、林妻、潇湘和林普德陪同客人坐在靠里的一桌，另一桌已经坐满林氏集团的头面人物。

林志雄推开包间屋门的时候，就见一个穿着艳丽丝绸裙、高挽发髻的陌生女人在大庭广众之下为林普德整理深色西装里面衬衣的领口，林普德一脸局促和尴尬。林志雄在门口小声对王木匠嘟哝："留意看！提防那个心机女人。"在林志雄理解的世界里，整理衣物是内眷、长辈或者兄长这些至亲之人才有的举动，那么这个陌生女人在公开场合的做法就令人费解。

他快步过去同客人寒暄，对自己的迟到满含歉意。那女人一马当先，离席过来殷勤与林志雄握手。她脸上扑了厚厚的粉，两颊的胭脂鲜艳惹眼，大红嘴唇咧开，样子活像潮剧中的媒婆。

"啊呀呀！男掌柜都到这会儿了才现身，琪琪的订婚大事儿，这么不上心！"她嗓音尖厉，样子高调，看来在家里是个说一不二的主。

林志雄浅笑鞠躬致歉。他不愿意在这个女人那里纠缠时间，向她身边两个陌生男人握手致意。林普德介绍，一位是郝琪的父亲，一位是郝琪的舅父。舅父和潇湘之间坐着一个年轻女孩，她穿着黑色西装套裙，小西服里面是一件紧身白色抹胸，模样俊俏，像个宾馆酒店的大堂领班。

"这位是郝琪姑娘吗？欢迎你！"他对那女孩说。

那女孩起身，浓密的假睫毛忽闪忽闪。"伯父好！"她向林志雄鞠躬致意，一双大眼睛炯炯有神。

他在进入主宾位落座之前，挥手向另外一桌人致意。莫木安静地坐在那里吸烟，柚子摆摆手，向雄哥点头打招呼。林志雄用手指一指柚子，招手示意他过来，再指一指王木匠身边的空位，"过来坐，陪客人饮酒！"他把双手卷成一个喇叭状朝向柚子，有意压低声音说。

他对身边一直沉默的郝琪爸说："我不胜酒力，让兄弟过来陪你们喝好。"他想，民谚中讲的识人术：抬头的婆姨，低头的汉。是说昂首挺胸、目不斜视的清高女人和低头沉思、隐藏心事的男人这两者不可小视。这一对夫妇真是天造地设的一对哩。

订婚宴热闹嘈杂，那女人咋咋呼呼不歇气地搞气氛，怂恿男人喝酒助兴，把习惯了岭南酒宴斯文、克制、温和饮酒风格的林志雄闹得晕乎乎的。席间，那位舅舅向林志雄介绍说，姐姐是他们那里国营矿山工会的宣传干事，年轻时是矿区里大名鼎鼎的工宣队演员和重大演出的主持人，见过大场面，热情、爽朗、精明强干。姐夫老家是上海人，是最早一批上海知青，在矿山劳资科主事。舅舅是当地法院的法官。林志雄向远道而来的客人举杯敬酒。

他趁着酒精还未上头的间歇，把潇湘叫了过来，叮咛他保持清醒，这几天安排好客人的吃、住、行和外出参观游览事宜。

酒桌气氛闹腾。几杯酒下肚，不久，林志雄就在那女人劝酒辞令的狂轰滥炸下，开始东倒西歪，口齿不清了。

莫木过来搀扶他，两人跌倒在地板上。林志雄紧紧搂着莫木，面颊依偎在他脖颈上，像是一对亲密的顽童。

众人大笑不止。“不行了！醉了。”莫木对那不依不饶的女人说。一边扶起林志雄往饮茶休闲区就座。

“没事。你得带我走，回白云居饮茶。”林志雄对莫木耳语，语调一字一顿，清晰明了。

莫木明白了。

第十一章

西贡故事

墨染他们一行从广西东兴口岸出关，进入越南芒街。在那里，他们将与提供沉香木信息的关系人会合。关系人是经钟先生的一位商界朋友介绍从而取得联系的，那人姓黄，常年活动在缅北、越北一带，帮助实力雄厚的木材商人找寻热带珍稀红木资源，协助采伐和跨境运输业务。黄先生通过这项服务抽取数额不等的佣金，从而过着富足的生活。他在广西南部边境的红木交易圈小有影响，但也因为人狡诈而备受争议。

临行前，林志雄听从了莫木的建议，秘密安排老家在防城港的京族人阿鼓先行一步，在那里物色一位可靠的京族向导全程护送他们。那位向导居住在防城港一个地名叫作“那坡”的村子里，他曾在越南北部的小县城经营过一段时间小商品买卖，熟悉当地方言，还娶了一位如花似玉的越南妻子回来。他名叫阮望京，是一名退伍兵。阮望京有着粗糙黝黑的皮肤，身材高大，个头在矮小的当地人中是一个突兀的海拔地标。他有粗硬的头发和浓密的“一”字眉，眉心连在一起，只是连接处的毛发稍微稀疏一些而已。浓眉下深卧着一双漆黑冰冷的眼睛。

“安全带他们回来。”阿鼓向他交代。

他“喔”了一声算是回应。一路上，并没有多少言语。

芒街是个濒临中越边境的边贸小城，紧邻北部湾，属于越南广宁省辖地，隔着中越边境界河——北仑河与广西口岸城市东兴相望，一座宽阔结实的跨境大桥连接着两个边贸城市。每天清晨，东兴口岸南大门一开启，蜂拥而至的越南边民挑着箩筐、推着架满农产品的单车把整个桥面挤得满满当当，浩浩荡荡一眼望不到头。这些肩扛手推的小贩不分男女老少，奋勇争先，焦虑万分等候边境检查完毕，就一路小跑进入东兴境内，很快就去了他们熟悉的街巷，摆开摊位迎接游客。头戴绿色头盔、肤色黝黑的越南男子走街串巷，兜售越南香烟、工艺粗糙的红木手链或者镶贝工艺品；越南妇女主要经营新鲜上市的早熟热带水果，或者挑着担子沿街兜售屈头蛋、煎粽等一些越南美食。屈头蛋是一种几乎发育成熟的鸭蛋胚胎，接近孵化出壳前，放在滚烫的开水中烹煮而成。担子里放置着一大堆煮熟的鸭蛋，游客购买时，挑担子的妇女把蛋壳敲开，取出里面烫手的、脖颈内蜷的鸭子胚胎，放置在小碗中，丢进几根翠绿色的薄荷叶、迷迭香苗，洒上调味料，淋上柠檬汁。闲逛游玩的客人花上两块钱，就端着廉价的一次性小碗里的屈头蛋，边走边品尝。在北仑河一带，两岸相互阻隔的国家，历史上曾经是往来频繁、互通有无的邻居。那里山水相依，风土人情相近，民间商贸、文化交流、通婚频繁。在当地人的饮食和养生文化中，他们执拗地把进食即将成熟的动物胚胎的陋习奉为强筋壮骨、补肾壮阳的圭臬。越南人嗜食样子古怪、身上已经布满胎毛的屈头蛋；而隔河相望的壮族人、京族人崇尚初生的还未睁开过眼、周身粉红、身体蠕动的幼鼠，他们拎着幼鼠尾巴，蘸一点简单的酱料，活生生将它们放入口中咀嚼、吞噬，一副陶醉和享受的神情。

芒街大都是低矮的民房，没有大型的百货商场。小店铺主要经营越南特色产品：各式各样的速溶咖啡，琳琅满目的热带果干，手工制作的竹器、木器、铁器农具和天然橡胶加工的结实耐用的拖鞋。中越边贸开放后，源源不断的廉价国产货通过边贸口岸销往越南北部广袤、贫穷的农村市场，而越北质优价廉的农副产品则受到广西边疆一带城乡居民的欢迎。墨染他们要在芒街待上一天，等候那个偷越边境的关系人过来。闲暇无聊，他们在镇子上闲逛，看着成群结队到达芒街一日游的内地旅客在向导三角黄旗引领下与店铺里的越南老板讨价还价，店主说几个简单拗口的汉语短词报价，态度冰冷，全然没有中国商人的曲意逢迎和巧言令色。镇子上也有一些样式讲究的两三层小楼，树冠茂密的热带树木点缀在屋宇前后，看上去舒适、美观。但大多数临街的店铺都是老旧的瓦房，还有一些用竹子架临时搭建的商品摊点，街道坑坑洼洼，到处都是乌黑的一摊一摊积水。

在北仑河大桥那一边的河湾里，树木茂密的小山丘那边，一座气势辉煌建筑的金顶探出头颅。阮望京介绍说，那是越南人正在投入巨资兴建的一座大型赌场，是只对嗜赌如命的中国人开放的高消费场所。工程快要完工投入使用了。

“修了好多年，效率太慢。要在中国人手里建设，早几年就顾客盈门了。”他望一眼金碧辉煌的穹顶，神情冷漠地说。

到达芒街第二天，那个鬼头鬼脑的关系人黄先生来了。他是一个四十多岁的黑瘦男人，长着一对细长、狡黠的琥珀色眼睛，总是突然地露出笑容，又突然收敛，像是热带蜥蜴探收敏捷的舌头。他是生活在壮、瑶、京族杂居地的汉人。简单交谈一会儿，他出去了一趟，不知道从哪弄来一辆破旧得快要散架的吉普车。一行人上路。

山间公路狭窄、颠簸，他们穿山越岭，掠过山丘上一望无际的成熟的甘蔗林、村庄和收割后空落落的稻田，一路往东南方向，赶往目的地。

下午，林普德来电话跟林志雄说，潇湘来找他，说郝琪父母要来农场“白云居”住几天。

“她不是喜欢热闹，早起要在珠江边跳她的广场舞吗？”林志雄有些疑惑不解地说。

“她太强势，不怎么讨人喜欢。初来乍到就要纠正别人的舞蹈编排和动作，引起大妈们的排斥。这不？闹着不要住在吵吵闹闹的地方了。”林普德说。接着又补充说，“这样也好，顺便把结婚的事商量商量。”

“唉！嘴尖毛厚的鹭鸟难以煲出靓汤。怎么办呢？来吧，住在潇湘那屋，早都给准备着了。晚膳你也过来，把那事儿扯一扯，早点了结，该回哪回哪，省得吵到老人家。”他说。

在越南广宁省府所在地夏龙，破旧的吉普车兜兜转转了两天，像一只无头苍蝇。黄先生说在找知道大木头下落的当地人，那里通信落后，找人是件凭运气的事。

其间，他们接受黄先生的建议，乘坐旅游船去了北部湾大名鼎鼎的旅游胜地——下龙湾。

乘坐“胡志明”号游轮，经过一段航行，波光粼粼的海面远处，进入墨染眼帘的是无数梦幻般漂浮在海上的秀丽小岛。游船前行，如同置身仙山浮岛的迷宫，水面曲曲折折，回肠荡气，山势有的壁立陡峭，有的隽永俏丽，有的如奔驰嘶鸣的骏马，有的宛如蛰伏的鳌老蛤蟆，有的活像威风凛凛的武士，有的谐悦如缠绵的情侣……太阳升上海岛，云蒸霞蔚，游船置身水雾氤氲的水道，海岛长长的阴影和阳光普照的海面形成强烈的明暗对照，有力地渲染了画面的神秘感和奇幻色彩，数千个海岛姿态各异，移步换景，优美的画卷令人目不暇接，流连忘返。

“忽闻海上有仙山，鬼斧神工如画卷。奇幻旖旎无穷尽，此生唯愿住水岸。”墨染兴之所至，即兴赋诗发出慨叹。王木匠似乎怀着心事，但此刻也被感染，紧锁的眉头舒展开来，夸奖墨染好诗才。

石灰岩岛屿历经漫长岁月的雨水冲刷和海水侵蚀，形成大大小小无数的山体溶洞，小型游艇可以驶入神秘的洞窟，洞窟内部开阔蜿蜒，钟乳石形状各异，形成造型生动的动物或者人物形象，有的像铠甲战士，有的宛如玉树瑶台，仿佛传说中的地海龙宫。墨染贪婪地浏览着，大自然的奇异美景触发他对沉香大厦广场通道设计方案的思考，给他启示和灵感。

进入越南广宁省已经第五天了。他们还未见到传说中的“沉香巨木”的影子。

晚上，趁着黄先生出去寻花问柳，王木匠在阮望京的陪同下，带着墨染去了一趟越南人的电信局。在那里，他打了一个国际长途电话给林志雄，简短讲述了几天的行程和对这桩跨境交易的困惑、疑虑。

“你有什么对策？”林志雄问。

“如果明天还在兜圈子耍花样，我打算和他摊牌！”王木匠用潮汕话说。

“接着说。”

“我明确告诉他这桩交易的佣金前提：一、货物对板；二、首付一半现金，交易限三十日内有效；三、货物安全抵达东兴口岸再付剩余50%佣金；四、作为保证，前期支付的佣金，黄先生用借条的形式留下字据，并注明用他在防城港的房屋作为抵押，并对在越南境内珍稀木材出口报关环节负责。”他思路简洁明了，墨染现场领教了王哥处理跨境贸易复杂、棘手问题时的果断和魄力。

他们通完电话从电信大楼出来，街道上夜市已是一片繁荣。街灯下，烧烤摊点烟火弥漫，散发出烤海鲜的腥香和调味品浓烈的香气。露天食肆座无虚席，人头攒动。他们找到一张空桌，点了越南卷粉、一盘烤海鳗、一碟烤香螺和越式冬阴功汤。

餐桌上，三人交谈甚少，阮望京一直沉默。他用越南话叫跑堂小妹过来算账，又给蒲先生打包带回一些越式菜肴。离开的时候，他对二人说，不要让黄先生知道他懂越南话。

第二天，他们驱车离开城市，去到一个稻田与荷塘围绕的村子。他们在小山丘下一户僻静的农舍下了车。

农舍是一栋红瓦蓝墙的民居，院落收拾得干干净净。木头搭的棚架上爬满盛开的簕杜鹃，姹紫嫣红。紧挨花棚的院场边种植芭蕉，绿竹。院子尽头，有几棵高高的槟榔树。屋主是个五十岁左右的干瘦男人，他在花棚下的竹躺椅上打盹，脸上盖着一把蒲扇。一行人进入院子的时候，一只躲在院子深处的鹅嘎嘎地叫起来，向屋主发出警报。那人光着上身，穿着阔腿裤，赤脚。他警惕地看着走近的人，手上拿着蒲扇。

黄先生过去用越南话和他说着什么。那人露出鄙夷的眼神，使劲发出一些短促的音节，样子像在争论。他干瘦的脖颈青筋暴露，黄先生显出曲意逢迎的样子，尽力讨好。

“他们在争吵。那人说黄先生不值得信任，上次欺骗了他。”阮望京小声说，神情淡漠，谁也没有看。

争吵了大约十多分钟，他们一起进了屋。

出来的时候，那人穿了一件无领的对襟短衫，端着一个托盘，托盘上放着一个装满柠檬水的玻璃壶和几个廉价的一次性塑料茶杯。黄先生招呼大家在花棚下的石桌那里坐下来，老男人把茶壶和茶杯放在石桌上，从托盘里取出几个小碟。小碟里放了一些切开、去核的新鲜槟榔，一碟圆形的藤蔓树叶，一碟白色的粉末。

黄先生用广西腔的国语对他们说：“和黎先生有点小误会。现在没事了，都解决了。”他飞快地笑一下，一刹那就收了笑容。

这样，他们知道那个越南人姓黎。

阮望京低着头，从小碟里取了一块绿皮红肉的槟榔，用新鲜的圆叶开始包裹。包裹即将封口的时候，他从小碟里捻一点白色粉末撒进去，卷好，塞进嘴里。

墨染他们喝水，时不时用潮汕话低声交谈。越南人样子放松地瘫在躺椅里，与黄先生有一搭没一搭地用越南话闲聊。

阮望京低头嚼他的槟榔，血红色唾液染红了他的牙齿。他看上去平静，沉默，似乎正聚精会神地品味优质槟榔果带给味蕾的强烈冲击。

那个越南人也开始嚼槟榔。他瞟一眼阮望京。“那个大个子是越南人？”他小声问黄先生。

“不是。是中国人，住在广西。”黄先生低头回答。

“他懂越南话吗？”

“应该不懂。一路上没有听他说过。我们那里的京族话和你们的京族语言是两回事。”黄先生谨慎地说，用机警的眼神迅速扫一眼大个子，就像他的笑容一样迅捷。

他们的谈话停顿了一会儿。

广泛流传在越南的神话传说，讲述了越南最早的王朝鸿庞氏的历史。鸿庞王朝首位英明的君主叫“禄续”，据传是中国神农氏的后代。因战功卓著，治理南方卓有成效，获封“泾阳王”，国号“赤鬼国”。泾阳王娶洞庭龙王之女为妻，生子貉龙君。貉龙君长大成人，继承王位，拥有儿子百人。后来，有五十个儿子随母归山，另外五十个儿子跟随父亲征战南方。貉龙君在越人的传说中被称为“百越之父”，他经过连年战争，建立起了一个领土东临南海，西抵巴蜀，北至洞庭，南接占婆的庞大帝国。越人后裔在其头领带领下，学会了农业耕作、纺织、捕鱼和酿酒。他们身躯上文饰龙、水怪图案，用以驱除猛兽、毒蛇和疾病，以木皮为衣，织菅草为席，酿米汁为酒，食榔桄棕榈为饭，是世界上最早制作和使用鱼露的国家和民族。越南史籍《大越史记全书》记载：鸿庞氏王朝末期，巴蜀王曾向“泾阳王”后裔雄王求娶公主，遭到雄王拒绝。蜀王之孙蜀泮为此雪耻，于公元前257年攻占鸿庞氏王朝，改国号“瓯雒国”，越人因此被称为雒越人。这段历史，在中国典籍《水经注》中所引的《交州外域记》这一文献中得到印证。

后来，秦始皇统一北方，挥师南下，平定百越各地。在越南北部建立象郡，雒越人居住的越北广大地区成为北方虎狼之国领土的一部分。纵观越南的历史，它其实是一部被殖民和内部军阀、强人割据称霸的历史，北方大国从制度、观念、文化、习俗等各个方面全面影响了它的每一个角落。京族是这块土地上的原住民，占其人口总数的86%以上，与广西境内为数稀少的京族人同根同源。由于同北方大国无法割舍的历史渊源和地缘因素，越南北部同毗邻的中国广西出现人口和种族的流动、迁徙。生活在广西境内的京族人除了抱持祖先的农耕文化和饮食习俗外，语言迅速汉化，急剧向北方靠拢。从人类学研究基因追踪判断，越南境内生活的诸多民族均属于华南地区蒙古利亚人种。京族有自己的语言，没有文字。口语习惯上，广西京族人趋向于中国北方范式，越南中南部地区京族人用语习惯靠近毗邻地区的棉、泰语系。时移世易，两地京人南辕北辙，渐行渐远。大约从东汉时期开始，汉字传入越南，越人称其为“儒字”，他们在此基础上创造和使用喃字，喃字基本上是汉字的范畴。十六世纪前后，葡萄牙、法国传教士入境传播基督教文化开始，喃字语言迅速与拉丁语接轨，并于1915年开始，先后三次颁令废除沿袭自中国的科举考试，汉字地位一落千丈。法国传教士亚历山大·罗得根据西语习惯和认知逻辑，重新创造后来逐渐普及的越南文字——国语字。二十世纪上半叶，法国殖民者在越南境内不遗余力地推广标准化拼音文字，源自“儒字”的汉喃文在这块土地上几近绝迹。

阮望京把槟榔果包在右侧的口腔里，飞快地吐出血红色的唾沫。又开始漫不经心地嚼槟榔。

他们开始谈沉香木的事。闪烁其词，断断续续。大意是想一唱一和，从肥得流油的广东人那里狠狠宰一刀。

然后，黄先生要越南人准备晚饭。越南人起身，去村里找人过来做饭。

阮望京站起来，他四下张望。说：“我要撒尿。厕所在哪？”

“就撒在外边吧！又没有女人，这儿都是大男人，谁没有你那工具？”黄先生迅速一笑。

"兴许，撒着尿，又想拉屎呢？"

"进屋往里，在最里面的角落那儿。"

阮望京起身往屋里走。顺手还捡起一截树棍儿端详。他俯下身体的时候，墨染从他衣襟后摆那里看到了他裤腰上的金属链腰带在阳光下一闪。墨染纳闷，这人怎么会有一条铁腰带哩？

他从屋里出来，手上一摆一摆还拿着那截树棍儿。

他坐下，开始从树棍上吃力地掰一个鸟蛋大小的虫卵。虫子已经出壳，坚硬的卵壳上布满旋涡状的褐色花纹。

"那有什么用？"黄先生带着揶揄的口吻问。

"做一个口哨。小时候经常玩的那种。"他神色轻松，兴致勃勃。

一个健壮的中年妇女带着一个年轻的越南女子来了。年轻女子身姿婀娜，戴着尖顶斗笠，白色的窄袖奥黛紧紧裹住她丰腴的身体，裙裾两侧开衩，随风飘舞。她下身穿着海蓝色阔腿裤，趿着木屐。木屐在水泥地面上叩出"咔咔咔"清脆的响声。翻飞的裙裾下面，隐隐约约可以看到女孩圆润结实的大腿和圆滚滚的屁股，性感又魅惑。

老男人领她们往屋里走，黄先生不失时机地用越南话搭讪那个年轻女子。

黄先生喝一口水，起身也往房子的方向走去。

"我刚才进屋察看了一下，这屋里就住着那个老男人。他们在玩弄花招。心肠真黑！"这时，阮望京低声对墨染他们说。

晚饭吃鸡。做法像是粤式的白切鸡，只是葱姜油蘸料里洒了青柠檬汁，酸酸甜甜，有一股热带水果的芬芳，开胃，可口。一碟水煮空心菜，蘸鱼露吃。鱼露品质上乘，鲜美醇厚。

吃罢。那个身姿丰腴的越南女孩飘然而至，开始收拾碗筷。

阮望京听到黄先生用越南话对她说，想带她去城里，今晚住大酒店。

那女孩红着脸，没有回应。黄先生火辣辣的眼神盯住女孩饱满、结实的小腹看个不停。

"你做菜的手艺不错。"阮望京突然用越南话对她说。黄先生瞬间像被虫子蜇了一样跳起来，"你懂越南话？"他神色显得慌乱，用家乡话问。

阮望京没有看他，依然神情淡漠地和那女子说笑。

黄先生过来拉阮望京的衣襟："我们过去说话好吗？"

阮望京一甩胳膊，黄先生一个趔趄，滚倒在花棚外面的波罗蜜树下。一只在树下刨虫子的精瘦的越南斗鸡吓得尖叫一声，扑棱着翅膀逃到竹林那边去了。

阮望京起身熟练解下腰带上的金属链，只听“嗖嗖嗖”，那根金属链子像木棍在他手里旋转、翻飞。他一扬手，系在链子尽头的锐利镖头飞了出去，“啪”一声，一颗硕大如头的树菠萝果实结结实实地砸落地面，在黄先生身体不远处发出“嘭”的一声沉闷响声。

“你少给我耍花招。不然，看我不凿开你的脑壳。”大个子冷漠地说。

“嗖嗖嗖”绳镖响成一片。瞬间，阮望京收了暗器，藏在腰间，上衣的下摆正好遮住它。他坐下喝茶，墨染他们静静地旁观这一幕，王木匠身体前倚，一只胳膊肘支在石桌上，手扶下巴，目光冷漠地看着躺在泥地上的人。谁也没有说话。

越南人黎先生出现在房门房檐下，看到了这一幕，神情错愕、尴尬。回身又进屋去了。

“这是何必呢？你我都是防城港老乡，有话就不能好好说吗？”黄先生起身拍身上的尘土，用防城港土话说。

“少跟我套近乎。我只对朋友的委托负责！其他的我不管。”阮望京低着头，又开始掰树棍上的虫卵。

“我进去找黎先生。哼！”他说。再次拍打身上的灰尘，一瘸一拐往屋里走。

“准备战斗。当心暗算！”王木匠低声说。

“没事。放心吧，他敢乱来，我一个人就够了。”阮望京说。低头用飞镖的尖头去撬那个结实的虫卵。

王木匠把身体靠近阮望京：“尽量不要激化事态。如果生意还在，那么，姓黄的手上珍稀木材进出口许可证就不可或缺。”

阮望京看着他，点点头。

一会儿，老男人和黄先生出来。黄先生洗了一把脸，脸上还挂着水珠。他的双手一甩一甩的，试图抖落手上的水渍。他表情平淡，目光躲闪。

“我们说说生意上的事。”姓黄的说。脸上不再有稍纵即逝的笑容。

王木匠直截了当地告诉他，这趟生意，如果货物符合要求，将支付三十万元佣金。“今晚回城就先期支付你十万。剩下的，货到东兴口岸那边，我一并付清。别再兜圈子，否则，我们退出！”

王木匠说得简短，语气不容置疑。姓黄的又开始显出稍纵即逝的笑。

“不过……”姓黄的饮水，想说什么。

“没有‘不过’。黎先生这边的分成什么的我们不管，你们之间去分割。我们出于友谊另外打赏他。这跟你无关。”停顿了一下，王木匠口气强硬地告诉对方他的责任和违约后果。

“再玩什么圈套的话，我会一把掐死你喂山蚂蟥。我说到做到。”姓黄的看见了这个表面和气、憨厚、脸庞黑红的中年男人眼中的死光。

“我们要单独和黎先生谈谈。你回避一下，到屋里去找那两个女人吧。”王木匠对他说。

他走了。

墨染的神经松弛下来。进入社会，置身江湖，身处异域，他面对面撞见了人生第一课：生意场上的明争暗斗、刀光剑影。他起身，神情冷漠地走到花棚那儿的吊床边，坐了上去，没有躺卧。

阮望京做翻译，王木匠简洁明了地向黎先生说明这趟生意的情况。他从蒲先生那里拿过来两万人民币，交给那个老男人。老男人喜出望外，咧开嘴巴，露出乌黑的牙齿。这笔钱，在人民币是硬通货的越南广宁省是一笔巨款。这样一笔钱，可以在当地村落里建一座小学校。

黎先生把那沓钱在手掌拍得啪啪响。然后别进阔腿裤裤腰里。

他叽里哇啦说了一通，阮望京翻译他的意思：“我知道那根大木头在哪。黄先生吩咐我沉住气，兜圈子，等你们给个好价钱。我看不出来这桩生意要兜到啥时候，我不喜欢这种方式。妈的！径直去看货，讲价钱，行就成交，不行就各回各家玩斗鸡，找女人。这样多痛快！”在当地，他见识过太多红木交易环节坑人的伎俩，大都是中国人给中国人挖的陷阱。他说明天一早就启程，去山里看货。

“带上所有的行李，我们得在山里住两天。山上冷一些。争取一口气把那个大家伙盘到煤矿公路边，然后装车，运走。”他用越南话对阮望京说。

潇湘终于送走了汨罗来客。

林潇湘的婚事定在农历正月初六。娘家人开口要车要房要彩礼，对于林志雄来说都是小菜一碟。林志雄对于这个妇人当面算计养育闺女成本的赤裸裸做法非常反感，但未说出口。“算得如此清楚，连女儿矫正牙齿的花费都不放过。真是奇葩！”他心里嘀咕。不过，在入夜的城市广场刺耳的舞曲声中扬扬自得跳广场舞的大妈不就是这样算计和度量她们认知中的世界的吗？她们争先恐后地加入自以为时尚潮流的恶俗文化中展示自己的风范，大举侵占安静祥和的城市空间；她们霸道地主宰自己的家庭，锲而不舍地改造、重塑自己的男人，经年累月，毫不气馁；她们爱子心切，极尽袒护溺爱，为此殚精竭虑，寝食难安，但一转身又对子女恶语相向，极尽侮辱与诋毁。一长串铭心刻骨的经历教会她们适者生存，她们狡黠、贪婪，老谋深算；她们趋炎附势，八面玲珑。但一辈子大部分时候总是任人宰割，盘算落空；她们坚韧顽强，人前光鲜，死要面子，但私底下又脆弱、可怜，地位卑贱；她们哗众取宠，追逐浪潮，又中庸随和，从众跟风。她们，终其一生都在生存的长河中浮浮沉沉，吵吵嚷嚷；她们痼习难移，自以为是，目光短浅，为了蝇头小利极尽心机；她们重塑家庭的生存意志的同时，看上去也在不知不觉中塑造社会面貌，改变社会价值取向。但平心而论，她们仅仅是无情浪潮裹挟的小水珠，是背后那只看不见、道不明的巨手任意玩弄的皮影而已。

“谁不是呢？男人、女人、老人、小孩……‘主子、奴才与狗’。他妈的，那个英俊的赛车手真他妈犀利！”林志雄想。他长吁一口气。

出于对潇湘安全的考虑，林志雄严词拒绝了那女人对婚房选择在商业闹市的想法。

“你们夫妇自掏腰包可以选择在任何一处繁华街市居住，但是，潇湘，我的儿子，他必须居住在胶己人中。这事没有商量！”林志雄的不耐烦连郝琪爸也看出来了。

在柚子或者林普德所居住的不同街区选择时，林志雄最终选择了后者。他看重林普德的老成持重和不事张扬，潇湘婚后居住在那个小区，隐蔽、安全，有左邻右舍罩着，有个风吹草动，相互都有个照应。

“花城一号地块”角逐进入白热化。竞拍开槌前一周，林志雄拜访了地产界有意竞逐这一地块的几家巨头中的最后一位大佬，其他的竞争者在幕后利益交换达成一致后，都愿意在竞拍现场做做样子，成全他的美梦。但这最后一家是根难啃的骨头，他们语气坚定，绝不妥协。万般无奈，林志雄只好搬出梁鸣这最后一张王牌。

梁鸣答应出面，但考虑到自己身份和地位的敏感性，会面仅限三人私密酒宴。事先不打电话，不写纸条，不在酒宴上挑明，也不会留下显而易见的立场或者态度。他能做的就是与林志雄适度亲昵，留下空间让林氏地产自己运作。

梁鸣地位日隆。处事、表态愈加谨慎，他思路严谨，小心翼翼。他的行为、决策意见以及重要指示都模棱两可，进退有据，回旋空间巨大。他醉心于讲一些无关痛痒的大话、套话，体现高度概括的原则性，绝不留下任何蛛丝马迹或者明显的把柄从而使自己陷于被动。他可能是少数孤独、寂寞、深陷权力游戏依然保持清醒、慎独、如临深渊的地方大员之一，深知取得目前地位的艰难和不易。对事、对人的出发点和最终落脚点都从风险出发，面对陷阱、围猎、无形的看不见的眼睛都深怀警惕和戒惧。天长日久，这一思维习惯已经成为他生命的一部分，他也几乎是在一瞬间就能洞穿实质，直达根本，看见藏着掖着的欲望和诉求。仕途跌宕起伏，诱惑无处不在，他每走一段钢丝绳，到达新的权力领域和海拔高度，那种惊心动魄、危如累卵和险象环生的内心体验，让他屏息凝神，大气都不敢出。似乎每往前一步，都仿佛怒海求生，时而奋力自救，时而听天由命。他也因此变得敏感、多疑、捕风捉影。他迷信，试图通过占卜寻求神谕或者天意，在脆弱的自我安慰中寻求解脱。他变得封闭，有时喜怒无常和神经质，不相信任何人，总觉得隔墙有耳，四处有眼。噩梦中，他是一只被蚁群啃噬的毫无反抗能力的菜青虫，蜂拥而至的蚁群试图索取他的一切，心肝脾胃、毛皮、粪便林林总总，甚至他的声音、足迹、肖像。那是一些心机重重的官吏、无孔不入的商人、见风使舵的文人、穷途末路的被损害者、病入膏肓的老人、跳蚤市场的商贩、怨鬼……他诚惶诚恐，生怕一不小心犯错授人以柄。戒惧那些虎视眈眈的政敌，提防八面玲珑的竞争者，慎防谄媚争宠的新贵下属。在公开场合，他不敢有个人观点和见解，为了裹得更加严实，他没了个性、爱好；为了不被那双看不见的大手掌握和拿捏，他经常出尔反尔，临场生变，甚至连作息习惯和个人隐私都搅成一锅粥，鸡零狗碎，面目全非。甚至于，他从面孔呆板、毫无趣味的红头文件中屡屡读出玄机，窥见风云。那些文字，表面上安全可靠、冠冕堂皇；废话连篇、模棱两可又字斟句酌、绵里藏针；它们是这个世界上最深奥的文本，又是浅显易懂，索然无味的官样文章；是最美丽的诗篇，又是一本正经的谎言；是高屋建瓴的空洞说教，又是指导一切的经典和气势恢宏的纲领文献。读懂它，就窥见机会之门；发掘它，就闯进财富的宝窟。迷宫深不可测，五光十色，于电光石火间变幻闪烁：漆黑如魔窟，玄幻似星空，烈焰若炼狱，阴湿赛地府。浩浩荡荡的人群拥向那扇门，攀附和角逐权柄。从那里，不时传来庄严的宣誓声、振奋人心的口号声，加冕时雷鸣般的掌声，毛骨悚然的冷笑声，凄厉的呼救声，深渊里渐次消逝的咆哮声、哭喊声……

他变得消瘦，面色苍白而憔悴，目光淡漠，缺乏生气。他忍受经年累月失眠症的煎熬，舌苔发黄厚重，口气恶臭，食不甘味。一个偶然的机会，他得到了一本《林彪传》，无法入眠的深夜，他百无聊赖中毫无目的地浏览，关注林彪晚年的孤僻、沉默寡言和谨小慎微。书中准确描述了主人公畏光，惧风，长期失眠的生理特点。一将功成万骨枯，运筹帷幄、神机妙算的战神，步入晚年却如坐针毡，捕风捉影，疑神疑鬼。他唯一可以安睡的方式是在剧烈颠簸的吉普车上，命令警卫员驱车离开道路，驶入田野。猛烈的起伏、摇晃方可抚平备受煎熬的灵魂，动荡中的平衡才能维系狂暴不安躯体的诉求。只有这时，他才可以安然入睡。

睡眠于一些人，是激流涌动的大海上岿然屹立的岛礁。

梁鸣选择了红粉知己。

同她的幽会仿佛让他找到青梅竹马儿时玩伴的轻松和惬意。她高雅，迷人，仪态万方；她富有，尊贵，善解人意；她清澈，坦率，一尘不染；她热烈，独立，收放从容。也许是命中注定，他和蕙兰成为和谐的良师益友，她是他的红颜知己，于他来说仿佛开阔的湖面，和风徐徐，微波荡漾；他于她来说是霜叶烂漫的山岭，卸却面具，深刻，成熟，坚韧，胸怀韬略又虚怀若谷。她对他没有利益诉求，她需要一位知心朋友的偶尔陪伴，良辰美酒，海阔天空。

那是阳历年伊始的首宗巨额商住用地交易，按当时的物价水平和市场认知判断，当时创下逾二十亿元的交易天价，连热衷炒作的媒体都目瞪口呆，啧啧咋舌。

林氏企业杀出重围，独占花魁。这一惊天之举不仅接连几天盘踞报纸、电视的头版头条引发舆论风暴；连一向对热带风暴都见惯不怪、安之若素的广府人都街谈巷议，窃窃私语；甚至是久经商战的地产同行也都私底下捏一把汗，认为它是一块烫手山芋。拿到土地，还未砌一砖一瓦，仅是土地成本，每平方米均价已经突破五千元，已经超越当时在售楼盘的天花板价位。林志雄除了财大气粗，他基本的判断来自以下几点：一是资源的稀缺性；二是无与伦比的区位优势；三是千万人口的都市中潜在的消费群体比例。

虽然如此，林志雄自打拍下了这块地开始，似乎就内心惴惴不安。隐隐中，仿佛又去到海面剧烈颠簸、台风肆虐的黑色洋流中。理性让他处变不惊，意志坚如磐石，第六感却使他疑神疑鬼，心烦意乱，寝食难安。他似乎有一种说不出的隐忧和迷幻感，有时头晕脑涨，心绪不宁。

他听从部下劝告，由阿松陪着，他去了一趟医院，去找了那位潮汕籍医生。

潮汕籍医生姓陈，三十岁左右，毕业于国内赫赫有名的医学院，是一名博士，未婚。陈医生给他测量血压，又安排他做了系列检查。阿松把一大摞检查报告单子交给医生的时候，医生表情亲和，一张一张仔细浏览，又摸了脉搏，再测血压。休息十分钟后又测了一次。

“血压偏高。”医生用潮汕话平静地说，“从目前心电图、心脏彩超等几项检查数据来看，心脏功能未有异常。”

医生叮嘱他戒烟、低盐、控制脂肪摄入等一些注意事项，然后又说：“从偶然的数据不能判断您患了高血压，这需要一周连续的血压监测数据才能下结论。正好，我明天休息，上门再做血压复测，顺便带一个电子血压仪给您，教会您使用要领，连续测量一周。”

“人一辈子，一定要结识一位医生朋友，为自己的健康保驾护航。这是老辈人留下的话。是至理名言。你明天过来，我在山里给你准备地地道道的家乡菜。阿松准时八点钟过来接你好吗？”

第二天，在白云居，陈医生受到林志雄一家热情的款待。

林母有一年多时间感到眼力大不如前。每天清晨，她只要睁开眼睛，就觉得老是有一只小虫子在眼前飞来飞去，怎么抓也住不住，赶也赶不走。那只讨厌的小虫子无声无息地跟着她，似乎每时每刻都不消停，上上下下、左左右右，挥之不去，拍之不得。“讨厌的飞虫！”她说。但陈医生敏捷地发现，那里并没有飞虫的身影。

医生在室外光线明亮的地方为她检查眼底。他掀开她的眼皮，竖着食指，在她眼前移动，吩咐她顺着食指移动的方向转动眼球。老人像个听话的孩子，眼珠儿骨碌碌转过来，转过去。

“其实，没有飞虫。阿婆眼球玻璃晶体老化，患有轻度白内障。这事不复杂，抽时间来一趟医院，做个眼部的小手术就可以。”陈医生说，在纸片上飞快地写下几个药品名字，交给阿松。“这几样药，药店都有。按照说明书服用一段时间，可以改善玻璃晶体老化和视力昏花的状况。”他说。

阿松出去买药。驱车返回农场的时候，陈医生已经为莫木检查了腿部疾患，开了几味治疗陈年痼疾的保健药。他们在二楼书房喝茶。

他听到陈医生说兴许年后他要离开这座城市，寻找新的发展机会。

“怎么啦？这里遇到什么问题了吗？”林志雄关切地问。

“是的。我遭遇了严重的职业困境。一开始是个别同事，后来是主管和上司，现在整个外科都在排挤我。连同情者都在远离我。”陈医生神情忧郁地说。他主动要了一根香烟，点上。他平时并不抽烟，刚吸了一口，就开始剧烈咳嗽。阿松赶紧递给他茶水。

“说说看。兴许，我能帮忙。”林志雄说，靠在椅背上的身体往前倾，面色严肃地看着对方。

“这事挺复杂。我原来想，我都要走了，远离这里，事情就这么过去了。我不想招惹他们，但他们势力太大，盘根错节。我每每去到花城稍微有点影响的医院应聘，不几日就被婉拒。我的科主任是赫赫有名的器官移植专家，是这个领域的权威。我每去一处应聘，人家都会打电话给他，了解我的职业履历情况。他就造谣中伤，想尽办法从中作梗。看来，我在这里没有出路了。他们既不想让我在这里安生，也不想让我带走秘密造成隐患。很明显，他们希望我走得越远越好。”陈医生年轻的脸上表情扭曲，使劲绞着修长的大手。

“为什么？能说说原因吗？”林志雄表情凝重，他给医生添茶。

“我仅仅就是不愿意参与他们肮脏的交易而已，就成了他们眼中的异类。几乎每一天，我都面对刁难、排挤和明枪暗箭。”医生说。

“是那些药品回扣之类的灰色利益吗？”

“不。那已经是行业内公开的秘密，见惯不怪了。他们涉及的是骇人听闻的违法交易，丧尽天良。”医生吞咽口水，似乎感到口干舌燥。他变得紧张、警惕、局促不安，扫视了一眼周围，顿了顿，接着又说，“这些来历不明的器官，有些就来自失踪儿童。”

三个在场的男人异常惊骇，简直不敢相信这是真的。

“那些被挖去眼珠流落街头的孩子以及伤痕累累的乞讨儿童是吗？”林志雄问。

“我敢保证，他们只是其中一部分失去器官的可怜人。他们像牲口一样被推进私人地下手术室，身体麻醉，浑然不觉。病入膏肓、付出高昂费用的人就并排躺在懵懵懂懂的可怜人边上。拿手术刀的人神情冷漠，口罩蒙着脸，整个手术期间一言不发。主刀者将他们开膛破肚，动作娴熟地摘取配型相符的器官，把它放进另外那个人的体内。一切顺利的话，一两个小时的工夫就完事了。一星期后伤口基本愈合，被摘取器官的人由凶相毕露的掮客领走，丢弃在另一个城市的角落，任其自生自灭。植入器官者康复离去，从此秘而不宣，终生服药用以对抗器官排异反应。”

接下来，陈医生语调低沉，像自言自语一样讲述了那条隐秘产业链惊人的内幕。

任何时候，任何一个家庭，一旦严重的疾病造成器官病变，对病人和家属来说，都是一件等候死神随时降临的可怕事情。病人绝望等死，家人心忧如焚，四处烧香拜佛祈求神迹出现。有钱人自有他们的门道和诀窍，而穷苦人家只有坐以待毙，在孤独无助中挨到病人油尽灯灭。新鲜、健康的活体器官唯一合法的来源是自愿捐赠，但在人们传统观念中，死者为大，保留全尸入土安葬仍然是最体面的做法。身体受之父母，让逝者完好如初去见阴间的先人，是生者的责任和义务。因此，合法的器官捐赠在观念守旧的岭南凤毛麟角，并且不一定符合需求者的血液配型。这样，手续合法、完成血样采集的患者在公立大型医院等候配对和器官移植手术都排到了五年或十年之后。这中间，对器官资源的争夺就各显神通。位高权重者调动权力资源优先获得手术机会，富商巨贾不惜重金打通关节，在排位争夺战中碾压秩序，暗箱操作。

外科医生在接待、收治住院病人的工作过程中，通过与病人交谈，告诉他们肾脏或者肝脏疾患的损坏程度、后果，也告诉他们目前器官移植手术等候排队的现状。他们公事公办，客客气气，一副体恤患者不幸的悲天悯人神情。他们通过病人的衣着、谈吐观察其消费能力，含糊其词、半遮半掩暗示患者家属不必悲观。他们会准确把握时机和火候，向病人或者家属推荐一个神通广大、可以解决他们燃眉之急的熟人或者朋友。这样，那个“朋友”会浮出水面，办妥一切，价钱在三百万元人民币左右，视患者家庭的经济能力而定。就陈医生知道的情况，有一宗车祸的器官移植手术，病人多处骨折，肾脏破裂严重，危在旦夕。车祸病人是个台湾投资客，家属焦急万分，开出巨额酬金救命，正好有一对配型相符的货源，火速成交，价格超出六百万元人民币。

私人手术室在一栋气派别墅的地下室，别墅的主人就是陈医生的顶头上司。手术室里面的仪器、设备、手术器械和无菌环境远比一些大名鼎鼎的三甲医院还要先进和严格。活体器官供需双方蒙着眼罩，通过拉紧窗帘的车辆分别运进来。十到十五天之后，体内植入别人器官的幸运儿伤口愈合，身体奇迹般恢复如初，伤口拆线后被蒙眼送出别墅。

整个交易环节，那个主治医生似乎一直置身事外，不会出现在自己经手的病人的交易和手术的任何一个环节。幕后大佬其实就是那个大名鼎鼎的外科教授。

掮客是混迹社会的恶棍，他手头豢养着一批打手，用来对付临场反悔的器官提供者。而那些用极低价钱收购来的孩子，对他们来说，是毫无风险的一桩捡漏买卖，从眼角膜到骨髓干细胞乃至所有可以利用的脏器。一个懵懵懂懂又毫无反抗能力的幼童，就是一座金矿。

林志雄决定向陈医生提供帮助，协助这个陷入职业危机的人尽快离开那个黑窟。他吩咐陈医生提供一整套个人资料给他，因儿子潇湘的婚礼，下周他要前往香港邀请几位重要客人。如果时机合适，他将把陈医生的求职简历亲自交给梁振华的夫婿，通过那位香港医生，看看能否让这位正直、敬业的潮汕籍年轻医生尽快登陆那个国际大都市的某个医院。

“胶己人，我将全力以赴为你的事情去斡旋。你且忍耐，不要招惹他们，耐住性子稳一段时间等候那边的消息。如遇突发情况，及时电话联系我们。”临别的时候，林志雄握住医生的手，把一张写有他电话号码的卡片塞到他手中。

晚上，林志雄接到王木匠从越南打过来的电话。王木匠在电话中用潮汕话简要报告了他们的工作进展情况：他们在茂密的林区持续工作了一个礼拜，在没有道路的山林，雇佣了大量人力把那个大家伙弄到通往越南国家煤矿的公路旁。明天一早，货物装车启程，第一站到达芒街，在那里报关、检验，然后进入中国东兴港。

“货物成色怎么样？”林志雄饶有兴致地问。

“非常棒！质地优异。蒲先生说，他从未见过如此体量庞大的老古董。”王木匠简短地说了阿鼓推荐的那位阮望京的情况，“阮是个狠角色！忠实，可靠。他一下子就吃住了那个想敲竹杠狠宰我们一笔的中间人。他是个人才，人狠话不多，有一身硬功夫！这几天，他和染儿相处融洽。染儿已经跟我说，要带他去花城。”王木匠又补充说，“染儿告诉我，货物顺利启程后，他要前往越南南部游玩几天，从西贡乘海轮抵达仰光，目的地是缅甸曼德勒。他说，去考察那里的玉石交易情况。看来，他是认准了要开一家珠宝工厂了。”

林志雄非常高兴。“喔！一直没有听他说过。不过，当年出国求学，他自己选择了这个专业，这是回归本行了。”他说。听起来，他赞许儿子的决定。

“这么说，你同意他的旅行安排？”王木匠问。

“他应该完全可以应付。那个阿阮与他同行吗？”

“不知道。我按你的意思安排就是了。”

“好的。叫他在缅甸注意安全，那里鱼龙混杂，危机重重，小心提防。记得叮咛他赶回来过年，正月初六他潇湘哥大婚。”

“好的。”

“就这样。”

林墨染和阮望京走出酒店的时候，深秋的夕阳洒满西贡河两岸。河水静静流淌，橘红色的河面宛如梦幻中的鸡尾酒，沁人心脾。椰子树修长的羽状叶片镀上了一层金光，树身高大挺拔，像身姿婀娜、长发飘飘的越南女郎。一眼看去，法国殖民时期的二三层法式情调建筑尽收眼底，粉红色的陡坡屋顶和柠檬黄的墙壁渲染出浪漫、欢快的地中海氛围，阳台上开满鲜艳的花朵，露天咖啡屋的红白竖条遮阳伞还未收拢。街道上，零零星星的白人在溜达，有的背着行囊匆匆而过，有的拿着相机驻足拍摄。间或，有牵手的情侣漫步街头。这是西贡高消费街区，没有市井的嘈杂和匆忙，狭窄的街道显得安静、舒适和怡然自得。墨染穿了白色的休闲裤，紧身T恤外面套着一件宽松亚麻布方格衫。墨镜就挂在上衣口袋里，脖子上挂着相机，看上去一副游人的休闲装扮。他们准备找个地方喝杯咖啡，吃点甜点，然后四处逛逛，顺便拍摄一些照片。身材高大、皮肤黝黑的阮望京背着旅行双肩包，那里装着他们重要的证件和紧要物品。

他们顺着临河的街道溜达，被一个露天咖啡馆吸引。咖啡馆的名字叫“莫奈的黄昏”。林墨染选择这里一方面是因为它环境优雅，另一个因素是因为喜欢那名象征派画家。一对温文尔雅的白人老年夫妇在露天遮阳伞下喝咖啡，老妇人满头白发，戴着夹鼻眼镜浏览画册。一位身姿玲珑的女服务生背对着来客，在用法语和老夫妇说着什么，大意是在介绍这里教堂的历史。

他们走进栅栏的时候，老先生向他们微笑着点头致意，然后用法语对那个女服务生说：“有客人来了。”

那女孩转过身，向他们走来，用越南话打招呼。她是一个标准的东方美人，白皙、粉红的皮肤，精致漂亮的面孔。她穿着黑色紧身T恤，白色牛仔短裤，露出修长、矫健的长腿。虽然系着棕色的围裙，但体态婀娜，凹凸有致。林墨染微笑着向老先生鞠躬致意，选择了一处偏僻角落坐下。那里，可以倚靠着栏杆，俯视夕阳下的河面。

墨染征求阮望京的意见，然后用标准的法语对那女孩说：“给大个子来一杯拿铁，我要卡布奇诺。”

那女孩现出惊奇的眼神，微笑着用法语说：“好的，先生。您的法语真流利！还要点什么吗？”

他们又要了法式硬皮羊角面包，两份甜点和奶酪。

“好的先生。马上就来，请稍等！”她声音听上去透着兴高采烈的语调，几乎是弹跳着转身离去，收拢的长发发梢像马尾巴一样轻拂了林墨染的耳廓，弄得他心里痒痒。

“你来自巴黎吗？年轻人。”老先生红光满面，微笑着同他们搭话。老夫人从夹鼻眼镜上方抬起眼皮饶有兴致地看他。

墨染彬彬有礼地说：“午安！先生；午安！女士。我来自中国。”

“你有一口纯正的巴黎口音，非常地道。”

“我在巴黎生活过五个年头，在那里读书。我喜欢巴黎，怀念塞纳河的风光和教堂的钟声。”

“我来自马赛，这是我的夫人艾米莉。我叫皮埃尔，退休前是一名乐器维修师，大部分时候都在修理钢琴和教堂管风琴。”

“很高兴认识你们。我叫林墨染，我来自中国广州。这次来越南为父亲的商厦采购红木。事情办妥了，顺道南下旅行。这位是我的伙伴阿阮。”

他们谈论马赛海岸风光和马赛足球队的时候，那女孩为他们煮好了咖啡。再次出来的时候，动作轻巧地在桌上摆上甜点、面包和奶酪。

“Emma，你的法语要多和这位中国朋友学习。他的口音来自巴黎，我说的是南方腔调的法语。”老先生打趣说，他开始抽烟斗，肥胖的身躯安闲地靠在椅背上。他有一双精巧、干练的手。

在自我介绍过后，墨染知道那女孩叫阿香。“不是阿香，是阿江。啊呀呀，不是阿江，是阿香。”那女孩笑语盈盈，使劲纠正他对她名字的读音。后来，还是放弃了“香”和“江”之间的甄别。阮望京想，或许，她的名字按照中文的发音习惯叫“阿央”更贴近一点。但墨染坚持叫她阿香，这让他想起另一位让他魂牵梦萦的阿香。西贡女孩是一位省长的千金，在国际外语大学读法语专业，已经是大学四年级。她的法文名字叫爱玛，唯一去过的外国城市是泰国曼谷和香港。

露天咖啡吧没有其他客人。阿香就两手交合垂放在小腹前，站在两张桌子之间不远处，礼貌地向客人介绍西贡往事。聊天愉快，有趣，时不时传出欢声笑语。

夜幕降临，华灯初上。街上霓虹灯醉人的灯光如迷离的眼神，咖啡馆里传来缠绵动人的爵士舞曲。皮埃尔搂着夫人起舞，和着音乐的节奏，白发夫妻紧紧相拥，缠绵悱恻，像一对初恋的情侣。这一幕，在置身东方文化环境中的墨染看来，是罕见的，但却是最能拨动心里那根奇妙琴弦的。林墨染深受感动，怀想心事，喟叹自己难于言传的单相思和没有出口的内心郁闷，泪水溢满眼眶：他遇到一个仙子般的女孩，拨动他的心弦。他时时想起她美丽的面孔和俏丽的身影，但她心有所属，浑然不觉。他看见她就抑制不住怦然心跳，但他又得转身而去，内心撕裂般痛苦、煎熬。爱如烈焰，在无名处燃烧，他的孤独、苦闷无法言说，无处排遣。

舞曲如温柔的夜风，醺醺然，如梦似幻。录音机里男人沙哑的歌喉呜呜咽咽，如泣如诉，柔肠寸断……

“爱玛，我可以请你跳一支舞吗？”墨染起身走向她，伸手邀请。

“亲爱的朋友，今天不行，这是店里面的规矩。”她低头说，语焉不详，碰一碰他的手，“明天吧，明天我休息。我一早过来做向导，带你们游览西贡……”

他突然抓住她的手，拉近她，帮她解下围裙，轻轻搂住她，手扶住她柔软的腰肢。他们开始跳舞。

“阿香，闭上眼睛。”他对她耳语。他闻到她身上散发出来的体香。背景音乐里小号的声音激越、起伏，像撕裂的伤口。

她小鸟依人，羞涩中欲拒还迎。她的面颊贴近他，感觉到他脸上的泪水。“怎么啦？”她对他耳语。

“听！阿波利奈尔的情歌，让我心碎。”他说。音乐声中，一个男人沙哑的嗓子在独自倾诉。

墨染和着曲调在她耳边轻轻哼唱：

塞纳河水在米拉波桥下流淌
柔情蜜意宛如逝水
爱情可待或转眼成追忆
断肠总在
耳鬓厮磨后
良宵匆匆　晚钟悠悠
佳期如水　惆怅别后……

执子之手漫步长亭
泛舟拱桥下丽影如虹
你含情脉脉总凝眉
我就此别离孑立茕茕
良宵匆匆　晚钟悠悠
佳期如水　惆怅空等候……

阮望京早晨醒来，洗漱的时候，想起昨晚的约定，早晨八点在酒店门口与阿香会合，今天主要是西贡市区的游览观光。昨夜晚餐之后，墨染吩咐阮望京回酒店休息，他独自一人去了阿香的咖啡馆。

阮望京穿戴整齐，开门去敲隔壁房间的门。没有回应。他又按了一通门铃，毫无反应。他快步冲进电梯，下到一楼大厅服务台问询，心里有一丝担忧。

“林先生昨晚很晚回来过一次，和一个漂亮的女郎。他给您留了张字条，然后挽着女孩出去了。”服务台的女孩莺声燕语，用南方口音的越南话说。递过来一张纸条。

纸条上用中文写着：

阿阮：早晨八点，“莫奈的黄昏”见。

落款写着：林。凌晨一点二十分。

还有半个多小时到八点。阿阮背着双肩包气喘吁吁跑出酒店，紧急赶往会面地点。

清晨的大街阳光明媚，苏醒的城市一派繁荣。远远地，透过露天咖啡吧的木栅栏，阮望京看见，收拢的太阳伞下，阿香穿着洁白的奥黛，白色阔脚长裤，坐在临河的咖啡桌那里，背对着朝阳，墨染兴致勃勃地对她讲着什么，脸上洒满金色的朝阳。

墨染看到他的伙伴上气不接下气推开栅栏的木门。

“怎么？看你急促的样子。”墨染用中文说。

“你让我担心死了。”阿阮没有看他的眼睛，但神情放松下来。

阿香用越南话向他道早安。她薄施口红，嘴唇像盛开的木棉花。

“他们一夜未睡？”阿阮内心狐疑，没有说出口。但看到那女孩新换的服装，就更加糊涂了。阿香穿着越南民族服装，身姿婀娜，披肩长发沐浴在金色朝阳中，随着早晨的河风飘动。她有着挺直的鼻梁，鼻翼小巧，配上明眸皓齿，那张白皙的面孔呈现出一种超凡脱俗的美丽。墨染说话的时候，她总是扬起下巴，用灼热的目光与他对视，深情款款，似乎须臾不离。

“我的朋友阿阮，他有一位漂亮的越南妻子和两个可爱的女儿。”墨染向她介绍自己的伙伴。

“啊！阮大哥，你真的有位可爱的越南妻子吗？”阿香好奇地看着黑大汉，用越南话问。

“是的。”阿阮说。眼神中流露出一丝温情，嘴角微微向上一翘。

“你的越南妻子和孩子们住在越南哪里？”

“没有。她们和我住在一起，在中国广西。”他看着她，神情依然严肃，眼神里却含有一丝温柔的亮光。

“和你的中国妻子住在一起是吗？”

“我没有中国妻子。我只有一位妻子，她是个漂亮的越南女人。”

阿香开始咯咯咯地坏笑，肩膀耸动，整个人儿花枝乱颤……

早餐过后，三人上路游览西贡。上午参观中央邮局和圣母玛利亚教堂，下午逛一逛堤岸市场的华人街。

中央邮局和圣母玛利亚教堂是法国殖民时期的老建筑，始建于十九世纪，位于西贡旧城区 Dong Khio 西北端，中间隔着一条人流拥挤、摩托车和汽车轰鸣的马路。

圣母玛利亚教堂由两座连体对称的五十八米高的尖顶建筑组成，尖顶上竖立的十字架直刺天空。整个建筑由花岗岩砌成，高高的拱顶和挺拔的石柱使它看起来庄严、雄伟、气势恢宏。当年，旅居西贡的法国人在修建教堂时不远万里从法国本土运来了水泥、石材，甚至连一颗钢钉都是远渡重洋。教堂落成后，他们千里迢迢从马赛港运抵一船一船的马赛克，这些胭脂红的建筑外墙装饰砖把古朴的教堂装扮成艳丽的红楼，在西贡的艳阳晴空下，在缓缓流淌的西贡河畔，在灰瓦泥墙的低矮民居中间，高大靓丽的粉红色教堂傲然挺立，俯视烟波浩渺的湄公河三角洲和苍茫南海，宛如上帝的视角驾驭人寰。

圣母玛利亚教堂在当地人口语中俗称“红教堂”。浪漫的法国人赋予了它俏丽的外衣，虽经历百年沧桑，毒辣的赤道阳光照射、咸湿的海洋空气侵蚀和南太平洋的台风吹袭都未曾消解她的美丽容颜和绝代风华。尽管第二次世界大战时期激烈的战争在建筑外墙留下弹孔，但教堂广场上站立的白色大理石圣母塑像神态安详、从容。圣母玛利亚手捧插着十字架的地球，脚踩恶蛇，目视前方，日夜祈祷、守护和保佑着教堂和一方信众的平安与福祉，护佑着湄公河湿地顽强坚韧的生灵苦尽甘来，生生不息。

墨染和阿香亲密相拥，在圣母玛利亚雕像前留下合影。

按照日程，墨染他们第二天将启程前往那块大陆的最南端金甄角，顺便了解从头顿港去往缅甸濒临印度洋的城市仰光的海轮班次。

从拥挤、嘈杂的堤岸华人商业区回到驻地，时近黄昏。洗漱更衣之后，天色近晚。阿阮有些困倦，留在酒店房间。墨染挽着阿香来到咖啡馆。阿香小鸟依人，脑袋歪在他的肩膀上。自从她知道了他们的行程，整个人儿就变得沉默和心事重重。她看上去似乎一下子变得疲惫、柔弱，大部分时候都选择默默依傍他，像个生怕走失的孩子。

那对法国老夫妇又出现在那里，他们互相彬彬有礼地打招呼问安。

墨染与皮埃尔夫妇相邻而坐，他们交谈今天的旅游见闻和感受。阿香起身去屋里，亲自为老顾客煮制咖啡。皮埃尔夫妇是西贡常客，几乎每年雨季过后都来此度假，住在固定的家庭旅馆里，选择固定的咖啡馆和固定的座位。对于这对夫妇来说，他们年轻时候走遍西贡的每一个角落，熟悉这个陆地狭长国家的大部分山山水水。而今，大多数时候，都是慢条斯理地徜徉西贡河湾，或者喝着咖啡，慵懒地晒晒太阳，看着街上人来人往。

一名戴着黄色摩托车头盔的瘦小青年男子进店来找阿香，放下一个小纸袋，很快就走了。

阿香端出咖啡的时候，手上拿着一个白色的纸袋。纸袋里装着那个戴头盔的男子刚刚送来的照片。阿香在一家相熟的照相馆要了加急冲印服务，希望赶在中国客人离境前拿到照片。现在，上午拍摄的照片三四个小时的时间就冲印出来送来了。

有好长一段时间，阿香都沉默不语。她手上拿着那张他们在洁白圣母玛利亚塑像前的合影照片：墨染紧紧搂着她的肩膀，两人开心而笑，脸上洒满西贡深秋的阳光。瘦高英俊的花城男孩头上戴着她送给他遮挡阳光的白色草帽。

她用拇指肚抚摸照片上男孩的面颊，轻咬下唇，表情若有所思。

“在想什么呢？”墨染离开座位，蹲在她身边，轻轻摇晃她的膝盖。他看着她的眼睛，那目光温暖、清澈。

她耷拉着眼皮，墨染看到了她眼角的泪花。

忧郁的爵士乐响起，音乐声中，一个男人沙哑的歌声呜呜哝哝，起起伏伏。

“时间过得真快。你明天就要走了吗？”她说。她没有看他的眼睛。

“是的。”他说。他们要在春节前完成计划中的旅行。

“亲爱的爱玛，来吧！我们再跳一支舞。”他拉起她。这一次，她主动抱紧他，在舞曲声中移动脚步。

“亲爱的阿香，我不得不走了。我答应过父亲，春节前赶回老家与家人团聚，我必须参加长兄的婚礼。”他在她耳边低语。

阿香没有说话，面颊紧紧贴着他的胸口，滚烫的泪水夺眶而出。泪水浸湿了他的短衫。

塞纳河水在米拉波桥下流淌
柔情蜜意宛如逝水
爱情可待或转眼成追忆
断肠总在
耳鬓厮磨后
良宵匆匆　晚钟悠悠
佳期如水　惆怅别后……

执子之手漫步长亭
泛舟拱桥下丽影如虹
你含情脉脉总凝眉
我就此别离孑立茕茕
良宵匆匆　晚钟悠悠
佳期如水　惆怅空等候……

这一夜，她用不太标准的法语说了很多话，讲她的身世和对未来生活的规划与愿景：她的血液中流淌着法国人、中国人和越南京族人的血液。母系的分支里，曾经有一位年轻的姑娘在法国殖民时期爱上了一位法国士兵，但那名士兵战死在“海防登陆战”中，她生下一名女婴，在西贡的贫民窟独自养育并拉扯大孩子，穷苦一生，面对世俗的偏见和日渐褪色的爱情回忆；祖父是广西壮族人与越南京族联姻的产物，曾经是一名出色的军人，参加过胡志明领导的祖国独立战争，与美国人进行过惨烈的游击战，战后获得“胡志明勋章”。父亲严肃、刻板，也是军人出身。七十年代末，在越南谅山省参加过无数场对中国军队的阻击战。战后一路升迁，官至省长。阿香读大学二年级的时候，西贡受越南社会开放的影响，开始首次举办西贡小姐选美比赛。在学校一枝独秀的阿香因为同学的怂恿，瞒着父母报名参赛，不想一路过关斩将，一举夺魁，名声大噪。然而，还沉浸在“西贡小姐”绚丽光环和巨大喜悦中的阿香却遭遇父亲迎面泼来的一盆凉水，父亲看到电视直播镜头中花枝招展、体态婀娜的女儿在T台上被人品头论足、胴体一览无余，他异常暴怒。父亲从遥远的北方赶到西贡，父女之间爆发激烈的争执。从前宠爱女儿的父亲一反常态，语气蛮横，甚至出手扇了女儿一个耳光。自那之后，父女之间开始冷战。但父亲的严厉促使她开始反思和冷静，她逐渐远离“西贡小姐”绚丽光环后面的诱惑，规划和设计自己未来的人生道路。她决计不会像父亲期望的那样大学毕业后进入仕途，将来嫁给一个循规蹈矩、谨小慎微的年轻官吏，也不会投身脑满肠肥的成功商人怀抱。她用“西贡小姐”冠军的奖金和商业广告代言的全部收入，很快盘下来一个即将移民美国的西贡人的老宅，又通过亲友筹集了一笔钱对老房子进行修缮、装饰。室内装潢成暗红色的宫廷氛围，用来在炎热的雨季接待客人，临河露天咖啡吧则在晴朗、凉爽的旱季给客人提供开放、宽松的户外空间。这期间，她报名参加夜校的烹饪培训班，学习意大利人、法国人烹煮咖啡的诀窍和主要配餐甜点的烹饪技法，利用出席商业活动的机会虚心向西贡著名酒店的名厨学习请教。好在，地处热带的越南盛产优质咖啡，深受法国殖民文化影响的西贡到处都可以买到地地道道的烹饪辅料。这样，她招来两名店员，严格培训，自己言传身教，将选美比赛礼仪培训的全套讲究教授给她们。“莫奈的黄昏”顺利开业，借着“西贡小姐”的金字招牌，她本人亲自为咖啡馆代言，课余时间亲自下厨款待来客，一时间，西贡商圈的成功人士慕名而来，客源不断。按照她的理解，享受咖啡时间是成功人士排遣生活的一种方式，是一种情调，或者说是一种情怀。穷人在陋巷冲一杯速溶咖啡细品慢咽，是一种调整和放松，它看上去是发呆或者苦思冥想；而有闲阶层松松垮垮躺在环境优雅的河畔，远离市井烦扰，一杯质地上乘、精心烹煮的咖啡在手，漫无边际地胡思乱想，或者心如止水静观行人，反思人生，回味心事，调整心态，优雅地享受午后时光时，却是时尚和奢侈生活的体现。为什么呢？阿香无数次对店员提出训诫，她说："客人光临'莫奈的黄昏'，无外乎出于三个因素：环境，上乘的饮品，贴心而舒适的服务。仅此，没有其他。我们把这三点做好，就成功了。"

她打算，等到毕业，有一笔积蓄，就自费去法国留学。

墨染讲他的越南之行，讲他对这个国土狭长、气候炎热、仿佛蒸笼里一截风味独特的卷粉一样的国家的印象，讲西贡和花城两个内河港口城市的气质和个性，讲他在花城的家人和潮汕风俗，讲他正在着手考察也准备启动的珠宝首饰工厂，柔情款款地讲起眼前的"西贡小姐"。他和她交头接耳，交谈充满柔情蜜意，连阿阮都觉得这对陌生青年男女在短时间就变成了深知故交。他和她促膝长谈，在深夜的树影下紧紧相拥。他吻她，缠绵忘我。

从越南头顿港开往缅甸仰光的邮轮每星期六只有一班，而西贡港的邮轮两天后启程。阿香上午把她打听到的邮轮信息告诉了墨染他们，墨染决定调整行程，两天后从西贡港启程。阿香心有不舍，后悔不该这么快让眼前这个戴金丝边眼镜、帅气、操一口温柔法语的男孩离开。但她没有说出口。

阿香离开酒店房间时，墨染还在酣睡。她和身背双肩包的阮大哥出去预订船票。

墨染起床后看到阿香用法语歪歪斜斜写下的纸条。他洗漱完毕，下楼去"莫奈的黄昏"喝咖啡。皮埃尔独自坐在他习惯的座位那里与他打招呼。他们聊天。皮埃尔是个随和、健谈的老人，他欣赏墨染与爱玛之间奇妙的一见钟情和热烈缠绵。"倾听内心的声音，勿留遗憾成追忆。"皮埃尔引用了那句著名的法国谚语。他热情祝福眼前的年轻人，希望他和她快乐，幸福。"我回驻地一趟，看看艾米莉起床没有？顺便拿一把吉他过来。我要为你唱一曲法国情歌。"他说。他双手撑住靠背椅的扶手起身，挪动肥胖的身躯。

墨染陷入沉思。他打开画夹，在纸上画出女人细长圆润的脖颈，在脖颈上仔细画出一副项链。他打算在缅甸选择一块优质翡翠，为阿香制作一份精美的项链吊坠作为礼物。林荫道上，橡皮树白绿色的碎花密密匝匝簇拥枝头，呛人的花粉味道令人不适。深秋的朝阳像西贡小姐令人陶醉的目光，甜蜜、醇厚、秋波荡漾、意味深长……墨染预见到分手时刻的不舍与伤怀：再见，湄公河三角洲！再见，阿香！再见，"莫奈的黄昏"令人难以忘怀的乐曲和那长发飘飘的美丽倩影……他瞥见一只低飞的黑鸟宽阔的翅尖掠过依依的江面，形成涟漪，未几，水面又复归平静。而他，将不得不回到花城，去重复父辈、祖辈的生活。直到某个早晨，杀声四起，血流成河……

皮埃尔拿着吉他，挽着艾米莉来到咖啡馆的时候，墨染并不在那里。他的座位桌上还放着电脑包，几张摊在桌上的白纸，一支铅笔。白纸上有一些草图，看上去是几幅未完工的女士项链的设计图案：一幅是十字架中心镶玉的设计；另一幅是十字架下面镶嵌心形玉石的图案的草图；最后一幅则是双弧线设计的思路，上弧线坠饰心形玉石，下弧线坠饰镶钻十字架，十字架中心有两个字母“L·E”。那是他姓氏的第一个拼音字母和爱玛名字的第一个字母的缩写。

皮埃尔夫妇要了早点，坐下十多分钟，墨染从街上回来。他手上捧着一大束鲜艳的越南玫瑰和一支法国波尔多红葡萄酒。

“尊敬的艾米莉女士，早安！很荣幸在西贡与你们相识，这束玫瑰献给您。祝您健康，快乐！”墨染走进来，把一瓶葡萄酒放在桌上，捧着鲜花走向艾米莉说。

满头白发的艾米莉女士张大惊奇的眼睛，细眉上掀。她在胸前画着十字：“我的上帝！今天真是令人难忘的一天。”

她接过鲜花，放在鼻子下面深深吸一口气，递给皮埃尔，上前热烈拥抱他，吻他的面颊。

“皮埃尔先生，这瓶葡萄酒送给您！待会一起庆祝我们的奇妙相遇。”墨染微笑着看皮埃尔慈祥的脸。

女侍应生为艾米莉端来咖啡。

皮埃尔夫妇把话题转向桌面上的图案。“你刚画的？”皮埃尔问。

墨染回答：“是的。我在巴黎学珠宝设计，打算亲手制作一份礼物送给爱玛。”

“很好。爱玛是个好姑娘。”艾米莉说。

“尊敬的艾米莉女士，用您女性的直觉判断，您看中哪款设计？”

艾米莉端详着三幅图案，她拿起双弧线设计样稿。“我喜欢这个，两条弧线可以突出女性颈部的柔美，同时也富有变化。吊坠圆弧和直线的运用，相映成趣。不过，我建议字母的横式排列变成竖式，这样上下延伸的视觉有助于体现女性修长的颈项。碎钻的点缀不宜过多，不如，在‘L·E’字母中间镶嵌一颗碎钻，用来代替分隔号。这样是不是好一些呢？”她说。她侧着脸微笑着看墨染。

墨染非常赞赏艾米莉的意见：“完美！这样改动真是妙极了。”

阿香和阮大哥回到咖啡馆的时候，墨染在弹吉他。他正在弹唱一首自己临时创作的歌曲，歌名叫《浪漫西贡》。皮埃尔和妻子专注地听他小声哼唱：

古老的西贡河静静流淌
老树的身影见证城市的回忆、荣耀与梦想
如烟往事、游人徜徉
多少喜悦、艰辛与希望
爱玛，我在河畔的咖啡馆遇到你
你的眼神宛如西贡河的月光
你笑语盈盈仪态万方
让我流连忘返心旌荡漾……

“莫奈的黄昏”沁人心脾
你身着洁白的奥黛，流光溢彩、楚楚动人
秀发飘飘，皓齿樱唇
发丝轻抚我的旅途劳顿
我们在古老的教堂祈祷
在树影婆娑的河畔漫步直到月色如银
爱如潮水哦，我对你一见倾心
回味无穷的是你的热吻……

美丽的西贡河亘古流淌
忧伤的灵魂似南飞倦鸟
离别在即，北飞的候鸟将要离巢
云朵孤悬天空，我心如刀绞
爱玛，请别垂泪请别难过
爱如苍穹又岂在暮暮朝朝
此情可待，晚钟袅袅，晚钟袅袅……

整个午后时光，咖啡馆都在一起弹唱那首歌。皮埃尔夫妇、爱玛一起讨论歌词的法语和越南语翻译。高脚玻璃杯里盛着葡萄酒，桌上有一些法式甜点。阿阮神情平静，饶有兴致地听他们用中文、法语、越南语将这首歌唱出来。咖啡馆又进来几个游客，他们是两个结伴同行的背包客——一名白人和有纹身的黑人，还进来一对意大利情侣。

吉他声响起，整首曲子如温暖的阳光，如徐徐的河风，如西贡河上空瓦蓝瓦蓝的晴空，如热烈怒放的簕杜鹃，如低回婉转的倾诉，如静静东逝的河水。咖啡馆变成了欢乐的音乐聚会，游客们松散地坐在椅子上，拍着巴掌打出音乐的节拍。墨染用中文唱出热情与期望，皮埃尔夫妇用法语唱出甜蜜与陶醉，而爱玛，用越南语唱出旋律的缠绵悱恻与依依不舍。她泪眼迷离，几度哽咽。墨染轻吻她的额头，弹奏着和弦，用法语加入进来，艾米莉把手轻轻放在爱玛后背上抚摸，大家一起加入了合唱，白人、黑人，意大利人。阿香像个天真的小女孩，哭着，笑着，脸上挂满泪水……

下卷

第十二章

反噬

年关越来越近，林志雄去了沉香大厦施工工地视察工程的装修进度。林志雄和阿松在施工区外停泊车辆，步行进入宽阔广场入口时，林普德已经在那里等候。远远地，林志雄就看见主楼高耸入云的身姿，气势宏伟的主楼外墙立面装饰已经完工，脚手架上，工人们正紧张地安装霓虹灯和巨大的楼体广告牌。广场上，绿植已经栽种完成，几个工人正在那里给新铺的草坪浇水，从遥远的山区花费巨资运来的几棵大树移栽在红土壤里，固定树干的支撑木稳稳地卡住它们。剪去树冠的大树像一些肢体残缺的巨人，伤痕累累，神情哀伤，气息虚弱，显出束手就擒者的悲壮——它们需要时间、阳光和雨露在全然陌生、喧嚣、人潮涌动、车水马龙的城市逐渐修复几乎致命的伤口，恢复往日婆娑婀娜的身姿，在热闹、冷漠的钢筋混凝土包围中独自怀念林地虫鸣、鸟语花香的故土。广场中央硬化地面铺设的地砖上堆放着大堆的装潢材料和散乱的包装纸箱，升降机上的工人正在高空费力地往灯柱顶端安装照明设备。阿松他们一行人戴着橘黄色的安全帽进入主楼大厅的时候，看见钟鼎文先生头戴同样颜色的安全帽在那里同三个技术主管模样的男人在讨论什么，手上拿着一把收拢的钢卷尺。方南也在那里。他们走近的时候，听到钟先生在向他们交代即将到来的沉香木的放置位置、尺寸以及烘托性装饰物的规格、材质、用色等细节要求。

林志雄过去向钟先生问候，握手，在那里兴致勃勃地听取先生讲解大厅装饰的整体风格、视觉传达和建筑语汇的张弛与节奏。

这时，林志雄的手机铃声响了。

电话是梁鸣打来的。梁鸣为了避嫌和提防政治对手可能的明枪暗箭，一般情况下，他尽量与成功的商人、有争议或者性格狷狂的人士保持距离。他通常情况约见深受信赖的林志雄都是通过钟鼎文先生。但现在，他就在电话那头呼叫林志雄："今晚七点，在钟先生家里见面，有要事。"林志雄正想告诉他，他现在就和钟先生在一起，电话已经挂断了。

傍晚的时候，天空开始落雨。北风夹杂着细雨纷纷而下，空气变得湿冷渗骨。钟先生玻璃房子的二楼工作室里，水晶吊灯和落地台灯散发着柔和的光，空调器嘶嘶嘶地冒出热气。钟蕙兰在茶桌前沏茶，她安静，温文尔雅，穿着黑色的高领羊绒衫，红黑相间的方格毛呢裙，脚上是一双黑色短筒马丁靴。

工夫茶进行三轮，梁鸣开门见山告诉林志雄，他必须退出已经到手的"花城一号地块"的开发，把标的原价让渡给新来的北方饕餮——那个蛮不讲理的掠食者。没有佣金，不讲条件，三个工作日之内过户给对方。

谈话气氛骤然变得沉闷。钟先生作为旁观者听到这样交易都差点噎死过去，愣了片刻，开始发作："强取豪夺！"他愤怒咒骂这是前所未有的流氓行径，是不讲基本信用和市场规则的野蛮做法……梁鸣眉头拧紧，脸色阴沉。他不愿意多讲，只说，这事必须忍痛割爱。

钟先生忍不住了，怒火冲天："电视、报纸新闻都宣传了这桩合法交易，无数市民知晓，这脸说翻就翻了？已经支付了土地出让金，签署了土地开发权证，市场规则等同儿戏？……"

梁鸣挥手制止了钟先生的发泄。林志雄一直沉默，在他观察，梁鸣粗暴打断老朋友的话语是首次，不留情面，没有讨论余地。他寻思，连梁鸣都扛不住，看来，掠食者来头不小。

"说气话不起作用。'普天之下，莫非王土；率土之滨，莫非王臣。'雄哥，你唯一可以做的就是不见兔子不撒鹰，保证支付出的资金完璧归赵，切切不可成了扛篙撑船的冤大头。"梁鸣说完，起身告辞。一直沉默不语的林志雄站起来，梁鸣握着林志雄的手说："我不能把知道的全说给你，希望你理解。你是个明白人，人在屋檐下，不要硬碰。"蕙兰起身开门，她要开车送梁鸣返家。

两个男人坐下来喝茶。大部分时候都是长长的沉默。

星期五上午，林志雄接到政府部门领导的一个电话，要他携带企业证照、印章，去处理"花城一号地块"的土地过户事项。他出门的时候，打定主意，对方的钱款未到账之前，绝不松口。吃到口里的肥肉活生生吐出来，这对屡经商海沉浮的林志雄来说，是巨大的屈辱，也是前所未见的蹊跷事。他满腔郁闷，梁鸣的话里暗藏着巨大的玄机，能胆大妄为到戏弄地方大员于股掌之间的力量，其背景和实力可见一斑。他长长出一口气，叮嘱阿松，此事非同小可，任何时候都不要冲动和妄加猜测。他决计要会一会这个厉害的北方来客，看看他到底长了怎样的三头六臂。

他在人头攒动的政务大厅见到了那个操一口胡同腔、刮着光头的肥胖男子。那人三十多岁，有着北方人高大的身材，皮肤粗糙、黝黑，长着一对滴溜儿转的细小眼睛，脸上一副玩世不恭的痞子表情。工作人员过来确认了他们的身份，把他们带到二楼的一间小会客室。掌管土地交易的官员在那里单独接待他们。

那位官员是林志雄的老熟人，他对前来处理土地过户的双方客客气气，神色里有一种捉摸不透的飘忽的光。他从牛皮纸档案袋里抽出一大沓文件，要双方阅读确认，然后签字，盖章。那个光头佬连文件看都未看，迅速在文件末尾签署了名字，然后从随身携带的高档棕色桑皮纸旅行袋里翻找印章。林志雄用余光扫了一眼那人的签字，文件乙方签字栏的空白区域歪歪斜斜地写着“郑义”两个字。

林志雄心想：这是哪门子“正义”啊？活脱脱就是光天化日之下的掠夺！他耐住性子，看上去不慌不忙，郁闷而聚精会神。他在等待对方出牌。

那人盖上朱红色的印章，把文件推到林志雄面前。光头跷着二郎腿，点上一支“中华”牌香烟，把身子靠在椅背上，傲慢地向后仰着脑袋。

林志雄手上拿着笔，开始阅读文件。阿松也点燃一根香烟。

“签啦！这有什么好看的？看与不看都一样，反正你都得签喽！”那个光头佬显然不耐烦了，一口连滚带爬的胡同腔，脸上是一副目空一切的表情，小眼睛望向空落落的玻璃窗。

林志雄抬起头，那位官员微笑着看向他，目光中依然有着躲闪不定的东西。

“签吗？”林志雄微笑着看那个官员问。

“签吧。”那官员笑眯眯地说。起身走回自己的办公桌后面，没有看林志雄投来的目光。

“签字是件多么容易的事情啊！”林志雄说，“但是，钱嘞？我的钱谁付？什么时候支付？怎么支付？”他问，语气平静，没有看那个光头佬。

肥胖的光头佬站了起来：“钱！这还不简单，签完字，办了土地过户手续，钱自然就会过账。”他语速很快，满口儿化音说完，侧脸看林志雄。

“哼！”林志雄轻声说。

棋局似乎陷入僵局。

光头佬拿出电话拨打，一边往门外走。

回来的时候，他直接指着那名官员说：“等一下有电话打给你，你的顶头上司会吩咐你怎么做。”

不一会儿，桌上的红色电话响起铃声。那名官员拿起电话，他语气卑微，不断地回应“是的”“好！……好！……好！”。

他放下电话。原地站着，长出了一口气，似乎在整理思路。

他笑呵呵地对林志雄说：“签了吧。这是大势、所趋。”他在“大势”和“所趋”这个词语中间断开，有意强调它们的分量。

“签了？如果出现违约或者纠纷，谁担保？你吗？蔡局长？”林志雄语气平缓，一字一顿。阿松明白伯父的恼怒，但他从来都是克制和不露锋芒。

“我们忍痛割爱，并不意味着毫无原则地让步。我们始终坚守市场交易的底线，一手交钱一手交货。这样好吧？我们全力配合政府的工作，下次所有准备工作就绪，通知我们到场就行了。”林志雄说，转身对着身边的光头佬，“这位朋友，有缘相识，幸会！幸会！我们告辞了。”他向那人伸出了手。那个光头看上去一脸不屑，但他勉强伸手和林志雄握了握。

第一次谈判无果而终。返回农场的路上，林志雄与阿松讨论下一步的对策，但他们对保住“花城一号地块”开发权已经不抱希望，唯一的底线就是保证资金的安全。

“留意这个光头。如果可能，阿松，通过这场屈辱的交易认识一个威力强大的朋友。也许，今后有弥补损失的机会。你记着了？”

阿松点头。

两天后的下午，林志雄接到一个陌生电话，电话那头的人一口京腔京调，说想单独拜访林老板，有要事一起谈谈。

“资金都准备妥当了？”林志雄问。

那人飞快地说：“资金不是问题。年底银行紧缩银根，新年开始大额贷款的审批还没有这么快下来。您给我一个面子，把这个单子签了，我好回北京向我的大佬交代，否则，我连年都过不安稳。”

林志雄似乎透过厚重的帷幕看见了一丝光亮，但并不清楚帷幕后面的玄机。他知道对方急于出牌，匆忙中容易露出破绽。他明白，也许他不得不与这笔到手的交易失之交臂，但本能驱使他试图一窥那个隐藏在幕后左右交易规则的北方佬的样子，试图哪怕是匆匆一瞥，也要洞见掠食者的来龙去脉，是什么强大的力量让位高权重、在地方一言九鼎的官员噤若寒蝉、唯唯诺诺。用广府人的口头禅来说，林志雄希望，就是“死也要死个清楚明白”。

他语调平和地说：“哦。这样啊？郑先生，我理解您的苦楚。不过，我已经在返回潮汕老家的路上，回家筹备儿子的婚礼。我全权委托我的私人助理过来和您见面，您看这样行吗？”

电话那头一阵沉默。

“郑先生，还在吗？”

“既然这样，”那人明显流露出失望的口吻，“好吧，也只有如此。你让他今天就联系我。”

“好的。我让我的私人助理尽快联系您。他叫林友松，你们上次在政务大厅见过一面。对对对。就是两天前您见过的那位帅哥。你们谈谈，他会把我们董事会所有股东的意见和形成的共识告知您。您来头不小，我们能做到的一定行个方便。友谊是在交往和利益磨合中形成的，您说是吗？好吧，阿松会很快和您取得联系。再见！再见！”

阿松在大约一小时后和那人取得联系，见面时间确定在次日上午九点，阿松开车去那人住宿的酒店接他。

林志雄通知家族几位重要人物过来白云居商量对策。

不久，柚叔、王木匠、林普德和潇湘从城里赶来。莫木从农场的蔬菜地收工，清洗了赤脚上的红泥，趿了拖鞋过来了。会议从晚饭后大约七点一直持续到十点。柚叔、林普德和潇湘因为住在城里，接近十点的时候就驱车离开。其他人继续喝茶，推测各种可能性和由此导致的可能结果。

会议基本形成了几点共识：一、在资金安全上没有商量余地，但表述上尽量温和婉转；二、以交朋友为出发点，不惜重金让那个北方佬开心；三、尽可能多地了解对手，傲慢的人更容易忽视细节；四、他幕后的势力才是关键，不要放过隐藏的细节。“即使黑色丝袜，也难掩毛茸茸的小腿。”林志雄在汇总意见时说了一句形象的比喻，缓和了严肃、压抑，甚至有些许颓丧的气氛。

第二天下午，阿松向大伯打过来一个电话，用潮汕话简短地说目前情况良好，他们眼下在东莞赫赫有名的寻欢胜地“太阳城”吃喝玩乐，晚上不能回来，明天他将陪同客人去往珠海海滨高尔夫球场。可能从拱北海关到达澳门，但未确定。

天气阴冷，林志雄很早就上床休息了。他在年节离开花城返回潮汕老家之前还有一大堆事情等着处理。墨染来电话说已经到了缅甸曼德勒，初步考察完那里的玉石原料市场就会按计划返回。林志雄打算明天安排潇湘携未婚妻提前回家筹备年节和婚礼的相关事项，母亲和木莲已经回到老家一个多星期了。有木莲照顾老人家的生活起居，这让他安心。

第三天黄昏时候，阿松从澳门风尘仆仆赶回农场。

洗完澡，换了宽松的便服，稍事休息，他准备去大伯那里汇报情况。他知道，大伯他们一定在二楼书房喝茶聊天，等候他带去有价值的消息。他借这个喘息时间给香儿打了个电话，说明天过去看她，送给她澳门有名的手信杏仁饼和腐乳饼。

阿松走进大伯宅子的一楼，在那里向大妈问安，把一大包从澳门带回来的点心送给她，寒暄几句，径直上了二楼的书房。莫木、王木匠和大伯在那里喝茶。

他向他们叙述三天的所见所闻和对北京人判断的时候，大伯神情专注，面色平静。莫木把脸埋进大竹筒里呼噜呼噜吸水烟。

他说：郑先生是个沉溺酒色之人。他有着惊人的酒量，对异域风情的女人情有独钟。在澳门，前脚迈出葡京赌场后脚又入金沙娱乐城，酒色财气，一掷万金。京城痞子鸿运当头，一个下午的时间就赢了差不多五十万元。这些钱一小部分花在了寻花问柳上面，其余的还没有到离港时候就花了个精光。他买了一块全球限量款百达翡丽腕表，一套名牌高尔夫球杆。那人在酒后抱怨说快要过年了还不能离开花城回家：他在等候主人的指令，等候子虚乌有的所谓资金到位但大部分时候都是软硬兼施然后空手套白狼，完成一桩无本交易。他说他常常在高压下工作，表面上威风凛凛，其实内心像被狗舔过一样空落落。他三年前还在北京西客站一带四处张贴牛皮癣广告骗钱，干一些偷鸡摸狗的营生，经常被警察或者城管追得满大街撒丫子逃命，过着蜗居地下室、饥饱无常的漂泊日子。机缘巧合，在一个特别闷热的午夜，他照例趁着黑夜的掩护鬼鬼祟祟张贴完几条街的小广告，心里窝火一夜的努力到第二天上午就被城管或者该死的清洁工人给粗暴地撕个粉碎，侥幸存活的几绺儿破纸片，也大多是在偏僻的背街或者行人视线难以企及的角落。他满心厌倦皇城里密不透风、乌乌泱泱难以消散的暑热，街边的垃圾散发出恶臭。不远处，露天烧烤摊档冒出木炭、劣质调和油与孜然粉浓烈刺鼻的烟雾，街灯下，有些男女青年散坐在简陋的折叠小桌边啃食模样可疑、滋味辛辣的肉串，一边啜饮啤酒。他要了一瓶冰镇啤酒，五串烤羊肉，一屁股坐在马路牙子上，咕咚咕咚仰直脖颈灌下半瓶冰爽液体，“妈的！真他娘的带劲儿……”他说，就歪了下巴从竹签子上撕扯烤肉。就在这时，一阵激烈刺耳的汽车刹车声传来，有两辆轿车射出雪亮的车灯在他身边不远处急停下来。他一个激灵，“大半夜的莫非警察或是城管收网捉他?”他噌的一下站起来，准备逃跑！这时，车上下来几个男人提着短棒，与小桌边的男女打了起来。叫骂声、玻璃杯和餐盘的碎裂声、木棍击打人体沉闷的声音充斥在迷离的街灯下。经营烧烤摊档的夫妇在大声哀求，桌椅翻倒，有女人尖厉嗓子呼叫救命……“他妈的！干这帮狗杂碎！……”他高声喝叫，在水泥街面上磕一下酒瓶，瓶底立时碎裂。他攥着瓶颈儿，用满是锯齿口的半截瓶儿指着那帮从车上跳下来的人：“杂碎！哥们儿，赶紧跟我过来废了这帮孙子！”这时，他那几个刷小广告的同伴干完活正提了糨糊桶和抹糨糊的木刀过来，听得他大喊，一齐朝这边奔来，一边骂骂咧咧造出些声势。很快，那帮人愣了一下，不明就里，远处已经传来警车急促的警笛声。操木棒的人跳上车，猛踩油门，一溜烟跑了。

其实，那晚，冲突的双方，他一个也不认识。

他鬼使神差出手帮了那几个吃烧烤的男女，兴许仅仅是因为那帮人里有一个女孩大腿修长、容貌姣好。郑先生见不惯有人欺负美女。

一个男孩受伤较重，他们叫了救护车，此时，警察也已控制现场。那帮人里的头是个梳着长长中分头的男子，他也挂了彩，额头上挨了一棍，伤口往下流血。他过去给唠唠叨叨一副可怜相向警察投诉的摊主扔下一沓钱，转过身递给郑先生一张名片。“嗨！哥们，我欠你们兄弟一个人情。我现在要去医院安顿兄弟。你随时打那上面的电话，我不会亏待朋友！”那人递给他一沓钞票。

郑先生说他从那人傲慢拒绝警察的盘问，草草塞给警察一张名片然后驱车离去的架势推断，那个中分头是个狠角色，来头不小。

他这一夜之后真的遇上了今生最大的金主，从此开始了全新的开挂人生。老板看中了他浪迹街头天不怕地不怕的痞子气，赏识他见风使舵、油腔滑调的江湖气，充分利用他身上的浑不吝的无赖习气强势推进主人意图。他的老板用极大耐心驯化他忠诚和保守秘密的职业技能属性，像训练警犬一样总是面无表情地发出简短而清晰的号令。紧要事项，老板还不忘画出一道严明的底线，告诉他，在这条线以上，尽情发挥，上不封顶。他的老板煞费苦心，不惜重金让他见识场面，纸醉金迷，声色犬马，意在锻炼他临大事而从容，见美色名器而淡定的气度。他在酒醉中倾诉他在天堂和地狱之间游走，从没有像一个寻常人一样无忧无虑在阳光下大大方方行走和真实地生活。他今朝有酒今朝醉，生怕在主子面前失宠，一不小心又要回到寒风扑面的街头重操旧业，他恐惧回到阴冷潮湿的地下室重过朝不保夕的生活。他一说起他的老板，眼神惶惑，丢魂落魄。他口风很紧，述说自己的身世口无遮拦，但一提到他的老板就缩成一团，一言不发。他是个可怜虫，因为失误或者泄密挨过打，光头上的伤疤是老板盛怒时用高尔夫球杆抽打留下的烙印。但他死乞白赖也要跟着老板，领命出行时，所到之处风光无限。他居高临下，豪言壮语，蔑视权贵，无情碾压一切不识相的倒霉蛋。

他们只玩资本运作，不玩叮里哐啷的苦力活，什么办企业、开矿、玩地产等等。主人说，玩地产太掉价，周期又长，和灰头土脸、浑身臭汗的煤老板没什么两样。他的老板只瞄着高端领域，大部分时候借鸡下蛋，或者借船出海，要什么就捞什么，信马由缰，无往不利。中介、股票、证券、批文……哪里来钱快，利润高，老板就吩咐他们去哪里。他说，南方人口中的做生意，我们叫“做买卖”，低价拿过来，高价卖出去，就是这么个理儿。“我嘛，充其量是个爬上船桅杆瞭望、放风的猴子。但经常叫船老大吩咐去做苦力，做些装卸渔获、冲洗船甲板的活计。”那人对阿松说。

他有一次恶狠狠地咒骂广东佬，没有见识过大世面。“这边不见兔子不撒鹰，那边也是同样心理作祟，真他妈的乡巴佬见识！”

“我和他混熟了，就调侃他们空手套白狼不仗义。”阿松说，“那人一副心安理得的样子说：‘没办法，谁叫我们是吃这碗饭的呢？你见过世上有人和钱结仇吗？也是你的老板倒霉，有人看中了这块地，委托了我们。’”

看起来，浑浊的水面下深不见底，潜藏的巨鳄、水怪连影子都看不到，但它们实实在在地就在表面平静的水下蛰伏着。林志雄感觉到前所未有的无力感，像坠入漆黑的深渊，伸手不见五指，世界在那一刻变成了一个巨大的黑洞，自己在哪里？自己是一粒微尘？飘飘浮浮去向何方？他深陷其中，无力自拔。

他决定，早点结束这场游戏，尽快上岸。置身事外兴许能看清事态轮廓，他终其一生的本领是迅速确认位置，找到方向，寻求安全岛，牢牢握住自己的命运。阿松三天的成果大致探明了这桩交易的幕后力量，交易去向，定位了对方掮客的身份，但真正的接盘者并未浮出水面。

“那人还没有离开花城，我们守住底线静观其变吧。”林志雄说。他吩咐阿松继续与那人保持联系。“不主动。巩固私交。”他强调了两个要点。

礼拜六早晨，天空灰蒙蒙的，太阳躲在厚重云层的后面，没有落雨，也没有风。密林里的鸟叫声显得沉闷和失去活力，没有了往日的轻快、清亮的感觉。林志雄喝完茶，独自在书房处理昨晚例行的企业高层聚会梳理出来的一些紧要事项。各业务板块的头目将在未来一周内赶在放假之前有序收官，然后休假过年。林志雄看着桌面上一张纸，上面是阿松歪歪斜斜记录的重要事项，他逐一审阅，在已经落实或者正在推进中的事项后面打钩。原计划今天下午和阿松一起在城里的贝勒府召见小忆，那些外派的耳目需要在旧历新年前分头召回来，了解线索，听取汇报，联络感情，派发新年红包。但阿松被那个北京光头佬打电话叫走了，他要阿松陪他周末去东莞夜场泡妞寻欢。一个外乡人出入鱼龙混杂的娱乐场所，人生地疏，语言不通，政府官员碍于身份又不能彻底放松，阿松就成了他临时的向导和腌臜一气的“狐朋狗友”。

林志雄在召见小忆的事项后面画了个问号。接下来一栏写着阿鼓，他准备出门去找莫木，由莫木通知阿鼓到农场来见面。

他下楼之前拨打了墨染的手提电话，儿子还是在到达曼德勒当天和他通过电话。几天过去了，再没有消息反馈。电话语音提示说对方用户关机。他心里埋怨墨染粗心，也埋怨缅甸落后的通信状况。兴许，墨染深入雾露河玉石矿区，那里没有通信信号呢？他这样想，就出门往农场小楼那里去。

他和莫木在农场一楼接待室抽烟等候阿鼓过来。阿鼓的约见次序在小忆之后，但电话没有联系到小忆。一方面是需要通过阿鼓的消息渠道反证那个并不那么令人放心的“湖南仔”的信息及忠诚的可靠度，另一方面，阿鼓一手选拔的保镖阿阮与墨染同行，年关将至，墨染和那个保镖突然杳无消息，这让林志雄内心开始隐隐担忧。那么，就需要通过向来忠实可靠的阿鼓进一步了解防城港家乡是否有阿阮的消息反馈。这时候，钟鼎文先生打来电话，说他现在在沉香大厦施工现场，催问墨染的消息，调侃说墨染做甩手掌柜，把繁杂的现场施工、调度丢给一个糟老头子。林志雄就替儿子道歉，顺便也说了说墨染失联的情况。钟鼎文关心土地交易的事情，说下午约了梁鸣去他那里喝茶、骑马。梁鸣也关心他与北京人交易的进展和动向，答应一起聊聊。

林志雄抬腕看表，担心阿鼓因乘坐缓慢的公共交通工具延误时间，就让莫木再联系阿鼓，然后莫木直接开车去接他前来。

与钟先生、梁鸣的聚会并没有实质性的收获。鉴于梁鸣一贯的谨慎风格和为官哲学，他在如此大宗土地交易业已完成又强势易主的敏感时期答应见面，已是难能可贵。更何况，他抽出时间愿意听取一桩麻烦交易的内幕细节。梁鸣对来势汹汹的北京人的掮客身份也颇为震惊，这大大超出他原来的判断，对林志雄坚守资金安全底线的做法没有异议。他平静地开导林志雄：“出海的人都知道，遇到恶劣天气都要规避风险。何况，这次是我从政生涯第一次见识的超级飓风。他们来头太大……”

晚上回家的路上，林志雄把轿车停靠在街边，直接打电话到小忆租住住房的房东那里找小忆，小忆正好洗完澡准备出去鬼混。这样他们在约定的一个僻静地点见面，小忆上了林志雄的车子。他们去了一家潮汕菜馆，要了一些精致的潮式宵夜小吃，喝了一点珠江啤酒。

阿鼓和小忆分别提供了欧氏家族最近神秘的大动作，集中了所有的资金，还拆借了巨额民间借贷，说在运作一桩大买卖。但具体时间和交易内容，目前异常保密，只有欧氏两兄弟知道内幕。“白颈仔频繁外出，去见一些重要客户和大人物，有时很兴奋，似乎有眉有眼，一副即将赚大钱的样子。但做什么，从未透露。兴许是瞅准了更大的‘宏图客运公司’，他们之前接触过一次，但谈得并不愉快。

欧秃子咒骂宏图的老板狮子大张口。”小忆说。他是欧秃子的生活秘书和跟班，但依然无法窥视到内幕、隐情。

林志雄看上去并未往心里去，他平静地听完，仅仅是习惯性地叮嘱小忆继续留意事情的进展，就从包里拿出一个信封，里面是一沓钞票。他递给小忆：“春节回去，一定代我问候你的母亲。她一个人在家，挺不容易。愿她健康、长寿。”他用温暖的手握住小忆冰冷的小手。

礼拜一早上，阿松载着林志雄去往沉香大厦工地做年前的最后一次视察。今天是那棵千里迢迢、费尽周折从遥远的越南广宁省运抵的大木头进场安放的重要日子。林志雄在车上的时候给墨染打电话，语音提示对方依旧是关机状态。他向阿松说出他的担忧，阿松开导他不用为此事多虑，墨染在国外闯荡多年，应该可以应付，何况，他身边还有一位可靠而又强有力的保镖。

沉香大厦已经拆除了裹在身上的围闭，它那高耸的身姿就挺立在珠江南岸，深棕色的身躯看上去古朴、厚实，直插云霄。它的左右两侧分别是酒店和娱乐城，华丽、明快的白色欧式建筑像两个静卧的体态丰腴女子，环伺左右。在宽阔的广场上，一眼就能看见车流滚滚的马路对面平静东流的珠江银白色的江面。广场入口“金、木、水、火、土”五个通道主体造型已经施工完毕，它们古怪的外形有的像硕大的腔肠动物，有的像一个巨大的抽象符号，有的像张开巨口的史前爬行动物。它们就安静地趴在那里，一些新植的藤蔓爬上它们的身体，等候一场春雨催生新枝和显示它们蓬蓬勃勃的攀岩本领。一些施工人员从爬行动物的巨口中进进出出，巨口中正发出球磨机尖锐刺耳的打磨声，白色的粉尘从巨口中飘出来，如烟似雾，又像寒冬里史前动物喘息时呼出的白气。

林志雄与钟先生和方南在商议安放大木头的事项，那家伙太大了，需要一台大功率的悬臂吊车装卸，但悬臂吊车的长臂无法进入沉香大厦的主楼一楼大厅施工。他们正在商议一个可行的变通方案。

这当儿，林志雄的电话响了。是北京人打过来的，他想和林志雄见面。他说，他的老板命令他在春节前把事情搞定，不管用什么办法，不完成任务不要回来过年。

“钱准备好了？”林志雄冷冷地问。

“听我解释，我老板的资金陷在一些重要投资里，就等着一开年新股上市出货赚大钱。现在手头周转不过来。你看这样成吗？我直接约您和买家见面，一手交钱，一手交货。”那人在电话那头焦急地说。

“我在潮汕老家，准备过年。”

"林老板，这事给我个面子，让我回去复命，也好与家人团聚过年。山不转水转，您在生意场上，说不定哪天遇有棘手的事情摆不平，您来找我，我欠您一个人情。"

"我需要想想。我还得征求其他董事会成员的意见，现在无法答复。"

"我老板说了，这事已经铁板钉钉。再拖延下去，恐会伤及无辜。"那人说。

林志雄挂完电话，一直沉默。人为刀俎，我为鱼肉，他有一股痛彻心扉的屈辱感和无力感。他离开大厅和人群，独自走上广场，冬日凛冽的北风扑面而来，寒冷刺骨。他的身体开始战栗，不自觉地战栗……

午饭的时候，梁鸣打过来电话，简短地说，抓紧时间把那事情办了，只要没有什么损失，就不要僵持了。人在屋檐下，道理你都懂。

无奈，林志雄答应见面。时间定在周三晚上六点，地点在花城"南海渔村"食坊。南海渔村在珠江河汊的一个岛上，三面临水，环境优美，食客云集，是一家以顺德菜闻名的老字号粤菜馆。老板姓吴，是个和气、低调的胖子。林志雄与胖老板在商会活动中有过一些接触，也时不时过来消费，算是相熟的朋友。

黄昏时分，林志雄和阿松走进约定的宴会厅包房时，北京人站起来迎接。林志雄赫然看见白颈仔欧秃子就坐在那里，他的两个小弟陪在他左右。林志雄错愕中恶狠狠盯了对方一眼，欧秃子目光躲闪，一副漠然的样子，没有起身。

"那个接盘的，是他？"林志雄低声问北京人，几乎噎死过去。

"是啊！是啊！请坐、请坐。"郑先生满脸堆笑。阿松看见北京人穿着在澳门新买的那套高级高尔夫球套装，手腕上戴着光芒四射的镶钻百达翡丽腕表。

欧秃子显然听到了林志雄的问话。他的嘴唇向左侧轻蔑地一撇，嘴里发出挑衅的"哼"声。

那一刻，林志雄再也忍不住了，他一把抓起桌上的包装消毒餐具，隔着桌子砸了过去。欧秃子并未留意，眼见有个东西飞来，听到惊呼，但已躲闪不及，飞来的东西砸在他额头上。瞬间，他额头上裂开一道口子，血顺着面颊流了下来。房间里传出瓷器碎裂的声音。欧秃子像触电一样蹦起来，扑棱着肥胖的身躯冲了过来。阿松护住林志雄，郑先生一阵慌乱，立即横在两帮人之间把他们隔开。

两名男服务员听到房间的动静，赶了过来察看，几个人一起合力阻止双方的冲突加剧。

欧秃子右眉骨上的伤口不断流血，鲜血从眉骨和鬓角往下淌，染红了大半个面颊。他顺手扯过桌上黄色的餐巾，按住伤口。他的两个小弟骂骂咧咧，气势汹汹。欧秃子细小的眼珠从血色眼睑下射出刀锋般的寒光："嗦仔！你等着！"他恶狠狠地说。然后领着他的人愤怒地出了房门。

郑先生像个泄气的气球，失望、怨恨、无奈写在脸上。他坐在椅子上喘粗气。

地上满是人仰马翻的椅子和餐具的碎片。林志雄一言不发，坐在那里生气。屋内气氛异常压抑。

满脸和气的食坊老板进来了。他与林志雄寒暄、问候。知道冲突并无大碍，吩咐服务员为客人更换房间，清理现场。他和林老板握手致意。在他眼中，林老板是个低调又受人尊敬的人。

他领着客人进入新的房间，离开的时候拍了拍阿松的后背说："有什么需要尽管吩咐，请不要把我当外人。"

阿松和食坊老板走到门外，在走廊上，阿松说要他加强安保，防止恶狗前来寻衅滋事。

食坊老板大笑起来，露出两颗金牙："放心吧！这儿，除了林老板之外，谁敢在我的食肆摔盘子！看我不剜出他的腰子生煎！"

他走了。阿松在走廊用潮汕话低声打电话，他吩咐物业公司的头儿，马上带十个人过来食坊警戒。"不要声张，带上家伙！三四台轿车。越快越好！一到达就给我电话。"他简短地发出命令，一边不经意扫视走廊和食客云集的一楼大堂。

阿松不慌不忙去往一楼大厅和门外广场和停车场查看一圈，看到食肆外的广场上有几个穿"南海渔村"字样制服的保安，他走过去，用熟练的白话和他们聊天，客客气气给他们散烟。他回到更换的包房之前，已经与酒店保安的头目接洽妥当，增加的安保人员十分钟以内到岗。阿松感到放心。这时，暮色已浓，小岛上灯火辉煌，五颜六色的霓虹灯勾勒出传统中式建筑飞檐斗拱的轮廓，椰子树高大挺拔的树干上一圈一圈缠绕的灯带让它的身躯显得招摇、妩媚，像夜色中惹眼的舞女。

一进包间房门，阿松就明显地感到屋内的气氛缓和下来了。他在靠门口进出方便的地方坐下。服务员陆续端上冒着热气的粤式菜肴。

"那么，就这么说定了，你的老板要十个点的利益，我认了。其他的事情，不在我的能力范围内。我付两个亿的整数，事情妥当了，我私人另外支付你五百万元酬金，交你这个朋友。还有什么问题吗？"林志雄对郑先生说。他神色温和、诚恳。

郑先生显然快活起来，他的光头在水晶灯下闪闪发光。"我的亲娘老子，这事一瞬间就掉了个头！我这里没有问题，只是，我的老板会如何拍板呢？欧总已经支付我们三千万元定金，还有欧总的那个幕后大佬。是他的那个后台老板在深圳找到了我们，估计他也收了欧总不少好处。”

“那三千万元定金你的老板知道吗？”林志雄问。

“知道。三千万元不到账，我的老板不会上手。他是不见兔子不撒鹰的主，是这个世界上绝顶聪明和霸道的爷。”

“既然这样，你的主人那么喜欢钱，那三千万元定金还用得着退还吗？你拍屁股走人，他又能奈何？”林志雄轻描淡写地说。

郑先生愣了一下。“啊！我怎么没想到？”他放声大笑，指着林志雄说，“哈哈！看来，林老板比我还阴损。我得想想怎么把这个急转弯说圆和了。好吧！好吧！我得赶快给主人打个电话。”他拿起桌上的手机出门去了。

这当儿，阿松向大伯简要汇报调人过来警戒的事。林志雄只是淡淡地说，今日大庭广众，料他不敢造次。要提防的倒是他冷不防偷嘴咬人。

不多时，郑先生推门进来。他恢复了玩世不恭的痞子表情，一脸油滑相。“林老板，姜还是老的辣！您料事如神，我的主人同意了。他只要钱。不过啦，他要您在香港支付这笔交易，存入他指定的外资银行户头。有问题吗？”他的胡同腔说得又溜又快。有那么一刹那，阿松似乎觉得，郑先生的严肃、一本正经、失望、垂头丧气等都是假象，只有那副玩世不恭的痞样才是他的真面目。

“没问题。只是马上要过年了，这事只有年后办理。”林志雄说。

“我的那一份呢？也一起放在香港吧！”

“照此办理。到时，你和阿松一起香港行！来！我们干杯！”

他们碰杯，把杯子里棕色的轩尼诗酒一饮而尽。

郑先生坐下来用餐。阿松已经留意多次，北京人在任何餐饮场合都不使用盛放菜肴的小碗用餐，他直接使用盛放骨头、鱼刺等餐桌垃圾的餐盘，他径直把食物放在碟子里食用，这让广府人瞠目结舌，大倒胃口。

阿松的电话铃响了，他出门去接电话。

进来的时候，他用潮汕话和林志雄咕哝几句。林志雄把脊背靠在椅背上，沉思了片刻，然后对阿松点了一下头。

阿松笑嘻嘻地对郑先生说：“嗨！哥们，不如我们换个地方享受今晚如何？我带你去一个刺激的地方。”

“怎么啦？”

“我的老板忙碌一天，你知道年关跟前了，他回去还有一些要紧事情处理。接他的车子已在楼下等候，我送老板上车然后马上回来接你。请少安毋躁，今晚，我带你去享受人体上的夜宴。”阿松嬉皮笑脸地说，向北京人打了一个飞眼。

“带劲！今晚我请客。”郑先生一拍大腿，乐得像个顽皮的孩子。

阿松扣好西装走在前面开门，林志雄向郑先生挥了挥手，没有说话。他们出了房门，门外有两个黑衣人。阿松用潮汕话低声吩咐黑衣人守在门口，等着他回来，不得放任何人进去。

他在二楼走廊向四周扫视，看到一楼大厅门口有两个形迹可疑的人在向室内张望。与此同时，阿松看见他的人也出现在门口，一个人正向他这边看过来。阿松把手放在胸前，不经意地指指他旁边的男人。那人会意地点了一下头。夜色如墨。阿松看见他的人向那两个形迹可疑的男人靠近，把他们隔离开，然后不由分说架走。

“我们快点离开这里，你跟上我！”阿松用家乡话低声说。他们快步通过走廊，匆匆下了楼梯，一转身就出了大门，消失在夜色里。路口停着一辆引擎已发动的黑色商务车，阿松拉开车门，林志雄钻了进去。

“安全抵达农场就给我电话。”他对守在车门座位上的人说。然后用力拉上滑动门。车子拐弯离开停车场，后面跟着一辆安保轿车。阿松目送车辆汇入车灯闪烁的河流，消失在夜色之中。

这时，一个黑衣男人过来。他是刚才在门口领会阿松意图的人。

“怎么样？网住螃蟹了？”

“在车上。两只都没漏网。”

“什么来头？”

“白颈仔的人。是过来望风的。”

“弄回去再榨！不要手软。没油水了就送去喂鱼。”

他们用潮汕话对话完毕，阿松三步并作两步跑向食坊大厅，径直上了二楼。

冤家路窄，狭路相逢。这场愚蠢的会晤、意外的冲突，导致戏剧性的结果，这远远超出三方的预料。北京人因为年关即至迫于无奈，约见双方，这一昏招，一方面源自权力的傲慢和有恃无恐；另一方面，欧氏家族拿地心切，得寸进尺，试图通过虎口夺食强吃对手，既羞辱对方又充满挑衅意味，这也符合欧氏家族高调进军地产业、拿江湖豪杰祭旗的套路。林志雄步步退让，他完全清楚这不是一场实力对等、有规可循的游戏，他力排众议，告诫大家看清楚这不是一场鱼死网破的较量。让人一步天地宽，他知道保存实力、低调隐忍的生存法则。他被人牵着鼻子一步一步走到今天，在揭开盖头的那一瞬间，他一下子看清了一直躲在暗处觊觎他的对手。那一刻，他血冲颅顶，大打出手。

林志雄回到农场，第一时间打电话给钟先生，说请他无论如何在周末的晚上约到梁鸣，他有重要的事情在回老家之前向梁鸣汇报。钟先生好奇地问他能否透露两句，他只是表示不便在电话中细说。“见面详谈！云开日出。”他说完就挂上了电话。

第十三章

绑 架

节日里的祖安，家家户户张灯结彩，异常热闹。这个平日里安静、祥和、时光悠闲而缓慢的小镇喧闹起来，常年在外奔波赚钱的男人们差不多都回到故居与亲人团聚。一时间，小镇看上去拥挤、吵嚷，像个流光溢彩的大集市。尽管天气寒冷，薄霜如雪，但祖安人还是依照祖训和古老的节庆习俗阖家团圆，走亲访友。透过凛冽的北风，亦农亦渔亦商的庄户人还是依稀感知到春天温暖的地气正从冰冷大地的深处奋不顾身向上涌动的力量。海潮连绵起伏，涛声不绝如缕，在灰蓝色和银白色交织的海岸线以外，从空寂浩渺的海空相接之处，南洋暖湿气流的讯息如丝如缕，和着清凉的、微腥的海风羞羞答答、遮遮掩掩、蹒跚而来。巨大的云团在天际探出高耸的头颅，白色的蘑菇，丰满的狮子，粉白的天马，琼楼玉宇，白树琼枝……阳光照亮它们蓄势待发的身影，洁白莹润，边缘晶莹剔透。远远看去，层层叠叠，绵延起伏，如梦似幻，宛若仙宫……

林府除了节日里迎来送往，正在紧锣密鼓筹备正月初六潇湘的婚宴。大门上悬挂了吉祥的大红灯笼，新贴的婚联喜庆惹眼。院子里帮厨的人进进出出，看上去拥挤而又井然有序。一大家子人都有分工，林志雄掌控全局，居中调度，拍板定夺婚礼规格、客人名单、选拔内务总管。均伯司职大管家，张罗咨客接待，安顿远方重要客人的住宿、外派采购人员、迎亲仪仗，敲定婚典议程、座席次序等。林志雄的大姐夫是厨师出身，当仁不让担当了总厨角色，手下精挑细选的几个厨子均是四乡八镇响当当的潮菜达人。祖安人的宴席，菜品的水平与讲究决定了婚宴的规格、档次和市井口碑。民以食为天，在口味挑剔、刁钻的乡邻看来，打从第一道菜上桌起，荤素搭配、山珍海味、煎炒烹炸、咸甜软硬、色香味形、金木水火……这里面的学问、门道丝毫不敢马虎。

所有事项前一天晚上林志雄、均伯还有大姐夫一起商讨、拟定，第二天一早，均伯在院子里大声念出人员分工和细节要求：外出采购的人、定制婚宴用品的人、租借庆典器材器具的人鱼贯而出；厨师、帮厨、装饰洞房和满足女儿家内心小九九神秘名堂的妇女各就各位，轻车熟路进入工作状态。

潇湘带着车队正月初二早饭后就出发了，他们要赶往新娘的故乡出席女家的嫁女仪式，然后在正月初五赶回潮汕，入住酒店，单等正月初六早晨，挂着大红花的彩车引领庞大的送亲队伍，在迎亲仪仗的夹道欢呼和簇拥中进入祖安牌楼，在这个良辰吉日，将盛装的新娘迎进林家。

墨染没有按约定的时间返回祖安，他似乎自打抵达曼德勒不久就和他的贴身保镖石沉大海，消失在了缅北荒蛮、动荡、危机四伏的魔沼：那里毒品与赌石交易泛滥，泥石流与玉石矿区塌方司空见惯，淘金客、寻宝者、经纪人、骗子与形容枯槁、衣衫褴褛的采矿民工为伍，罂粟种植者与毒贩子、绑架勒索者、杀人犯、合法持枪的军警、秘密持有武器的私人武装杂然相陈，各取所需，相生相依。那片土地上，两足行走的动物其实可以简单地区分为：活人和将要死去的人。因为不管是那些腰缠万贯的玉石商人或者林莽强人，可能雨夜过后，就成了黎明时分泡在水里的一截千疮百孔的尸体。那里是活生生的人间炼狱，各色人等按其职业、身份、角色定位形成一个冷酷、血腥的生态系统，宛如幽暗丛林的整个食物链：高大挺拔的乔木，遮天蔽日的阔叶林，低矮的灌木，藤蔓，阴生植物，苔藓，厚厚腐叶下等待萌芽的果实和暗自活跃的菌类；林区上空的飞鸟，林莽中隐伏的狼虫虎豹，机警脆弱的草食类小动物，深潭里浮木般的鳄鱼，色彩艳丽的蜥蜴，可怕的蚂蟥和传染疟疾的蚊虫以及雨季弥漫林区的致命瘴气……

林志雄对墨染失联从一开始的担忧逐渐变成了焦虑。他不知道儿子在异国他乡遇到了什么，墨染没有信守承诺如期赶回来与家人团年守岁，看来，能否出席兄长的婚礼还是个未知数。林志雄抱着一丝侥幸心理，希望在某个时候儿子风尘仆仆出现在大门口，让一切担忧瞬间烟消云散。但多年的江湖经验告诉他，儿子一定遇到了什么棘手的事情，不然，快十天时间了，音讯全无。他的这种担忧愈来愈强烈，他在新春佳节和长子婚礼前夕不能向任何人诉说，母亲、妻子、德高望重的均伯、情同手足的柚子，甚至是他信赖和倚重的侄子阿松，他都不能说。甚至，他还要宽慰过问此事的母亲和忧虑、唠叨的妻子。但他总是时不时出现在堂屋门口，目光瞟向人来人往的院落和张开的大门。

院子里说笑声和厨子的吆喝声不绝于耳。阳光照耀，空气明净。潮汕人是相信古老的因果报应的，这会儿，他们一边赶活计，一边在议论镇子上发生的一件奇事儿：说西街尽头住着一家捉鳖人，靠了祖上传下来的捉鳖手艺，每次外出总是满载而归。他的技艺从不外传，独自出门，遇人也总是躲躲闪闪，和邻里相处冷淡，从不合群，也不敬畏鬼神老爷。去年春分时节，一次外出捉鳖，淋雨回来，发烧不止。看了几回医生，并不见应验。其妻四处求卦，巫者单听不语，末了告诫："祖上作孽太深，到你子孙，有人将四肢匍行。"说来也怪，捉鳖人有一儿子，生龙活虎，是镇子上舞狮表演的能人高手，忽而因为严重的腰椎疾患卧床不起，疾病一拖就是两年。秋收过后，舞狮人的老婆跟一个鬼鬼祟祟、浑身散发魔鬼气味的捉蛇人跑了。此后，人们仅见的几次舞狮人也是在门扉半掩的院落地上爬行，再也见不到他从前活蹦乱跳的样子。讲述者说，他们家从前伤害了太多趴着走的，父亲和祖上的孽，报应到子孙身上喽。众人听完，一阵唏嘘。

林志雄表面平静，但心烦意乱，像个在大海上迷航的人，找不到方向，孤独无助，听天由命。他和均伯说，他要去宗祠上香。就独自提了供品和香、蜡，出了院子，往祠堂而去。阿松看在眼里，明白大伯的心思，他知道他的忧虑和内心煎熬，他需要独处、祈祷、倾诉和寻求祖宗在天之灵的护佑以及高高在上的神仙老爷的神启。

在祖宗牌位那里，林志雄喃喃自语，絮叨了良久。当他走出祠堂的时候，内心平复了一些。他看见一个半大孩子在古井那里玩耍，认出那是河生爷苦命的孙子，那个有着古怪名字的孩子。他穿了阿松给他买来过年的红彤彤的羽绒服，新的白色球鞋。

"娘碰仔！爷爷呢？"他唤那孩子。

那孩子听见了，跑过来。他长高了，瘦瘦长长，脸庞黑黑的。他的喉结开始凸出，出现男孩变声期的沙哑嗓子。"爷爷在家里。他感觉不好，早饭吃了半碗白糜，又上床躺下了。"孩子亲热地过来，接过林志雄手里的提篮。他头顶的高度都快到林志雄下巴那里了。

"喔！前两天不是好好的吗？我去看他时，他还说了好多话。"

"爷爷这一年情况不好。身体时好时坏，卧病在床的时间多过下床行走的时间。他经常自言自语，一个人唠唠叨叨，和死去多年的婆婆说话，还有一些陌生的人的名字。我问他，这些人是谁？他说，你看不见吗？就在我身后，看呐！他现在蹲在我肩膀上。他名叫蜢子，细胳膊细腿，在南洋的甘蔗田里捉田鼠。吓！蜢子！拿开你的田鼠，它们在咬我的耳朵了……其实，那里什么都没有。没有人，也根本没有田鼠。"孩子粗声粗气地说。

"哦！走吧，我们回去装点吃的，去看爷爷吧。"林志雄说。

在河生爷的破旧院子里，还没有迈进屋门，林志雄接到了一个从遥远的云南瑞丽打来的电话。

那人压低嗓门，在电话那边说：“林老板吗？你儿子，他叫林墨染，在我们手里。准备三百万赎金，你如果轻举妄动，我们就宰了他。”说完就挂断了电话。

林志雄愣在原地。直到林娘碰过来拉他进屋。他在河生爷的病榻前逗留了一小会儿。在河生爷还在絮絮叨叨说他和鬼之间故事的时候，林志雄已起身，吩咐娘碰仔小心伺候爷爷。林志雄放下一些吃食，提着空篮子站在床边。“我的父亲这几个晚上都来唤我。”河生爷上气不接下气、断断续续地说。老屋弥漫一股瘆人的寒气和浓重的老人味。“他就立在窗外的寒夜里，高一声低一声催我上路，说是迟了就错过妈祖娘娘诞辰的筵席。他就立在屋后的雪地，四周一片白净。那目光哀哀怨怨，生怕我要违了他的意……”

“河生爷，我接到电话，有要紧事处理。你按时吃药，好生安歇。我有空再过来看你。”林志雄在黑门洞里对着屋外明亮如刀的阳光说。

这天是正月初三。

阿香在晌午饭后来到林家院子帮忙。她一路走得急，俏丽的脸蛋红扑扑的，像初放的蓓蕾。阿松喜欢香儿纯粹的少女气息，穿着寻常的装束也掩饰不住骨子里的青春活力与醒目、耀眼的颜色。他跑过去帮她卸下肩上的竹篓，她羞答答地向大人们问安，从竹篓里依次拿出贺年的礼物：腊肉、腊鱼、母亲临产前指导她做的各种米粿和点心。阿松妈笑盈盈地过来迎接香儿：“看把姿娘仔累的！”一边责怪儿子粗心不晓得怜香惜玉。阿婆和染儿妈也过来亲热地问候，“阿妈好吗？该是近期生仔了吧？”阿婆问，拉香儿坐下。

“已经生了。挺顺利的。三十夜生的。”香儿羞怯地答复。

“三十夜的生日，这孩子命好。将来有口福，赶上年节这样的大日子，一生一世不缺鸡鸭鱼肉……”阿婆笑呵呵地说。

香儿接过阿松妈递过来的热茶，说父亲这两天在家伺候阿妈，家里终于有了一个身体红蠕蠕像个刚出生小猪仔一样的弟弟，他啼哭的时候，声震四方，把门前核桃树上的喜鹊都惊飞了。

众人大笑。

志婴从里屋出来看热闹，在堂屋门口闪了一下，浅浅笑着，在香儿起身和他打招呼问安的时候，又扭身回屋去了。

斜阳照在院子里，西厢房的阴影遮住了一半的院落。

林志雄从外面回到院子，看上去一副若有所思的样子。看见众人围着阿香聊家常，他微笑着和阿香打招呼，问候她的父母。

林志雄坐下。香儿从竹篓里取过一块用黄草纸包裹的东西，双手递给他。“阿爸要我带过来的一块沉香。他说正月初六一早安排好阿妈的饮食就过来贺喜！”阿香恭恭敬敬地行了一个鞠躬礼，把父亲用黄草纸包裹的一块沉香捧给雄伯。

“好！好！好！我隔着包装纸就已经闻到它非同凡响的气味了。快坐下。阿妈好吗？”

“好。”

“生了？”

“生了。生了个弟弟。”

“好哇！蒲家添了男丁，是一件大喜事。满月的时候，我们都去贺喜！吃满月酒！”林志雄说着大笑起来。但阿松还是看出来大伯的笑容收得很快，不像平日里放松时候那样纯粹和富有感染力。

不多时候，香儿就投入妇女们的行列，开始在厨房前的阳光里帮忙洗菜。她娇媚的身影融进忙碌的妇女们中间，修长挺拔的身姿偶尔在院子里出出进进，让忙乱的小院充满生机与活力，美少女宛如冬日暖阳下明亮、悠长、时而波光粼粼时而舒缓平静的乌溪河水。

日暮时分，寒露初降，气温愈来愈低。均伯安排完第二天赶早码头采购鲜鱼的人手，喝完茶就回家休息去了。

祖安的暮色中传来夜鸮凄厉的长嗥。一声一声长啼，叫得人心里像有只猫爪在撕扯。

林母在院子的灯光里走出走进，她头发花白，操心这操心那，腿脚虽不灵便，但她在各个房间进出，看看入夜收捡的东西是否都安排妥当。林志雄劝她天冷早点回屋休息，她嘟嘟囔囔说手指关节酸胀隐痛，迈着碎步到院子。

“呜——呜——呜——”夜鸮的长嗥回荡在夜空。

“该死的鸟儿！催命一样，叫得人心神不定……”母亲嘟哝。

“呜——呜——呜——”夜鸮凄厉的长嗥在漆黑的寒夜让人头皮发麻，浑身起鸡皮疙瘩。林母嘟哝说：“唉！不知道这催命鸟在唤谁上路呢？大过年的，也不叫人安生。”

老太太大声叫阿松过来，望着夜幕沉沉中鸟鸣的方向：“去！你去喊了娘碰仔，拿上手电、弹弓，赶走那只衰鸟。”

木莲端着搪瓷盆过来给她盛热水泡脚，母亲终于回到她的房间。林志雄打电话通知柚子、王木匠到二楼他的书房商议要事。

柚子三十分钟左右赶来了，阿松在大门口等他。然后两人径直上了二楼。

猫头鹰不祥的叫声消失了。这时，林志雄能听到母亲房间里传来隐隐约约敲击木鱼的声音。

林志雄简单说了神秘电话的事。他无数次回拨那个神秘电话号码，但一直无人接听。他估计那个打来电话的绑匪使用了路边公用电话。眼下，只有等待。他吩咐柚子准备人马，一旦情势需要，立即带几个精明强干的人返回花城，去农场与莫木会合。“看电话号码，那人应该在云南瑞丽。你和莫木熟悉那里的情况，我们需要进一步的消息再行动。”他停了一下，“我和阿松现在还不能走。我得在这儿，那么多远道而来的客人，亲朋好友。我走了，婚礼上所有的人怎么猜疑？阿松的当务之急是赶紧筹钱。”家里的事和公司的事，他全权委托王木匠坐镇指挥。他低沉着声音叮咛：事情非同小可，这事，仅限屋里三个人知道。

这时，电话铃响起。是云南瑞丽的另一个陌生电话号码。林志雄示意大家安静。

“林老板吗？”电话里传来一个陌生男人低沉的声音。那声音有着云贵高原人特有的僵硬的喉音。

“是的。请讲。”林志雄声音冷静，就如惯常交往中表现出的客套、礼貌和不慌不忙。

“钱准备好了？”

“钱不是问题。我儿子呢？”

“他很好。仅仅就是在制服他时，因为他激烈反抗，打碎了眼镜。”电话那头的人说。

“他在您那儿几天了？为什么我们一直没有他的消息？”

“你不必知道那么多。他执意要我们过了正月初六再联系你。说不想冲了兄长婚礼的好彩头。”那人顿了一下，接着说，“那两个杂种是难伺候的主，我们不想等那么久。隔夜的金子化成水的道理我懂！我们要你三天之内拿钱过来。”

“哦。我要和儿子通话，确保他现在安全。”

“他不在这里。”

“我说话算数，现在就着手筹钱。您可能不知道，我做点小买卖养家糊口，三百万元不是个小数目。我这里一边抓紧筹借现金，还得妥善把大儿子的婚事应酬了，免得婚礼前因为父亲缺席引起太大动静。这样的话，对我们双方都不好。我要和儿子通话，叮咛他务必配合你们，确保事情进展顺利。”林志雄施展他一贯入情入理的游说本领，和对方周旋。

电话那边沉默了片刻。敲击木鱼单调的“梆梆”声清晰可辨。

“我要和儿子通话。”林志雄平静地说。

“我只说一遍。他不在这里，他和那个大个子在河对面的镇子上。在缅甸那边。”

“我想尽快和儿子通话，确认他是否安好。兄弟！你要钱，我遵照您的要求办理。我要儿子毫发无损地回来。”

“你不懂，木姐镇是缅甸那边，不通电话。我们只要钱。你要是报警的话，后果你知道！”

“我完全明白。你的要求，我尽全力满足。但在付钱之前，我要知道我的儿子是否还活着。”

“你准备好钱。等候通知。”

“我们在广东，赶到云南需要时间。大过年的，准备钱需要点时间。喂、喂、喂……”

那边挂断了电话。

林志雄陷入沉默，他的大脑飞快地过滤几个关键词：河那边、木姐、大个子、不通电话……

楼下传来厨师收拾厨具时碰撞铁盆发出的哐啷声。一个男人粗喉咙大嗓门在院子里吆喝：“来个人喽！我们要走了，锁好大门，防止猫狗……”接着传来厨房关门的声音和木莲应答的声音。

林志雄的脑海里浮现出八十年代初他领着年幼的潇湘离开缅北最后一次回望木姐时的情景：临河破败的街道，摇摇欲坠的瓦房，低矮的草舍，泥泞的道路和积水里翻滚的黑猪；偶尔遇到穷困潦倒的缅甸女人，枯瘦如柴的老人或者肮脏的孩童。成年男人都上前线去了，在寒酸的小商店前枯坐等候生意的中年男子大都是眼珠子骨碌碌转的缅甸华人或者从河那边偷偷越境过来做买卖的景颇人。湿滑的泥街道空荡荡的，阒无人迹。它已全然没有了十年前他和柚子初次在异国他乡的小镇上感觉到的新奇、热闹和人声鼎沸。那时候，小街道随处都是人，穿绿军装列队唱着革命歌曲的战地知青，穿裹身筒裙的缅甸妇女，身着黑色对襟布纽扣服装、头缠帕子的景颇族男人，赶集的边民和喜笑颜开的边疆插队知青。那时候，木姐是缅北共产主义运动的后方大本营和重要战时物资储运中心，果敢人和来自全国四面八方汇聚到云南军垦农场的下乡知青，感受壮怀激烈的国际共产主义事业，胸怀为国建功立业梦想的狂热青年偷越中缅界河——瑞丽江，在这里汇集然后奔赴前线，进入水深火热的缅北丛林，与十恶不赦的奈温政府军进行旷日持久的山地游击战。这些没有国籍的云南人、四川人、广东人、广西人，还有自命不凡傲视群雄的北京人……他们此后像陷入热带沼泽的两足动物，在炮声隆隆、血肉横飞的闷热泥潭里挣扎，有时左突右冲，有时丢盔卸甲，有时在湿淋淋的灌木丛里漫长困守，心如死灰地看着静悄悄的林莽由落雨的黎明转入蚊虫肆虐的黑夜，然后是没有指令没有明确意图物资短缺自生自灭绝望挣扎的窒息日子……而仅仅就是十来年的工夫，在前途无望、心灰意冷即将踏上前途未卜归国行程的林志雄眼里，往日里人头攒动、车水马龙的缅北小镇仿佛一下子人去楼空，破败凋零，像个被人遗弃的风烛残年的孤独老妇在雨后肮脏、丑陋的茅舍前回想往事——那些喧闹岁月、狂热的身影、激情与愚蠢交织的梦、视死如归的浩气与哀伤无望的哭泣……每一天都传来令人沮丧的消息，不断有人开小差逃离战地，男人，女人；回国，回城；梦想，失望；壮怀激烈，被人愚弄与遗忘……

此刻几个人都为墨染的安危捏一把汗。王木匠责备自己当初草率表态同意墨染南下西贡，否则，也不至于大过年的至今生死未卜，让一大家子人闹心。林志雄宽慰他不要多想，当下是怎么成功解救的问题。林志雄临时改变部署，他向柚子面授机宜，接着致电莫木带上五六个人，第一时间奔赴缅甸木姐，摸清那里的地形和街道布局以及周边村寨的情况，一旦需要，随时可以做出反应。好在莫木当年在木姐逗留的时间比其他人都久一些，相对更熟悉那里的一草一木，也有一些当年的人脉可以寻求帮助。如果可能，找到当年征战结束后流落在瑞丽江对岸落户的缅北战友，为营救工作打好基础。柚子的队伍明日出发，直接驻扎小城瑞丽，小心作业，以免打草惊蛇，随时听候调遣。阿松的重要工作是做好资金准备，挑选几个精兵强将随时候命。

深夜，林志雄辗转反侧，无法入睡。

这时，大门外传来急促的敲门声，一个稚嫩、沙哑的男孩的声音在屋外呼叫：“松哥！快开门！松哥！快开门！我爷不行了……”

河生爷在午夜之后昏迷不醒。

在他那破败的瓦屋里，到了油尽灯干生命尽头的老人依然挣扎着不肯屈服。睡房里亮着昏暗的电灯泡，墙壁乌黑，山墙上留有上几年雨季漏雨遗留的一道道痕迹，电灯线和漆黑的瓦椽之间可以看到陈旧、破损的蜘蛛网。屋里弥漫一股浓重的霉味儿和令人不堪忍受的死人味。枯瘦的老头儿仰面朝天躺在床上。林志雄、阿松、均伯他们陆续到来的时候，河生爷出现了弥留前的回光返照。他喉咙里“嗬噜嗬噜”的痰液消失了，喘息声平稳下来，两眼烁烁放光。老人又开始颠三倒四咒骂躲在黑暗角落里的催命鬼，咒骂早些年去世的老伴又来催促他上路，絮絮叨叨地对他亡故的父母蹲在屋檩昏暗处的阴魂发出哀求，恳求他们宽限他一段时间，届时，可怜的娘碰仔已经长大成人，可以独自抵御风浪……他躺在床上，睁着白瓷球一样凹陷下去的眼珠儿，看着屋里的男人。那里站着沉默的均伯、林志雄、林家祥、阿松，还有那总是和他争争吵吵的邻居夫妇。

“河生爷，我们都明白，你放不下娘碰仔。放心去吧，我今儿当着均伯的面，指天为誓，我带娘碰走，他不会缺吃少穿，受冻挨饿。他要上学读书，我把他供到底。像对待自己的孩子一样安排他的婚姻大事。你放心上路吧……”林志雄坐在床边俯身对老人说。

老人伸出鸡爪一样布满老年斑的枯手，林志雄握住。“哦、哦……娘碰仔，娘碰……”河生爷呼唤孩子。

孩子不断地用衣袖抹眼泪，他没有哭出声。他来到床前。

“娘碰仔。”老人仰面朝天，眼珠儿瞪着屋顶的黑瓦椽。

“爷爷，我在。”孩子一边抹眼泪，一边去拉爷爷的手。

“娘碰仔，跪下。给你雄伯磕头。”

孩子跪下。

“从今往后，你跟了你雄伯，就是做牛做马，也不能背叛他……”

孩子开始磕头，低声抽泣。

林志雄突然觉得河生爷握着的手松开了，老人像树皮一样枯瘦的脸没有了生机，眼睛睁着，看着屋顶上方黑洞洞的椽瓦。他表情平静、僵硬、冷若冰霜，仿佛陷入沉思……

河生爷走了。男人们开始分头忙碌，拆下两块门板拼在一起，放在简陋的堂屋地面上，铺上稻草、竹席，准备用来安放老人的遗体。有人冒着深夜的寒气出去订做寿衣和灵堂用品。

阿松回去一趟很快回来，手上抱着一大盘鞭炮。他领着娘碰在场院尽头点燃一堆篝火，心事重重地烧纸，点燃红蜡烛，焚香。然后在院子里燃放鞭炮。爆竹声在寂静的深夜炸响，驱散深夜的鬼魂，也告知左邻右舍河生爷离世的消息。

有几个男人起床过来了。他们一起进入睡房，合力为身体正在快速变凉、僵直的逝者穿上寿衣。屋子里弥漫着老房子的霉味、河生爷生前浓重的体味，还有死人咽气之后不知道从什么角落弥漫出来的无处不在、不近人情的丧尸味儿。大家埋头干活，进进出出，整个过程几乎没有人说话。很快，堂屋的角落里升起一堆火。孩子坐在火堆前发呆，火苗的亮光映在他瘦弱的面颊上，亮闪闪的全是泪痕。他呆坐在那里无声地哭泣。堂屋正中央的泥地上，爷爷直挺挺地躺在新铺的干稻草和竹席之上，他的唠叨、咳嗽、呻吟、胡言乱语和远及南洋的故事戛然而止，自此遁入冰冷刺骨的另一个世界……

天色渐亮。青白的晨光宛如伤心透顶者平静、迷迷糊糊、无精打采的眼神。均伯开始安排人手出去定做棺材还有白事的宴席和殡葬的佛事道场。他把安葬河生爷这桩要紧事委托给林家祥全权张罗，分出来一些人手在河生爷老屋那边料理后事。安顿完毕，他就催促林志雄和阿松回家洗漱，不要再分心过来。林志雄离开的时候小声跟家祥说，按照祖上的殡葬规矩操办，费用不要有顾虑。

街道上行人稀少，冷冷清清。沿街的店铺还没有开门，屋檐下，有早起的老人在使劲咳嗽，清理前一天因吸烟在喉咙管里残留的积尘和夜间酣睡导致的积液。谁家的女人在院子里用铁铲刮锅，尖厉的金属摩擦声令人牙根发麻。

从街道远处，传来癫子林散子没头没脑的歌吟。那声音在大清早听上去空洞、苍凉，拖着长长的腔调，唱词内容是流传已久的怨歌调：

雷打真孝子，
财发狠心人。
麻绳专挑细处断哎，
厄运总咬苦命人。
燕子不进寒门屋，
家猫远离白虎堂。
王侯作恶满竹筒啰，
佛门只度有钱人。
匹夫莫忧庙堂事，
王孙公子跳粱紧。
轰隆隆，
雷鸣电闪，
地崩山摧，
天怒神怨。
呼啦啦，
天塌地陷，
红墙宫瓦，
殿堂倒塌……

林志雄隔着一条街，远远地听那歌声，愣在原地，若有所思。此时此刻，他仿佛对怨歌的词义有了深入骨髓的感悟。

良久，他回屋洗一把脸，然后驱车出门。整整一天，他只身出行，踪影不定。他去见过敖金，从那里提出一大笔现金，足足装满两个大号的行李箱。“兄弟，我遇上了一件前所未有的棘手事。赶明天出一趟远门。”林志雄离开时对敖金说。

“很严重？”敖金使劲盯住他的眼睛，神色挺着急。

“是孩子的事，捅在我心窝子上。我这两天彻夜难眠……”

“我这就跟你走。”敖金斩钉截铁地说。

“不用兴师动众。这事，人多也解决不了问题。你守在家里，我回来前，海面上所有的生意暂停待命。让跟着你的那班兄弟安安心心在家过年，不用操心生意上的事。”

“好的。”敖金说。

柚子带着他的人悄悄离开新年气氛包围的家乡。尽管林志雄的保密工作异常严密，但一些蛛丝马迹还是没有逃过均伯的眼睛。他看见了林志雄隐藏的焦虑和布满血丝的眼睛，看见他时常若有所思，满脸疲惫，感知到他在筹备长子幸福婚礼过程中强颜欢笑、心不在焉和目光中偶尔闪烁的阴冷的黑光。晚上宵夜过后，林志雄和均伯说起结婚典礼的程序，他这时把婚礼流程中家长致辞一项临时变更，委托均伯代劳。

“怎么啦？阿雄，你有什么焦心事？”均伯看着他说。

这时，母亲推门进来，还有林志雄的妻子。

“我知道染儿一定有事。我有预感。你是我的儿子，你的心事瞒不过我的眼睛。一同出远门的顺子和香儿爸都回来过年了，怎么一直没有染儿的踪影？”母亲说。她的头发全白了，整齐地梳成发髻，绾在脑后的发套里。她看上去神情严肃，目光温和、专注。

林志雄抬头看了一下周围，身边只有均伯和王木匠。他双眼通红，反应迟缓，恍惚一夜间变得憔悴、苍老。“染儿那边出了点事，挺麻烦的……这里就有劳均伯多操心。我在正月初六婚礼一结束就要出趟远门，带墨染回来……”

王木匠低头沉默不语。一早外出的阿松还在赶回来的路上。

“顺子，你告诉外婆，染儿那边究竟发生了什么事？我和染儿妈都看出来了，大过年的，又是潇湘大婚的喜庆日子，我们都担心这事儿……”母亲看着王木匠说。看起来，她一定要知晓孙子的事。

“染儿去越南你们都知道。运木头的事情完了，他从那儿直接去缅甸考察玉石市场。他答应过我，除夕之前赶回来过年。但缅甸那边遇到降雨，山体塌方了，道路中断。他和另一个同行的伙伴困在了那里……我们联系不上他……”林志雄说。

林志雄感到心力交瘁，这个年过得五味杂陈、电闪雷鸣：年关前惊险刺激的“土地争夺战”跌宕起伏，后来以大出血暂告平稳；婚礼临近，新年吉庆的鞭炮声此起彼伏、响彻夜空，突然传来儿子被绑的消息；接着河生爷溘然长逝……他起身，“阿妈，夜里天气冷，你们早点休息安歇。染儿那边会没事的，我把潇湘的事儿办了就启程，缅甸那边的情况我熟悉。我亲自接他回来好吗？我要去宗祠那边看看明天席桌的准备情况，给祖宗、老爷上上香。我一个人去，大家忙碌一天，也早点休息吧。明儿，还要起个大早……”他说，站起来，似乎摇摇晃晃。但他站稳了，拒绝王木匠的陪同，在提篮里放了一些供品和香、烛，出门去了。

阿松的车辆驶进院子的时候，时近午夜。林志雄听到汽车马达声的时候正在接听电话，他把二楼的窗户拉开，使劲地向阿松招手让他上来。

阿松进入二楼书房。听见大伯用家乡话在同什么人通电话。

“染儿，听清楚了：配合他们，绝对不要轻举妄动。你柚叔他们已经在去往瑞丽的路上，莫木的人后天拂晓渡过瑞丽江到达木姐。我们正月初六中午婚庆典礼仪式一结束就出发。你们俩绝不可节外生枝，给这桩交易带来意外。”林志雄的声音压得很低，声调依旧低沉、冰冷。但阿松从那语速中捕捉到了阳光透出云缝的明快感。

他和墨染的潮汕话被打断。

“钱呐？怎么样了？”电话那边操云贵口音汉语的人冷冰冰地问。

“没问题。正按照您的要求，婚庆的礼金凑齐，就妥了。我开车运来，请问在哪里交付？”林志雄语速恢复了一板一眼。

“你尽快赶来昆明。到时会有电话吩咐你怎么做。我丑话在先，你要敢耍任何花样，就等着你儿子的尸体在丛林里喂蚂蟥！”

“请放心，我儿子在你手里，虎毒不食子。我不会做出任何蠢事。三百万元不少了，从广东经过广西，再进入云南，都是边境省份，沿途检查站不少。我们打算装一车蔬菜，把钱塞在货厢里安全运抵。请您给我点时间……”林志雄话没说完，那边已经挂了电话。

墨染在他们手上，迄今平安。儿子在一分钟左右的通话时间里并没有告诉父亲他现在的位置。他说：他们在绑匪的手上已经一个星期了。今夜这帮狗杂种弄了一只小木船，把他蒙眼送过河，说和家里人通个电话还送回去。阿阮仍被关在原来的地方。

至此，线索基本清楚了。林志雄马上打电话给莫木，将最新的情况和他的预判告知他，叫他留意中缅接壤界河——瑞丽江沿岸的缅甸村寨的情况，切忌打草惊蛇。

婚礼重要的筹备事项就落在均伯和林普德肩上，隆重的仪式有条不紊向前推进。正月初五，新娘方面的亲人顺利到达入住酒店。香港方面，梁家人举家前来，陪同前来的还有已经成功入籍香港户籍并开始崭新职业生涯的陈医生。

晚上，林志雄去酒店看望了入住的客人。依次是香港客人，澳门客人，广府至交，最后是汨罗远客。

他在亲家那里不想逗留太久。那个自命不凡的汨罗女人喋喋不休，总是提出一些最新流行的婚礼花样。林志雄微笑，耐着性子听。

“这样。”他终于打断那女人如滚滚江水般绵延不绝的诉说，“在汨罗，按你们家乡的规矩，你说了算；在这儿，你说了不算，我说了不算，所有从香港、澳门等一些大都市来的成功人士说了都不算。这里是潮汕的祖安，我们的老祖宗说了算，祖上流传至今的习俗有着完整的传承。请入乡随俗，客随主便吧！”他伸手与亲家公握手，然后扬长而去，丢下那个脸蛋涂得花里胡哨，还在絮絮叨叨的女人。

回到祖安，村里已是灯火点点。他的车子进入祖安牌坊，一眼就看见灯火明亮的宗祠大门，那里悬挂着绣有“囍”字样的大红灯笼，门口两个高大的充气玩偶在那里摇头摆手，欢迎来宾。玩偶脚下的充气马达发出突突突的鼓噪声，不时有男人、女人的说笑声从祠堂里传出。玩炮仗的孩子们在大榕树的阴影那儿追逐、嬉闹。

他把车子停在广场上，熄灭发动机下车，准备去祠堂里问候在那里操劳、忙碌的亲戚和乡邻。

这时，两辆轿车亮着雪白的远光灯一前一后驶进祖安牌坊，在广场上停下。夜色中，车上下来两个黑衣男人。他们径直朝祠堂亮灯的大门而来，走在前面的年轻人用外地口音大声问路，后面跟着一个高大沉默的男人。

林志雄停住脚步。周围没有别人，他知道那个操外地口音的人在和自己说话。他没有立即回应，只是狐疑大过年的，天都黑了，外地人进村干什么？他迅速警觉起来——这是海岸渔村自老祖宗防范海盗洗劫开始就深入骨髓的自卫意识。

“先生！请问林志雄、雄哥的家怎么走？我以前来过一次，晚上看不清路。这村子变化也真大，我都弄糊涂了……”后面那个大个子一口湖南湘西口音的普通话，在黑暗中走近林志雄。

“是王哥王家槐兄吗？！”林志雄大声回应，向那两个黑影走去。

他们在夜色中热烈握手、寒暄。

“我从湖南开了十多个小时的车，特意赶来参加贵公子的婚礼！”那个大个子大笑着说。

“喜出望外，喜出望外！快请！进家里喝酒。车子就停这儿，我家院子摆满了酒席的家什，拥挤不堪。王哥，我带你们步行一段好吗？”林志雄招呼他们。车上人陆续下来，从后面那辆车上下来了一位体态臃肿的中年妇女和一个男孩。

“这是孙千里的老婆和他的儿子。”大个子说。

林志雄走过去向那女人致意，拉过那个男孩，揽在自己腋下。那男孩有些怕生，穿着一套肩袖有两道白杠的蓝色运动校服。

“冷吗？”他低头对男孩说，捏住孩子冰凉的手，“走吧，回屋喝点热汤。到了林伯伯家，你就放松，跟在自己家一样好吗？你叫什么名字？孙骏。我记住了，是骏马的‘骏’吗？哦，好。长大了和你爸爸一样驰骋千里。”林志雄在路上同孩子说。

远道而来的客人进屋陆续坐定。随同王家槐前来的有他们一同出道时期的鼎力干将阿聪和“神偷圣手”秋子，他们也已人到中年，早就成了“湘西王”营帐中的中流砥柱。随行的还有两个心腹保镖。而当年追随孙千里分家的小武和明仔虽然仍在“湘西王”麾下效力，但已失去大佬的信任，远离了权力中心，靠着老资格和丰富的江湖经验敲敲边鼓。厨房很快为他们端来热气腾腾的潮式甜汤祛祛寒气。

丰盛的潮式大餐准备上桌的时候，阿松回来了。他热情地问候客人，同高大魁梧的“湘西王”握手、寒暄。王木匠也进来陪酒。

“他柚叔呢？”“湘西王”问。

“有点急事，他被我派去出差喽。”林志雄答。

“嚯！新年又逢喜事，还跑什么跑？……”

“是个急事儿，非他莫属……”林志雄小声应和，吩咐阿松开酒。

“莫大哥呢？我想和他喝酒……”“湘西王”又问。

“阿松！开酒斟满。我和你王叔上楼单独说点事情，马上下来。”林志雄吩咐。

“正好，我把大侄子婚礼的喜钱单独交给雄哥。”“湘西王”起身，从一个年轻人那儿接过一个旅行包，随同林志雄上楼。

林志雄对“湘西王”开诚布公地说了儿子墨染被绑架的事和柚子莫木的去向。

对于生性谨慎的林志雄来说，那一刻，因为无法预测云南之行的结果，他想，作为歃血为盟的兄弟，他在此危急时刻向信任的人和盘说出自己遭遇的困境和挑战，也许，事情会向更复杂的方向变化，可能需要对方届时提供帮助。只要儿子平安归来，作为父亲，林志雄将使出浑身解数，不惜一切代价。

“湘西王”听完，直接跳了起来：“娘的！我们带一些兄弟过去，撕碎那个胆大妄为的龟孙王八蛋！”

林志雄按住他，示意他冷静：“现在没到掰手腕、见分晓的时候。这边有婚礼，还有母亲、兄弟、家人和四方来宾、亲戚乡邻，我不能声张。最重要的是，我的儿子在他们手上。我要儿子安全回来。”

“雄哥，说吧！需要我做什么？我竭尽全力，赴汤蹈火在所不辞！”“湘西王”站起来，握住林志雄的手。

“有兄弟这句话，我心里就踏实了。一旦情势需要，我即第一时间向你寻求帮助。长子大婚，本应亲自上门呈送喜帖，考虑到新年大节，你路途遥远；加之花城警方一直没有放弃顺藤摸瓜找你。你大哥我生性谨慎，恐生枝节。你千万莫怪大哥我！”林志雄言辞恳切。

“湘西王”告诉林志雄，他是年前从与柚叔的电话联系中得知潇湘大婚的消息的。林志雄眉头一皱，“湘西王”并未觉察。他说春节期间南下花城探监孙千里，就借道夜访祖安，前来贺喜。

话题自然来到孙千里家属和儿子身上。

林志雄通过“湘西王”的叙述，知道了今天上午母子探监的情况。

“年前我去看过他，他精神状态不错。再有几年，他刑期满了，就重出江湖了。”林志雄说。

“我没法进去探视。你知道，我们的案子一直在那儿，虽然我现在有了另一个新身份，但谁也不敢在警察面前玩火。娘俩进去看了他。大过年的，一家人在号子里团聚，说来也是一桩伤心事。好在他也快出来了。他老婆给他带去了一些家乡美味，两条烟。也说了孩子叛逆期的一些令人担心的情况。那女人迷信，找算命先生看过八字，说将孩子拜继给一个属虎的人做义子，虎相的干爹可以顺利摆渡孩子进入平稳期，长大成人。孙行者思前想后，认准了你这个肖虎之人。让他老婆带话给我，要我借前来贺喜的机会表达心愿，希望大哥玉成他们的愿望。不知雄哥意下如何？”

“行者是条汉子。在号子里经受了考验，再苦再累也一个人扛，不肯牵连兄弟朋友。蒙他高看，我义不容辞。时间紧迫，明天，早饭时候我们简单举行个拜继仪式。”林志雄一口答应了。

“既然这样，不必明天。今晚就成全行者的心愿，简单举行个仪式。完了我们喝酒一杯，兄弟今夜就告辞。回去精选人马，一旦情势需要，静候雄哥召唤。”

他递上包裹：“一点心意。看看给大侄子买辆车吧。”

林志雄再三挽留他们出席婚礼，“湘西王”坚辞不留。

“我们兄弟多年交往，情分远超过表面的热闹和排场。雄哥行事向来低调，在兄弟看来，你处理事情的火候与分寸拿捏得当。我今身有不便，不宜在场面上添些瑕疵。”说罢，就拉着雄哥下楼喝酒。

第十四章

瑞丽行

林志雄驾驶一辆国产蓝色轻型厢式货车经过二十多个小时连续跋涉，横穿两广，抵达广西西南边陲城市百色的时候，已是黄昏将近。阴霾笼罩着秀丽的边陲小城，春节庆典的大红灯笼和沿街店铺张贴的鲜红对联仍旧烘托着浓郁的节日气氛。空气湿冷，寒气逼人。蓝色货车在城市西郊一家悬挂着“正宗邕江石磨粉”招牌的小吃店门前停靠下来。林志雄和一名留着寸头、身材结实、约摸三十多岁的男子下了车。那寸头男子看上去样貌平庸，穿着一套类似于维修工人的深灰色工服，像个衣衫寻常的民工或者地地道道面容倦怠的长途货车司机。他叫“石头仔”，是林志雄此行精挑细选的贴身助手。那人模样平庸，是个居住在粤北客家地区的潮汕人，能说流利的潮汕话、客家话和广府白话，平时操一口带有浓郁客家口音的国语，但却是个不事声张的实干家，地地道道的“胶已人”。早些年，他曾经在南海舰队的舰艇上做过五年水兵，退役以后进入警察行列。因为潮汕人固执的重男观念，妻子超生三胎后被家乡计生干部强行绑架去医院做了流产和绝育手术。石头仔接到父亲的报信，下班后连夜赶回山村。他从镇卫生院病床上接回面色苍白的妻子，安顿好三个女儿。深更半夜，他独自出门，挨个去村里找冷酷无情的涉事者报仇泄愤。从那些被狠狠教训的帮凶口中，他知道了被引产的六个月大的胎儿是个男婴，被医生像扔甘蔗渣一样抛进粪池，可怜的孩子在臭粪坑里啼哭了很长时间……听到这些，那一刻，他感觉天旋地转，犹如有一把弯刀在胸腔里搅动。午夜笼罩的旷野，漆黑一片。石头仔像一只野狗一样悲鸣。待到天亮，他擦干眼泪，独自去了镇政府大院，揪着刚刚上班的那个主管计生工作、事发那天在现场主使行恶的小官吏的头发，一路拖到镇政府大门外的马路上开始殴打，那个小官吏一下子没了平日里颐指气使、鼻孔朝天、不可一世的架势。他满口是血，不住哀求，从变形的嘴巴里吐出脱落的牙齿。“跪下！”石头仔双眼充血，凶神恶煞，抡起结实的拳头左右开弓击打那人的面部，直到小镇的警察赶来把他铐走。他因为伤害国家干部，坐了四年大牢，提前一年获释出狱。丢了职业，回到潮汕人势单力薄的村庄，开始重操举步维艰的山村农耕生活。后来，迫于生计，他外出打工，养家糊口。五年后，当人们已经淡忘此事的时候，石头仔神不知鬼不觉溜回老家，悄无声息地把那个主使的镇干部做了。再后来，几经辗转，他来到林志雄的地产公司做小工，被泥瓦匠和小工头使来唤去，搬砖、扭钢筋、递工具、组装或者拆卸脚手架。他面容平和，随叫随到，腿脚勤快。直到两年后的一天夜里，他独自一人身手敏捷地一举捉拿了三个偷窃建材的小毛贼，才被引荐给了地产大佬林普德。那天，林志雄正好也在林普德的办公室，看见一个戴着红色安全帽、浑身建筑污渍的年轻人进来。石头仔平静地坐在靠门口的木质沙发上，上司问话，他简单地作答。对林普德的溢美之词表情泰然，拱手致礼，接过奖金，淡淡一笑，揣进兜里。道过谢之后准备起身离去。“等一下。”林普德说，“你还有什么要求和想法吗？”

“没有。这里挺好，没拖欠过工钱，我就心满意足了。我凭力气挣钱，在此之前经历过不少坑蒙拐骗的老板。我很高兴。我要回岗位上了，不然，我的头儿又该给我脸色看喽。”他低头准备离开。

“坐一下。”石头仔看见屋里那个陌生人说。那人有着温和的神情和锐利的眼神。他听见那个陌生人用潮汕话对林普德说：“看上去，这个年轻人不简单啦。”

“没什么，我也是为生活所迫，吃了这碗力气饭，家里上有老下有小的。”石头仔突然就用潮汕话嘟哝了一句。

“胶己人？”他看到大佬和那个陌生人同时露出惊诧的表情。

他们要他坐下来，开始饮茶，聊天。他们也因此知道了他的身世境遇，他也就此认识了林氏家族真正的掌门人林志雄雄哥。那天他们谈话时间很长，林志雄对这个不期而遇的年轻人兴致勃勃，心生好感。他们还一起在潮汕风味餐厅吃了顿饭。

一星期后，前往韩江上游位于客家人云集的大埔县执行秘密调查任务的人回来，向林志雄单独汇报了所有证实的信息：石头仔的履历，家境，还有客家人、黎族人、潮汕人杂居的山村风俗民情，当然，最重要的是在乡间广为流传的他那血气方刚的复仇故事。石头仔很快被任命到工程部安监经理的位子上，开始逐渐参与林氏家族的一些秘密行动，并对一些风险项目提供反侦察帮助。领教过他身手的人都知道他的威力：不露痕迹，冷酷无情，一击致命。

林志雄和石头仔在“正宗邕江石磨粉”小吃店刚刚落座，一辆黑色越野车在小货车旁边停靠下来。车上下来五个黑衣人。穿着磨旧黑色牛仔短外套的阿松领着黑衣人依次进入小吃店。历经二十多个小时的连续行驶，他们已经从广东最东端跨越两广来到桂西南地界。在这里，他们稍作休整，然后将沿着古老的蜿蜒盘行的滇桂国家公路，一路去往云雾缭绕的彩云之南。

经营小店的是一对中年夫妻，壮族人。沉默寡言的男人在后厨打理食物，肤色黝黑的妻子在店里招待客人、收款、拾掇卫生。林志雄有一搭没一搭地同店家聊天，其他人埋头吃粉，间或用古怪的方言交流几句。石磨粉味道纯正，选择优质稻米手工磨浆，薄薄的米粉进入口腔，顺滑、柔韧、米香四溢。米粉有宽的、窄的、圆的、扁的，随客人的喜好选择。店主确认了客人口味，从四个不锈钢托盘中熟练地抓取米粉，放进竹篓里，握着木手柄，在滚水中焯烫加热，然后把热气腾腾、晶莹透明的米粉装入大碗，浇上精心熬制的猪骨汤或者牛骨汤，汤底可以见到黑而亮的石螺和溪流小虾。根据各自口味，客人可以选择加入卤制的鸡肉、鸭肉、鹅肉或者猪脚、牛肉。出菜窗口那儿有一张干净的窄面桌，上面一溜儿摆放着各式各样免费自助调味料：葱花、蒜末、火爆刺激的桂式辣椒酱、气味古怪的酸竹笋丝，当然，还有酱油和酸豇豆等五花八门的调味品。

林志雄慢悠悠地品尝口味清淡的鸡粉，连声夸赞汤色、口味，顺便了解去往高原的沿途交通状况以及那里的气候特点等。在当时资讯手段有限的情况下，他其实像一只闯入陌生领地的蜥蜴，不断地四下张望，飞快吐出舌芯子去感知、捕捉外界的信息。店主夫妇是土生土长的本地人，常年埋头小店，足不出户，至今都不曾离开过家乡半步。对客人的问询礼貌地作答，但基本上没有提供林志雄关切的信息。至此，林志雄似乎心里踏实，决定在这儿用潮汕话召开一个临时部署会议：一、他和“石头仔”携带绑匪所要的赎金，一直处于明处；二、自进入高原起，阿松的人马跟随在后，始终保持距离和联系，到达瑞丽处于机动状态，暗中策应；三、阿松要及时与柚叔的人以及进入木姐的莫木分队保持密切联系，但表面各自独立；四、多点分散、灵活机动是目前的行动原则。五、安全营救是第一要务。“我已经吩咐那边物色可靠的当地人作为临时联络员，以掩人耳目，避免打草惊蛇。”林志雄说。

车子驶出小城，一路向西，盘旋进入重峦叠嶂中细线般的老旧国家公路。车窗外暮色浓重，雨雾蒙蒙。低矮的林莽陷入漫无边际的淡墨之中，像溺水者奄奄一息地沉入幽暗的水域，或者像初学国画者失去层次的水墨败笔。偶尔传来狗吠声，循着声音望去，隐隐约约从林间的缝隙可以看到影影绰绰、孤孤单单的灯火和湿冷空气中浸在林子里无法飘散开去的晚炊浓烟，提示路人，那儿隐藏着一户离群索居的人家……

车子摇摇晃晃爬行在夜色迷离的高原之路，林志雄昏昏欲睡。尽管倦意十足，但他心绪不宁，无法入睡。他脑海里不断浮现染儿架着金丝边眼镜的清瘦、斯文的脸，躲在暗处无法预料的绑匪，被人牵着鼻子、局面非常被动的这桩交易，他忧虑儿子的安危，祈祷在阖家团圆的节日、长子大婚的节骨眼上置他于煎熬中的恶棍信守承诺，拿钱放人，最终他和他的一大家子人舍财免灾，逢凶化吉……他又操心莫木和柚叔他们的前期工作，人生地疏，既不能声张，又没有头绪，大海捞针，如何有利、机动、有效地布置接应点是此行成败的关键。目标又在哪里？棋盘上如何落子布局？他仿佛有生以来又一次遭遇这种四顾茫然、进退维谷、生死攸关的困境，一如当年在缅北陷入泥潭的漫长战事：没有明确的指令，没有后勤补给，孤立无援，四面受敌，危机重重。他想起了很多年前的一幕，那时，他和柚子，还有四个从粤西山区一起踏上寻梦之旅的年轻人，内心忐忑地登上西行的“解放”牌帆布篷卡车，也是从眼前的这条公路，一路辗转，风尘仆仆去往一个遥远、陌生、前途未卜的边陲之地……

蚊蝇飞舞的云南边陲小城，破破烂烂的云南建设兵团知青接待站，蜂拥在雨后泥泞院子里南腔北调的年轻人正在焦急等待官模官样的人从一沓表格上念出自己的名字和去向。一些听到名字的年轻人兴高采烈，欢呼击掌，呼朋喝友，把行李卷扔上在一旁等待的老乡的牛车，随着牛铃声，一脸茫然的年轻人爬上牛车，裤管上沾满红泥浆的小腿在车框外摇晃着，牛车咕吱咕吱出了院子。也有人被叫到名字后一脸委屈，对下乡落户的偏远地方心怀不满，抱怨那里交通不便、生活困难、没有熟悉伙伴等。

人群散去，分批去往陌生的山寨。青山环绕的破陋小院一下子空空落落。那个拖长声调念名字的本地官员也走了。林志雄他们刚刚抵达的知青饥肠辘辘，提着行李卷站在泥地上无人理睬。林志雄前去敞开的茶水房询问，一个在蜂窝煤炉子上烧水的老头撅着屁股对着门：“等着。”就再也没有搭理他。

半个小时过去了，从破旧青砖瓦房二楼下来一个一脸倦容、鼻梁上架着黑框眼镜的中年人，他边走边打哈欠，头发乱蓬蓬的，面颊上还留着竹席烙下的深色横纹。他在院子尽头的水龙头那儿洗了一把脸，用衣袖揩干水渍，进了煤烟味浓重的开水房。出来的时候，手上端着一个伤痕累累的白搪瓷茶缸，咕咚咕咚一气牛饮，抹一把嘴。“来。你们几个过来。”他操着西南官话说。

空荡荡的院子里除了泥地上的积水，车辙印，泡在积水里的一摊牛粪，就林志雄他们六个人。那人说话的时候也没有看任何人。“我们吗？”林志雄小心翼翼地问。

“还有谁？”那人看着檐沟里的积水说。转身把搪瓷茶缸放在青砖窗台上。

他就站在檐坎那儿，睡意未消。他对他们说：“今晚住在这，这里是知青接待站，对面的二层青砖大楼是招待所。晚饭七点钟开始，吃住全免费。这里是西南边陲，不比你们东部沿海那么早见到日出，太阳要费一番力气和一晌时间才肯攀上高原的天空，太阳落山也比你们那儿晚一些。好啦，你们应该知足，要感谢国家在困难时期还拨出经费来管你们吃喝、劳动和生活。”他停顿了一下，接着提高嗓门大叫，“老张！今晚吃啥子？”

茶水房门探出一个老头戴蓝帽子的脑袋：“稀饭，馒头，炒洋芋丝。”

“你把他们带到招待所安顿一下。对啦，也准备一下，今天还有一批湖南来的知青要住下。也不知道火车啥时间到站。”他对那个叫老张的老头说。

“你们听好了！这里是云南外五县，挨着边境。国境线对面的情况既复杂又危险！你们安顿下来了可以出门逛逛，随便买点生活用品，不要到处乱跑。知青接待站的大门晚上九点锁门，超过规定时间返回的，后果自负。明天，早饭八点钟，九点集合开会。所有新来的知青都要在这里集中学习中央文件、时事政策、知青法规、注意事项、革命理想教育等……你们满脑子不着边儿的空想，年轻学生的好高骛远，城市里的娇气病和自命不凡，还有资产阶级的享乐主义，统统都得给我丢得远远的。洗心革面、满怀热忱接受边疆劳动人民改造，扎根建设兵团，彻彻底底接受贫下中农再教育。”脸上有横条纹的人说。这会儿，他似乎完全清醒过来了，语气中有一些慷慨激昂的味道。“广阔天地，大有作为！”他说了那句伟人的著名短语。

“老张！带他们走。”他大声吆喝。那老头拎着一串钥匙出来。

“要喝开水的自己拿茶缸到开水房取。招待所房间本来配了热水瓶，都让住店的知青偷光了，一件不留！这帮大城市来的贼，真可恶！龟儿子，今后，倒霉日子有他们受的。”老张用当地方言数落，算是吩咐。

招待所是一栋老式的木架子房。他们提着行李跟在老张屁股后面上楼的时候，楼梯木板发出咚咚咚的空响，有几步阶梯的木板已经残缺裂口，发出吱吱呀呀的声音。二楼是一排客房，客房里有两张木床，青砖墙壁，陈旧的竹席顶棚，靠窗有一张破旧的木桌，一张方凳。桌边立着一个三棱形木架，上下两层放着磕碰脱瓷的白色搪瓷脸盆。脸盆上写着“为人民服务”五个红色毛体字。其他什么也没有，除了床上铺的竹席、俗气的大红牡丹图案被子、污渍斑斑的枕头，其他什么也看不到。光线透过灰尘满面的木格窗玻璃，一个满是积尘的电灯泡从竹顶棚吊下来，孤零零悬在屋子当中。屋里散发着上一批客人居住时留下来的气味：汗臭，脚臭，还有老房子的阵阵霉味。

饭后出门逛逛。黄昏的街道冷冷清清，鲜有行人。老旧的木板店铺大都关门打烊，坑坑洼洼的煤渣路面，到处可以看见乌黑的一摊摊积水。一位手摇蒲扇的老婆婆坐在临街屋檐下的石凳上，她裹着小脚，头上缠着黑布帕子，嘟哝着腮帮子，嘴唇内陷，好奇地打量着走过来的年轻人。

破落的县城在午后时光没有一丝生机和活力。在旧瓦房里的国营百货商店，柚子买了一支廉价的“银花”牌牙膏，林志雄用一毛钱买了一盒“工农”牌香烟，一盒二分钱的火柴，很快离开了爱理不理的女营业员。街上也没什么热闹、新奇的东西可看。几个年轻人囊中羞涩，仅有的一点盘缠不到万不得已不敢轻易花销。脑袋活络的林志雄破费买了一盒香烟，主要消费目的并不是为了满足自己的口舌之快，他盘算着出门在外，有求于人的时候派上用场，免得空口白牙向人求助遭遇冷眼。

一头耕牛走在积水的街道，心事重重地边走边反刍回嚼，一副无精打采的样子。后面跟着它那戴斗笠赤脚的主人。那人肩扛木犁，嘴里吧嗒着旱烟锅，白色的烟雾从斗笠下一阵阵冒出来。林志雄搞不清楚那个挽着裤腿的男人是准备出门干活还是走在收工回家的路上。

回到客栈，他们无所事事。林志雄端了白瓷脸盆，去到屋外尽头的公共厕所取水洗漱。回到屋里时，柚子已经倒头和衣而睡，鼾声如雷。

天色近晚，林志雄爬上床。屋里没有开灯，光线昏暗的老屋里，被褥散发出令人窒息的脚臭味儿。他翻身下床，使劲摇晃着窗扇试图通风透气，但任凭他怎么用力，窗扇似乎锈蚀成了一块铁板，无法撼动。他摸索到窗边的电灯开关拉线，打开灯，仔细打量，发现窗户被人用铁钉封死，无法开启。

他在郁闷中关灯上床，头枕床框，瞪着眼睛看着室内光线一点点褪去，屋子完全陷入黑夜里。他感觉头晕脑涨，老鼠开始在竹顶棚之上跑动，后来它们开始打斗，追逐跳跃声伴随着唧唧唧的撕咬和惨叫声。他噌地坐起来，嘴里发出愤怒的嘘声。屋顶顿时安静下来。未几，竹顶棚上又活跃起来，“嘭嘭嘭”的追逐声愈演愈烈。他在黑暗中坐起来拍巴掌试图吓跑它们，俄而，它们稍作停歇再次打闹。他躺在床上一动不动，开始模仿猫叫，使劲拍打木床框恐吓它们。屋顶的动静停了。跑动声再次响起的时候，猫叫声传出来，短暂的安静。如此再三，老鼠们似乎厌倦了这种无聊的游戏，对天敌的叫声无动于衷，甚至鄙夷。林志雄累了，他不再做无谓的尝试。顶棚上的追逐放肆而猖獗，它们在那儿跳舞、欢闹、交配、庆祝……有那么一会儿，林志雄感觉头顶上的竹棚子要塌下来了，肥硕的老鼠跳动时抖落的灰尘都纷纷扬扬落在他脸上了。他累极了，身心俱疲，失去对抗，失去愤怒、焦虑，甚至失去厌恶。他昏昏沉沉睡去，半夜里，似乎屋外不断有人走动，木板楼发出响亮的脚步声。他半睡半醒，听到屋外的说话声，男人女人在走廊的嬉笑声……

清晨起床的时候，二楼尽头的公共厕所盥洗间挤满了陌生的年轻人，有人肩上搭了毛巾、腋下挟了白瓷盆睡眼惺忪地走进来。狭小空间里人满为患，空气中充满屎尿臭和汗臭味儿。这些人操着南腔北调的口音，叽叽喳喳抱怨旅馆里寒酸的住宿条件和边疆偏远地区的穷困。一个蓬头垢面的大个子走进来，看上去怒气冲冲。他挤进人群，径直走到水龙头那儿，挤开一个动作迟缓、一脸孩子气的小个子，在水龙头那儿捧水往脸上浇，一边恶声恶气咒骂："妈的！那些狗娘养的耗子，害得我一宿没合眼。太他妈猖狂了！根本不把活人放在眼里。我恨不得一把火烧了这破房子！"他说，像是自言自语，谁也不看。一边撩起草绿色军装的前襟抹脸上的水珠，语气里充满了京片儿的油滑和大大咧咧。

早餐在开水房那一排的一个三开间的教室里进行，两张粗糙的木桌拼在一起围坐一席，总共有五六席的样子，并拢的课桌四周凌乱摆放着四张长条凳。讲台那儿的木桌上有一个大铁盆，里面盛着稀粥，每人去拿个洋铁碗自己盛粥。一个胖胖的厨师用竹片夹从竹蒸格里给走过来的人夹一个模样瓷实的大馒头。大家按熟悉程度自由组合，围着桌子喝清亮得照见人影的稀米粥，桌上小碗里有四五块豆腐乳，没有其他佐餐的东西了，大家都是小心翼翼从小碗里夹一点腐乳碎片抹在馒头上佐粥。林志雄他们埋头喝粥的时候，那个大个子过来了，一手拿掰开的馒头，一手拿竹筷。径直把身体探进桌子中央，不由分说，动作飞快地把三块腐乳放进馒头断裂面，大手一合，扬长而去。林志雄他们那一桌六个广东仔瞪着吃惊的眼神，老半天才把愤怒和不解咽了回去。林志雄无奈地摇摇头，轻轻叹一口气。这时，他的目光注意到一位容貌姣好的陌生女孩。虽然这些远道而来的穷学生经历长途劳顿，备受夜间肆无忌惮的老鼠折磨，所有人都看上去疲惫和心不在焉。可那个女孩鲜艳夺目，神采奕奕，像清晨山坡上挂满露珠、鲜活怒放的杜鹃花。

接下来的学习教育活动在教室里进行，拉开刚才合拢的课桌，三十多个人随意坐下听讲。在沉闷的政治学习间歇，那女孩被教官点名，上台唱了一支歌——那支来自她家乡的民歌《浏阳河》。她剪着齐耳的短发，刘海遮住了大半个额头，样子干净利索，大眼睛又黑又亮。女孩是个初中生，唱歌的时候表情显出可爱的羞涩，一脸红晕，却不是高原姑娘两腮的那种“高原红”。林志雄因此从教官口中知道了她是昨晚深夜随她的同乡到达的湘妹子，名叫英子。昨晚后半夜，过道里叮叮咚咚的楼梯声响了半宿，除了深夜来到的十来个湖南学生，还有乘坐火车更晚抵达的北京知青。知青们按照部队的建制，被编到四团一营二连。

云南留给林志雄铭心刻骨的第一印象是惊心动魄的老鼠。很快，这些异乡青年中就开始流传朗朗上口的“云南十八怪”的歌谣：四个老鼠一麻袋，蚕豆花生数个卖，矮马如狗真能耐，背着娃娃才恋爱，四季衣物同穿戴，常年集市有瓜菜，摘下斗笠当锅盖，三个蚊子一碟菜，石头长在云天外，东边下雨西边晒，鸡蛋用草串着卖，火车没有汽车快，光头和尚谈恋爱，话未说完歌舞来，蚂蚱当作下酒菜，竹筒也是水烟袋，鲜花四季开不败，草鞋常年穿在外。

沉闷的集中政治学习持续了三天。第四天开始，知青们开始军训，无外乎就是单调乏味的队列训练：齐步走，正步走，向左转，向右转……其间，他们吃过一餐正宗的云南米线，算是地地道道的当地美食，红米线，浇上炖腊肉的骨头汤，碗里也有几片美味的腊肉片儿。两个星期后，他们被知青办分配下到山寨驻村劳动。

名单宣布后，这拨人被划成两组，分别去到两个相邻大约十二里路远的少数民族山寨。北京口音的大个子叫刘大宝，他还有一个随行的瘦高、沉默的弟弟。为弟弟下乡的去处，他与知青接待站的干部争吵，执意要把小弟安排到平川坝子交通便利的地方驻村插队，自己情愿去最偏远落后的景颇山寨都无妨。

“为什么？”那个宣读完下乡名单正在从白搪瓷茶缸饮茶的人从茶缸边缘翻着眼皮看他。官员身边站着不苟言笑的教官。

“我弟需要方便赶火车回北京，随时处理病重外婆的后事。”大个子说。

“搞清楚没有？这里是云南生产建设兵团，不是想来就来、想走就走的自由市场。况且，你来的时候，上面已经交代过了，你别想要从前当权派的威风，你的将军父亲也在下放劳动！”那人用西南官话说，转身把茶缸放在窗台上。

“我和那个犯错误的老家伙将军没什么瓜葛。母亲也在下放劳动，家里没有什么人了。万一外婆有个三长两短，得有人赶回去给老人家收尸吧？”大个子飞快地说，并不看那个官模官样的人。教官紧绷的面色缓和了一些，眼皮朝下看着地面。

“其他人赶紧收拾行李，上那儿的牛车。你也走！弟弟留一下，我得给上面摇个电话请示一下。”官员模样的人说。

其他人都散了，大个子和他那瘦高的弟弟站在空旷的泥场地上纹丝未动。

时值高原雨季，降雨频繁。林志雄他们来到景颇族的山寨已经有三个多月，气候炎热，高原阳光强烈的紫外线辐射让每个初来乍到的知青尝到了它的威力，尽管大多数出工天是在雨后，有时晴空万里，有时天气多云，但只要是露天农业劳动，不习惯戴草帽或者竹笠的年轻人在最初几天收工回来，都要体会裸露皮肤灼伤的疼痛，大片表皮红肿，针刺般的痛感，不敢触摸，连衣领或者袖口轻微的触碰都会无法忍受。天亮，还得出工下地，去到大队所属的闷热的苞谷地薅草或者跟随村民去采摘第一茬成熟的绿豆荚。几天后，红肿的皮肤开始蜕皮，灼痛愈加严重。寨子里的村民告诉他们，蜕过三次皮，就是地地道道的高原人喽。这些细皮嫩肉的大孩子开始变得接近原住民一般皮肤黝黑，表情沉默。他们要到雨季结束旱季来临的时候，才开始砍伐漫山遍野的灌木和高大乔木，然后在风干物燥的时候放一把火，烧光山坡上所有的植被。接下来，在春雨过后栽种橡胶林。而现在，他们偶尔在农闲时候跟随当地山民，在雨后的短暂时光钻进山林里去采摘可以食用的野生蘑菇，回来后清洗干净，烹煮成美味山珍，用以改善他们清汤寡水的伙食。他们这帮大孩子都在长身体的年龄，缺乏营养、饥饱无常的日子让每个人都心生倦怠和怨言，但他们远离了家乡备受歧视的环境，在火热的异地他乡，同龄人的单纯、明快、信马由缰、无拘无束让他们很快体会到海阔天空的乐趣。他们谈理想，谈抱负，讲述英勇无畏的电影故事，讲家乡的风土人情和名胜古迹，讲身处的少数民族村寨稀奇古怪的风俗习惯和莫名其妙的宗教禁忌。北京来的大个子总是不怎么合群，一副见过大世面的傲慢神情，要么仰在床上闷头抽烟，要么在众人谈兴正浓时冷不丁冒出几句冷嘲热讽的话，让大伙儿像兜头浇了一盆凉水，闲聊便在一阵尴尬后散去。

二连的知青大约有二十来个人驻扎在名叫崩山的景颇山寨，那里四面环山，攀上南面的大山山顶，可以看见不远处蜿蜒如飘带般闪着亮光的瑞丽江。江对岸，就是安静、神秘的缅甸。在边疆村寨，一直流传着河对岸诡异、恐怖的故事，似乎那些静谧的林莽里掩藏着无数凶险与重重危机。在知青接待站集中学习训练时，主持政治学习的官员和军事训练的教官一再告诫这帮从遥远大城市来的毛孩子，江对岸是十恶不赦、张着血盆大口吃人的黑暗国度，任何私自越过边境的人都将以叛国罪和反革命罪论处。另一拨儿知青驻扎在山下相邻不远的村寨，模样俊俏的英子和她的大多数湖南同学被安排在那里接受贫下中农再教育。崩山的知青主要有三个来源，湖南知青居多，有十五个左右，然后是林志雄和柚子两个广东人，北京来的有三个。听小道消息说，上面管理知青的人有意把同一批到达的北京人分割开来，说是怕这些来自京城、见多识广的刺儿头聚众闹事，有点分而治之的意思。

他们住在从前是吐司家谷仓的小院里，两排瓦房。土改时候没收充公，变成寨子公房，主要堆放公用农具、杂物。村寨集体的粮食晒干后，这儿又成了谷仓，房间里堆满陈旧的木柜和浑身涂了牛粪与泥巴混合物的硕大竹甑。屋后的山坡上有一丛竹子、几株芭蕉和一棵老石榴树。

一天晌午饭吃过，有的人因为劳累倒在床上睡了，林志雄从水井汲水洗完衣服，有人在屋檐下的泥地上下象棋。这当儿，公社干部领来一个矮个子年轻人进了院子，说那个小个子知青是从其他连队转过来的。那人在村寨和人打架，致人受伤，在知青接待站关了一星期禁闭，管教了几天，然后遣送到崩山这边来。那个年轻人走在前面，手臂上挽着自己的行李卷，清澈的目光打量着新环境，看着泥房子屋檐下站着、坐着的年轻人。他笑了一下，笑容有些尴尬或者说害羞。他后面走着的是大队长和面孔陌生、冷峻的公社干部。

那人名叫莫木，广西壮族人，是最早一批插队落户的老知青。公社干部直接叫他"老狐狸"，意思是老练、诡滑、一肚子坏主意。他就被安排在林志雄和柚子住宿的房间靠门的一张空床铺上住宿。公社干部临走时，还当着在场所有人的面严厉告诫广西人："如若再不守规矩，新账老账一起算！"

公社干部走了，留下登时黑了脸的广西人和表情诧异的年轻人。

开初几天，林志雄注意到，这个身材矮小的年轻人并不那么难相处，他喜欢说话，脾气随和，讲一些他与少数民族村民相处的经验和生活小窍门。一起出去干农活回来，他总是能从兜里掏出一些稀奇古怪的果子或者植物的嫩茎分享给同伴。有一天收工回屋，他从裤兜里摸出三个像泥巴块或者像牛屎疙瘩一样的东西，神秘兮兮地对林志雄说："哎！兄弟，稀罕东西，赶紧趁着新鲜吃了。一人一个，没得多！"

接过那个像洋芋蛋大小、样子不规则、黑乎乎的东西，林志雄眼瞅着它，不知道如何下口，虽然饥肠辘辘，但他平生没见识过这个像半干不干牛屎一样的丑八怪，那乌黑的东西上面还沾着新鲜的红泥巴。莫木把个头稍小一点的丑八怪递给柚子，柚子望着它，缩着手没接。"啥玩意哦？"

"没见识过吧？这个是松露。罕见着哩。你闻一闻，奇妙的香。从前，只有当地吐司老爷、达官贵人才有命享受它。营养美味，是滋补上品。"莫木讪笑柚子少见多怪。

林志雄听广西人这么说，把那东西凑近鼻子。这下子，他真真确确嗅到一股奇妙的幽香，一种说不出来但与所有香味迥异的气味，陈腐草木气味后面说不清道不明的神秘幽香：浓郁，怡人，似乎混合了大自然所有的气息和森林的精华，仿佛丛林中涓涓溪流般滋润、清冽。

在林志雄赏玩那个名叫松露的东西的时候，莫木已经坐在木板床沿上用一把折叠小刀开始小心翼翼清理那怪东西上面的泥土了。看上去，他极其细心，动作轻微地刮去它表面的污垢。然后端着洗脸盆去了户外水井那儿，他回来的时候拎着空脸盆，一手在啃那个黑黑的东西。

这是林志雄有生以来第一次接触神秘的野生黑松露，他生食它，感觉并没有什么异味，寡淡无味，或者说有轻微的水果甜味，类似于淡淡的椰蓉味儿。但它独特的香味令人终生难忘，陶醉沉迷。

操北京腔的大个子吹着口哨踱进屋来找林志雄讨烟抽的时候说："啥味儿？你们藏了什么稀奇宝贝？嘿！真是的，这味儿，太他妈奇了怪了，是鸦片不是？"刘大宝说。东瞅西看，活像一条嗅来嗅去抽动鼻头的大狗。

不几天，林志雄发现，这个并不抽烟的广西小个子成了北京大个子形影不离的伙伴，他们成了无话不谈的死党。乡间小路上，时常可以看见一高一矮、一前一后走着的他们的身影，窃窃私语，眉飞色舞。北京人说话尖酸刻薄，但任凭北京人油腔滑调地调侃，在广西人身上似乎产生了某种神奇的免疫。北京人学他广西腔普通话，广西人则嘲弄北京人闷雷般的鼾声和他那大象一样超大、贪婪的胃口。同伴们大惑不解的时候，林志雄对这种奇怪友谊轻描淡写的诠释解开了大家伙的困惑，"臭味相投。"他说。但他私下里与柚子说这件事情时又补充说："广西人是个生存高手，他总能在山坡上、林子里找到稀奇古怪的东西塞进嘴里，大个子永远填不饱的饕餮巨胃需要一位出色的养牛人。"柚子眨巴着眼皮，认同这种解释。

冬天快要来临的时候，知青们已经将旱季里砍伐的半干树木挪开，清理出了接近五十米宽的防火走廊。山坡上藤蔓丛生，灌木密集，山腰高处，大树在农场知青砍刀不懈的剥蚀下，失去一截树皮后，它们被活生生切断了树根从大地汲取营养的输送通道，枝叶干枯，默然矗立。微风吹拂，干树叶发出响亮的哗啦啦声，像是悲鸣，又像是某种无可奈何的嘲弄。然后，在一个风向和风势合适的早上，连长和林地经验丰富的景颇族猎人顺风放一把火。大火开始熊熊燃烧，在风势推动下，咆哮的火焰呼啦啦扑向山顶。不到一袋烟的工夫，铺天盖地的山火已经逼退了站在远处看热闹的人们。

村寨西边三座大山就这么夜以继日地燃烧，直到第五天早上，它似乎耗尽了最后一丝力气，奄奄一息，失去了吞噬大地与天空的汹涌势头。大山焦黑的头颅赫然耸立在高原湛蓝的天幕之下，无声无息，丑陋、沉默、冷峻如铁。偶尔，在山坳的低洼处，有山涧溪流的地方，垂死挣扎的青烟在余烬中飘散，像是曾经生机盎然的大山弥留之际微弱的气息，或者像是向亘古以来呵护高大的乔木、郁郁葱葱的灌木、蜿蜒爬行的藤蔓、歌声悠扬婉转的林鸟、在铺满落叶的林地无忧无虑繁衍生息的动物们的天空、太阳、遥远的星星挥手道别。也是在那个早上，林志雄和柚子大清早出门看山火的时候，他们在官庙前土场那儿的凤凰树下盘腿而坐，大树平伸的枝杈和修长的对生羽状叶片显示出高原树木特有的低平婀娜的身姿，盛夏的时候，凤凰花曾在枝头开得热烈茂盛，火红一片。不远处，土场边缘，寨子里的景颇男人也在不远处观望。他们碎声交谈着什么，时断时续，或者像是自说自话的喃喃絮叨。官庙以西的山坡上，一圈一圈顺着山势筑就的梯田里，庄稼早已收割，土地赤裸，在清白的晨光里没有生机，沉默隐忍。再远处，梯田上方的高坎那儿，一个身着黑色景颇族衣裤的枯瘦老人在号啕大哭，他独自一人大声用景颇语哭诉着什么，神情激烈，动作显得癫狂，怪异。林志雄点燃一支烟的时候，走过来一个时常到知青驻地串门的景颇青年。他告诉他们，那个在高坎上装疯卖傻、号啕大哭的老头儿曾是寨子里的吐司老爷，解放前是崩山方圆几十里有名望的大户。解放后土改，被没收了大部分土地和房产，现在的知青驻地就是吐司老爷家旧时候的谷仓和牛圈。这几片烧焦的山包，包括远处目光所及的山林，都曾是吐司家的私有林，现在成了建设兵团的橡胶林开垦区。土司老爷平时沉默寡言，离群索居，鲜少与寨子里的人来往。“他在诅咒伤天害理的人。说山鬼就在冒烟的地方躲着，油锅已经烧得滚烫。没有人能逃过下油锅的惩罚！”那个景颇青年说。

几天后，寨子里笙歌阵阵，哀乐响起。景颇人倾巢出动，去参加一位重要人物的葬礼。消息传到知青驻地，说是吐司老爷死了。

滇西南地处东经 97.3 度与 98 度、北纬 23.38 度与 24.14 度之间，属南亚热带高原季风气候。地形从北方的高黎贡山脉余脉海拔 2019 米向东南瑞丽江、畹町河流域倾斜。境内高山、丘陵密布，河流冲积形成的小型平坝主要在南部河畔或者丘陵峡谷之间。冬无严寒，夏无酷暑。季节主要呈现干湿两季，每年雨季大约从五月中旬开始，到十月上旬结束，降雨大都集中在这个时段。其他时段也会有降水，但大部分时候都是艳阳高照，晴空万里。

一场小雨过后，知青和景颇人上山栽种橡胶林。他们要从山脚下开始整理出一排一排狭窄的平地，一直将梯级平台层层叠叠垒上山顶。然后在平地上掏出无数个直径一尺大小的圆坑。这项艰苦的活计干了一个多月。

又一场小雨。根据气象消息，雨后最多有两个阴天适合新植树苗的适应和成活。连长和村干部不停地大声吆喝，督促大家加快速度。黑乎乎焦黑一片的山坡上已经形成一圈一圈的红土台地，山坡上到处都是植树造林的人，三架牛车从城郊的苗圃运来了树苗，大家分工协作，腿脚利索的下到大路上牛车那儿搬运树苗，然后分配到栽种点，一些人开始往土坑里放树苗，其他人三下五除二将周围的松土填进土坑。树苗栽下去，填土踩踏紧实，再浇上水，有几分成活的把握，只有老天爷知道。连长和村干部在山坡上来回察看，数落把树苗栽得东倒西歪的人，高声咒骂城里来的大孩子敷衍了事："王八羔子！土坑太浅，连树根都裸露在外。返工！重来！"连长一走远，这帮大孩子又开始嬉笑打闹，全然没个正经样儿。

一天中午，太阳透出云层。不多时候，烈日炎炎。虽然山风阵阵，但干活的人已是汗流浃背，不少人脱去了冬衣。植树进展时断时续，连长乘牛车下山催树苗去了。景颇人就近去山涧溪流那儿饮水，有几个妇女回家给孩子喂奶。知青们三三两两爬上南山，从山顶眺望瑞丽河谷。一江之隔，可以清楚看见对岸缅北的山丘、竹木和蕉林。还有山谷茂密丛林里隐藏的一座小山城。

接连几天夜里，不时有其他连队的下乡知青从他们插队的村落过来串门。他们神情诡秘地分享缅甸那边战事的消息，"那边开战了。缅北解放军正在攻城略地，势如破竹。听说，有人过江参军啦，不声不响走的。英雄好汉从来就是平地一个惊雷，大步流星，直奔目标……哒哒哒……"那个前来分享消息的人警惕地抬眼察看四周，做出机枪扫射的动作，然后，把头埋得更低，声音压得更小，"消息千真万确，切勿走漏。今儿后半夜，又有两个人搭伴，启程过河。"昏暗的灯光下，全部都是圆溜溜的黑脑袋挤在一起。高傲的北京大个子一反常态，全然没了平日里玩世不恭的神情。他听得仔细，样子若有所思，罕见地收敛了他那尖酸刻薄和鄙视一切的劲儿，不断给远道而来的客人散烟。

夜深了，串门的人要回到自己的寨子。刘大宝站起身，"我送你回去。"他说。莫木回屋拎了手电筒，跟了出去。

天明，知青们在工地上忙碌。不久工夫，听到远方沉闷的大炮声，时断时续。知青们在午间工歇时候又化整为零，三三两两爬上南山。刘大宝和广西人先行到达，大个子坐在一块巨石上面，他们窃窃私语，像是在说私房话，并不搭理散坐在松林稀疏的空地上的同伴。

第二天晌午收工，大家似乎心有灵犀，不约而同又上了南山，仍旧坐在山顶平地那儿，眺望对岸植被茂密的缅北丘陵。

高原的天空湛蓝深邃，云朵飘浮。那些漂亮的云朵如同安静的羊羔或者孤悬的梦想，遥远又亲近，安详又飘忽不定。太阳西斜，它躲进一团乌云背后，巨大的乌云镶着闪亮的金边，一道道壮丽的光柱从云缝透射出来，宛如圣经故事中描绘的“上帝之光”。更远的天际，是气势雄伟的云涛。宛如奔涌的巨浪，又如奋蹄驰骋的马群。太阳近处的云朵有的是血染般的红色，有的是美轮美奂的粉红，有的则是华丽、透明的金色，有的依然是一尘不染的棉花团。高原瑰丽绚烂的天际充满天国色彩，年轻人啧啧称奇，陶醉在美景之中。刘大宝仍然坐在山顶的大石头上，对天际的美景无动于衷。广西人在他身边，默不作声。

不多时，河那边传来零星的枪声，稀稀拉拉的，不像是要起战事的样子。不一会工夫，知青们看到，对岸丛林缺口处，有一队身穿绿军装扛着红旗的队伍从大路往山谷城镇的方向赶去。约莫半个小时后，青山绿树环绕的小城方向传来密集的枪声，看不见人影，就见那杆红旗在树丛中移动，起起伏伏，飘来飘去。林志雄他们全都站了起来，所有人神情亢奋，鼓掌欢呼，大声喝彩。激烈的枪声响了一阵子。之后，枪声开始稀稀拉拉。不久，似乎枪声停了。一支烟的工夫，丛林缺口那儿出现了一队溃退下来的军人，零零散散，行色慌张。担架上抬着伤员，红旗的旗杆挟在一个军人腋下。他们急匆匆退回来时的方向，消失在了密林里。一切似乎重归平静。

山顶上隔岸观战的年轻人垂头丧气，个个像遭到一记闷雷击打。刘大宝恶声恶气地咒骂，其他人沉默不语，士气受挫。

大家闷头抽烟，谁也不说话。没有人想走，更没有心思回家吃饭。虽然饥肠辘辘。

“快看！他们来了。”莫木大叫，一手指向河对岸的方向。大路上，比原来多出几倍的军人正迅速奔往小城的方向。他们手里拎着步枪，人数大概有二三百个。不多时候，密林那边响起嘹亮的军号声，枪声再次大作。激战中，可以看到惊恐逃出山城的缅甸老百姓穿过密密匝匝的河谷林区，零零星星跑到空旷的河滩。军号阵阵，炮声隆隆，猎猎红旗时起时伏。枪声持续了一个多小时，时而密集，时而稀稀拉拉。那杆消失了一阵子的红旗突然出现在城墙的高处，一些绿军装的士兵站上城墙，向空中鸣枪庆祝。胜利的军号声回荡在山谷、河道和一江之隔的滇西南山山岭上。

知青们的晚饭比往日延迟。大家依然沉浸在缅北解放军攻城拔寨的胜利喜悦中，他们手里端着大洋瓷碗，吃寒酸的洋芋丁红米干饭，津津有味地讨论目睹的那场激战。刘大宝匆匆刨了几口饭，就带着广西人出了门。

那一夜，林志雄失眠了。缅北解放军的胜利感召着每一个在边陲地区插队落户的热血青年，柚子兴奋地从一个屋蹿到另一个屋，搓着手，一副跃跃欲试的样子。由于过度亢奋，他感到口干舌燥，不停地伸出舌头舔干裂的嘴皮。他催促林志雄着手准备过河的行程，在林志雄那里遇到不冷不热的回应。“耐住性子。我们是要过河，不然千里迢迢跑到这荒山野岭鬼不下蛋的地方做什么？安静下来，观察几天吧，不要逢人就讲，生怕别人不知道你准备去做事似的……”林志雄年长一些，做事情自有章法，他是柚子的主心骨，不会把真实意图轻易表露。柚子见此，唠叨几句，就洗洗先睡。劳累和兴奋过头，不久，他就进入梦乡。

刘大宝和广西人一夜未归。清早出现在植树劳动的山坡上时，已经迟到。被连长狠狠训斥了一顿。刘大宝低头不语，也没有了往日顶嘴时的霸道劲儿。

元旦到来前，村里与连队干部为下乡多半年的知青结算工分，支付劳动分红。扣除生活口粮、迟到、旷工，每人到手的钱少得可怜。林志雄粗略算了一下，每天出工，按照全劳力计算 10 工分，每天的报酬 2 毛多钱。刘大宝和莫木因为迟到和旷工，到手所得，也仅仅是 20 多块钱。刘大宝恶狠狠咒骂：“哼！走着瞧。我非得尥蹶子一走了之，看这帮孙子怎的？”

阳历年放了一天假。有人搭乘村民的牛车下山赶集去了。莫木和大个子把全年分得的口粮一股脑儿装进麻袋，装上景颇人的牛车下山去了。回来的时候已是黄昏。粮食和麻袋都不见了，莫木从鼓鼓囊囊的怀里掏出一只活鸡。

“在山下的寨子里摸的。宰了它，今晚下酒！”莫木神情得意地说。

莫木在院子里张罗杀鸡的时候，刘大宝出门去寨子里沽酒。

不多工夫回来，他手里提着一个老乡家的黑陶罐子。“我现今是一文不名的穷光蛋，今儿大家一醉方休。我和莫木出酒和肉，你们每人多抓一把米，蒸饭。大家酒足饭饱，明儿过后，大家互不认识，相忘于江湖！”他在院子中央大声武气地说。莫木烫完鸡毛，把褪下来的鸡毛仔细收拢，埋进屋后的荒坡上。“我可不想找麻烦。省得村民找上门来，对着一堆鸡毛破口大骂。”他说。脸上露出得意诡异的笑容。

林志雄对大个子的话非常在意，虽然没有明说，今儿似乎是要诀别，心里一震。他想，难道这孙子要行动了？但他转眼一想，大个子平日里大大咧咧，没个正经，耍贫嘴、调侃、嘲弄、出口惊人是茶余饭后的常事，谁知道他满嘴跑马，虚虚实实，云遮雾绕，哪一句是真？不过，他卖光了所有的口粮，难道接下来喝西北风不成？

夜里喝酒，大家趁着酒兴，喝着冬瓜炖鸡汤，其乐融融。刘大宝破例给大伙散烟，往日傲慢的粗皮脸多了一分笑容。

“我的这支派克笔便宜让给你。”大个子搂着林志雄的肩膀，从自己的上衣胸兜里抽出别着的黑色钢笔说。

“你知道，我没钱。”林志雄把头凑近大个子的耳朵说。

“看你平日里斯文显摆，是个知书识货的主。一块二毛给你！”大个子嬉皮笑脸。

“我穷得叮当响。哪有那么多钱？”林志雄把玩那支黑色钢笔，轻轻旋转褪去笔帽，锃亮的铂金笔头露了出来，它饱满硕大，棱角分明。

“嘿！哥们，这可是我家老爷子的传家宝。朝鲜战场上的战利品，从一个被俘虏的美军军官那儿缴获的。金贵着嘞！少说也要值个百十来块美金吧？”

“算啦，这么值钱的宝贝你还是留着呗！我消受不起。”林志雄说。把钢笔还给他。

“较劲不是？从今往后，我也用不着这写写画画的劳什子，当烧火棍又太短。”大个子扬起下巴，脸上又显出挑衅般的傲慢。

“唉！实不相瞒，我也只出得起一块钱……”林志雄咽了一下口水又说，“这苦日子，说不定哪天就自寻出路，各自找食喽。身外之物也不能顶口饭吃。”

大个子意味深长地看着他。良久，把钢笔甩给他：“嗐！就一块钱，算哥们送你个人情。把你手头的半包烟扔过来，这样咱们两清！”他说。

夜深酒酣，大家各自散去。破旧的核桃木桌上，剩下一堆啃得精光的鸡骨头和散乱的碗筷。林志雄回屋的时候，莫木在床铺那里收拾简单的行李。很快，门口那儿就只剩一张空床板了。

“怎么？要出远门？”林志雄回屋，过来拍拍莫木的肩膀。

“嗯。我和大个子后半夜走，去河对面找活路。边境管控挺严的，风险不小。出了岔子，轻则被捉回来游街批斗蹲大牢，重则吃枪子暴尸边境线。大个子叮嘱我保密，怕消息走漏。”莫木说。

“妈的！弄得像做贼一样！大家是一条绳上的蚂蚱，有什么不放心的！”林志雄有些不悦，第一次爆粗口。

莫木转过身，看着他。“这几天，大个子偷偷变卖了所有值钱的东西。今儿早上，我陪他下山去找他弟弟，他把所有变卖的钱都交给弟弟，让他好生伺候外婆。他连越境的事也没有告诉弟弟。大个子私下跟我说，他才不会去那边当炮灰哩。我不肯定他过河是要去干什么，但我要去那边闯一闯。我家的人都死光了，一家老老少少十一口人。”他站在那里，眼眶通红，声音哽咽。

林志雄搂一搂他的肩膀：“我们都是境遇相似的人，无路可走。唉！走一步看一步吧。过河一定小心！”

深夜，莫木背了军用背包准备出门。林志雄把自己平日使用的手电筒递给莫木，“带上它，天黑路险，照照亮儿。”

“不用。黑夜里，手电光容易招来麻烦。”莫木说。他拉开门，又转过身对着林志雄，“雄哥，你是这土司谷仓里唯一真正对我好的人，我感觉得到。我先行一步，兴许我们在那边又相遇，在缅北闯出一片天地。”莫木走进黑暗里，屋外伸手不见五指，安静得出奇。林志雄对大个子的遮遮掩掩心生不快，不想出门与他告别。

他关了灯，和衣上床，独自靠在床头发呆。这时，他听到广西人和大个子在空旷的院子里小声嘀咕着什么，似乎没有马上离开的意思。片刻，传来敲门声，接着是大个子的声音，压低嗓门叫林志雄的名字。

柚子在苞谷酒作用下已经酣睡。林志雄开灯、开门，绿军装上兜就插着那支派克笔。

大个子并未进屋，就隔着门槛低声对林志雄解释说：“偷越边境是犯法掉脑袋的事，怕节外生枝，还是不说为好。再见吧，兄弟。保重！”他肩上背着背包，伸手过来。林志雄握他的手，随手关灯、关门送他们出院子。

高原夜寒，空气中能闻到一股景颇寨子里飘过来的牲口粪便的气味，一只狗的吠声回荡在黑暗的山谷，接着有其他狗煞有介事地回应一两声。山路坑坑洼洼，崎岖难行。不敢开手电筒，三人高一脚低一脚赶路，谁也没有说话。

送到山下的大路旁，莫木催促林志雄返回。“一路小心。保重！兄弟，或许，不日咱们在那边相会。”林志雄说，他们再次握手，道别。

正月十五、十六日是景颇族山寨盛大的“目瑙纵歌节”。“目瑙”是景颇语，“纵歌”是景颇族另一个支系载瓦人的口语，合起来的意思是：大家一起唱歌、跳舞。

节日期间，成百上千的景颇男女走出家门，汇聚在官庙前的红土广场上载歌载舞欢度新年。周边村寨的族人也赶过来过节，景颇人倾其所有，在土场上举办传统的绿叶宴。菜肴以出产自山林的叶菜、竹笋、蘑菇和野生动物肉食入馔，烤、煮、炸、腌等烹饪手法令人啧啧称奇，菜肴用肥厚的树叶或者宽大的芭蕉叶盛装，席间没有筷子。勺子、碗全部用绿色竹叶或者棕榈叶手工编制而成，满席翠绿，活色生香。出席节庆的人随手打开“翠绿荷包”，里面包裹着的有的是香喷喷的糯米饭，有的是采自山野的鱼腥草，有的是蜂蛹煎蛋，有的是稀奇古怪的虫蚁煎饼或者美味的烤斑鸠、帕滚酸鱼……

景颇族人质朴，热情好客。尽管从远方大城市来的知青们并不怎么懂得入乡随俗，时常在驻地惹出些偷鸡摸狗的事端，景颇人也不怎么和那些不知天高地厚的毛头小子来往，但“目瑙纵歌节”当天，景颇人还是邀请了没有返城与父母团聚的留守知青参加他们的盛大节日。

吃过早饭，林志雄他们就结伴前往村寨的官庙广场。在那里，林志雄看见了应邀前来的附近村寨的留守知青，他们穿着清一色的绿军装，三三两两在红土广场边缘的树影下闲聊。英子也在那里，她醒目，出众，像一只颜色惹眼的林地孔雀。广场中央，一些身着节日盛装的景颇人在忙忙碌碌准备节日饮食。官庙里，不断有人出出进进，烧香祭祀。

景颇村寨是干栏式两层竹木结构民居，一楼圈养牲口，二楼住人。按照景颇民俗，早年间，有外地客人来访，如若骑马入寨，需在村口下马，牵马入寨。他们的民俗禁忌主要有：不可在官庙、神树附近鸣枪、砍伐和大小便；不能触碰成年男性肩上的猎枪和腰间的长刀；不可触碰房屋门前的祭桩；客人来访，需脱鞋方可上楼进屋，入屋不可久站不坐；不得擅自进入供奉祖宗和神灵牌位的鬼门；不得擅自进入起居内室等等。男性服饰为蓝黑色大襟上衣，大脚裤，黑色头帕，式样为绕头包。女性裹黑色头帕，多穿藏青色或黑色对襟上衣，襟边镶两条红边，饰方块银扣，上衣的下摆坠饰彩色小绒球；下身穿着自己巧手织染的红色筒裙，裙饰花纹和图案多为吉祥动物、花卉、云彩等，各具特色，极富民族情调。年轻姑娘在节日腰系红、黑、黄、绿颜色的藤篾腰箍，看上去身段玲珑，婀娜多姿。大耳环，缀满小铃铛的银质项圈，头戴靓丽的圆筒高帽，帽饰五彩斑斓的绒球。一旦长鼓响起，竹笙嘹亮，男女老少围绕广场中心翩翩起舞，场面壮观，气氛热烈。姑娘们随歌而舞，银饰铮锹作响。景颇人家的婚姻以“迷奔”为主，意思是明媒正娶，近亲通婚，表兄妹联姻居多。但嫁出去的闺女再生女儿，不得嫁回娘家，景颇人称为“倒还骨血”，是婚姻中的禁忌。拉亲称为“迷确”，抢亲称为“迷鲁”，幼年定亲称为“迷董”，悄悄偷来形成事实婚姻再议婚的称为“迷考”。但明媒正娶的“迷奔”才是景颇村寨合乎礼仪规范的正统婚姻形式。

那两天，留守知青因为参加景颇人的节庆活动，有免费的美食，饥肠辘辘的年轻人自是兴高采烈，正好懒得生火做饭。“目瑙纵歌节”上，寨子里青春勃发的景颇女孩身着节日盛装，她们头发乌黑，眉眼传情，自是让大男孩们心猿意马，乐此不疲。篝火晚会结束，居住在较远寨子的知青也就近搭铺借住，挤在崩山老土司的谷仓院里，返城探亲的知青空出的床铺供他们临时安歇。院子里人声鼎沸，老式电灯发出昏黄的光，透过木格窗的灯光，简陋房间里到处都是晃动的人影。英子住在靠里侧的女知青房间，进进出出，和她的湖南同乡用外地人难以听懂的方言打趣，有时哼唱民歌，院子里就有了生机和活力。回到房间未几，男孩们就开始张罗玩纸牌赌博了。英子她们洗漱过后，也过来凑热闹。站在外围观战，和男孩们说说笑笑。屋子里弥漫着廉价烟草的气味和闹哄哄的吆喝声。山寨偏远闭塞，农闲时候也没有其他娱乐活动，打牌小赌几局，是精力旺盛的年轻人唯一的消遣。柚子乐在其中，但林志雄并不参与。这样，他和英子以及她的女伴就多一些话说。印象中，英子看上去样子娇柔隽秀，但却是个内心倔强、事事自立自强的女人。下地劳动、上山植树都与男知青比肩看齐，从不自认为女子有什么弱势或者需要额外照顾的。她像个性格直爽的大男孩，嗜辣如命，喜欢哈哈哈地放声大笑，说话干脆利索，语速很快。虽然有时候显出女孩子的娇羞，但湘妹子的火辣性子让她在与男知青争论时从来不落下风。

林志雄有时会想起母亲曾说过的一句话，她说："外表娇嫩、善于撒娇的姿娘，其实内心更加固执、倔强。"这句话，在英子日后的岁月里真正得到了印证。命硬、要强的女人往往命运坎坷，结局令人唏嘘。

过完春节，准备春播了，山寨迎来了一年里昼长夜短、青黄不接的难挨日子。庄稼未熟，蔬菜露芽，缺少瓜果和油水，男知青们总觉得饥肠辘辘，时光漫长。与此同时，关于缅北战事的消息如高原雨季来临前天空日渐浓厚的云层，愈来愈密集和触手可及。几乎是每一天，知青驻地都源源不断收到四面八方传来的小道消息。隔河而居，轰隆隆的炮声从远方的天际时不时传来，断断续续，时有时无，像天边滚动的闷雷，又像远方擂动的巨大的象皮鼓。零星的炮声有些漫不经心的味道，但却搅得年轻人寝食难安，心神不定。

土司谷仓里，有一个知青夜间下山，他去山下英子她们的驻地，与一名湖南同乡商量，准备傍晚时分结伴游过瑞丽江。

星期天清晨，林志雄与柚子拿了粪箕，准备出门摸鱼，从小溪里捞点东西回来改善伙食。

他们在屋后的石榴树那儿遇到前一晚下山的湖南人。那人埋头走在返回土司谷仓的小路上，蓬头垢面，面色灰黄，严重的失眠让他看上去憔悴、猥琐和心不在焉。

"夜游神，怎么返回了？"林志雄问。

"今晚后半夜，过河。"那人说。

"你就这么赤手空拳，连什么都不带吗？"

"我得到消息，那边什么都有配发。人过去了，扔一把枪和行军背包过来，就什么都有了。然后直接上火线。"那人说，仍然一副心不在焉的样子。"你们走不走？"他问。

"唉！我不知道。我是必须闯过去的。但我老是犹豫，像是在等某种力量推一把……”林志雄把粪箕扔在地上，一屁股坐下，看上去痛苦又纠结。

“哪有那么多婆婆妈妈的顾虑！我走了，回屋捡几样要紧的东西。国庆还在山下的寨子等着哩。”他说的国庆是他知青同乡，前两天还来过这里。

他走回土司谷仓。不久背了一个脏兮兮的挎包出来。那时，林志雄坐在粪箕旁边还未抽完一支烟。那人走过来，经过石榴树那儿，没有与他们说话，径直走了，大有义无反顾的意味。他瘦弱的身影很快走上山腰的红泥大路，逐渐消失。

“我们怎么办？”柚子瞅一眼红土大路拐弯处正在消失的瘦小人影，内心焦虑地问。

“不知道。也许是我生性谨慎，太多疑虑。我不会就这么久拖不决的，我始终要听到内心那个最后的声音。那时，就我们兄弟二人，深夜下水。”他低着头，有一种被幸运暗流遗弃的感觉，没有看柚子。

他们沿着陡峭的小路下山，去山谷的溪流那儿碰碰运气。

林志雄挽起裤腿下到溪流里，不多时，摸到了一些拇指盖大小的淡水小蚬和几只山螃蟹。顺流而下，他们在深水小潭捉到了一些小鳑鲏和活蹦乱跳的白条鱼。有了收获，林志雄心情逐渐开朗。他拿过粪箕开始从深水向上兜鱼，弄到一些身体透明的小虾。“浑水才能摸鱼。”林志雄说，开始兴致勃勃地用粪箕搅动溪水。片刻工夫，粪箕里就兜上来受惊的鲫鱼和麦穗鱼。他们沉浸在捞鱼的快乐中的时候，听到红土高坎外，有一个女人的声音在叫林志雄的名字。

接着，一个剪着齐耳短发、扑闪着明亮黑眼睛的脑袋探了出来，她从高处俯视他们。那是英子。

“哈哈！终于逮到你们啦。”她兴奋地嚷嚷。

“找我们有事？”林志雄看她。她穿着蓝裤子和腰身漂亮的军装，脖颈上套着新织的颜色好看的红色毛线围脖。

“我在山下迎见今晚准备过河的湖南同乡，他说你们出来摸鱼。我正要去找你们，就寻过来了。”英子说，眼睛忽闪忽闪。

林志雄回应她，然后蹲下来在深水的石缝摸来摸去，试图找到鱼儿的踪迹。他眼睛的余光看见英子蹦蹦跳跳从高坎下来。

“有事？”林志雄没有停止水下的搜索。

“那帮人真可恶，没有一个人愿意带上我过河。眼看要走的人都在密谋，剩下的应该都没有干大事的打算。那帮自私鬼总躲着我，背地里搞事情，让我心急如焚。”她说。脸上有些失意和愤懑，但也怀着一线希望。

“过什么河？”林志雄问。

“瑞丽江啊！你明知故问。”

“那边在打仗，不是闹着玩的。”

“我知道。你别跟我装出一副军管干部的腔调哦！”

一阵沉默。林志雄又搅动水花。三条身体呈现彩虹条纹的石斑鱼在他的粪箕里蹦跳。

“国庆他们说，你似乎在等什么人。是在等我吗？”她漂亮的脸蛋红扑扑的，黑漆漆的眼睛中有夜幕下篝火一样灼热的光。

“我喜欢听你唱歌。但是，你想多了。”林志雄没有看她。

“算我没说。”她收敛笑容，“带上我好吗？他们都不要我。”

“你还是个小小的女娃儿，枪炮可不长眼睛。”他模仿云南人称呼小姑娘的用词说。

“歧视女性？”

“不是。”

“那为什么？”

“不为什么。就是不行。”

英子生气了。柚子看见她小巧的鼻翼快速地一张一翕，眼泪扑簌簌滚落下来，满面涨红。她转身准备离去。

但她又转回身：“带上我，求你了！”

“不行。这不是闹着玩！”林志雄直起腰，语气冷冰冰。

英子挺拔的胸脯剧烈起伏，表情扭曲，嘴唇哆嗦：“你、你、你，十恶不赦，铁石心肠……”

她没有哭，一扭身，拂袖而去。

柚子看见她三步并作两步噔噔噔爬上红土坡，消失在土坎背后。

“兴许，她是真心喜欢你哩。”柚子像是喃喃自语。

林志雄从溪水里爬上沟坎。坐在地上，点燃一支烟。柚子看见他脸色铁青，紧拧着眉头，脸色从未如此难看。

两天后的深夜，林志雄和柚子渡过齐腰深的瑞丽江，进入神秘、黑暗的缅北。

第十五章

缅北故事

经过连夜行驶，蓝色小货车天亮抵达昆明郊外。林志雄在半睡半醒与沉思中感觉到颠簸的车子停了下来，他们在一家小饭馆门前下车，石头仔开车去加油，阿松和他那班兄弟在一张桌子那儿坐下，老板端上热气腾腾的云南米线。林志雄就近选一张桌子坐下，装作不认识阿松他们。这时，电话铃声响了，是云南瑞丽打来的陌生电话。电话那头，操云贵口音普通话的人骂骂咧咧地询问他们行进的准确位置，又问了车辆型号、颜色、车牌号码，然后没说什么就挂断电话。

石头仔加完油回到小饭馆的时候，电话又响起。那人在电话那头似乎松了一口气，说证实了那部挂着粤A牌照的蓝色货车的位置，叫他们赶紧吃完饭赶往瑞丽。“少要花招！后果你一清二楚。你越快交易，你的宝贝儿子越少受罪！”那人说完挂了电话。

他们启程。在车上，林志雄用石头仔的电话和阿松简要做了沟通，他告诉阿松，自现在开始，我们已经进入对方的眼线范围，一举一动都有眼睛盯着。保持单线联系，抵达目的地不能与柚子他们会合，住在柚子他们对面或者相邻的酒店。“我们遇到老手了，对方计划周密。情况复杂，你马上联系你柚叔调整方案，随机应变。”他说完陷入沉思。

天空下起了小雨。石头仔开始注意沿途的跟随车辆，凭着丰富的从警经验，他很快从跟随的车辆中锁定了一部贴有深色车窗膜的皮卡，那辆车始终不紧不慢与他们保持着两三车的距离，在石头仔有一次故意停车下去购买香烟和另一次故意走错路的试探中，皮卡车确定无疑地暴露了身份，它始终紧咬他们的行踪。

他们抵达目的地，住进柚子事先物色好的旅馆的时候，那辆皮卡在街角停顿了一会儿，车上下来一个穿黑色皮夹克的年轻男人匆匆跑过雨幕，钻进另一辆黑色轿车。

林志雄去旅馆前台拿房卡，石头仔对柚子安排在大厅的接头人轻轻点了一下头，用潮汕话告诉他留意皂荚树下停泊的那辆黑色轿车。然后和林志雄一起上楼。

半小时后，林志雄的电话响了。电话里，那人告诉他提上钱箱子，下楼乘坐酒店对面街上的白色小面包。“我们疲倦不堪，又冷又饿。”林志雄告诉对方，钱已带来，一路奔波刚刚抵达，给他们半小时洗澡换厚衣服。“但是，我见不到儿子，是不会带钱跟你们走的。这一点请你们大佬清楚。”林志雄大声在电话里强调。他拨开窗帘缝隙，窗外湿漉漉的狭窄街道上，他果然看到一辆样子丑陋、满身泥浆的白色面包车。那部神秘的黑色轿车不在原地。

对方在电话中极不耐烦，但考虑到雨天急剧降温，就同意给他们半小时宽限。“我们是生意人，只要钱。事到如今，在我的地盘上，你甭想要什么花样！过河交钱，领走你的儿子。”那人挂了电话，林志雄拨开窗帘缝隙，看到一个骑摩托车戴头盔的男子到街道对面停泊的面包车那儿，面包车司机摇下车窗玻璃，他们嘀咕几句。那辆摩托车走了。

林志雄迅速电话告知阿松和柚子这一新变化，要他们尽快将这一情况告知瑞丽江对面的莫木。“看来，他们是想借我们立足未稳，马上交易。坐车去哪？现在还不知道。他们在电话中说‘过河交钱’，我琢磨是在江对岸。他们应该选择在国境线之外交易！”林志雄说。他和石头仔一边换衣服一边商议接下来的行动方案。

“如果到时候他们只允许一个人前去送钱，那么，我去。我要等到你电话确认染儿平安回到你身边，我再把钱交给他们。”石头仔说，一边穿上贴身防弹背心。林志雄也穿好了防弹背心，套上半高领毛线衣，再套上宽大羽绒夹克，拉上拉链。

他走过去抓住石头仔宽阔结实的双肩说：“石头仔，你是我顶放心的人。这趟交易非常危险，你听候我的命令，我去交易，一定要等你确认安全接到染儿，这才是关键。”

“我去面对他们。我年轻，体力和反应更佳。你们父子相会，你俩的安全才是头等大事。我当过兵，能应付这些。”石头仔检查完弹夹里的子弹，把它咔哒一声推进黑色塑胶枪柄。那是一把德国军工生产的瓦尔特PP手枪，满弹装填八发子弹，全身漆黑，外形方正，结实饱满，性能优良，像极了它那身材敦实的主人。他语气坚决地对雄哥说。

“我们不要再争论了。我在缅北丛林打了将近十年的仗，熟悉那边的情况。况且，”林志雄停顿了一下，看着石头仔的眼睛，继续说，“万一，有什么不测，你还要肩负使命，辅佐墨染、阿松他们守住基业。”他们紧紧地握手，“当下，你最要紧的是与先期过江的莫木他们会合，随机应变，作出反应。”他盯住石头仔的眼睛强调道。

不久，柚子把电话打到石头仔的手机上。柚子在电话里说，从本地人口中证实了那部白色面包是街上经常跑边境载豪赌客去隐秘渡口的，渡口有神出鬼没的渡船接应。赌客渡江抵达对岸，赌场的专车一对一接待客人到达酒店。“我已经与莫木联系上了，你们上渡船，莫木的人就在对岸全程盯梢。我们租赁了另一部面包车，在你们走后启程远远跟着。”柚子说。林志雄叮咛他们注意隐蔽，防止引发对手警觉。

林志雄的手机再一次响起，绑匪在电话中不耐烦地催促他们出门上车。

白色面包车在细雨中驶出边境小城，沿着一条坑坑洼洼的乡村公路颠簸前行。窗外是寒冬里的荒野，偶尔闪过依山而建的傣家竹楼和枯黄叶子夹着翠绿新叶的芭蕉树。时不时能看到铁丝网那边白白亮亮的瑞丽江，枯水季节水位下降，露出遍布河床的卵石、沙滩。林志雄凭直觉判断，车辆在沿瑞丽江流淌的方向一路向东南方向行驶。

面包车在泥泞的乡村泥路继续行驶。车里坐着林志雄和石头仔，他们手上提着沉甸甸的密码箱。司机抽着烟，副驾驶上坐着一个一言不发的矮个子男人，他穿着一眼可见的廉价仿冒的黑色阿迪达斯运动套装，头戴肮脏的银灰色棒球帽。破旧的车辆像头年迈、心力透支的老牛爬行了半个多小时，道路远方出现了一块巨大的木牌，上面写着：“前方 500 米边境检查站，请自觉接受检查。”林志雄心里一紧。

汽车在木牌前拐了一个弯，离开原路向北驶进山区。道路更加狭窄、崎岖，小面包车低速前进，大声喘息。天色昏暗，小雨不止。林志雄看表，时间接近下午六点。他给司机递烟，司机接住。他问司机：“估计多久到达?”“快了，半小时多一点到达渡口。”司机用云南话回应。林志雄给副驾驶座上戴帽子的人递烟，那人背对着他们摆摆手，拒绝了。司机说他的搭档不抽烟，只对女人感兴趣。那人也未理会。

拐过山脚的弯道，眼前豁然开朗，丘陵以外是一望无际的枯黄的芦苇荡，河湾在远处形成一道亮亮的白线。不久，车子在一处高土坡那儿停下来，枯草丛生的陡坡上隐隐有一条陡峭而下的小路通往河滩，没入芦苇林。司机要了一百块钱车费：“他带你们去渡口找船。”司机指一指那个头戴帽子，黑、壮、矮的男人说。

林志雄和石头仔提着笨重的皮箱，跟着那人下了泥泞的红土坡，钻进芦苇荡里隐隐约约的小路。十多分钟来到河湾。那人在钻芦苇荡的时候把帽檐转到后脑勺上，此刻，他把手指伸进嘴巴，打出响亮的呼哨声。不久，从芦苇荡的缝隙里划出一条小渔船。

渔船靠岸，那个反戴帽子的人示意林志雄他们上船。他们上船还未坐定，那人在岸边就推离船只，老艄公开始撑船。林志雄探身问道："你不过江吗？"

那人摆摆手。"我就送到这。对岸有车接你们，我老板说他会打电话给你。他在赌场等候。"那人操着本地口音说完，转身钻进芦苇荡消失了。

船到江心，电话响了。电话那头的人说已经看到他们两个人在船上，但只有一个人可以带钱进入赌场。"你的随行人员会有另一部车安顿，他到木姐镇自便，不能参加我们的游戏。"那人在电话里强调。林志雄坚持两个箱子太重，一个人很吃力。"为什么那么重？玩什么花样？"那人不解。

"一时哪能筹那么多大面额整数啊？有一点婚礼上宾客的礼金零钞都凑进来了，才够你要的数。"林志雄说。

"不行！只允许一人进来。"那人语气强硬。

"那么，我带钱见你。你们把我儿子交给我的伙伴，这样总可以吧？"林志雄尝试和对方讨价还价。

"少废话！你搞清楚没有？现在是我们说了算，你乖乖听从吩咐。"那人挂断电话。

抵达瑞丽江对面，码头那儿，有一部黑色宝马车和一台丰田面包车停泊在雨幕中。江风又湿又冷，寒气彻骨。林志雄和石头仔拉开距离上岸，林志雄留意到丰田面包车车门上印着"'掸邦金粉'娱乐城贵宾接待车"两行繁体中文。这时，从黑色轿车副驾驶座下来一个西装革履的年轻人。他戴着洁白的手套，手上举着黑色雨伞，彬彬有礼走过来鞠躬。"林先生吗？新年好！我是'掸邦金粉'酒店的客户经理林子枫，来自台湾。在此恭候多时。"他双手递上一张名片，随即便把雨伞架在林志雄头顶为他遮雨。"行李我帮您搬放到后备厢好吗？"年轻人操一口温婉的台湾口音国语，神情、举止含蓄礼貌。他把雨伞递给林志雄，将两个行李箱放进后备厢关上舱门，接着拉开后座门，鞠躬请林先生上车。

"您是林先生随员吗？请乘坐那部丰田车。"林经理说。他见石头仔犹豫，马上解释说："这是应 VIP 贵宾室组局客户的要求安排的，请见谅。"他向石头仔鞠一躬。林志雄从车上下来，一副沉思的表情。"去吧，服从林经理的安排，我们别让他为难。"他对石头仔说，接着用潮汕话吩咐，"尽快找到老莫。"林经理露出如释重负的笑容。"谢谢林老板理解。"年轻人说。他们上车往镇子方向驶去，崭新的柏油马路漂亮、整洁，没有其他车辆。

"林经理，我们是本家，一笔写不出两个'林'字。初来乍到，请多关照。"

林志雄说，身体前倾，客气地递给年轻人一张名片和一个红包，又递给司机一个红包。“新年大吉！”林志雄说。

年轻人和司机愉快地接受了红包，车上的气氛活跃起来。

“我们是缅甸木姐镇目前为止最高端的娱乐场所，全部由台湾资金投资和管理，包括眼前这条私家道路。酒店的运营、重点岗位的服务人员、安保、驾驶人员都来自台湾，我们不敢在这些环节使用素质低下的本地人和来历不明的大陆人。我们做这一切，就是为了顾客的隐私和安全考量。客人有任何要求，我们都会严格按照主顾的心意，安排诸如接待、住宿、用餐等事项，包括按照客户需要把资金汇往某个国家的指定账户。林老板有任何要求，随时随地吩咐在下。”年轻人从副驾驶座扭过身神情轻松地说。

“我是第一次过来，一起玩游戏的人也是素昧平生，不知道细节上是否稳妥？”林志雄轻描淡写地说。

“林老板放心，组局的客人十天前就过来看过场子了，预付了订金。他也是来自大陆的广东人，是赌场大户室的常客……只是……”林经理话到嘴边，又咽回去了。

林志雄眼神中掠过一丝不易觉察的阴影。

车子进入镇子外围。透过车窗，可以看见破落的泥瓦房和竹木支撑的简易铁皮棚屋，泥泞的街道伸进镇子里，镇子阒无人迹。一户人家白色的炊烟冒出乌瓦顶，在细雨中弥漫开来，晕染了屋顶以及压在屋顶之上水汽浓重的低空。一辆泥迹斑斑的破旧摩托车上坐着一个穿酱色塑料雨衣的男人，因为光线昏暗，看不清容貌，林志雄无法判断那是绑匪的眼线还是莫木的人。丰田面包车在不远的后方，跟随着进入镇子。

“看，前方临江而立的白色穹顶建筑就是目的地啦。本地人和大陆熟客习惯叫它‘白宫’，我们台湾人，还有福建、广东的客人忌讳这两个字，玩局的人都忌惮‘白白上贡’，但今天上午我在码头接待的几位四川熟客似乎没有这样的讲究，一口一个‘白宫’地叫。”年轻人说。

林志雄顺着他手指的方向，看到了绿树和乌瓦房中间突兀、洁白的漂亮大厦。

车子在气派的圆柱前廊停稳，服务生过来拉开车门迎接客人。他们推着精致的行李车进入华丽大厅，林经理引路进入一个隐蔽的电梯通道。等候电梯的时候，林经理示意服务生离去，接过行李推车。在电梯里，他低声提示林志雄，小心组局的广东人，他是个长期混迹缅北的玉石商人，靠赌石起家，栽在他手里的人不少。“在木姐，他在三大赌场声名狼藉。”台湾人把手遮住嘴巴说。

“开赌场的对他又爱又恨。他手头总有身家不菲的大陆客：富商、官员、金融高管或者神秘富婆、冒险家、杀人越货的匪徒等”他说。

“谢谢您的提醒，这很重要。他什么样子？”

“人们都叫他的外号‘二指禅师’，是个狠角色。矮个子，又黑又瘦，像个缅甸佬。因为抽老千舞弊，让人砍了左手三根手指，只有食指和拇指。”

“小林，我离开木姐之前一定要单独感谢您，您是个好青年。我进去十分钟左右，请帮我送一份果盘进来好吗？我们抵达瑞丽没有用餐就赶过来了，饥肠辘辘。”林志雄握住年轻人的手，目光殷切、坦诚，充满长者的慈祥。

“好的。尽管私人赌局不愿意被打搅，但我想办法送点吃的进来。”

电梯门开了，他们走上顶楼的长廊。长廊上，有两个男人，一个是西装革履佩戴酒店胸牌的保镖，另一个是肚皮滚圆、蓄着小胡子、穿着方格呢筒裙、皮肤乌黑油腻的缅甸男人。

酒店保镖开始搜身，检查危险品。林志雄平举双手，保安检查完毕，向林志雄鞠一躬。那个缅甸人又来搜查一遍。

“怎么回事？”林经理问。

“VIP 室客人的特殊要求。”酒店保镖回答，向林志雄又鞠一躬，用温婉的台湾腔普通话说：“抱歉。”

那个缅甸人搜身完毕，指一指手推车上的行李箱，“打开，检查。”他用蹩脚的中文说，圆眼珠瞪得像只警惕的公牛。

林志雄大声嚷嚷：“这里是钱！全他妈是钱！不放心叫你的主子过来当面检查！”他感觉嗓子发干，像有个什么东西卡在喉咙管里。他把一只行李箱从手推车卸下来，递给林经理，搬下来另一个箱子咚的一声放在脚下。

“他妈的什么臭规矩，要钱！要命！全都在这儿！”看上去，他有些恼羞成怒，气哼哼地高声抱怨，试图引人注意。

林志雄眼睛的余光看见走廊尽头房间有人走出来，是一高一矮两个男人，走在前面的矮个子双手插在裤兜里。

林志雄一屁股坐在走廊地毯上，放平手提箱，开始拨弄箱沿上的金属密码锁。来人走近，小个子嘴上叼着牙签，机警地看着地上坐着的人——那人絮絮叨叨，面色疲惫、憔悴、胡子拉碴。

距离最近的房间双扇红木门开了一半，屋面传出赌徒的笑声。一个秃顶男人从半开半掩的门内探出半截身子往外观望：“嘿！又一只肥羊！”秃顶男人用四川话说。

"看好你手中的牌！别掺和我们朋友之间的事。"一起走过来的高个子用云南话抨那个秃顶男人。

"看个热闹不行吗？啷个凶巴巴……"秃顶男人嘟哝着，关上房门。

行李箱打开了，里面是一沓一沓码放整齐的人民币。坐在地上的人把一沓沓钞票从箱子里取出，"真他妈见鬼……"他说，不断碎声数着数字，箱子眼看见底。

矮个子男人低声问缅甸人："仔细搜过身了？"

"阿给！搜过两遍了。没问题！"那个缅甸人挺着圆肚皮回答，裙子的疙瘩结贴在大肚皮下面，像个变形的树瘤。林志雄知道，缅甸语把阿爸叫"阿给"。

"我统统都摆在地上，叫你的主子来验证……"林志雄依然喋喋不休。

"不用啦。装进去。"嘴上叼牙签的矮个子发话，口音里有浓重的粤港腔。他侧身对穿着"隆基"裹裙的缅甸人说："放他进来。"说完转身沿着原路返回走廊尽头的房间。

"遵命。接苏定吧地（缅甸语：谢谢）！"穿裙子的人说。

林志雄把钱装回箱子，提上。林经理提着另一只箱子，领着他走向走廊尽头的房间。

双扇花梨木房门开着，门楣上镶着"伊洛瓦底皇宫"铜质名牌。房间宽敞，水晶吊灯明亮、舒适，酒红色地毯上绣着白色飘带和蓝宝石装饰的皇冠图案，大厅中央是一张铺着绿呢绒台布的百家乐长条赌桌。桌上一尘不染的玻璃容器里盛着玫瑰色的葡萄酒，大肚的高脚杯整齐地摆在那儿。桌子中间是一台纸牌自动发放机。赌博区靠里是豪华的休闲区，那里摆放着雕刻精美的红木沙发，花梨木博古架上陈列着造型优雅的名贵瓷器、精美的翡翠摆件、木盒装的古巴雪茄和古色古香的老式银质水烟壶。

装满钞票的大箱子放在赌桌上。

赌桌对面坐着五个男人，中间是那个身材高大、梳着大背头、目光阴鸷的中年人，他有着高原人深色的皮肤，毛孔粗大。"坐！"居中而坐的大个子说，鹰一样的眼神似乎想撕开对方的身体。他是刚才在走廊训斥秃顶男人的人。

他的右手边坐着叼牙签的矮个子男人，四十多岁，即使坐着，双手也藏在裤兜，目光看上去若无其事，但难掩心事，总是不经意地瞄对方一眼，眼珠子飞快地左右滚动。

林志雄看了一眼对面的人，疲惫不堪地低头坐下，双手捧着自己的面颊使劲地搓了几个来回。

"喝上一杯？"大个子问。林志雄听到了他浓重高原口音的普通话，知道他是电话中的那个人。

“不。我连续赶路，现在又累又饿。”林志雄说。从衣兜里掏出香烟点上。高个子倒了两杯葡萄酒，一杯先给身边叼牙签的男人，一杯给自己。

“我这就去给您弄个果盘和甜点上来，需要热咖啡吗？”林经理问。

“一杯热茶。谢谢。”林志雄靠在椅背上，斜仰上身，抬脸看林经理说，“我饿坏了。”他斜上睨的眼白布满血丝。

林志雄猛吸一口烟，吐出白烟的当儿开始剧烈咳嗽，像是被烟呛着了。

林经理和其他人打招呼，鞠躬离开。桌子对面靠门位置的年轻人起身到门口，关上门。他身体笔挺，双手后背，守在门口。

“都准备好啦？”大个子问。

“都在这。”林志雄声音嗫嚅地说，下眼睑还挂着刚才剧烈咳嗽留下的泪痕。“我儿子怎么不在这呢？”他补充问。

“他在河边的房子里，完好无损。我们办完事，你就可以领走他。”大个子口音里有喉音浓重、转音僵硬的高原烙印。

“说好了一手交钱一手交人，我怎么知道是不是会落个人财两空的结局？”

“少啰唆。”大个子凶起来。

“我要见人。”林志雄说。

“这儿由不得你！”大个子语气轻蔑。

叼牙签的人吐出牙签，身子往前探，语气温和地说：“事情到这个份上，争执不下，有何意义？”他突然收敛了笑容，目光像刀子一样盯着林志雄，一字一顿地说，“我们，玩一局天底下最公平的游戏，输赢天注定。愿赌服输，各认天命。然后，我们散场走人。你沿河边大路，往上游去，就看见你要找的人了。”

林志雄沉吟片刻。打开一只箱子，从里面取出一扎纸带捆扎的钞票，在手上拍一拍：“验货。”他把那扎钞票隔着桌面抛给大个子。又取出另一扎，抛给对面吐出牙签的矮个子男人。矮个子迅速从裤兜里抽出双手接住。这下，林志雄清清楚楚看见那人手指残缺的左手。他把箱子调转身，箱口朝向对方，顺势把它推到桌子中央。

他打开另一只箱子，把它半转身。对方能从箱口看见里面成捆的钞票，有一些使用陈旧的小面额钞票躺在箱子边缘。林志雄明显感觉对方紧绷的神经放松了，大个子喜滋滋地咂巴一下嘴皮，“啊！”他说，“我们喜欢与聪明人打交道。巴适！”

“我要和我儿子通话。”林志雄语气低沉，表情执拗地说，“舍命陪君子，游戏我奉陪。但我必须知道我儿子是否还在？”

大个子噌一下站起来，“他妈的你还来劲了？”看样子他想动粗。

“我要和儿子通话。”林志雄说。伸手按下远处的箱盖。

二指禅师低声对大个子说：“坐下。”没有看他。

大个子气哼哼地咒骂，非常不情愿地落座。

“喂！黑狗，让那个斯文鬼过来接电话。”二指禅师在电话中吩咐，接着从耳边拿开手机，把它放在绿呢台面，按下电话免提键。

不久，电话里传来一个哆嗦、试探的声音：“喂……”

二指禅师把手机向对面推一推，似乎想躲避什么，未搭腔，指一指林志雄，示意他说话。

“染儿，还好吗？”林志雄用祖安腔问。

“好。他们什么时候放我们走？”

“你的拍档呢？”

“在。这帮狗东西要把我们关到什么时候？”

“我渡河来了缅甸木姐，离你不远。少安毋躁！”

二指禅师探身挂上电话。“放心啦？”他语气低沉地说。

“好。那就来吧。”林志雄把脊背靠在椅背上，“想玩哪种游戏，不就是冲着这三百万银子吗？”

“洗牌！我你一人一张，比大小。一局定输赢，天公地道！”缺手指的人语气铿锵地命令。

大个子动作熟练地撕开一副扑克牌的透明外包装膜，抽出全部纸牌，手指一拧，一整副纸牌在他手里像纸扇一样旋开。他向林志雄展示完毕，刺啦一声合拢，然后整整齐齐地放进自动洗牌机，按下洗牌开关。精巧的机器发出“嗡嗡嗡”数钞票一样轻快的声响。

这时，屋外传来敲门声。“抱歉，打搅。我是林经理，送果盘和咖啡进来。”门外的人说。

守门的人打开门。林经理手捧托盘站在门口，彬彬有礼地鞠一躬，笑容满面。

就在这时，林志雄突然打翻靠近自己的箱子，钞票散落。

“砰！”一声枪响。

“举起手来！谁敢动一下，我就轰开他脑袋！”林志雄凶神恶煞，瞪圆眼睛，手持一把捷克 CZ–75 手枪，向空中又鸣一枪。

台湾人手上的盘子应声落地，接着传来玻璃器皿落地碎裂的声音。

林志雄的枪口对准一桌之隔的矮个子男人。大声呵斥守门人站到对面。守门的年轻人吓得不轻，哆嗦着走过去。

“你、你、你，还有你，离开桌子！转过身去，高举双手，把手放在墙上！”林志雄用目光逼视他们，枪口始终没有离开手指残缺的男人。

“林经理，劳驾关上门。”林志雄说，“用椅子抵紧。没我的允许，别放任何人进来。”

“接苏定吧地。现在，我们谈谈。”林志雄语气平静下来，“你们绑架我儿子，现在赎金都在这，你们都可以拿走。”

他突然抬高声调：“快！打电话放人出来。现在，马上！这把枪里面有十五发子弹，儿子如有任何闪失，我把你们打成马蜂窝！”

赌桌那边缺手指的矮个子男人似乎还未从突然发生的意外中缓过劲来，“别冲动，你儿子和他的伙伴不在镇上。他们在河道上游的孟瑙村，离这儿不到五公里。”他脸上肌肉抽搐，神情黯然，像一只耳朵耷拉下来斗败了的狗。

这一下，台湾人明白了眼前发生的一切。

“现在，马上，打电话！”林志雄大声命令，哐啷一声踹开身边的椅子。

二指禅师转身从赌桌上取过手机，拨通电话：“黑狗，听着，马上把那两人放走。”他语气恹恹地说。

电话里的人还在啰唆：“得手了？”

矮个子突然大发雷霆：“少他妈废话！赶紧放人出来，让他们往镇子方向走。”

“转过身去！双手高举，放在墙上。”林志雄命令缺手指的人。

林志雄拨通石头仔的电话，用潮汕话简短吩咐：“木姐镇上游孟瑙村，墨染他们在那儿。接到人，确认安好，第一时间回电话，省得我耐不住性子轰烂这帮杂种的脑壳。”石头仔在电话中告诉雄哥，莫木、柚叔、阿松的人马全部会合在“白宫”楼下，将它团团围住，有一辆吉普和三部摩托车可供使用。“莫大哥带阿松沿河边的大路去接人。孟瑙村是李团长隐居之地，莫大哥熟悉那里。”林志雄简短吩咐。

“我现在带人上来吗？你在几楼哪个房间？”石头仔焦急地问。

“不。染儿安全后，你们再行动。我在顶楼，出电梯直行，走廊尽头‘伊洛瓦底皇宫’房间。”林志雄掐断电话，在椅子上坐了下来。

“胶己人？手下留情。”二指禅师高举着手，半转脸对林志雄用揭阳口音的潮汕话说，语气流露出一丝侥幸。

“少他妈套近乎！”林志雄冷酷地用普通话回撑，“砰”一声拍在绿呢台面上，桌上的空玻璃杯跳了起来。那人立即收声。

三辆摩托车沿着泥泞的江边大路飞奔向孟瑙村，阿松一马当先。后面紧跟着莫木驾驶的墨绿色吉普车。

空气潮湿阴冷，细雨若有若无。傍晚的乡村泥路上没有行人，摩托车轮碾压积水，水花四溅，后轮抛起的泥浆反卷上来，骑车人后背上全是泥污。

十多分钟后，暮色中迎面走过来两个男人。他们蓬头垢面，衣衫不整。

阿松的摩托车驶近，两个低头不语的男人远远避让。

“染儿！”阿松停车，双脚蹬在泥地上，狐疑地用潮汕话叫道。

走在前面的年轻人显出吃惊的表情，“松哥？啊！松哥，怎么是你？”他艰难地笑了一下，迅速而机警地观察四周。脸上旋即恢复了阴郁的表情，看不出喜悦，也没有哀伤。失去了金边眼镜，眼神中透露出坚硬如石的冷光。

后面的大个子机警地快走两步，挡在前面。

这时，莫木的吉普车到了。

“染儿，你们赶紧上车！阿松，立即打电话报平安。”莫木说。

车队调头往回赶。

石头仔接到阿松电话，带着人马及时冲进“伊洛瓦底皇宫”。那时，林志雄稳稳当当坐在椅子上，枪口依然瞄准趴在墙上的人。

“大佬，你先下楼，染儿他们马上到。这里就交给我！”石头仔用潮汕话对林志雄说。

林志雄收枪起身，“非必要，不伤人。”他轻声对石头仔耳语。

“林经理，抱歉让您受惊！我救子心切。请转告您的老板，我不是来砸场子的。这几天我都在木姐，我会专程前来拜访他并向他赔罪。”林志雄语调温和地与林经理告别。

入夜，用餐之后，石头仔和他的伙伴在酒店休整。林志雄决定由莫木驾车，载上柚子、阿松、染儿，一行五人连夜驱车赶往木姐镇上游的孟瑙村，拜访久别的战友和尊敬的老上司——李团长。

雨停了。吉普车在黑夜笼罩下的泥泞乡道上颠簸了接近半小时，经过居住了十来户人家的孟瑙村。村子里狗吠声此起彼伏，稀稀拉拉散落在小山坳里的民房黑漆漆的，有几户人家的屋里透出昏黄的灯光，星星点点。车子继续行驶，转过小山丘，大路就到了尽头。道路右侧的山脚下，有一户离群索居的低矮民房，屋前的狗吠声短促、清晰、充满大声警告的意味。车子拐弯走上通往屋舍的道路时，三条凶猛的猎狗从黑暗中冲了出来，站在院子中间疯狂地吠叫，试图阻止车辆进入院落。车辆缓慢行驶了十来米，车灯映照下，可以看见前方三间旧瓦房，和一排成直角的简陋偏房。莫木打开远光灯，在雪亮的车灯里，一位苍老的黑衣男人手持长枪，赫然站在敞开的黑洞洞的屋门前面。灯光中的人挽着裤管，一只裤腿长，一只裤腿短，腿上满是伤疤和老癍，在寒夜赤脚趿着塑料拖鞋，胸前挂着用绳索穿着的金属手电筒，模样像个垂老的山民。他神情威严，面孔丑陋、变形，咳嗽一声，纹丝不动站在原地。三条狗吠叫着，退回主人身边，成“品”字形保护着它们的主人。

林志雄推开车门，跳下车，跑步进入车灯里，一个立正、敬礼：“报告团长，109 团三连连长林志雄前来报到！”

接着，柚子和莫木也跑步进入灯光里。

“报告团长，三连战士潘大柚前来报到！”

“报告团长，三连老兵莫木前来报到！”

阿松看见，老人站在原地。有那么一会儿，他像是被眼前发生的事情弄蒙了，又或者是外来者认错人了。他威严的脸上表情迟疑，大声呵斥在轰鸣引擎声中狂吠的狗。左手举起来遮在眉毛前面，似乎不能判断逆光中陌生人的面孔。

“向右转！”林志雄发出响亮的口令。

三个人齐刷刷右转九十度。车灯照着他们的侧影。

老人端详着，鼻翼一张一翕，胸脯开始剧烈起伏。

“三连长，出列！”老人突然用西南官话大声命令。

“是！”林志雄向前跨出一步，立正。

“接枪！”老人把手中的长枪扔了过来。

“是！”林志雄稳稳接住枪。

“入列。”

“是！”林志雄退后一步，脚后跟一碰，立正行礼。步枪就妥帖地立在他右腿跟前。

阿松看见，老人哆嗦着按下胸前的手电筒开关，手电光在三人的脸上扫来扫去。“好小子！嗯？……”老头儿说。仔细打量他们的面孔，突然之间，先前的威严一扫而光，一瞬间又变回了一个老人，脊背有一点驼背，步履迟缓，在三人面前来回走了两趟。“好小子！嗯？你们商量好了在今晚给我突然袭击？嗯？……”他用浓重的高原口音重复，像是喃喃自语，语气中有一种嗔怪的味道。

“稍息！三连长，带你的人进屋。”老人大声吩咐。

老人打着手电筒进屋，点燃如豆的油灯。众人鱼贯而入。

堂屋里的黏土墙壁黑黢黢的，后墙那儿有一个垫高的旧木谷仓，谷仓前，屋子正中央是一张黑乎乎的柴桌，上面有一个搪瓷圆托盘，里面有几个茶盅，紧挨托盘是一个老式圆柱形的白瓷茶壶。山墙上挂着竹笠、棕榈丝编制的蓑衣、镰刀和一串暗红色的干辣椒。

莫木和柚子张罗在火塘生火，林志雄这时把年轻人介绍给李团长。

火塘里的木柴在一阵呛人的烟雾过后，火旺起来，屋子里洋溢着暖意。他们开始烧水，沏茶，煨酒。一阵忙碌过后，大家终于围着火塘安静坐下。

四个老兵开始喝滚烫的苞谷酒。话就多了起来，林志雄说了营救染儿的事，李团长不苟言笑的怪脸皮绷得更紧，目光温暖而关切地看染儿，伸手摸摸染儿的头发。“一开始，我以为这孩子是潇湘。”老人咂巴一下嘴皮说。

“潇湘新婚，无法成行。”林志雄向李团长解释说。

“这儿都是信得过的人。说说怎么落到绑匪手上的？”此时，林志雄才开始询问事情的经过。

“一开始都挺顺利的。我们到了曼德勒，准备逗留三日，看看玉石市场和交易的情况。腊月二十三那天，我们漫无目的地在空旷的玉石市场瞎逛，因为不懂缅甸语，总是遇到漫天要价的情况。后来准备去看看政府公盘拍卖的行情，遇到春节前休市，没有收获……”染儿喝一口又苦又浓、充满松香味的缅甸普洱茶汤，开始回忆遇到操潮汕话同乡的情景。

告别曼德勒前一天，墨染和阿阮在玉石市场准备挑选一块料子回去做雕件。但临近春节，市场冷清，顾客稀少。想着可能要失望而归，但又心里不甘。他们在偌大的市场尽头，恰遇一位在市场闲逛的中国人——矮个子中年男人，那人热情好客，帮助他们了解市场行情，出面和缅甸佬砍价磨嘴皮子，这样，墨染终于淘到了自己钟意的玉料，还为奶奶、妈妈选购了翡翠手镯。与此前他们人生地疏贸然探询价格相比，有中国同乡的帮助，他们是省了一大笔开支。阿阮也为妻子挑选了一对价格适中的水滴形玉石耳坠。末了，那人出手大方，宴请了他乡偶遇的“胶己人”。矮个子名叫阿水，在缅北从事玉石交易多年，经历过无数惊险刺激的历险故事：他周旋在毒贩、赌石客、恶棍、偷牛贼和人贩子之间，斗智斗勇，为此还失去三根手指；他熟悉行情，眼光毒辣，总是三言两语就让哄抬价格、以次充好的奸商原形毕露，哑口无言。墨染对他的传奇经历非常入迷，兴致勃勃，也知道那人来自潮汕一个以凶悍、险恶闻名的地区，他潮汕口音的地域特征说明了这一切。那人也自嘲他们家乡豪横和带有掠夺性的民风，所以，他很早就离开家乡外出闯荡，不愿在乡里同流合污。他取得了墨染的信任，也让阿阮放松了警惕。墨染对他和盘说出他们不远的将来打算开办珠宝玉石企业的想法，也讲了他和父亲经营志趣、理念和价值追求的巨大分歧。

“啊！你生活在一个多么了不起的家庭啊！胶己人，在异国他乡，今后，你的事就是我的事。干脆，我带你们直接去考察雾露河玉石矿区，找到第一手货源，届时，你就大开眼界喽！”那人说。

“那个阿阮，你的伙伴自始至终没有提醒你风险吗？”林志雄问。

“他提醒过两次，说缅北地区也和华人一样过春节，矿区可能节假日休业。他也担心我临时改变行程计划可能影响出席长兄的婚礼。但那个阿水总在我们跟前黏着，说即使休业期间，他有大把朋友在矿区囤积居奇，准备年后公盘赌石的时候狠赚一笔，现在可以了解非交易时段真实的仓储价。这样，我们上路了。”

在去往雾露河玉石矿区的山路上，阿水的车抛锚了。他说去不远处的村寨寻一个熟人过来维修车辆。但他一去无影，迟迟不归。不久，过来了三个说是修车的缅甸人，在敲敲打打、糊弄一阵后，突然就用枪顶住墨染和阿阮的头。

他们被绑架了。缅甸人抢了钱、通信工具、证件，把他们载到距离事发地很远的地方关进黑屋子。

“阿阮几次试图动手一搏，但考虑到他们手上有枪，担心伤及我。况且他们人越来越多，有十来个人看守我们。”墨染说，低下了头，看上去有些沮丧。

林志雄沉默片刻，“明早，你和阿松先过江，乘飞机直接回家。奶奶、妈妈担心你，她们都睡不好觉。你和阿松作为晚辈也该赶紧回去为河生爷烧纸上香。”林志雄说。

“不！”墨染语气坚定地说。他眼神中有一种黑死的光，牙关咬得咯嘣嘣响：“我不能就这么放过那帮恶棍。”

林志雄看到，火苗映在墨染憔悴、消瘦的脸上，映在他冷漠的瞳孔里。他感觉到，儿子变了，没有虎口脱险的兴奋，没有经历磨难的委屈、难过，也没有因为家人的担忧与付出流露感恩与内疚。打从他脱离囚禁地出来，始终和亲人若即若离、不冷不热。仅见的一次与人交流，也是和阿阮耳语什么。儿子显得疲惫、倔强、忧郁、深藏心事。

“那个主谋，那个索要三百万元赎金的、缺了三个手指的家伙？胶己人？两小时前在我枪口逼迫下，放了你俩。现在，人去了哪？木姐？曼德勒？密支拉？仰光？……上哪找？找半年？一年？”林志雄的语气听上去有些不快。

“为什么不当场崩了他？”墨染冷冰冰地看着火苗。

“在台湾人的酒店公开杀人？血流遍地？”林志雄咽一口唾沫，接着说，“我们的目的是救人，不是杀人！你什么时候才能像个成年人一样思考问题呢？”

老屋里沉默下来，火苗在跳动。

李团长长长舒一口气，“好啦。孩子，我明天一早安排人送你们过江。受惊了、累了，先凑近火塘打会盹。其他的事情交给我们，他跑不了。”顿了一下，他侧脸对着林志雄说，“不过，吃一堑，长一智。我直觉觉得这孩子行，像你刚刚到连队那会儿的样子……狠狠摔两次跤，与死神擦肩而过，就什么都成了。”

李团长起身，按下胸前挂着的手电筒，回里屋去了。出来的时候，抱着一床棉被和一件旧军大衣。

“在躺椅上将就一晚，战场上可没有这待遇。盖上它，挨着火塘。”他咕哝说。

后来，阿松和染儿饮了几盅热茶，就在火塘边的竹制躺椅上昏昏沉沉睡去了。

四人开始叙旧，一边饮酒，话题就回到十年前的缅北战场。

火苗映在李团长伤痕斑斑的左脸颊，那半边脸凹凸不平，僵硬没有生气，松弛的时候丑陋、扭曲，严肃的时候冷酷、凶狠、杀气腾腾。林志雄脑海里一下子就浮现出当年新兵训练还未结束就紧急奔赴前线的情景，那是一场惨烈的孟城争夺战……

一天深夜，急促、刺耳的军号声唤醒了林志雄和他的战友们，营房里一阵混乱，值夜班的哨兵打着火把大声催促手忙脚乱的新兵带上全部行囊出门紧急集合。那时，距离林志雄和柚子蹑手蹑脚摸黑离开土司谷仓知青驻地、磕磕绊绊下山、屏息静气游过危机四伏的中缅界河、平生首次踏足异国他乡的土地刚刚一个星期。一周前，他们冒险进入异国领土，穿着湿漉漉的衣服在树林里猫到黎明，才胆战心惊走上了一条陌生的红土大路。举目四望，除了林莽，青白的天空，异常响亮、空洞的鸟叫声，眼前只有一条向两端蜿蜒伸展的令人迷惘的大路。他们不知道该向哪个方向走。林志雄想起来不久前他们在河对岸山顶上目睹的那场战役，打红旗的军人从瑞丽江下游而来，攻打位于上游的小城，说明大本营应该在下游的某个地方。他们沿着弯弯曲曲的河边红土大路往下游走，后来遇到了两个干农活的警惕的老乡。老乡穿着傣族人的服装，是缅北地区的掸族人。林志雄说明意图，年老的掸族人操一口西南官话，指一指前方，说顺着大路往下二十来里远，木姐镇上有个新兵接待站，专门接管中国来的志愿青年。他说毕又独自嘟哝：“吹啥子风嗷？近期里源源不断有年轻胞波从河那边过来送死……”后来，林志雄知道，缅北人把中国人称作“胞波”，意思是同胞。

路上，他们又邂逅十几位从畹町方向渡河过来的知青，一行人话语和目标相投，很快就打成一片，谨慎和顾忌很快一扫而光。大家大步流星，踌躇满志，一路来到军用卡车呼啸、尘土飞扬的镇子。在一块写着“军事管制区”汉字的木牌前面，他们停顿、徘徊，面对荷枪实弹的哨兵，心里七上八下。

“你们是云南过来投奔‘缅共人民解放军’的吗？”一个哨兵过来行一个军礼，用熟练的汉语大声问。

“是的。”人堆里有一个怯懦的声音鼓足勇气回答。

“我们两个站岗哨兵也是从那边过来的。欢迎你们！请进。进入镇里直行二百米右拐，就看到‘新兵招募站’了。你们在那登记报名，有同志专门接待。”一脸稚气的军人说，笑着露出一口洁白的牙齿。

镇上人来人往，清一色全是成年男人，穿军装的男人和穿便装的男人，看不见妇女、儿童和老人。街面的老店铺早已关门歇业，人去楼空，墙壁上用白石灰刷着“全世界人民团结起来，打败美帝国主义及其走狗”的大幅标语。运送战地物资的绿皮卡车时不时呼啦啦驶过，卷起烟尘。战地医院醒目的红十字标志竖立在小学校的门头上，医院围墙上张贴着伟大领袖毛主席的巨幅彩色画像，画像边上贴着一张并不显眼的中年男人简陋、粗糙的手绘头像。不出当天，新来乍到者就知道了那张和伟大领袖光辉画像并肩而立的手绘头像是缅甸共产党领袖德钦丹东。透过战地医院简陋的大门，可以看见院子里一瘸一拐的伤兵的身影。街上到处都可以看见操着南腔北调的中国知青，林志雄却没有碰到一个插队时的熟悉面孔。从新兵登记站出来，每个人都洋溢着按捺不住的激情与自豪，因为登记表的身份信息栏里填上了“革命干部”的光荣属性，这让长期以来被视为出身反动、身份低贱、政治面貌可疑的“狗崽子”们终于扬眉吐气，脱胎换骨。领到配发的战地生活物资，他们提着行李，在去往营区的路上，每个人都抑制不住兴奋，像一只只首次飞出巢穴的雏鸟一样表现出毫无节制的好奇、刺激和来自本能的冲动和张扬。

紧张的集训持续了六天，穿了崭新绿军装的新兵们练习队列、卧倒、匍匐前进、蛇形穿插、掩护、突击、射击、投掷、战地救护等。一天夜里，他们听到大山以外传来隆隆的炮声。训练间歇，泥人儿一样的新兵们明显感受到一种异样的气氛，不断有陌生面孔的长官通过戒备森严的营区岗哨急匆匆进入新兵训练营地，他们风尘仆仆，面色严峻，钻进瓦房与长官们会面、密谈，出来的时候同掌管训练的教官耳语几句，接着就步履匆匆出了营区大门。山那边的炮声愈来愈密集，接下来的军训强度加大，没有了午休，他们开始在毒日头下训练负重穿插掩护和泥水中蛙跳。午后，大雨倾盆而下，教官的神情在雨水里变得更加严厉和声嘶力竭。晚饭前，新兵每人领到了沉甸甸的子弹袋、一袋炒米、一把铝制军用水壶和一个微型针线包。是夜，新兵们中间开始传出即将奔赴前线的消息……

半夜，急促的集合军号声响起，林志雄和柚子他们心急火燎地收拾完行装跑出营房。屋外雨停，泥地上的积水映出火把透亮的火光，到处都是跑来跑去、身背行囊、溅起水花的人影，急促的哨声在四周不断响起，广场上此起彼伏的是集合教官的口令声："三营一连！""三营二连！""三营三连！"……十分钟后，队伍集合整队完毕，火把的亮光映照着肃穆、紧张的阵列。夜幕下，一位看不清容貌的军官在阵前开始用他声若洪钟的嗓门实施战前动员。他声音高亢地说："视死如归，把革命的红旗插遍亚非拉大地！"

林志雄在那夜接过一支血迹斑斑的M21步枪。给林志雄颁发枪支的军官告诉他，这是一把光荣的枪，它的主人是一名英勇无畏的景颇族战士，两天前战死孟城前线，牺牲时才十七岁。血染的钢枪传到他的手中，希望他英勇杀敌，为壮烈牺牲的英烈报仇雪恨。林志雄接过那把长枪，行了一个标准的军礼，大步流星跟上出征的队伍。自此，那把步枪身上浓烈的血腥味固执地伴随着他，任凭林志雄怎么清洗和反复擦拭，都无法祛除那股强烈、倔强、烧脑的血腥味儿。直到几年以后，这把跟随新主人身经百战吐过无数子弹，被浓烈的硝烟、雨水、汗液侵蚀和烈火炙烤过的武器才慢慢回归它的本来面目：陈旧、锃亮、熟稔、平凡和散发着除锈油以及火药的冷酷气息。

地处波涛滚滚的萨尔温江之滨的孟城，扼守高原崇山峻岭中地势平坦的西岸交通要道。那里距离中国边境大约七十公里，是金三角高地山区通往缅甸中部平原以及东南亚小国的枢纽门户，战略地位非常重要。据守孟城的有一支政府军加强团，他们在那里修筑了坚固的堡垒群，布下严密的火力阵地和有效的防御工事。一支数目不详的当地部族武装协助防守。在孟城以南一百多公里外，驻扎着一支缅甸政府山地野战师，一旦战况需要，这支野战师的地面装甲车和空军飞机就能紧急驰援。

孟城攻坚战之前，为了切断山地师的快速增援，执行爆破使命的特务连奉命炸毁了山城通往外界援助的多处公路和桥梁。战斗持续了三个昼夜：密集的火力从郊外的四面八方向守军发起进攻，猛烈的炮弹呼啸着飞向守卫者的前哨工事。顷刻间，守军的火力阵地和营房皮开肉绽，面目全非。震耳欲聋的爆炸声和熊熊的火光反复啃噬龟伏在高原林莽中的可怜小城：房屋倾塌，地堡撕裂，防守工事一片狼藉，守军人仰马翻，城内难民鬼哭狼嚎，屋舍起火熊熊燃烧……强大的炮火之后，进攻者在暴雨中跃出林莽，向孤城发起冲锋。

密密麻麻身穿绿军装的游击队员从清晨薄雾笼罩的河谷地带、芭蕉林、凤尾竹丛和灌木林里蜂拥而出。皮肤黝黑、身材瘦小、穿裙子的“扁哒兵”惊恐地看到，火光中的游击队员头戴树枝编成的伪装帽，浑身湿漉漉的，像是传说中的林魈、沼泽水怪和树妖，漫山遍野蜂拥而来，他们行动敏捷，匍匐跃进——那是令守卫者目瞪口呆的蛙跳，进攻者身体几乎贴着地面在飞蹿，头顶是呼啸的子弹，一拨一拨密密麻麻、体型巨大的绿色蝗虫像波浪一样席卷而来，滚滚向前，冷酷而又执拗。一转眼工夫，第一波绿色的波浪漫过浅坡、沟渠、枝叶扶疏的山芋地、浓烟滚滚的茅房院落。第一波浪头的后面，连绵不断的绿妖群体源源不断涌出丛林，成百上千，一直伸向密林深处看不见的地方。守卫者顽强还击，尽管火力十足，但汹涌而来的蝗群毫不懈怠，蛮横倔强，他们四肢着地，跳过障碍，跳过身边的同伴尸体，腋下挟着炸药包或者爆破筒，简直就像滚滚向前的泥石流汹涌漫延。林志雄和柚子就在第二波势不可挡的洪流之中。

第四天晌午，战斗依然处在胶着状态。多云的天空中，飞来两架缅甸政府军的增援战机，铁鸟尖锐、咆哮的引擎声掠过低空。它们在城郊的阵地上投下轰隆隆的炸弹，一转眼工夫又飞走了。林地上到处都是刚刚炸开的弹坑，游击队员死伤严重。

黄昏时分，雨过天晴，天空晚霞如血。一支搭乘坦克和装甲运兵车的援军赶到岌岌可危的小城城墙下。政府军在武装直升机的掩护下向游击队侧翼发动了凌厉的进攻，尽管游击队员殊死抵抗，但终难以阻挡隆隆推进的钢甲战车。

队伍退回城外三十里的蛤蚧岭休整。

艰苦卓绝的攻城战屡屡受阻，但背负荣誉与骄傲的知青旅并不甘心几乎到口的胜利果实就此失之交臂。白天的休整期间，新补充了紧急赶来的一营果敢族友军，队伍重新整编，集中优势兵力，在夜幕掩护下向孟城发起最后一波孤注一掷的进攻。然而，夜晚的进攻并不顺手，守卫者得到强大增援，密如蛛网的子弹和炮弹在夜幕中形成一堵密不透风的高墙，结结实实堵在了进攻者一轮一轮徒劳的冲锋道路上。游击队员在枪林弹雨中伤亡累累，兵力损失令人触目惊心。指挥官终于低下了高昂的头颅，接受现实，被迫放弃冲锋，下令撤退。就像发起袭击时一样，英勇无畏的游击队员迅速、干净地撤离战场。他们卷起弹痕斑驳的战旗，抬着伤员和牺牲的战友，一阵风一样消失在黎明时分黑黝黝的河谷和林莽之中。孟城之战，蛤蚧岭上，许多无名战死者归入泥土，就此永远长眠在缅北寂静的山林，伴随死者英灵的只有高原沉默的林莽，风儿吹动林梢掀起的低沉林涛和鸟儿的呢喃。

最后一支人马撤离蛤蚧岭时，已是日上三竿。战友们依次脱帽，向松林中红土新冢里长眠的战友致敬、道别。李团长面色阴沉，倚在一棵倒伏的枯树上闷头抽烟。新兵林志雄和几个战士按照长官的吩咐捡拾一些干树枝点起篝火，以此为葬身异国他乡的英烈守望、告慰。

篝火燃起来时，走过来一名衣衫褴褛的小个子游击队员叫林志雄的名字。林子雄定睛审视，认出来人是莫木。他们拥抱，握手，冷峻的脸上却没有战地重逢的喜悦。

这当儿，天空传来飞机的隆隆声。李团长起身，手搭在额头上透过树梢向天空眺望。“赶快离开！莫不是烟火招来了敌机。”团长说。

就在那一刹那，头顶传来炸弹划开空气的尖锐呼啸声。“卧倒！”李团长大喊。刹那间，就听到了猛烈的爆炸声。林志雄被炸弹的气浪掀起，顺势滚下山坡。接着，第二颗炸弹在距离不远处炸响。林志雄被强烈的气浪震得迷迷瞪瞪，头晕目眩。这时，他恍惚听到有人大喊：“团长！团长！快来人啦，团长受伤了！”林志雄一骨碌爬起来，但身不由己，他软绵绵倒下。他匍匐爬向五米开外的李团长，看到团长倒在冒烟的弹坑外面，满脸是血，半边面孔血肉模糊。任是怎么呼叫，团长昏迷不醒。山坡上到处是新掀开的弹坑，莫木飞身而来，在硝烟刺鼻、树木噼噼啪啪燃烧的新坟岗那儿为团长紧急包扎止血。林志雄裤子被炸了一个大窟窿，臀部裸露，屁股蛋直流血，一块弹片插进肉里。

伤员被送进木姐的战地医院。

林志雄取出弹片，伤口缝合后的第二天早上，战地医院暴雨如注。

早饭过后，有三辆卡车驶进院子。浑身泥浆的绿皮汽车停泊在雨幕里，从湿淋淋的帆布篷车厢里，卸下一批伤兵。那些军装破烂的年轻士兵面色蜡黄，神情哀戚。轻伤号自己从车厢滑下来，慢吞吞在雨中蹚过泥面，一大片挤在瓦房檐下，有人无法站立，干脆就一屁股坐在湿漉漉的泥地上。无法动弹的重伤号则用担架直接抬进手术室。医院紧急整合了病房，让此前到来已经得到外伤处置的伤兵们加塞挤住。屋里屋外都是人，连手术室都挤得满满当当。后来，戴口罩的医护人员就登上车厢，在漏雨的车棚里实施紧急手术。帆布车厢里传来杀猪般的号叫，血水从车厢地板的缝隙流下来，车肚子下面殷红一摊，在积水中晕染开来。没有哭泣，号叫声撕心裂肺，让每个人心里都蒙上一层阴影。

林志雄拄着拐杖，忍受剧痛，一瘸一拐穿过人满为患的廊道，去到拐角处重病号房间探视团长。房间有六张病床一字排开，靠门口的病床上躺着一直昏迷不醒的团长。医生已经重新为团长清洗了伤口，新换的包扎棉纱裹住了整个头颅，只留下嘴巴、鼻孔和眼睛露在裂缝外面，团长上身赤裸，胸口上也缠满绷带。房间里有几个医护人员，医生们紧急商议着团长的伤情，年长的军医建议尽快送往昆明的陆军医院，说团长要害的受伤部位在胸腔，前线医疗检查设备有限，无法确认弹片在胸腔的位置。一位留着齐耳短发的中年女护士在低头啜泣。她是李团长的妻子，名叫杨丽花。在她身边，有一位戴着护士帽和口罩的年轻女兵，黑溜溜的大眼睛顾盼生辉。她似乎感觉到林志雄打量的目光，一侧身子，回避来人的目光。林志雄似乎觉得面熟，但没有太在意。他在团长病床前站立了一会儿，想和团长告别并说上几句宽慰的话，但他知道，如此情势，团长也无法回应。他使劲捏一捏团长粗糙的大手，独自嘟哝："团长，我是新兵林志雄，第一次和你一起并肩战斗。你一定要尽快康复过来，好带领我们再上前线，战友们都想念你……"团长直挺挺躺着，纹丝不动。"我要走了，你还是尽快去到后方大医院做手术为好。我们坚守阵地，等你回来。"他像是在自言自语。这时，他感觉团长此前有气无力的大手突然捏住了他的手。林志雄一下子抬高声音，喜出望外地说："团长听见我说话了，他的手在回应我！谢天谢地，团长他醒过来了。"

下午雨停，团长要转运到后方医院抢救。他执意拒绝妻子的陪同，"你留下。"他对妻子耳语。

"让我跟你去吧，万一有个三长两短……"杨丽花是个面色苍白、情绪克制、内敛的女人，她俯下头细声而焦急地说。

"不！你留下，战地医院的伤员需要你们……我，会回来……"团长的嘴皮轻微地张合。他抬眼看着前来送别的伤号，那些衣冠不整头上缠了绷带的年轻孩子、那些丢了一条腿面容憔悴的士兵、那些此前还活蹦乱跳而今却无法行走只能从病房窗口目送长官的重伤号……团长艰难地举起手，轻轻摆了摆，算是和他们告别。

一周后，从后方医院传来团长手术成功的消息，大家松了一口气。杨丽花出了一趟战地医院的大门，从破破烂烂的镇子上买回来一大包散装冰糖，分送到各个病室的伤员手中。那个长相斯文、平日里冷冰冰的女人脸上有了笑意和温情，她走进林志雄病室的时候，还和轻伤号们开起了玩笑："去、去、去，到院子里把你的脏手儿洗干净，毛手毛脚的。受这么点伤就邋里邋遢，不修边幅，鼻垢和眼屎都不抹洗明白，今后怎么找妹子跟你过日子哟！"她操一口昆明话，士兵们亲切地称呼她"嫂子"。她是战地医院的护士长，其父曾经是个国民党军官，在赫赫有名的西南远征军戴安澜将军麾下参加过在缅甸的对日作战，牺牲在缅北"野人山”地区。解放后清理历史问题，国民党军属的遗孤饱受政治运动冲击，被军管会赶出官帽街祖上遗留的大房子，一家人流落街头，四处乞食。后来，在石灰巷的苦力聚集地搭了一间简易茅棚落脚。其姐夫曾是民国时期的小官吏，在“镇反运动”中被枪毙。后来，姐姐改嫁给一个剃头匠，丽花和母亲靠给人家缝补洗浆换取一点微薄收入勉强度日。直到杨丽花快要满三十岁时，遇到了从藏南阿克赛钦参加对印作战、荣获英雄勋章凯旋的军人李子信。面相俊俏的丽花是傣族人，与同是傣族出身、换防到昆明的青年军官李子信一见钟情，结为夫妻。婚后七年，一直未育。当初李子信不顾组织反对，坚持娶了勤劳善良的傣家姑娘，对于没有子嗣这件事压根儿就未在意。但因为婚姻选择上悖了组织上的意，阻断了升迁通道，自此仕途受限。缅北战事爆发，李子信和妻子商量，决定再次出征，改变失意、郁闷的处境。考虑到李的战场经验和早期应征老兵紧缺的现实，组织上很快批准了他的请求。这样，大约是 1969 年春季的时候，夫妻二人在瓢泼大雨中抵达木姐，开始投身战事日益频繁的高黎贡山区丘陵作战。李团长因为过硬的军事素养和对士兵的体恤，在知青旅中享有极高的威信。

“嫂子，为什么新来的女护士不到我们的病室看望我们？像是有意躲避我们病房里的这帮可怜虫。我们私下里都叫她‘木姐之花’，她可是个漂亮的妹子儿……”一个右手吊着绷带的四川伤兵打趣说。

“哦，你说的是新来的英子啊？”护士长笑着回应，抬头瞟了一眼愣住的林志雄，然后又说，“你们这里，有人得罪过她。她心里有股气不顺。”

林志雄心里一震。

“小林，”护士长离开的时候特意走到林志雄病床边表情温和地说，“感谢你那天去看望你的团长，你摸摸他的手，和他说上几句话，对他是最好的呼唤和安慰。他是一名真正的战士，严厉的表象下面掩藏着一颗热忱的心，对部下充满父爱。这个人从不怕死，但士兵的牺牲经常让他寝食难安，我曾见过他在夜深人静时候无声痛哭的样子。但第二天醒来，他又恢复了刻板、铁面无情的军人模式。你是个好孩子，你的呼唤让他重新回来。”

大约两周的时间，林志雄屁股上的伤口愈合得非常快，拆除手术缝线之后就要重返前线。那天，林志雄脱下长裤，光屁股趴在床上，护士长领着漂亮的女护士进来。“乖乖地趴着不要动！手术室在抢救伤员，你就凑合着在这儿拆线吧。”

病室里的男人们一下子来了精神，他们看着黑眼睛扑闪扑闪的可人儿站在护士长身边，端着方形金属盘子，口罩蒙住大半个脸，但依然显出高挺的鼻梁和动人的身姿。

护士长熟练消完毒，细心地用金属镊子夹住剪开的线头往外扯。结痂的伤口呈L形，总共有十四个缝合点。手术线从深陷的肌肉里一点一点地拖出来，抽出线头的小孔里往外渗血。林志雄感觉疼痛，嘴里忍不住哼哼。“忍一忍，马上就好。”护士长说。

“英子，把托盘放在床上。处理一下出血点，帮他揉捏一下屁股，分散他的注意力，疼痛就减缓了。”护士长吩咐。

英子满面涨红，但还是照做。

这一下，撩起了其他伤兵的兴奋点，大男孩们伸直了脖颈，像鸭子一样引颈而望，羡慕得直咽口水。“哎哟，妈呀，这小子艳福了得！我为什么给伤了胳膊不让弹片儿在屁股墩上钻个眼儿……”那个四川兵酸溜溜地打趣。其他战友跟着哄笑。

漂亮护士登时羞臊得面若红霞。

“别乱说。人家还是个小菇凉！”林志雄侧脸制止他们的趣闹。

线头终于拆完了。护士长走过去检查其他伤员的康复情况。英子开始给林志雄拆过线的伤口消毒。金属镊子夹着酒精棉球，在他结实、紧凑的屁股蛋上画圈儿，然后是碘酒棉球画圈。碘酒液体渗进伤口，钻心地疼，但林志雄忍住了。这期间，英子细心地操作，一声不吭。

“嗨！英子，我知道是你。你别记恨我……”林志雄小声说。

英子依然一声不吭。开始给消毒的伤口敷纱布。

“女孩子到炮火连天的地方多危险呀！我当时不能答应你的请求。……但是，你还是来了。”他又说。

英子依然没有回应，在消毒棉纱上固定胶布。护士长挨个检查伤员的恢复情况，询问伤员的感觉。

“过两天，我就要回前线。你要照顾好自己，我不知道啥时候才能再见到你，希望你多保重……”林志雄呜呜哝哝说，像是自言自语。

“要你关心？你是个铁石心肠的家伙！”英子气呼呼地说。

战友们这下都听到了，开始哄堂大笑。

“搞了半天，你们是老相好呐！得罪了美人儿，要打屁股的哦……”那个操四川话的士兵说。

这时，英子“啪”的一声狠狠地在林志雄的屁股上抽了一巴掌。林志雄“哎哟”大叫一声。病室里立刻笑得人仰马翻。

林志雄即将告别战地医院回到前线连队前一天，医院接到紧急通知，说是一位赫赫有名的将军要来看望伤员，并为英勇负伤的战士授勋。下午的细雨中，一辆浑身泥污的战地吉普车驶进简陋的战地医院大门。车子在泥水院落中央停住，车上下来一位相貌堂堂的中年军人，他是缅甸共产党东北军区副司令彭家声。荷枪实弹的卫兵和医护人员簇拥着将军走进林志雄他们的病室，全体轻伤号起立行军礼。将军身材高大，皮肤黝黑，梳着大背头，微笑的时候露出一口洁白、整齐的牙齿。他用西南官话讲了一通国际共产主义运动崇高使命和荣誉的令人振奋的开场白，还引用了伟大领袖毛主席的“西风烈，长空雁叫霜晨月。霜晨月，马蹄声碎，喇叭声咽。雄关漫道真如铁，而今迈步从头越。从头越，苍山如海，残阳如血”，以气势如虹的诗篇阐述了战争的残酷和大无畏的英雄主义精神，他勉励投身缅北战场的中国军人奋勇作战，不辱使命，一举把反动、腐朽的缅甸政府推翻，实现共产主义人类大同的目标。将军给所有的伤员佩戴金光闪闪的立功勋章。最后一个轮到林志雄。“小鬼，你叫什么名字？”将军微笑着露出好看的牙齿问。林志雄立正行一个军礼：“109团一连战士林志雄！”

“好哇。你们都是勇敢的游击队员，年纪轻轻，前途无量。要积极争取早日加入缅甸共产党，像在国内一样成为一名光荣的共产党员。你们的团长是好样的，我昨天在昆明参加军事会议，协调战略物资，顺道去医院看望了他。李团长手术很成功，康复顺利。他向我申请转回木姐这边养伤，我答应了。最迟下周他就可以回来这里，与妻子团聚，也方便得到家庭的照料和温暖。他是一名出色的指挥员，身先士卒，敢打硬仗，我们为他颁发了一枚缅甸共产党军事委员会一级勋章。”

将军在雨幕中乘车离去。受到鼓舞的年轻士兵们趴在医院的病床上奋笔疾书，开始磕磕巴巴书写入党申请书。接近晚饭时间，护士长前来通知林志雄到护理部谈话。林志雄踌躇满志，依然沉浸在将军授勋的巨大喜悦里。他走出室外，雨住天晴，空气新鲜，战地医院外，群山苍翠，鸟语啁啾。

林志雄在护理部办公室见到了英子。

“小林，大嫂要批评你了，明天就要出发上前线了，也不来和英子道别。你知道，战场无情，也许，有去无回。你忍心就此把遗憾留给牵挂你、思念你、埋怨你的人吗？”护士长在满是消毒水味道的屋子里说。然后转身离开。

英子刚刚哭过，这时听完护士长的话，又开始落泪。林志雄过来，挨着她坐下，怜爱地看她，为她擦拭眼泪。英子害羞，初始有些拒绝，但旋即就低下头，哭得愈加伤心。林志雄挨紧她，搂住她瘦弱的肩膀，英子顺势把头靠在他胸前。

晚饭过后，在暮色中，有轻伤号看见林志雄和漂亮的女护士并肩在院子里散步。

一年后，林志雄火线入党，正式成为一名骄傲的缅共党员，连队为他颁发了一本红皮的、印有镰刀斧头图案的缅甸共产党党证小本子。这一年，他参加了大大小小二十一次战斗，已经是一名战地经验丰富的侦察排长，收获了五个金光闪闪的立功奖章。换防休整的时候，他和李团长从战事持续往南推进、正热火朝天开辟中央根据地的下缅甸勃固山区返回木姐，前来看望久别的英子。在战地医院待了一个星期，他与英子的感情急剧升温。这期间，由团长夫妇担任主婚人和证婚人，他与英子举办了简朴的异国战地婚礼，组建了战地家庭。

在气候温暖湿润、农业耕种条件优越的下缅甸勃固山区，中央根据地向外推进土改运动的时候，林志雄带领的游击队员遇到了一件扎心事。

旱季开始一周后，游击队扫荡了一支据守水碾子村的残余武装，他们在清晨云雾缭绕时分进入仅有十来户人家、四面环山、景色秀丽的水田坝子，看到水碾子村整洁的院落，衣着得体然而目光惊慌的女人和儿童。第二天开始，土改工作队开始挨家挨户登记财产、人口、土地等。游击队员吃惊地发现，水碾子村普通农户家境殷实，自给自足，日子宽裕，户户稻谷满仓，大人、小孩、老人衣着干净，举止斯文，不像缅北解放区战火频仍的山村那样破败、穷困、食不果腹，也不像知青旅的战士们知晓的祖国广袤城市、乡村的饥饿、困顿、贫病交加。脸蛋上涂满黄白色“特纳卡”树粉末的男女老少面对荷枪实弹的北来兵勇心存恐惧，但他们还是用热气腾腾的白米饭、竹笋焖腊肉和新鲜的棕榈油炒青菜招待食量惊人的不速之客。但对军人们推行的土地改革运动：打土豪、分田地、均贫富政策心存抵触。先前，游击队员进村时逃进密林躲藏的成年人陆续回村，但他们回避那些能操一口缅族话的缅北军管会干部通知的会议，对墙壁和树干上到处张贴的标语、告示熟视无睹，置若罔闻。几天后，工作队使出最激烈的一招，强行查封所有土地，禁止村民以下地干活为由敷衍土改运动。但那些冥顽不化的村民宁愿躲在家里或者臭气熏天的牲口棚里，也不愿意出来面对登门拜访的土改干部。后来，发动群众的工作改在夜间突袭，希望夜深人静时分一举把回避土改运动的家庭男丁堵截在家里。或许，总有人在夜色掩盖下抛开白日里村邻间的顾忌，敞开心扉，配合前景壮丽、诱人的土地革命。然而，事与愿违，土改工作队的火把映红了整个院落，狗吠声响彻村寨和群山，村民就是坚守屋门拒不开启。到后来，年轻力壮的缅族男人干脆再次遁入山林躲避，留下村里的老人、小孩和妇女。

一个天气晴朗的上午，住在水碾子村的游击队员目睹了一场剃度仪式。

天空碧蓝如洗，清晨的水田坝子出现一队双手合十行进的僧人队伍。他们径直前往一户张灯结彩的人家而去。在那里，僧侣们将完成一位十二岁男孩的剃度出家佛事活动。

穿着鲜艳的丝绸民族服装、趿着拖鞋的亲友汇聚在主人的屋前。竹篱笆将院子围成一个规规矩矩的长方形，篱笆边栽植了秀丽的凤尾竹和花枝茂盛的龙船花。紧挨屋檐搭起了一个佛台，上面支起彩棚，鼓乐队正在卖力地演奏乐曲。殷勤的主人穿着崭新的基隆裙，满面虔诚招呼来宾。客人大都到齐时候，主人手捧托盘，托盘上放着款待来客的茶水、烟卷、槟榔、鱼汤米线和甜点。连穿了补丁军装、样貌粗鲁、表情僵硬的士兵也得到无差别尊敬和款待。

太阳爬上东山坡的时候，剃度仪式真正的主角——身着金光闪闪丝绸上衣、头戴无檐礼帽的小沙弥——那个男童出场。他骑上盛装打扮的大象，神情庄严、呆板，像个高贵的小王子。他的父亲捧着放置僧衣、戒尺、木鱼等佛事法器的托盘居前，女主人手捧小沙弥的衣钵紧随其后。一行人浩浩荡荡开始了村庄巡游。锣鼓喧天，华丽的巡游人群行走在林木茂盛、修竹掩映的乡间土路上。

大约中午时分，巡游队伍从寺庙返回村子。宾客陆续落座，吃些茶点，剃度仪式开始。僧人们按照僧阶秩序在佛台就座，来宾跪地叩首。这时，一位灌顶僧上场，小沙弥叩首施礼。灌顶僧熟练地用锋利的剃刀为其剃发净根。接着，男童回屋沐浴净身，浑身涂满香水以示隔绝红尘。小沙弥再次出现在佛台中央，宾客中一位身份尊贵的长者为他布施袈裟。小脑袋铮亮的男童双手接过，行至庄严的佛寺住持面前，口念献词，叩首恳请长老收其为徒。长老接过袈裟，宣读戒律，然后亲手为小沙弥穿上袈裟。小沙弥左肩袒露穿正袈裟，依次向众僧叩谢请求三皈依。众僧颔首闭目，呢呢喃喃齐诵皈依偈。自此，小沙弥正式脱离家庭和亲人，步入佛门，成为一名住寺小和尚。

笃信佛教的缅甸人家认为，把自己家庭出生的亲骨肉敬献给佛祖是最大的善和虔诚。男孩剃度出家，既是他本人的成人礼，也是家庭无上的荣光，其重要性和盛况远远高于婚娶大典。

出家剃度礼一般选择在男性六至二十岁之间进行。出家修行时间可长可短，短则数日，长则几年。没有完成出家为僧、献身佛堂这一宗教修行历练的男性，不能成家立业。成家之后直至终老，男性可以再次或多次剃度出家。可以说，饱经佛教文化浸淫的缅甸人，从出生到成长，从繁衍到葬礼，从转世轮回到日月山川、天堂地狱，都在法轮的宇宙中循环往复。

林志雄和一名缅族土改干部接到通知，紧急赶往团部驻地开会。在会议上，林志雄了解到其他村落的驻村工作队也遇到了同样尴尬的情况。林志雄从团政委传达上级指示精神的发言中隐约窥见整个勃固山区土改工作的困局，尽管上级文件精神高度概括、藏着掖着尖锐问题，但从对下一步的工作部署中还是看出端倪。缅共中央第四任主席德钦辛从中央根据地对土改运动发出重要指示，要排除一切困难扭转土改运动“原地踏步、手足无措”的局面，巩固红色中央根据地的胜利果实。会议开了一整天：上午传达学习缅共中央文件精神，下午分组讨论、集思广益、群策群力。林志雄在私下里明显感觉到与会议高调、昂扬的气氛截然相反的局面，具体参与乡村穷人策反与造势的干部情绪低落，找不到工作突破口。“落后群众”在其祖居之地一直以来过着丰衣足食、守善奉忍的佛系生活，安天知命，心无旁骛。号召他们起来革命，革谁的命？造谁的反？解放受压迫民众摆脱贫穷？他们现在没有歧视、压迫和剥削，衣食无忧。就连投身革命的红色游击队员，都对勃固山区村民日日精米、白面的康乐日子艳羡不已，那么，革命的目的和意义又何在？

林志雄利用下午会议休息的时间去看望了莫木。特务连在团部驻地休整，赫赫有名的特务连长因旧伤复发回国治疗去了。在 109 团，无人不知、无人不晓特务连长的英勇事迹：他屡立奇功，是个执行任何艰巨侦察任务游刃有余的行家里手，多次孤军深入敌占区，陷入重围，又能化险为夷，出色完成使命；他嫉恶如仇，性情刚烈，对看不惯的事情不分场合当场刚掉，也屡屡因为冒犯上司而受到纪律处分；他身先士卒，总是出现在战场最危险的前线，及时调整对策，巧妙周旋，完美脱身；他也因为擅自做主、临场改弦更张饱受上司诟病；他有过一次严重的受伤，几乎葬身异乡，但他奇迹般活了下来。伤愈之后，重返战场，但此后他犹如神佑，箭步如飞穿过尸横遍野的阵地而毫发无损。

莫木留他吃饭，林志雄告辞了。“团长说，晚上找我开个小范围会议，有要事。我要走了，后会有期！”他们热烈地握手、拥抱。平心而论，林志雄对这个身世坎坷的广西小个子印象不坏。他虽然总有一些小毛病，犯些偷鸡摸狗的事儿让循规守矩的人侧目而视，但总体来说，他机灵、聪明、待人坦诚；尽管身世不堪，但热情，顽强求生，心怀梦想。林志雄感念在景颇族山寨饥寒交迫的日子莫木慷慨分享食物给他的深情厚谊。况且，身在异域，林志雄除了一起出道的家乡人柚子，他也没有更多的朋友、故交和熟人了。

晚上的会议在团部临时指挥所召开。参加会议的有林志雄的直属营长，团政委，戴着黑框眼镜的团参谋和团长那身材高大结实的侍卫长。那时，指挥所没有电灯，木桌上放着一盏圆形桐油马灯。影影绰绰的灯光照见墙壁上画满红色与蓝色箭头的作战地图。会议在李团长主持下直接进入主题：经过认真研究和考察，即日起，林志雄由109团一营一连调至三连，任副连长，全面主持连队事务。鼎鼎大名的三连长旧伤复发，无法坚持工作，去昆明治疗。三连是109团的一把尖刀，需要有一个合适的人带兵和作战。

林志雄感到非常惊讶，但看到团长满是僵疤的左脸冷漠的表情，其他参会者一脸凝重的神态，他张开的嘴不知道如何表达："我……我……没有更合适的人选吗？这副担子太重，我……不知道是不是会让首长们失望……我知道，很多作战方案都依赖三连的情报作为研判依据，这事儿不可小视……"

团政委发话了："这是慎重研究的决定，你充分利用近期连队的休整期，抓紧时间熟悉情况，了解战士，充分发挥群众的智慧，相信你可以胜任。"

"这样吧，今儿开了一整天会议，大家也累了。既然决定了，你就大胆挑起重担，我们大家都会全力支持你的工作。人、财、物，你开出所需，我们大力解决。自明天起，你多和团参谋聊一聊，他回头告诉你任务的要领、目标、手段等。再加上你已经有了一些战场经验，也荣立了不少军功。三连有一批久经考验的侦察兵，有熟悉缅甸多种语言的神枪手，有地图测绘、地理方面的人才，相信要不了几个回合，你就找到门道了。其他同志都回去休息。小林呐，你陪我在院子里散散步，有什么问题边走边聊吧。"

黑夜笼罩在灯光星星点点的营区上空。团部驻地是一个位于锡塘（Sittang）河畔的小镇，川流不息的河水昼夜不停洗刷掸邦高原西南部的高山峡谷，向南流入凶险的安达曼海莫塔马湾。旱季里白天的暑热并未散去，繁星满天。林志雄感觉自己即将面对一个浩瀚如夜空的未知世界，所有的秘密、压力、难以预测的困难和挑战都如夜色掩盖下的河流：喧哗、无影，暗自流淌，去往夜幕沉沉下藏匿真容的崇山峻岭、平原、村庄。它在黑洞洞的地方活生生存在，但夜色让一切变得虚无缥缈。

"为什么是我？"林志雄散步的时候小心翼翼地问。

"因为你是林志雄。"团长在黑暗中说。

"我还是不明白？"

"因为你鬼使神差，来到了这个地方，出现在了奇怪的时间和空间交汇之处。"

"我越听越糊涂。"

"好吧，直说了，团政委已经和你的前任水火不容。那家伙呀，是个出色的连长，打仗是一把行家里手。就是任性，自负，心高气傲。"

他们在黑暗笼罩下的农家小院兜圈子。一圈一圈，彼此间无话。硕大的波罗蜜果实挂在粗壮的树干上，在暗夜里散发出果实成熟时甜腻腻的芬芳。

“我看，水碾子村的土改运动，有心无力。日子富足的农民根本就不需要解放。”林志雄打破沉默。

“我只管打仗。那些都是政委和中央根据地老缅头们的事儿。”

“那么，怎么收场呢？查封了土地，逼迫人家出来革命？”林志雄问。

团长一直不语。

“人家谷仓里可都堆满了谷子，平日里精米白面、自给自足的富裕日子，比解放区表面上热火朝天实质上捉襟见肘的苦日子强了十万八千里。一直这么耗着，到雨季结束甚至下一个旱季末尾，被解放者抵触解放者，去真存伪的荒唐举动会惹来反感。”

团长依然沉默。林志雄又说，像是自言自语：“游击队始终是要走的，去到新的战场。根据地那时就名存实亡，没有自己的基层组织。猴子掰苞谷，掰一个丢一个？”

这一下，团长停下来脚步，在黑暗中望住年轻的新任连长。

“天知道！人家的康乐日子过得好好的，我们到这里来究竟干什么？我们不知天高地厚，大老远跑来给人家送来一样自视珍贵的东西，可人家并不稀罕。那么，历朝历代躬耕祖田之上自给自足的人，那些老实巴交勤劳善良的人，被洗劫一空最终铤而走险参与王朝更迭游戏的人，又是为什么嘞？”团长点燃一支烟，烟头的亮光映出团长那伤痕斑驳、丑陋、恐怖然而眼神悲天悯人的脸。

沉默了好一阵子。河湾里村落的灯火全都熄灭，驻军已经休息。只有远处哨位上的马灯在树影下发出昏黄的亮光。

“我在黄泉路上来往穿梭，从命悬一线的手术台上捡了一条命回来。病床上，类似的问题困扰着我，日日夜夜。后来，有人好心告诫我：小心自己的嘴。嘴巴是个可怕的门户，生，离不开它；命数多长，离不开它；运数祸福，与它休戚相关；死，往往也是因为它。闭紧啰，活下去！”团长在喧哗而看不见的河流声中告诫年轻的连长。这番肺腑之言从此改变了年轻、单纯、莽撞、机灵、勇敢的林志雄，让他学会多用眼睛、耳朵、脑子，紧闭双唇。

土改运动在生活富足的缅甸中南部地区陷入困局，最后只有听之任之，顺其自然了。战线继续向省会勃固镇的方向推进，战事异常激烈。每场战役，人员的伤亡损失都非常大。柚子仍然留在原来的机枪连服役，他是一个头脑灵光的战士，迄今为止从未负过伤，与战友的协作非常默契，是连队倚重的机枪手。林志雄在新岗位上适应了一段时间，已经能够令人信服地号令全连官兵，担当起地形侦察、火力点摸排、抓舌头、突前拔哨和战俘审问等一系列使命。古灵精怪的莫木成了他的得力干将，莫木精力旺盛，具备丰富的热带生存技能，性格绵里藏针，诡计多端，是个能创造性完成侦察任务的兵油子。炮声隆隆的战场有时沉寂下来，新攻陷的城镇依然弥漫着浓重、刺鼻的硝烟味儿，简陋的木房子还在噼里啪啦燃烧。林志雄看到，战场满目疮痍，遍地都是大大小小的的弹坑和连根掀起的树木，从山顶望去，山坡、洼地、毁坏的庄稼地上横七竖八躺着未及掩埋的阵亡者的尸体。山谷大路上，军用卡车在泥泞中摇摇晃晃，来来往往。一卡车、一卡车新兵和战场物资运来，一卡车、一卡车伤员运送出去。

雨季来临，小规模交战时不时在大雨和泥泞中陷入肉搏，露营的战士像热带高原林莽中两栖动物一样在泥水中纠缠、苦熬。凶猛的蚊虫夜以继日从密林的幽暗之处袭来，山蚂蟥悄无声息钻出腐叶或者潮湿的灌木丛，不知不觉贴近温暖的人体，不经意间侵入士兵肌肤深处贪婪地吸吮血液。连绵不尽的青山在吼声如瀑的雨水之中喘息、龟伏、隐忍。那时候，远在大后方的战地医院不得不南迁，到达距离火线不远的新地方安营扎寨，就近抢救伤员。

英子来信，她顺利产下一名男婴，暂时留守木姐镇产后恢复和哺乳。男孩取名潇湘，跟随父姓，名字来源于母亲的籍贯地。

林潇湘快满三岁的时候才第一次见到一个胡子拉碴、满面笑容的军人住进了他和妈妈的小屋。妈妈笑容灿烂地告诉孩子："这是你爸爸。"孩子说："我又有一个爸爸。"

"不。他是你的亲爸爸。"孩子听到妈妈笑得像一只母鸡一样跟那个军人说医院的伤兵们都教孩子称呼他们爸爸，他就这么见男人就叫爸爸了。军人把孩子拉进怀里，从背包里掏出一袋糖果，取出一颗，撕开花里胡哨的包装纸，把乳白色的糖果塞进他的小嘴巴里。

"甜吗？"那人把脑袋从他的小脑袋上偏出来，聚精会神地俯视他的眼睛。他的胡子有些扎人，口腔里散发出一股烟草气味。

"嗯。"孩子说完，从那人的怀里挣脱出来。"他妈的，你的浮子扎死人啦！"孩子用湖南腔的普通话模仿大人的口吻说，用小手挠挠自己的小平头。两个大人笑得前仰后合。

孩子健康、顽皮，并不怕生。妈妈上班干活的时候，他在战地医院里到处乱窜，与那些伤兵们混在一起，学了些成人的粗话和油滑劲儿。

"潇湘，喜欢这种糖果吗？这是爸爸从老缅富裕的南方城镇带回来的。你和妈妈一起分享好吗？"那军人离开凳子，蹲在孩子面前。

“我想要一个东西。”孩子说。

“什么？”那个军人问。

“一把枪。像你腰里别的那把家伙。”孩子认真地说。

“哦。那好，我明天就给你用木头做一把一模一样的手枪，跟我小时候玩的一模一样。”

“不。”孩子有些沮丧，开始扭动身体，旋即，他停止摇晃，斩钉截铁地说，“我要一把真家伙！”

“等你长大了，成了一名军人，就会有一把真正的枪。”那人看出孩子的失望，一把把他揽进怀里说。

林志雄探亲假期只有一个礼拜时间。但是，到第三天上，两个大人发生了激烈争吵。英子执意要把潇湘寄养在附近的农家，同丈夫一起投身热火朝天的南部战区前线。孩子早断奶了，她不甘在青春年华时候躲在后方做一名吃闲饭的“战地芒鼠”——一只贪生怕死、光知道繁殖的寄生虫。

英子表现出异乎寻常的倔强，尽管她在战地医院见识了缺胳膊少腿的战场残酷，但狂热的建功立业梦想和幼稚的冲动支配着她，让她备受煎熬、按捺不住和不顾一切。她甚至愤怒指责丈夫自私、狭隘：“当你胸前挂满军功章的时候，难道就不考虑别人的感受和需求吗？”她气哼哼地说。

安顿好孩子，短暂的假期行将结束，年轻夫妻登上一辆南下的军用卡车。

到了1975年，缅甸共产党第四任主席德钦辛和总书记德钦漆双双牺牲于一场激烈的山地攻坚战，下缅甸勃固山区的中央根据地不久失守。长驻北京的德钦巴登顶副主席接任缅共第五任主席。这个重新诞生的缅共中央领导核心，其实就是个光杆司令，常年寄居巍峨、雄伟宫殿外寒冷的陋巷，日日困守他人屋檐之下。冷清、破落的四合院里有一名身着中山装、嘴巴常年蜕皮的勤务兵和一名老厨娘，一日三餐，衣食无忧。德钦巴登顶大约十年前住进这个院落，作为缅北共产党派驻北京的特别联络员。岁月倥偬，一晃眼他就从一个精力旺盛的中年人蜕变成了一个呼吸急促、身体臃肿的老头儿。

战场形势正在发生着微妙的变化。其实，早在三年前的春季，游击队员从收音机里收听到美国时任总统尼克松访华的消息，每个身处丛林的游击队员内心就开始五味杂陈，如鲠在喉。

防线已经从中南部完全退守到贫穷落后的缅北掸邦高原解放区。士兵缺乏粮食和弹药，也缺少新兵补充。军队不得不从果敢和佤邦的山寨动员还未长大的孩子参军，营地经常可以看到身体还没有步枪高的娃娃兵在找吃的。饥肠辘辘的人漫山遍野寻找可以充饥的野果、野菜、山鼠、蛇和岩蜂的虫蛹。林志雄陪同团长走在光斑稀疏的林地，三个蓬头垢面的士兵在灌木丛大呼小叫地追寻什么。林志雄看见了莫木的身影在那跳来跳去，脚下的枯树叶发出沙沙响。接着，一声欢快的惊叫，林志雄看到莫木手起刀落，一只硕大的蛤蚧身首分离。那只爬行动物看上去有三斤来重，褐色的尾巴不停地扭动。

“我们打算生火烤它，烤熟就分你们一人一条腿。”莫木笑嘻嘻地对走近的团长和连长说。

炊烟起来时，林志雄和团长已经登上山丘高地。“你看，它像不像那只断头的蜥蜴？”团长问，又像自言自语。

“什么？”林志雄被没头没脑的问话困住，不解地回应。

“血淋淋的一截尸体，身首异处，可肢体还在垂死挣扎，拼命弹跳，嘴巴却在另一个地方嘶叫。”团长说，丑陋的僵疤脸回望山坳里升起的白烟。

林志雄黯然不语。

1976年雨季临近结束的时候，收音机里传来一代伟人去世的消息，远在异国他乡的战士如闻晴天霹雳，他们陷入巨大的集体悲痛之中。这些生在新中国，在红旗下成长起来的青年从小就被教导听毛主席的话，生生世世做毛主席的好战士。而今，他们心目中至高无上的偶像溘然离去，对每个人来说都似乎一下子陷入一个失真的世界。

没有了胸怀世界革命的伟人，跨国远征的知青渐渐被人遗忘。游击队员在丛林连绵不断的雨季进退维谷，举步艰难。从军官到战士，一下子失却了方向和希望，营地到处弥漫着一股灰心丧气、前途渺茫的消沉气氛。来自北方的援助愈来愈少，战场上偶然出现的短兵交火，大都是一触即溃。曼德勒往东的战线，穿裙子的政府军很快就在根据地撕开了一个缺口，他们趁势在腹地打进一个楔子，生生把佤邦地区分割成两块，形成了南佤邦和北佤邦两个相互孤立的区域。几个月后，中国派往缅共的军事顾问团从雨雾笼罩的丛林分期分批悄无声息地撤离回国。

一些战区长官为了维持队伍供养，绝地求生，开始秘密运作，神不知鬼不觉地从毗邻的金三角地区走私鸦片，穿过老挝茂密的丛林、买通泰国贪婪的地方守军、冒险闯过下缅甸危机重重的封锁线，通过三条隐秘通道将鸦片销往世界各地。然后又沿着原路将缅北急需的军火和给养源源不断输送回来。以毒养兵，实施自救的策略已在高层军官中秘而不宣。武装贩毒带来丰厚的利润，也养肥了缅共中央的高官、把控地方民族武装的军阀和寄生军队高位的川滇知青幕僚。

林志雄和英子夫妇二人在临近春节的时候回到木姐镇，探视已经在童子军营地训练的潇湘。这个营地正是林志雄当年初来乍到时集训的地方。不同的是，当年训练营都是越境而来的中国知青，而今，没有了飞蛾扑火般投身梦想的知青的影子，营地上到处可见跑来跑去的娃娃兵，年龄大一点的十二三岁，小一点的五六岁。他们脸庞晒得黑不溜秋，穿着肥大的绿军装，满脸稚气，大部分孩子身材还不及一支步枪高，呼叫口号时显得奶声奶气。这些娃娃兵有果敢族、佤族、掸族后裔，也有一些缅族孩子、来自下缅甸地区投身缅共革命的华侨子弟、知青子弟。林志雄和英子站在训练营的屋檐下，等候童子军训练完毕后接走儿子。他们与营地的长官低声交谈，但林志雄面色阴郁。此时此刻，他心如刀割，五味杂陈。他想起了战地上那些牺牲的娃娃兵，愈来愈多充斥军营的毛孩子，不敢想象儿子的未来和有一天在枪林弹雨中面对的险恶。末了，他叮嘱那位长官，儿子是否在未来某个时刻上前线，一定要征求父母同意，因为潇湘还未成年。

孩子跟父母住了几天。他顽皮、快乐、野蛮和单纯，满口学着大人腔说脏话，吃饭时狼吞虎咽，饥不择食。与父母交谈时南腔北调，夹杂着西南俚语、北方腔，还冷不丁地冒出一些果敢语、缅族话的词语、短语。孩子几乎是每天都要闹着回到童子军的训练营，去找自己军营里的小伙伴。父母在饭后拗不过他，只有陪着他去到春节期间空空荡荡的训练营，然后告诉他，营地过年放假，小伙伴都回到各自的家，和家人们在一起过年。

有一夜，孩子睡了。英子突然哭起来，两肩剧烈耸动，压抑着哭声，怕惊醒孩子。

德钦巴登顶在一个深夜被他的亲信簇拥着乘坐滑竿秘密越过中缅边境，连夜进驻位于缅北邦桑岛的红色缅共中央总部——这里是缅甸共产革命的策源地和大本营。邦桑是个三面环水的秀丽半岛，岛上绿树成荫，高高低低的竹楼隐匿其间。时值旱季，中缅界河楠佧江碧水悠悠，宛如飘带，美若仙境。凸出的半岛像一颗嵌入中国国境线的翡翠，是一处优雅、安全的世外桃源。这儿远离硝烟弥漫的战场，嗅不到尸横遍野前线的任何死亡味道。老头儿在这里安顿下来，三天后才慢吞吞接受缅共中央大员的觐见和各大军区军头的效忠宣誓。炎热的邦桑岛生机勃勃，鸟语花香，每天都有热气腾腾、丰盛可口的家乡美食，毕恭毕敬的幕僚、随从，还有络绎不绝的请示汇报和令他疲惫不堪的讲话和最高批示。北方漫长的幽居生涯已经彻底改变了他的性格和处世哲学，他习惯了在漫长的孤独中隐藏自己，在半睡半醒的黄昏或者在沙尘肆虐、气若游丝的黎明反复猜度身外世界和两足动物。对于身处缅共中枢神经的使命，他逐渐心生抵触，没多久就开始烦躁和失去耐心。老头儿唉声叹气，一脸嫌弃，时时感觉力不从心，压力山大。但总体来说，他是个温和而内敛的人，不会喜形于色或勃然大怒。每天一睁眼皮就要面对竹楼外排成长龙等候接见的人群，批阅几案上堆积如山的文件和电报，他就心情沮丧和畏惧如虎。他跟那些战战兢兢走进来的人寒暄，然后听取那些人结结巴巴、语无伦次的汇报与请求，呜里呜哝，连篇累牍。他感觉困倦、乏味，呵欠连天。于是眯起眼睛走神，怀想心事。等到再次睁开眼皮，眼前的人又换成了另外一个，然后又是没头没脑、陈谷子烂芝麻的破事儿……人们忐忑局促进来，一脸疑惑离去，走马灯一样从眼前晃过，然后被遗忘得干干净净。挺长一段时间，他每日起床洗漱、早餐后就坐在圈椅里听取那些请示与汇报，足不出户，日理万机。对于中央大员再三请求召开中央委员全体会议研究、解决迫在眉睫的军机要务的动议，他沉默不应，以初来乍到需要全面熟悉、掌握时局动态作为托词屡屡搁置。他仅有的两次出行也是去到距离大本营百步之遥的东北军区茅草屋大礼堂作大而无当的国际形势报告，然后接受缅共官兵山呼海啸般的赞美与欢呼。除了几个经常见面的大员，半年过去了，他连直属中央指挥的两个师的部队番号都经常叫混，连每天伺候他的卫兵的名字都叫不上来，只是笼统地称他们叫“小鬼”。一天早上，警卫旅长神色诡异地把一本刚刚缴获的封面残破的印刷册子摆在了他的案头。这本封面简陋的缅文书籍已经在缅北游击队员中秘密流传了一段时间，书名叫作《德钦丹东的最后一天》，中文译作《德钦丹东的末日》。书中描写了缅共第三任主席德钦丹东冒险和罪恶的一生，详细披露了其被贴身警卫员出卖和暗杀的整个过程。缅甸政府大量印刷这一文字和连环画合并的普及读物，在缅北红区大肆投放，意在让不具备文字阅读能力的荒蛮边境少数族裔也可以通过图画看懂书籍的内容。这一读物很快在缅北地区产生强烈反响，连久经考验的缅共干部也在暗中传阅这本危言耸听、蛊惑人心的反共书籍。这起事件引发了两个非同寻常的变化：一是，几乎是在德钦巴登顶收到这本小册子的当天，他就下令成立完全忠于缅共中央的肃反大队，全面查抄该书，在缅北解放区开展声势浩大的整肃运动，清理异己，大肆抓捕思想动摇、散布谣言的人士。二是，入主缅共权力顶端的人无法接受内部隐藏的变节者僭取党魁的异端苗头——老头儿从此疑神疑鬼，风声鹤唳，惶恐不安，自收到书刊的第二日起就门户紧闭，自我幽禁，谢绝与外界一切来往。他下令警卫旅重重设岗，未经许可，任何人都不得进入他的房间。他屋门紧锁，厚实的窗帘密不透光，导致房间闷热难耐，臭气熏天。老头儿不得不整天穿着背心和短裤，手摇蒲扇，赤着脚闷坐光线昏暗的圈椅上，日复一日。这种离群索居、如临深渊的日子持续了许多年，直到某一天上午，木门哐啷一声被人大力从外面踹开，雪亮刺眼的阳光夺门而入，一群蜂拥而至、无法无天的娃娃兵发动政变将他逮捕。

随着肃反运动的推进，几乎每天都有人被从军营抓走。林志雄在一天夜里清晰听到营地后面的山坡上，传出就地枪决战士的清脆枪响。大家提心吊胆度日，面对整肃运动愈演愈烈的态势，曾经因为阶级出身备受歧视从而逃离祖国投身国际共运的知青感到紧张不安，仿佛旧的伤疤瞬间被人血淋淋撕开。莫名的惶恐笼罩在夜空，令人不寒而栗。

中秋节前一天的晚上，驻扎北佤邦县的一支部队发生了集体哗变。战士们杀死进入军营执行秘密抓捕任务的肃反干部，还把他们的尸体挂在树干上鞭打泄愤。中秋节的上午，在中央警卫旅赶来弹压之前，自知闯祸的知青战士携带枪支四散而逃。在荒蛮丛林无路可走的知青有的选择逃回国内，有人投奔从事贩毒勾当的私人武装，有人选择越过缅泰边境逃难，有人一路向东，进入老挝重峦叠嶂的无人区流浪。其中，有一个排的士兵一不做二不休，他们集体选择投奔敌对阵营的缅甸政府军，调转枪口对付先前的战友。

哗变事件在红色缅北解放区产生巨大的反响，它唤醒了手握武器、轻信单纯的青年，同时，也因此加深了缅共中央对来自北方异邦知青的不信任。

英子离开战地医院，跟随林志雄到了连队，做连队卫生员。

一天晌午，天刚放晴，109 团驻地遭到政府军的突然袭击。一时间，炮弹呼啸，枪声大作，密集的子弹瞬间倾泻在处于凸出位置的三连营地。林志雄仓促组织游击队迎战，但进攻者有备而来，他们悄无声息端掉哨位，占据有利地形死死钳住知青旅三连防御阵地的突出部位。半个小时不到，抵抗就形同虚设，战士伤亡惨重。林志雄通过无线电呼叫团部，但得到的回答是，团部也陷入重围，正在激战。团长命令三连就地突围解困。林志雄带领部下奋力突击，在丛林的掩护下逃出包围圈。

总共有九名战士还在林志雄身边，其他游击队员已经打散，不知所终。莫木负伤严重，躺在黄昏的林地上，英子正在对他实施抢救和包扎。另一名战士双腿被炸断，紧急包扎后躺在担架上，奄奄一息。严重的失血让他面色惨白，气若游丝。夜幕降临的时候，那名失去双腿的云南腾冲籍战士开枪自尽。

掩埋同伴的尸体，剩下的人连夜开始翻越大山，远离险境。一场雨连着一场雨，似乎永无休止。他们失去了无线电联络，靠着本能一路向北，试图在某一天接近北方的国境线。

雨季的丛林沉默不语，除了暴雨洗刷林区隆隆的雨声，林莽低首隐忍，飞鸟阒无踪迹。厚重的云层舔舐山峦与林梢，把无边无际的降雨投向世界，投向密林中焦灼的求生者。到第三天，他们仅有的干粮已经吃光，突围出来的人饥饿难耐，人困马乏。

林志雄决定就地休整。

雨停歇下来，他们选择了一处有山涧溪流的缓坡搭建了两个紧紧相邻的“人”字形窝棚。战士们一组开始寻找枯死的树枝生火，另一组扩大搜索范围寻找野果、葛藤根块、山鼠、林蛙或者蛇、蚁什么的。莫木高烧不退，额头上敷着湿淋淋的水苔降温，那时仍处于昏迷状态。英子吩咐林志雄把莫木背出窝棚，放在溪水边的石头上。莫木身体奄拉在巨石上，脸色蜡黄，受伤的左腿肿胀得厉害。英子剪开他的裤管，开始彻底清理伤口。小腿肚那里有三处创伤，最大的创面有一巴掌大小，伤口已经溃烂化脓，周围的皮肤透亮红肿，像稍触即溃的烂柿子。“烧水清洗伤口，仅有的一小瓶消毒酒精要用在刀刃上。”英子递给林志雄一个铝制饭盒。令林志雄惊讶的是，这女人临危不乱的坚韧和处置伤情时的专注——她把莫木的伤腿牢牢挟在腋下，开始用消过毒的小刀剥离溃疡组织，大声呵斥剧痛难忍、拼命挣扎的莫木，一名战士死死攥住莫木的左脚防止他蹬踏，林志雄小心翼翼将凉开水浇在创面上。脓血四处流淌，恶臭阵阵，引来林中蚊蝇飞来飞去。伤口清理完毕，林志雄能从血淋淋的深洞里看见白生生的腿骨。英子开始往伤口上洒酒精，莫木发出杀猪般的号叫。

“如果情况进一步恶化，我们得想法子锯掉它。”英子幽幽地说。莫木那时已经平静下来。

“什么？锯掉？”林志雄盯着英子的脸。

“是的。万不得已，锯掉。”英子在创伤面撒上云南白药粉末，开始包扎伤口。

“天呐！让他丢掉一只腿，他怎么接受？后半生如何面对？”林志雄现出忧虑的表情。

“要么半道上送命，要么断肢求生。”英子低头拾掇药箱。

身材矮小的莫木趴在石壁上喘息，眼眶深陷，眼神空洞。他语气极其虚弱：“连长，求你了。痛快点，给我一枪！”

“莫木兄，坚持住！我们在讨论最糟的可能。战场上，谁都有命悬一线的时候，战友们不会让你葬身异国他乡的密林。眼下，我们已经远离炮火威胁，接下来就是设法找到大部队。”林志雄抚摸着俯卧的莫木的脊背，沉吟片刻问：“那么，哪来锯子？你来锯断它？”

“你，或者其他战友下手。在岩石上磨利一把刺刀，从膝盖那里割断它。”英子看一眼林志雄，又看身边围观的战友。

战士们在闷热、潮湿的临时窝棚多休整了一天。在山谷那里，他们从溪流中找到一些石螺、青蛙。从巨大的藤蔓上采到比手指还粗的毛茸茸的酸角。夜间，战士们为了对付成群结队袭击他们的蚊虫，不得不用溪流里的淤泥涂满全身，敷成厚厚的隔离层，像泥塘里的水牛那样对付可怕的蚊子。

早晨浓雾。两名战士从下游溪谷的洞穴中幸运地捕获一条蟒蛇，它体长超过两米，看上去比一个成年人的手臂还要粗。他们砍掉蟒蛇的头颅，没有剥皮，盘成两圈直接架在火堆上烤它。受潮的树枝并不容易燃烧，但在肉食的诱惑下，战士们有的是办法让火堆越燃越旺。蟒蛇蜷曲的身体在火苗上方逐渐受热收缩，细密、苍白鳞片覆盖的腹部逐渐隆起两列对称的乳头一样的突出组织。在它还活着的时候以及宰杀之时，光滑圆润的身体上并没有这种情况。他们开始议论纷纷。“那是蛇的脚，它飞快爬行的时候你永远看不到它们，停下来的时候又藏回肚皮下面的鳞甲内。火烤的时候，它们才会出现。”一名云南保山籍战士说。烤蛇肉的当儿，保山人离开了一阵。他回到窝棚那儿时，火堆那儿已经弥漫着烤肉的香味。他手上拿了几株野生三七。“这个可是云南人世代治疗刀伤、枪伤的神药。”他说。英子把它的茎块清洗干净，晾干水分，捣碎后敷在莫木的伤口上。

第三天早上依然大雾弥漫。战士们抬着担架上路，穿山越岭，在幽暗的林区走走停停。

大雨漫天而下。初步估算，距离烤蛇肉那天，时间又过去了两个礼拜，队伍已经远离人烟。连绵降雨，气温开始下降。厚重的云层让战士们即使夜间也没有办法通过北斗星确定方向。流亡的战士浑然不觉，靠着直觉一路向着北方祖国的方向移动，风雨兼程，迷失在高黎贡崇山峻岭之中。

低矮的云层升上高空，许多天后，他们终于走出降雨区，不知不觉间一条激流飞逝的寒冷河流挡在面前。陡峭的深谷怪石嶙峋，湍急的白浪奋不顾身夺路向前，河床上巨大的山石日以继夜与奔流不息的河水鏖战，让整条野性难驯的河流充满蛮劲和孤愤。战士们被眼前凶险的河谷阻拦，无路可走，心灰意冷，内心充满畏惧。天气放晴，从河谷的陡崖上，可以远远望见喜马拉雅山南麓终年积雪的庞大银色山峰。在激烈的争吵过后，一行人决定沿着河谷顺流而下。在林志雄的记忆里，他曾在团部作战室看见过一张军用地图，如果面前的这条河流是恩梅开江的话，顺着蜿蜒曲折的江水，就能抵达缅北重镇密支拉。

一个日上山坡的上午，他们从铁色河谷看见了下游升起一缕炊烟。翻山越岭，正午的时候，疲惫的迷路者眺望炊烟升起的地方，清楚看见地势险要的峡谷台地上有一排孤零零的茅屋。

他们冒险走近这处山民住地。

一群狗在简陋的茅屋前拼命吠叫。许久，从敞开的黑门洞探出一个蛇颈女人惶恐的头颅。她躲在门框后面向外窥探，小脑袋下面有一截超长的令人毛骨悚然的细脖颈，锁骨上套着层层叠叠的铜质项圈，面孔上文着刺目的靛蓝色裂纹面饰。那女人袒胸露乳，身后出现两个孩子胆怯的半边小脸。卷尾狗在泥地上咆哮、扑扯，试图阻止陌生人靠近。那个蛇颈女人紧张地注视出现在家门外的一群浑身泥污、形容枯槁、手握枪支的不速之客——那群人里，还有一个容貌姣好的女兵。

“看，独龙族女人！”那个云南保山籍战士说。

保山籍士兵把枪交给身边的人，赤手空拳走到场地中央，用景颇族和傣族话交替，说明来意。这中间，突然从屋门里蹿出一个手握砍刀、蓬头垢面的男人。那男人神色惊惶，急匆匆从屋檐下跑过，一转眼就消失在屋后的石林。保山籍士兵一惊，本能地后跳一步。待定下神来，他又用结结巴巴不太熟练的哈尼族语说明意图，他连比带画，说了一大通。蛇颈女人大致明白他的意思，转身消失在门洞里。再次现身的时候，她盛着一木瓢水递出屋门，然后把半竹篮玉米和蔫不溜秋的土豆推出门槛。

战士们在场院里露天架锅煮玉米，利用火炭烧土豆。莫木在那里又换了一次药，伤情得到控制。英子告诉莫木说，他伤口最危险的阶段已经过去。

从那个独龙族女人的口中，战士们确认了屋后不远处奔腾不息的河流正是令人不寒而栗的恩梅开江。她说，顺着河谷，一路向东南方向，就可以抵达热闹的城市密支拉。多年以后，林志雄阅读关于抗日战争期间中国滇缅远征军鏖战缅北和溃退野人山的回忆录，那些生动的回忆文章无数次勾起他痛苦的回忆，惊悚和残酷的场面仍然令他两股战战，心潮澎湃。与当年三万远征军将士迷失野人山葬身饥饿、疾病、猛兽、毒虫的可怕遭遇相比，林志雄他们是幸运的。就像雨林上空偶尔露出的极其珍贵的蔚蓝，他们进入野人山林莽，幸运的是，他们没有陷入十八层地狱的中心，擦着迷宫的边缘走出旋涡，清一色的南方人远祖身上留下的丛林蛮荒生存基因支撑着他们。队伍损失了一名伙伴，其余八人逃出生天。

他们征得独龙族人同意，在那里休整一天。借着难得的晴天，战士们在湍急、冰凉刺骨的河水里洗衣、沐浴。林志雄陪英子去到巨石后面僻静的地方洗澡。女人雪白的胴体浸在寒凉、清澈的浅水中，她不住地尖声尖叫。林志雄全副武装坐在巨石上，心里老惦记着手握砍刀冲出屋外的独龙族男人。

夫妇二人返回场院的时候，英子手上拿着一株白莹莹的兰花。花朵的三片花瓣呈现奇异的放射状，细白的花瓣前端箭头一样挑起花舌，活像向外探出的蛇芯子。兰花幽香扑鼻，味道典雅高远，让英子爱不释手。

独龙族男人回到屋前。他肮脏、蓬乱的头发像个野人，上身赤裸，手臂上文着靛蓝色鱼骨架图案，赤脚坐在远处牛棚前的圆石上。保山士兵和他谈过了，他明白眼前的陌生兵勇没有恶意。但他眼珠仍然瞟来瞟去，流露出不安和戒备。

独龙族男人看见英子手上拿着兰花走过来，顿时情绪激烈地吼叫，不断挥舞手臂。保山士兵赶紧走过来，他们哇里哇啦交谈了一阵子。

“他说，叫你赶快扔了它。这是一株稀罕的喜马拉雅高原鬼兰。”保山籍士兵说。他一脸严肃地看着英子，又看连长。张嘴想说下去，却欲言又止。

林志雄看出来了，问是什么情况。

“在我们边疆山寨，也有这样的禁忌。老人说，此花只应天上有。在凡间，它却是传说中的不祥之物。”保山籍士兵告诫他。

英子是个彻底的唯物主义者，从不信神信鬼。她固执己见，不愿意扔掉它，也不理会那个独龙族男人手舞足蹈的粗暴忠告。下山的路途上，她就一直把散发奇异幽香的兰花插在耳鬓的发丝里。河谷中并没有路，石壁湿滑陡峭，巨石常常拦住去路。一行人扔掉担架，扒石涉水，斩藤开路，艰难行进。大部分时候，莫木就趴在林志雄脊背上昏睡。

五天后，林志雄他们终于回归大本营。109 团遭遇一场围攻，伤亡损失严重，亟待补充兵员恢复元气。三连原有一百二十三名战士，侥幸突围后陆陆续续回来了二十九人。为补充兵源恢复常规作战团的建制，团长虽然数次向上级陈情争取，但来自缅共中央指挥部的答复结果却是石沉大海，遥遥无期。他们成了穿裙子的“扁哒兵”队伍中特立独行的“裤脚兵”。

战士们大幅后撤，驻扎在果敢南线相对安全的簸箕村，整日无所事事，百无聊赖。莫木的伤势奇迹般好转，他能拄着拐杖一瘸一拐去营地食堂打饭了，脸上也恢复了往日的顽皮表情。

因为食物匮乏，饥饿难耐，有的战士私下进入山寨，干一些偷鸡摸狗的事儿，更严重的是去到较远的路口抢劫行人和牲口贩子。

一天黄昏，寂静的军营突然传出激烈的吵闹声。林志雄出屋，循声望去，只见一群战士围住三个陌生的军人。莫木被他们五花大绑，准备带离营区。领头的军官模样的人正在大声呵斥吵吵嚷嚷的战士。

“让开！我们接到举报线索，他是特务，反革命分子。现在奉命把他带去整肃伏法！”那军官模样的人义正词严，一边亮出肃反委员会红色塑料皮证件。

莫木佝偻着脊背，脸色煞白，眼神惊骇。

林志雄快步赶过去，挡在陌生人面前。“为什么抓我的人？”

“他是特务。”军官看着林志雄。

“他是特务？这个刚刚才从九死一生的战场捡了一条命回来的伤兵？”林志雄感觉一股怒火往上蹿。

“是的。有人举报，他在战士们中间散布谣言，动摇军心，传阅反动书刊。”

“战士们缺衣少食，药品匮乏，发几句牢骚，就是散布谣言？传阅反动书刊，书呐？”

“暂时没搜到。”

“那你平白无故抓人？”

“抓过去一顿拷打，他们什么就都承认了。不整瓷实了，谁会主动招供？”那人低头咕哝，没有了先前的趾高气扬。

团长过来了，问明来由，开始厉声训斥三个陌生军人：“他是特务？看看我这张脸？”团长用力拍打自己布满僵疤的脸，怒气冲冲地接着说，“我被炸得血肉横飞，皮开肉绽，是他们，他、他，还有他，”团长手指莫木和林志雄他们，“是他们把我从弹坑里刨出来。他参军十年，执行过无数艰巨的任务，打过无数场硬仗，出生入死，差一点丢掉一条腿，至今还未伤愈。你说他是特务？反革命分子？”

那人张口结舌：“我们，也是执行上级命令。”

“执行上级命令？我今天把话撂这儿：今后，再有擅自闯进军营抓人，又不与本团长沟通了解情况的，一律按扰乱军纪罪就地正法！”团长说完转身背向他们。战士们一拥而上不由分说解开捆绑莫木的绳子，把他扶回营房。三个军官悻悻地走了。

傍晚，英子约了护士长杨丽花趁着暮色去营地后的密林解手。战地临时军营就是这样，不停地转战、迁移，上厕所的事都是就近方便解决，女战士也早已适应艰苦的野战生活。林志雄和团长在光线昏暗的屋檐下吸烟闲聊，嘴巴上的烟头在暮光中明明灭灭。

突然，屋后黑黢黢的山坡传出激烈的枪声，接着发出一声剧烈的爆炸。

林志雄和团长一个激灵，带领战士立即投入战斗。一阵猛烈的对射过后，对面的枪声停息了下来。袭击者留下三具尸体，消失在黑暗的丛林。林志雄大声叫着英子的名字，但寂静的林区没有回应。

很快，战士们在一颗炸翻倒伏的芭蕉树下见到牺牲的护士长和英子。

布谷鸟空洞的叫声唤醒哀戚、苍白的黎明。在她们牺牲的山坡上，战士们安葬这对战地姐妹。她们坟茔并排而卧，头枕青山，向着北方家园的方向，安息于此。营地的军人向着新坟脱帽致意，依依惜别。山林一片静穆，战士们低头不语。

坟丘前，栽种了一种不知名的高原小红花，花朵盛开，鲜艳热烈，宛若朝霞。

当地人把这种小红花称为“啊娜密依茉”。翻译成汉语，意思是“汉人的血”。

安葬了女战士，李团长把自己关在房间里，整整一天不吃不喝。

莫木在傍晚时候拄着拐杖，和柚子一起去看林志雄。不久，三人出门，去到团长的住处敲门。

屋门紧闭，没人回应。天已经黑了，山坳里的簸箕村陷入死一般的寂静，偶有亮起的油灯，影影绰绰，宛如丛林明明灭灭的鬼火。林志雄接过柚子递来的手电筒，从挂满蜘蛛网的木格窗照进房间，屋里一片漆黑，泥地上到处散落着烟蒂。李团长身着军装坐在木板床沿，双手撑在大腿上，像一座雕像一样纹丝不动。

“团长，我们来看你。”林志雄小心翼翼地对着窗棂说。喷出的气流扬起窗格上的灰尘，尘埃在光柱里飘浮、旋转。

团长一动未动。

“团长，开门。我们陪你坐坐。”

团长缓慢地摸出一支烟，划燃火柴。火柴的亮光照亮他僵硬、冷酷的面孔。他点燃烟卷，扔掉火柴梗的时候，顺势向屋外的人摆摆手，示意他们离开。

他们在屋檐下立了片刻。林志雄吩咐柚子去厨房，要人煮一碗汤面过来，放在窗台上。

林志雄回到没有英子的小屋。房间突然间变得空空落落，一种清寡枯寂的感觉渗入骨髓。凄凉与空洞感使劲攥住他，他觉得呼吸不匀，身体僵硬，脑壳里被什么东西堵得严严实实，密不透风。

他昏昏沉沉地靠在床头，在密密匝匝的黑暗中回想过去，回想离开家乡的那些日日夜夜：颠簸的西行之路，艰难困苦的知青插队岁月，栩栩如生、英姿勃勃的恋人和亲密战友，炮火连天的战场，前仆后继而今进退维谷的知青游击队员……红色飞蛾从密林四面八方投向篝火，它们在火焰上方飞舞，翩翩熠熠，好奇热忱，争先恐后；它们愚蠢而冲动，靠着本能扑向光明，成群结队冲进烈焰，瞬间翼焚足灭，皮开肉绽，化为灰烬。那么，它们疯魔、癫狂的火焰旅行究竟是宿命还是神圣的涅槃？篝火将尽，逝者已矣。天光渐白，云遮雾绕的高原峰峦如同身体蜷曲的深色巨兽，神秘、平静、包藏祸心。而面目可憎的缅北，看上去就像平静如初、时光停滞的丛林沼泽，纹丝不动的表象之下，潜藏着悄无声息的凶险。捕食者和被捕食者都深陷其中，愈是挣扎，下沉、覆灭的速度愈快。那么，异国丛林中流亡的弃儿将何去何从？

缅甸乃一南亚蕞尔小国，却是中南半岛西部国土面积最大的国家，历史、文化悠久。从伊洛瓦底江流域考古出土的石刀、石斧、石叉、石轮轴等石器时期文物研究证明，缅甸上古文明可以追溯到五千年前的原住民时期。大约在这一时期，北方强大的华夏民族在兼并、扩张的过程中，居于黄河中上游的黄帝部落与炎帝部落在阪泉展开大规模决战。炎帝战败，一溃千里，退至终南之地，偏僻之乡。他年，黄帝部落挥师东进，于逐鹿之地大战蚩尤部落。蚩尤领衔的以牛和鸟为图腾的多部落联盟不敌炎、黄联军，兵败瓦解，蚩尤被杀。炎、黄部落一举统一黄河流域及以南区域，成就了强大、辉煌的河洛文明。蚩尤九黎部落中三苗、氐羌人战败流亡，开始陆续向南方和西部迁徙，居于青海河曲地区的氐羌族群越过横断山脉，进入掸邦高原西北繁衍生息，他们是后来占据缅甸总人口 65% 的缅族人先民；居住于长江流域的三苗部落一支南迁，抵达川、黔、滇越地区和楚、吴、岭南一带，后来南部的侗、苗、壮人借地利之便再度南下，成为掸族的祖先；他们与稍晚时期从湄公河、红河流域一路西迁的孟高棉人进入萨尔温江和伊洛瓦底江流域定居，为中部平原地区带来了先进的北方文化和东南亚稻米种植技术。缅甸史学家波巴信把早期迁入的三支人马合称“息銮 – 马来人”。来自岭南地区的百越民族西迁进入缅甸的历史要晚至秦始皇南征时期，大批战乱流亡的南越俚人西迁进入越南和缅甸北部。司马迁《史记·大宛列传》记载：“昆明之属无君长，善寇盗……然闻其西可千余里有乘象国，名曰滇越。”东汉后期的典籍把这一地区称为“掸”。缅甸社会中，使用缅藏语系支系和壮侗语系支系的人口占据总人口的 90% 以上。追溯其人口和民族历史渊源，都与战火频仍的北方大国逃离战火的徙民有着密不可分的血缘传承。缅甸九成以上人口信仰佛教，历史上曾是北方儒教大国和西部佛教世界竞相蚕食、掠夺之地，原住民文化和习俗也饱受侵蚀和裹挟，逐渐消失在历史的长河之中。远洋探险时期，西班牙人、葡萄牙人的商船为了寻找传说中的东方富庶之地，远渡重洋，从阿拉伯海向东进入印度，再向东，进入孟加拉、缅甸和东南亚。早在十六世纪时候，就有洋人以雇佣军的面目混迹于阿拉伯国王军队里。他们在效忠国王向缅族人腹地征战的过程中，暗地里却在从事海盗抢劫和贩卖奴隶的勾当。后来，英国人从东印度公司打过来，掠夺矿产和红宝石，也带来罂粟种植和堕落。先后经历漫长的三次英缅战争和二战时期的日军侵缅战争，直到1948年1月4日，缅甸才正式宣告独立。然而，独立不久的缅甸政府又遇到在中国内战中失败退居缅北的国民党残军的袭扰。于是二十世纪五十年代初，缅甸政府重金雇佣英属印度国际军团的锡金与尼泊尔人，就是历史上以残暴和骁勇著称的廓尔喀军团，向鸠占鹊巢的北来武装发起了一场名为“旱季风暴”的清剿行动，双方投入十万兵力在金三角地区展开拉锯战，结果以国际军团全军覆没、总指挥丹尼尔开枪自杀收场。而遭受重创的国民党残部，为了生存，沦落为金三角地区多支贩毒集团的雇佣武装苟延残喘。

缅北山区，历史上因战乱迁居而来的华裔比比皆是。不少缅籍华人的后裔参与了缅甸境内各种各样的战争与纷争。直到中国新政权成立后的剿匪运动、清算运动、阶级斗争，许多在国内难以立足的旧官僚、军、警、特人员，逃避兵役人员，或者在中国境内作奸犯科者、躲避债务的赌徒、走投无路的冒险家等都穿越丛林进入缅北寄生。然而，这些浪迹至此的人，为了混口饭吃不至于饿死，又选择了当兵从军，加剧了时局的动荡和混乱。

缅甸地处世界屋脊——青藏高原南麓，境内北部高原，南部丘陵，河谷密集，山峦起伏。大部分国土位于北回归线以南，气候炎热多雨，境内生活着大大小小一百三十五个民族。复杂的地理地貌和闭塞的交通阻隔了信仰各异的民族之间的交流与和解。历史上弱小民族之间不断争斗、倾轧，民族武装丛生，豪强派系林立。连绵战火，制造了苦难，也滋生着罪恶与仇恨。后来建立起来的军人政权并不具备广泛的民族信任，国家统一的旗号变成了恃强凌弱的遮羞布，征伐弱小其实是为了掠夺和垄断利益。战争的本质其实就是一场又一场丛林权力游戏。于是，战乱频仍的土地上，毒品、枪支、人口买卖泛滥，玉石、矿藏成为野心家疯狂获利的渊薮。贫穷、动荡的缅甸本有着广袤的良田和适宜耕种的温暖气候，伊洛瓦底江奔流不息——它因雨神“伊洛瓦底”得名，意思是“天惠之河”。沿江两岸景色秀丽，风景如画，土地肥沃，物产丰富。世居于此的民众深受佛教、儒学的影响，守善奉忍、安贫乐道。然而，与此形成强烈反差的是，一方面寺庙佛塔林立、佛堂诵经之声不绝于耳；而现实之中，诵经的呢喃与隆隆的炮火声和谐共生；抱朴守真与贪婪掠食并行不悖；动荡与安宁旷日相守，死亡与来世循环往复。罂粟花盛开，号称“九反之地”的缅北，因剧烈的陆地板块冲击造就年轻、活跃、巍峨耸立的喜马拉雅山，躁动的南麓地震频发，动荡不宁。蛰伏丛林的，既有手持钢枪、山头林立的民族武装，又有胆大妄为、武器精良的贩毒组织。半个多世纪以来，它活脱脱就像一架熊熊燃烧的大型焚尸炉，熔化无数的男人、女人、老人，还有孩子。

懦弱者为求生而伪装，他们是丛林中的蜥蜴，是胆小如鼠的洞蝠，是四处流浪、凶残狡猾的豺，是肥硕蚁后驱使下悄无声息啃噬林莽的工蚁群落，是无声无息寄生腐木与幽暗林地的毒菌。他们总是于生灵涂炭、走投无路之际盼望一个超级英雄横空出世，救苦救难，到头来却发现屡屡被一个个弥天大谎所欺骗和裹挟。幸存者以及他们的后裔在获得短暂的喘息与祥和之后，又被某种狭隘利益、情感所蛊惑，再次抱团结义，重燃战火，走上与父辈、祖辈同样的宿命。渴求被外力拯救的乌合之众，其卑微的愿望一再成为水中月影，虚幻，缥缈，却又栩栩如生。悲天悯人者茕茕孑立，及时行乐者声色犬马，厚颜无耻的颂圣者巧言令色、巧舌如簧，强人却可以明火执仗地杀戮。魑魅魍魉，粉墨登场。而阴影里，那个心怀鬼胎的幕后操纵者却躲躲闪闪，暗自窃喜……

拂晓时分，岗哨上的柚子看见团长换了便装出门，径直往屋后山坡的坟地而去。柚子诧异，飞快报告林志雄。

林志雄和柚子赶到坟地的时候，看见团长用手在妻子坟茔边上刨出一个土坑。他把叠整齐的军装放进土坑，放上军帽、军官证和帽徽，拔出配枪，朝空中打完所有的子弹，然后把手枪放在帽徽旁边。他徒手把松散的红土掀进土坑，把它们统统掩埋。

“丽花，我在这儿。”团长自言自语，“有一天，我会回来陪你。”

他跪下去，俯低躯体，把脸埋进新鲜的红土堆。坟头那里，放着一碗冰冷的汤面。

团长起身，低头对身边的战士说：“我走了。”

林志雄看见团长疲倦、难看的脸上满是泪水，他感觉喉咙发紧，胸中有什么东西使劲往上涌。

蓬头垢面、衣衫不整的莫木拄着拐杖也来到山坡。

“团长，你要去哪？”林志雄不敢看团长血红的眼睛。

“回国。”团长说，转身下坡。很快，他的身影穿过簸箕村破落民房中间的小路，出了村口。

军营里又有人开小差离队。三天后，追随团长足迹稍后离开的侍卫长重新返回了军营。他带来团长最新的消息：李团长一路向北，渡过界河。但是，他在界碑那里久坐沉思，苦闷而绝望，国内已经没有了家，父母离世，兄弟四散，自己又失去职业，他去投奔谁？又何以为生？他在万念俱灰的黄昏，又只身渡江，返回木姐。从此，遁世于与国境线一河之隔的异国他乡，寄身茅庐，了此残生。

他活着，其实，已经死去。

多年以后，回到花城定居的林志雄听说，流落缅北的知青军团战士，有的陆续回国，有的落草为寇，有人开枪自杀，有的女战士为了活命，走进卖肉为生的流莺行列。为人忠诚、性情刚烈的侍卫长后来流亡金三角，在那里巧遇北京知青刘大宝，他们一起结伴从事危机四伏的毒贩保镖职业，过了一段刀刃上舔血的冒险日子，大约一年后，他们跟随一支贩运盐、茶的马帮流落泰国北部清迈，在那里从事苦力，过着居无定所的日子。团政委离开时号哭一场，从此隐姓埋名，在荒僻的贺嘎山出家为僧。

第十六章

人命关天

清明节前后一个月时间，是岭南人传统中举家出动祭奠已故亲人的大日子。人们各自选定不同的一天作为祭祀日，全家老少、血缘和亲缘连接的所有家庭，都汇聚起来，家族成员浩浩荡荡前往墓地，烧纸、焚香，缅怀先人，慎终追远，寄托哀思。岭南人口语中，把祭祖活动称为“拜山”，因为墓园大都安坐于山丘，山既是依靠，荒草野树也是所有神灵的聚居地。一代一代故去的人都安歇山林，茂密的植被下有先人游走的灵魂，有护佑人间的山神，有夜深人静时分低吟的孤魂野鬼……那是一个令人心存敬畏、讳莫如深、连绵延展的荒僻、幽暗世界。祭祀活动既是纪念、拜谒故人，同时又贿赂、孝敬山神，也打发、安抚游魂饿鬼。

相传，清明节起源于春秋时期晋文公纪念介子推。晋文公重耳在宫廷权斗中遭受迫害，流亡荒野，于饥寒交迫、走投无路之时，追随其流亡的忠臣介子推割取大腿之肉，烹煮救难，助晋文公渡过难关。后来，君臣同心协力，匡扶正位，晋文公登基执政。论功行赏，封赐群臣时，晋文公遗忘了危难关头舍身救主的介子推。介子推淡泊名利，此时已远离宫廷，隐居绵山侍奉老母。待晋文公幡然醒悟，遣使臣前往邀先生出山辅政。几次三番，先生坚辞不从，而且遁迹远避。世人知先生崇孝悌，晋文公乃火烧绵山，试图迫其携母而出。不想在山火之后的一株枯柳下见先生拥母而亡。树身刻下遗言：“割肉奉君尽丹心，但愿主公常清明。”晋文公看到后，大悔涕零。诏令晋国治下，禁火三日，寒食而祭。此乃清明节的来历，旧时亦称“寒食节”。后来这一纪念活动在庙堂和民间蔚然成风，此为推崇“忠孝”文化之肇始，遂成节日和盛典。

林志雄于 3 月底携全家老少回乡祭祖。

那时，林志雄和长子林潇湘在缅北祭祀亲人之后返回花城已经有一个星期。

岁月倥偬，一晃将近二十个年头过去。在老团长带领下，三个老兵重回果敢首府老街，拜谒耸立于山丘之上的果敢人民英雄纪念碑。老兵们向果敢人民英雄纪念碑敬献了花圈，默哀，然后依次鞠躬，惜别。曾经破破烂烂、深陷战争泥潭风雨飘摇的小县城而今已经变得热闹繁华，街上人来人往，酒肆商场人潮攒动，霓虹闪烁。三个老兵故地重游，似曾相识的地方早已物是人非，旧貌换新颜。一行人前往木姐镇逗留，没有人认识他们，早年间的熟人、果敢族战友不知寄生在街市何处，抑或流落他乡抑或悄无声息告别人世。他们寻访团长妻子丽花和英子长眠的荒草丛生的山坡，祭奠英灵，为这对英年早逝的女战士、姊妹花整修坟茔，培土筑石，敬献花环。那时，暴雨劈头盖脑而下，厚重的降雨云笼罩在异邦城市的上空。闷雷滚过天际，林志雄那一刻仿佛又置身炮声隆隆的战场，无数战友的身影掠过脑海，生动鲜活。而今，他们长眠于此，而更多的无名烈士则葬身于掸邦高原的崇山峻岭之中——他们之中有些人还是喉结刚刚发育、上唇依稀可见浅浅茸毛的懵懂少年。林志雄喃喃自语："我们回来看望你们——那些曾经并肩战斗、出生入死的战友、兄弟、姊妹，你们就此长眠异国他乡丛林，有些人的坟墓已经了无踪迹，我们此时此刻虽然无法看见你们的身影，但我们知道，那些曾经活蹦乱跳而今不再说话的战友，你们，一定能看见我们。在林地深处，在雨雾笼罩的营地，在河谷的某个巨石背后，你们在注视我们，目光欣慰、恓惶、天真无邪或者绝望哀怨。此时此刻，我们虽然无法做些什么来告慰你们，但那份共同的经历、记忆深植心底。那么，就让怀念镌刻在生命中，历久弥新。"

雨水顺着面颊往下淌，雨声在林莽吼成一片。林志雄想：他们，究竟是坚定信念的殉道者，抑或是磅礴洪流裹挟的泥流、枯叶、浮木、浮尸？而洪水之后，当一切复归平静，岁月重回过往，从遥远的某个角落顺流而下的漂浮物随处搁浅，惹人厌恶、憎恨甚至是诅咒，这一切究竟是命中注定还是可以避免的呢？这块土地上生活、繁衍的后人又该如何避免重蹈覆辙呢？

逗留缅北期间，林志雄怀揣老团长的书信前往曼德勒，拜见了一位神秘人物，接触了控制整个雾露河地区翡翠开采和幕后交易的大佬。接着，缅北三兄弟马不停蹄南下，沿着伊洛瓦底江流域，实地考察了油田采掘区，结识深居简出的缅族将军。林志雄脑海中逐渐勾勒出一张愈来愈清晰的商业帝国版图：一、立足缅北翡翠和红宝石矿藏资源，为高端珠宝产业打通原料渠道；富有冒险精神和丰富底层周旋经验的柚子坐镇曼德勒，协调、斡旋当地政府主导的翡翠公盘交易和大宗零散收购事项，可靠友人推荐的几名原石鉴定专家提供技术支持；珠宝加工、生产和品牌营销立足香港，辐射欧美；完整的产业链以林墨染为中心。二、联手政商背景强大的北京人，进军伊洛瓦底江石油产业，实施家族产业与投资的风险转移。涉足全新的石油行业对林氏集团来说是一项重大挑战，这是一项庞大的工程。林志雄初步拟定：曾在缅北地区有过早期生活经验的林潇湘担此重任。但涉世未深、缺乏经验的潇湘令林志雄颇为担忧。林志雄确定了一个基本框架：北京人的功能在外交和宏观政策协调方面；缅族将军负责处理当地政府、军方和民间矛盾；石油开采和冶炼方面的专业团队通过国内神通广大的猎头公司都可以挖掘和组建；他许以高薪，说服“白宫赌场”的台湾人林先生加盟，参与管理；行事低调稳妥的石头仔领衔花城派驻的管理团队负责日常运营。他相信，假以时日，石油帝国将带来丰厚回报。三、阿松是坐镇大本营不可或缺的中流砥柱，是总部运转的枢纽。

白颈仔似乎是林志雄命中注定的克星。人总是这样，一生之中总在某个时候会不期而遇一些硌硬的人和事，他（它）们会像蛇一样无休无止纠缠目标，如影随形。命运无常，遇到好人，遇到平凡人，遇到相守一生的伴侣和朋友，也遇到厄运般的衰佬和恶棍。林志雄原本与那个混迹街头的烂仔并无交集，但鬼使神差，在街头掠食的白颈仔一头扎进客运市场。后来者任性、张狂，蛮横搅局，吃相难看不说，还硬碰硬咬住林氏客运公司不松口。林志雄采取守势，但那条浑身肮脏的鬣狗步步进逼，有恃无恐，进而采取激进的纵火手段试图一举铲除竞争者。林志雄冷静操控，纵横捭阖，终于凤凰涅槃，顺势转型，家族企业脱胎换骨。林氏集团掌门人目光如炬，大踏步赶路，并没有停下来分心、驻足，陷入纠缠。有一次，天赐良机，他力助“湖南帮”，希望兵不血刃，借刀杀人，巧妙拔除恶人，可愿望落空。不是冤家不聚头，白颈仔似乎亦步亦趋闻风而来，悄悄挤进油水颇丰的房地产领域，试图施展过江龙的手段巧取豪夺，选择了昔日客运市场的败军之将小试牛刀，妄想虎口夺食。尽管林志雄临危不乱，最终反噬对手，但也因此付出额外代价。他明白对方不会善罢甘休，他的克制和谨慎让对方误判成了软弱可欺和有机可乘。但繁重的事务和更为重要的发展重任让他暂时抑制了复仇怒火。他在等待新大楼的竣工和盛大、完美的开业庆典之后，等待长子林潇湘欢天喜地、圆圆满满的婚礼之后。可冷不丁节外生枝，墨染在异国他乡陷入绑匪之手。好在，终于有惊无险，在祖安族人和花城亲友浑然不觉的情况下，幼子平安归来。而今，阿松盯住对手已经有一段时间了，猎物的习性、行动轨迹、巢穴都在掌握之中。从阿鼓和小忆双线反馈的信息判断，白颈仔对虎口夺食的失败恨到崩牙，迁怒林志雄联手北京佬做局收割他，让他吃了哑巴亏不说，还隔山打虎，寻不到目标。

从近期和远期计划来看，林志雄都必须在力量分散到境外之前处理掉这个麻烦，他决定不再拖延，腾出手脚，在这个雨季结束之前，彻底、干净地剪除对手，一举将欧氏集团斩草除根，以绝后患。他在思考：我们每个人都会高估自己收拾残局的能力，你慌慌张张搅浑水域，并不一定能逮到鱼儿；你试图竭泽而渔，可能会因为不期而遇的干旱被迫背井离乡；那些莽撞地打破平衡的人，最终可能因为失去平衡从跷跷板一端跌落深渊。我林志雄从不畏惧出手，但出手之前一定要想好了失手或者遭到反制的后果。要么，隐忍以待；要么，一招致命。别无他途。

林志雄一家在早饭过后进入宗祠，在祖宗牌位前依次亮灶、上香，磕头祈愿。然后举家携带祭品去了祖茔。

林氏祖茔坐落在镇子后面的半山腰上，那是一片硕大的墓园，八百多年来，历代林氏先人的灵柩都安葬于此。穿过山脚的松柏林，抬眼就可以看见顺着山坡密密麻麻排列而上的坟包。先期扫墓祭祀的人家已经清理了上山的小径，在无数的坟头前留下了香、蜡的残骸，坟地焚烧过纸钱留下的灰烬在晨风里飘摇。按照林氏族人的祭祀习惯，每家前来拜山扫墓的后生，都会顺着血缘关系依次向长眠于此的先人墓烧纸，拜谒。安葬于此的都是曾经的林氏宗亲。

林志雄看见远处的一座新坟，一个男孩孤零零坐在坟前空地那儿发呆。阿松也看见了，他绕过起起伏伏的坟包，向孩子走去。

“感谢祖上恩德，赐福我们林氏后人。至亲、至敬、无所不在的神灵老爷啊，感谢你们保佑我儿林墨染逢凶化吉，平安归来！”林志雄长跪不起，口中念念有词。

林母满头白发，她膝关节老化，在墨染的搀扶下踉踉跄跄来到了祖茔。她一路上念念叨叨，情绪哀戚，快到亡夫墓地的时候终于忍不住哭了出来。林志雄起身扶她，但老人坚持跪拜磕头。

点燃纸钱，烈焰熊熊燃烧。大大小小的纸灰腾空而起，在春日阴郁的天空飞舞，宛如降雨之前低飞的蜻蜓、黑燕，或者掠空而起的鸦群。

一行人来到河生爷的坟前，祭奠老人。

林志雄跪下磕头。“河生爷，原谅我，在您安葬的时候，我没有送您最后一程，我带阿松去了遥远的地方，接深陷泥潭的染儿回来，务请老人家不要怪罪我们。人活百年，终有一别。愿您的在天之灵在九泉之下安息。”他叩首作揖，喃喃自语。

孩子非常懂事，跪在施礼的人旁边陪祭，磕头如捣蒜。

“娘碰仔，爷爷走了，你这段时间吃饭是怎么解决的呢？”林志雄问。

孩子低头把草纸放进火堆里，“东家一顿，西家一餐。但大部分时间自己动手煮粥喝。”他说。没有抬头。他身体瘦弱，头发乱蓬蓬的，看上去有几天没有洗脸。

“有米、面、菜吗？”

“有米。米缸里还有一点点儿。”孩子说。

“接下来怎么办呢？你还有半年才初中毕业。”

“我已经不上学了。”

“可是，读书是一等一的要紧事。”

“我已经不去学校了。一直在等你们。”孩子说，“我要跟你们走。”他把头抬起来，用衣袖抹去脸上的泪珠。聚精会神地注视着林志雄的眼睛，目光充满期待和倔强。

“松哥跟我说了，这事得由你点头。”孩子又说，长长地呼出一口气。

“你得上完学，最起码初中毕业。”林志雄低头看着孩子，抚摸他粗硬的头发。

“你先前答应过爷爷，一旦他不在了，你就带我走。”孩子泪水又涌出来，“爷爷就躺在这里，你不会食言骗他吧？”他带着哭腔，仰脸看林志雄，任随泪水哗啦啦淌下。

林志雄坐在泥地上面对孩子：“好。我答应你。但是，你跟我去那边还得读完书。你向爷爷起誓。”

孩子立正站在爷爷坟前，他的小身板又跪下去。“爷爷，我要走了。我向你起誓，我一定活个人模狗样，回来告慰您和林家列祖列宗。”他说。

阿松满面是泪，他走过去拉起孩子。“走吧，我们下山去理发、冲凉。从今往后我来管你。”他对孩子说。

沉香大厦开业庆典选择在五一国际劳动节这天举行。餐饮区、酒店住宿区、休闲购物区、娱乐桑拿区同时开张。为了烘托剪彩仪式的盛大场面，举办方还不惜重金从香港邀请了电视台当红主持人充当司仪。上午八点，庆典活动在烈日下拉开帷幕。礼炮齐鸣，锣鼓喧天，彩色纸花漫天飞舞。巍峨雄壮的沉香大厦身披节日盛装屹立在珠江南岸，高耸的主楼直插灰蓝色的苍穹，无数的条幅、贺联从楼顶像瀑布一样垂落而下，把整个楼宇装点得热闹喜庆。广场上人头攒动，旗帜飘扬，无数的氢气球飘浮在半空。政界、商界、金融界、演艺界名流冠盖云集。一众大佬在掌声中集体上台，为簇新商厦吉庆开业剪彩启幕。梁鸣还亲自拿起朱笔，为六头雄狮点睛。热闹的剪彩仪式过后，是歌舞表演。开业打折酬宾活动将在上午九点开始。晚上，广场上和江岸还将推出盛况空前的烟火表演。

北京人郑义受主人委托，前来参加盛典。在潮人码头的酬宾宴上，他对前来敬酒的林老板说：“嗨！还不是我惦记着岭南的花花世界，催促主人应个人情，这才有了现身林老板大场面的机会。”

林志雄笑着回应："受累、受累。晚上，在我这'忘川酒店'住下，足不出户，转身就是'忘川夜总会'。尽情开心。"

"新开的场子，新鲜的妹子。眼花缭乱，人间天堂啊！……"郑先生放肆地大笑。

因为前来捧场的贵宾众多，林老板敬完酒，应酬几句，叮咛阿松陪好郑先生和桌上的客人，就关上包间的门出去应酬其他宾客了。但他旋即推门进来，郑重告诉北京人，明日午餐，在这儿单独陪同，有要事相商。

场面闹哄哄的迎宾宴会，内里却大有讲究。宾客济济一堂，其实，政、商、文、娱、亲、友之间有着一条隐秘的界线。对于冠冕堂皇又心思谨慎的政客来说，他们对座位排序、长幼尊卑、何人陪同、接触范围都有讲究和忌讳，表面看上去一团和气，其乐融融，但其实有着一条看不见的门槛。阶层分野、身份门第、圈子等级都一直存在，而且泾渭分明。不知深浅、不懂规矩的冒失鬼在这样的场合会被提前暗示或者提醒，防止他们贸然闯进单设的豪华包房，引起贵客的诧异和不安。而其他界别则推杯换盏，四处穿梭，交朋结友，完全把这种酒宴当成一个攀龙附凤的社交场合。那天上午，林志雄在酒宴间歇对梁鸣耳语："是否要见一见北京人？"

梁鸣低头沉思片刻，简短地说："不用。远离白虎。"

很久以后，林志雄在一个私人场合向学问渊博的钟先生请教"白虎"的寓意。钟先生告诉他，"远离白虎"出自清末江南名噪一时的富豪胡雪岩临终遗言，后来，鼎鼎大名的上海青帮掌门人杜月笙在香港临终前也如此告诫他的后人。其意思是：庙堂无常，远离显贵。他们都曾因为攀附权贵日进斗金，富可敌国。但也因此被裹挟进权斗泥潭。时移世易，靠山隐去，荣华富贵转瞬即逝，家道中落，晚景凄凉。

第二天午膳时间，林志雄单独宴请北京人郑先生。郑先生晃着肥硕的光头进来，腆着大肚子，一脸倦容。他穿了件雪白的亚麻短袖唐装，脖子上套着夸张的银质野牛项链。

他们寒暄过后开始谈论白颈仔的事。

"他不断打电话找我，索要佣金，指责我背信弃义。我呀，都懒得搭理。"郑先生说。

"追你要钱？"林志雄给郑先生斟葡萄酒。

"嗐！想得美。"郑先生侧脸对阿松说，"来瓶二锅头？"

"我要他再拿一笔钱，帮他另外弄一块地。你猜他怎么说？"郑先生饮一口浓烈的白酒，龇拉着嘴巴。

“怎样？”

“‘赊蛋鸟，衰人。休想！’他说。”郑先生学着欧秃子的粤语腔。

林志雄和阿松大笑。

北京人问粤语中“赊蛋鸟”和“衰人”是什么意思。阿松告诉他，“赊蛋鸟”是指不劳而获的恶鸟，它占领别人的巢穴，把原主人的蛋推下鸟巢摔得粉碎，然后在那窝里产下自己的蛋，让原主人飞回来替自己孵育后代；“衰人”大意是背时、走厄运的人，相当于四川方言中的“霉鬼”“霉脑壳”。

“他还威胁我说，不会放过我。嘿！长了铁齿铜牙了都？”郑先生开始用筷子将热气腾腾的清蒸石斑鱼开膛破肚。

几杯酒下肚，话就多了起来。北京人滔滔不绝，胡侃海吹，净是些京城秘闻、后宫逸事。

“谈正事。我这有一笔大买卖！”林志雄必须要在郑先生喝醉之前把合伙投资油田的事项说明白。

度过了三天花天酒地日子的郑先生心满意足，准备飞回北京。临行前，林志雄特来送行。他向北京人赠送了一个精美的红木箱，里面装着上等的花胶和冬虫夏草。另一个密封的小叶紫檀箱子里，是由北京人转交给其主人的礼品：一尊纯金弥勒佛雕像和一块加里曼丹上等沉香。

“请转交您的老板。代我感谢他赏脸林氏企业的开业庆典。伊洛瓦底油田的事，非同小可。一旦您的老板有意，在下即刻赴京面谈。”林志雄紧紧握住光头佬的手，神色庄严地对他说。

“一定带到。小的将向老板力陈所托，争取早日会上一面。”郑先生平日散漫、霸道，但此时深知林老板所托绝非小事。他收敛脸上的匪气，正色辞行。

一周后，林志雄和阿松飞往北京。对于这次非同凡响的远行，林志雄在集团内部秘而不宣，无人知晓。返回花城后，林志雄吩咐商厦的负责人王顺心，在一楼购物区的隐蔽角落，腾出三百平方米的空间，那里，将租赁给一位北京来的客户，开设一家“老北京饭店”。

农历六月，新一季的荔枝开始上市，这个月份在岭南习俗中也称为“荔月”。此时，味道鲜美的荔枝菌陆续上市，它是闷热雨季珍贵、稀少的野味，只在荔枝成熟时节出现，错过时令就再难寻得踪迹。林志雄开始忙碌新地块的规划、审批、施工。他雄心勃勃，要在位置优渥的新地块兴建一栋能够比肩香港维多利亚大厦的宏伟建筑。设计成型的建筑模型目前命名“梦幻之城”。月中的时候，一批北京客人远道而来，住进沉香大厦的“忘川酒店”。来客中有郑先生，但他在六位同行者中显得中规中矩，言谈拘谨，小心翼翼。领队是一个不苟言笑、神情冷漠的中年人。林志雄在北京期间，在神秘大佬的酒宴上见过他一面。印象中，那个中年人像个管家，随时都在主人身边恭恭敬敬候命。其他三位是此行的技术专家，是目前国内资深的地质、油田勘探和石化领域的专业人士。另外还配备了一名专门处理事务的年轻秘书。一行人执行主人密令，将会同林氏集团的高管一起赴缅，全面考察伊洛瓦底江油田项目的可行性，提供关键的技术参数，并且只对其主人单方面负责。主人如果首肯，他会再单独派出一支以经济合作名义出访的团队，考察缅甸的投资环境，评估政策风险。这两个关键步骤之后，主人才会第二次约见林志雄。这是郑先生在夜间脱离团队约束偷偷出来猎艳时对阿松说的。

“看样子，兴师动众的。该不会事成之后甩了我们老板吧？”阿松试探地问。

“不会。”郑先生似乎兴趣都在即将到来的陪侍女郎身上。

“为什么？”

“你想，有多大的诱惑，让一条大鱼甘冒风险、浮出水面？”郑先生说完，又补充一句，“我家主人轻松就把这个理掰扯明白了，既不冒任何风险，又要把钱赚了。”

第二天一早，林氏企业的四名高管和六名北京客人一同登上了飞往曼德勒的航班。

开业庆典之后，林墨染就闲暇下来。清早，在花园独自沏茶，别墅挡住了烈日，碎石子小路两侧，草坪像一张绿色的地毯伸展出去，鸟鸣啾啾。一只斑鸠在山间纵情呼唤，炽热情欲包裹在它浑圆、结实、跃跃欲试的身体里面，让它脖颈上的羽毛变成耀眼的钢蓝色火焰。那一声声对异性的倾诉，听上去充满焦躁不安、孤愤和急不可待的意味。一长串清白的禾雀花从枝藤上垂下来，在无风的早晨一动不动，乍看上去，仿佛有无数只小山雀叽叽喳喳聚拢成串，吊挂枝间。墨染估摸着，他从父亲的沉香大厦装修项目中赚了一笔钱，设计公司已经搬进了沉香大厦。他和他的团队成员在“潮人码头”开了庆功宴，请来了导师钟鼎文教授共同庆贺。为此，团队还精心制作了一个纪念品赠送给恩师。林墨染信守承诺，向团队成员支付了丰厚的奖金。钟先生谢绝了林墨染的酬劳，同时也推脱了他们安排的集体出国游历的邀请。翌日，设计公司的年轻人就像快乐的小鸟一样飞向了亚平宁半岛。

这期间，有一个从遥远的越南西贡打来的国际电话找到林家，墨染妈妈接听了电话。电话里出现了一个女孩怯生生的声音，她用结结巴巴的中文说寻找林墨染，其他的话，墨染妈就一句也听不懂了。午饭的时候，墨染妈还在饭桌上说起这件事，但屋里的男人都跑得远远的，一个都不在家。墨染妈后来也把这事忘了。

沉香大厦一楼不起眼的角落，“老北京饭店”正在紧锣密鼓地装修施工，工人们正在按设计图纸的要求把门脸改造成一个中式情调的入口，那里有青砖的厚重墙体、讲究的木格窗以及灰瓦檐下色泽艳丽的民俗花卉图案。

从缅甸飞回来的客人在“忘川酒店”逗留过夜，他们要在第二天一早赶回京复命。晚餐过后，不苟言笑的中年人在林志雄陪同下在大厅中央草草瞄了一眼角落里“老北京饭店”的施工进度，并未走近。进入酒店电梯后，表情严肃的中年人低头对林志雄说：“一周后，我的外甥将抵达，筹备小饭店的开业事项，请林老板尽可能提供协助。此事，你知，我知，天知，地知。明白？”林志雄轻声说：“放心。”中年人姓曹，他说请林老板以后叫他“曹老师”。

阿松大部分时候在“贝勒府”处理繁杂的事务。每天下午临近下班的时候，驱车回到白云居，单独向林志雄和莫木汇报对白颈仔盯梢的情况，商量、推敲突袭的细节，预判各种意外可能和补救措施，敲定外围警戒力量和突击人员选拔以及目标转运的路线等事项。

星期六的上午，阿松约了香儿准备去影楼拍摄婚纱照片。按照事先商量的方案，上午将在影楼完成室内拍摄部分，下午驱车去往台山下川岛，拍摄一组落日余晖下的海滨风光婚纱照片。为了赶早避开交通拥堵时段，阿松一早驱车出了白云山。红木艺术品店已经搬迁到沉香大厦新址经营，香儿还住在原来的出租房里，那里有五个一同上下班的潮汕小姐妹做邻居，她们平日里相互照应，相处也融洽。月末房租到期的时候，小姐妹们将要搬到沉香大厦二十三楼的员工新宿舍去住。

阿松敲门的时候，香儿已经沐浴完毕，穿了天青色丝绸睡裙在烘干长发。她丰腴的躯体在宽松的睡裙里玲珑跃动，坚挺的乳房从顺滑、轻薄的衣料里挺出来，活蹦乱颤，生猛撩人。阿松进屋关门，看着眼前的浴后美人，有些抑制不住，一把将香儿拉进怀里。他嗅到她身体幽香的味道，甜丝丝若有若无的奶香味儿，那是成熟少女身体散发出的冲击雄性嗅觉神经的致命荷尔蒙味道。他拥抱着她，开始吻她，抚摸她的乳峰。

这时，响起了敲门声。香儿推开阿松，进入洗漱间继续吹干头发。阿松开门的时候，看见墨染站在门口。

“啥时候回来的？”阿松与墨染打招呼。把他让进屋内。

“前天。昨儿一整天都睡在床上倒时差，今儿上午过来看看香儿，顺便把意大利的旅行纪念品带给她。也有你一份，下午回白云居一起赠送给大家。”染儿说，把一个鼓鼓囊囊的黑色旅行袋放在地上。他背上背了一个硬壳帆布画架。香儿在里屋同染儿打招呼，走出来时，乌黑的长发已经整理顺畅，瀑布一样披在脑后，挺拔的乳房在丝绸睡衣下隐约可见。

“香儿，真漂亮！我今儿正准备回白云居写生，不如现在给你画一幅肖像吧？”染儿笑着说。他开始卸下画板。

“可是，我还没有换衣服，这样子羞死人了。”香儿扭动身子，羞涩地双手蒙脸。

“不用那么麻烦，这样就好。你过来，坐在窗边，让朝霞洒在身上。自然、放松就行了。”染儿拉过一张椅子，找了一块白布搭在座椅上，一把拉过香儿。“坐。”他说。

“可是……”香儿想说什么。

“没有可是。坐着别动！”染儿语气简短地说。

香儿羞羞答答勉强坐在窗前。朝阳从玻璃窗斜斜地投射下来，照在香儿姣好的脸上，她头发乌黑如瀑，光洁、白皙的皮肤透出桃花一样的红晕，睫毛闪动，眼若春潭。

染儿抱着画板，飞快地在纸上画出香儿肖像的大致轮廓：她上翘的精致的鼻头，微微扬起的漂亮下巴，凸出的乳峰和短浴袍下面修长的双腿……

阿松百无聊赖，在餐桌那儿抽烟、喝茶。

“染儿，我们今天约了事情。”阿松说。

“嘘，别出声。很快！”染儿的精力都聚焦在画纸上。

不久，染儿起身，开始矫正香儿的坐姿，还小心翼翼地整理香儿的长发。

阿松在房间不安地走动。

染儿聚精会神画出那双漂亮的眼睛，画出阳光下眼眶和鼻翼的阴影。

香儿安静地坐在斜阳里，像一尊女神。

阿松的电话响了，是影楼摄影师打来的。那人电话里强调顾客拍摄的顺位次序，届时，化妆师会提前就位，打理新娘的发型和美妆，服装师、灯光师、摄影师准时进入影棚。他希望阿松准时抵达。

通完电话，阿松不得不打断染儿的兴致。“我们得走了，影楼那边在催促。他们今天上午要完成三对恋人的预定拍摄任务。改天再画吧？”阿松没有看染儿，径直走过去拉起香儿，催促她赶快换衣服。

染儿一脸茫然，推了推眼镜框，铅笔悬在手上。接下来，他显出失望和不快。“完成不到一半，再耽搁半小时不行吗？”他说，像个可怜的孩子望着阿松。

“下次吧。”阿松简短地说。开始收拾东西，顺手拿起香儿出门要用的太阳伞。

墨染起身，合拢画板。提了旅行包，面有愠色。“自私鬼！”他嘟哝着，快步出房门。香儿叫他的名字，但他头也不回，噔噔噔一路传来楼梯响声。

阿松和香儿下楼进入街巷，车子停在拐弯的主街。街面的早餐大排档那里冒着大团的蒸气，有人在简易竹棚下吃早餐。赶早市的街坊妇女和摩托车的轰鸣声已经唤醒新一天的喧嚣，阳光把浓重的树影投在街面，市井的热浪扑面而来。远处，街巷和主街交会的地方，积聚着一堆人，有人在那里吵吵嚷嚷。人越聚越多，接着，传来扭打声，追逐声。围观的人哄一下散开，香儿看见墨染的身影在扭打者中间。“松哥！快看，好像是染儿在那！”香儿指着前方聚集的人群。

阿松把香儿的服装袋和遮阳伞塞给她，飞快地向三岔口跑去。

一个浑身肮脏的妇女滚倒在地，那里，一早环卫洒水车喷洒过了街道，发黑的积水停留在低洼、溃烂的水泥街面。一个乡下女人匍匐在积水里双手死死抱住一名穿城管制服的胖子的腿，她哭天抢地央求那个胖城管不要没收她的三轮车。胖城管面无表情，两手死死攥住三轮车把。三轮车周围到处是围观的街坊，有人在替那个可怜的小贩女人说情、开脱。小贩背上的布兜里一个大约二三岁的孩童在哇哇大哭。

另一名穿制服的瘦男人在三轮车的另一边，嘴上叼着烟卷，手里拎着那女人的木杆秤。墨染挡在他前面，要求他把秤还给小贩。

“衰仔，不关你事，少来搅和！我们规范市场，整顿和取缔流动商贩，是执行公务。”那个瘦个子城管一脸轻蔑地训斥林墨染。

“小贩也要活命，何必断其生路？”林墨染并不相让。

“放她生路，我们俩的饭碗就砸了去喝风。懂不懂你？！”瘦城管“呸”一下直接从嘴唇上吐出烟蒂。

围观的人七嘴八舌议论，一位老伯也劝城管网开一面，饶过那个苦命的女人。

地上的女人头发散乱，一边哭一边央求：“三轮车是借了邻居堂叔的，你们推走，我拿什么归还人家？孩子爸失踪三年多了，我们娘俩没有收入，变卖一点自产的青菜、番茄换油盐。你们放过我……”

大家七嘴八舌说女人不幸，有人指责城管过分。

胖城管涨红了脸，和众人争论，一边呵斥女人松手。

那女人生怕失去三轮车，死死抱着胖子的腿不松手。

“松手啊！死八婆！”胖子开始咒骂。用力甩蹬他的腿，试图挣脱。

那女人死死钳住那只脚，号啕大哭，就不放手。孩子在女人布兜里惊恐大哭，像个拨浪鼓一样摇晃。

墨染在三轮车那边和瘦城管争论，要求他归还那杆秤，放那小贩走。

胖子使劲掰女人的手臂，一边开始殴打她。

“不能打人！”墨染说。众人也纷纷发声制止。

围观的人越来越多，路人的指责让穿制服的人恼怒和气急败坏。路口的交通已经堵塞，汽车和摩托车的喇叭声响成一片。

“松手啊！烂猪婆！”胖城管浑身是汗，猛抽女人的耳光。

那女人宁死不放手，鼻孔里鲜血直流。

胖子喘着粗气，双眼充血，汗珠不断往外冒。他一手揪住女人的头发，猛地提起来，另一只手抓住她的下巴。那个可怜的女人头往后扭曲着，喉咙里发出“嗷嗷”的叫声。她就是不松手。

那胖子咒骂着，攥住她的脑袋，用尽力气使劲一扭。“咔嚓”一下，传出短促、清脆的断裂声。那女人身体软塌塌落下，再无声息。胖子使劲抽出腿来，皮鞋还压在女人身体下边。

“出人命了！”有人说。

胖子使劲蹬开那女人，找到自己的鞋子，准备离开现场。孩子从女人的布兜里滚出来，伏在地上哇哇大哭，爬向自己的妈妈。

“你不能走！”墨染挡住胖子的去路。

“去你妈的！你谁啊？”那胖子用普通话骂道，开始推搡林墨染。

“你们谁赶紧打电话叫警察和医院救护。你弄出事了，不能离开现场。”墨染大声说。这时，胖子的拳头已经落在他的脸上，他的眼镜飞了出去。

墨染和胖子扭打在一起。

这时，阿松奋力挤进人群，从后面抱住胖子的后背，试图分开他们。那个瘦城管过来，一把攥住墨染的头发，胖子挥拳击打墨染的脸。

墨染满脸鲜血，从口腔里啐出脱落的牙齿。他抓住胖子的衣领不让他离开。

阿松用尽力气试图拖开胖子，他气喘吁吁：“别打啦！快住手！”

胖子一脚踹在墨染的小腹上，恶声咒骂：“打死你！”他夺过瘦城管手里的秤杆，开始照着墨染的脑袋打去。

木棍击打在墨染头上，刹那间，血从头上流下来，淌满面颊和脖颈。一下，两下，三下……墨染抱住自己的头。阿松抓住那支秤杆，一手挥拳打向胖子的下巴。

墨染弯下腰，头上血流如注。胖子抬脚飞踹，墨染踉踉跄跄，哐啷一声趴在三轮车斗上。这时，他看见车斗里有两个竹筐：一筐番茄，一筐苦麦菜，砍菜的铁刀就在青菜筐里。

墨染抄起铁刀，转身向胖子扑去。他感觉铁刀进入了那人柔软的腹部，他抽出刀，再一次顶进去。拳头落在他的后背上，他已经感觉不到疼痛。一股滚烫、黏稠的液体涌出来，糊在他的右手和刀柄上，刀柄又滑又腻。墨染感觉到落在他脊背上的拳头的力道在减弱，节奏减慢。他大口喘着粗气，号叫着，再一次抽刀刺进去。击打停止了，上面的身体软下来，耷拉在他肩头上……

时间仿佛突然凝固，四周的喧哗声瞬间静穆。那胖子庞大的躯体滑下来，无声倒地。

“美早（潮汕话：猛走。意思是迅猛地、快速地离开）！”阿松死命抱住那个瘦城管，用潮汕话向墨染喊叫，瞪圆眼睛，眼中充满焦躁和呵斥的意味。

墨染惊恐地看着血淋淋的双手，大口大口喘气，身体踉跄。

“美早！”阿松朝他怒吼。

墨染跌跌撞撞钻出人群，向远处跑去。惶恐的眼眸中，街道、大楼、无数陌生而惊骇的面孔、天空、扭曲的大地不停地旋转，无声颠簸。他脚下趔趔趄趄，口干舌燥，急促的呼吸似乎要憋炸胸腔，一边慌不择路跑出人们的视线，一边脱下血迹斑斑的T恤擦拭手上的血迹。

街面传来尖锐的刹车声。一个男人从紧急刹车的货车驾驶室探出半截身子，“食屎啦你！扑街！”司机愤怒大骂横穿公路的逃亡者。

“胶己人，上车。快！我搭你一程。”街边一个骑摩托车的陌生青年用潮汕话说，朝墨染使劲招手。

墨染没有多想，跨上摩托车。两人飞一样朝城市东郊而去……

林志雄吃过早饭，在后花园杜英树下阴凉的石桌那儿饮茶。接到王木匠的电话，说染儿出事了。林志雄大为震惊。

阿松已经被捕，王木匠正在去往派出所的路上，他已安排一些可靠的人沿着墨染逃亡的方向寻找他的踪迹。香儿受了刺激，浑身发抖，已经在木器工艺店旧址的空房子里休息，有人在那里陪护。

林志雄迅速作出反应：吩咐王木匠设法见到阿松，示意阿松仅承认自己是路人劝架，其他什么也不知道；安排莫木马上驱车上路，接走香儿，涉世未深的女孩不能出现在目击者名单当中；命令柚子带领人马寻找墨染下落。

中午时候，林志雄疏通关系，和律师一起在派出所见到了阿松。阿松面色阴郁，头发凌乱，白衬衫上还留有酱红色的血迹。

“他可以换衣服吗？”林志雄问身边的警察。

“可以。但案子没有定性之前，留有血渍的衣物将作为证物。”警察面无表情地说。

“我没有杀人，只是恰巧路过，劝架而已。我也不认识那个逃跑的人。”阿松说。

“那你为啥紧紧拉住另一个城管队员，协助凶犯逃脱？”警察歪着脑袋，斜视阿松。

“我要是放开手，后果会怎样？多一个倒在刀下的人？”阿松低头说，没有看警察。

“我们现场走访，有目击群众说，你在朝凶犯喊着什么？”警察犀利的眼神看住阿松。

“没有。我只是本能地号叫罢了，我不认识那个人。”阿松仍然低着头，“你们可以调查事发现场更多的目击者，我没有参与斗殴，仅仅是阻止而已。当时就是三两分钟的事，我连那个人的模样都没看清，就有一女摊贩和她的孩子，然后是一男人倒在那里。警察很快就到了，我与这件突发事件无关。所以，我根本不用跑。”他补充说。

第二天，花城的各大报纸在显著位置刊登了城管队员当街被杀案件。从新闻报道里，已知的情况是：那个颈部断裂的女商贩当场死亡；被刺城管队员身中三刀，在医院宣告不治；主犯在逃；现场缴获作案尖刀一把；一名男性疑犯被警方控制。

林志雄抓紧时间会见了一位朋友，希望他从中斡旋，找到可靠的记者深挖案件细节，把舆论风口转到女商贩的家境、苦命、屈死和执法者的残暴上来，通过大量现场目击证人，还原涉案尖刀的来源和路人出手阻止的场景。

案子在新闻报道狂轰滥炸下持续发酵，形成了民间对城市管理者执法尺度和合法性的广泛讨论。但林志雄知道，城管队员之死，从法律上来说，毕竟无法回避罪责。即使他因过失杀人逃脱死刑，仍将面临漫长的铁窗生涯。

整整四十八小时过去，四处寻找墨染下落的人都没有收获。他音讯全无。连潮汕老家可能的藏匿地点也没有反馈任何回音。

林志雄判断，墨染出逃匆忙，身无分文，连随身行李也不在警方的物证之中。后来，他从香儿的口中知道，是她在混乱的斗殴现场悄悄取走了墨染的旅行袋和画板。她一直守口如瓶，没有把这件事说给任何人。

墨染应该躲藏在城市的某个角落，不会走远。林志雄内心焦虑，但目前只有等待。

一直到第三天清晨，四处躲藏的墨染出现在了钟鼎文先生僻静的海边住所那里。

蓬头垢面的墨染敲开了钟先生的家门，钟先生大为惊讶。他事先并不知道发生的一切，他不读报纸、不看电视已经有很多年了，对城市新闻中连篇累牍报道的城管被杀案一无所知。

染儿失魂落魄，在屋里向先生简要诉说了发生的一切，目前他已走投无路，寻求先生的帮助。

“饿坏了吧？我这就出去给你买早点。你先冲凉更衣。”先生进卧室拿来浴袍，递给墨染。

“从工作室的玻璃窗，你可以看见院内的任何动静。记住，外面的人从反光玻璃窗看不见你。我出去买吃的，假如有人敲门，千万不要理睬，保持警惕。”先生手里提了一个青瓷饭盒，出屋的时候说。

钟先生回来的时候，手上提着一大堆吃的，同时也带回一份当天发行的都市早报。报纸醒目的版面刊登城管、小贩女人死亡的轰动新闻，“路见不平，神秘大侠怒杀恶吏！”新闻报道使用了耸人听闻的标题。

“这是一家老店的肠粉，味道不错！我吃早茶都在那里。趁热吃吧。你爸爸已经在赶来的路上。”钟先生说。

染儿穿着先生宽大的浴袍狼吞虎咽吃早餐的时候，钟先生沏了一壶茶。“饿太久了，缓着吃，小心你的胃。”先生看着他，染儿从先生慈祥的目光读出长者的爱怜与温暖，那一刻，所有的惊吓、委屈、恐惧、饥饿与濒临绝望境地的复杂心情竟然一齐涌来，他眼眶发红，泪水不断打转。

“孩子，你没有错。如果是我，我也会这么做。”钟先生说，给他斟茶。放下茶壶，伸手攥住染儿的肩膀，用手指轻轻揉捏。

墨染在深夜被父亲接走，回到白云居。林志雄一开始想让墨染住在沉香大厦顶楼的总统套房僻居一段时间，毕竟那里人来人往，车水马龙，闹市隐居更为安全。但他担心其他亲人的感受，亲情有时是最大的羁绊。那么，住在白云居，那里清净、隐秘，加上忠实可靠的莫木和他的手下昼夜守护，万一有突发情况，从屋后进入茂密的白云山林区躲藏，也是一个周全的选项。

阿松仍在囚禁之中。尽管林志雄疏通了一些关系，但案子仍处于热点关注时期，无法获得保释。“你知道，城管是政府网络的神经末梢。挑战权威底线的案子，特别敏感，我们也正承受着来自各方的压力。过几个月，事态转凉，就有松动的余地。放心吧，你的侄子不会受苦。”那个在司法系统的关系人在会面时告诉林志雄。

林志雄希望把香儿送回老家暂住一段时间，一来她受了惊吓，需要在亲情中冲淡记忆；二来，阿松一时半会儿无法出来，怕女孩子担心、忧虑，影响健康。但香儿说什么也不走。“松哥还在受罪，我不能在这个时候离开。我要等他回来。”她说。

潇湘的妻子产下了一名女婴。女婴胖乎乎的，皮肤又黑又红。林母迫不及待在产房拥抱了她，她笑得合不拢嘴，喜悦之情溢于言表。

潇湘看着祖母怀里的婴儿，像个手足无措的大男孩一样兴奋和局促。他搓着手：“怎么黑不溜秋的？一点也不像我和她妈妈。”

“傻孩子，你不懂，新生儿肤色白，长大就黑；生下来黑的，长大才白。这叫脱胎换骨。”老太太说。

林志雄和妻子在产房跟着母亲笑。他们问候了虚弱的儿媳，安慰她注意休息和调养。那段时间，木莲一直住在医院伺候产妇。

潇湘的岳父、岳母也在那里。那女人一直叽叽喳喳说她女儿怀孕多么辛苦，妊娠期反应如何折腾和摧残她女儿如花似玉的容貌。

“想好孩子的名字了？”林志雄赔着笑脸，问儿子和儿媳。

“还没有。郝琪想让女儿长大后成为一个歌唱家，拥有夜莺般的歌喉。她说取‘林莺’这个名字妥不妥？”潇湘说。

“小名叫莺儿？”林志雄问道。

“不妥、不妥。阿松爸爸叫婴儿，这儿又有个叫‘莺儿’的小 BB，不就混了辈分吗？”老太太脱口而出。

“我家琪琪说，林中之莺，歌喉婉转嘹亮，是个多么难得的名字啊！”那女人激动地嚷嚷。

“这主意不错，是个好名字。只是跟她二爷的名字谐音，还是要忌讳。”林志雄说，没有看那女人。他走近潇湘的岳父，对着那个沉默的男人继续说，“我倒想到了一个名字，推荐给你们参考。叫‘林荔’怎样？小名叫荔儿，此时正值岭南荔月，红红火火漫山遍野都是成熟的荔枝，果实甜蜜、红润、圆满。潮汕人把荔枝叫作‘莲果’，有圣洁、吉祥、平安的寓意。”

林母高兴极了，她说喜欢这名字：“‘荔儿’好，女孩子甜蜜美满，也应了时节。”

新生儿就命名：林荔。林志雄说，满月的时候，在“潮人码头”大摆筵席，为母女二人庆祝。

墨染闷居在家，正好如了老太太和母亲的意。她们不知道白云山以外发生的事，奶奶和母亲正好有机会为孩子变着花样烹制美食，拉近亲情。只是，她们也偶尔从染儿忧郁的眼神中觉察到年轻人的变化，那个从前阳光、开朗、单纯的染儿开始变得沉默寡言和喜欢独处。他温和地在餐桌用餐，体贴她们的辛劳，拉拉杂杂扯一些生活琐事，但看上去心不在焉，若有所思。白天大部分时候，他都在自己房间看书，偶尔也有吉他声从窗户传出，曲调绵长、忧伤。他没有了从前又弹又唱、忘乎所以的欢快，很反常地在大热天始终戴着一顶长舌棒球帽。

老太太敲击木鱼的声音在清晨和傍晚不绝如缕地传向屋后静谧的林区，鸟鸣啾啾，空谷回荡。

时值周六，娘碰仔不上学，他和香儿住在阿松的大房子里。孩子已经知道了松哥被羁押的事，雄伯叮嘱过他和香儿姐要对任何人保密，他知道事情的分寸和分量，他要对此守口如瓶，也要体谅香儿姐的感受，有时还要搜肠刮肚想到一些孩童的游戏逗大姐姐开心。早餐的时候，林志雄鼓励墨染去后山的湖边钓鱼，吩咐了娘碰仔随行做渔童。“多个心眼，留意陌生人！”林志雄在他们出门的时候单独对孩子说。天气炎热，墨染肩背鱼竿包，依旧戴了一顶黑色棒球帽出门，胖城管击打他头部留下的伤口还未愈合，有时隐隐作痛。孩子提着一个红色的塑料桶，香儿也出门跟着他们去散心。

林志雄的车子在农场小楼那里停着，和莫木在扁桃树的阴影里说着什么。

三人一路爬山，半小时后来到湖边钓鱼。静悄悄的林区起起伏伏，仿佛厚实的绿毯一直漫上山岗，微风徐徐，在炎热的早晨带来一丝凉意。

鱼儿从湖面远处跃起，激起巨大的水花。时间缓慢、滞重地流动，但墨染并没有钓到大鱼，水桶里有几条不大的罗非鱼和一条过山鲫。其他的时候，就见浮漂在微风中晃动，偶尔有小鱼在逗弄浮漂，但抬竿并无收获。

日上三竿的时候，湖边已经异常炎热。香儿在橄榄树的树荫下枯坐，昏昏欲睡，全身冒汗。

墨染在沉思。有时起竿更换鱼钩上的蚯蚓。大孩子各怀心事，只有娘碰仔无忧无虑，在堤岸捉虫子。

“娘碰仔，你陪香儿姐回去吧。上来的时候，弄一把砍刀过来。”墨染说。

“做什么？”孩子不解地问。

墨染手指向堤坝的平旷草地，“我要在那搭一个窝棚，钓鱼累了，可以在那休息。你顺便捎一卷绳索，单独跟莫伯说就行了。”

香儿提着水桶里的小鱼和娘碰仔下山去了。不久，莫木和孩子来到湖边。

莫木扛着一大卷塑料地毯，提来了午餐、瓶装水。

三个人此后用了大半天时间，在堤坝上搭起了一个人字形窝棚，棚顶盖了厚厚的芭蕉叶和棕榈叶，地面还铺了一层暗绿色的防潮地毯。莫木沿着窝棚四周的地面撒了一圈硫黄粉，说是防止蛇、虫钻进来。

“这个塞在支架缝隙处，预防万一。”收拾完东西，墨染在棚子内壁藏匿砍刀，他说。

第二天上午，墨染和娘碰仔在湖边钓鱼的时候，林志雄和莫木来了。他们钻出树林爬上堤坝的时候，只见娘碰仔手握抄网的金属杆柄，和小黑狗一起警惕地站在路口。看见他们，孩子亲热地和他们打招呼。

堤坝上并未见到墨染，钓位上的鱼竿孤零零地在水面投出倒影。

“染儿呢？”林志雄四下张望，看到了那个新搭的窝棚。

孩子把抄鱼的家伙顺放在钓位的浅草上，指一指窝棚的方向。窝棚一眼可见空荡荡的人字形棚架里，并没有人影。娘碰仔把弯曲的食指放进嘴里，吹出响亮的呼哨声。

不久，头戴棒球帽的墨染从窝棚背后的树丛里钻出来，躬身穿过窝棚走过来。

林志雄抚摸着孩子粗硬的短发，目光里流露出赞许的眼神，“不错，像个小哨兵的样子。”他说。

墨染回到钓位上，开始更换鱼饵。

林志雄蹲下，目光投向湖面，碧绿的湖水微波荡漾。父亲告诉墨染，阿松下周三办妥保释手续，就可以回来。“他为你的冲动和意气用事受了些委屈。但阿松是个经历了很多事情的人，能妥善判断和应对危机。他是个好孩子。”

墨染阴沉着脸，一言不发。

“我正在设法把你弄出去，秘密抵达香港，从那里飞到印度尼西亚。已经有人专程在雅加达办理此事。但没有这么快，一是这边要等待事态风平浪静的时候才能悄悄离开，二是那边移民手续要经历多个周转路径将你的大陆身份抹干净。要耐心等候。”林志雄说。

微风乍起，湖心皱起涟漪。涟漪远处临水的灌木丛阴影里钻出两只水鸟，它们一前一后划过水面，看上去惬意、闲适，点动小脑袋东瞧西看。

“你看，”父亲说，“你看那两只水鸟，在水面从容优雅、逍遥自在的样子。其实，你没有看见它们隐藏在水面下的脚在不停划动。轻易不要让人捕捉到你的内心和水下动静，表面泰然自若，似乎什么都看不到。你什么都不在乎、不知道，但你必须全部掌控命门。”

他和莫木去看新搭的窝棚，夸奖窝棚的选址不错。“白云山是雷区，一定要避开高大树木，防止雷击。还要避免暴雨时节的山洪危险。不错，这里进退有据，视野开阔。”他对莫木说。

莫木点头，“这都是染儿的主意。窝棚搭建完工的时候，他还特意留下这个。”莫木指一指支撑杆背后隐藏的砍刀，小声说。

林志雄注意看，在木杆和新鲜蕉叶的隐蔽缝隙处，别着一把黑漆漆的砍刀。林志雄看一眼莫木，微微点一下头，没有说什么。

阿松在律师陪同下办完保释手续，林志雄驱车将他接到“渔人码头”。为了不惊扰家人，他们在那里举行了一个小范围聚餐，给阿松洗尘、压惊。至此，阿松在看守所整整被关押了十五天。他看上去明显瘦了，但精神状态变化不大。“这点苦不算什么。我既然出现在那里，就应当防止事态发展到不可收拾的地步。”柚叔向他敬酒并夸奖他时，他平静地说。

林志雄给新生的孙女林荔儿热热闹闹办完满月酒，第二天就应邀前往北京。那时，在沉香大厦一楼低调开张的“老北京饭店”已经运营了几日。饭店内饰古色古香，有一种北方大院厚重、朴拙的味道。食客不多，饭菜口味也还需要适应广府人挑剔的味蕾。尽管开张酬宾期间推出了打折优惠活动，菜品量大酱厚，但在“食不厌精、脍不厌细”的粤菜之乡，北方风味的饭店上座率似乎一般般。负责门店日常经营的年轻人是神秘中年大佬曹老师的外侄，林志雄希望他生意红火，也好在北京会面时皆大欢喜。但那个年轻人似乎不温不火，丝毫看不出压力。“咱舅说了，只要不亏就成。”年轻人满口胡同腔，一副见过大世面的样子。林志雄没有再多言。

陪同林志雄出行的是石头仔，阿松需要在家休养几天。为了加强对墨染的安保工作，林志雄征得墨染同意，已经通知阿鼓，要他方便时回一趟家乡，带阮望京前来花城，进入林氏企业，在莫木的麾下效力。

墨染一反常态的沉默寡言和心事重重引起祖母的担心。老太太疑惑孙子整天闷在白云居不出门，天长日久会变成一条老气横秋、活力尽失的老虫儿。

“去吧，换上鲜亮的衣服进城去找你的伙伴大吃大喝吧。大好的天光，守着我们这些老婆子做啥子？你爸爸不给你花销吗？来吧、来吧，我给你。不够使你就张口，奶奶有大把私房钱，够你花的。”老太太塞给孙子一沓钞票。

“奶奶嫌弃我碍事了呗？！我在等候出国的手续，这段时间多陪陪你们。等我出国了，又要好长时间不能见面。”染儿说着俏皮话，脸上却毫无表情。

墨染感觉自己被卡在时间的缝隙里限制了腾挪空间，每天在卧室、餐厅、厨房轮回，睡觉、吃饭，或者下到厨房看母亲和木莲阿姨打理膳食。日复一日，他在这条循环往复的线路上重复着，失去了外界的声音，无法会见朋友，远离记忆中熟悉而喧嚣的城市；他提防陌生人，回避熟人；他在一个人的世界里游荡、蛰伏、隐藏和怀想心事。暴雨冲刷丛林，雨过天晴的夜空深邃、幽远，游走的爬行动物急火火穿梭，林区飘来一股股淡淡的腐叶味儿。“难道，我就这样烂在山林?”墨染想。沉闷的生活让墨染感觉索然无味，他已按照父亲的要求切断了同外界的所有联系，包括装潢设计公司的伙伴们。不知道这样蜗居的生活要持续多久，不敢见生人，不能在阳光明媚的日子走上街头，不能出现在人流如织的商场、剧院和鲜花盛开的公园……他时常被噩梦惊醒，与那个可恶、冷酷的胖城管激烈冲突的画面一次又一次浮现：没有想到事情会发展到不可收拾的地步，他只是路过，只想制止一场对可怜女人的暴行，但雨点般的拳头落在他脸上、身上，胖子凶狠的小眼睛射出癫狂的火焰，似乎要置对方于死地；坚硬的木秤杆抽打在他的头上，一下、两下、三下……胖子歇斯底里，使出全力要把对方放倒，出手狠毒，照着要命的部位击打……他满头流血，脑袋嗡嗡作响；他看见了那把有些锈迹的刀，他用尽全身力气把它抵进对方的腹部；殴打他的拳头并未终止；他再一次把刀插进去，大声嘶吼……白云山的夜晚寂静而漫长，他从令人窒息的噩梦中惊醒或者大白天从警笛刺耳、警灯闪烁的警车包围的幻觉中猛醒，大汗淋漓，气喘吁吁……他还活着，大气不敢出，即使藏身在安全的庇护所也谨小慎微，敏感多疑……鸟儿在早晨鸣叫，在黄昏鸣叫；星星躲在深邃夜空的远处诡异地眨眼睛；流萤忽远忽近，像迷路或者落魄的游魂，忽上忽下，忽慢忽快，忽有忽无，踉踉跄跄，无声无息……

林志雄从北京返回花城后在白云居召开了一次内部高层会议。他在会上通报了此行的成果，扼要阐述了林氏集团今后五年的发展规划：一、立足花城，地产项目围绕“梦幻之城”为中心，全力打造一个享誉行业的地标建筑和典范；二、淡化“六合彩”业务，逐渐远离灰色领域；三、立足南洋，正式进军珠宝行业，力争五年后成为享誉中外的时尚品牌；四、低调进入伊洛瓦底能源行业，致力公司全球化转型。

会议上，林志雄只口不提“海上贸易”，也没有提及清除白颈仔的事。林墨染首次全程列席会议。

对于潇湘频繁出差和未来不久常驻缅甸的人事安排，他的妻子郝琪颇有微词。年轻夫妻聚少离多，由此带来的生活困扰让她和她的父母深感不安。潇湘的岳母率先反对，叽里呱啦对着女婿抱怨，也在一次林志雄前来看望小孙女时当面说给一家之主听。岳父委婉地以小荔儿的成长和教育为托词，陈述了担忧和谨慎反对。

“缅甸那边是个大项目，潇湘需要独当一面经受锻炼。未来林家的事业需要年轻人勇挑大梁，我们这些老家伙能持续多久呢?”林志雄说。

那女人连珠炮一样说起生活的不便和带孩子的辛劳。她的老公闷声不响。

“这样吧?琪琪可以选择与潇湘同行；或者选择在白云居他们的大房子居住，那里空气好，山清水秀，对孩子成长更好，人手也宽裕，大家一起照顾、看护她们母女俩，也是件难得的好事。”林志雄说。

“那我们呢?我，还有琪琪她爸?”

“应你的要求，给你们买了住房。住不习惯?那也可以回到汨罗江的故居和亲人中嘛。”

“要我们和琪琪、荔儿分开?亏你想得出!”那女人声音尖厉，一副准备吵架的势头。

林志雄站起身，他盯住那张浓妆艳抹、自命不凡的脸，声音低沉而缓慢地说:“我不想和任何人争论。荔儿，她姓林，她首先是个潮汕人。我们，有责任、有能力、有决心把她养育、教育好。”说完转身离去。

清晨，墨染起床。他拉开窗帘，明亮的光线直晃眼睛，窗外茂密的热带雨林洒满阳光。屋子里静悄悄的，偶尔能听到婆婆或者妈妈在楼下整理家什的声音。窗外的鸟鸣声此起彼伏，喧闹一片。

下楼吃完早餐，他没精打采在后花园闲坐，盘算着饮完几盅茶，独自上山，去到湖边钓鱼，顺便把窝棚完善一下，不要那么一览无余没有遮挡，陌生人走上堤坝就一眼洞穿棚子内的一切。父亲和松哥一早出门。香儿在松哥归来后不几天就去上班了，她已经从租住地把简单的家当搬到沉香大厦那边，和姐妹们一起工作和生活。无心读书的娘碰仔每天还是硬着头皮去到山下的学校，要到下午四点来钟学校放学才能踩着单车回来。他扔下书包，第一时间就会飞奔过来找染儿玩耍。在院子里寻找不到，他会带上莫伯的小黑狗，马不停蹄一路穿过密林。人还没有钻出林子，响亮的呼哨声就会引来染儿的回应。

“他是个机灵鬼。”墨染心里咕哝。

墨染上到二楼父亲的书房，想找点茶叶回到花园沏茶。

书房宽敞而整洁，南北对流的通透大窗户采光充分。靠墙有一排书架和文件柜，在宽大的书桌上，墨染看见父亲翻开的一本书，书名是《古文观止》。桌上有一张便签纸，一支粗壮的老式黑色派克钢笔压在上面。纸上应该是昨晚父亲阅读时留下的一行字迹:“月明星稀，乌鹊南飞”。染儿知道那是雄霸三国的枭雄曹操的驰名诗句。他在宽大的藤椅上坐下。父亲仍保持着军人的习惯，他拒绝柔软的皮椅，也不要僵硬的红木椅子，而是选择舒适、简朴的藤编靠椅。

他从父亲的烟盒里取出一支香烟点上，但烟卷的刺激味道令他不适。他开始咳嗽。在藤椅里发呆，然后看父亲在便签上留下的遒劲笔迹，他想起父亲坎坷的经历和不易，目睹了他的忙碌、冷静和举重若轻的从容，开始逐渐窥视到主宰林氏集团这艘大船的船长隐藏的智慧和雄才大略——他的南下、西飞战略的商业嗅觉和风险忧患意识。他曾单独跟他说起财富的安全性，那是父亲打拼多年的心血，是一家子人未来的保障，是风里雨里陪伴企业由小做大的所有伙伴的希望和依托，他要经得起信任和托付。他的父亲小心翼翼，时时警心、醒目，处事谨慎冷静，避免因为个人的一时冲动或者草率决定让大船触礁或遭遇不可逆的风暴。他希望墨染经历了一些事情后更加成熟和读懂中国社会，在等待下南洋的日子里思考一些问题。一旦在南洋安定下来，就把珠宝项目拉起来，既要大展拳脚，又要隐藏锋芒。

墨染在等待阿阮的到来，也准备约见值得信赖的方南，他也打算熬过这阵子去寻找那天在紧急逃亡中助他脱险的摩托仔阿川——他一路风驰电掣把墨染载到远郊的龙门洞一带。在那里，墨染在僻静的小溪清洗了身上的血渍，在树荫下思考自己的去向。阿川趁着抽烟的工夫焚烧了墨染血迹斑斑的上衣，“不能让它落在警察手中！”他说。嘴角叼着一支廉价烟卷，眯起一只眼，用一截树棍挑着燃烧的T恤，让灰烬顺水流走。他告诉墨染自己姓黄，相熟的人都叫他阿川，老家在潮汕的东坑村。他还说，这下子，他得挪个地方谋生，省得警察找到他。阿川看上去二十出头，有着粗硬的短发，脖子结实粗短，由于长期的户外暴晒，脖颈皮肤黑而赤红，锁骨窝那儿文着一颗蓝色的小五角星。他把自己散发汗臭的土黄色T恤脱下来丢给墨染，并把搭客赚来的一百二十多块钱分一半给他。

“胶己人，拿着。一人一半！需要的时候买瓶水。记住，这世道，并不是每一个人都有我这么好心。我得赶回去收拾收拾东西远走高飞喽。”阿川起身跨上摩托车。

“素昧平生，为什么帮我？”

“我恨死那帮欺软怕硬的狗东西了。我以前在天桥摆过地摊，没少受他们欺凌……”阿川的脸别向墨染看不见的方向说。

“阿川，我回头怎么联系你？”墨染站起来，手里攥着阿川的上衣。

“兴许，过年的时候，你在老家能找到我。但眼下，我得跑得远远的。”他光着脊背走了，摩托车冒出一股青烟……

墨染打算找几个信得过的人，他们，将是他未来施展拳脚的执行团队核心成员。

可是，眼下却是无尽的等待，枯守，还有诚惶诚恐。

他吸一口烟，看着青烟在寂静的书房丝丝缕缕飘起。内心空洞，像只困兽。他抽出钢笔，在便签纸上父亲的笔迹后面写下："绕树三匝，何枝可依？"

那是星期五上午。

晚餐，是例行的林氏集团高层聚会。自从林志雄搬进了白云居，每个周五晚上的聚餐活动就从热闹嘈杂的贝勒府移到了清净闲适的白云居林府别墅。晚餐过后，在二楼书房饮茶。除了几项事务性的议程在茶事活动上商议、定夺，没有重大事项再议。出席活动的人陆续驱车离去。留下莫木、柚子、王顺心、石头仔、潇湘、墨染参加接下来的小范围会议。这个会议研究的议题只有一个：在正式启动伊洛瓦底项目之前，拿下白颈仔。

莫木汇报了线人掌握的信息：白颈仔一门心思要进入地产领域，他开始遵循游戏规则，老老实实组建新公司，完善资质，四处招贤纳士；同时，下大本钱公关；他还在扭着北京人要钱。

"他打了一次电话给我，威胁我说，'你会死得很难看！'"林志雄插言。

阿松汇报了掌握的欧氏集团情报。白颈仔掌控全局，一个兄弟主要掌控客运公司，他就是曾经在客运市场兴风作浪被林氏集团抓住但全身而退的那个光头佬；另一个兄弟长期驻守水产市场，控制着约二十个马仔，从商户那里征收保护费和垄断大宗货源。白颈仔日常有两个贴身保镖护卫。新近从河南招募来一名武术冠军，夜间住在白颈仔的别墅一楼，负责晚上的警戒和安保。白颈仔有一个年轻的奶妈，每天晚餐时间他回到别墅用餐时提供喂乳服务，然后在晚八点前离开欧宅。这个曾经粗鄙的穷鬼在暴富之后开始迅速模仿流行于深圳一带富豪圈的养生秘籍，三年前物色到一个年轻健康的女人。那女人为他提供新鲜人奶哺乳的同时也提供性服务，其间育有一子。事业成功的欧总在掠食过程中不择手段，穷凶极恶，导致与上游富商结怨，下游谋食者切齿，招惹了大大小小数不清的仇家。他深知自己的处境，一方面加强安保，另一方面深居简出，躲避危险。生活上也讲究起来，不再饥不择食、狼吞虎咽，一切广府人流行的有助调理、培补的药膳食疗讲究都开始进入他的餐桌，那些有助于恢复他日益枯竭的雄性荷尔蒙的民间验方、古怪食材、壮阳丹药都让他痴迷和沉湎。他雇佣厨师，因为刻薄和挑剔，厨子总是走马灯一样更换。白颈仔与风骚奶妈共育的儿子并不和他生活在一起，每月他会按时支付一笔生活费和哺乳酬金给她，公事公办，没有分歧和麻烦。那女人像一个职业女性一样到时准点向他喂奶，或者一边吃奶一边让他泄欲，然后独自回家。她是一个胸大无脑的单纯女人，离异后带着一个女儿从湖南来到花城谋生，大致知道一些欧总的厉害。但她满足于目前的生活，按月领取的酬劳让她眉开眼笑。

阿松在书柜上挂了一张简易的手绘示意图，详细介绍了白颈仔住所的地形和房间布局情况。

“去年下半年，我们已经安排人进入白颈仔所住小区的物业服务公司卧底，掌握了那所房子和他主人的所有情况。清明节前，我们的人乔装燃气公司的检修人员再次进入他的住宅探查，绘制了这张图。”阿松说。那张图标出来十个三角符号和三个红色的圆圈，将目标所处区域、位置、环境以及外围交通和接应点标示得一清二楚。

“阿松，你和你柚叔带领十个人，三辆车，柚叔负责清理那个新来的武打明星，阿松带人进入二楼卧室拿下欧秃子；莫兄，你见过欧家老三，你的人拔掉客运公司的钉子，骨干成员一个不留；石头仔，你的任务是清理水产市场，欧氏兄弟一个不留，控制事态扩大。”林志雄部署力量，“明天起，三个方向独立运作，不声不响，摸清底牌，规划撤离路线，制定意外情况应急预案。”

柚子站起身，他显得有些激动，“我请求直接捉拿白颈仔，他毁了我的客运公司，让我蒙羞、难堪。此番生擒他来，向雄哥赎罪！”柚叔脸上油光闪闪，声音响亮。他对雄哥逐渐淡化地下博彩业的思路颇有微词，担心好不容易铺展开的彩票销售网点被迫收缩，自己费了九牛二虎之力形成的利益圈子和在集团的威望再次受损，但碍于大佬的权威，没有说出来。

林志雄把手指竖在嘴皮上，示意他小声。屋外天色漆黑，依稀传来林母敲击木鱼的清脆声音。

“好吧。你和阿松谋划好细节，动作迅猛，冲进卧室，一枪毙命。我不想看到那条死蛇！”他压低声音说。

7月底的时候，一场大暴雨降临花城，这给预定的8月1日晚行动时间创造了天赐良机。台风雨不会短时间过去，这样的天气，人们也会减少户外活动，狂风暴雨也会将激烈的冒险作业掩盖得平淡无奇。但一个临时的变化插了进来：缅甸的项目进展顺利，那边来电话，希望在8月1日前能够签署合作协议。紧接着，北京那边来电话，催促启程赴约。

林志雄以台风天气为由，拖延了飞行计划。北京人也可以从电视气象播报中收看到这一讯息：台风在南太平洋洋面形成急剧旋转的云团，一路向西，暴雨和狂风正面吹袭广东、福建沿海……电视里都这么播报。林志雄想，这是一个滴水不漏的借口。

行动在夜里十一点开始，三路人马已经各就各位。林志雄这晚守在贝勒府二楼，旧书房早已改造成了一个小型接待室，他在孤灯下抽烟。窗外暴雨如注，两名守卫在一楼把守，张牙舞爪的蛇状闪电划过夜空，照见空荡荡院子里停放的黑色应急越野车。

烟灰缸里堆满烟屁股。林志雄手心出汗，坐卧不安。

最先收到的是石头仔的电话。他在电话里用潮汕话简单地说了两个字："办妥。"

十来分钟后，莫木打来电话："搞掂。用火，一锅熬。"

"为什么？"林志雄压低声音。

"烤老鼠。捉迷藏。"莫木简短地说。

林志雄沉思片刻。"得。"他用广西话回复一个字，挂上电话。

一直没有阿松他们那边的消息。林志雄起身点烟。

阿松他们在下午四点已经分别接到小忆和阿鼓的电话，证实欧秃子在第一轮降雨过后驱车离开客运公司。一小时后，别墅区的保安线人密报，欧秃子的车子驶进小区，回到住所。大约晚上十点半的时候，急剧的降雨淹没了别墅区地势低洼一户人家的下沉式花园，女主人打着伞在院子里叽里哇啦大叫。物业人员迅速赶到，他们穿着雨衣在暴雨中清理排水系统，紧急使用了一台抽水机把涌进花园的积水抽出去。抢险工作进行了一个多小时，那些在路灯下闪着亮光的雨衣才离去。

周围安静下来。雨势有所减缓，树冠在大风中摇摆。

欧秃子的独栋别墅在一个僻静的角落，一楼和二楼还亮着灯。

阿松和另外两个穿黑色雨衣的人离开隐蔽角落的汽车，在欧宅铁栅栏大门那里按门铃，手电筒的亮光在雨夜下闪着微光。一辆黑色商务面包车停在十多米远的道路上，那上面坐着柚叔的人马。

"咩事？"别墅二楼卧室的窗户推开一道缝隙，欧秃子肥大的脑袋出现在灯光里，凶巴巴地盘问。他看见草坪外的铁栅栏大门口的雨幕里立着三个穿雨衣的男人，其中一个人向他晃了晃手电筒。

"台风天，查看积水和漏雨情况。请开门。"阿松把双手卷成一个喇叭筒，向楼上的人说。从窗户内传出电视机播放香港武打剧激烈、夸张的打斗和吆喝声。

一楼的人出来，那个保镖赤裸上身，穿着短裤，趿着拖鞋。雨伞下面可以看见他健壮、鼓凸的肌肉。

“你们去屋后花园看看有无漫水。我得进去一楼瞅瞅，还得麻烦主人在表格上签个字，证明我们在台风雨的天气走访和排查了住户。”阿松声调冷淡地说。

“早干吗去了？深更半夜惊扰业主。”那人嘟嘟囔囔，一错身，把阿松让进门庭走廊。他们进入别墅一楼的时候，柚叔和三个人从黑色面包车里出来，快速进入院子大门。

阿松打着手电筒查看了厨房和卫生间，把一个蓝皮塑料文件夹扔在餐桌上要那人签字。餐厅的灯光下，那人身上文着一条硕大的五爪金龙。

“你们进来干什么？”那人在表格上写字的当儿，突然抬起头，凶巴巴地用圆珠笔指着柚叔和进来的人，大声呵斥。

就在这时，传出“噗、噗”两声枪响。那人倒下去。但他抓住一把椅子试图支撑住身体，阿松照着他脑袋补了一枪。文着金龙的人倒地的时候打翻了那把椅子，地板上传来哐啷一声。

阿松对着柚叔，指一指楼上，没有说话。

柚叔双手握枪，冲上二楼。

二楼的房门开了，欧秃子听见了楼下的响动，探出上半身气哼哼地问话：“咩事？”欧秃子肥胖的脑袋在门口晃动。接着传来脚步声，柚叔一闪身冲进房间。短暂的争吵过后，楼上的屋门哐啷一声关上。

瞬间，楼上安静下来。

一个助手扛起沉甸甸的殓尸袋，阿松和他匆匆出门。

他们把黑色的大包裹装进面包车尾厢。四周一片寂静，路灯在大雨里兀自而立，孤单，弱小。

那个助手跳上驾驶室，发动引擎。阿松在雨幕里挑眼上看，别墅二楼灯光雪亮，那里出奇安静。

阿松感到蹊跷，下车返回别墅，在门口与那个守卫警戒的人低声交代：“守紧。醒目点！”

他匆匆跑进一楼。在二楼楼梯口，他看见柚叔带来的三个人紧张地把守着一扇紧闭的房门。一个人向阿松指一指厚重的木门，示意柚叔在里边。阿松焦急地抬腕看表。

其实，阿松顺利解决一楼打手的时候，柚叔双手握枪毫不犹豫冲进二楼的房间控制了目标。欧秃子惊恐地退回沙发上，旋即认出雨衣下的来人的脸孔。

白颈仔高举双手："老朋友了。我们在客运市场没少打交道。柚叔，我给你钱，花不完的钱！"

欧秃子举着手起身到墙壁那儿，拨开一幅画框，画框背后露出一台嵌入式保险柜。他迅速旋转密码，打开保险柜门。

"看吧，这里有数不尽的钱，金银珠宝。"白颈仔盯住柚叔的眼睛，鼻孔里喷出长气，眯缝眼飞快地眨动。他高举的双手轻轻叩动食指，示意柚叔关门。

白颈仔看到对方在犹豫，然后用脚后跟一拨，身后的门哐啷一声关上。

"别开枪，放我一马。我从后门走。你随时可以过来拿走它们。"白颈仔一松手，画框回复原位。那里是一面挂了装饰画的整洁的墙壁。

柚叔沉默，他被突然出现在大画框后面满满当当的钞票和闪闪发亮的金银珠宝吸引，瞬间脑袋嗡嗡作响。

白颈仔这会儿似乎平静下来，甚至脸上出现不经意的窃笑，一闪而过。他开始往沙发后面的木衣柜那儿挪动。

"别动！"柚叔大喝一声。

白颈仔一个激灵，僵在原地。但他看见柚叔走到画框跟前。

"柚叔，何苦呐？人一辈子，打打杀杀，还不是为了生计、财富？'钱财大过天！'广府人都这么说。这些钱够你和家人花三辈子。你朝沙发开几枪，我走。钱全都归你！"白颈仔装出一副可怜相，"求你了。"

就在这时，阿松破门而入。一梭子子弹射向门口，阿松应声倒地。

柚叔反应过来，但沙发靠背后已经不见白颈仔的身影。他朝沙发那里一阵射击。其他的人也冲进来，看到阿松面朝下趴在地板上，一动不动。柚叔跑过去查看阿松的伤势。

白颈仔消失了。木柜下面，有一个敞开的暗门。狭窄的暗道通向一楼的后花园，目标消失在漆黑的雨夜。

阿松的遗体紧急运回贝勒府的时候，时间已经接近凌晨两点。那时，阿松的身体已经冰凉。他身中三弹，一粒子弹击中了他的心脏。

林志雄仿佛遭遇雷击，扑通一下跪下去。他抚摸那张苍白、冰冷、年轻的脸，内心翻江倒海，仿佛天空突然塌下来。与当年英子阵亡相比，失去忠诚、勇敢的阿松，他不知道接下来该如何面对弟弟、弟媳还有白发苍苍的老母……

欧氏客运公司在大火中燃烧，后半夜的降雨并没有浇灭燃油起火。消防车的警笛声响彻半座城市的夜空，低垂的雨云宛如盛开的、鬼魅般移动的巨大花瓣，密密麻麻、高高低低的楼群在雨夜酣睡。

因为贝勒府不能久留，阿松的遗体也不能运回白云居。他们决定天亮前驱车离开花城，冒雨驶向潮汕祖安老家，让阿松的遗体安葬在祖茔之地。

临行前，林志雄把整个家族的大事委托给石头仔；把林墨染托付给莫木。其他家族成员悉数启程，护送灵柩返回老家。

台风带来的降雨持续了三天。第四天黄昏时候，墨染来到湖边钓鱼。娘碰仔在斜阳照射的堤坝上玩耍，他已初中毕业，从这个暑假之后，他已决计不再上学了。墨染从一些蛛丝马迹判断，家里应该发生了大事，父亲和松哥不辞而别已经有三个昼夜。周五晚上雷打不动的家族聚会也已终止。莫伯在前一天早晨冒雨过来看他，神色凝重地叮嘱他千万留意突发情况出现。白云居大门那里出现了两个岗哨：一个守在大门口，一个装扮成花工在院子里清扫树叶。他们是莫木农场的工人，寸步不离别墅区。墨染出门钓鱼也要经过莫伯允许，两个岗哨也随即分散在上山的密林小路。

天快黑的时候，小黑狗带着它的主人来到堤坝。莫木后面还跟着一个皮肤黝黑、身材高大的男人。

墨染认出来人。“阿阮！”他惊喜地大叫，跳起身，跑过去和大个子拥抱。

也是在阿阮到来的那天晚上，在二楼林志雄的书房喝茶，莫伯告诉了他们阿松意外中枪死亡的消息。林墨染听到这个消息像被雷击中了一样，整个人都呆了，凝固在原地一动不动。娘碰仔愣在那里，过了好一会儿才“哇”的一声哭出来。莫木迅速过去捂住他的小嘴，神色黯然地连发嘘声，示意孩子忍住。他不断向房门比画，提示孩子要忍住。

片刻，染儿妈敲门，说听到娘碰仔在哭。

“嫂子，没事。娘碰仔沏茶烫手了。”莫木对着屋外的人说。

“哦，小心点。”她转身离去。

屋里异常安静，夜空传来木鱼的敲击声。

“雄哥和柚子他们在老家料理阿松的后事。太惨了！不知阿松父母是否经受得住。”莫木说。

染儿抬腕看表，他走过去打开电视机。晚九点的粤语新闻已经开始。

一位女主持人播报完要闻后，开始播送名字叫作“哥斯拉”的台风造成的损失：沿海汕尾、惠州、深圳、广州、台山和香港、澳门一带遭受台风正面吹袭，造成严重内涝和近百间民房倒塌，经济作物损失巨大。位于花城东郊的欧氏客运公司起火燃烧，经消防部门奋力扑救，大火已于8月2日上午九时熄灭。

莫木低头从大竹筒吸水烟，竹筒里传出烟雾穿过水流的咕里咕哝声。

“警惕条子上门搜查。阿阮，不要掉以轻心。”莫木走的时候说。他想带走娘碰仔跟他去睡觉，但孩子执意要留在墨染身边。

这晚，林墨染彻夜未眠。他在桌前写一封给阿松哥的长信。“……糟糕的事情接踵而至……松哥，此时此刻，我是如此想你，思念如窗外无边无际的夜空……我似乎被困在时间的缝隙里，进退维谷。日日在卧室、餐厅、厨房之间徘徊，要不然就困坐湖边忍受烈日暴晒。我每天都在这条路径上循环，重复着同样的事情。一下子失去了外界的声音、朋友和近在咫尺的城市，失去至亲至爱的长兄。我突然陷入一个人的世界，在空空荡荡的角落蛰伏、游离，独自隐藏心事。窗外日出又日落，暴雨冲刷丛林，火辣辣的太阳炙烤丛林，深邃的夜空舔舐丛林，蟋蟀和蜥蜴活跃在丛林……而我，也要腐烂在落叶中吗?”他翻过一页，继续写道，“湖边那棵大树，兀然而立。它是一位平静的旁观者，永远沉默不语，老气横秋，意味深长的样子。虬根扭曲、坚韧顽强；树身伤痕累累、满是虫洞；一些枝干已经朽坏、枯死。但它不声不响活着，任随小鸟在枝头做窝，烈日暴晒，或者台风肆虐。它习惯倾听，习惯默不作声，习惯身外的所有变化——那些幸运与厄运，那些清风明月与滂沱大雨，一去不返的青葱岁月以及命途多舛的未来，那些疯狂的人和因他们引发的灾难。大自然无所谓善与恶，无所谓慈祥与暴虐。当太阳升起，新的一天翩然而至，希望和生机从厚实的泥土里冉冉升起，不绝如缕。岁月重塑它枝繁叶茂的样子，婆婆娑娑，亭亭如盖。”他点燃一支烟，神情冷漠、语无伦次地写道：“台风刮断了好多树木，花城浸泡在雨水里。连烟花巷里的女子都知道关门闭户，盛装的舞者却仍在聚光灯下独自陶醉，厚颜无耻的颂圣者却仍在挖空心思编制谎言……生活就像铁块，没有呼吸的孔洞和柔和的想象余地。你走了，自此开启一扇幽暗的门……我大踏步走进去，浓稠的夜色遮掩花城罂粟，掩埋整个世界……”

胡子拉碴、面色憔悴的林志雄回到农场。他把自己关在二楼书房一整个下午，晚餐时候来到一楼餐厅，草草喝了一碗白粥，又一言不发走回书房。天黑下来，二楼书房的窗户依然黑洞洞的。墨染上楼，来到书房，打开灯，父亲并没有像往常一样端坐在大桌子后面。父亲蜷缩在一张木制单人沙发上，像个孤单、瘦小的老头儿。他看了一眼墨染，然后就低头陷入沉思冥想中。墨染瞬间明白，人，并不是缓慢变老的，而是在某个时候突然一下子就老了。

“我什么都知道了。”他很想对父亲说一些安慰的话，但他只是说。

“哦。”父亲看他。眼中布满血丝，整个人儿像被无形的、强大的力量压得佝偻，萎靡不振。

“我可以做些什么？”他在父亲对面坐下来问。

“哦。也许，你是对的。置身事外，远离漩涡。”父亲疲惫地说。

墨染冲茶，然后把茶汤倒进父亲面前的茶杯。“发生了这么多事情，我已经不是局外人。”墨染想到法国作家加缪的那本书。

父亲两肘支在膝盖上，十指交叉支撑住下巴。“目前是困难时期，比我此前遇到的所有痛苦都难熬。我反复在问自己，如果重来，是否一切均可避免。答案是：不能！对手的棋都下到这个份上，白颈仔岂会善罢甘休。”父亲说完，把茶水一饮而尽。

“那么，让我来完成松哥未竟之事。”墨染说，他看着父亲的眼睛。父亲从儿子眼神中黑死的光里看见冰冷、坚硬的东西。

父亲动作轻微地点了一下头，“眼下，尽快远走高飞。”父亲说。

一会儿，莫木进来了。父亲和他开始吸烟，谈论阿松出事那晚柚子反常的举动。“一枪结果对方，他在那里究竟耽搁什么？”莫木低声说。

“耐住性子。这事一定会水落石出。”墨染起身告辞的时候听父亲这么说。

第二天早上起床，墨染从窗户里看见父亲在后花园踱步，石桌上摆着一套茶具。父亲刮了胡须，面孔崭新，但身影、动作僵硬，迟缓，像个老人。

早饭过后，一辆警车突然驶进农场。

林墨染和阿阮接到讯息一前一后下楼，从后花园慌忙隐入密林，很快斜插到去往湖边的小路。娘碰仔则去往通向湖边小道的路口望风，那条小黑狗和他在一起。

警车停靠在农场二层小楼前的广场。林志雄来到那里，有三个身着短袖警服的人在楼前张望。林志雄走过去和他们寒暄，递烟交谈，并进入一楼简陋的接待室饮茶。

“茶叶不错。”一个中年警察饮一口茶说。

“谢谢。是家乡货，只是顺口而已。”林志雄低头斟茶，一边回复。

“农场经营有些年头了吧？环境适合隐居。”警察不咸不淡地说。

“有十来个年头了，跟土地打交道枯燥，但踏实。没什么钱赚，但果蔬天然，放心。空气好，水源好，没有污染。”林志雄面无表情地回答，心里在猜度那人口中“适合隐居”的背后含义。

抽烟，喝茶，漫无目的扯了一阵子。林志雄以他敏锐的江湖经验从容周旋，他明白，对方没有出牌之前，他绝口不提对方来意。后来，两个年轻警察出门去了。

莫木在菜园里给蔬菜施肥。他从宽大的草帽帽檐下看见两个警察出来，站在小楼前东张西望。

“找厕所吗？”莫木担着塑胶水桶过来，远远地问。

“不。随便看看。”一个警察回答，并不看赤着脚一副农民模样走过来的莫木。

屋里的中年警察开始说明来意：他们接到欧氏家族老人的报案，说欧氏三兄弟失踪了。目前从火灾遇难者中，经过法医DNA鉴定，确认其中一人是欧家老三。其余两人至今下落不明。警方眼下正在摸排线索。

太阳爬上山顶，宽敞起伏的菜地一片绿色，那里种着矮脚菜心、番茄、香葱和长势茂盛的竹芋。一只花脸鹌翎在田埂上觅食，小尾巴一翘一翘的。菜地以外，是郁郁葱葱的果园和绵延铺向山顶的林莽。

两个警察绕到屋后一圈，回到屋里。

警察在农场逗留了一个来小时准备离开。

“装一筐番茄过来！送给三位兄弟尝尝。”林志雄对着戴草帽的人吆喝，然后平静地跟中年警官说，“都是自产的无公害番茄，紧俏货。送给三位尝鲜。”

警车消失在通往山外大路的尽头。莫木安排一名手下骑摩托车前去公路与农场路口交界的望哨人那里接洽，一直等骑摩托车的人返回来，证实警车去了城里，林志雄和莫木才折身上了林间小路。他们一路低声交谈，分析警察突然造访的原因和疑点。娘碰仔领着小黑狗在前面跑。

“有些蹊跷。抛出了欧氏三兄弟失踪的事，然后冷场，就丢开话题了。”林志雄说。

“没盘问？”

“没。扯了些农场和经营上的事，反倒像企业局的干部调查研究。”

“奇怪。”

“是啊。抛出主题作为诱饵，然后暗中试探、观察？”林志雄停住脚步，转身看莫木瘦削、黧黑的脸。

“依我看，眼下，得赶紧设法把染儿转移走。”莫木说。

“去哪稳妥呢？”林志雄问。

“香港或澳门。”

“我说的是眼下。”林志雄顿一下，“香港那边没有这么快弄到证件，至少要三个来月。”

“听说香港那边面临九七回归，入境口子收得紧，到处都是便衣。连向来趾高气扬、神通广大的14K都躲到海外避风头了。”莫木说。他们蹲在树荫下吸烟。林子里蝉声一片。

“你的判断蛮准。”

“不行走越南秘密出境。我让阿阮先行返回探路，做好接应。”莫木看着林志雄苍白的脸。

“观察几天。先把墨染移到安全的地方，再让阿阮出发。对了，阿鼓那边正好赋闲在家，可以帮手。”林志雄说完，两人往湖边去。

林志雄秘密筹备把墨染转移到祖安老家暂避。他排除了躲藏在亲友家的选项，也不能隐藏在自家房子里，虽然那样生活方便，但警察顺藤摸瓜的风险非常大。想来想去，他决定把墨染安顿在祖安镇后山的茶场里。那里有一处僻静的小房子，除了敖金在节假日期间小住，其余大部分时候都空着。虽然条件简陋，但那里非常安静，隐蔽，少人往来。作为避居处所，是一个极佳选择。阿松突发变故，先前与海上贸易业务单线联系的路径中断。那么，选择谁来担任这个关键环节的角色呢？林志雄思来想去，决定把这项涉及生死攸关领域的牵头人的角色交给外甥王顺心。一来王顺心低调，行事稳妥，一直隐秘掌管企业财务，是执掌林氏集团金库的内当家；二来甥舅血缘，使得信任更加牢固。

当晚，林志雄在沉香大厦单独会见王顺心。他们连夜驱车赶回潮汕，第二天一早，在县城的茶叶经销店，王顺心首次与敖金见面。

林志雄以他敏锐的嗅觉，在局势动荡险恶的节骨眼上果断终止了“海上贸易”。王顺心驻守茶山，敖金返回茶场小屋，开始秘密拾掇房间。

事情安排妥当，林志雄只身驱车回到花城。

墨染这几天都住在湖边窝棚里。娘碰仔负责送饭和联络，阿阮昼夜不离，守在那里。

送午饭的时候，娘碰仔给墨染带来了吉他。阿阮趁着餐后孩子值守的时间抓紧去到窝棚的竹席上打盹，闷热的、蚊虫肆虐的长夜等待着他们。墨染坐在橄榄树巨大的浓荫下，背靠大树弹奏吉他。高高的树冠上，繁茂的菱形果实已经由暗绿变成浅绿并且开始发白，它们接近成熟。往年大约这个时候或者稍晚一些，松哥、潇湘，还有他，他们奉了奶奶的命令，会攀上高处的枝丫，用竹竿捣下成筐的甜橄榄果。那些饱满的果实生涩中透着甘甜，核小，肉质肥厚。奶奶、妈妈还有木莲阿姨会忙碌上几天，切碎肥嫩的芥菜叶，混合去核的橄榄肉，经过反复揉捻，耐心地烹制，然后装进酱色的坛子里密封，让时光慢慢发酵。那是每个勤快、能干的潮汕主妇都能熟练操作的持家技能，在粤东潮汕人聚居的地方，几乎每个家庭都会在橄榄丰收的季节制作味道香浓、余味悠长的橄榄菜。墨染也总是在刚刚爬上高枝就迫不及待地揪下漂亮的果子，在衣襟上擦一擦，然后塞进嘴巴，轻咬薄皮，丰富的果香就充溢口腔，独特的滋味舔舐味蕾。而今，松哥活生生的影子还在他所及的每个地方，那矫健的身影、英俊的面容、冷静的眼神、紧闭的嘴唇……墨染能够感觉到他，但却又触摸不到他。墨染愈发失落，迷惘，难过：曾经鲜活的松哥刹那间离去，像一团消失不见的气团；曾经，在祖安镇老家的宅院、在流光溢彩的花城、在拥挤忙碌的贝勒府、在静若处子的白云居，一大家人亲密相聚，欢歌笑语，其乐融融；抑或是争执、赌气、嬉笑调侃，他们情同手足，嫌隙过后依然彼此信任，视为知己；危难之时，挺身而出，即使身陷漩涡也未曾犹豫、犯难……墨染脑海里又浮现松哥怒吼他的画面——他用肩膀扛住那个发疯一样的城管，扭过脑袋，用尽全部力气朝他喊叫，催促他迅速离开。雨点般的拳头落在他身上，松哥怒目圆睁，表情扭曲，心急如焚……

孩子在堤坝靠近路口的地方钓鱼，蒲桃树斑斑点点的树影下，小黑狗趴在茂密的蟛蜞菊丛中打盹，黄色的小花朵布满墨绿色的藤蔓。

墨染在树下发呆，琴声时断时续。

一只花腿蚊子歇在他手背上，它纤细的黑色吸管插进他的皮肤里。墨染腋下挟着吉他，百无聊赖地看着它。它干瘪的腹部慢慢鼓起，迅速开始膨胀，一眨眼的工夫变成了一个暗红色的小球。墨染一动不动，手指轻微地、小心翼翼地收拢。他在可恶的蚊子没有觉察危险的时候突然攥紧拳头，热烘烘的手背表皮瞬间绷紧。那只贪婪的蚊子振翅欲飞，但它尖锐的吸管一下子被夹在突然收缩的皮肤里，紧张的肌肉牢牢地嵌住它，无法挣脱。墨染的眼神冷若冰霜，开始平静、耐心地拔掉它的翅膀——一片，两片。它变成了一个肚皮红亮、滚圆的丑八怪，细如发丝的爪子支撑着沉重的身体，它试图抽出它的吸管。

手背伸开，皮肤松弛，那只身体滚圆、光秃的花脚蚊子倒了过去。它失去了翅膀，已无法飞翔，在那里挣扎，然后滚落草丛。

骄阳下微风吹拂湖面，送出阵阵涟漪。一条水蛇盘旋着游过水面，悄无声息地游进远处的灌木丛。红眼噪鹃在密林深处发出一惊一乍令人焦虑的吼叫声。

“在故乡灰蓝色的山脊下，我的兄长静静地安眠……”

吉他声响起，断断续续。然后，传出轻柔的、如泣如诉的歌声……

第十七章

越 境

林志雄从曼德勒取道香港，然后返回花城。在香港逗留期间，他密会了江湖上赫赫有名的蛇头，了解墨染出境手续的办理情况。那个行踪诡异的大佬有个响当当的江湖名号“大嘴鲇”，有一张醒目的大嘴和鼓凸的小眼睛，说话速度像扣动扳机的机枪。他和他的律师在九龙的一栋陈旧、拥挤、鱼龙混杂的外租楼接待了大陆来客。“大嘴鲇”神色凝重地告诉林志雄：眼下出入港变得异常困难，所有的人都在等待、观望，商界大佬、银行精英、文化人、演艺明星、富足的中产人士、混迹江湖的、放水食利的行当等，都小心翼翼，收敛锋芒。连市面上的黑帮组织都蛰伏起来了。“九七香港回归大陆在即，风声日紧。一些道上的朋友都选择暂时离港，远避海外作壁上观。你想，连天不怕，地不怕的‘三合会’都偃旗息鼓了，夹着尾巴做人。何况我等？”他说。

那人把一个牛皮纸袋交给林志雄，里面装着墨染的印尼护照和签证。“这些是真家伙，花了真金白银。”那个戴眼镜的律师说。

护照上贴着墨染的免冠照片，一头卷毛，面容清瘦。护照上的名字叫：威廉·林。

林志雄回到家第二天，就果断安排阮望京出发，返回防城港故里与阿鼓会合，从速落实墨染偷渡越南事宜。他已无法挽回地失去阿松，不能再冒失去墨染的风险。

旱季开始的时候，“梦幻世界”进入基础施工阶段。按照设计方案，建成后的“梦幻世界”将是一个庞然大物，不仅占地体量巨大，地面以下和地上部分合计八十六层，加上顶层的避雷尖顶，它的合计高度将达到三百九十米，一举成为傲视珠江口“八龙入海”奇观的建筑典范。

工地上堆满建筑材料，中央挖出一个长方形大坑，像一个一眼望不到边的干涸池塘，面积看上去有五六个足球场大小。那里将建造一个硕大、坚固的地基，像一艘大船一样深植地下，成为摩天大楼抵御台风吹袭的稳定基石。几台挖掘机在深坑里作业，自卸运输车一辆跟着一辆把泥土运出去，打桩机在最深的区域叮咣叮咣地打钻，在午后炙烈的艳阳下显得身心俱疲、麻木和厌倦。那里不远的地方，另一台打桩机已经停工，井架周围有十来个人在移动。林普德光着脊背，头戴安全帽，在石料堆那里同林志雄说话。他告诉林志雄，有一台打桩机的钻头卡在井下的石缝里，钢索断裂，现在请来职业“工程蛙人”，蛙人要在浑浊的泥浆中下潜到十六米深的井底，去连接新钢索和钻头。

那是一个在台山沿海一带赫赫有名的“蛙人”，十几岁就开始跟着大人常年海面捕捞珍珠蚌。到了年近半百、脊背佝偻的时候，珠江三角洲雨后春笋般茁壮而起的建筑行业让他的精湛技艺派上了新用场，老蛙人和他的长子常常出现在一筹莫展的施工工地，帮人从险恶的井下打捞钻头。那时，在花城以及珠三角一带，活跃着五支工程打捞队，但台山父子因为“稳、准、狠”的业务技能在业界享有盛誉。他们要价偏高，专门承接同行望而却步的复杂水下作业。通常，打桩机作业的时候，为了防止井壁松散的沙石坍塌，都灌注了黏稠的泥浆，蛙人身上挂满配重铅块，才能下潜到漆黑的泥浆井底，全靠两手摸索，准确找到钻头位置，探查钻头卡死地下的原因，最后把钢索卡扣套上钻头圆环，才能升井交差。这不仅仅是一项吃力活，还是一项极其玩命的职业，为了在浮力大的泥浆井里下沉，巨大的配重几乎使他们的躯体在浓稠的黏液中无法自由活动，只有四肢可以有限运动。井下漆黑一团，什么也看不见，更大的威胁来自不可预知的塌方。井面看上去平静如常或者仅仅是冒了一个气泡而已，下面垮塌的巨石可能已将蛙人掩埋。顺利的水下作业也许只需要三十分钟，然后，泥虫般精疲力竭的蛙人被起重机吊上来，不久，钻头出井。蛙人拿钱走人，工地又开始恢复生机。但是，常常看到下潜蛙人在入水前久坐井口，犹豫沉默，最后给助手和雇主叮嘱：“钻头出水，十万；人上不来，一百万。”在场的人都明白，这是一场生命赌博，一趟地狱之旅，所以也就理解蛙人在作业现场铺排的那些冗长的祭神仪式了。操这种职业的人，在民间有一个绰号“地狱水鬼”。那么，为何选择打捞一个价值区区五十万左右的钻头而甘愿冒此风险呢？答案在成本，如果选择放弃一个井眼，那么，已经完工的井柱都得放弃，整个大楼的设计方案就要改变，前期的工程投入和设计方案推倒重来的花费将是一个天文数字。况且，谁也吃不准新开的井洞会否面临同样的难题。

珠江两岸耸立着数不胜数富丽堂皇的高楼大厦，摩肩接踵的行人徜徉长街，流连于灯火辉煌的城市夜景，尝味精致典雅的粤菜美食，带走传奇般流光溢彩的花城故事。然而，湮灭在雨水、酷热、喧哗而躁动的城市之下的，是无数身背行囊来此淘金的底层人的汗水、眼泪、鲜血，或者搭上廉价的性命。

墨染在一天深夜离开白云居，父亲驾车护送他秘密返回祖安，住进敖金清理干净的茶场小屋。

警察在几天后突然搜查了江边的贝勒府，追踪阿松的下落。

林志雄秘密约见了警方的关系人，对方对此案件讳莫如深，只是简单告诉林志雄，目前该案已经由更高一级的部门侦办，具体进展不详。

林志雄意识到事情的复杂性。他不知道白颈仔现在躲在哪里，抑或已经落入警方之手。那样的话，曾经出现在白颈仔眼前而今依然四处活动的柚子就成了问题的关键。那么，掐断这根线索，就成了当务之急。这个想法刚一冒出来，林志雄也吓了一跳。他不敢顺着这个思路往下想，事情目前还没有发展到如此危急的程度。第二天一早，林志雄没有预约，径直去了柚子家。他老婆说柚子应该在楼下熟悉的茶楼吃早茶。林志雄去到那里，没有看见柚子的影子。打电话，柚子说他在开发区的彩票投注站。林志雄立即驱车前去找他，但在那里也没有找见人，常年驻守彩票投注站的老头儿告诉大老板，柚子早晨没有来过这里，近几天很少来过问业务。林志雄深感蹊跷。

林志雄回到车上，驶离早晨上班高峰期车水马龙的郊区街道。他在一处僻静的小河甬那里停车，在车上静静思索。河甬边上，有几栋旧式红砖民居。民居屋檐的阴影里看到一条乳房下坠的黄狗，它正不依不饶、恼羞成怒地追咬自己的尾巴，那只狗侧弓身体，团团打转，把自己弄成了一个原地打转的陀螺。偶尔停下来，趔趄着后胯，准备出其不意地袭击那个毛茸茸的讨厌鬼。那一刻，林志雄想起曾经和钟先生也目睹了同样一幕，有一条煞有介事的忙碌咬尾的狗。钟先生感慨说："你看，我们和它有什么区别？自视聪明的人类其实并不比它高明多少。那些满腹经纶的人遇到解不开的结，往往不断从故纸堆里找答案，满口子曰诗云、先哲圣贤、往世绝学。可悲啊！某些看上去拥有漫长历史的文明，其实就像这只原地打转的土狗罢了……"

阳光耀眼，车外酷热异常。他整理思路，给柚子打电话："我说，我轻易不使用电话谈要紧事。你现在究竟在哪里？"林志雄用潮汕话冷冰冰地问。

柚子支支吾吾半天，才吞吞吐吐告诉林志雄，他约了人，准备今天上午去看楼，孩子们大了，到了开始准备婚房的时候。

"好的。这是做父母应该操心的事。钱够吗？需要的话，你尽管出声。"林志雄听到对方说暂时看看楼，没到用钱的时候。“听着，有紧急的情况，电话中不便多说。我现在就要见到你！”林志雄说。

他们约定，一小时后在农场见。

柚子驱车来到农场小楼的时候，林志雄的车子已经停在那里。几盅茶水下肚，林志雄开门见山讲了从警方探查到的信息，也分析了对形势的预判。“这事在保密度极高的情况下进行，表面看上去风平浪静，不紧不慢，但非常耐人寻味。他们突然造访白云居，又突击搜查了贝勒府，什么也没有带走，问了一些不着边际的问题，似乎在下一盘很大的棋。”林志雄说。

“眼下，白颈仔究竟在哪？”莫木面无表情地发问，又像是问自己。

“这是症结所在！我个人分析判断：白颈仔应该不在警方手中。他开枪犯下人命，应该不会蠢到自投罗网。况且，如果他已在警方控制之中，那么，那晚柚子出现在他眼皮跟前，柚子现在就应该进了局子。”林志雄讲出个人观点。

莫木看着林志雄，又看看柚子：“说得有道理。目前看，柚子是个关键环节，需要马上离开。”

“明日起，终止所有彩票业务。柚子，你得去曼德勒待一段时间，那边的新业务需要你这样的人才开拓。”林志雄看着柚子说。

柚子低着头，沉默不语。

“我不想去缅甸。我在那里受够了。”柚子后来嘟哝说。

“万一不测，我们全都搭进去！”林志雄说。

“如果可以的话，我宁愿回老家避一避。”

“在老家，躲得了初一，躲得过十五？”莫木说，没有看柚子。

“你再权衡利弊吧。况且，那边的未来不久即将启动的业务需要一个既熟悉当地情况又能独当一面的人。我知道你对这事有不同意见，不想远离温暖的窝。可你说你当时被白颈仔花言巧语迷惑，一再犹豫，阿松撞在枪口上，大鱼却溜了。我们损失了阿松，更大的危险却接踵而至。”林志雄絮絮叨叨说着，站起身。看来，他想终止谈话。

林志雄找到石头仔，命令他开始秘密调查柚子的行踪，包括阿松中枪身亡的那夜，现场目击的细节，柚子买楼的情况，日常应酬、消费以及彩票站经营的财务细节。调虎离山，一段时间后，所有的疑点都会水落石出。而眼下，首先是稳住大局，避免意外。林志雄这样想。

墨染在茶场的小屋里蜗居了几日，整天都不能出门。他能听到山下热闹的祖安镇人潮喧哗的声音。绿树成荫的古老街道，自童年起就熟悉的店铺，熙来攘往的林姓族人和游走小贩，悠长的叫卖声……而今，困居陋室，生活显得如此无聊，时间变得缓慢、死气沉沉和散发着霉味，老屋狭小的窗户让室内幽暗，压抑，赤脚的敖金在堂屋里走动，呛人的烟草味弥漫在空气中。

清早，王木匠过来，带来了理发工具，因为前一天墨染告诉他要修理长长的头发。那时，墨染头上的伤疤接近愈合，他脖子上围着毛巾，端坐在木凳上。

“怎么剪？”王木匠手上拿着电动理发工具问。

“剪光它，跟过去告别。”墨染说。

“光头吗？”

“是。”

“你确定？”

“确定。剪吧，新的开始！”

阳光从旧木格玻璃窗照进来，尘埃在光线中无声打转。

“这里，还有两处伤口没有愈合好，结痂未脱。洗澡的时候要当心伤口感染。”王木匠说。电动理发推子发出嗡嗡声。

“我想去香儿的家看看她。松哥出事后，她就返家蜗居，打击和伤痛可想而知。然后，我打算邀她一起前往祖坟祭奠松哥。”墨染说。

“那边传来消息，警察突然查抄了贝勒府。危险无时不在，我们不可掉以轻心。”

“没事。她家在偏僻的地方。况且，松哥走了，我还没有前去吊唁。”

“那么，午后怎样？那时暑气正盛，人流稀少一些。”

“好吧。”

“我得知会舅舅一声，省得出岔子。还要娘碰仔从镇上买些香烛纸钱过来。”

墨染侧过脸，冷冰冰地看对方。“我们都已成年，不用什么小事都跟父亲说。”他语气冷淡。

王木匠碰触到那目光中坚硬的东西，不愠不怒，毋庸置疑，有一种不避不让的蛮霸劲儿。“好吧。”他说。他想，他的父亲在某些时候，也有这样瓷实、近乎冷酷的眼神。

太阳西斜，墨染戴着深蓝色软边渔夫帽，背着琴包，绕山脚小道，往香儿家住的山坳走去。王木匠远远跟在后面。炙烈的阳光把空气烤得嗡嗡响，树木和杂草耷拉着脑袋，奄奄一息的样子失去神采。

半道上，娘碰仔喘着粗气从一条岔路赶来与他们会合。他在商店里采购了祭奠的香、烛、纸钱。“这些祭祀品不能带到客人家里，有忌讳。”王木匠对孩子说。

"那好，我去祖坟找个阴凉的树下等你们，就先给爷爷烧纸吧。"孩子说，满脸汗珠。

"好的。醒目点，有异常情况，你就巧妙离开，过来报信。"王木匠说。

娘碰仔从分岔路口径直往上，斜斜地向墓地方向去，手里拎着装满祭品的竹筐。

两个男人一前一后行走在毒日头下，各怀心事，闷声不响。不久，墨染看到，一排瓦房灰色的屋脊从山坳的绿树丛中露出来，远远地就听到狗吠声。

香儿爸在门前的树荫下修理木工工具，妈妈系着围裙从厢房的木工间出来打招呼。一群孩子被大人们支开，去了山坡下的邻居家找小伙伴玩耍。

"香儿呢？"王木匠碎声问。

"在厢房干活。"香儿爸指一指木工房。他艰难地吞一下口水，叹气说："孩子变了，像霜打过的月季花，我真担心她会憋坏了。去吧，开导开导她，或者一起出去走走吧……"

香儿在木工房里，头发凌乱，面色苍白，目光呆滞，坐在一堆木屑中间的马凳上，手里的刨刀机械地削着白木皮。爸爸叫她的时候，她抬起头，似乎从梦游中醒来，和客人轻声打招呼，脸上没有笑容，声音虚弱得像蚊子叫。

妈妈在厨房烧水准备给客人泡茶。大家一起来到堂屋坐下，香儿端过来一篮甜橄榄，放在木桌上，一言不发，独自去到角落的木凳上坐着发愣。潮汕地区的橄榄比珠三角地区的橄榄成熟略晚一些，但品质更加优异，用途也更为广泛，既可作为水果鲜食，又可作为烹饪香料入馔。就连人们吃剩的果核，在工匠们灵巧地打磨、雕刻之后，也会成为受人追捧的挂件或者漂亮的手链。

屋子里散发着锯木厂的气味和似有似无的沉香味儿。大家言谈不多，大部分时候都是沉默。茶水饮过，王木匠聊沉香业务，顺便谈及蒲氏父女在沉香大厦红木展厅的工作事项。

"不急，等过了这阵子，大家都心里过了这道坎再说。我把这期间的工资一并带来，家里也需要开支。"王木匠说。

蒲先生说，孩子需要一点时间缓过劲，到时我们就回来上班。

"走吧，带我去看松哥，我们一起给他上香焚纸钱。"墨染低声对角落里的香儿说。

他们道别出门。王木匠仍然不远不近跟在后面。蒲先生看见染儿手里拿着渔夫帽，背着吉他包，光头让这个年轻人看上去清瘦、冷酷、坚硬如铁。

山坡上乌泱泱一大片起起伏伏的荒坟丘，夕阳斜照在高高低低的松柏上，那里休眠着林氏已故亲人的遗骸和先人们生生不息的灵魂，八百多年过去了，一代代故去的亲人驻守山间墓园，遥望山下熙熙攘攘的小镇，守护他们的后裔，保佑他们血脉传承的纽带不被侵蚀和伤害。季节循环，寒来暑往，每到节庆或祭祀日，林氏后人从未忘记拜山上香，追思故人，安抚和怀念地下蛰伏的灵魂——那些颠沛流离、在乌溪之畔垦荒扎营的高祖，那些功成名就、叶落归根的显祖，诸多平凡的或者终生失意、穷困潦倒的更或者英年早逝令人扼腕的亡灵。墓园空旷、开阔而肃静，东侧有一座无名新坟，从那里可以看见辽阔的海面。新垒的红土堆颜色新鲜，醒目，没有墓碑。娘碰仔已经在那里等候。

不久，新坟那里冒起青烟，黑色的纸灰随风而起，盘旋在半空，像黄昏低飞的家燕或者黑鸟。墨染从衣兜掏出写给阿松的信，端详上面的字迹，然后把它点燃。王木匠在远处观望，孩子去了更高处的石坎那儿瞭望山下的小镇。

墨染摘下渔夫帽，跪下去，在松哥坟头叩首。

香儿呆坐泥地，表情木讷，没有哭声，脸上的泪水流成小河。

夕阳西斜，余晖洒满山坡，远山如黛。大海在不远处轻歌慢语，海鸟洁白的身影在金色的阳光下熠熠生辉。海岸线以外，浮动着绛紫色的暮霭，远空白云孤悬……

墨染说："松哥，我为你写了首歌。现在，唱给你听。愿你在天之灵安息！"

他拨动琴弦，低声唱出一首挽歌：

在故乡灰蓝色的山脊下，
我的兄长静静安眠。
长空如洗，看不见你曾经的笑脸。
甜橄榄已经成熟，波涛轻拍海岸，
我的兄长，我们曾经情同手足，
而今生死两茫然。
人生如此艰难，生命如此脆弱而短暂，
当噩耗传来，黑夜遮蔽所有光线。

海岸线以外的远空云朵孤悬，
我的兄长，你的身影宛如疾驰的白帆。
黄昏的海面平展如镜，哀伤的涌浪起伏连绵。
我曾用尽全力，试图活得单纯而平凡，

但在幻影里我们迷路、就此失散。
我们奋力挣扎，面目全非，危如累卵。
渐次消退的夕阳里我为你歌吟，
愿哀思和怀念化作海风陪伴你每一天。

海鸥在暗藏心事的洋面翻飞，
我的兄长你伟岸如青山。
歌吟如咽，我看见父辈步履蹒跚。
白帆隐入星辰，我依稀听见家族的召唤。
他日，我将悄然告别故乡，
驾轻舟穿云破浪，披肝沥胆。
生活磨砺铮铮灵魂，历久弥坚。
当黎明来临，光明将远涉重洋，照遍万水和千山……

墨染和香儿相依而坐。夜色初临，一轮圆月正悄然爬上黑山的脊背，像个橙黄、莹润的金饼。万籁俱寂，隐匿的星光穿越梦境幽深的隧道，潇潇然如夜露潜降，向大地诉说亘古不变的预言故事：关于生命，关于虚妄，关于终极归宿，关于水与火在天边外电光石火的交媾缠绵，既含情脉脉又旷古辽远。

地下六合彩业务停止了，隐蔽在城市边缘星罗棋布城中村的所有彩票投注站都已关门停业，店铺退租。柚子处于庸庸碌碌的无业状态，薪水按月照领。他并不急于答复林志雄要求他前往缅甸任职和拓展业务的意向，目前，他还没有想好下一步该怎么办，远离家人和花城舒适的生活，这让他感到困扰和犹豫不决。这些年，在林氏企业任职，他也积累了一笔财富，足够他自己和孩子们花销。他所掌管的彩票业务收益，已经是林氏集团重要的利润增长来源之一。地下博彩游戏是一个古老而悠久的行业，自打有商品交换或者远比商品交换更早，人类在庆祝、集会、娱乐、占卜等活动中就已经融入了押注、找刺激、博运气的游戏成分。它从未从人类文明中消失，只是在漫长的历史的某个时期乔装打扮、花样翻新地出现在人类生活的每个方面，有时兴盛，有时衰落，但从未消亡。兴许偶尔因为战乱偃旗息鼓，但战争本身却成为一场更大的赌博，成王败寇的赌局一再上演。而在民间，时机一旦成熟，它又会如雨后春笋般破土而出，伴随人口繁衍再度蓬勃兴旺。他在想欧秃子的事——夜深人静时分，他辗转反侧，无法入睡，他万万没有想到会发生阿松突然冲进来中枪死亡的后果，如果预知这样的结果，他就不会犹豫：熟练地用毛巾裹住枪口，抵住对方的脑袋，“噗”一枪，声音也不会那么响亮，喷出的血和脑浆也不会溅到衣服上。一切都简单、平常……唉，命不在人命由天，仅仅一两分钟的工夫，结局就无法逆转。从真心来讲，阿松是个能干的男子汉，也从未在集团因年轻气盛而危及谁的利益，他知道我在里面，他因为信任我而直通通冲进来，我也不知道那个狡猾的杂种瞬间就做出反应……而今，所有的后悔都无济于事。由于担心夜长梦多，事发那晚，阿松的遗体要紧急运离花城。林志雄钦点护送灵柩的成员，柚子在列。柚子以回家更换血污的衣服为由独自驱车离开贝勒府。最终他鬼使神差在黎明前悄悄潜入欧秃子住宅，取走保险箱里所有的钱。但藏匿这笔钱却成了件伤脑筋的事：他绝对不能让雄哥和任何一个同伴发现，也不能让他那少见多怪、一惊一乍的老婆知晓。雄哥三番五次催促他上路，他心急火燎，团团打转，只好把那个鼓鼓囊囊的蛇皮袋锁进汽车后备厢，在祖安度过了安葬阿松的提心吊胆的日子。

现在，是时候及时把这笔钱花出去了。为了挑选中意的楼盘，他可没少花心思。有那么一次，他差一点就在雄哥锐利的目光下露了馅。从内心深处来讲，他是畏惧雄哥的。雄哥几乎是一瞬间就能看穿一个人藏着掖着的心思或者秘密——当他就某一个议题广泛征求意见的时候，说明他主意未定，还在犹豫；当他突然目光如炬盯着你的眼珠子时，说明事情蹊跷，他已在怀疑和高度关注；当他目光平淡，凝视远处时，说明他主意已定，胸有成竹；当他冷漠无视某个人的存在，给他背影的时候，那么，这个人将淡出他的世界。柚子思忖后果，在贪婪与忠诚之间徘徊，举棋不定，内心在平静的表象下剧烈焚烧；在强烈金钱诱惑、心存侥幸与面临雄哥可怕报复的风险之间挣扎、纠结、惴惴不安……他想：得赶紧把钱处理掉，越快越好，要办得严丝合缝。

他出门去熟悉的地方饮早茶，之后叼着牙签顺着小巷往回走。时间大概是上午九点来钟。他推门走进圆筒霓虹灯旋转的美容美发店，准备修理头发。店里没有客人，能闻到隔夜啫喱定型水和廉价洗发液的味道。一位穿着杏黄色紧身短裙的丰满少妇起身接待他。“老细，早晨好！”那女人有着修长的大腿和短裙下饱满的屁股，她眉飞色舞地同客人打招呼，手上拿着半截啃剩的香蕉。

柚子吐出牙签。那女人闪动柔软的腰肢拍得皮转椅靠背嘭嘭响：“老细，坐这。用什么牌子洗发水？”

“最贵的。”他说，在镜子前面的椅子上坐下，从镜子里端详女人俏丽的脸蛋。

女人莞尔一笑，肘部搭在他的肩膀上：“食咗早餐啦？”她笑盈盈地问。

“食咗喽。你呢？”他侧身看她，伸手去摸女人支在他肩膀上的光洁小臂。

“正在食。来一口？”女人说着，把香蕉递到他鼻子跟前。

“你咬过半截的给我食？”他挑起眉毛看那截黄白的蕉肉。

“别嫌弃，上面是上等口红印，食了要走桃花运。”她把那截香蕉塞进他的大嘴。

她把剩下的一小截丢进自己嘴里，拍一拍手，顺势从柜桶里抽出一张毛巾围在他脖颈上。“老细，我先给你洗上面的头。妹妹们很快就来，选个娇嫩的小妹替你洗洗下面的头，包你爽到灵魂出窍。”她从身后抱着他的大脑袋，弹性十足的乳房压在他头顶。一股好闻的香水味飘进鼻孔，她的长发拂在他脸上。柚子仰脸，看见那张圆月般漂亮的脸正动情地俯视他，饱满、红艳的嘴唇充满诱惑。

“我不要其他妹妹，我要你。”柚子说，开始伸手向皮转座椅后面，抚摸那女人弹性十足的大腿，向上探寻大腿的根部。

“老细，别闹了。我不陪客人玩小弟弟，等下子给你安排店里最靓的妹……”她在短裙外面按住他蛇一样爬动的手。

“你真是个让人一见倾心的美人儿。我不要别人，我就钟意年轻、漂亮的老板娘。就你了好吗？”柚子闭上眼睛，转动手指抚摸那结实小腹上光滑的丝质三角内裤。

“天呐，我有老公。轻易不陪客人……”那女人把脸压在他额头上，温柔的呼吸声开始变得不平稳。

伸进裙子的手继续放肆地探索。“哦，天呐。你是个坏蛋，把我的水都勾出来了……快住手……哦……天……”

她开始哼哼，鼻孔喷出的热气弥漫在他眉眼之间。“收了我吧？我给你大把钱……”他反手勾住她的脖子，开始急切吻她殷红的嘴唇。

“不，不，不。青天白日的，卷帘门还敞着。”那女人挣扎。

“青天白日的，门洞里都水汪汪啦。”柚叔对她耳语，手还在女人的小内裤里搅动。他吻她的时候，那女人就逐渐柔软下来。

女人挣脱出来，用巴掌娇嗔地打他。然后趿着高跟鞋去到门口。柚叔闭着眼睛，陶醉在女人甜蜜的亲吻里。门口传来金属卷帘门滑动落下的声音。

“哦——走吧，来，跟着我你这个坏蛋……我简直都挪不动腿……”她脸颊绯红走回他身边，牵起他，进了里间。

一小时后，柚子心满意足走出美容美发店，吹着口哨走进明晃晃的阳光里。现在，他准备开车去看楼盘。他不知道，有一双眼睛在远处盯着他。

高高的沉香大厦楼顶，有一个雅致的空中花园。那里花草繁茂，流水淙淙，假山和飞檐斗拱的八角亭营造出山水园林的气氛。

从楼下的专用电梯到达最高一层的总统套房，套房有两间豪华卧室，一间雅致的起居室，一间宽畅的客厅可以俯瞰珠江，一间可以看见日出的餐厅。紧邻总统套房的是一间专供客人使用的小型会议室和办公室。推开会议室阳台的门，可以径直进入楼顶一所漂亮的玻璃房子，供宾客在雨天或烈日当空的周末在凉爽舒适的空间喝茶聊天。透过玻璃幕墙，空中花园近在咫尺。黄昏时分，伫立空中花园，可以远眺珠江两岸壮丽的日落：连绵起伏的珠江三角洲平原，飘带一般的金色河流蜿蜒向东，鳞次栉比的高楼大厦，宏伟的城市如同一幅落日余晖下动人的画卷铺展向绛紫色的地平线。巨大城市的喧哗与骚动如同辽阔的海洋在脚下轻歌慢语、如潮涌动……夕阳西下，壮丽绚烂的晚霞背后，夜幕由远及近悄然合拢，城市的灯火渐次亮起，繁星点点。车灯在流光溢彩的大街流淌，珠江两岸璀璨的都市灯光犹如银河落地，星汉燃烧。在白亮的河流上游，天与地隐秘交织的浓重墨色中，另一座城市正华灯初上，宛如星光怒放，交相辉映。

林志雄利用周末，邀请了梁鸣和钟先生在此聚会。他们在总统套房的漂亮餐厅用完晚餐，整个黄昏，都在空中花园饮茶聊天。

几案上，银质叶形香皿里燃放着沉香，如丝如缕的青烟弥漫开来，一股异香令人陶醉。

他们遵循着广府人的习惯，谈风月，聊美食，说外乡人的奇闻异事和海外传奇。

后来，说着说着就扯到眼下甚嚣尘上的国学主题上了。

钟先生借着酒劲，开始数落儒教传统和奴性教化，声情并茂地抨击城市的罪恶与堕落，剖析历史的轮回与文明的畸形。梁鸣站起身，走向栏干，凭栏远眺。城市蔚然壮观的夜景正在无言诉说一个铮铮莫辩的社会嬗变传奇。江风如诵，在晴朗、温润、浓密的夜空下轻翩如舐。而浩瀚的星空，此时此刻已经在城市璀璨的灯火里黯淡失色，如隐不觉。

不久，梁鸣走回亭子。在他看来，先生酒醉多言，近似于痴人说梦。

林氏家族周末聚会那天，石头仔提前从贝勒府来到白云居向林志雄汇报工作。阿松走后，他就进驻珠江边的老房子，承担了一部分阿松的使命。他向掌门人单独汇报了柚叔买楼的详细记录，以及台风夜阿松出事的蹊跷细节。潮汕祖安圈子的头面人物纷纷到达当晚的聚会场所时，石头仔告辞了。用餐过后的非正式会议只留下莫木、柚叔、潇湘、王木匠。闲谈的时候，柚叔提及在适当的时候恢复地下六合彩业务的动议。林志雄没有接话，莫木在竹烟筒里抽烟，水流在竹筒内咕噜噜响。林志雄在书房踱步。“赴缅甸的事情想好了？”林志雄不经意地问。

“好吧。既然雄哥执意要我去做，我还有什么可说哩？”柚子说。

“不！如果你感觉勉强的话，就直说。”林志雄停住脚步，看着对方。

“唉！那个鸟不拉屎的鬼地方……我真不想多待一天……”柚子低下头。

“我说，阿松出事那天，你和欧秃子在房间里关门搞什么？”雄哥突然问。

柚子抬起头，遇见雄哥犀利的眼神。“没有啊！就是叫他拿命来。”

“‘叫他拿命来’？”林志雄重复他的话反问道。

“我去不就是索命的吗？”柚叔嘟哝。

“你的意思是：叫他过来碰到你枪口上撞死是吗？”林志雄盯住他的眼珠子。

柚子低头不语。

在场的人都看向柚子，屋里死一般寂静。

“他在痛哭求饶，说他有一笔钱，一笔非常大的钱……想拿钱换命……”

“钱？”林志雄反问，疑惑的眼神似乎要把柚叔剥个精光。屋子里静得落一根针都能听见响声。

“……这时候，阿松冲进来……枪就响了……”

“你忙乱中给了阿松一枪？”林志雄的声音像一把刀子。

“……没有的事。……我弹夹子里有八发子弹，都朝着欧秃子藏身的沙发射光了，后面冲进来的人也都看到了，他们可以作证。老天爷在上……我赌咒发誓：如果撒谎，全家遭雷劈……”柚子语无伦次，目光慌乱。

“他有一支枪？射中了阿松；而你，最先冲进去控制他，却毫发未损？你打光了弹夹子，却打了个空气？”林志雄说完背过身去，接着冷冰冰地说，“然后，阿松死了？欧秃子不见了？”

“雄哥……你听我解释……当时也就刹那间的事，我没有料到阿松冲进来……那个杂种不知从哪儿弄出一把枪……”柚子支支吾吾，看上去快哭了。

“你主动请命去结果他！你进去直接给他一枪了事！你却关上门？你在那磨蹭什么？”

柚子从椅子上滑下去，瘫坐在地上痛哭流涕。“都是我的错，鬼迷心窍……心想，他也活不了几分钟……听他临死还狡辩什么，还有什么花招使……我该死……”他开始抽自己耳光。

“由于你的愚蠢，阿松之死，你负有不可推卸的责任！由于你反常举动酿成的祸端，彻底动摇了林氏家族的根基！”林志雄冷静地说，语气缓慢，声调低沉，但字字都像一把把剔骨刀。他只字未提柚子神秘大笔资金买楼的事，还未到捅破最后那层窗户纸的时候。况且，阿松冲进房间之前，屋里究竟发生了什么，无人知晓，也无法证实。

“你走吧。等反省清楚了再来找我。”林志雄说。转过身不再看他。

王木匠脸色铁青，潇湘一脸愤怒。而莫木又点燃一颗烟丝，开始咕隆咕隆吸水烟。

兄弟失和令林志雄郁闷和困惑，他克制不住去猜度柚子一反常态举动背后的心理动机：仇恨？嫉妒？对林氏企业的积怨？对地位的担忧？或者对巨额诱惑的利令智昏？缅甸三兄弟一路走来，因为鲜血铸成的友谊让他们彼此信赖、忠诚和心有灵犀。而今，儿女满堂，事业兴旺，地位稳定，回报丰厚，为何又在节骨眼上心生嫌隙、酿成惨祸？人性并不完美和坚如磐石，再坚硬的东西也难抵御经年累月环境的侵蚀和磨损，与莫木相比，柚子最大的软肋在于机巧和小心思：环境可以塑造他的忠诚和顽强的求生本能，也能激发他的虚荣与自私。那么，从危机四伏的花城离开，选择他曾经生活和战斗过的缅北重新开辟事业，是一个两全其美的决定，一方面掐断警方的调查线索，解除大本营的危机，另一方面为林氏企业正在倾力调整的新业务拓展原料市场。可是，为何他却屡屡抵触呢？时间会沉淀一切，无论激情、梦想、贪欲、埋藏的秘密和隐忍未发的疾患等，总会在某个时间节点兜头冒出，如一粒遗忘已久的种子。

林志雄上午在贝勒府处理资金调度的事项，他和王顺心为缅甸油井项目商量资金调拨途径。

九点钟的时候，墨染装潢设计公司的方南来访，随同他到来的是一位身姿婀娜、长发飘飘的美丽女孩。方南介绍说，她来自越南西贡，千里迢迢前来寻找墨染，在花城四下打探墨染的住所，终于在一个礼拜之后找到了沉香大厦。人海茫茫，她不知遇到过多少困难，今天一早“墨染工作室”刚开门，这女孩走进来，操一口谁也听不懂的语言，后来改用结结巴巴的英语交流，方南才知道姑娘的来意。她向方南出示了几张照片，照片中有墨染和那女孩在西贡红教堂还有“莫奈的黄昏”咖啡馆一起亲密相拥的合影画面。方南联系不到墨染，去找王顺心未果，就只好来到贝勒府。

林志雄请那姑娘坐下，给她倒茶。姑娘显得落落大方，顾盼生辉的大眼睛紧张地从眼前男人们不明所以的交谈和表情变化中判断她需要的讯息。

终于，她从方南的介绍中知道那位儒雅、温和、留着小平头的大叔是墨染的父亲。她向他出示了她和墨染在西贡的照片。其中一张是林志雄见过的，在墨染的卧室桌面上放置着一个小相框——染儿身着米白色亚麻休闲装，头戴浅色窄边草帽，一脸阳光与一位白裙女孩站在红教堂前面。记得一次染儿妈给儿子收拾房间时也见过这张照片，还神秘地跟丈夫说起这事。在林志雄的鼓励下，当妈的在饭桌上用半开玩笑的方式试探儿子。“嗨！儿子，那个漂亮女孩是谁呀？看你照片中的样子，一脸幸福，阳光灿烂的笑容，女孩甜蜜又依恋。什么时候带来让我们见见？”妈妈说。

染儿先是一愣，接着笑了。“她是一个远方姑娘，不在中国。”他说。

“照片上的粉红教堂是哪里？非常特别。”林志雄喝茶，不经意地问。

染儿抬头看父亲，似乎有点诧异。父亲并不看他，伸手斟茶。

“那是西贡，越南最繁华的南部都市，它现在叫胡志明市。”墨染说。

而眼前这个姑娘比照片中的她更生动、美丽。她低头饮茶，轻柔地放置茶盅，然后紧锁眉头咕咕哝哝说了一段林志雄听不懂的话，轻声细语，但表情凝重。

方南帮着翻译：“她说，墨染有好长一段时间没和她联系了，她担心他出了什么事，让她寝食难安。”

女孩又讲了一段话，看上去像是自言自语，她的表情伤感，眼中噙满泪花。

“她说，墨染是个理想主义者，纯粹又浪漫，有时又多愁善感，但有时候又神秘莫测。离开西贡去缅甸旅行的时候，曾经玩过一次失踪，后来终于联系上了，经不住我再三追问，他坦诚说在缅甸出了点岔子，差一点永别。而这一次，他在自己的国家，在父母身边，连续几个月没有音讯给我。我来找他，看究竟发生了什么？如果我被遗弃，我也要他当面对我说。”

至此，林志雄大致明白了姑娘远道而来的意图和她对情感的执着。

“好吧。姑娘，我还不知道你的名字。阿香是吗？”林志雄慈祥地看着女孩，神情温和地听她说自己的名字。

“墨染也这么叫我的名字。”女孩说，娇羞地回味那些梦幻般短暂的时光。

“阿香，你不辞辛劳远道而来找墨染，令我感动和钦佩。作为长辈，我实话告诉你，墨染遇到了一些麻烦事，现在不在国内。也许，他会在一个月以后某一天跟你联系。那么，他可能向你解释发生的一切。不过，如若他不愿意说出这段痛苦经历，请你原谅他。因为，那是一个巨大的伤口，大到你难以想象，血流不止，骨肉分离。”林志雄看着女孩的眼睛，诚恳地说出这段话。因为他觉得，眼下如果草草应付或者撒谎，那将是对眼前这个坚毅、认真、充满勇气女孩的不敬和亵渎，也是对自己儿子的轻蔑和践踏，无论自己如何狭隘和自私，但在这个光明磊落的女子面前，她的举动和情义都应该得到起码的尊重和善待。

女孩看着眼前的中年男人，从他的语气和表情中感受到信任和坦诚。她能感知他的痛苦，他的隐忍，他的克制和溢于言表的真诚。

“我想去墨染的房间看看。我每时每刻都想他，他的笑容，他的气息，他的点点滴滴。”她说。

“我答应你，但不是现在。那时，应该由墨染陪同你，然后有一个大场面，很隆重、很正式的那种。你看好吗？”林志雄对她说。

姑娘沉默了。她长长地吐出一口气，也许是失望，也许是认可了这样的结果。

“走吧。你肯定饿了，我陪你去茶楼品尝一下花城美食。”林志雄岔开话题。

他转身向王顺心交代了相关的工作，然后和方南、西贡女孩一起驱车前往沉香大厦的“潮人码头”饮早茶。中途，他们还去了女孩住宿的青年旅馆办理了结账手续，带了她简单的行李离开。林志雄叮嘱方南，安顿姑娘住进沉香大厦的酒店房间，她在花城期间，一切开销和接待都由林家负责，方南代表墨染，做好她旅行期间的安保、向导和翻译任务。

那天晚上用餐过后，送阿香回到酒店房间住下，林志雄驱车赶回白云居。在路上，他还在想西贡女孩的事，他对她印象很好，姑娘独自一人远赴中国，在茫茫人海中寻找线索，四处打探，语言不通，人生地疏。但她凭借激情与勇气一条线索一条线索找下去，毫不气馁，只身面对困难和挑战。谢天谢地，一个来自异国他乡的弱女子在漩涡一样的城市没有落入歹徒手中。她漂亮，时尚，举止彬彬有礼；她自信，聪慧，敢作敢为，这让林志雄想起热情似火的前妻英子，骄傲、直率、侠骨柔情……这时手机铃声响起，是王顺心打来的电话。电话中说志婴在家乡失踪一整天了，到天黑还没寻见人影。阿松妈打电话过来非常焦急，在家乡的亲人急得团团转。林志雄心里一震，旋即打电话给在家乡的亲朋好友请帮忙寻找，一面通知王顺心抽调三五个在花城的祖安人，准备一小时后和他一起驱车赶回家乡。雄哥把车子开到农场的小楼前停下，在车里给方南打电话说有要事回家乡几天，吩咐他做好远方客人的接待，等待他回来。莫木出现在小楼那里，林志雄钻出车门，紧急向他交代重要工作。莫木顺便告诉雄哥，他找柚子谈过了。

“他准备告老回乡，就此告别是非之地。我劝他三思。”莫木说。

林志雄“哦”了一声，似乎没有在意。他上车启动引擎，又拉开车门走出来。“留意他的举动，我让石头仔及时向你汇报意外情况。防止柚子把我们都拖下水，他知道的东西太多了，弄出一小点动静来会要了我们的命。”

“应该不至于此。他是经历过一些事情的人，知道铤而走险的后果。”莫木这样判断。

林志雄听莫木分析透彻，长长舒一口气："说得有道理。莫兄，近来发生了一系列的事，都让我寝食难安。我赶回去找回弟弟，他是个苦命人。还有阿松妈妈，一位了不起的女人。一生纯善，所求甚微。为了维系她的家，仅仅是活着，就已经拼尽全力了。你看，这下不仅失去了唯一的儿子，连老公也不知所终。婴儿要是出个什么三长两短，这个家就散了。"

"雄哥，我理解你。胞弟是个散淡之人，应该不会走入极端。事不宜迟，你快去快回。这边我再找柚子聊聊先稳住他。"莫木回答，神情极其严肃。

"莫兄，诸多大事一应拜托。稳定是当下的主线，你做柚子的工作是最佳人选。另外，抓紧与阿鼓、阿阮取得联系，看看他们在越南那边探路的情况。眼下头等大事是染儿安全出境。如果事情进展顺利的话，我此次一并接走染儿，亲自护送他抵达防城港口岸。"两人紧紧握手。

其时，阮望京和阿鼓回到家乡防城港，歇息了半日，就开始着手探察水、陆两条线的出境方案，他们深知此行的重要性和潜在的风险。一条路径选择走陆路出中越界河——北仑河，进入越南芒街，搭乘火车穿越地形南北狭长的越南国境，抵达西贡，从那里乘飞机或者邮轮抵达印尼。这条线路阿阮和墨染曾经走过，接应渠道成熟，接头人和安保需要再次确认和夯实，必须确保万无一失；另外一条选择水路，从北部湾乘坐渔船，乔装成出海打鱼的渔民，径直进入大海，走那条越南战争期间赫赫有名的"海上胡志明小道"，在越南海防港偏僻渔村登岸，从那里乘坐接应车辆，三个多小时抵达首都河内，从那里搭乘飞机离开越南。

他们分头行动，阿阮走陆路去落实接应点的人选和安保工作；阿鼓则深入京族人的临海渔村，物色可靠的船只和船老大。第二天日出时分，阿鼓登上出海打鱼的铁壳船，在赤道烈日的炙烤下径直往南，驶入镜子一样反光的北部湾洋面。

一星期后，阿鼓完成考察任务，回到族人聚居的渔村。接下来就等阮望京的消息了。

林志雄心急火燎回到祖安。林家大门敞开着，院子里阒无人迹。小鸟在乌溪河边的竹林里叽叽喳喳叫个不停，偌大的院落显得冷落、空寂。阿松的大姐从堂屋出来迎接他们，她看上去头发凌乱，一脸疲惫。"妈妈刚刚睡去，她一天一夜没有合眼。我们在镇子里里外外，亲戚朋友家，路口，码头，海边，山洼，坟地……找了个遍，连个人影都未见……爸爸他究竟去哪了？……"

大家在院子里坐下，分析各种线索。不久，均伯来了。他白天组织了家族十来个男丁寻找婴儿的下落，摩托车四处飞奔，向不同方向辐射搜寻，但直到天快黑了，仍然音讯全无。天擦黑时候，住在县城协助寻找婴儿的亲戚也在林家大院会合，大家又分头找了一夜。松儿妈起床坐在人群外围，她迷迷瞪瞪，六神无主。不住地重复说："昨儿吃早饭时候还好好的，没什么异样。出门走走，这就再也寻不见人影了……"

均伯分析，婴儿向来身体无恙，不会发生意外。那么，迷路或者走失的情况非常大，也不排除被歹人诱骗的可能。他建议林志雄立即报案，动用警方关系参与寻人。林志雄听到均伯口中"歹人诱骗"的分析，心里咯噔一下。他马上联想到花城雨夜消逝的欧秃子，难道……他胆敢孤身进入潮汕人世居之地虎口拔牙？临海而居的潮汕人勇于向外拓展和闯荡，但族群的集体记忆中永远有弱势族群抱团、排外、保守、封闭的烙印。临海渔民的好狠斗勇源自与海盗、相邻族群延绵不绝的生存竞争和利益捍卫需要，这也造就潮汕人矛盾重重的人格特点：闯荡世界，视野开阔，胸襟开放，但骨子里保守、排异；勇敢、侠义，但又缺乏安全感和强者自信；表面热情好客实则内心隐秘和充满防范。这也就是外乡人在潮汕村落难以安身、生存的根本原因。身外之交留在纷乱的城市和异乡，故乡则是一块净土，永远抱持传统而秘不示人。

林志雄没有采纳均伯报警求助的建议。他决定和均伯挨家挨户走访，摸查近两天落脚祖安镇的外来人情况。这是排除最坏可能的优先选项。

小镇清晨的街市人来人往，一天的喧嚣正在酝酿。林志雄和均伯出现在繁忙的街道上，走东家进西家，不出一个钟点，就对全镇的情况了如指掌。镇上居住的大都是林氏族人，大家已经都知道了婴儿走失的消息，尽管他们在各自忙碌，但都有意无意关注婴儿的踪迹。对来历不明的陌生人抱持警惕是与生俱来的天性，何况身边发生了大活人失踪的蹊跷事。林氏宗族的人都世代相邻而居，对隔壁邻居家的底细一清二楚，连谁家收留了一只走失的猫都能在饮一壶茶的工夫准确无误地找到它的主人。那么，打探可疑外来人就易如反掌。不长时间，他们的摸底走访结束了。

镇上没有歇脚过来历不明的外乡人，过去没有，未来很长一段时间应该也不会有。昨天早市时候，来过两个邻村卖鱼的小贩，但都是根底干净的熟面孔。

吃过早饭，林志雄在神龛前面上香祷告完毕，出门约了均伯准备往乌溪两岸和海边看看。虽然那一带已经被人找了好几遍，但他们还是抱着碰运气的心态再走一走。

清晨的阳光洒在青石板街上，叫卖米粿的吆喝声忽远忽近。他们出了树影长长的小东街，很快来到林散子的老屋前。越过林散子老屋五彩斑斓的屋脊，可以看见屋后妈祖庙飞翘瓦檐的一角和大红朱漆的椽桁以及庙前高大榕树的身影。

院子里传出散子的歌吟声：

周公率兵出周原，
王师挥鞭上了泰山。
逐鹿中原伐诸侯，
马踏白骨民罹难。
乱臣贼子起垄间，
士卒撕咬骨肉相残。
天风怒号战云乱，
白骨枕藉妇孺散。
穷兵黩武祂为哪般？
老子骑牛出函谷关。
自古王侯皆好战，
春秋诗篇，
欺世盗名，
谎言满竹简……

大门虚掩着，看不见散子的人影。

他们在林散子的歌吟声中走进妈祖庙，在妈祖神像前上香磕头。

中午时分，林志雄和均伯汗流浃背走回青石桥，来到散子老屋前。老屋大门敞开着，院子里浓荫遮蔽。散子独自在石桌那儿饮茶。

“幺叔！”林志雄在门口与院子里的人打招呼。

散子坐着未动，抬头看门口的来人，眼神看上去像个刚睡醒的孩童。

“哈，雄仔你回来啦？”散子起身，做了一个邀请手势。

均伯问：“清早路过门口，听你唱曲儿。又唱的哪一出啊？”

散子头发乱蓬蓬的，平淡地笑一下。“喝茶，喝茶。最近新写了个本子，说的是‘文王东征’的故事。”

石桌上放了三个白瓷茶杯，金色的茶汤漾出热气儿。

“好茶味！”林志雄饮下一杯，腮帮子嘬出酒窝，说道。

“上半年你拿来的春茶，地地道道好滋味。”散子边往茶碗里冲开水边说。

"我们寻婴儿已经两天了，仍然没有找到他的影子。"均伯说。

"谁？婴儿？……"散子睁大眼珠，狐疑地看着均伯，又看林志雄。

林志雄第一次从那双平日里黯淡无光、似乎永远无法集中注意力的眼睛里看到了一丝闪烁的火苗。"前几天，他每日都过来我这喝茶，听我唱刚写好的曲子，一坐就是大半天……直到他老婆寻上门来唤他……"

"'叨叨叨，一天净知道吃食，跟头猪有啥两样。'他抱怨他婆子。"散子说。往茶杯里倒茶水，关公巡城，韩信点兵……

林志雄和均伯点燃纸烟。"婴儿还说什么？"林志雄问。

"没什么？他嘟哝说早晚有天要去寺庙躲清净……他的话少。阿松走后，话愈加少。大部分时候都是过来闷坐，也不再借线装古书回去读了……"散子轻描淡写地说。又开始冲茶。

"寺庙？"林志雄侧脸看住均伯说。

"哪个寺庙？"均伯看一眼林志雄，又看散子问道。

"不知道。也许，仅仅就是说说呗。"散子回答。

"近来，有林先生的消息吗？"林志雄喝茶的时候问。

均伯回答没有，散子说有好几年不见先生了，想和他下棋。

"先生高龄，不知是否健在？"林志雄问，但马上感觉失礼和冒犯。心里懊悔。

"在。一定在。"散子说。

"你知道？"均伯好奇地说。

"我不知道。"散子抬头，看向妈祖庙飞翘的檐角，用大拇指点一点自己的胸口，"但是，我感觉得到！"他不再说话。

晚上，各路寻找的人都空手而归。林志雄和均伯两人合计，抱着一线希望，明儿一早上南屏山风雷观，去林先生那里试探音讯。

南屏山是祖安北部一系列大山的主峰，通往主峰的山路崎岖坎坷，林木茂盛。林志雄记得，大约是读中学的时候，端午节过了一段时间了，他陪母亲曾爬过这条漫长的山路。那时，父亲病重，母亲前往道观寻医访药，打算寻求林先生赐予草药救命。但先生外出云游，不在观内，一个孤守的道人接待了他们母子。抓了三服草药返来，父亲最终还是不治。

山路并未荒芜，时常有山民行走，坑坑洼洼的羊肠小道倒也通畅、坚实。两个小时后，林志雄和均伯路过一个分岔路口，岔路尽头有一块山间平地，可以看见一个客家人村庄。均伯提议在树下阴凉的石凳那里休息片刻。客家民居围成一个封闭的方块，纵横排列着泥墙瓦房，外围墙体高两层，没有窗户，只在高处屋檐下留有一个小小的瞭望孔。当村子抵御外敌时，关闭方形围庐屋向南的唯一一道小门，整个村子的每个家庭都固守在方块城堡里，男人们就手持武器从外圈的瞭望孔观察来犯敌人，调度力量捍卫村庄。村庄看上去布局严密，排列有序，村内道路四通八达，水井、碾坊、祠堂、排水渠道应有尽有，一眼就可以识别出客家人出于防卫和生存需要筑造的围庐而居的民俗特点。村子前面有一口水塘，山坡上是一圈一圈台地梯田，地势低洼和靠近水渠的地方种植着绿油油的晚稻。高处的山坡旱地种植甘蔗、木薯和蔬菜。菜地尽头有一个刨开缺口的墓地，木制的墓碑还插在那里。一个头裹白孝帕的客家男人和两个帮工正在坟丘前举行“捡骨葬”仪式。先人遗骨的二次葬活动在客家地区甚为盛行，二葬仪式一般在逝者首葬四五年之后进行。客家俗语讲：“八月初一墓门开，先人遗骨入埕来。”二葬时间一般选择在农历八月初一之后的黄道吉日举行，由逝者嫡亲男性从祭祀、祷告、启墓、开棺、捡骨、清理、装殓、改葬等一系列程序依次进行。家庭女性不得参与此项仪式。家庭男性继承人势单力薄者，也请帮工前来协助。帮工在二葬活动中被称为“改死佬”，他们是一些职业“捡骨人”，专门从事二葬活动中最脏最累的活计。

坟地已经烧过纸钱，地上有一摊黑色的灰烬，香烛在燃烧。两个男人正从棺木里清理逝者的骨殖，一块一块取出来用竹刷打扫骨头上面的泥土和腐肉。捡骨从逝者脚趾骨开始依次往上进行，直到硕大的骷髅头骨。碰到还未完全腐烂的筋膜连着骨头，还要用木刀仔细分离、切断。整理出来的骨殖要经过客家米酒清洗、晾干，用草纸一块一块包裹，依次序放置在一个大瓮。盛放骨殖的陶瓮，在不同地域的客家人族群中被称为“金罂”“金埕”或者“金瓮”。

在仰韶遗址的考古发掘中，就已发现仰韶文化二次葬的骨殖陶瓮。成书于战国时期的《墨子·节葬》篇就记载了：“楚之南，有炎人国。其亲戚死，朽其肉而弃之，然后埋其骨，乃成为孝子。”足可见，二葬习俗在南方地区早已有之。乾隆《嘉应州志·风俗》记载：“葬惑于风水之说。有数十年不葬者，葬数年必启视。洗骸，贮以瓦罐，至数百年远祖，犹为洗视。”现代学者对客家人二葬风俗研究中赋予其“祖宗依赖”或者移民迁徙中“慎终追远，民德归厚”的中原文明寻根意义，应该是一种人为赋能的妄断。它与中原汉人“逝者为大，入土为安”“刨人祖坟，血海深仇”的丧葬文化大相径庭，由此再去揣摩客家人渊源的历史研究，可能会得出另一个全新判断。

林志雄他们稍事休息，再次上路。沿途，在路边峭壁的凹陷浅洞，又零零星星看到密封的客家骨殖金瓮。狗母蛇从石缝里蹿出来，枯树叶发出沙沙的响声。它短促的前腿支撑起扁圆的脑袋，乌溜溜的小眼睛好奇地打量行人，旋即一扭身子，飞快地钻进金瓮之间的缝隙消失了。

紧走慢赶，临近晌午的时候，二人气喘吁吁登上一处山垭。从垭口向前瞭望，一处青山环抱、古柏参天的古刹映入眼帘。林志雄和均伯在树下稍事休息，便一前一后踏上缓下坡路，不久登上古刹的石阶。在均伯的记忆里，童年时候，他跟在大人屁股后面，曾来道观躲避日本人的战火。那时，日军的炮艇轰炸了东南沿海的民防工事，从炮艇下来的日本兵已经开进了潮州府。来自潮汕平原躲避战乱的难民像蜂群一样挤满道观的每一处空地。

林志雄跨进道观破旧的山门，一眼看见身着玄色道士衣裤的婴儿在三个道人中间忙碌。道人们趁着好天气，正在晾晒采回来的橡子果。坚果晒干储存，需要的时候，剥去硬壳，浸泡清洗，手工磨成糊浆，在大铁锅里熬煮黏稠，晾凉切块，调以简单的佐料，就成了道观布施远道而来的香客充饥的食物。

林志雄叫婴儿的名字，头发还未蓄成发髻的婴儿抬头看看来人，愣了一下，停下手里的木铲。随即，婴儿又低下头，继续翻晒青石场地上的橡果。三个道人齐刷刷看过来。

“我们前来拜访林道长。”均伯摘下头上草帽，打破尴尬说。

一个打了裹腿的中年道人从晒场绕过来，走近他们，简单交谈几句，就领他们穿过前院晾晒场，拾级而上，迈过中门，进入后院东厢房。

房间不大，有一张老旧的木床，一架木柜。靠窗两张长条凳架着一口年代久远颜色暗沉的木箱，箱盖上有一本翻开的线装书，墨水干涸的砚台和一支秃毛笔在它旁边枯守着。厢房里光线昏暗，但异常阴爽，门口靠山墙位置有两条长凳。一位须发全白的耄耋老人盘腿打坐在屋子中央的蒲团上。林老先生已经非常苍老，老迈的双腿已经不能支撑他站起身来招呼客人。他挥挥手，平静地招呼家乡来客就座。看上去，先生清瘦异常，双手像鸟爪一样细长，关节暴突，老皮纵横。但老人耳聪目明，精神矍铄，谈吐从容。近些年，他深居简出，很少走出斗室。虽然先生乃一代名医，一生修炼不辍，但无情的岁月和青壮年时期常年四海云游的漫长行走生活耗损了他膝关节的最后一丝活力和韧性。随着年事更高，他足不出户，也进食很少。每天的早课、晚课诵经仪式，道观日常运作事务，重要的法事活动，也都交由资历和道学积累深孚众望的幽逸道士主持，他只在每年正月十五上元节天师张道陵诞辰日和冬至日元始天尊圣诞，由弟子们抬上正殿，主持法事活动，开坛讲经。每到那时，先生正襟危坐在大殿元始天尊神像之前，手持拂尘，瘦削的面颊沟壑纵横，白髯飘飘。耄耋老人声若洪钟，融一生亲历、山河壮美与悟道精髓于一炉，从洪荒宇宙、开天辟地、浑沌初开一路讲起，再深入浅出讲授《道德经》那宏大、抽象、玄妙的奥义。

中年道士安顿客人坐下。离开的时候，先生开口："幽逸道人，请吩咐厨房煮两碗红糖姜汤米馃。两位居士一路劳顿，热汗入凉庵，容易风寒伤身。"

幽逸道士应了一声走了。

饮过甜馃姜汤，二人疲态顿消。话题自然转到婴儿身上。从先生口中，他们了解到，婴儿三天前抵达风雷观，投在先生门下，执意选择做一名居观修行道人，割离俗念，远离红尘。

"我尚未应允收他为弟子。甘露不润无根草，大道不度无缘人。道门收徒有严谨的八不允戒律，我已正告他，三月之后，再做计议。"先生说，"我一直在等你们。这期间，也在观察他。"

收捡碗筷后，婴儿被唤进东厢房。"婴儿，在赐予你元婴道人法号之前，你尚为俗家弟子。现在领你兄长前去大殿上香。元始天尊在上，请静默诵经三番，打开心径，拨云见日，倾听心声。然后告诉你兄长你内心真实的愿望。"

正殿衰老破旧，像极了风烛残年的老道长。虽经历过修缮，但漏雨的水渍印布满后墙，有一处屋顶的坡面弯曲，梁檩变形。但大殿打扫得干干净净，中央供奉着元始天尊盘古氏威风凛凛的神像。祂是道教正解的开天辟地造物之神，在天地尚是一片混沌之初，巨人盘古执大斧划破昏暗时空：那一刻，雷鸣电闪，石破天惊。光，终于艰难穿透漫天雾瘴，浮尘逐渐下落、沉淀，水雾开始蒸腾、消散。白驹过隙，沧海桑田。天空初现碧蓝，荒蛮的山川绿草初萌，鸟儿开始纵情高歌……人类艰难告别匍匐爬行，首次竖直脊背，挺胸抬头，并健步如飞……

兄弟二人焚香入炉，并排在神像前的蒲团上跪下拜神。

幽暗的东厢房里，只剩下均伯和先生。先生开口："道门收徒讲究八不允：一、心不信。不信大道，游离嬉戏，沽名钓誉者不收。二、心不逆。忤逆悖义，冒犯人伦，不忠不孝者不收。三、心不正。仅求通神，搬符弄咒，坑蒙拐骗者不收。四、心不纯。追名逐利，蛊惑众生，玩术恣欲者不收。五、心不善。无怜疾苦，伤人害物，为非作歹者不收。六、心不安。轻浮狂妄，不尊传承，窃道秽法者不收。七、心不坚。学而不修，不甘苦行，好逸恶劳者不收。八、心不恒。学道不专，三心二意，入旁门左道者不收。以上八条，婴儿皆无抵触。万事皆由心生，顺乎自然者，方得平安；心性融会，终有大成。"

"如若这样，那个家就散了……"均伯语气里充满遗憾和忧虑。

“道曰‘天下一致而百虑，同归而殊途’。对于天真诚朴之人，兴许，弃一木而拥茂林才是彻底的放松和解脱。婴儿想好了，自会做出抉择。心外之物不成其为羁绊和雾泽……”先生平淡地说。

正殿内香烟缭绕。供案上放着一篮表皮发皱的苹果，和一只盛水的白瓷瓶。盘古大帝的神像高大、威严，肩扛巨斧，目光如炬。

婴儿双手合十，呢喃诵经。林志雄侧脸看弟弟平和、安静的面孔，那张脸白净、狭长，平凡而温顺，沉湎于冥想或者某种空灵的境界，是如此陌生和遥远，咫尺之间，仿佛隔在两个完全不同的世界。他那一刻瞬间明白，一母所生，曾经亲密无间、相濡以沫的同胞兄弟，疏离和陌生不需要漫长的岁月，有人跨过了某个临界点，一切将形同陌路，毫无联结和瓜葛。世间事就是如此微妙，同一个屋檐下相守一生、患难与共的夫妻却在某个时候突然水火不容，难以共生；一母同胞，血肉相连，荣辱与共，却从未彼此敞开心扉，心心相印；同心协力，生死与共的朋友、拍档却刹那间成为擦肩而过的路人。父子、兄弟、家人、朋友等，看似在同船共渡，维系的纽带紧密牢固，但灵魂的陌生其实早在你定睛凝视之前早已注定。这就像天空紧密相拥的雨云，落下来的时候，才发现它们原来是分散的雨滴。

“婴儿，亲人到处找你。一家子人，老老少少都慌了神。”林志雄说。

“我知。但不用为我担心，我是个心智成熟的大人。”婴儿回答，双手合十，两眼微闭。

“你怎么考虑？”林志雄问。

“放松和解脱，回归生命本源。”

“母亲呢？还有阿松妈？”

婴儿沉默，伏下身叩头。

“她们会经受不住……”林志雄说。

婴儿双眼微闭，口中呢喃默诵。对话停顿了下来。

后来，林志雄又说：“大家都很关心你。阿松走了，大家都很悲痛和惋惜，我这段时间一直陷入自责和内疚之中。我想，大家同舟共济，一起挨过难关，也希望你随我返回，我们兄弟勉力支撑这个家。”

“来自何方？去向何路？一脚不移，回头即悟。生、死、祸、福，顺其自然吧。”他嘟哝着，像是回答，又像祷告。但自始至终，他都目视前方，没有碰兄长的眼神。

对话陷入沉默。

后来，婴儿准备离开。他起身，面对兄长，目光空洞，抱拳说道："请转告母亲，我一切安好。"他从脖颈上解下项链，那是一枚他长期佩戴的铜质子弹头，子弹圆头饱满而铮亮，尾部有一些暗绿色的锈迹。"把它转交给母亲。此后，不会再有什么力量可以伤害我了。愿老人家平安、长寿。"他迈过高高的门槛，走了出去。

下午，在先生厢房喝茶。林志雄琢磨弟弟的事：既然无法勉强，那么，把它交还给时间。况且，婴儿在先生处落脚，安全、放心，无甚隐忧，倒是一出万全的选择。那么，是时候与先生道别了，赶快回家告慰心急如焚的亲人。

林志雄带来了当季的新茶，双手捧给先生。先生让他放在木柜上，吩咐他顺便抱过来柜子上的一个紫砂储罐。

"这是缅甸生普洱。有三十年时间了。当年，我云游至云南临沧，帮一位缅甸过来的异族人治疗痼疾。缅甸居士病愈，甚为感激，馈赠自产山茶。如今，所余不多，冲来尝尝吧。"

茶水洗过三遍，先生手势灵巧，利落。茶韵经历了岁月的酵藏，汤色红亮，明艳，滋味顺滑、绵长。

"生活本身的味道。它平实，幽深，苦尽甘来。像常年屹立于干旱荒坡上的古松柏，老气横秋，山韵流芳。"先生说，目光望向门外的亮光，那里，古刹灰瓦顶上方，苍劲的老柏探出顽强的头颅，枯枝兀立，然而侧枝郁郁苍苍。

林志雄从茶汤里品味到了一股淡若流云的松柏香味和若隐若现的檀香味儿。茶是有灵性、有记忆的大自然馈赠，林志雄猜测：是不是此茶长期身处苍松翠柏掩映、香火终年环绕的环境，茶香里浸润了道观和茂林的神韵，造就了一味稀有的道茶呢？

茶过三巡。先生把志婴投观出家的事情再次讲给林志雄，他看上去神清气爽，眼神高远。语气中没有劝诫，也无导悟，抱持其一贯的"无为"理念。然后又谈家乡事，谈及散子的朴、癫、慧、真。

"先生，时候不早，我们准备告辞回村。此后还望多关照小弟婴儿！"林志雄说，起身向先生行礼。

先生不能起身站立。"恕贫道无法出门相送。三月之内，如他返来，一切随缘；三月之后，如其未归，一切皆缘。出观之前，我有一物相赠。危难时刻，不妨打开领悟。切记，寻常勿启！"他说。从怀里掏出一个麻质小布袋，袋内有一密封竹筒，竹筒内藏着手写的一首颂诗。

"多谢先生。晚辈有一呈请，今日拜谒，眼见道观年久失修，风雨侵蚀严重，恐有隐忧。我自愿捐资培修屋舍观寺，恳请先生允许。"林志雄作揖行礼道。

"我想知道，"先生清澈的目光看住林志雄，接着说，"这和婴儿的事相关？"

"不。先生别误会！这里没有交易。我诚心向善，捐资助道，不掺杂念。况且，婴儿已是成人，他自会选择生命路径，岂是亲情、俗念所能左右？"林志雄再次作揖施礼。

"好吧。这事就由均伯和幽逸道人接洽落地，风雷观全体修习贫道不胜感激，也是有缘信众的一大福祉和幸事。"先生说。

南屏暮鼓，林深山幽。斜阳跌落青山背后，初秋的天空宁静、瓦蓝，一尘不染。站在大殿门口眺望山下，远山层峦叠嶂，雾霭萦绕。林志雄和均伯上了三炷香，走出道观。

兄弟相送，弟弟志婴一路面容平静，从容。走出二里路程，告别的时候，婴儿说："哥，诸事随缘，顺其自然，不可勉强自己。您多保重！均伯慢行。"他双手抱拳，低头向二位行礼。然后折返上山，头也不回离开二人的视线。半支烟的工夫，那玄色的身影就隐入青山。

婴儿就此远离红尘。

多年以后，林志雄屡屡回想起兄弟相别的情景：婴儿留着短发，穿了道士对襟黑布衫，打着裹腿，脚蹬草鞋，动作轻快地行走在山间小路上。他的身影隐入深山，像涧流汩汩滔滔没入郁郁葱葱的晚林，像倦鸟暮归般轻车熟路飞回巢穴，或者像风儿倾听林涛，甘之若饴，和谐圆融。那么，他的选择，何尝不是一桩幸事呢？

林志雄在缅甸伊洛瓦底江畔的项目施工工地视察，几天后，携休假的潇湘返回花城，把石头仔留在那里。其间，伊洛瓦底油田项目正式启动，基础建设和钻井平台的施工人员正在络绎不绝汇集向工区。北京人精挑细选了一名退休石油工程师驻守在那里，他是技术行家，带领着一帮年轻的钻井工程师正紧锣密鼓架设井架和设备，还有一名白发苍苍的经济师在简陋的办公室每天评估工程进度并对资金数据做出实时记录、评估。三方合作框架早已经在曼德勒敲定，北京来的中年人曹老师代表他的幕后大佬在内部协议上签了字。利润中，缅甸将军占两成干股，北京人占两成干股。初步预估，一旦油井出油，生产走上正轨，以上两方不用参与一分钱投资和烦琐的运营，就可以日进斗金。

潇湘回到花城妻子的家，这期间一家人过来看望奶奶和继母，一并与莫木和王顺心会面。林志雄立即投入墨染出境的准备工作中。那时，西贡女孩已经独自返回越南。林志雄叮嘱方南，此事暂对所有人保密，包括墨染本人。适当的时候，他会亲自跟儿子面谈此事。

柚子并没有告老还乡。他在远赴缅北翡翠原矿采购站任职的问题上左右摇摆，出尔反尔。与此同时，随着石头仔赴伊洛瓦底项目离开花城，对柚子神秘的财富调查工作也告一段落。它暂时成了一个谜，柚子在买楼过程中大笔神秘现金交易就摆在那里，那么，能揭开这个谜底的只有两个人，柚子本人，以及目前仍然不知所终的白颈仔。如果是他们之间的交易搭上了阿松的性命，那么，谜底揭晓之日，将是兄弟清算之时。林志雄这样想。眼下，第一要务就是处于漩涡中心的染儿如何避难离境。

林志雄接到阿鼓和阮望京从北部湾他们的家乡打来的长途电话，遵循保密规矩，他们在电话中向他简要汇报了事情的进展。林志雄对他们出色的细节考察工作非常满意，肯定了他们前期的努力。但在出行路径的选择上没有表态。“见面再议。”他说。他仍然抱持对通信安全一贯的不信任，匆匆挂断电话。他们约定见面时间和地点，当天就驱车赶回潮汕老家。

当晚，在祖安茶场的小房子里，林志雄与王木匠、敖金、墨染见面。娘碰仔也在那里，他又长高了一些，身材依然细瘦，但看上去已经是个半大成人的模样了，机灵，沉默，腿脚勤快。林志雄尽管回到祖安，但没有回家看看。上次在风雷观寻获婴儿下落，告知弟媳消息时，他目睹了阿松妈妈和姐姐的崩溃场面。这个家庭在短时间遭遇了连续的重创和变故，这让林志雄陷入深深的自责之中，阿松的意外亡故搅乱了一大家人的生活，生生剥离了弟弟一家人的希望和快乐。而弟弟的执意出家，又使她们雪上加霜，情何以堪！时间是一味良药，多深的伤口都将弥合，看上去曾经坚不可摧的情感也将随着岁月的磨砺而黯然失色，流向记忆远方，或者成为底色，或者渐次缩小成一个生命印记中的小点。日久天长，它会固化在脑海、心灵或躯体的某处，催生一些古怪、晦暗、艰涩的东西，例如：唠叨，孤愤、抑郁，或者极度迷信或者细胞癌变……

午夜时分，父子即将驱车远行。在电灯泡光线昏黄的小屋里，林志雄向王木匠讲述了柚子反常和反复的举动，他从县城茶叶经销店选择了精明强干的店长林子彬，从“海上贸易”团队选择了胆大心细、反应迅捷的接货人阿俊，他们二人将随同林志雄一起远赴曼德勒，开始摸索、学习翡翠原石交易要领，为林氏企业下一步布局珠宝行业奠定基础。这二人都来自祖安林氏大家族，久经考验，忠诚可靠，是有效应对柚子这个不稳定因素的被迫选项，也是一把隐秘、周详、稳妥的利器。林志雄站起来，走到敖金面前：“敖金老弟，这些年，辛苦你啦！近期处理掉那些船只和货舱，我们从‘海上贸易’干净抽身，一门心思经营地产和缅甸项目。”林志雄看到黑瘦矮小的敖金睁大狐疑的眼睛，他把双手搭在敖金肩上，接着说：“我已经嗅到海上贸易的危险气息，有些太过招摇和放肆的走私佬已经陷入大麻烦，我们不再玩火中取栗的危险游戏了。老辈人说，智者不立于危墙之下。大势所趋，贪则引火烧身。我安顿好墨染的事情，返回来，就接你到白云山养老。你从未出过县城，我带你去见识省城那个水陆码头的大世界。”敖金憨笑，露出乌黑的牙齿说：“好的。”

墨染鼻梁架着金丝边眼镜，戴上渔夫帽，提着行李包准备出门。娘碰仔这时拦在林志雄面前：“雄伯，我跟你们一起。可以放哨或者打个掩护什么的……”孩子说，圆溜溜的眼珠闪闪发光，神情执拗，语气坚决。

林志雄愣住了，他看王木匠。王木匠说：“可以的，带上他，靠得住。你返程路上也有个伴。”

林志雄沉吟一下应允了。一行人出门。这时，墨染把行李包递给娘碰仔，“我去和敖金叔告别。”他说，摘下渔夫帽转身走向正在关门的敖金。

“敖金叔，这段时间给您添麻烦啦！”墨染鞠躬施礼。敖金仰头看着这个脑袋光溜溜、戴金丝边眼镜的大孩子。平心而论，相处的日子，他们大多数时候都是相互沉默。敖金弄不明白这个心事重重的林家少爷复杂的内心世界：这个闯祸的大男孩面容清瘦，英俊斯文，他有着林家人一脉相承的方正的额头、挺直的鼻梁和思虑沉沉的眼神。因为年龄悬殊的原因，他们缺乏共同语言，沟通甚少。在敖金看来，墨染还不具备其父能与任何人舒适相处，让人放松、愉快的能力。他看上去有些孤僻、冷峻、阴郁和拒人千里。幽居于此，鲜少出门，除了睡觉、吃饭，一天的大部分时候他都在用一套精致的雕刻刀把一块碧绿的石头雕琢成一个像鸟一样的东西。敖金有时无言地站在他身后看他摆弄那个东西，刻出鸟儿收拢的翅膀，再刻画那上面一片一片清晰的羽毛……

“路上千万小心。”敖金送他出门，拍一拍他的脊背说。

父亲站在竹林边的暗影里抽烟。墨染叫王木匠过来一下。王木匠走近，墨染从裤兜里掏出一个漂亮的翡翠小鸟交给他。相互拥抱时，他在王木匠耳边轻声说：“把它转交给香儿，告诉她，我们什么时候都不要放弃希望。”

他们转过竹林，摸黑上了屋后的小路。汽车就停泊在茶园半坡黑漆漆的大路上。

在白云居，一家人吃了一顿团圆饭。在餐桌上，林志雄告诉母亲和妻子，染儿出国考察学习的手续已经办妥，今晚出发，一别可能又是一两年。染儿低头饮汤，光头让他瘦削的脸颊看上去棱角分明，若有所思的眼神透出阴郁。“染儿变了，心事重重的样子，瘦弱得让人心疼……”染儿妈嘟哝，低头垂泪，面色惨白。潇湘赶忙插话：“那是染儿舍不得你们，男子汉不善表达出来。”染儿为缓解尴尬，起身给奶奶和母亲盛饭。透过一楼餐厅的玻璃窗，墨染看见一个岗哨的身影在路灯下的院子里晃动。

抵达防城港时已是第二天傍晚。从车窗一眼就看见晚霞映照下北部湾洋面伸进黧黑陆地的白亮亮的湾流，海岸线弯弯曲曲，山环水绕，样子看上去像个静谧的大湖泊。阿鼓和阮望京在通往中越边贸城市东兴的跨海大桥桥头那儿等待。他们会合，两人在暮色中上车，车子驶入灯火辉煌的防城港城区。约十分钟后，车子停进一个地下停车场。他们换乘阿鼓驾驶的一辆农用三轮篷车，沿着北部湾沿海公路继续行驶。不久，三轮车拐弯，驶上一条坑坑洼洼的乡间土路。一个多小时后，七折八拐，帆布篷车子进了一个农家院落停下。院子里停着一部红色摩托车，一个五十多岁年纪的男人出门迎接他们。大家都未说话，跟着主人进屋坐下，喝一种京族人熬制的凉茶。茶水又酽又苦，余味有一股竹叶的清香味儿。

阿鼓事先从城里打包一些卤鸭、烧猪脚和酥饼，现在就放在小木桌上，大家在灯光昏暗的屋里凑合着吃。一边商量、敲定接下来的出行方案。屋子里散发着一股浓重的咸鱼味儿，地面上堆满了竹筐、绳索等杂物和一张收拢的破旧渔网。屋主人坐得大老远，独自默不作声在角落吸竹烟筒。阿鼓叫他“幺姑父”，那人穿着深色阔腿裤，光着上身，赤脚，常年出海打鱼，皮肤晒得像木炭一样黑。

听完二人陈述的水、陆两线离境预案，林志雄沉默下来。比较而言，陆路平稳、可控，耗时稍长，从北到南贯穿国土面积狭长的越南全境抵达西贡，环节烦琐，容易节外生枝。这让林志雄忧虑。还有一个林志雄不便说出口的理由——那就是，他担心感情用事的染儿在西贡那儿逗留误事，让离境计划滋生枝蔓。

“那么，走水路的话，谁来驾船？”林志雄突然问。

“幺姑父。”阿鼓说，把目光投向独自在角落吸烟的老人。

大家把目光投向那个抽水烟筒的老男人。那人专注地吸烟，没有抬头。

“一个人能应付吗？”林志雄看向阿鼓。

“还有两个可靠的亲戚住在船上，他们都常年在北部湾洋面捕鱼为生，对于那片水域的熟悉程度就像上街赶集一样。就等你拍板了。”阿鼓说。

“海路更直接。那边接应的越南渔船都物色稳妥了？”林志雄说，起身走向那个老男人，给他敬烟。那人摆摆手，指一指自己的水烟筒，没有说话。林志雄直觉判断，这个沉默寡言的出海人让他放心。

“那边妥了。如果选择水路，天黑在公海接驳换船，后半夜登陆那边的渔村。阿阮要及时出发，需要提前到达那边准备接应事宜。我明早出海，先行一步再次靠实外海接应船只和接洽时间，返回后一路护送到底。”

林志雄说：“好！就按这个方案，墨染什么时候启程？”

“后天一早登船。近来海上气象预报都是好天气。”阿鼓说完。阮望京起身，走到墨染跟前，他们击掌。“放心吧！我即刻出发，在那边会合。不见不散。”他说。

阿阮出去了。林志雄像是突然想起了什么，跟着出了房间。他和阿阮在屋外低声交谈，林志雄压低声调，紧紧握住阿阮的手：“你和墨染是患难之交，一起经历了那次九死一生的曼德勒绑架案，他对你非常信任。此行一定倍加小心，人生地疏，困难重重。只要登上飞机，就大功告成。另外，登机之前，告诉墨染，有个西贡女孩，名叫阿香。她来找过他，现在已经返回西贡。她是个好姑娘。”

阿阮从林志雄握手的力道能感受到一位父亲的重托：“放心吧，雄伯！我会像守护我的生命一样寸步不离。”

不久，屋外传来摩托车的轰鸣声，然后摩托车的声音远去。

林志雄驻守防城港第五天，接到墨染从河内机场打来的电话。他用潮汕话简单地说：“一切顺利！我们即将登机，阿阮与我同行。”

“阿阮？他的出境护照怎么搞定的？”林志雄狐疑。

“他在这边有可靠渠道。阿鼓返来，自会详告。您多保重！”染儿简短地说完，挂断电话。

王木匠驱车返回花城的时候，遵照林志雄吩咐，一并接来了敖金、林子彬和阿俊。林志雄回到白云居设家宴款待他们。他们这段时间和娘碰仔一起住在阿松留下的空房子里。莫木和敖金一见如故，话虽不多，但很快成了形影不离的老哥俩。那几天，林志雄也难得心情放松，酒桌上也和他们小酌一杯。也是在那期间，他心里盘算，木莲无法生育，是时候将娘碰仔过继给莫木做义子了，这样对孩子的监护、成长有好处，莫木年老也有个依靠。他准备找娘碰仔先谈谈，孩子已经不小了，与莫木夫妇相处融洽，莫木也打心眼里喜欢这孩子。但娘碰仔有一股倔劲，又抱持潮汕人认祖归宗的观念，是否愿意改名换姓，违了与他相依为命爷爷的意，还真没把握。他决定事不宜迟，明天找娘碰仔单独谈谈。

酒足饭饱，林志雄委托莫木第二天驾车陪同敖金他们外出游览观光。

“我也要去！”娘碰仔兴冲冲地搭话。

“明天你陪我去办一件要紧事，非你莫属。”林志雄说，看见孩子露出失望神情，又说，“改天让你莫伯专程陪你如何？去东湖游乐场玩飞车和摩天轮？”

娘碰仔这才心花怒放，高兴得又蹦又跳。林志雄这才想起来，孩子自从来到这里，还真没有出门玩个痛快。

莫木告诉雄哥，柚子那边有确信了，他准备服从工作安排，随时候命。

“不改了？”林志雄看住莫木。

“看来，是下定决心了。他赖以立足的博彩项目停了，整天无所事事还要担心条子哪天找上门。”莫木回答。

“但愿如此。这两个年轻人，”林志雄指着林子彬和阿俊，“他们都是经受过考验和历练的好孩子，定会全力以赴投入曼德勒的新职位，熟悉缅北，熟悉玉石原矿交易。那边经朋友推荐，已经物色到一位资深的玉石鉴定行家加盟我们。你转告柚子：迟了，酒席就凉了。”林志雄话中有话，但是依然面带笑容。

第二天早餐过后，莫木他们驱车进城。林志雄带了渔具，娘碰仔扛着抄网，身后紧跟着小黑狗。他们钻进林间小路，径直往湖库堤坝去。

他们开始钓鱼。虽然中秋已过，但早晨的烈日就已经让人感觉到了它的威力，酷热没有半点减退的意思。堤坝尽头，墨染此前搭的窝棚孤零零地蹲伏在那里。鸟儿在林间尽情歌唱，一只鹃鸟从密林深处发出“啾——啾——啾”的巨大叫声，鸟鸣声像从深瓮中传来，空谷回响。

“娘碰仔，你也知道，近来发生了好多事情，雄伯一直没有抽空和你好好聊聊。”林志雄望着水面纹丝不动的浮漂说。

“嗯。雄伯，我知道。松哥走了，你很难过，我也很伤心。”孩子哭了起来。林志雄看着他的泪脸，伸手把他揽在腋下。

“都怪我一时疏忽大意，轻信了一个曾经患难与共的兄弟，才酿成大错。”林志雄目光抑郁，抬头看向朝阳斜照的雨林。“这份疼痛，渗入骨髓……”林志雄喃喃自语，声音哽咽。

“这下，染哥又去了远方，我的伙伴就剩下小黑狗了。”孩子说。

两人陷入沉默。良久，林志雄清一清喉咙，突然问：“你喜欢你莫伯吗？”

“喜欢啊。上学的时候，遇到下雨天，都是他开车接我、送我。木莲阿姨也很好，脾气软和。”

“哦。你看，我今天专门留你陪我，是有一件大事找你商量。”

“大事？”

“是。我想，给你找个家……”林志雄注视他的反应。

"雄伯，你嫌弃我啦？"孩子睁大眼睛捕捉雄伯的表情。

"没有。我在河生爷临终前答应过他，要永远对你负责。"

"那怎么突然说这种话？我一直把这儿当成家。"

"我想，我整天东奔西跑，没时间照顾和引导你，怕耽误你。"

"我现在可以照顾自己。不读书了，我想，过了这阵子，就在莫伯农场干活，或者听候你安排。"

"阿松走了，你今年还未满十六岁。需要有个人像兄长或者父亲一样陪伴、引导你。"

孩子不说话，看上去一副无辜、可怜的表情。

"你莫伯膝下无子，也挺孤独。如果可以，你愿意做他的义子吗？"

孩子低下头："不。我生是林家人，死是林家鬼。如果那样，我爷爷泉下之灵也不会原谅我。"

谈话陷入僵局。

"你看这样行吗？你叫他干爹，也只是名分上的，你的身体里依然流着林家人的血液，谁也改变不了。我当年在缅甸当兵打仗，有一个团长对我很好，他们夫妇膝下无儿无女，待我视如己出。我就是老团长的义子，蒙受他们多年关怀和照顾。等潇湘他们把缅甸的项目做起来了，明年或者后年，我带你去看望老团长。"

孩子安静下来，他似乎陷入沉思。

"你要改一个响当当的名字，为日后承担林家更大的事业出头露面。'娘碰'是你爷爷取的乳名，怎么也不能改，但也只能作为你的乳名。"林志雄看着孩子，他的小脸上没有了抵触情绪。

"叫'林鹏'还是'林鲲'呢？鲲鹏展翅九万里，翼搏云天，气势磅礴。"林志雄问。

孩子说："我喜欢'林鹏'这个名字，响亮，顺口。"

"好吧，你够聪明，我也这么想。我们自家人永远叫你林鹏，但对外需要冠上'莫'姓，叫莫林鹏。有一天，你莫伯去世了，你木莲阿姨不在了，随你怎么改名都由你说了算，用回林鹏也名正言顺。这样好吗？"

孩子看着雄伯温和、期待的眼神，说："雄伯，我信任你。由你做主。"

"其实，在我心里，老早就把你当作我亲儿子看待。"林志雄把孩子紧紧搂住，眼中充溢着泪水。

太阳直射堤坝的时候，他们仅仅钓到一条过山鲫和三条小罗非鱼。但林志雄内心充实，舒畅。他们决定收拾工具下山歇凉。"要选一个吉祥的大日子举行个正式的仪式，人不要多，就农场的人和住户。我找你莫伯商量确定时间再安排吧，你就按礼仪磕头，准备接受大红包吧！”林志雄在下山的路上和他说。

潇湘也在那天搭乘航班返回缅甸的工作岗位。

柚子来到贝勒府拜访雄哥的那个上午，林志雄正在接听“湘西王”打来的电话。王家槐在电话中说孙千里在狱中因为表现优异，获得了一次减刑机会，这样算来，要不了多久，就可以一家人团圆喽。

林志雄听到这个消息非常高兴，祝贺他们兄弟不日将重新团聚，冰释前嫌。“对。我将在近期去探视他，年节之前给他捎带一些吃穿用品。当然，你不便前去探视，我理解。我届时会转达你的牵挂和问候。等他出狱，我们在‘沉香大厦’设宴给他接风洗尘的时候，你得坐主位，兄弟归来，大哥理当弹冠相庆，开怀拥抱。”林志雄大笑说，看着走进来的柚子，指一指椅子示意他坐。又递给他烟盒。“好的。一言为定。”他对电话里的人说。柚子示意说自己不抽烟，林志雄没有看他，再次把烟盒递出去。柚子明白了，接过烟盒，抽出一支烟，将过滤嘴的方向递到雄哥嘴边。雄哥噙住烟嘴，柚子按下打火机给他点烟。林志雄近距离看见柚子油光红润的胖脸，那圆滚滚的鼻头上渗着细密的汗珠。

那个上午，他们叙旧，从林家班少年时期习拳练武到青春年少出村闯荡，再说到插队捣乱的燃情岁月，从九死一生的缅北战场到不知疲倦的客运创业初期，从街头抢食到沉香大厦的辉煌矗立，他们的友情历经时间考验、苦难历练，也共同鉴证了奋斗时的艰辛、喜悦与成功时的荣耀——那些汗水、泪水、血与火、梦想与荣光。兄弟俩很久没有这么亲昵和热烈倾诉了，他们捐弃前嫌，消除隔阂，抛开面具，重新和解并选择信任。

进入腊月，漂泊岭南的务工者和经商者已经在筹备千里迢迢回家过年的事项，繁荣的珠江三角洲星罗棋布的开发区随处可以看见身背行囊辞工返程的行人，车站、码头也比往日拥堵、热闹。活跃在人群中的票贩子生意红火，异常忙碌。这是一年里加价倒票牟取暴利的大好时机，也是窃贼肆无忌惮、上下其手、左右逢源的“生鲜市场”。离乡背井、外出闯荡的淘金者这时都结算了工资，汇集一年或者几年的辛苦积累藏掖严实，生怕在漫长、混乱的归途出现纰漏，钱财化为乌有。但是，在拥挤的人流中，总有一些倒霉蛋面如土色或者崩溃绝望，要么行李被窃，要么裤兜被割，身无分文。

这时，墨染已经以马来华人威廉·林的身份在香港注册成立珠宝公司，从法国运来的珠宝加工设备正在安装调试。柚叔、林子彬、阿俊已经在曼德勒的碧基咩欣街区租赁了漂亮的办公室。那里距离大名鼎鼎的红钟楼只有不到十分钟步行距离，算是一个商业旺地。柚叔对公司选址非常满意，为此还广邀宾朋庆祝了开业。

莫木收养义子的仪式简短而庄重。中午饭前，十几个客人聚集在莫木的大房子里，林志雄主持了活动。孩子换上了干爹、干妈为他特意购买的新西装、新鞋子，看上去斯文、精神，但有些手脚无措。他跪下去磕头，向干爹、干妈行礼问候。

“莫林鹏，我的儿！”莫木用他浓重广西腔的普通话呼叫。

孩子低头回答：“干爹、干妈，儿子在此。”

林志雄问：“莫林鹏，你是否今生今世心甘情愿伺候二老，不管贫穷、疾病或者灾难，都像儿子一样恭敬孝悌呢？”

“我愿意，并将信守承诺。”孩子回答。

莫木扶起孩子，摸一摸他的头。双手递给他一个红色的信封，干妈陈木莲也送给孩子一份大礼，她眼眶红润，从厨房端出一碗事先煮好的红色荷包蛋，要孩子趁热吃下。客人纷纷向孩子送红包祝贺，连林母也馈赠了一个大红包。莫林鹏规规矩矩把这些红包收拢，捧到干妈面前，“干妈，您收好！”他说。众人一片掌声，然后入席开宴。

那是星期六上午的事。午休过后，林志雄邀约王顺心去湖边钓鱼。出门碰到莫木，莫木也想作陪。“莫兄，你留在家，多陪一陪家人，多多和儿子莫林鹏培养感情。”莫木说：“好。”

一整个下午，他们一边钓鱼，一边商量工作上的事。微风习习，鱼情活跃，三个多钟头，他们钓到不少鱼。黄昏收竿返家，林志雄按照老习惯带走几条肉质肥美的鲮鱼准备分享给白云居的老友，其他渔获全部放归湖泊。

晚餐时间，林志雄在家吃了一碗鱼片粥，两片煎马蹄糕，就返回书房饮茶。妻子和木莲在厨房收拾锅碗，母亲上楼回自己房间去了。

冬季昼短，白云山陷入黑夜。林区的虫子悄无声息，晴朗的夜晚愈显寂静、深邃。林志雄一边品味茶汤的滋味，一边思考进京拜见神秘股东事宜。目前看来，伊洛瓦底江油田项目进展顺利，是时候借这项合作项目进一步加强来往，巩固友谊了。林志雄虽身处观念前卫、经济开放前沿的粤港澳湾区，也算是见多识广，视野开阔。但平心而论，作为商人，他对宫闱深处的权力游戏知之不多，对如何与政坛显贵相处总是显得捉襟见肘，战战兢兢，如履薄冰。他看不透对方四平八稳表情后面隐藏的真情实感，更难猜度他们高屋建瓴、大而空泛的指示、表态下面蕴藏的真实意图。总之，他们是一些遮掩厚重、傻里傻气、傲慢自负又手握重权的大虫；是一些防卫心极重、层层包裹严实的变色龙；或者说更像幺叔林散子支架上的老龟——虚掩着滞重的眼皮，多疑，胆怯，孤独，身着厚厚的铠甲，长着锋利的爪子和牙齿，有着了无生趣而漫长的寿命……

这时，林志雄听到一楼厨房传出妻子的尖叫声，接着，楼下传来噼噼啪啪的击打声。林志雄飞身跃起，冲下楼梯。

妻子手里攥着拖鞋，战战兢兢地在厨案上追打什么，嘴里大声吆喝着："偷盐蛇！该死的贼。打死你！打死你……"

厨房里并无其他人。林志雄跑到妻子身边时，看见木案上的白瓷盐罐里有一截壁虎断裂的尾巴，那截无主的灰白色细长尾巴还在使劲扭动。妻子小心翼翼挪开堆积的调料瓶，试图寻找那只逃走的家伙。林志雄笑了："我以为发生啥事情了，一惊一乍的，吓死我喽。"

王顺心也跑过来了，接着，莫木和娘碰仔也听见动静过来看个究竟。

林母手里拿着木鱼槌也下来查看。"天呐！我以为进来歹人啰，尖声尖叫的。吓死人哩。"林母轻揺自己的胸口说。

莫木和娘碰仔协助搜寻壁虎踪迹的时候，林母上楼回屋。林志雄和王顺心去楼上书房饮茶。

不久，林母独自碎步走进书房。

"雄儿，我们对你张罗娘碰仔的事非常赞同。你这是办了一件大好事！昨儿我和染儿妈还说，当初我们张罗了木莲和莫木的婚事，怎么就没有意识到把娘碰仔过继给他们收为义子的事呢？还是你考虑得周全。"母亲说，在沙发那儿坐下，手里拿着木槌。

林志雄从书桌后面走过来，看母亲的表情。看样子，母亲有事要说。

"不过，进了腊月，你打算什么时候载一大家人回家过年呢？"老太太问。她平静，随和，神情严肃。

"妈妈，我想征求您的意见：今年，我们留在花城过年，逛一逛新春花市好吗？这些年，我们从未在这品味过广府人地地道道的新年习俗。您看好吗？"

"把秀英一个人留在祖安，这样于心何忍？"她说，身板儿笔直，白发一丝不乱。

林志雄愣住了，在母亲身边坐下。"妈妈，您说什么？"

"我什么都知道。"她说。

"您听说了什么？"

“阿松的事，婴儿出走的事。你们瞒不过我。”她用清澈、犀利的眼神看他，面容依旧平静，严肃。

林志雄像被雷电击中一样周身闪过电流，愣在那里。他一直不想告诉母亲，也不知道该用什么方式告诉老人。他知道这事迟早瞒不住耳聪目明的母亲，忧虑老人的健康，担心风烛残年的老人心里承受不住白发人送黑发人的残酷打击。

“你什么也不用解释，我全知道。你看，我这支木鱼槌，跟了我好多年。前阵子，好端端的，突然就断成两截。我当时心里就咯噔一下，寻思有什么不好的事要发生。”老人手上摆弄着木槌，这时林志雄和王顺心才注意到，她手上的木槌用了一根筷子和细绳把断裂的手柄固定住，不留意还看不出来。她接着说：“事已至此，你担心、自责都于事无补。”她停了一下，“我的儿，你也挺难的。还是要往前看，为了这些活着的人，更重要的是为那些正在成长的人。”老太太说，身子纹丝不动，目光看向窗外。

林志雄哑然失语。

“我老了，没什么用了。我每天都在祷告，向神赎罪和忏悔。抚慰逝去的，祈福活着的。代价如此惨痛，你是时候明白老辈人挂在口头上的‘浮财如云烟，平安是真福’的道理了。明天吧，陪我去一趟光孝寺烧香祈祷，也顺便问老和尚请一尊镇宅的佛像，赎一套经具法器回来。”老人语气平静地说。但在年近半百的林志雄听来，母亲这些话虽没有一句怪罪、责备的意思，却像鞭子一样抽打着他。老人的豁达、包容和处变不惊令他汗颜、羞愧：沉溺于表面风光和财富梦想的他是如此可怜和愚蠢，他孜孜以求的所谓功成名就、门庭荣耀、家族成就感、显赫的社会荣誉等这些绚丽光环却无法使一个耄耋老人安心晚年、生机勃勃的后起之秀免于喋血、一个平静的家庭远离暴风骤雨摧残……

第十八章

再回缅北

林氏家族在失去阿松这颗未来之星后，接连经历了一系列变故：阿松父亲的离家出走；墨染因为命案远避海外；柚叔虽然远赴缅北履职，但他在对待新职位时的摇摆不定和在直面白颈仔时发生的令人费解的迟滞行为让他成为林氏阵营一颗难以捉摸的棋子；“海上贸易”因为海关打击走私的力度持续加大而陷入停顿；“梦幻之城”在地块之争中险些失之交臂，虽然失而复得，但也因此付出巨大的金钱代价。由于复杂的地质状况以及因此而引发的严重透水现象，让项目施工举步维艰，工期一延再延。工程师们为此焦头烂额，它看上去像是一个雨季积满泥浆的巨大的无底洞。

林氏集团行政管理部门已经迁入气派的沉香大厦，进进出出的文职人员让这个管理枢纽显得运转有序、紧张忙碌。但内部高层骨干都知道，大佬仍然留在贝勒府，他在一河之隔的两层小楼指挥、协调着庞大、高效的企业神经网络，洞察着稍纵即逝的商机和变幻莫测的市场风云。他是一个恋旧的人，这儿是他事业起飞的地方，曾经有无数美好的时光、熠熠闪光的成功决策和艰辛奋斗历程结缘于此。更重要的是，这里深深烙下了他精明强干的侄子阿松的影子，他驻守这里，阿松就日日与他相伴。一旦他选择离开，那个英姿勃发、谋事谨慎、雷厉风行的身影就将一去不返。

两年的光阴一晃而过。林氏家族似乎在隐忍中喘息和疗伤，或者更像一艘在激流中突然失去动力的渔船，任随流水主宰，在逝川之上随波逐流，听天由命。所幸有一位临危不乱的船长，他凭借折断的船篙，奋力搏击，左突右横，稳住漩涡中团团打转的小船，用尽全力平衡激烈颠簸、危机重重的船体，顺势而为，才避免舟倾人亡、惨祸蔓延的局面。这期间，林志雄脑海里无数次浮现曾经亲历的画面：大约三年前的一天，一位早期在房地产领域呼风唤雨的大佬因为资金链断裂，债务缠身，在走投无路的情况下，从曾经让他雄姿英发并引以为傲的烂尾楼三十六楼一跃而下，重重地砸在楼下停泊的那辆曾令他威风八面的奔驰座驾上，一命归天。而那天，林志雄筹措了一笔应急纾困资金，正好前往惶惶不可终日的苦主那里告诉他这一消息，尽管这笔钱对于那位煎熬中的大佬庞大的资金缺口来说是杯水车薪。不承想，却目睹了最为惨烈的结局。而这两年，敖金和莫木看上去明显苍老了一截。早期出道一起冒险创业的兄弟像是冒雨行走在泥泞中的老人，步履踉跄，跌跌撞撞。敖金开始脊背佝偻，性格愈加沉默和孤僻，每天都与酒为伴，经常独自一人喃喃自语，用他那谁也听不懂的疍家话咕咕哝哝，对大哥林志雄表现出无限依恋和不舍；莫木在战争期间留下的旧伤频繁复发，天气突变的时候左腿就不听使唤，行走艰难。好在看上去他沉浸在家庭的平静中，义子的到来，让他黑瘦的脸多了一些笑容。晴朗的早晨，林志雄驱车赶去城里上班，每见父子俩在屋前平地上练拳习武，林志雄有时也加入进来。但很快，林志雄就发现，莫木教授的功夫套路与此前所见迥异，他似乎将流行于岭南地区的长拳、咏春拳、洪家拳与来自他家乡的壮族白眉猴拳糅杂一起，混合成了一套全新的实战拳法。看起来，莫兄一瘸一拐，脚步并不利索，但拳脚招式一丝不苟，稳扎稳打，含蓄中内藏杀机，闪展腾挪之间包罗护身防卫、出奇制胜、连环搏击的一整套秘籍。他似乎是要把终身所学在他盛年将逝之际一股脑儿教给他的义子莫林鹏。

当然，这两年，林氏集团的掌门人也看到新的希望：远在缅甸的投资项目已初见成效，油井第一期工程已经出油；墨染已经摆脱命案的阴影，以马来西亚公民身份在香港平安着陆，扎根发芽，珠宝行业在墨染的努力运作下小试牛刀之后开始筹备量产和扩大市场；潇湘在缅北石油重镇仁安羌已经能够胜任总协调人的角色，尽管他喜欢追逐女色的本性时不时露头，但总体来说，他有所收敛并顾忌影响，也注意把握场合和拿捏分寸——林志雄想，这可能也是潇湘安心异乡、努力工作的缘由之一吧？随着年龄的增长，荷尔蒙的释放，潇湘最终会远离那些身着筒裙、身姿婀娜的缅甸女孩。潇湘的女儿快满三岁，林荔儿扎着羊角辫，乖巧聪明，每周的周六和周日都由她妈妈带到白云居与爷爷、奶奶团聚。小姑娘咿咿呀呀，古灵精怪，有着能把成年人折腾得精疲力竭的旺盛精力和好奇心——为了荔儿未来的教育和健康成长，林志雄已经在思考她的未来，准备将孙女的户籍迁往香港，试图让再下一代远离来自湖南汨罗一家人的市侩、鼠目寸光和矫情的环境影响。

位于曼德勒以北约二百多公里的雾露河玉石矿区是世界上盛产优质翡翠原矿

的唯一地区。尽管先后在日本、俄罗斯、哈萨克斯坦、危地马拉等一些国家发现翡翠矿藏，但只有位于缅甸北部荒芜的帕敢地区开采的翡翠矿石达到玉石级别而广受市场认可和追捧。

翡翠大约在清乾隆年间传入中国，因为受到乾隆皇帝的青睐，这种来自云南的石头开始在皇宫、官场、鸿商巨贾中间走俏成宠，逐渐成为社会时尚，蔚然成风。后来，随着交通改善和翡翠行业的渐趋成熟，人们终于揭开这种神奇的绿色石头的面纱，原来，它的原产区在遥远的缅甸，而云南只是其入境交易的源头，并非原产地。

皇上推崇它，因为品质透明，纯洁无瑕；官场盛行它，因为攀龙附凤，投帝王所好；读书人把玩它，因为附庸风雅，故作情怀；男人追逐它，因为其通透高洁，有君子清明、纯粹之风；女人迷恋它，因为它冰清玉洁，有温婉含蓄之韵。后来，有好事者杜撰中医养生依据，拾《本草纲目》牙慧，赋予玉石“除中热，解烦闷，润心肺，助声喉，滋毛发，养五脏，疏血脉，明耳目”等功效。及至当代社会，商业文化的大肆渲染，连篇累牍的商业软文鼓吹在天然翡翠中发现人体必需的多种矿物质，这些微量元素在长期佩戴过程中通过皮肤吸收和沁润，可以平衡、调节人体机能，美容养颜，醒肌活肤，让人容光焕发，仪态雍容。

港台商人再赋予玉石“生命守护者”的内涵。随身佩玉一旦损碎，人们又说，是通灵的玉器代主人抵御厄运，消解灾难，“玉碎灾除，万事大吉”。在生命极其粗鄙、廉价的社会，人们恰恰试图寻找珍稀、昂贵的东西用来彰显其身份和体面，扭曲的人格投射向怪异、反常的审美趣味并因此而津津乐道，并大做文章。

位于缅北实皆省与克钦邦交界的喜马拉雅山南麓向南部平原过渡的干旱丘陵地带是玉石的中心产区，雾露河、坎底江和乌龙河三条小河从北向南流经此处。三江流域东西宽 30 至 100 公里不等，南北长约 200 公里，面积将近 1 万平方公里。这里产出全球 90% 的优质翡翠原矿，总价值高达 200 亿人民币。这还仅仅是原矿交易的价值，如果算上加工后珠宝成品成百上千倍的终端成交价值，这条产业链形成的财富效应相当惊人。三江流域起伏、贫瘠、砾石与沙土堆积的山丘与河床底下，蕴藏着令无数人魂牵梦萦的财富神话。在这片狭小的矿带上分布着大大小小上百个矿坑，无数的挖掘机和卡车在这里昼夜不停作业，把筛选过后的沙石从深坑运上地面，堆成松散的大山。遇到降雨或者地震活跃带频繁的地壳运动，这些沙丘和深壑，就可能在一瞬间变成移动的坟场，吞噬在地狱边缘刨食的矿工和村民。所有获准开采的坑口，大部分属于缅甸军政府所有，仅有一小部分来自神通广大的私人矿主。进出矿区的道路都有荷枪实弹的军警把守，每周规定了固定的时间对当地穷人开放，允许那些衣衫褴褛的山民进入废料山坡捡拾“遗珠”。逢到开放日，漫山遍野都是骑破旧摩托车飞奔向前的人、赤脚奔跑的人，黑压压如奔涌的泥石流，像冲出围栏抢食的牲口。人们像蚁群一样拥向沟壑纵横、危险重重的深沟险壑，匍匐于矿区流沙坡。靠捡拾遗漏的翡翠原石为生的山民大都居住在附近穷乡僻壤，梦想“石来运转”，告别摇摇欲坠的破屋，从此过上锦衣玉食的寄生虫生活。寄生在这片荒丘与泥沙河交织区域的穷人大约有五十万人，而最终淘到值钱货的幸运儿凤毛麟角，概率远比博彩中奖还要难。但人们还是坚守在这块贫瘠的土地上，寻找和等待希望，因为除此以外也无路可走，无以为生。经年累月的挖掘，矿坑已经深达几百米，加上地面工程运输车辆不断地倾倒、堆积，从坡顶到矿底的深度远远超过千米。站在坡顶看下去，那些忙忙碌碌的挖掘机械像一只只螳螂在蠕动、比画。

皮肤黧黑、形容枯槁的人群在流动的山坡不断翻动石头，又刨又挖。高处的自卸翻斗车还在排泄废弃沙石。倾倒下来的物料顺着山坡流淌、滑落、滚动，人们就在流动的陡坡上碰运气、撞大运。

每年，都有无数人在这条危险的寻宝路上葬送性命，或者身负重伤从此丧失谋生能力。流淌的沙砾坡，飞速滚落的石头，不期而遇的山体坍塌，都让这片人为啃噬出来的大地伤口成为危地，险象环生。当然，与财富效应伴生的是盗匪横行。淘宝人为一块模样出彩、皮壳诱人的原石相互争斗，大打出手；幸运儿尖叫着怀抱上等原石冲出矿场，可能当夜就横尸窝棚；交易过程往往经受层层盘剥，或者遭遇抢劫，人财两空。苦难中的悲剧和喜剧在这片狰狞、荒蛮的土地上轮番上演，令人既心惊肉跳又肾上腺素飙升。而原始、神秘、黑幕重重的赌石交易，又把狂喜与绝望毫厘之间的冒险神话再次推向高潮——所谓“一刀天堂，一刀地狱”。等到原石切割开、谜底揭晓那一刻，质地和成色大白于天光下，有人瞬间荣华富贵，鸡犬升天；有人从此倾家荡产，坠入黑暗。

每一块有价值的石头，都蘸满鲜血。

林志雄在旧历新年过后启程来到曼德勒。曼德勒旧称“瓦城”，是缅甸第二大城市，曾经是缅甸首都。是缅北最繁华、兴旺的大都市，也是全球红宝石和翡翠原矿交易中心。

那时，缅北的雨季快要临近。

林志雄他们分乘两辆越野吉普车，一早从曼德勒出发北上，此行需要采购一批林墨染珠宝公司的翡翠原矿。这是珠宝企业投入运营以来林志雄首次抵达原料产区考察。

第一辆车上坐着向导、林志雄、柚叔，还有一位经李团长挑选、推荐的克钦族“捡玉人”——他来自帕敢的穷乡僻壤，名叫麦哥俫，六十多岁，年轻时也曾是红色缅北游击队的战士投身丛林作战。轰轰烈烈的革命最终偃旗息鼓，麦哥俫拖着伤残的身体和难以释怀的巨大失望回到赤贫的家乡，靠祖上沿袭下来的捡玉技艺勉强糊口。他有三个儿子：莽撞的大儿子葬身矿区山体坍塌；二儿子在那次塌方事故中侥幸活命，但留下了一条伤残、畸形的瘸腿；唯一幸存的小儿子说什么也不能再重操祖业，中学毕业后，经李团长介绍，在木姐镇的一家私人作坊学习木工手艺。麦哥俫大半生都与翡翠原石打交道，对玉石原矿质地、成色的洞察与评估、隐蔽瑕疵的判断、坑口特征的把握等了如指掌，对寄生在交易链上的制假贩假、坑蒙拐骗伎俩心知肚明。虽然年事已高，无法再拼搏于流沙滚滚的场口山坡，但经由德高望重的李团长担保，他进入柚叔掌舵的公司已经有一段时间了，司职翡翠原矿评估方面的业务，为林氏企业在原料选购环节把关，以免在交易中判断失误，落入陷阱。

麦哥俫带的两个来自潮汕的年轻徒弟在后面那部吉普车上。车上还有一个来自印尼的戴金丝边眼镜的年轻富商，他斯文、时髦，不动声色。身边是他那不苟言笑、身材高大的助理兼保镖阿阮。

车子沿着狭窄、破损严重的柏油马路向北行驶，中午时候抵达临近玉石产区的莫冈镇。到这里，柏油马路到了头。自此西行，距离玉石中心产区帕敢还有五十公里路程，往前就是崎岖不平的山间土路。

帕敢属于克钦邦辖区，位于一块狭小的山间平地上，是一个典型高原破落小镇，原住民大约有百十来户，因为玉矿生产和交易而繁荣兴旺起来。这里云集了大量的外地人，豪华气派的私人别墅穿插在破落的民房中间，主街是一条水泥路，晴天的时候尘土飞扬，雨天的时候泥浆和污水横流。街道两边是一溜排开的大大小小店铺和简易竹棚，主要经营从地底翻出来的玉矿和切割开的玉石毛料、各种型号的矿山开采设备及机器配件，以及小饭馆，或者日用杂货铺，形成了一条从龙肯到帕敢的熙熙攘攘十里长街。络绎不绝的玉石采购商、工程技术人员、矿工和小贩把这个偏远、简陋的乡村集市活脱脱营造成一个人头攒动、交易火爆的大市场。当地人把这个繁华的小镇叫作“小香港”。这里除了原住民、矿工、商人和小贩之外，还有四处活动的阴险掮客、胆大妄为的骗子、冒险的赌石客、杀人越货的匪徒、游手好闲的皮条客和成群结队的乡村廉价妓女。

林志雄一行在帕敢逗留了两天。一天时间深入矿区，参观了几个著名的产玉老矿；一天时间用来考察原石交易的行情。

参观环节大都是走马观花。为了安全起见，吉普车就停在工程车辆碾压出来的一块山顶平地上，他们没有下到深不可测的山谷矿坑底部。那里工程车辆和挖掘设备正在紧张作业，大功率抽水机开足马力抽排不断涌出的地下水。运输车辆正沿着“之”字形路线从巨大的深坑底部吃力地往上爬升。他们站在高高的山丘望出去，铅灰色的天空下，沟壑纵横的裸露山体起伏连绵，荒草和灌木寥寥可数。政府大型矿区不对外开放的时候，整个山岭显得荒凉、孤单和令人乏味。

第二天的“看货”环节还是花了不少心思。其实，前一天的晚上，他们已经步行到了几个“捡玉人”家里见识了不轻易示人的上等货。麦哥俅从裤兜里掏出强光手电筒，电筒的金属前端划着圆滚滚卵石的外皮，老头儿不停变换角度照射、审视。在林志雄授意下，他们选购了三件原石归来。在简陋的酒店，麦哥俅再次打开强光手电，向两个年轻徒弟介绍石头的差异，仔细甄别强光照射下深藏原石皮壳下石头内部的肌理特征。“这块黑皮乌砂料，你看，皮壳薄，漆黑似炭，肉质通透，绿随黑走，雾状过渡自然。石重六公斤半，整体无裂纹。莫西沙坑口的老料，一般来说，水头足，阳绿无棉。如无意外，它至少可以出六到八件顶级手镯，不算边料出的吊坠和耳坠。成品价值过百万。”麦哥俅用他不太熟练的中文说。林志雄知道，麦哥俅正在摆弄的那块原石是这批原料中单价最贵的一块，主人要价不菲，一分不少。

“走！我们现在出门，找个熟人的切割厂，连夜开皮验证。”麦哥俅说，领着两个年轻人出门去了。

一行人返回曼德勒，林墨染单独找来阿阮和敖金叔可靠的海上作业搭档阿俊，秘密吩咐他们化装出行，设法打探曾经绑架他们的揭阳人阿水的下落。在酒店房间，墨染对阿俊强调，此事对任何人保密，不得走漏风声。

墨染参加在柚叔办公室召开的内部会议的时候，阿阮和阿俊已经混迹在瓦城拥挤热闹的人流中，直到晚饭过后才回到驻地。因为二指禅师恶名在外，要不了多大工夫，阿俊通过他熟悉的驻曼德勒华人商圈，已经了解到了一些有价值的信息：包括阿水经常出没的场所、身边的干将情况、三个神秘的落脚点以及包养的女人名字。二指禅师在木姐的绑票交易中如意算盘落空，侥幸在枪口之下捡回一条烂命。他明白，在异国他乡的每一桩冒险，并不会件件如愿，所幸有源源不断的内地商客和国内旅游者来到瓦城，为他提供取之不尽用之不竭的商机。只是，一桩看似简单、有效、一切都顺风顺水的交易瞬间化为乌有，这让他懊悔和惋惜到夜不能寐。大鱼进网，这种机会并不常有；失之交臂于电光石火间。幸亏选择在人多广众的地方，如若是在偏僻乡野，那结果可想而知。他事后打听得知，那个其貌不扬的半老头子原来是在缅北一带曾经出生入死的缅共老兵，在他曾经战斗、生活过的地盘玩“杀猪盘”游戏，无疑是嘎嘣一口咬到铁棍上，崩了门牙不说，还差点让腮帮子骨折。他蛰伏了一段时间，担心那个潮汕佬不会轻易放过自己，况且，还有那个脾气古怪、隐居乡间的李团长，他可是缅北一带赫赫有名的狠角色，连当地政府和缅甸军方都对他忌惮三分。此后，二指禅师行事隐秘，小心翼翼。

“既然揭阳人的情况摸准了，那么，何不今夜行动?”墨染简短地对返回驻地的二人说。是夜，林子彬加入行动行列，阿阮在郊外的一间简陋民居用枪抵住惊惶不已的仇人的脑袋，一把扯过竹板床上肮脏的枕巾裹住枪口，“砰砰砰”三声枪响。夜色中，林墨染他们迅速隐去。

翌日上午，在玉石采购部召开的临时会议上，他们形成统一的意见：常规大宗采购，以每年4月到10月间缅甸政府公盘交易采购为主，因为上盘交易的原石都有“开窗”，判断依据比较明晰、充分，价格虽然在拍卖环节水涨船高，竞争激烈，但风险相对较小。以帕敢市场的源头选货为辅，一是货源零散，无法形成稳定供应渠道；二是交易透明度差，存在风险因素和赌博成分。虽然麦哥俅经验丰富，眼力过人，产地一手货源价格诱人，但只能作为零散补充渠道发挥作用。

墨染他们第二天下午带着首批原石，直接从曼德勒搭机飞往香港。

林志雄马不停蹄地从曼德勒南下，去往位于伊洛瓦底江畔的仁安羌油田项目视察，并携林潇湘专程拜访将军阁下。

回到花城的时候，石头仔与他同行。

石头仔返回花城，一方面是探视妻女，家庭团聚，更重要的一项使命是追踪那个人间蒸发一样的恶人白颈仔的下落。隐患一直都在，毒蛇究竟藏身何处？在他决定把家族企业主政大权移交给林墨染之前，他希望为接班人彻底、干净地消除隐忧，让他心无旁骛，轻装上阵，顺利把家族企业打造成一个跨国集团，从此一劳永逸，脱胎换骨。

莫木，阿鼓和石头仔参加了在贝勒府二楼会议室召开的闭门会议。从物业项目迅速成长起来的原来阿松的副手林方成首次参加会议，这个年轻人来自祖安林氏家族，大学毕业，是个谨慎、有头脑、做事有章法的后起之秀，最重要的是，他是一个林家人，可靠，沉稳。会议主题围绕铲除白颈仔这个隐患形成了一个基本共识：一、专人专项落实，形成三个小组；二、石头仔把关，阿鼓全力投入，林方成协调力量，精选三至五人配合；三、莫木牵头联系小忆，小忆外围呼应，不在圈内；四、从曼德勒玉石采购部调阿俊前往仁安羌油田项目部培养锻炼。

“梦幻世界”摩天大楼庞大地基工程经历了复复停停、断断续续的艰苦作业，让工地上的技术人员都焦头烂额，心力交瘁。就在投资人开始心灰意冷的时候，它终于在最末一次严重的打桩机钻头打捞事故中埋葬了那个在花城鼎鼎大名的工程水鬼之后走上了正路，像一个九死一生终于脱困的难产女人，经历撕心裂肺的疼痛和绝望的血崩煎熬，虚脱一样的工地活了过来，恢复了喘息。工程部所有的人都松了一口气。按照合约的赔付标准，葬身泥井的工程水鬼的儿子拿到了一百万元现金赔偿。从死者家乡赶来的几个男人会同死者家属在工地举办了简单祭奠仪式，就把死者的尸骨永远留在黑洞洞的井下。他们带走了死者最后一次下井时留在井台上的一双旧胶鞋，返回海边渔村。

地质工程师和建筑结构工程师分析了桩井深度和井下坚硬的岩石结构，撰写了严谨的分析报告，罗列了准确的数据和示意图，随文件呈上地下取样的岩石样本。经多方会商，专家组认为地下坚硬的岩层基本满足摩天大楼的力学承重要求。说来奇怪，从海南岛远道而来的一支年轻打捞队只用了大半个上午的工夫就轻而易举完成水下作业，顺利完成断裂钻头的升井委托。大楼施工于是开足马力下放钢构，灌注混凝土。此前困死在深井泥浆阴森角落的工程水鬼的阴魂就此浇筑在庞大工程的基座底下，就此湮没，如同一粒沙砾。

建筑楼体此后在无数工人的日夜劳作下开始一点一点冒出地面，工程总指挥林普德面上终于出现松弛、活泛的表情。

一天下午，从湖南株洲远道而来的阿聪在贝勒府秘密拜访了林志雄，陪同他前来的是“湖南帮”驻守花城的业务负责人亚龙。林志雄见过亚龙几次，那人有着令人过目难忘的粗野外形，从他满脸的子弹肌就能窥见其公牛一样健壮的体格。他穿衣打扮像个衣冠不整的懒汉，松松垮垮，领子永远歪斜，短发粗硬直立，像一把钢刷，豹眼圆睁，狮子鼻硕大，鼻翼外扩，两侧太阳穴长着鼓鼓囊囊的肉球，疙疙瘩瘩的面部皮肤没有一处平整、光滑的地方。猛看上去，他像只头上长角的猛兽。亚龙粗犷的外形，活脱脱呈现了上古神话传说中“三苗”部落原始首领蚩尤给人的印象。他看上去大大咧咧，声大气足，但却是个心思极其缜密的人，心狠手毒，反应迅速。雄哥曾不止一次盛赞这个外表粗犷、胸藏谋略的人是大自然的神奇造化，凶猛的外表和草莽作风能够吓退对手，就不需要花心思、动拳头撂倒对方。但真遇到难缠的对手需要费神解决问题，他又非常冷静，部署周详，迅雷不及掩耳。正因如此，他在藏龙卧虎的“湖南帮”内部脱颖而出，深得信任、赏识。王家槐大本营虽远离花城，但那块他赖以起家并因此兴旺发达的花城领地绝不会轻易失守，需要一位举足轻重的守护人代他行使权力，震慑良莠不齐、心思狡黠、游离于大本营之外的部众。显然，亚龙用行动和结果完美演绎了这一角色。

阿聪和亚龙带来了一封老大的亲笔书信，同时也带来了一个令人震惊的消息。

“湘西王”经过几年潜心深耕，在株洲树大根深，事业兴旺。除了隐秘经营自己的老本行，他在当地依靠垄断建筑沙石行业，逐渐从市政建设和交通道路修建工程中谋得暴利。与此同时，涉足娱乐行业，经营酒店、桑拿洗浴。另一块业务则是驰骋京广线的扒窃行当，由生性狡诈、扒窃技艺炉火纯青的老贼秋子执掌。绰号“泥鳅”的秋子极大丰富和发展了这一古老伎俩，几经打磨、升级，已经组织和运营打造成了一项分工精细、配合娴熟的业务。望风的、演戏捧哏的、火中取栗的、掩护善后的，还有经常活跃在车站广场与铁路公安联络公关的，等等，他们在京广线飞驰的列车上从不买票，从武昌火车站到广州火车站一千多公里的铁道线上，有九支队伍在他们锁定的车次上作业，来来往往地巡回作案，抵达株洲火车站收队休整，这样一桩桩无本万利的买卖就圆满收官。在九十年代中后期，信心爆棚的“湖南帮”开始大肆招兵买马，扩充实力，希望一举将业务延展到华北至西伯利亚的整条欧亚铁路大动脉上，北上独联体国家经商倒货的钱包鼓胀的商人无时无刻不在刺激、诱惑他们的胃口，而那些处于原始作业水平、行事粗放的北人飞贼在“湖南帮”眼里无异于散兵游勇，作贱市场。在庞大强壮、不可一世的苏联瞬间倒塌解体的九十年代混乱时期，湖南人通过在一次愉快的中亚之行中圆满达成一桩武器走私交易后，与活跃在中亚地区以及俄罗斯高加索地区的黑帮建立起了友谊。拆散后的枪械零部件混迹在农用机械散件中，以进口机械的名义分批运抵贸易量庞大的广州掩人耳目，然后再分批通过公路货运转运至株洲秘密仓库。“湘西王”的亲笔信函，邀请林志雄参加预定10月在株洲召开的首届泛亚国际特种行业技术交流与协作会议。届时，心狠手辣的俄罗斯尼古拉耶夫黑帮将出席活动；苏联解体后迅速从鱼龙混杂的街头黑市交易中成长壮大起来的哈萨克斯坦、乌兹别克斯坦等中亚国家黑帮也已明确表态将派出骨干参加会议，并表示希望通过他们的地缘优势加入合作，谋求更大利益；一支机敏过人、在曼谷街头游人如织的商业区扒窃作案从未失手的优秀队伍将派代表参加；有三支来自印度不同城市、靠街头耍蛇掩护从事古老偷窃营生的老牌队伍将应邀前来；还有一支来自阿拉伯地区的神秘组织将在安保等级符合要求的情况下向行业达人展示古老的技艺；从遥远的大洋彼岸国家墨西哥，一个声名显赫的组织因为觊觎中国大陆迅速崛起的庞大市场，通过在泰国的中间人斡旋，希望以观察员身份参与活动。

在生性谨慎的林志雄看来，“湘西王”这样高调的秀肌肉无疑是一种胆大妄为的自杀行为，他出于友情，托阿聪转达他的担忧和中肯劝诫。林志雄也觉察出来阿聪的心思，因为有老大的心腹亚龙在场，阿聪流露出谨慎的忧虑。由此看来，“湖南帮”内部并不乏清醒和质疑的声音。但在狂热、自大的情绪裹挟中，帮主的决策容易头脑发热，利令智昏。

阿聪面色阴郁，还告诉林志雄一个不好的消息：接近刑满释放的孙千里在狱中刺死一名新入狱的犯人，案件将于近期审理。

孙千里一直以来在监狱表现中规中矩。通过林志雄疏通司法系统的关系，他获得减刑，大约年底前后就能刑满释放，回家与亲人团聚。那是一个周末的晚上，监狱组织服刑人员观看法制教育电视宣传片。电视播放了一件轰动一时的交通违法案件：驾驶一辆样子并不多见、方头方脑奔驰越野车的青年男子在开发区繁忙的街道上高速行驶，撞上了一名放学路上的女童，那孩子八岁，是孙千里入狱时记忆中女儿的年纪，穿着白蓝相间的运动校服，衣领上围了红领巾。那辆疾驶的车子撞飞了她，驾车人急匆匆下来查看伤者。从电视画面中可以看到有人过来围观，也有人呼救。接下来发生的事情令人发指，那名驾车男子推开女童伸过来的小手，返回车上调正方向，开足马力从孩子身体上碾压过去。暴戾的越野车被越来越多的围观者截停，人们呼喊，猛敲车窗玻璃，驾车人稳坐车内置若罔闻。直到警车赶来，120 救护车赶来。孩子已经一动不动，满身是血。冷漠的肇事司机在现场围观群众的指责声中被警察带走。

画面切换到庭审的场景，肇事者穿了囚服站在被告席，剪了犯人的短发。他皮肤光滑、白皙，戴了手铐，一直面无表情地低头抠自己的手指甲。庭审漫长的控辩环节经过了电视压缩，肇事者的辩护律师频繁起身为他的委托人寻找辩护理由，说他平日养尊处优，思维幼稚、单纯，对法律后果缺乏常识，并试图说服死者父母接受金钱补偿，被告人的父母愿意在撤诉前提下支付高额赔偿金达成谅解。“非常不幸，事情既然已经发生了，我们都要面对现实，面向未来。愤怒情绪，对孩子的不舍，都换不回孩子的生命。你们还年轻，依然处于生育年龄，拿一大笔钱，再生一个孩子。时间会抚平伤痛，而怨恨最终导致人财两空。”律师滔滔不绝地说。坐在律师身旁的衣着体面的肇事者父母脸上现出期待的表情。

死亡女童的父亲站起身来，他看上去面容憔悴，穿着灰色的工服。“我就想问一问杀人犯，”他艰难地咽了一下口水，清一清嗓子，抬高声音说，“我们看了路口监控录像，也有路人作证，当时孩子受伤，她伸手向你求助，如果送医院及时，我女儿应该不会死。那么，你为什么再碾压她一次？”

被告席上的青年人低着头，听到质问，傲慢地扭过脸看那位父亲，表情鄙夷。旋即，调转目光望向法庭入口的亮光，一言不发。

被告律师站起来，“尊敬的法官，请允许我来回答这个提问？”

坐在审判席上的胖法官说：“讲。”

律师说：“当时事发突然，兴许驾车人一时慌乱，本能想驾车离开，并非要故意二次碾压……”

“不。”那位父亲突然打断律师的陈述，“我要亲耳听这个态度傲慢的年轻人回答问题。”

那个身着囚服的年轻人转过脸，扬着高傲的下巴，用轻蔑的眼神看着对方。“不就是钱的事吗？少说那些没用的！”

那位父亲被激怒了，大声咒骂，扑向被告席。两名法警冲过来死死拖住情绪失控的男人。女孩的妈妈号啕大哭：“你这个天杀的畜生！你杀死一个无辜的孩子还这样冷血，你不是人……”

法庭一片混乱。主审法官及时宣布休庭，延期审理。

被告在家人、律师和法警的簇拥下离开被告席。走过情绪激昂的受害人父母时，他苍白、年轻的脸上呈现不屑、厌恶的神情。

这一幕激起了收看电视的劳改犯的集体愤怒，他们大声咒骂，义愤填膺。

孙千里独自走开，他的内心隐隐作痛，一股恶气憋在胸中。接连三天，监狱食堂大厅的电视机里反复播放这一内容。那期间，报纸开始深挖这个案件的来龙去脉，把肇事者的家庭背景和社会关系抖了个底朝天。

三个月后，案件的关注度下降。该案最终以十年刑期和附带民事赔偿结案。

细雨下了一天，天气骤然转凉。傍晚时分，监舍的犯人在院子里放风。快要结束的时候，孙行者透过走廊的钢筋栅栏偶然瞥见一个年轻囚犯的身影。栅栏那边是新来犯人的隔离区，有一些单间牢舍关押重刑犯和狂躁危险犯人。当然，也供个别背景不俗的犯人享受单间优待。那人在门口晃了一下，只能看到侧面。孙行者留意到了那张白皙的侧脸，心中嘀咕。但很快，那人进了牢舍，再未出现。

回到牢房，孙行者把自己的疑惑说给一位信任的狱友。那人也犯嘀咕，说再留意观察。

疲劳、枯燥的一天结束，孙行者从水房洗衣出来，腋下挟着搪瓷脸盆。夕阳把高墙的影子投在院子里，几名狱友在阴影里吸烟，脸上写着厌倦和麻木，都不说话。孙行者准备进屋，偶然瞥见走廊铁栅栏那边一张年轻、苍白、桀骜不驯的脸。那人倚着廊柱，瘦高个，嘴角叼着烟卷。孙千里驻足细看，确定是那个电视画面中见过的不可饶恕的畜生。

那人也隔着栅栏看见有人注视他，不屑地瞥过去一眼，旋即低头想自己的心事。

“嗨！死人头！你为什么杀了那孩子？”孙行者凑近栅栏冷冰冰地问。

那人极不情愿地抬头，厌恶地看过来。“臭虫！”他说。啐掉嘴里的烟头，径直返回自己的牢舍，“砰”一声关上铁门。

孙行者寻思，三天后的星期六，他要过到铁栅栏那边打扫卫生，那是监狱对即将刑满释放人员的一项优待和信任。

星期五上工的时候，孙行者往衣兜里揣进半包平时舍不得抽的香烟，快步跟上队伍。在车间工作时偷偷藏匿了一把旧钢锉，趁着看管人员走远的时候开始在机床上切削它，把它刨铣成一把锋利的短刀。他闷不作声，小心翼翼，把它藏进裤腰里。

收工的时候，他耷拉着脑袋走进检查口，两名管教干部在出口那里照例搜身。

“这是什么？”那名老年狱警捏住孙行者的衣兜问。

“香烟。上工的时候忘了它。”孙行者说。

“拿出来。”

孙行者掏出烟盒，递给狱警。

“行啊！你小子，有钱抽这么好的牌子。”

“是朋友前次探视时带给我的。只有半包了，你不嫌弃就收着。”孙千里面容平静地说。

狱警飞快地偷笑了一下，摆摆手让他过去。

第二天早上洗漱完毕，孙行者面色苍白坐在床沿吸烟。他一夜失眠，眼皮肿胀。他信任的那个韶关狱友看四下无人，坐在孙行者对面的床铺，几乎挨着对方的脑袋说：“我都看见了。”

“什么？”孙行者警惕地看着他。

“别犯傻，你就要出去和家人团聚了，没必要为不认识的人出头。”韶关人说，目光留意门外走动的人影。

“不。我就是想替那位失去女儿的父亲问问，他为什么要了孩子的命？”孙行者低着头，声调漠然地说。

“别自找麻烦。吓唬吓唬行啦。”那人嘟哝。又说，“我一会儿上工走了，可帮不上你。小心点。”

孙行者起身，贴在他耳边说："兄弟，万一我回不来，请你设法转告我的家人，我爱他们。"

孙行者换上长筒雨鞋，出门去准备清洁工具和水桶。

囚犯们出发前往工区的时候，韶关人扭头看见孙行者提了红色塑料桶和拖把，跟在一名年轻狱警身后走向走廊那头的铁栅栏那儿。早晨的阳光照进高墙大院，浓重的阴影与耀眼的阳光形成强烈反差，切割墙内局促逼仄的空间，形成明暗鲜明的两个世界。而阴影正在以肉眼难以觉察的速度丝丝缕缕后退。拴栅栏的铁链发出金属碰击的刺耳声，隔离门打开了。孙行者低头走进去。身后的门哐啷一声关上，那个年轻狱警从外面又缠上铁链，把大门锁好。

孙行者顺着走廊往前走，经过年轻人的牢房时，从铁门的瞭望孔瞥了一眼屋内，那个身板瘦长的囚犯还在床上呼呼大睡。

他径直到达走廊尽头的水房，那里是特殊囚室的公共厕所、冲凉房和盥洗间。孙行者埋头冲洗恶臭的便池，然后准备冲洗地板。

一小时后，他开始用拖把清洁走廊地板。监舍区异常安静，偶尔有狱警在铁栅栏以外走过。

湖南人手持湿漉漉的地拖一路不停往铁栅栏那儿推进，在抵达年轻囚犯房间时，房门依然紧闭。孙行者用拖把头一边拖地一边碰击牢门，湿拖把头碰在铁门上，发出低沉的闷响。片刻工夫，囚室门从里面打开了。那年轻囚犯睡眼惺忪出现在门里，看见一名犯人在低头拖地，骂骂咧咧显出不快。他转身关门，准备回床上接着睡觉。这时，孙行者一个闪身，挤进屋门，随手哐啷一声把铁门别上。

"你这畜生！我问你一句：为什么杀了那个无辜的孩子？"孙行者的短刀顶住那人的下巴。

那个年轻囚犯吓坏了。当他看清眼前的人，下睨的眼缝立刻渗出冰冷、傲慢、厌恶的光。

"臭虫！关你么子事？"高个子脊背贴着墙壁，踮起脚，试图减轻下巴的剧痛。他说，口音里有明显的楚地腔。

孙行者用力顶住对方，脸贴着那人的肩膀，眼中布满血丝。他盯着对方的桀骜不驯的小眼睛，呼吸的热气喷在那人脸上。

"我就是要给可怜的孩子还个公道。她不该死！"孙行者用短刀插进对方的胸口，一刀、两刀、三刀，然后用力绞动。他看见那人惊骇地睁大眼球，似乎对正在发生的事难以置信，嗫嚅絮叨："妈呀，真不可思议。这下子给臭虫叮得不轻。哦呵，来人，救命呀……"

孙行者被判处死刑。火化之后，骨灰送回老家湘西。林志雄参加了骨灰护送仪式。

骨灰抵达孙行者的老屋门前，他的儿子跪在泥地中央，双手举过头顶迎接林志雄捧来的骨灰盒。亲属哭成一片。但那个身体长高的瘦弱男孩没有哭，他牙关紧咬，极力克制着，目光阴冷、疏离、哀伤，看上去让人心痛。

按照孙行者临刑前与妻子诀别时的重托，干爹林志雄离开湘西时，带走了他的儿子孙骏。

这一年，发生了太多的事情，让林志雄仿佛置身剧烈起伏的过山车上，瞬间滑落低谷，霎时又冲上半空。失去的已经永远失去，该来的一定会如期而至。林志雄决定，尽管局面会异常艰难，他仍然携一家老幼准时在除夕前一天赶回家乡过年。暂时的逃避解决不了问题，而误解或者怨恨却可能滋生、蔓延，在亲人之间形成鸿沟，让饱受变故折磨的弟媳在阖家团圆的重要节日陷入孤独和绝望。

想法确定，林志雄拨通工程部的电话，通知“梦幻世界”大厦施工项目的负责人林普德，下午两点，召开施工现场办公会议，集中研究工程重大疑难问题和节假日期间工地值班工作。这时，王顺心进屋，手里拿着刚刚送来的《都市早报》。他把报纸放在黑檀木根雕茶几上，指着报纸头版头条套红的醒目标题说：“厦门远华的案子，惊心动魄！”

报纸用巨大篇幅详细报道了轰动全国的“厦门远华走私案”全过程。文章介绍说，这个能耐通天的福建靖江人曾是军人出身，后来作为秘密警察的“鼹鼠”移居香港。在香港商场小试牛刀后，以港商身份回到福建厦门投资，经过十数年潜心经营，迅速通过海上走私积累巨额金钱，跻身超级富豪行列。通过大名鼎鼎、名妓云集的猎艳皇宫“红楼”拉拢腐蚀海关官员、地方大员、部级高官，形成庞大利益链。同时，他手上还经营着一家天下闻名的甲级足球俱乐部“厦门远华”。截至案发，远华集团在电子元器件、香烟、原油的规模走私活动中偷逃关税八百多亿人民币。目前，远华集团掌门人赖昌星在逃，厦门海关关长、深圳海关关长等人落马。案件还直接导致一名远在京城的公安部副部级官员锒铛入狱。

林志雄看罢，惊出一身冷汗。他的“海上贸易”业务已经停止了一段时间，人马已经完成休假调岗，分散在四处。敖金深居白云山林氏农场隐藏；林子彬和阿俊远赴缅北。剩下的两名在家乡县城开设茶艺馆的耳目需要迅速隐蔽，尽快前往伊洛瓦底江的石油项目协助潇湘。还有几个无关大局的人手，就安排到工程部和物业公司。林志雄立即吩咐王顺心，要他尽快启程返回家乡打探动静，防患于未然。

安顿妥当，林志雄独自靠在椅背上吸烟，在烟雾中条分缕析，仔细过滤链条上的各个环节，确保万无一失。

这时，电话铃响了，看电话号码是钟惠兰打来的电话。惠兰在电话里头哭泣，语气断断续续说父亲与梁鸣发生激烈争吵，还动了手。

她不知道该怎么办，请雄哥尽快过来息事宁人。

林志雄马上驱车上路。

路上，林志雄思忖，两个身份体面的故友发生矛盾究竟是为何？钟先生大器晚成，在建筑设计领域声名显赫，地位尊贵。虽性格倔傲，但讲究气节和礼仪；而梁鸣位高权重，深明权力捭阖精粹，左右逢源，向上再攀登一级权力台阶只是时间和机遇问题。步步为营的政客断然不会让自己陷入情绪的漩涡。况且，两者并无竞争关系，不会出现利益冲突，思想和认识虽有分野，也不至于闹到撕破脸皮的程度。这种状况让林志雄困惑不解，也让他觉得蹊跷、诧异和警觉。惯常朋友间思想和观念的分歧、争论、质疑，绝不会发展到失控的地步。那么，这事就绝没有表面看上去这么简单。他决定不掺和老友之间的私人恩怨，以化解尴尬、息事宁人为宗旨，隔离冲突的双方，成年人自会冷静反省，权衡利弊。

到达钟先生驻地的时候，惠兰出来开门。她头发凌乱，一瘸一拐的。说刚才分开他们时扭伤了脚踝。林志雄看到，修剪整齐的草坪那边，梁鸣背对着他坐在亭子里闷头抽烟。一黑一白两只天鹅像幽灵一样划向水面远处。

惠兰把他拉进茅屋里装修别致的餐厅，边哭边说事情的原委：父亲恶毒咒骂梁鸣无耻，自己有完整的家庭，私底下勾引良家女子，欺骗朋友，背叛友谊，台上正人君子，台下道德败坏。“他在气头上连我一起骂，数落我在他眼皮底下与禽兽私通，没有廉耻气节，辱没门风，丧失人格……哦，我太难了。我想开车送梁鸣离开火药桶，父亲一听勃然大怒，一把抓起桌上的茶碗就砸向梁鸣。说‘你今天胆敢和这个骗子一起出门，我就死在这屋里让你收尸’。”惠兰一遍擦眼泪一边说。

林志雄愕然。“他伤得怎样？”他问。

“额角上有个小口子。没有大碍。已经做了止血处理。”惠兰说。她抬起头，用央求的眼神看着林志雄说：“雄哥，你带他走吧。父亲在气头上，不允许我送他。你知道，鸣哥平时都是给人伺候惯了，连出门打的怎么弄都不会。也怕给别有用心的人看见受伤的窘迫样子，产生意外影响。”

林志雄起身说：“好。我先过去安慰钟先生，这就送梁鸣离开。”

随后，林志雄上了玻璃房子二楼，从钟先生的愤怒的控诉中知道，惠兰怀孕了。她想要生下那个孩子，遭到梁鸣反对。万般无奈，纠结的女儿向父亲寻求帮助，父亲在震惊之中口不择言，粗暴辱骂了女儿，并在盛怒之下与梁发生冲突。

这事发生后不久，蕙兰独自偷偷去医院堕了胎儿，不等身体恢复，就避居香港，此后甚少回到伤心地。

第十九章

不夜城

木莲的姑妈去世了。她在晚间与莫木商议回家奔丧的事情，也想趁这个机会带老公、儿子一起回一趟娘家，见一见陈家的亲人。作为一个被娘家人遗忘的女人，她在花城度过了一段平静、安心的日子，从前来自亲情的创伤渐渐愈合。她想，命运还算眷顾她，让她在绝望中背井离乡，后来又拥有了一个完整的家。农场的生活单纯，有规律。莫木操心蔬菜和果园的事，偶尔跟着雄哥跑一跑外面的业务；莫林鹏也是个苦命孩子，他机灵，踏实，善解人意，在驾驶培训学校拿到了驾车执照，现在跟着他雄伯在贝勒府上班，早出晚归。养子和他们住在一起，晚餐的时候殷勤地给他义父斟酒，但他自己从不沾酒。雄哥已经找莫木商量林鹏远赴香港工作的事，说墨染定下来要林鹏过去帮手，正在办理移民手续。这让木莲担心，主要还是有些不舍，一个妇道人家，目光短浅，所求甚微。她唯一的愿望就是一家人和和美美过日子，这比钩心斗角的皇帝老儿都幸运和踏实。至于她自己，每天伺候老太太早已轻车熟路，她是她的干妈，温和、简朴、心地善良。天气好的时候，老太太也在早饭过后出门走走。她的腿关节老化了，走路有些吃力，但脑子清亮、活泛。木莲陪着她，到农场那儿转一圈，看看蔬菜的长势，和工人拉拉家常。然后回屋，敲木鱼，独自诵经。这里远离尘嚣，空气清新，少人打搅，唯一的不便就是距离闹哄哄的城市太远，需要换一些菜肴花样的时候，就得让农场的厨子骑摩托车到山下采买。食材到了，她和林嫂开始不紧不慢清理它们，准备午餐或者晚饭。卫生是每三天打扫一次，里里外外、楼上楼下清洁一遍。新春佳节的时候，林家人回老家过年，她和莫木驻守农场。每到这时，她也思念家乡，尽管那里曾让她伤心欲绝，但她还是会情不自禁想起它，龙眼树村的老房子，节日里悬挂的大红灯笼、家家户户正门上张贴的红彤彤的对联，走亲访友的乡邻……她奢望不高，借着姑妈的丧事，远道一趟，看望长辈和弟弟们，也让娘家人认识老公和儿子。顺路去陈家祖茔祭奠已故亲人，是那些安歇在黄土之下的亲人一代一代血脉传递，把她带到这个世界，尽管她在走投无路、心生短见的时候曾经无数次诘问和怨恨过他们。然而，时过境迁，作为一个土生土长的潮汕女人，安天知命，随遇而安，是她唯一的生存选择。好在，谢天谢地，看上去，她觉得自己挺过了难关。

她找干妈和林嫂述说回乡奔丧的愿望，得到她们的支持。莫木也向雄哥告假。

木莲在气候温暖的南方是一种桑科植物的名字，生长在溪流桥边、石坡及林地边缘，攀援，耐贫瘠。其果实又名薜荔果、凉粉果、木莲果，状如包子，雌果子瓤可以制作可口的凉粉，果皮晒干入药，功效活血化瘀、通乳腺、利尿，民间多用于治疗痛经和通乳。它在岭南一带拥有一个古怪而且霸气十足的名字叫“广东王不留行”。故事源自百越土著对南下王师的抵触和不合作。

第二天一早，一家三口准备出发。他们还要赶早采购一些礼品，用作此行的见面礼。雄哥陪着母亲来到农场小楼前，那里停着莫木的皮卡车。东升的朝阳还在山后面，郁郁葱葱的山峦飘浮着淡淡晨霭。

“莫兄，开我的车出发。你得明白，新姑爷首次上门，潮汕人可都要品头论足。你要厚礼浓情，不要让陈家人小瞧。”雄哥说。他和林母把丧事的红包交给木莲，说了一些安慰和吉利话。

莫木浅笑，没有采纳雄哥开豪车壮行的建议。“还是皮卡方便，我用惯了。再说，到我这把年纪，面子、排场已不重要。”莫木说。

“林鹏，醒目点。别让你父亲在陈家人面前受委屈，他们可是贪心不足、丧失礼仪的野蛮人。”林志雄对孩子叮咛。

他们上路。黄昏时候，皮卡车驶入木莲家乡的县城。

灵柩停放在拥挤小区一处狭窄的角落，那里搭建了一个临时帐篷，姑妈的遗体安放在漆木棺材里。逝者的亲人在那里忙碌，法事的乐队奏出哀婉的音乐。他们在灵堂磕头焚香。木莲早已哭成了泪人。

当晚，木莲留在灵堂和表兄妹一起为姑妈通宵守灵，莫木和儿子去了酒店安歇。

次日上午出殡。莫木经妻子介绍，在送葬的队伍中见到了从龙眼树村赶来的娘家人。他们是木莲的几位长辈和两个弟弟，两个弟媳也在娘家人送葬的行列中。这期间，莫林鹏注意到，那两个女人的精力和兴趣都不在葬礼上，仿佛严肃、哀戚的入葬仪式于己无关。她们一直在交头接耳，窃窃私语，用怪异的眼光睨视、打量父亲。“看不出来嫁了个有钱佬啊？个子还没有木莲高，黑老头儿，还是个瘸子……”她们用潮汕话嘀咕。林鹏听得懂，心里憋着一股气。

葬礼结束。午宴的时候，莫木一家被安排在娘家人一桌就座。那时，大家都摘了白布孝帕，恢复平时模样。几位长辈关心地问起木莲在花城的生活，知道她在鼎鼎大名的林府服务，日子平稳安康，也都露出宽慰、赞许的微笑。木莲的两个弟弟一直话少，各怀心事的样子，对待新认识的姐夫，也是不冷不热。老大名叫陈木根，乳名根仔，四十多岁，是个五大三粗的庄稼汉，胡子拉碴，有一对水肿的怒气冲冲的小眼睛。偶尔冒出一两句话，也是责怪姐姐在婚事上草率，坏了潮汕第一大姓陈家人嫁女的规矩。

长辈中就有人告诫他管住嘴，避免奔丧做客的场合弄出些不快，让人笑话。

木莲低头抹泪，辩解说自己孤苦无依，都是故去的姑妈做主。

莫木面无表情，埋头抽烟。孩子感到憋屈，几次欲起身，都被父亲按下。“耐住性子，不掺和家务事。”莫木对他耳语。

菜品陆续上桌，大家低头用餐，话语不多。莫木也不沾酒，也未敬酒。

“明天上午，我们过来逐一拜访、看望大家。”莫木吃罢离席的时候跟几位长辈告别说。

木莲的大弟媳从邻桌过来，说今晚请姐姐去她家住宿。二弟媳一听，心里打着小九九，马上跑过来拉木莲的手，要木莲姐去她那里歇息。“孩子们都住学校，家里空床铺多了去，换过新被褥，住着宽敞也舒服。”她说。暗地里挤对妯娌家人多拥挤。

两个女人争争吵吵，各不相让。让木莲夹在当中为难。

莫木过来说：“住酒店方便，也不叨扰任何人。”说完与儿子一起往皮卡车那儿走。

木莲左右为难，仍在犹豫。

“可怜的女人，现在倒成了抢手的香馃馃。儿子，去！拉你妈上车。”莫木说。

上午九点多钟，皮卡车驶进龙眼树村木莲的老宅。院子打扫得干干净净。那里有两棵古老的龙眼树，树皮龟裂，上面布满苔痕。三月天，龙眼树开出细碎的花絮，几只蜜蜂在枝叶间飞舞，发出嗡嗡嘤嘤的振翅声。树下有一个木条钉制的鸡舍，几只黄毛母鸡在圈舍逡巡游走。一把刚刚打扫过院落的长柄扫帚靠在鸡舍上。比邻而居的两兄弟门口的水泥场院各自安放了张老式八仙桌。一张桌上摆了花生、龙眼干和香蕉，另一张桌上摆了红扑扑的火龙果、漂亮盒子装的葡萄。车未停稳，大弟媳就迎过来，殷勤地招呼客人。她是一个脸上有雀斑的肥胖女人，不笑的时候样子挺凶。“根仔一早出去采购，还没有回来。你们先坐下吃点干果。”

她说。

莫木和儿子从皮卡车后排座位那里卸下来一些包装精美的礼品，提到八仙桌那儿。木莲在两张桌子上分别放置一模一样的配礼：一瓶高档白酒，一瓶礼盒装的红葡萄酒，两包糖果。

二弟媳从厨房出来，系着围裙，头发梳得乌黑锃亮，脸上扑了粉，堆出一副精明人的媚笑，扯着嗓子喊自己男人出来招待客人："还在屋里磨叽啥？贵客上门了，赶快迎过来吃茶。昨天特意从城里买回来一些值钱的水果，招呼客人先吃着。我在灶间煮红糖粿条，几分钟出锅，热腾腾的，新姐夫喝了甜蜜又滋养。"她说。眼角瞟一下妯娌，闪身进了自家厨房。

喝过了粿条汤，趁着时间，一家人提了礼物出去走亲访友，主要也是看望木莲娘家的叔伯长辈。一溜祖屋走过去，看望了四户人家，耽搁了些许时间。直到汗津津的陈木根前来催促开饭，木莲起身向四叔告辞，给老人家馈赠了一份红包，说感谢他们一家当年对她的体恤、看顾。根仔看在眼里，登时黑了脸。"看来，这是在省城发大财的做派哦，出手阔绰！"他说。

四叔听出弦外之音，推辞木莲的心意。

"四叔收着，多保重身体。当年饥寒交迫时候，你们施一碗白糜让我熬过寒冬，否则，我也早随母亲去了。"木莲声音哽咽，退身出屋。

"走，四叔，过去喝酒。"根仔自知说话欠妥，一句话伤了两个人，让长辈多意，马上笑脸相迎。他是个喜怒挂在脸上的粗鄙之人，性格急躁，薄情寡义。除了下地干活，没有什么手艺，农闲时候去建筑工地当小工赚点小钱，帮补家用。家里孩子众多，经济拮据，邻里关系也不融洽。

"不了。你四婶在煮午饭哩。我们上年龄了，大鱼大肉消受不起，还是清汤寡水对胃口。"四叔说。

"昨晚不是都商量妥当了吗？姐夫第一次登门，怎么样也要有几个长辈坐镇压台啊！走走走，四婶一起。大伯二伯他们该是到了。"大弟嚷嚷着，把四叔连拉带扯弄出堂屋。木莲的父亲排行老三，中年病故。

路上，四叔还在用潮汕话嘀咕："叫你们两兄弟合在一起办招待，你们总是不听话。弄不好，又要在远客面前出些扫兴事，折了娘家人的体面。"莫木听不懂，但林鹏听在心里。

"各是各心意，各是各心意。"大弟若有所思跟在后头咕哝。

回到皮卡车停放的院落，那里已经坐了一些客人。

长辈坐上大弟一家的餐桌，妇女、家眷就坐另外一桌。

琳琅满目的菜肴就从大弟媳的厨间堆上餐桌。根仔开始斟酒、劝菜。“姐夫首次上门，不端杯成何体统？”他用拗口的普通话说。

“饭后还要开车返回，不能饮酒。”莫木说。

“酒后不开车，开车不饮酒。道理我懂。那就不走噻，多住一天又何妨？嫌弃陈家寒酸简陋，今晚我开宾馆安排就是。”他说，语气中带着固执和不快。

“不是这个意思。老板批假两日，准时返回才是。”莫木看向木莲，木莲不语。

“姐夫在哪高就？发财生意别忘了拉扯我们一把。”根仔开始刨根问底。

“不敢当、不敢当。在林老板手下管个农场，种些蔬菜、水果，领份薪水而已。”莫木勉强回答。“以茶代酒，敬各位长辈、亲友。”他起身举起茶杯。

长辈们礼貌地起身回应。根仔只好端起酒杯。木莲小弟也在桌上，警觉地竖耳倾听，像是要从刚才的对话中捕捉什么苗头。他在县城贩卖蔬菜为业，是个善于察言观色的中年人。

“姐夫，我也不善饮酒。借杯茶敬你！我家老婆出菜慢，但手艺不错。你先慢用，待会儿尝尝我家的心意。”菜贩子小弟和莫木碰杯饮茶。

“喽，这是我家桌子！要逞能的话，回自己家那一桌说话。”根仔轻蔑地瞟一眼准备坐下的小弟，话语中明显有了火药味。

小弟屁股还未沾凳子，腾的一下站起来：“你是啥意思？”眼中冒出火星。

长辈赶忙打圆场，息事宁人。此后，小弟再未动筷。

二弟媳陆续端出几样菜品出来，见桌上气氛凝重。想说什么，又咽了回去。她反身回到厨间。

酒过三巡，根仔从邻桌叫来自己的长子敬酒。那孩子染着红头发，一副稚嫩又桀骜不驯的样子。他在县城一家美容美发店学艺，管吃管住，没有薪水。

“从远客开始斟酒，你姑父首次来家，恭恭敬敬行礼，敬酒。以后还望你姑父在省城引路、提携哩。”他对红毛儿子说。

那孩子过来斟酒，嘴巴叼着香烟。莫木推辞的时候，那孩子烟头上的烟灰就掉在莫木的茶杯里。他的父亲看见了，厉声训斥。孩子涨红了脸，一脸不高兴。

“搬你凳子过来，坐你姑父身边给客人夹菜，用心伺候。”根仔充水的小眼睛恶狠狠瞪着儿子说。

木莲起身去小弟厨房端菜的时候，细声嘟哝：“成天怒气冲冲的，好像整个世界都亏欠他的。”

“谁？”厨房里另一个女人神色诡异地问。

“谁？根仔。还有谁？”木莲抱怨。

木莲端菜上桌的时候，听见根仔在跟莫木说话，神情和气：“姐夫，我这儿子上学不争气，读不了书。现在在学理发手艺，年底出师。打算在城里开个档口谋口饭吃。”他说。

“好啊！年纪轻轻出来做老板，也积攒点本事。”莫木应和说。

“我的亲姐夫呢！就你出口支持他。我和他妈都反对，租赁店铺可不是件简单事，又要装修，又要买器具，我们这个家哪有这个能力垫钱嘞。”根仔表情痛苦地说。小弟一直闷着头吸烟，这下似乎听出大哥葫芦里藏着什么药。

“年轻人没有什么社会经验，很容易亏进去的！”小弟插话，谁也没看，起身往厕所的方向去。

“要你操心？”根仔气冲冲看着小弟离去的背影，“孩子虽然稚嫩了点，但也是二十岁的成年人了，没个正经职业，今后怎么成家立业呢？”他在剥虾壳时又说。顺手把剥干净的虾肉放进莫木碗里，“姐夫吃虾。我今早特意去码头选的新鲜海货。”

莫木沉默不语。木莲接话：“租门面，租住房，添置些家当，兴许要花一笔钱呢？要好几万吧？”

“他说要装修高档一些，这样才能开个好价钱。几万块哪里够！”根仔说。

那红毛孩子一直局促地挤坐在父亲和姑父之间，浑身不自在，低着头，手指绞在一起扭动。

“姐夫，我开口要你支援十万块钱，你不会不答应吧？”根仔唐突地说。看上去，自己也显出尴尬、难为情的样子。

“我们哪有这么多钱？天呐，太吓人了！我们省吃俭用积攒点钱，也是为儿子莫林鹏今后有个什么一时之需。”木莲惊诧地看着弟弟的脸，看见他霎时拉黑了脸皮，细眼仁儿投出尖刀。

莫木依然沉默。

“猪头，臭骡子！亏你在陈家白吃白喝那么多年，眼见你亲侄子急需，你见死不救，良心叫狗叼啦。”根仔突然爆发，用家乡话破口大骂，“你死都不知葬哪儿？找个瘸男人，从哪领回来一个野种儿子，不为娘家人打算，你算哪门子陈家人？……”

莫林鹏起身，一个巴掌打在那男人的嘴上。

“野杂种！第一次上门做客就敢打人？！”他跳起来，扑了过去。

林鹏离桌后退。根仔饿虎扑食一样冲向身体瘦高的孩子。

木莲号啕大哭，担心儿子吃亏，跑过去挡在他们之间。根仔啪啪就是两耳光，打在姐姐脸上。他眼中充血，像一头发疯的公牛。“滚开！”他朝她怒吼。

莫木过去拉开妻子，厉声告诫对方不要乱来。但那人不肯善罢甘休，他也没有把眼前这个黑瘦的瘸男人放在眼里，径直扑向林鹏。

林鹏后退到龙眼树下，不慌不忙，看准五大三粗、火车一样径直冲过来的男人，借势一拨，抬脚就朝他结实的屁股踹去。根仔失去重心，踉踉跄跄，一头扑向地面。但他迅速爬起来了，张牙舞爪，试图抓扯孩子面孔。林鹏闪身就是一个直拳，结结实实打在对方的腮帮子上。男人趔趄倒地，啐出血红的唾沫，一边咒骂，一边数落自己的儿子不来帮手。

那个红毛青年反应过来，冲了过去，手上拖着木凳。众人一片惊呼，担心那红毛孩子持械手重，酿出祸端，纷纷吆喝劝阻。

林鹏看见飞过来的凳子，一闪身避开。红毛已经冲到眼前，举拳打来。林鹏并不慌张，伸手接住砸下来的胳膊，用力一扭，借势就是一个扫堂腿。

红毛结结实实摔在地上。他并不气馁，高声叫骂，起身飞踹。林鹏站稳，迎着腾空而起的红毛，一个侧蹬。红毛弹了出去，身体在空中划过一段距离，重重地落在地上。

红毛青年躺在地上，摔得不轻。“哎哟，哎哟”地叫，一只手捂住自己的臀部，另一只手支起上半身，惊恐地看着对方单腿直立，做出白鹤亮翅的架势。

“我们走。从此断了这亲情念想。”莫木拉起妻子，往皮卡车那儿去，也不看谁。林鹏也过来，准备一起离开。

“休想一走了之。”根仔从地上拾起凳子。看上去，他不肯善罢甘休。

林鹏回身相迎。

“玩玩就好，不施重手。”莫木低声对儿子说。接着就推着妻子头也不回地向汽车走去。

莫木发动汽车，调整车向，把皮卡摆正在路上。摇下车窗玻璃，他依然能听到场院上的打斗声。莫木从车窗看出去，此时，林鹏轻盈的身体在空中翻腾，根仔父子人仰马翻。孩子双脚稳稳落地的时候，从鸡舍那儿操起一把木柄长扫帚在空中挥舞。他使出棍术手法，扫帚在空中抡得呼啦啦响，形成一道不断变换的盾牌。地上掀起一股烟尘。

“再敢造次，我叫你们父子脑门开花！”林鹏弓步展体，用扫帚木柄压住仰面朝天的根仔的脑门心。他警告说，似乎并未动怒。

“儿子，走喽！”莫木大声说。

林鹏向空中抛出扫帚，然后弹腿蹬出，扫帚打着旋儿飞向半空，落在龙眼树树丫上。林鹏掸一掸身上的灰尘，不慌不忙往汽车那儿走去。

入夜，灯红酒绿的娱乐城人来人往。炎热、躁动、弥漫着工业区各种难闻异味的城市并未安歇。人们徜徉在大街小巷，商场、食肆依旧灯火通明，宵夜摊档人头攒动，生意异常火爆。散落在主城区外围的小工厂、小作坊依然机器轰鸣，不舍昼夜。广袤无垠、一直延伸到海湾的珠江三角洲散布着星罗棋布的工厂：厂区气派的跨国巨头企业，规模庞大的货场、码头，大大小小的港、台企业，数不胜数的家庭作坊和不断游走、隐匿踪迹的制假、贩假窝点。这是一个无所不包的丛林社会，苍穹之下，生机盎然、险象环生，善与恶水乳交融，美与丑不分伯仲，多少掠夺借着脱贫致富的名义日日上演，多少不义打着兼并收购的旗号。城市日新月异，无数的高楼大厦拔地而起，俊秀的身姿在阳光下闪闪发光，在夜空下灯火璀璨。它们目光高远，正在比肩大海以外声誉卓著的国际都市，正以夸父追日的步伐追赶文明的光源，在天黑之前，掠过烟波浩渺的弱水上空，抵达昆仑之顶。

林志雄从澳门返回。汽车驶过漂亮的沿海公路，一路穿过珠江三角洲西南众多欣欣向荣的城镇，进入花城地界，他从车窗远眺城市，尽管全速前进的省会城市发生着惊人的蜕变，但每次对照繁华、气派、流金披银的享乐之都澳门，花城依然像一位朴素的村妇，与珠光宝气、流光溢彩的澳门贵妇形象比较起来，两者远远不在同一档次上。他在澳门秘密约见了港澳地区树大根深的黑帮大佬，把自己的次子林墨染单独引荐给他们。所有的宴请都是一对一的。每个大佬都有自己的固有地盘和社交禁忌，他们除非在子女婚宴以及重要吊唁场合济济一堂，除此以外绝不参与同乡、朋辈社交，掩藏锋芒，深居简出。他们互有竞争，偶有合作，但分歧和设防的藩篱始终如一。摩擦、沟通、妥协、交易等这些明争暗斗的戏法日常上演，明面上和谐、圆融、体面、斯文、装神弄鬼，但私下里，每个家族、帮派的一举一动都在他人眼皮之下。场面上的平衡大家都在用心维系，任何一枚棋子的异动、往来、联姻等都会引发无尽猜测，从而制造裂隙。林志雄知道，染儿要想在那个更大的舞台立足，那么，拜码头、认大佬、识规矩、懂水情等这些功课就要做足。冒冒失失的暴发户在鱼龙混杂、暗流涌动、码头意识浓厚的港澳大都市，大都昙花一现，收场难看。而能够在波谲云诡、深不见底的大市场纵横捭阖、长期立于不败之地的潮汕籍大佬，才是人中龙凤、旷世奇才。林志雄借着同乡之谊和过往愉快合作的基础，希望初登香港、立足未稳的墨染能获得诸位大佬的首肯、支持与接纳，也嘱咐小儿恭敬谦卑，虚心好学，感恩荫庇，早日上道。林志雄深知，这一过程并不容易。香港黑帮因为对六七十年代以来从大陆逃港并野蛮生长的“大圈帮”深恶痛绝，因而也对外部势力登岛着床存在警惕，并抱持根深蒂固的排斥、芥蒂、忌惮。那么，如何消除他们对大陆客的不信任，消弭误判，建立联系，形成共识，才是立足的关键。六十年代末到七十年代，大陆偷渡登岛的一小部分年轻人在香港生存艰难，于是结成松散的敲诈、抢劫团体，开始在新界、九龙一带贫民区作案，兴风作浪。这伙人在尝到甜头之后开始抢占地盘，隐秘地从商家那里收取保护费。其间，也与当地混乱无序的小股势力发生角斗、争食。外来者蛮横残暴，打架斗殴不计后果。一两年的工夫，就在这片区域聚集成众，势力彻底碾压那些土生土长的散兵游勇。一时间，九龙寨以及周边经常爆发黑吃黑的帮派斗殴，街市惶惶。“大圈帮死神”是本地商户对这帮人的称呼，源自他们的成员全部都是月黑风高之夜套着汽车内胎渡海而来操外地口音的大陆人。香港人把轮胎俗称“大圈”，这些借助充气轮胎跌跌撞撞逃难而来的外乡客就有了“大圈仔”这么一个古怪的身份印记。当然，真正投入街头作奸犯科行列的只是人数众多偷渡客中极小的一部分。“大圈帮”的主要成员来自湖南和广西。他们经过几年的生存和扩张，羽翼丰满之后，正式向等级森严、豪门富贾云集的主城区渗透。绑架，勒索，逡巡闹市，一时间，“大圈帮”恶名昭彰。这些聚散如风、行事诡异、天不怕地不怕的外乡人开始成了富豪家族和黑帮大佬的噩梦，像三合会、洪门、和胜和、14K 等赫赫有名的社团组织都对此分外头痛。某个帮派一旦被“大圈帮”瞄准，那么，在角力的过程中，他们很快会发现，“大圈仔”是一些在大陆曾受过完整军营历练的退伍军人，他们不惧刀枪棍棒，单兵作战英勇无畏，出手狠毒。这是一桩典型的“鸠占鹊巢”的故事，在所有曾经不可一世的黑帮大佬眼里，“大圈帮”成了一只横冲直撞的刺猬，让冷酷的猎食者无从下口。只是，随着“大圈帮”骨干成员陆续被捕入狱，这个横行江湖十数年的外来者团体不久就沉寂于江湖。

一粒种子，被外力裹挟，飘落到一个陌生地方，能否生根发芽，出自偶然；长成参天大树，更是机缘巧合的结果。天意，命缘，任人神机妙算，都是枉然。

地产公司售楼部副经理林向前听说潇湘从缅甸返回花城探亲，抓紧时机，宴请潇湘一家吃饭。那时，潇湘的妻子已经怀孕多月，小腹已经明显隆起，她的父母陪同前来。一家人的精力一时都在郝琪肚子里的孩子上，就把林荔儿送回白云居爷爷、奶奶的身边生活。这个头脑聪颖、古灵精怪的小丫头倒成了林志雄快乐的源泉，闲暇的时候，他喜欢观察她的细微举止和不可思议的好奇心，小不点总是在人们忽视的地方找出来一些早已被人遗忘在角落里的东西——一颗灰尘满面的玻璃球、奶奶遗失的发卡、林鹏损坏的玩具上一颗不起眼的螺钉……

吃完海鲜大餐，林向前邀请大家上楼唱K。郝琪嫌舞厅吵闹，密闭场所空气污浊，推辞了林向前的盛意。她知道，林向前曾是丈夫在地产售楼部任职时的搭档，虽然曾有一些小别扭，但总体上合作愉快。在林氏家族企业内部，林向前纵是心存嫉妒，对潇湘的快速升迁心怀不满，但也无可奈何。而今，潇湘远赴缅甸，他们之间没有了明争暗斗，友谊似乎在升温。再说了，郝琪深知丈夫的秉性，放潇湘与林向前同去娱乐城潇洒，不定在那些搔首弄姿的舞女身边会弄出些啥幺蛾子。

“我是真有事要找潇湘大老板帮忙。”林向前放下茶杯对郝琪和她的父母说。

“啥事？非要两个人鬼鬼祟祟去娱乐城说！”郝琪不悦。

“哪里是鬼鬼祟祟？大家伙都去呀，一起坐坐，喝酒、唱歌，让郝叔和阿姨一起亮一亮嗓子。”林向前谄媚地笑着，看向浓妆艳抹的郝琪妈，“顺带，我也和湘老板说点私事。”他说。

郝琪让他有话就在这说。

潇湘也说好，有事说完，早点送郝琪回家歇息。

林向前沉吟半晌，最终还是说出了自己的心事：这些年，他在售楼部副经理的位置上一直没有发展，眼见其他同事都有不同程度升迁，而他依然原地打转，升职无望。潇湘调离之后，又新来一名经理主持售楼部工作。那人对他不冷不热，有时早会时间还旁敲侧击暗示副手的工作需要改进。如何改进又不明说，弄得林向前现在也被普德叔剔除出地产公司核心决策层。他说：“我在那个岗位已经被人印象固化，没了发展。不如……”他聚精会神看潇湘的眼睛，“不如，调我去缅甸的油田项目，我们兄弟又在一起。一笔写不出两个‘林’字，我们同根同源，我会成为你鞍前马后最忠实的助手。”

“那里不像你想象得那么容易，荒山野岭，生活清苦、单调。除了工地、工人、钻井机器，你连找个像样子的商店都得跑三四十里路。”潇湘说。

“看在我们兄弟一场的分上，拉我一把。兴许，我在新环境有另一番作为。”林向前用祈求的眼神看着潇湘。

潇湘沉默。他虽然花心，但并不愚笨。他了解对方是什么样的人，嘴上的友谊、忠诚并不可靠。潮汕人最看重的拼搏劲头他没有，他始终盘算的是自己的小九九。这个人的致命之处是自私和虚情假意。

“我知道你能办成，这事也只有巴望你了。”林向前又说。

“错。油田项目由几方合作，进去一名高管并不由林家说了算。”潇湘说。没有看对方。

“你总是能说上话的，我相信。”他说。

潇湘的岳母也插话帮林向前说情。她在见面的当儿收了林向前赠送的一盒精美、鲜艳的丝巾，这时正在反复地摆弄各种花样系法。

“看机会吧！目前，项目需要的是与生产有关的工程技术人员，还有懂中文和缅语的管理人员。你一个卖房子的啥也做不了。”潇湘决定不和他纠缠。

“你就不能帮我跟雄伯说说吗？”

“跟他说也暂时没有答案。看机会吧。”潇湘起身。

大家分手告别，林向前看上去有些失望，但依然赔着笑脸。岳母也责怪潇湘寡情。

晚餐时候，潇湘夫妇回到白云居，与家人团聚。林志雄请来莫木和王顺心作陪。那时，林鹏已经在着手准备远赴香港的事宜，前往香港的证件刚刚办妥，墨染在澳门时已经向父亲催促，希望林鹏及早抵港。林志雄知道，在墨染身边，已经聚集了阿阮、方南和阿川几个可以信赖的人。墨染当年失手捅死城管的逃亡路上，是阿川用摩托车搭乘他迅速逃离事发现场。那个结实黑壮的陌生青年不问青红皂白，听见潮汕口音的人陷入麻烦，本想停好摩托车过来帮手，但见浑身血污的墨染夺命而出，立即启动摩托迎了上去，载他逃离险境。此后墨染经历了动荡不宁的潜逃日子，直到兜兜转转洗白身份，光明正大落脚香港。他才托他父亲设法寻找阿川，建立了联系。

林志雄在家乡寻找阿川并未费多大周章，但暗中摸底考察却费了功夫。他希望进入墨染身边的人绝对可靠，来历清楚，没有疑点。最终，王顺心几番暗访，正式答复老板：“这人没问题，正是我们需要的人。”

于是，林志雄正式约见了阿川，把他安排到王顺心手下观察。待到时机成熟，才把他带到曼德勒与墨染见面。很快，阿川以缅甸籍身份登陆香港，正式进入墨染阵营。

墨染希望林鹏、阿鼓、林方成和石头仔也加入进来，但父亲只允许了林鹏。同时安排痛失父爱的孙骏一同赴港。“另外两人还有要务。在彻底处理白颈仔这个隐患之前，他们不得须臾分神。另外，林子彬在曼德勒是一颗重要的棋子，轻易不要挪动，远离花城、香港视线的曼德勒玉石原矿采购业务，需要一个可以信赖的人盯住，他是摇摆不定的柚叔身边重要的眼线。”父亲告诉墨染。

自从孙骏抵达白云居，林鹏就成了他的好友。林鹏从义父和雄伯口中知道一些孙骏父亲孙行者的故事，对一腔浩气的孙骏父亲敬佩有加。因而，孙骏到来，林鹏责无旁贷地充任他的大哥和保护人，对远道而来的兄弟分外上心，照顾、体恤细心周到。

“我要和孙骏结拜兄弟。”一天，林鹏对义父莫木说。

“好啊！”莫木看着两个大孩子，目光中透出长者的欣慰与疼爱。

第二天上午，他们在农场抱了一只鸡冠殷红的公鸡，一手拎着一瓶产自岭南的玉冰烧米酒，一溜烟消失在通往湖堤的树林中。

他们在湖堤上歃血为盟，同饮一碗血酒，结为生死不渝的兄弟。

在二楼书房喝茶的时候，潇湘向父亲说起林向前找他托付的事情。

“你当时怎么答复？”父亲问潇湘。

“我没有正面回答他，只是告诉他，仁安羌项目需要的是石化领域的专业技术人员。他什么都不懂，去凑什么热闹。”潇湘回答。

“嗯。你现在长进不少！”父亲少有地肯定儿子的进步。

“看来，他又是一颗摇晃的棋子。”王顺心插话。

“他只能在一些无关紧要的岗位上敲敲边鼓，难堪大任。”林志雄说。

“不如调他到娱乐城去，给香港人打一打副手，也顺道让他换换环境，安抚一下他。”王顺心接着说。

“不。那里不行。你表面看上去那个场合莺歌燕舞，酒池肉林，但很多敏感的社会资源都在那里消遣放松，绝不能出现意外。这也是我们放手给境外花花世界的人经营的原因。话说回来，谁也不愿意在不安心的地方脱光了底裤。况且，他这个人，连我们自己人都不放心。”林志雄说。

“嗨，潮人码头大堂经理正好缺一名副手。”王顺心像是突然反应过来，他说。

“这个主意不错。无伤大雅的社会性应酬，让他试试。”林志雄说。又转头对潇湘叮咛，“这个消息由你透露给林向前，算是应付个人情。但仅此而已。”

潇湘就说好的。“唉，这样也免去了岳母的唠叨。”潇湘补充。

林志雄意味深长地看着儿子，看得潇湘心里忐忑。

“小心那个女人。”他对儿子说。

林向前对这个平行调动的新职位并不满意，但考虑到没有更好的选择，还是怀着满腹的不如意和巨大的失落感答应赴任。他因此也对潇湘产生了怨恨。

沉香大厦的生意稳步走上正轨。潮人码头用餐环境优雅，岭南风格的装潢凸显了假山、流水、婀娜多姿热带景观植物的缀饰的园林特点，宾客置身其间用餐饮茶，犹如在槟蕉掩映、花团锦簇、流水淙淙的植物园休闲放松。这里设施讲究，连同过厅、廊道、拐弯抹角的地方都陈列了奇石、枯木和工艺精湛的潮州金漆木雕作品。饭店的菜品都出自潮汕名厨之手，烹饪考究，食材地道，摆盘盛菜美轮美奂。因为消费价位适中，食客络绎不绝。珠宝城和奢侈品购物区正在成为人们休闲消费的新去处，在货币贬值、城市经济急剧繁荣的时期，荷包鼓涨的中等收入人群开始追逐世界最新时尚潮流，购买那些价格令人咋舌的稀缺资源。每当夜幕降临，霓虹灯初上，站在人流如织的广场，一眼就可以看见酒店住宿区成排的窗户亮起柔和灯光，也就可以判断客房接近饱和的入住率。忘川夜总会高耸入云的墙体上，用无数灯带勾勒出身材劲爆舞蹈女郎的巨幅跳动身影，那里成了挥金如土的猎艳者流连忘返的天堂，笙歌夜宴，玉体横陈，极尽享乐。

然而，与蒸蒸日上的沉香大厦形成鲜明对比的是“梦幻世界”摩天大楼的停工。林普德的团队为了突击工程进度，在浇筑十九层楼体的时候出现悬臂吊倒塌，一名操作手从五十多米高的控制室坠地，当场身亡。高大的悬臂吊铁塔倒地，致使正在工地施工的三个民工当场死亡，七人受伤。事故造成严重社会影响，建设项目被政府部门勒令停工整顿，妥善处理伤亡赔付，追查事故责任。夜幕下，往日嘈杂的工地安静下来，一片死寂。围蔽网包裹的巨大建筑体像一处黑黢黢的残垣断壁，阴冷、古怪、令人倒抽一口凉气。更令林志雄头疼的是，这个庞大项目成了一个十足的销金窟，巨大的财富黑洞。它每天在吞噬数不尽的金钱：人工工资、材料款、设备定制、附属设施的巨额支出，还有与前期基建开支等值或者更高的装潢投资。而今，海上贸易的财富来源中断，地下六合彩业务放弃，缅甸石油项目的注资不能拖延，珠宝项目的投资还在追加，沉香大厦的营收对于巨额支出来说也仅仅是杯水车薪。林志雄感觉到似乎一排铺天盖地的巨浪正在逼近，他必须奋力求生，化解日益逼近的资金压力。他已经在着手办理资产抵押贷款的融资项目紧急输血——沉香大厦、农场、商铺、住房等。他唯一指望半年后，石油和珠宝项目能够开始产生利润回报，让“梦幻大厦”的资金渠道成为有源之水。

星期三上午，林志雄和王顺心、林方成一起在贝勒府会商资金筹措的事，银行的资产抵押、评估等手续异常繁杂，贷款资金无法及时到位，林志雄已经准备动身去往香港，准备向一位实力雄厚的富商高息借款。同时，他吩咐王顺心准备启程返回潮汕故里，希望通过民间集资的途径解决燃眉之急。当年，林志雄就是通过这种方式，在均伯的积极奔走下，借钱筹款，支付了梁氏客运公司的首笔收购资金。

十点多钟，小忆突然打来电话，说人间蒸发的欧秃子打电话约见他。

王顺心启程奔赴老家后，林志雄立即找来石头仔，又从林方成的物业公司调集三个可靠的人，迅速赶往与小忆约定的地点。为了稳妥起见，林志雄在行动人员中排除了阿鼓，他仍然希望小忆和阿鼓是两条独立运行的线索，暂时不宜交叉重合。

与小忆短暂碰面得知，白颈仔将约会地点定在花都区的洪秀全公园。那是一处游客稀少的冷门景点，因金田起义农民领袖洪秀全出生于此而设立，那个杀人如麻的神汉在他的家乡先后撰写了《原道醒世训》《原道觉世训》，将西洋基督教与岭南鬼神迷信草率地糅杂一炉，创立以他为教宗和天王的“拜上帝教”，在广西腹地的穷乡僻壤传播。那时，经受鸦片战争重创的清王朝进入日薄西山、自顾不暇的混乱时期，饥荒加上严峻的生存竞争，从广西桂平金田村燃起的星星火焰迅速向广袤、贫穷的北方蔓延。1851 年到 1864 年，短短十四载，农民革命犹如狂暴的烈焰漫卷十八省，攻占长江流域以南大半个中国六百座城市，险些将端坐紫禁城龙椅上的满洲鞑子送回他们白山黑水的老家。

看来，销声匿迹、诡计多端的白颈仔应该就隐居在花城北部区域并不起眼的某个地方，他选择就近的一处稍显清静的公共场所约见老部下，希望在艰难蛰伏之后，风平浪静，在耳目尽失、消息通道不畅的情况下，谨慎爬出洞穴，向外界伸出触须，做一次大胆试探。

林志雄吩咐小忆，放松前去与白颈仔会面，不要拖延太久，见四周无人，及时借故买烟或者饮料离场。你一离开，剩下的事我来处理。定妥了行动计划，小忆乘上一辆出租车往约定的地点赶去。林志雄和石头仔他们驾车不远不近跟在那辆黄绿相间的出租车后面。

小忆下车，独自在公园门口张望，这时电话铃声响起。白颈仔在电话中确认小忆到达，告诉他，找一个僻静的长椅坐下等待，他会来找他。

进入公园僻静角落，小忆在一条长椅上坐下，这时，他看到林志雄他们在离他二三十米的地方散开，石头仔和一个民工模样的男人在一棵树下席地而坐，摊开象棋布，开始下棋。林志雄穿了民工模样的旧工装，一双沾满红泥的破旧黄胶鞋，裤腿挽成一长一短两只裤管，在小忆座位另一头的一张长椅上躺下，宽檐旧草帽扣在面颊上假寐。那是一处拐角，一棵树干倾斜的老树立在绿篱后边。远处有几间泥土夯筑的灰瓦房，低矮老旧，墙皮上留有潮湿雨季吸潮的印记。一株紫荆花树开满白花。此处就是赫赫有名的天王洪秀全出生、成长的地方。

公园里零零星星有几个游人。小忆抽完一支烟的工夫，看到一对夫妇牵着一个男孩从林荫道那边过来。年轻女人牵着孩子，她身材丰满匀称，涂着红嘴唇，烫着卷曲的长发。孩子另一边走着一个穿轻薄黑色丝绸套装的胖男人，他头上戴着米色南洋窄檐礼帽，低着头，看不清面容。小忆想，那女人的波真大、屁股真翘。这时，那一家三口走近，肥胖男人机警的小眼睛从帽檐下向四周扫视，他冲小忆诡异一笑，伸出食指压在自己嘴皮上示意小忆安静。小忆认出，那个一脸油腻的黑男人正是久未谋面的欧秃子。

欧秃子没有停步，小声告诉那女人带孩子去公园门口的士多买冰淇淋，他要和一位朋友说点事情。那女人望向小忆的方向，没有说话，带着孩子离开。欧秃子折身走过来，帽檐压得很低。

两个人在长椅上叽叽咕咕小声说着什么。这期间，白颈仔不停地左顾右盼。长椅上酣睡的男子翻了一下身，身体蜷曲，侧卧而睡。树影下的两个对弈民工在为棋局高声争论。

一对情侣走过来，那女孩身体滚圆，一副进城乡下妹子的打扮，一张肥嘟嘟、红扑扑外省人的阔脸。她手上拎着一瓶时下流行的可口可乐饮料，经过小忆那张长椅，又走远。

四周安静下来。小忆此时感觉喉咙发干，心跳加快。

“我去买两瓶饮料过来。”小忆说。他起身离开座位，往公园门口的小商店方向走去。

“卧槽马，将军！”树荫下对弈的民工大声说。

林志雄听到了事先商量好的暗号，他耷拉着困倦的脑袋，慢吞吞起身，把草帽压在头上，向目标走过去。他从草帽檐下瞟见长椅上穿黑色丝绸上衣的胖子，那正是他苦苦寻找的目标。

林志雄漫不经心接近目标，大约十步远的距离，他从上衣里面摸出手枪，咔哒一声，手枪上膛。

长椅上的男人听见机械碰击的清脆声音，他站起身，完全惊呆了。看见黑洞洞的枪口对着他，宽檐草帽后面有一双冰冷、喷火的眼睛。

黑胖子张着嘴，脸上惊愕的表情瞬间凝固，肥硕的鼻头不自觉地抽搐。他闭上眼睛，“哦，老天爷——来吧。我知道这一天迟早会来……”他嗫嚅地说，像祷告似的自言自语。

“爹地！”这当儿，一个小孩的稚嫩的声音从林荫道拐角的地方传来。接着，那个蹒跚的小男孩出现了，跑向黑胖子，一脸兴奋，手上举着锥形冰激凌，鼻头上还沁着汗珠。孩子摇摇摆摆扑向黑胖子。胖子身体僵硬地伸手接他，视线一直没有离开逼近的男人。他看一眼孩子，又看一眼草帽下那双眼睛，缓缓低下身子，一瞬间，将孩子搂在怀里，挡在胸前。

林荫道上很快出现一个年轻女人的身影。“慢点！小心跌倒。”那女人说。

林志雄突然转身。他收了枪，转身离去。

“为什么？”石头仔跟过去，迷惑不解地问。回头看时，黑胖子、女人、孩子正飞快地从树影下消失。

“不。我不能当着那个无辜孩子的面开枪杀死他的父亲。”林志雄说。

林墨染在香港国际会展中心紧锣密鼓布置即将于5月初向全球发布的“金玉良缘”珠宝首饰时尚发布会。为了精心打造首场展演活动，墨染一年前就开始筹划各项准备工作了。他知道这场发布会的分量，这是墨染设计团队的扛鼎之作首次揭开面纱，向世界展示美轮美奂的东方珠宝。一切将非比寻常，产品的设计遵循东方美学含蓄内敛的审美特质，雍容华贵中透出端庄隽秀，极致奢华蕴藏于严苛选材和工艺之中，从女性冠饰发簪、耳坠、项链到胸针、手镯、戒指，从衣裙镶坠到新娘盖头、香巾、香囊、折扇，从帝王袍冠到御剑镶嵌、玉玺圣印，从銮驾轿饰、马靴、骑鞍到弓饰、扳指，这将是一场历史、文化、艺术与潮流时尚的挖掘、呈现与完美结合。墨染铆足干劲，倾注全部热情与才华。珠宝首饰专场秀分为四个演绎环节：一、东方审美与历史渊源：场景从一场帝王祭天仪式拉开帷幕，试图呈现皇家服饰威仪豪奢的元素，以及达官显贵的衣着服饰品格。二、江南春色：呈现秦淮宴乐、富贾学子、大家闺秀的出游场景。三、丝绸之路与殖民时期：东方风尚借助桅杆风帆席卷欧洲宫廷。四、现代时尚与东方活力。

为此，他专程前往法国巴黎考察，来自西贡的阿香作为他的特别助理随访。阿香在珠宝公司使用她的法文名字爱玛。在巴黎，墨染通过他在那里读书时期的老师举荐，拜见了在全球服装与珠宝秀场享有盛誉的策展人和导演团队，经过反复研讨，确定了这一秀场方案。他们一起寻找一家符合这个定位的顶级私人订制服装制作商，联袂呈现一场视觉盛宴。寻找出类拔萃的服装设计师共同合作并不是一件容易的事，在名流云集的时尚中心巴黎，被时装界奉为圭臬的设计师往往身份、地位优越，他们并不轻易选择与毛毛糙糙的时尚新贵联袂走进聚光灯。主要原因是品牌定位和文化取向的巨大鸿沟，另一方面也来自这些时尚大咖对合作方谨慎、挑剔的商业态度。更重要的是，这些隐蔽在巴黎老旧街区的制作团队手上都有一大堆预订顾客，那些追捧顶级设计、身份尊贵的客户有些可能提前一年或两年就已支付了定金，因此，他们不一定愿意把时间和精力浪费在寂寂无名的亚洲人身上。

在墨染和导演团队的努力下，他们向心仪的合作方出示了T台秀脚本，描绘了产品定位和市场思路。在墨染展示完十二件珠宝样品之后，面色凝重的合作方终于露出珍贵的微笑。他们同意合作，并对这一盛事充满期待。

在巴黎逗留一周，墨染马不停蹄与时尚杂志编辑、著名记者会晤，熟悉时尚圈文化，结交友人，结识在业界享有“时尚猎人”称号的资深撰稿人——法国人、意大利人、英国人、印度人。墨染希望首场发布会在香港上演，但它能够同时在全球多个时尚之都刮起旋风，形成热点。

旅行的最后一站来到马赛，墨染和爱玛拜访皮埃尔与艾米莉夫妇。在马赛阳光海岸的露天咖啡馆，墨染向皮埃尔夫妇发出邀请，希望他们以朋友的身份赴港，见证和参与那场盛典，届时，压轴出场的夫妇二人将佩戴墨染馈赠的结婚五十周年金婚纪念礼物走进聚光灯。

林志雄陪同钟鼎文先生抵达香港出席“金玉良缘”珠宝首饰发布会是在活动揭幕前一天的上午。墨染在演出场地张罗事务，委托阮望京和林鹏在机场迎接他们。他们计划从机场直奔会展中心与墨染会合，顺便看看会场布置什么的。但阿阮告诉他们，那里在活动前一天对外封闭，演职人员和乐队、音响师、灯光师正在彩排。林方成致电墨染，墨染建议父亲陪同钟先生先去参观珠宝工厂。

在厂区办公楼，林志雄意外见到在珠宝公司做文员的蒲沉香。阿香姑娘羞答答地问候林伯，为他们殷勤端茶递水。她消瘦了一些，看上去身材苗条、风姿绰约。林志雄满腹狐疑，但没有流露出来，轻言细语问候姿娘仔生活和工作上的事，大致了解到她应该于半年前抵达香港，墨染为她安排好一切。她在工厂做一些服务性的工作，每周有三个晚上在夜校读粤语和电脑培训。

下午，钟先生准备去看看女儿蕙兰，晚上就住在女儿家里。林志雄抽空前去拜访了一些商界大佬，最后来到梁振华和她的外公的家，向他们赠送了展演活动的嘉宾券。离开后，又前去潮汕人陈医生那里一趟，邀请他届时出席墨染的活动。他知道，对潮汕商会一众大佬的邀请事项，墨染提前一个星期就已落实，但他到了香江，出于礼节，也是要亲自登门表达诚意的。

晚宴的时候，林志雄在酒店大厅才见到西装革履、胸佩鲜花的墨染。和他站在一起迎接客人的美女有些面熟，直到她用拗口的中文招呼他，林志雄才猛然想起她是曾经在花城有过一面之缘的西贡女孩阿香。她穿着露肩的酒红色长裙，发髻高耸，仪态万方，发簪和发光粉末靓妆在水晶灯照耀下熠熠闪光。爱玛佩戴着公司最新定制的饰品：质地和工艺上乘的翡翠项链，红宝石耳环，春带彩翡翠手镯，设计小巧、精美的胸针。

出席晚宴的尽是一些当地名流、时尚艺人，但更多的是来自不同国家不同肤色的时尚大牛。林志雄在那个场合首次见到了皮埃尔夫妇。

钟蕙兰早在一个月前结束了香港私人收藏品春季拍卖活动后就参与到林墨染的筹备组中了。她无偿贡献了自己在文博商业运作中积累的经验，动员了书画、文玩收藏界的人脉资源全心全意捧场支持这场珠宝饰品首演。台前幕后，她像一个精明强干、久经商场的女强人一样为这场活动出谋划策，不遗余力奉献创意和智慧。

林志雄想找墨染谈谈两个阿香的事，他感觉这里有什么问题，但他在墨染身边最信任的阮望京和方南两个人那里都没有得到答案。阿阮判断，视野开阔、具备国际化眼光的墨染迟早会娶西贡女孩爱玛做妻子，二人携手走上国际大舞台是一桩般配而又令人艳羡的组合。方南对这个问题持谨慎态度，他沉吟半晌，说出了自己的预判——墨染应该会和香儿成婚，有四个依据可以支撑：一、香儿来自墨染的故乡，有着共同的文化认同；二、墨染对阿松充满怀念和愧疚，他会完成松哥未竟之事；三、本质上讲，墨染是个地地道道的潮汕人，骨子里依然抱持传统；四、狡兔有三窟，潮汕人的家是最后的堡垒，是男人最隐秘、最牢固的巢穴，你观察鸟儿筑巢就知道，这是一种动物本能。

首届珠宝饰品首场展演活动异常成功，轰动粤港澳。星光熠熠的走秀结束后，出现在记者云集的新闻发布会现场的是钟蕙兰、皮埃尔夫妇、爱玛。钟蕙兰仪态端庄，在镁光灯不断闪烁的场合表现出成熟女性的沉着和自信。她用温婉的语调阐述了“金玉良缘”的美学追求、设计理念、产品思路和市场定位。来自法国巴黎的时尚记者追问皮埃尔夫妇非同寻常的出场，普通人与高端品牌结缘的故事既让人意外又充满温情，它构成品牌持续发酵的花絮和噱头。皮埃尔先生面膛红润，银发飘飘，面对记者的提问侃侃而谈，满含深情回忆了他和妻子在西贡与墨染、爱玛邂逅的故事和此后缔结的友谊。“我们在西贡共同度过了一些难忘的午后时光，还一起完成了一首歌，歌名叫作《浪漫西贡》，旋律婉转动听。有机会的话，我和我的太太一起唱给你听。”皮埃尔回答提问的巴黎记者。

“能否现场来几句？”法国记者不失时机地说。

台下响起了掌声。

“没有琴？清唱影响效果。”皮埃尔大笑，摊开手，耸了耸肩。

舞台侧面，从乐队的位置，一个大胡子男人走过来。他递上一把吉他。

台下掌声更加热烈，有人吹出兴奋的口哨。

皮埃尔熟练地调弦，然后在艾米莉耳边低语几句，帮她压低话筒。

吉他声响起，新闻发布会现场一片安静。

古老的西贡河静静流淌
老树的身影见证城市的回忆、荣耀与梦想
如烟往事、游人徜徉
多少喜悦、艰辛与希望
爱玛，我在河畔的咖啡馆遇到你
你的眼神宛如西贡河的月光
你笑语盈盈仪态万方
让我流连忘返心旌荡漾……

“莫奈的黄昏”沁人心脾
你身着洁白的奥黛，流光溢彩、楚楚动人
秀发飘飘，皓齿樱唇
发丝轻抚我的旅途劳顿
我们在古老的教堂祈祷
在树影婆娑的河畔漫步直到月色如银
爱如潮水哦，我对你一见倾心
回味无穷的是你的热吻……

美丽的西贡河亘古流淌
忧伤的灵魂似南飞倦鸟
离别在即，北飞的候鸟将要离巢
云朵孤悬天空，我心如刀绞
爱玛，请别垂泪请别难过
爱如苍穹又岂在暮暮朝朝
此情可待，晚钟袅袅，晚钟袅袅……

皮埃尔轻声唱的时候，艾米莉加入进来。到歌词第二段的时候，爱玛加入合唱。歌声缠绵悱恻，令人陶醉。爱玛唱着唱着，那一刻仿佛回到西贡河畔，重温那段美好时光，不觉泪流满面。

墨染作为系列活动的掌舵人，自始至终没有出现在公众视线中。他谦逊地推辞了所有抛头露面的机会，舒适地处于幕后，连关于市场和销售方面的业务都交由爱玛来回答。只有重要的代理商参观、洽谈、签署合同文本的时候，他才现身。

本港的新闻媒体用《爱与生命》《一场温情洋溢、别开生面的时尚发布会》《时尚盛典——人性的光辉闪耀香江》等为标题，生动报道了这一品牌诞生。几天后，来自中国大陆、法国巴黎、意大利米兰、英国伦敦和泰国、印度的媒体开始纷纷报道这场发布会，“金玉良缘”这一品牌开始在更广范围掀起波澜。

第三天晚上九点钟，林志雄在珠宝生产厂区办公楼二楼的接待室等候墨染，这是他们预约的会面时间。三天来，墨染一直都在忙碌，出席产品见面会，签署各种文件，宴请商界和时尚界、演艺界的宾朋，召开临时会议研究市场反馈信息，迎来送往。林志雄抽空去拜访几个商界朋友，晚上大部分时间都和林鹏、孙骏他们在一起，了解他们的生活、工作和成长情况。亲近、培养、影响正在成长中的新生力量是林志雄一直看重的事项，人是万物之灵，有了成熟、稳健的梯队，家族的事业才是有源之水，仅靠冷冰冰的制度、规矩、金钱刺激并不能维系幕僚长久的忠诚和归属感。

林志雄坐在灯光舒适、装潢考究的接待室喝茶，拿起茶几上印刷、装帧精美的产品画册，随手翻动浏览。隔音玻璃窗外面，可以看见灯火通明的生产大楼，那里正加班加点，赶制合同订单的货物。生产线上一些高级技工岗位，大都是一些来自潮汕地区的雕刻工匠，他们原先是一些玉雕、木雕、石雕艺人，具备一定的雕刻造型技能，经过了严谨的培训和实习，现在能够圆满将流水线切割、初加工的坯料通过雕刻成型、精细雕琢、反复抛光打磨，最后完成镶嵌修饰，制作成一件件毫无瑕疵、美轮美奂的艺术品。

十分钟之后，墨染在阮望京陪同下急匆匆走上二楼。透过接待室的玻璃墙，林志雄看见墨染留着精神的板寸头，穿着牛仔裤、T恤衫，脚蹬球鞋，大有林志雄年轻时候衣着简单实用、做事低调瓷实的模样。墨染推门进来，一屁股坐在父亲对面的座位上，开始熟练地换茶、洗茶、烫杯，给父亲斟茶。

“要给你弄点吃的吗？”阿阮问墨染。

“不。我累了，现在需要一杯热咖啡。”墨染说。

“雄伯，您也来一杯？”阿阮问林志雄。

林志雄摆摆手。“我饮茶。”他说。

“好的。我这就让香儿煮给你。”阿阮对墨染说，推门走了出去。

香儿端来热咖啡的时候，托盘里还有一碟港式甜点。她敏锐地觉察到屋里的气氛有些凝重，墨染低头在用茶碗盖拨弄湿润的茶叶片，雄伯两手架在沙发扶手上，目光看向玻璃窗外。他们的谈话停滞了。

“先吃一口垫下肚子，我叫了宵夜外卖，很快就来。”香儿说完，腼腆地对雄伯笑一笑，离开了接待室。

“好吧。您刚才问了一大堆问题，我把它们归纳起来，就是三条。”墨染用冰冷的目光看着父亲。

“第二个问题，我会一直处于幕后，小心保护自己。父亲言传身教，‘藏锋’的道理我心领神会，请不用担心。第三个问题，关于资金，我知道您盖楼花了不少钱，未来可能会更多。您有没有考虑过溢价转手，把资金腾挪出来？花城那边高净值的富人都在盘算资产的安全性，狡兔三窟，他们都在寻找稳妥的退路。”墨染端起咖啡杯，用小勺轻轻搅动酱色的液体，喝了一口，放下杯子。

“我这边张罗首场发布会，下月应邀出席一个巴黎时尚展，接下来是曼谷和新德里的市场推广。巴黎是时尚的制高点，而亚洲市场才是我们的市场重心，佛教、伊斯兰教、儒教文化圈有着对玉石根深蒂固的痴迷和追捧。要花不少钱去撬动市场啊！不过，您不用操心，我从蕙兰姐那儿找到了资金支持，她看好这个项目，目前是公司的第二大股东。蕙兰姐是个难得的合伙人，秀外慧中，精明强干，眼光独到。现在，我回答第一个问题，香儿和爱玛，都是好女孩，优秀，真诚，充满活力。但这是我的私人事情，我会把它处理好，绝不会拿婚姻大事当儿戏。”

“香儿来到香港，为什么不和我商量一下？”林志雄有些不悦。

“把她独自一人扔在伤心地，不闻不问，于情于理都说不过去。”墨染回撑父亲，没有看他。

“放肆！”林志雄怒气冲天，一巴掌拍在茶几上。

阿阮听到动静，敲门探头查看。

“请父亲息怒！”墨染冷冰冰地注视父亲，“这事已经解决了，香儿会在这里适应下来并安心生活、工作。她现在是香港公民。”墨染说完，招手示意阿阮进来。

“现在，我倒有一桩要紧事提醒您高度关注。上个月，阿阮和阿俊前往曼德勒提货，他们在那里发现柚叔身边出现了一张新面孔。那人叫赛欣，是个克钦族人。他们在秘密操控见不得人的买卖，从中牟取暴利。我已经留下阿俊在那边盯梢，他和林子彬一起摸排线索，力争拿到铁证。这事不可小视，弄不好，我们全都得搭进去。”

“什么？毒品？”林志雄站起身，他看着墨染严肃的脸，又看阿阮。阿阮轻轻点一下头，算是回答。

“花城罂粟！它不仅仅是企业内部一桩腐败丑闻，而且是涉及所有人身家性命的大赌博，是被金钱蒙蔽的出卖行径和赤裸裸的犯罪。林氏家族所有的项目，那些楼盘、商厦、油田、珠宝、农场、茶园等，都会因为这桩丑闻在瞬间崩塌。我和阿阮已经在筹划这事，一旦证据确凿，我们会将毒瘤连根剜除。”墨染说。

林志雄挥手制止了儿子的想法：“此事不用你插手，这是我们老哥们之间的恩怨，我和莫木自会打扫战场。”他说。他停了片刻，又说，“夜长梦多，后患无穷。此事绝不能拖延！”

第二十章

复 仇

银行的第一批贷款资金到账的时候，重启“梦幻世界”摩天大楼建设工程的事项就摆上重要日程。林志雄开始跑关系，疏通渠道，递交复产复工申请书，复印事故赔付民事调解协议书和赔偿资金支付凭证，呈送安全事故自查自纠整改报告，建立更加严格的建筑施工安全防控体系。

在一场大雨过后，林志雄陪同几个领导模样的人抵达施工现场，查看工地整改现状。林普德和几位企业负责人在那里恭候。工地临时大门敞开着，门头上悬挂着一幅“欢迎工作组莅临指导”的红色横幅标语。偌大的工地静悄悄的，只有几个头戴安全帽的民工在操弄抽水机，把暴雨中涌进地基坑道的浑浊泥水抽出去。工地一片泥泞，随处可见雨后的积水和小山一样的建筑材料堆，施工机械在雨后的工地安歇，肃穆中透着孤单。围蔽网包裹的巨大建筑体突兀在场地中央，像是经过狂风暴雨摧残后搁浅的巨轮，没有生机活力，气若游丝。

巡视组登上位于活动板房二楼的工程指挥部会议室，那些手握大权的人一一查看了墙壁上各项规章制度，翻阅了一些施工安全日志之类的工作台账记录。最后，在会议桌前发布同意复工指令，要求建筑方在正式复工之前，再次全面检查设备安全性能，脚手架、安全网可靠性，员工防护器材，进、出施工车辆安全调度等事项。林普德和他的骨干团队恭恭敬敬表态：一定吸取事故教训，坚决杜绝施工隐患，警钟长鸣，永不懈怠。

送走巡视组，林志雄走回工地大门，站在那里沉思。仰头看见十九层高的大家伙耸立在阴云密布的天幕下，对于浩繁的工程来说，目前的进展还不到整个工程量的十分之一，它看起来大而无当，冷酷无情，板着一副面孔，像个不落好的吞金兽。有那么一刻，林志雄觉得自己在这庞大躯体面前显得渺小、孱弱无力。他点上一支香烟，脑海里闪过一个念头：“梦幻世界”是否会成为一项永远无法完成的工作——所有的梦想、热望、寄托宛如空中楼阁一样遥不可及，或者像繁花似锦的城市看不见的巨大黑洞，不断吞噬金钱、青春、努力和坚持。他想起钟先生对他愚蠢的雄心壮志发出的忠告，想起墨染对于在建项目溢价易手的建议，林志雄开始犹豫，有些迷惘。“梦幻世界”恍若林氏家族的终极梦想，仿佛正在快速繁荣的城市的炫丽幻影，又像是这块酷热难耐古老土地上扭曲、盘旋上升的怪圈和永远也无法企及的坐标高度。它会否成为童年时期海滩上堆起的沙雕城堡，修修停停，精雕细琢，不断垮塌又不断垒砌，努力，失败；再努力，再失败。海风和潮汐依旧，孩子们永远无法弄懂环境的力量，无法反思到根本。孩子们终于离开，海滩上狼藉一片，仅留下残垣断壁；另一些孩子在某一个早晨来了，接着又开始兴致勃勃的新游戏……然而，潮水过后，海滩复归平静。年复一年，又会有一拨长大的孩子们出现，开始一场没有结果、后继者众的游戏。纵观整个东方文明漫长的历史，它其实就是这场简单游戏的一再重演。族群经年累月徘徊在现代文明的门口，裹足不前，形容猥琐，衣衫褴褛。梦想屡屡化为乌有，有人头破血流，有人化为枯骨泯于荒野。然而，愚蠢的游戏依然在持续。在文明的困境面前，人们习惯于再次折返祖地，试图从残垣断壁中翻寻答案，子曰诗云，不甚了了。末了，在隐忍自慰中找出又一件老古董向世人炫耀、自嗨……

那么，这会否成为林氏家族的宿命和魔咒呢？这艘大船究竟应该驶往何方？林志雄在苦苦思索解套之法。

“老北京饭店”的生意并不红火，王顺心通过饭店收银台的雇员打听营收情况，那个神色小心的服务员本能地瞅瞅四下，悄悄告诉他，老板告诫她高度保密，禁止对任何人透露饭店经营状况。“每日营收能够基本维持员工工资，但老板似乎并不在意。每天不定时来门店逛一圈，下午银行关门之前，老板都会准时到银行柜台办理营业款存款业务。”小姑娘神色诡异地提醒王哥千万不要说出去，不然，她会为此丢了饭碗。王顺心把这一讯息告诉林志雄，林志雄沉吟片刻，回想起“老北京饭店”自从营业以来的种种反常举动，曹先生从来只字不提场地租金的事，也从未支付过一分一文租金。年底的时候，他的外甥——那个心不在焉、喜欢夸夸其谈的饭店经理就会找到王顺心，要他开具一份租金收款发票，接着扬长而去。林志雄初步推断，饭店可能只是他们洗钱的一个幌子、一块招牌。人家可不指望辛苦又琐碎的餐饮经营能够暴富。

林志雄告诫王顺心，此事就此打住，“不闻，不问。装聋作哑。”他说。

也就是那天中午，梁鸣约林志雄见面。他们已经很久没在一起喝茶了，自从钟先生和梁鸣发生冲突后，老朋友原来每周一次的聚会就散伙了，那种气氛宽松友好的茶叙、骑马溜达的美好时光一去不返。林志雄有一次预约拜访梁鸣，晚上他如约去到梁府，却吃了闭门羹。林志雄打电话给梁鸣，梁在电话中说事务缠身，无法赶回来见面。林志雄告诉他有一些上好的工夫茶和鱼胶送来，梁也只是随口说让他放在门口就可。

简短的会面在林志雄的车上。梁鸣一脸疲惫地坐进汽车后座，面颊上还留有午睡时烙下的印痕。他要林志雄把车开到一个僻静的角落，那里有一棵独木成林的大叶榕，郁郁苍苍，浓荫遮天蔽日。心事重重的梁鸣说了一大堆语无伦次的话，弄得林志雄如坠云雾。那段喃喃自语一样的絮叨中东拉西扯，一会儿抱怨炎热天气，一会儿倾诉他的失眠症；一会儿惆怅他那晦暗不明的仕途，忽然又把话题扯到他的祖坟和梁氏祠堂上。话语中还隐隐流露出对一个女人纠缠不清、爱恨交织的情愫，但瞬间话题又跳跃到对远在海外生活的儿子的失望方面……林志雄垂着眼皮内心狐疑地倾听，并不插话。后来，梁鸣就毫无先兆地开始痛哭，泪水从他蒙住面颊的手指缝淌出来，顺着手背往下流。林志雄感觉自己喉咙发哽，手足无措，一句宽慰的话都说不出。手伸向后座，捏住对方柔软多脂的肩头，直到梁鸣慢慢平复下来。林志雄递过纸巾盒，“梁兄，我理解你心中的苦。”他说，“活着，就是一场漫长的苦行。熬过了，就拨云见日，内心敞亮。”

梁鸣擦拭泪痕，哽咽着清理喉咙，双眼红肿，眼白布满血丝。

“真抱歉，我没有一个可以信赖的人倾诉，让你受累。政治是一架残酷的绞肉机、焚尸炉！看不见，摸不着。当你隐约洞见它的青面獠牙，那时，已经悔之晚矣。”梁说。他逐渐恢复往常的样子，目光阴郁，思路逐渐变得清晰、坚硬。

临别，他告诉林志雄，自己打算趁着周末出城烧香祈福，也想回一趟潮汕祖屋，拜祭逝去的祖宗、天上的老爷。如果能物色一处清净、灵验的寺庙，不招人耳目的情况下，他想占卜问卦，寻求神灵给自己指点迷津。鉴于他的身份和政治信仰，他担心授人以柄，造成负面社会影响，特意找林志雄安排这趟私密行程。林志雄向他推荐潮州开元寺，也讲了家乡南屏山的风雷观，大致介绍了林老先生的情况。梁思忖片刻，决定选择远离人烟、香客稀少的风雷观这个选项。“保密，慎重。”梁那一刻恢复到说话惜字如金的腔调，脸色蜡黄，整个人身体收拢，仿佛被一股无形的力量包裹住，钳制着。“我疑心，背后有一股势力想害我。”他像自言自语，眼神阴郁，长长地叹气。

“也好，趁着周末出去走走，散散心，眼界放开阔，兴许郁闷就化解了。”林志雄说。

他们约定了休息日一早出发的时间和会合地点，梁推开车门走了出去。他的背影有些佝偻，脚步凌乱，完全没有了从前自信、内敛的从容劲儿。

在一些地产界大佬聚会的场合，林志雄开始谨慎地释放“梦幻世界”项目溢价转手的消息。“女儿大了，总要嫁人。”他用调侃的语气说，弄得接受讯息的人以为他在说笑，真假莫辨。蒸蒸日上、经营稳健的林氏家族在业界享有盛誉，他们不相信这是真事。雄哥也倒洒脱，说说笑笑，像一个老钓鱼人一样并不轻易挥竿惊扰鱼群。商场上，露怯是致命的软肋，急于脱手最容易受制于人，讨价还价时就处于下风。一桩买卖是否圆满，往往是机缘巧合的结果，何况，这是一桩标的惊人的大手笔。

一天，北京人郑先生打来电话，说他在深圳处理完业务感觉无聊，想顺道过来看看老朋友。林志雄愉快地答应了。他知道郑先生的花花肠子是冲着忘川夜总会的佳丽们去的，绿头苍蝇却拐弯抹角找个借口说来看望老头子，白吃、白喝、白嫖不说，走的时候还得厚礼相送。自从阿松离世之后，林氏集团与郑先生的交往少了，眼下缺乏一个精明强干、胸有谋略的人重拾这档子友谊，在与狐狸打交道的过程中准确把握分寸，既能“腌臜一器”又头脑冷静，嗅觉敏捷。林志雄决定让林方成来尝试这个角色。

晚餐设在潮人码头二楼。从二楼落地玻璃窗望出去，夕阳的余晖洒在身姿秀丽的椰子树上，酒瓶椰漂亮、修长的羽状叶婀娜舒展，壮硕的花蕾从主干斜刺出去，像是一枚野战大炮的炮弹，墨绿色的弹体镀上一层落日的灿红。

三个人在宽敞的包房愉快用餐，林方成殷勤地劝酒。其间，在餐饮部任职大堂副经理的林向前冒失进来打招呼，林志雄一脸严肃，林向前识相地寒暄几句离开。天麻老鸽汤饮过的时候，潮式卤鹅、清蒸石斑鱼上桌。此时，林志雄一边向客人介绍菜品一边不经意地透露“梦幻世界”寻求卖家的讯息。

“您疯啦？！”郑先生睁圆了双眼，眼珠骨碌骨碌转。“林老板一本正经讲笑话，差一点连我这样的江湖老手都给埋进坑里。”他说。

“啊哈，大风吹倒趔趄汉。真这么遇巧还是你故作夸张之态呢？”林志雄面带戏谑看着他。收拢了笑，林志雄看着郑先生认真地说，“你知道，伊洛瓦底油田是个大项目，我们一期投资效果不错，接着要上二三期。也需要精兵强将派驻那里，我的精力毕竟有限，阿松多么能干，可惜了。”

“阿松是个好小伙，精明强干又善解人意。我一直蹊跷，阿松怎么就突然走了呐？我知道林老板既伤心又惋惜，可还是忍不住想知道详情。林老板，冒昧了，冒昧了。”郑先生说，在林老板的表情中看到一丝哀戚的影子划过。

“非常意外，一场车祸。唉，我们在这个场合不说伤心事吧。”林志雄把脸别向另一侧，喉结艰难地滚动，看上去在努力克制情绪。

“我们说回刚才的话题。有合适的买家的话，我们把投入‘梦幻世界’的精力、人力、物力、财力腾出来，一心一意把缅甸的项目做好，这才是正理。”

“楼盘倾注了林老板不少心血，也是一笔大买卖。不过，您说得对，伊洛瓦底那边才是一条大鱼，我的老板也很看重。”郑先生说。

林志雄聚精会神看着他的眼睛说：“当然，并不是非要出手。眼下的行情，地产项目一个劲地往上蹿，一天一个价，前景大家都看得到。亏钱的冤大头，我不会当。”

“林老板，您也知道，这是一桩大买卖，没有个几十上百亿的，吞不下这么大个盘子。饕餮巨鳄并不好找。”郑先生开始吊胃口。

“没事。目前只是个意向，项目还在日夜不停，大干快上。”林志雄平静地说。

“那，到底是卖还是不卖？”

“有合适的主，就卖；没有合适的，就按计划施工。”

“找到合适买家，报酬怎么说？”

“万分之一的操心费。你只需要动动嘴皮子，事成之后，属于你的中介提成过千万。”

“这样，加两个点，万分之三。这事签个文件，其他的我来张罗。”郑先生铮亮的光头在水晶灯下闪着无数星星。

林志雄看着对方，右手按住鼻子下的人中，沉思片刻，“算啦，我也不说一，你也不说三，我们都往中间靠，两个点。”林志雄看见郑先生点头认可，接着说，“君子一言，驷马难追。我们签个东西为证。不过，我答应你的条件，你也得答应我的前提，我们事先不垫付任何活动资金，事成之后按合同结算你的酬劳。另外，这是一桩开放的交易，任何金主都可以参与收购。如果有其他方向的买主进场，开出的条件合适，你不得以任何借口从中作梗。”他说。

“好！”郑先生说，他们碰杯喝酒。

石头仔带领他的小组在追踪白颈仔行踪的任务中进行了艰苦的努力，他们条分缕析，排查各种有效的线索，对于重点区域通过长时间梳理摸排，一根钉子牢固地钉在白颈仔老家所在街区开店蹲守。但是，那次在洪秀全公园放走宿敌之后，白颈仔彻底隐身了。石头仔的人马此后迅速进入城北的新华镇一带过滤搜寻，找到了那只狡猾狐狸藏身的街巷小楼，但他带着女人和孩子消失了。房东告诉他们，深居简出的胖子平日很少出门，离开时显得匆忙，仅携带了几件随身衣物就匆匆离去，连房东答应他第二天退还租房押金都等不及，一家人搭乘出租车连夜隐入华灯初上的夜幕中。

欧秃子临别交给房东一封信，说假如有一个名叫小忆的矮子来找他，就把信交给他。石头仔接过皱皱巴巴的信封，转手递给身边的小忆。小忆撕开信封，里面有一张烟盒锡纸，上面歪歪斜斜写着一行字："小忆：反骨仔，我不会放过你！"

儿媳预产期临近的时候，林志雄安排石头仔前往伊洛瓦底油田项目接替潇湘回来休假。将与石头仔同行赴缅的有一个新面孔，他是林志雄的女婿，名叫陈颂先，此前一直在家乡做一名普通公务员。按照林志雄的思路，女婿在家乡上班，职业稳定，对家庭体恤照顾便利，同时家乡那边有什么风吹草动也能一览无余。况且，女婿的父母是保守、谨慎的家风，对于风险、变化心存疑虑，对儿子扔掉铁饭碗投奔岳父企业打拼持反对态度，所以陈颂先一直置身林氏企业之外。但随着玉石和伊洛瓦底油田项目的进展，企业亟须忠诚可靠、年轻有为的新生力量充实队伍，林志雄终于克服阻力，让女婿进入潇湘核心团队学习、锤炼。

石头仔他们临行前一晚，林志雄在白云居召开小范围会议，单独研究如何处理柚叔的问题。莫木、王顺心、林方成参加了会议。从已经掌握的线索来看，柚叔借着玉石原矿采购的合法旗号秘密从事毒品贩运的行为已经坐实：他们把石头切割后掏洞，把密封的毒品藏进去，然后用强力胶恢复原状，连切口石皮都巧妙伪装，肉眼根本无法识破。那么，现在仅仅需要人赃俱获，让对方在铁证面前认罪服法。会议上，王顺心和石头仔主张斩草除根，不留后患；莫木的意见是逐出团队，留其一条生路。

"看在曾经一起出生入死的分上，让他终老家乡，成全他在家庭中的角色。这个，仅是我个人意见。"莫木说完，把脸埋进竹筒抽烟。

石头仔的忧虑来自他曾经的警察职业，他说："从我以往的经验判断，痼习难移。离开林氏大家庭，没有了羁绊，要不了多久，如果这个人重操旧业，可能危险性更甚。进了局子，那里面的手段，他什么都会招供。再冥顽不化的灵魂，都禁不起地狱般的严刑逼供。他既然曾经见利忘义，那么，在烈火炙烤下，他不会再顾惜他人。"

林志雄眼中透出黑死的光，他吩咐石头仔，在去往伊洛瓦底油田之前，绕道曼德勒，与林子彬和阿俊碰一次头。

"散会。"林志雄铁青着脸说。他准备第二天找莫木兄单独研究棘手的细节问题，手足相残，痛彻骨髓。但到了断腕求生的节骨眼上，林志雄不会犹豫，他相信莫兄也会权衡利弊，做出理性选择。只是，眼下，他和莫木需要一点时间来咀嚼消化。

早晨起床，天气就异常沉闷，气象预报说，台风要来了，登陆时间大致在两天后。林志雄约了莫木一早出去散步，在农场兜了一圈，信步进入密林，向湖岸而去。一路上围绕柚叔的事权衡利弊。返回农场的时候，他们已经达成共识。

农场小楼前停着一辆红色摩托车，一个样子敦实的农民蹲在台阶上吸烟。见到林志雄和莫木回来，起身相迎。他是山下村子里的村支书李金柱，猪仔。寒暄过后，三人进入农场接待室喝茶。金柱此番前来，是为山下公路的修缮事宜。那条公路使用有些年头了，水泥路面老化，加上平日严重超载的大货车碾压，路面碎裂、塌陷情况严重。猪仔他们已经连续几年向上级政府申请了修路资金，政府也派出人员实地察看道路现状，今春终于同意立项推进此项工作。道路在原基础上适度拓宽，路面重新浇筑。但政策拨款只拨付总施工预算的一半，其余部分由村里自筹。村委会几番研究，考虑到农户经济收入并不富裕，村民按照家庭人口数量集资一部分，剩余缺口看看农场能否给与支持。猪仔脸膛黑红，语气谨慎，鼻头上渗出细密的汗粒。

林志雄询问了资金缺口额度，实事求是告诉猪仔目前企业正集中全力推进“梦幻世界”大楼的打造，流动资金也不宽裕。他答应先期赞助缺口的三分之二，其余部分年底之前安排到位。

金柱松了一口气，见林老板如此诚恳和实在，他也说出村委会研究决定的一项动议：把农场大路出口与公路交接丁字路口的一小块荒地作为补偿，赠送给农场，那里可以建几间房子作值班门房。

事情得以圆满解决，猪仔神情轻松地告辞了。

不久，公路施工开始了。莫木牵头带领施工队在丁字路口荒坡那里推出一块平地，在那里建起了四间简易的红砖瓦房。房子建成，公路施工差不多也已完工。一天，常年在农场帮工的一位村民带着儿子来见莫木，说打算租赁此处开设一个汽车维修店，他的儿子此前一直在佛山的一家大型汽车维修厂打工，眼见快过成家立业的年纪，一直在外漂泊，没有物色到合适的女孩拍拖。家人担心长此以往儿子会成为光棍，就打算租赁了此处车来车往的路口开个小店，一方面有个营生小本经营，另一方面离家近便，也方便见个女仔，勾连感情。莫木找雄哥商量此事，雄哥询问了那家人的底细，就给出了一个令莫木吃惊的低价。“交给他们父子吧。但是，有一个条件：盯住路口的动静，有什么疑点及时向你反馈。让他们醒目点！”

这样，不多几日，丁字路口的瓦房前面竖起了一块简易的喷绘广告牌，上面写着“摩托车、拖拉机、汽车维修；风炮补胎、水箱、油箱补漏”等内容。林志雄早晨出行的时候，偶尔在丁字路口放慢车速，满脸微笑地与那对父子打个招呼。他对这项交易满意，一举两得的事情，他总能处理得溜光水滑，无懈可击。如果把这儿作为农场前伸的门房，还得安排执勤守卫，支付值守人员工资；现在半租半送，既落下人情，又巧妙地设了眼线，何乐而不为呢？

潇湘与郝琪的第二个孩子顺利降生，诞下的男婴健康可爱。命名将在满月宴时对外正式公开，潇湘给孩子取名林祖安，直接使用了潮汕家乡的地名。林志雄取笑儿子偷懒，但也认为这个名字挺吉利，没有什么不妥，林氏一族祖祖辈辈勉力以求的不就是为了告慰祖先、让故人安心吗？于是，这个大部分时候都在酣睡的新生儿就叫了这个名字。

下午约三点钟的时候，墨染突然从香港打电话，告诉父亲一个令人震惊的消息，钟先生发生意外，目前已经身亡。大致情况是这样的：清晨的时候，一个村民在先生住地南面山坡放牧一群黄羊。羊群从西向东依次啃食挂满露珠的嫩草，但在接近钟先生住宅围墙外陡坡的时候，羊群开始掉头。这让牧羊人感觉蹊跷。他努力想驱赶羊群按照往常的觅食习惯迎着朝阳往前，羊群发生了小小的骚动，它们抬头露出惊惶的样子，不住地咩叫，抗拒主人的意图。这让牧羊人既困惑又意外。他抬头看向升上洋面的红润、新鲜的朝阳，洋面银亮，铺满绯红的色彩，而远处的洋面依然是黑沉沉的蓝。草尖的露珠晶莹闪烁，在二三十米远的斜坡处有一块巨石，巨石下方的荒草丛露出一个白色的物体一动不动。牧羊人不知道那个白色的东西是什么，往常，这荒僻的野坡除了杂草就只有几块隆起的灰色石头，还有直通通掠过的海风。他向那里走去，想一探究竟。在接近目标的时候，他看见那个白色物体是一个躺卧的人。牧羊人惊了一跳，壮胆走近细看。那人死了，满头白发，赤脚，尸体冰凉，头上有几处伤，血迹洒满白色衣物。牧羊人大为惊骇，他开始大声喊叫，羊群也挤成一团，发出惊诧、惶恐的咩叫。四周空无一人。死人面孔朝下，陡峭岩石的上方是钟先生住宅静默耸立的围墙。牧羊人慌慌张张走向羊群，那一刻，他似乎明白了羊群止步不前的原因了，畜生应该比它的主人更早嗅到了血腥味，感觉到了不祥。

牧羊人急匆匆回到村里，消息一下子传开。不久，警察就到了现场。警察拍完照片，察看痕迹，对牧羊人做了询问笔录，也到附近住户走访了解。到中午的时候，大致确认死者的身份，单等死者亲属前来辨认确证。蕙兰接到警方的电话急匆匆赶回来，见到父亲遗体的那一刻当即昏了过去。

林志雄到医院的停尸房见到了白布覆盖的钟先生，揭开布单一角，先生扭曲的面容让林志雄心惊，满头白发像枯草一样凌乱，头颅有几处致命伤，血渍布满脖颈，白色睡衣的领口和前胸血迹斑斑。

蕙兰在医院三楼打点滴。林志雄走进病房，蕙兰躺在病床上，面色憔悴，双眼闭着，全然失去了往日优雅、娴淑、光彩照人的神韵。病床边有一名妇人，应该是钟家的亲属，她向走进来的林志雄点头致意，双方都未说话。林志雄搬来一张椅子，轻手轻脚放在床边坐下。这时，蕙兰睁开失神的眼睛，泪水无声地顺着眼角流淌。林志雄紧紧攥住她的小手，一句话都说不出。

蕙兰不住地流泪，那妇人一边跟着垂泪一边轻轻给蕙兰擦拭泪水。

林志雄用极低的声音对着蕙兰说："逝者已矣，生者保重。相信我们一起定能度过艰难时刻。"

蕙兰的喉咙发出窒息般的霍霍声，胸部剧烈起伏，哽咽加上巨大的喘息，让林志雄担心她崩溃。他更紧地握住那只小手。但这个坚强的女人自始至终没有哭出声，家教、尊严、理性让她牢牢守住底线，在厄运和意外接踵而至的时刻不至于失控和崩溃。

蕙兰双唇颤动，似乎在喃喃自语。她示意那个陪护的妇女离开。

林志雄俯下耳朵，这时，他听清对方断断续续地说："我知道是谁干的。"她急促地喘息，"警方说……父亲凌晨攀爬围墙，不慎坠亡。他们说在围墙上见到明显的攀爬痕迹，头上的致命伤符合物理撞击特征……一个七十八岁的老人，怎么可能从院内徒手爬上两米高的围墙？况且他仅穿着睡衣，为什么要翻越围墙？是什么驱使？死亡时间到底是深夜还是凌晨？父亲有早起遛马的习惯，如是这样，他的做派是全套马服隆重着装，他说这是对他的宝贝最基本的尊重。而我们见到的却是一名赤脚穿着睡衣的人？……我知道是谁下此毒手。有人在危机中想要自保，于是灭口，不留一丝痕迹……可我和父亲都已放下，谁也不愿意再揭开伤疤……"

黄昏时分，林志雄准备驱车前往钟先生住地。墨染也赶来了，但父亲考虑案发现场有警员值守，为避免节外生枝，就让儿子留在蕙兰身边陪伴。夕阳西下，珠江入海口壮丽的洋面洒满金光，远洋货轮铁锈红的巨大舰艏划开水面，静静驶过。林志雄进入钟先生院落，那里有一名警察。

"做什么的？"警察问。

林志雄回答："受死者亲属委托，过来看家。"

“后院围墙那里拉了警戒带，请勿靠近。”

“好的。”

林志雄在院子里看过一遍，准备去后院马房看看。侧门敞开着，他走进马场。靠近南面围墙拉上了醒目的警戒带，有两名警察在那里。一名警察走过来盘问，林志雄又把刚才的话重复了一遍。

进入先生的马厩，那匹没精打采的白额枣红马低头沉思。另一匹黑马竖直了脖颈，睁着机警的圆眼睛注视来人。石槽空空如也，看来，马儿已经一整天没有进食。他搬来一些草料，又在石槽里注满清水。其间，一个警察过来查看过一次。

林志雄回到前院，在亭子那儿坐下，点上一支烟。一切都发生得如此突然，他回想起在这儿饮茶、聊天、享受美食的那些美好时光，往事一幕一幕，恍如眼前——活生生的人和历历在目的事。他试图把老朋友离奇、不幸的惨死理个头绪，想起蕙兰的哭诉，想起先生与梁鸣的那次激烈的冲突，先生之死令人疑团丛生。一个白发苍苍的老人，人畜无害，虽然偶尔酒后狂言妄语，愤世嫉俗，狷狂孤傲，但终究是夕阳晚景，背影渐去。那么，是什么力量支撑他艰难攀越高高的围墙，又坠落悬崖而逝呢？一位白发苍苍的老人真有那个体能爬上高高的围墙？那么，是歹人入内，谋财害命然后制造坠亡现场吗？可先生所有房间整洁有序，未见异常，一对产自越南的优质橡胶拖鞋还摆在床榻下面，床被揭开，看得出是先生起床时留下的痕迹。室内丝毫看不出打斗、翻找财物的任何蛛丝马迹。

那么，如果这事就是冲着先生性命去的，谁又有急不可待的动机而且操作得如此严丝合缝呢？顺着简单的推理延展下去，林志雄感觉不寒而栗。

暮色合围，林志雄枯坐亭间。水塘里开着黄色的睡莲，天鹅无影无踪，不知道游到哪个临水的树丛下隐藏。他回想起与梁鸣的南屏山之行。

在风雷观老道长的安榻之所，林志雄将梁鸣引荐与先生。梁鸣怅然若失的样子，欲言又止。林老先生探询身份尊贵的访客的来意，梁鸣似乎从牙缝里挤出一句“世外高人，请不吝赐教”，然后就沉默不语。道长面容平静地看着对方说：“这世间，从来就没有什么世外高人。圣人不死，大盗不止。”老人说完，安静地等待对方开口。屋里的空气凝固了一样，梁鸣耐住性子，不再说什么。林志雄借口去看望弟弟志婴，把顾虑重重的梁鸣留在道长的厢房，他想，他应该回避。

他们谈论了些什么，林志雄无从得知。

风雷观脱胎换骨，修葺一新，全然没有了先前残破的模样。志婴领着兄长在前院、后殿参观游览一圈，在一处浓荫遮蔽的石桌那儿坐下喝茶。志婴一副道士的装束，青袍白巾，盘腿打坐在石凳上，目光平静、怡然。从那儿，可以远远看见道长那扇敞开的静悄悄的厢房门。

午后异常炎热，蝉鸣单调、枯燥、令人昏昏欲睡，时间也仿佛在昏睡中停滞。大约两个时辰过去，道长的厢房传出动静。

道长在叫元婴道人的名字，林氏兄弟快步进入厢房。

梁鸣坐在道长对面的长凳上，双手扶膝，一脸困倦。

道长吩咐元婴道人准备笔和纸。

“既然客官心门紧闭，老道亦是爱莫能助。施主远道而来，也不好失望而归。请在纸上写一个字，贫道拆解试试。”先生说。雪白的胡须在面部肌肉牵引下微微颤动。

梁鸣脑海一片空白，想起了年轻时候喜欢阅读的一本小说。用毛笔在草纸上落笔，写下“紅巗”二字。

“红岩”二字的繁体常人并不熟悉，但黄色草纸上的两个字写得笔画工整，结字紧密，中心排列密不透风。

“燃烧的石头。”老先生说，像是自言自语。

梁鸣问是何意。

先生沉吟未答。

良久，先生在草纸上写下一个“走”字。“客官内心煎熬，烈火熊熊。三十六计，走为上。”先生搁笔说道。然后，把目光移向门口的亮光，再不说话。

送别的时候，志婴把一包草药递给兄长说：“母亲膝盖有疾，这是我在山中采拾的草药，浸酒服用。”

梁鸣满怀心事，已经独自走远。

“师父捎话：远离此人。”婴儿低声说。

钟鼎文先生的遗体一周后在公墓下葬。尽管蕙兰高度怀疑一个人有作案动机，但她没有任何实质证据。她向林志雄出示了一张父亲留下笔迹的纸片，那是她整理父亲遗物时在他工作室的一堆设计图纸中发现的，那张纸正面题头写着“梦幻世界一楼建筑装潢平面示意图”，图纸呈现出“梦幻世界”大楼一层的图样，上面密密麻麻布满几何线条和阿拉伯数字。看来，钟先生在突发意外之前悄悄地为未来“梦幻世界”装潢设计绘制蓝图。蕙兰翻到图纸背面，在图纸背面下方，有一行铅笔匆匆写下的潦草文字：“古惑仔，来吧，有种你杀了我！”林志雄知道，古惑仔在广府俚语中指阴险奸诈之人。他隐约预感古惑仔是谁，但不敢再往下推测，当可怕的算计迫近钟氏父女，因为女儿远在异乡，先生却浑然不觉。

蕙兰走了。临行把出售祖屋与马匹的事项全权委托给林志雄办理，在墨染的陪同下，她离开伤心地。此后，一直定居香港，再未踏足这块她出生、成长、留下许多美好回忆也撕裂她内心的故土。

潇湘的儿子林祖安的满月宴正值周六，林家的亲朋好友如约而至。男女老少坐满十桌，墨染和莫林鹏也从香港匆匆赶来参加新生男丁的重要庆典。依照林志雄以往低调、内敛的行事习惯，他早先主张晚宴在白云居以家族内部聚会的形式小范围举行，但架不住众人的推波助澜，也担心一些热心又多心的亲友因为未被邀请而生了嫌隙，就一下子扩大了规模。用餐地点在潮人码头，餐后唱K、歌舞环节就设在忘川夜总会的顶楼大厅。

宴会上，潇湘的岳母出尽风头，骄傲的姿态与强势性格让她像个吸毒过量的人一样兴奋、飘忽、按捺不住。她像一只穿梭在花丛的蝴蝶一样忙碌，纵声大笑，拉尖嗓子呼朋唤友，还从女儿手里不由分说搂过襁褓中的婴儿，像俘获战利品一样高高举起，在空中摇晃。林志雄看见娇弱的孙子在外婆手中玩成了拨浪鼓，一脸愠怒，碍于场面，直皱眉头。

用餐完毕，林志雄接到柚子从曼德勒打来的祝贺电话，聊了几分钟，嘻嘻哈哈，都是一些场面上的应酬话。

林志雄想躲开那个女人，眼不见心不烦，就和莫木、林普德等几个人出了大厅，往夜总会去。在夜总会一楼入口，林志雄还叮嘱那里值守的保安提高警惕，勿放陌生人进入包场。

夜幕降临，街灯璀璨。大堂副经理林向前殷勤地陪潇湘岳母最后出来，一路搀扶脚蹬高跟鞋的女人下阶梯，防止她摔倒。林母、林嫂她们已经乘车回家。

这时，有两个年轻男子手捧鲜花迎过来，满面笑容叫她“伯母好”。她并不认识他们。林向前说餐饮部还有事招呼，他晚些过来听她一展歌喉，就离开了。

那两个男人亲昵地告诉她，他们是潇湘中学时期的同学，在潇湘婚礼的时候见过伯母一面。此番打听到潇湘儿子满月宴，偷偷过来恭贺，想给潇湘一个惊喜。他们还嗔怪潇湘的喜事忘了老同学，害得保安不让他们入场。打扮妖艳的老女人就为女婿打圆场，说了一番客气话。一名男子向她赠送一块包装华丽的女士手表，央求伯母带他们入场，说暂且为他们保密，以免泄露了老同学的一番小心思。

“走，跟我来吧！”她说，仰天大笑。

岳母领着两个手捧鲜花的男子走出顶楼电梯的时候，幽暗的舞厅里传出悦耳的歌声，有人在引吭高歌，有人在舞池跳舞。那两名男子进来，在角落的一张小圆桌那儿坐下，怀里抱着花束，半遮面孔。天花板下的滚灯洒出五颜六色移动的光点，服务生在桌子之间穿梭，殷勤地为客人呈上果盘、酒水。

众人献歌大约进行了三十来分钟。投向舞台中央的雪白追光灯亮起。一名口舌伶俐的男主持走进灯光里，说了一段文采飞扬、激情洋溢的开场白，邀请潇湘夫妇和晚会的主角上场。林志雄和莫木坐在舞池边缘的高背椅那里喝茶，饶有兴致地看着儿子一家三口上场，林荔儿就坐在他身边，晃悠着悬空的小腿儿津津有味地舔舐手中的冰激凌。

“林祖安！”主持人煽情地叫出婴儿的名字，台下掌声四起，跟着主持人一遍一遍大声叫起来。潇湘把襁褓竖起来，那个男婴红润、弱小、楚楚可怜，在刺目灯光下睁不开眼睛，听见众人的喧嚣，惊惧地哇哇大哭。

音乐声再次响起，潇湘夫妇为孩子献唱了一首歌曲《你是我的生命》。

歌曲尾声的时候，两名服务生受客人委托手捧花束穿过舞池，把客人的祝福带给舞台上的主人。潇湘和妻子接受沉甸甸的鲜花，他向服务生询问。林志雄看到服务生手指大厅的角落向潇湘说着什么。炫目的舞池灯光里，潇湘什么也看不清楚，便向那个方向礼貌地挥挥手。林志雄此刻感觉到反常，他向莫木耳语，然后两个人一前一后走向角落那桌。

这时，两声巨大的爆炸在身后响起，幽暗的大厅里一片尖叫声，桌子翻倒，玻璃碎裂声不绝于耳。

林志雄发疯一样折身扑向舞台，莫木飞身冲向两个陌生人所处的位置，墨染猫着身子朝陌生人的角落奔去，一边摸出手枪，朝两个逃跑的身影开枪。

林志雄搂起仰面朝天的儿子，追光灯照着潇湘恐怖的脸：潇湘的眼球已经炸飞，留下两个乌黑的空洞，没有了鼻子，炸裂变形的下巴连着腮帮子的筋骨，两只手消失了，胸骨以下是一个深陷的血肉模糊黑坑，内脏不翼而飞。

林志雄大声喘着粗气，呼叫潇湘的名字。潇湘浑身血污，身体抽搐。

“赶快，去医院。备车！”林志雄大声吼叫。儿媳郝琪倒在不远处，她的父亲正歇斯底里地呼叫女儿。林志雄四下扫视，没有看见孙子林祖安的影子。舞厅远处灯光幽暗的出口方向传来密集的枪声。

林志雄跪在鲜血淋漓的舞台地板上用力抱起潇湘，准备将他背着赶往电梯。这时，儿子把脸贴在父亲面颊上，喉咙发出霍霍声，嗓子似乎被什么东西卡住了。音乐声停止。

“儿子，挺住。我这就带你去看医生。”林志雄说，尽力抑制自己急促的呼吸，紧紧搂住潇湘的后脑勺。

这当儿，林志雄听到潇湘喉咙里挤出微弱的、断断续续的嗫嚅：“……爸爸……救我……”。

惊魂未定的林普德过来帮助林志雄把儿子放在脊背上。血，大量的、无法控制的血，顺着林志雄后背的白衬衫往下流，似乎在一股一股渗入父亲的脊髓里，生生剥蚀他的灵魂。林志雄心急如焚，跨下舞台三级台阶，没走几步，他感觉背上的儿子身体突然一沉。他明白，一切都无济于事了。

潇湘死了，他的妻子和襁褓中的孩子一同死于非命。可怜的新生儿林祖安，出生刚满三十天，就在父亲的怀抱中被那束鲜花掩藏的炸弹夺走生命。刚刚满月的婴儿被炸得粉身碎骨，尸骸全无。

两个实施爆炸的陌生人中一人当场中枪而亡，另一人受伤后死亡。从墨染掌握到的证据看，两人均来自湖南，他们驾驶一辆湖南株洲牌照的猎豹越野车，就停放在沉香大厦的地下停车场，准备作案后驾车离开。从一个人裤兜里还搜出一张酒店的住宿房卡，二人三天前就入住沉香大酒店，在此逡巡踩点。林氏家族内部的人泄露了这次生日聚会的详情，二人接到的指令是两枚炸弹将林志雄和潇湘父子送上西天。幕后发出指令的大佬在株洲开设了一家陶瓷洁具厂，未曾露面，只在电话中交谈过一次，听口音是个广东人。委托这项刺杀业务的中间人先期支付了五万块钱，说事成再付三十五万元。他们在生日宴那天远地里窥视林志雄时，感觉到了林氏掌门人警惕、不怒自威的气场，也苦于一时找不到恰当的时机，眼看庆祝活动接近尾声，于是就匆匆下手。林向前接受贿赂后提供了协助，他应该没有预判到事情的严重后果。于是，把潇湘岳母指认给二人，然后自己洗脱得干干净净。愚蠢的女人没有多想，就糊里糊涂带人入场。门口的保安见识过这个飞扬跋扈女人的脾气，没敢多问，就放一行三人入场。

林向前很快人间蒸发。

在祖安村料理潇湘一家的丧事遇到了一场大雨，众人冒着瓢泼大雨把棺椁送上山坡祖茔，在压抑、肃穆的气氛中埋葬了不幸的一家三口。葬礼完毕，众人散去，林志雄在雨后空空落落的大宅子里感到分外凄凉和冷清，心情低落地沿台阶下到乌溪边的休闲平台，石桌和地面落满枯黄的竹叶，雨后上涨的浑浊河水淹没了亲水平台，水面裹挟着枯枝败叶正疾速向下游逝去，水声呛呛嗡嗡，细浪奔涌追逐，水面浩浩汤汤。他独自在那儿坐一会儿，站一会儿，望着飞逝的河水发愣，内心五味杂陈，思绪如浊浪翻滚。

返回院子，林志雄准备去妈祖庙上香祈告。女儿为他准备好贡品和香烛，林志雄谢绝女儿的陪同，独自一人低头出行。路过林散子幺叔的大屋，远远就听到大屋院内传出歌吟声：

乌溪长流兮东到海，
南屏道影兮暮鼓咽。
眺长空落日兮岁暮寒，
驭白云牡马兮意阑珊。
意阑珊不觉须染，
哀徙民困毙墟野之畔。
望江河若黄泉兮，
叹荒冢孤烟之虚幻。
邀残月泛舟远渡兮，
独癫行而怆然……

无数个浑浑噩噩的白天与黑夜，林散子在漫长的孤独中一直生活在他与虚构的人物天马行空、幽暗辽阔的精神对话里——活着的，还有早已安歇于祖茔的；神话传说中的，当然更多的是早已在幽冥的地下墓园沉睡千年依然影响世人的。他与那些飘浮在红桁蓝桷老屋下的灵魂漫天长谈，在散发浓郁霉味的逼仄书房与往圣绝学据理力争，咒骂那些鬼鬼祟祟的蟑螂和瓦槽缝隙里蛰伏的蝙蝠，有时滔滔不绝，口若悬河，有时仰天长啸或者扼腕顿足，但更多的时候是心如死灰的沉默不语。

林志雄在妈祖庙上完香烛，在大榕树下伫立，望着古老的青石桥发呆。这时，均伯走上岸堤向他而来。“我去了你家，你女儿说你独自出门给妈祖上香。我挂心你，就寻来看看。”均伯说，铁灰色的长寿眉在瘦削的脸上分外醒目，也让这张脸显出沧桑、深刻和派头十足。

二人在树下站着抽烟，林志雄依然心事重重的样子。均伯提议不如去到散子老屋坐坐，饮茶散心。

进得屋来，散子此刻正在书房的木桌前用毛笔抄写诗词，抬起茫然的眼神看他们，手里握着细杆毛笔。

在书房坐下，散子起身，但依然一副不知所措的样子，脸上的神情似笑非笑。

“阿雄，我知道你回来了。”散子说，没有看谁。

“适才路过，听幺叔在唱一首古歌？”林志雄搭话。

散子似乎魂不守舍，梦游一样木木讷讷的样子。“老古董，楚歌调。”他说。

“我们要饮茶。”均伯看着散子，宽厚、慈祥地笑着说。

“……哦！”散子应一声，提了茶壶出门盛水。

回来在炭炉上烧水，大家安静坐着等待，一时无话。木桌上，那只乌龟歇在枯枝上，一动不动。

散子手肘支在桌上，双手像个孩子一样捧着下巴发呆，似乎陷入沉思默想。

水壶在泥炉上发出咕嘟嘟的煮水声。枯枝上的老龟犹犹豫豫探出半个脑袋，乌溜溜的眼睛流露出警惕。

“黑帮！全他妈一路货色。”散子突兀地大声说。

林志雄惊了一跳，忽地一下站起来：“谁？”

“那些帝王！”散子接着放缓语调，像是自言自语，“自有象形文字记载以来的所有帝王，都是一群窃国大盗！”他说。

返回白云居，林志雄依然沉浸在悲伤之中。激烈的商场竞争和财富神话从本质上来讲其实就是一场幸存者的残酷游戏，活到最后的才是赢家。就像开海节当天码头上桅杆林立、万舟竞发的场面，出海人谁不指望此行满载而归呢？然而，返航归来，大部分船只空空如也，失望和疲惫挂在脸上；有人可能遭遇不测，一去无回；也有人贪得无厌，落得个船沉人湮；当然，在茫茫大海葬身海盗或者同行暗算的也大有人在，渔船在洋面最终变成“幽灵船”。每一个人都竭尽所能地活下去，在那些风和日丽的早晨向海而生。可是，末了，能在漫长赶海生涯生存最久、笑到最后的人屈指可数，幸运者除了妈祖林默娘的护佑，能在自己老屋安享晚年的出海人都是处变不惊、洞悉危险、笨拙寡言的人，不喜也不悲，不贪也不嗔。某个时刻，当突然面对不期而遇的鱼群，临近水域的捕捞船蜂拥而至。面对其他年轻船主恶语相向、冲撞驱赶的时候，老渔民也只是独自驾船远去，失望地游弋向浩瀚无垠的远海寻找机会。他们总在想，海天之间，或许有一丝缝隙可以让他衰老的渔船侧身而过，在某处黑黢黢的洋流里收获点滴。然后，在夕阳的霞光映红海面的时候，让他平安驾船回到翘首等待的老伴身边。

难以忘怀的是一些人和一些事，搜肠刮肚的饥饿，惊魂不定的冒险，至亲至爱者的离世，血肉模糊的迎头打击，等等，而那些不在林志雄记忆中的一晃而过的童年、指缝中轻易漏掉的庸庸碌碌的日日夜夜就像夜空中忽隐忽现的遥远星斗。穹隆笼罩，星空包罗万象，深邃如吸食灵魂的洞窟，难以描绘，想要诉说却找不到起点和终端，正如纷乱的人生。

事实却是，对于绝大多数人而言，他们的一生，连那些记忆碎片都没有，结尾只有一个句号，戛然而止，中间一片空白。

林志雄在书房一边喝茶，一边陷入苦思冥想。

莫木过来陪他散心解闷，两人不自觉又返回工作状态，他们商量尽快出发去往株洲，寻求“湘西王”的帮助，以便尽快找出爆炸案的幕后主使。按照父亲的吩咐，墨染即将带领林荔儿远赴香港定居。出发前一天晚上，墨染和阮望京秘密商量一件即刻需要处理的事情。第二天上午，阿阮带着几个人敲开潇湘岳母的家门，使用最粗暴的手段恐吓那对夫妇离开花城。

那女人歇斯底里喊叫，在地板上撒泼打滚。“我女儿尸骨未寒，刚刚入土，林家人就做出如此丧尽天良的举动。”她披头散发，高声号叫。

阮望京一只大手捏住她的嘴巴，另一只大手抡圆了使劲击打她的腹部。那架势，大有置人于死地的狠劲。

岳父挣扎着试图摆脱两个凶神恶煞大汉的束缚，“我们要见林志雄，驱赶我们离开花城也应该由他亲自来知会我们！”他说。

“呸！你们不配。”阿阮扭着脖颈看那人，目光喷射出熊熊烈焰。他从腰间嗖一声抽出一把雪亮的西瓜刀，“听着，赶快收拾行李滚蛋。警告你们，回到老家之后缝住嘴巴。如若张嘴乱说，你们死都不知道怎么死的！”

阿川，那个当年在危急关头用摩托车搭载墨染逃离的潮汕人掏出手枪，咔哒一声上膛，把枪管塞进岳父嘴巴里。“听清了？嗯？！”他咬着后槽牙朝他大声吼道，一股灼热、强烈的气流喷在老头儿脸上。

岳父像小鸡啄米一样鼓着眼球使劲点头。

墨染和荔儿乘机抵达香港，香儿在机场出口迎接。一天后，一行三人又从机场搭乘航班飞往雅加达，在那里逗留几日，然后持印尼护照飞往曼谷。他们在那里将等候一个背景不俗的人协助办理泰国的入籍手续，登记结婚，一家三口再返回香港。墨染知道，这种频繁的身份转换、姓名变更，有利于隐藏和保护身处狂风暴雨中的自己和亲人，此刻，他更加牵挂处于风暴中心的父亲。

林志雄带着三个精兵强将驱车抵达株洲。为了高度保密，事先没有知会王家槐。然而，在“湘西王”的老巢并未找到王家槐。从前气派热闹的总部大楼人去楼空，看上去发生了某种变故。

林志雄去往街道对面的一个小卖部，那里是“湖南帮”的一个秘密联络点。守店的是一个五十多岁的男人，模样憨厚，少言寡语，嘴里嚼着槟榔。林志雄此前曾见过店主一面。

林志雄进入小店买烟，此时并无其他顾客。付钱的时候，他向店主报上自己的姓名。“我从南边来，有要事面见王家槐。”他低声说。

“我认出你了，你们的车子在对面大楼那里逗留，我就已经留意到了你们的车牌。林老板，请稍等。”店主打量了一眼明晃晃的街道，低声嘟哝，“到处都可能有条子的眼线。”说完进入里间，开始用株洲话低声讲电话。

“半小时后，有一辆灰色皮卡过来买烟卷。有人过来接待你。”店主从里屋走出来说。然后，把林志雄让进柜台内的一张藤椅上就座。

不久，一辆浑身泥浆的皮卡停在小店门口。从车上下来一胖一瘦两个男人。林志雄认出，那个胖子是聪仔。聪仔用目光向林志雄致意，取了一盒“芙蓉王”香烟。

“开车吗？”聪仔低头问。

“是。”林志雄回答。

“跟着我们的车。”说完，二人出了店走向皮卡车。点烟的时候，聪仔用余光看了看炎热太阳下街道上零星的行人。

在郊县紧邻湘江的一户农家院里，林志雄跟随前车驶入庭院大门，皮卡车则转身驶离。铁皮大门随即咣啷一声关上。锁门的男子领着林志雄一行从后门进入房间。

幽暗的光线下，林志雄见到沉默的“湘西王”。大家坐下后，王家槐招手让林志雄跟他进入侧屋。

在那里，林志雄大致了解了“湖南帮”目前遇到的麻烦。由于“湘西王”过于张扬的做派，招惹上了大麻烦，株洲警方已在全城范围追捕这个势力猖獗黑帮组织的主犯及其党羽。这种东躲西藏的日子已经持续了三个多月，门下除了已经落入警方手中的几个兄弟，其他人已化整为零转移到湘西和山城重庆一带藏匿。从王家槐的言谈举止中，林志雄感觉到，眼前的大个子正在火焰上舞蹈，重重危机让这个平日里高调、自信的男人变得压抑，谨言慎行，满腹心事。

林志雄讲明来意，潇湘一家三口的暴亡也让王家槐震惊。尽管“湘西王”目前仍处于警方通缉之下，但他绝不会袖手旁观。

“雄哥提供的线索应该已经足够，两个杀手的身份信息、车牌号码、陶瓷洁具厂幕后的广东人，这些已经有了大致的眉目。在我王家槐的地盘捅我大哥的刀子，这也他妈的太疯狂了。大哥先安顿住下来，少安毋躁，我即刻遣人暗中摸底，每晚会由聪仔单独过去找大哥反馈情况。”王家槐说。

“切勿打草惊蛇。冤有头，债有主。我一定要亲自了结这桩恩怨。”林志雄紧紧握住对方的大手，拥抱后离去。出门前，王家槐递给林志雄一张纸条说：“紧急情况打这个电话找我。”

第二天傍晚，聪仔敲开林志雄他们落脚的酒店房门。情况大致已经摸清：位于株洲城北的丘陵地带有一家陶瓷洁具工厂，生产经营超过五年时间。这家名叫“玲珑陶瓷洁具厂”的创始人是个福建泉州人，因为嗜赌成性，屁股后面一堆烂债。因债主相逼，大约半年前将工厂低价转手给了一个广东人经营。广东老板非常神秘，从佛山聘请了技师和经营团队打理，自己较少抛头露面。这人姓欧，见过的人说，那人是个矮胖子，最醒目的是他有一个肉球般的大鼻子。这几天，工厂大门紧锁，说是在设备检修。

株洲城不大，在神通广大的“湘西王”的地盘上，要找出一个外乡人的踪迹，对他们来说并不困难。又一天过去，聪仔他们已经准确掌握了欧老板隐居的地点。

时机成熟，线索清晰，林志雄当机立断决定出手。王家槐调集了可靠的兄弟充当向导和外围松散警戒，林志雄的人直奔工厂而去。

然而，撞开工厂紧锁的大门，厂区已经空无一人。

他们转头赶往白颈仔的租住地，那里人去楼空。听房东用株洲话跟聪仔讲，租客几天前就带着老婆孩子走了，隐约听欧老板的女人说，老公在广东那边的两个兄弟出了事，一家人要赶着回去。林志雄判断，那女人所说的兄弟也许是指两个实施爆炸的年轻人。白颈仔拖家带口离去，兴许是听闻了什么风声再次躲藏，不一定就真的返回广东。依照他对狡诈成性的白颈仔的了解，说不定，在这里的某个窗户后面，白颈仔留下的线人正秘密地观察他们。

林志雄决定先行撤离株洲，再暗中派遣熟悉湖南生活的小忆和另一个可靠的部下埋伏株洲进一步观察、摸排线索。

与此同时，忘川夜总会已经对外封闭，重新全面装修。沉香大厦投入运营之前，林志雄就把夜总会和桑拿浴两个娱乐项目整体承包给了一个香港人经营。一方面是引进灯红酒绿的香港夜生活成熟、完整的运营模式，另一方面也是想在这个风险项目上加筑一道防火墙。娱乐项目如果没有活色生香的肉体诱惑男人的胃口，那么，生意将难以为继。顶楼夜总会发生了恶性爆炸案，出于掩盖和清洗现场的需要，必须紧急启动这一措施，血肉飞溅的现场一定要来一次从天花板到地板全方位的铲除、清洁，然后全面包装，面目一新，然后再以崭新的形象开门纳客。

尽管采取了严格的消息封闭手段，警方灵敏的嗅觉还是伸到这里。两个星期后的一天，三个警察不请自来。他们径直进入正在装修之中的顶楼现场。那时，舞厅的旧设施已经清理一空，墙皮、地板革早已铲除运走，填埋于荒郊野外，厚重的窗帘全部拆走焚烧。在装潢材料成堆的施工现场，刺耳的切割机正抛出浓密的粉尘。

警察见到了香港掌柜古先生。

“这里发生过事情？”一个警察问。

古先生回答：“是的。”

“什么事？”

“一场电线短路引起的火灾而已。”

“出了大乱子？”

“没什么大碍，烧掉了部分窗帘和木格吊顶。现在要费事重新翻修。”

“有人受伤吗？”

“冇。”

“跟我们去趟派出所，协助落实一些传言。”

古先生跟随警察走了。一个身上拴着工具包的年轻电工密切地留意眼前发生的一切，见警察进入电梯，迅速走向消防疏散楼梯，低声向林老板电话汇报。

“嗯，我知道了。没事，古先生是个老江湖，他知道怎么应付。”林志雄用潮汕话宽慰电话里的人。

果然，三小时后，未等林老板疏通关系，古先生启用自己的人脉顺利返回。

晚上，林志雄和外甥王顺心在二楼书房饮茶。不久，莫木进来，大家一起商量集团公司高层开会事宜，主要是如何化解爆炸案对企业人心的影响，消除负面情绪，杜绝谣言传闻，平复创伤。会商一直持续到深夜。告辞的时候，莫木向雄哥告假，他说想利用周末赶回十万大山老家一趟。他的一位舅父终老故里，舅父生前曾有恩于莫家。莫木已经有很多年没有回过故居，此番借助奔丧的时机，想回乡了却一些人情，带妻子木莲和儿子莫林鹏一并到祖坟上香。

“好啊，应该的。莫兄快去快回，非常时期，你是我的重要支柱。一个好汉三个帮，此前，我一直因拥有你和柚子而骄傲，可是，你知道，一根支柱摇摇欲坠，就剩你坚定地站在我身边了。你在，我心里就踏实。”林志雄诚恳地抓住莫木的双肩说。

莫木启程的那天上午，林志雄打电话想约那位在警局的关系人出来见面。他用公用电话亭的磁卡电话拨打那人的手机，那电话关机。第二天试图再次拨打那个电话，依然关机。他通过一位有些交情的警局领导电话闲谈，无意中得知那个关系人正被秘密关押，接受内部审查。“赶快别提那人，他的事情不小。”警局领导迅速挂断电话。

这期间，来自家乡祖安村那边也有不好的消息传来，潮汕警察在外围着手调查潇湘的死因。林志雄寂寞地坐在书房靠窗的圈椅上，烟雾从他的鼻孔里喷出来。

窗外看来要下雨，燕子在云层低垂的林区上空低飞，闪电的亮光从山脊背后划过，沉闷的雷声隐约可闻。

莫木一家几天后返回白云居，随车带来了大包小包的家乡特产。莫木同林母、林嫂打招呼，放下一些大包小包的山货。

“雄哥在书房喝茶？”莫木问林嫂。

“没有。你们回来这么大动静，他要在的话肯定早就下楼来迎你们了。他和方成在后山钓鱼，应该快回来了。”林嫂说。那时已近黄昏。

“我这就上山接他们。走，儿子，一起。”莫木说着，就出了门。

他们在堤坝那儿见到了垂钓的林志雄和林方成。小黑狗老早就兴奋地冲向他们，亲热地发出短促的吠叫。

莫木为雄哥点上一支来自他家乡的烟卷，林志雄嘘寒问暖，饶有兴致地向莫兄了解他家乡和亲人的情况。

“人情淡漠，人走茶凉。穷乡僻壤，几十年的政治运动，又赶上唯利是图的时代，在贫困的泥坑中挣扎的乡邻，比野兽凶猛。”莫木流露出极度失望。

渔获尚可。林志雄把钓鱼竿交给林鹏，两人一边攀谈，一边顺着湖边小路往里走。

他们来到一个突出山包那儿停下，从杂草丛生的山坡上，绿宝石一样的湖泊尽收眼底，鸟儿在归巢前叽叽喳喳述说一天的故事。微风轻拂，虽已入秋，但干热的空气让人感觉舒适、惬意。丛林苍翠，木叶深厚，一株高大的异木棉开出艳丽的粉色花，让寂寞的林区显出活力，增添了一丝妩媚。身后，有一棵粗壮的波罗蜜树，深绿、肥厚、椭圆的叶片密密匝匝，树身上，硕大的果实结满主干。

“雄哥，这个位置好哇。有一天，我死后，你就把我埋在这里。”莫木动情地说。

“莫兄切冇说些晦气话，这是哪和哪的事，早着嘞。真有那么一天，我、你、敖金，我们三兄弟就葬在这棵波罗蜜树守望的山头，面向湖面，看木棉花开，听鸟语虫鸣。”林志雄看着莫木说。

莫木从口袋里掏出一个小圆瓶，递给雄哥，“这个，是我回乡替柚子准备的。”莫木说。

第二十一章

花城落日

林墨染在一个晚上回到白云居。父亲林志雄向墨染询问孙女荔儿的境况，“孩子很懂事，但非常敏感和脆弱，稍大一点的声响都会吓她一跳。我和阿香对她都很用心，相信荔儿会好起来。”墨染回答。父子二人在书房坐下饮茶。

“可怜的孩子，瞬间成了孤儿；潇湘，死得悲惨……”父亲面色哀戚。

“发生的已然发生，逝去的无法追回。尽管我们多么不舍，但残酷的结果我们已经无力改变。我们都很脆弱，荔儿和我们一样，可我们都是潮汕人。想想那些走投无路、漂洋过海、异域求生的我们的祖辈、父辈，他们遇到的麻烦、苦难绝不会比我们这会儿少。潮汕人从来没有畏惧过压力与危险，不管命运会带来什么，满世界闯荡的潮汕人从未自暴自弃，向命运屈服。爸爸，眼下，我们一定要振作起来，冷静判断，朝前看。我们目前还处于险象环生的洋面，得赶紧处理好漏水的船体，带领大家脱离危险，及时找到一处安全的避风港。”墨染宽慰父亲。

父亲木讷地坐着，眼神无光，精神萎靡。他压抑太久，平日并不轻易与人吐露心境。他需要倾诉：“年轻、冲动、梦想？青春、勇气、意气风发？爱、率真、无忧无虑？……”父亲抬头，停顿一下，看向窗外，“那些遥远的童年和短暂的少年时光，那段奋力一搏试图改写命运的高原生活，饥饿、隐忍中期盼命运曙光与青涩初恋的日子，那场被呼啸的炮弹炸得粉碎的战地豪情，擦肩而过的死神、丛林弃儿的绝望……一幕一幕，一页一页，都铭心刻骨，伤痕累累。当我踮起脚跟从破木窗洞外看见你爷爷被揪斗、奚落、呵斥、凌辱的时候，当我在火炉般的海滩扛着沉重盐袋一趟一趟装卸货船的时候，当我身处缅北林莽进退维谷绝望挣扎的时候，当我在潇湘生母坟茔前无声恸哭的时候，当我没有户籍、求告无门、像野狗一样乞食续命的时候，命运为我撞开了一扇门，在财富的世界开始眩晕，打转。可是，后来，你知道，我失去了阿松、潇湘……夜阑人静，我常常从梦中惊醒，时时恐惧那扇财富之门哪一天突然关上，金银财宝瞬间消逝，我又重新跌落穷困潦倒、一文不名的生活，流落花城雨夜泥泞的陋巷，携家带口乞食。其实吧，我用尽全力，也只是想度过平凡的一生。然而，命运无常……”父亲喃喃自语一样说。

“当务之急是，我们要拼尽全力防止大船沉没，避免出现更大的伤害。爸爸，我们一定会渡过难关，重新开始，相信一切都会好起来的。”墨染说，给父亲点上一支烟。

林志雄逐渐恢复平静。他惊奇地看到，眼前这个留着小平头，戴着金丝边眼镜，体格并不强壮，平时斯文、沉默的男孩在面对突发危机和家族生死存亡的节骨眼上，显得格外冷静，思维清晰，方向明确，直入本质。他仿佛在飘散的烟雾中看到了年轻时候的自己。

“爸爸，您是个好船长！倾注大半生的心血造就了一艘大船。我们都在这船上，奋斗、梦想、财富、人生、族群繁衍生息都与此休戚与共。但是，我们不能像疍民一样永远生活在动荡不宁的船甲板上。我们的目标应该是寻找一处风平浪静的港湾，离船上岸，在一处坚实的岛屿生根发芽，子孙后代开枝散叶，繁荣兴旺。”墨染抚摸着父亲的膝盖，仰头看父亲憔悴的脸，目光中早已没有了男孩时期轻松、清澈、波光粼粼的灵气，取而代之的是一种坚硬如铁的漆黑暗光。

“同意你的分析和判断。”父亲说，“可是，白颈仔欠下林家的债还没有清还？我不能把包袱丢给你让你负重前行。”

“父亲，你比我更明白，在丛林中追逐狡猾的猎物最有效的方式是诱捕。此前，我们在明处，那人在暗处，只要愿意，他出其不意，一口一个。此后，我们离开，蹲伏下来，耐心等候目标出来活动，在他忘乎所以、肆无忌惮的时候连根拔净。”墨染说，他开始喝茶。

父亲看着儿子，墨染的成熟和老辣让他欣慰：“好吧！今天开始，我的职责是驾船驶离风暴区；抵达港口后，新的一页将由你书写。我将在一个重要场合宣布这一决定。”

父子二人第一次握手，然后紧紧拥抱。

小雪节气前一天，从家乡传来一个确凿消息，潮汕警方正式派员入住祖安镇政府着手调查潇湘死因。林志雄叫来莫林鹏，“林鹏，你准备一下，明天和你顺心哥一道回老家。他过去打点关系，了解官方动态，你在祖安可能要多住几日，在那里察言观色，密切留意蛛丝马迹。紧急情况，就近向一个你未曾谋面的人求助。那人在当地政坛说一不二，举足轻重，是个可以办事的人。但非到万一，不用给老友添麻烦。王顺心会带你去见他。”林志雄说。孩子虽然还留有稚气，但已经是个大人模样，一脸严肃，点头称是。

“防止后院起火。同时，莫兄，我们得赶紧把柚子的事办了。”林志雄对莫木说。他们一起去看望正在生病的敖金，敖金患了一种怪病，只要一睁眼就感觉天旋地转，无法站立，也无法行走。吃了几服中药，仍不见好转。敖金说是早年动荡不宁的船屋生活又回来了，只怕是父母催促他去龙宫与他们团聚。“我，怕是要走了……”他说，身体蜷曲在竹席上，神情落寞。林志雄打算把他送去医院检查治疗，但性情古怪的敖金说什么也不去，他只相信中草药大夫。最后，还是林母说动了他，他松口说让莫木第二天陪他出山看医生。诊断结果出来，说敖金患了耳石症，需要一星期左右的理疗复位。众人悬着的心才放下。

石头仔准备从仁安羌返回花城向老板汇报工作，他已经知道了潇湘的事，这一令人震惊的噩耗在油田区目前也只有他和大佬的女婿陈颂先知晓。石头仔从仁安羌抵达曼德勒，在那逗留一夜，没有去见柚叔，而是分头秘密约见了林子彬和阿俊，从与二人的交谈中了解到，柚叔他们贩毒的完整流程清晰可现。

大约在半年前，阿俊偶然在一次街边宵夜时遇见了平日给公司运送货物的缅甸货车司机，他是个肤色黝黑、喜欢露出白牙微笑的小靓仔，人很机灵，大家都称呼他“貌登”，缅语的意思是小帅哥。大家坐下来喝啤酒解暑，谈天说地聊女孩。

貌登差不多每周都受雇于柚叔从曼德勒运送翡翠原矿到达木姐口岸，在那里有人会完成海关报关和检查，然后货物抵达云南瑞丽口岸，完成中国海关的入关手续，交给前来提货的中国货车司机，这样，他就完成了一趟货运任务。为了防止价值不菲的货物丢失，柚叔物色了一个老缅负责缅甸境内随车跟货、报关等事项。跟货的老缅名叫赛欣，是个目光像海狸一样油滑的克钦族老头，骨瘦如柴，整天趿着塑料拖鞋在街市转悠。林子彬和阿俊在平时的业务中见过这个人，但因为赛欣不懂中文，所以没有交流。货物进入中国境内的跟货要么是林子彬，要么是阿俊。货物运抵花城西部郊区的一个货运停车场，会有一部面包车前来接货。接货人往往懒得开箱验货就在验货单上画上名字，一趟业务宣告完成，阿俊或者林子彬就回白云居冲个热水澡然后蒙头大睡。小帅哥说，赛欣在当地名声不大好，年轻时候是村里出了名的“白粉仔”，嗜毒如命。运货的过程中，赛欣有时会叫货车拐上一条偏僻的土路，那里远离城区，从路边的一所破旧竹寮里装两块原石，然后再驶回原来的公路继续行程。偶尔，赛欣会赠送几包上等云南香烟感谢小帅哥。貌登疑心是赛欣夹带私货赚钱，但不知道是不是大老板柚叔的小九九，也不敢乱说。

在缅北，玉石原矿造假技术非常成熟。在穷乡僻壤的地下玉石作坊，造假者能把一块一文不值的路边石切割一小块，再随形巧妙镶嵌进去一块开窗显示满绿的碎料子，贴合处严丝合缝，最后制作出天然石皮的效果覆盖切口，一切都非常完美，老辣的坑口外皮特征，开窗处呈现的绿波荡漾的玉石肉质，让那些从事赌石买卖的经纪人构思一个小故事，设置情景，最后完成交易，牟取暴利。

阿俊感觉蹊跷，但他不敢询问柚叔。

周一，又一批货要出仓。每一块玉石原矿都用黑色塑料袋包裹，黄色胶带反复包扎，然后用一支蓝色粗油性笔在黄色胶带上写上原矿编号和出土矿坑代码。这批矿石装在木条箱里钉好，一路运往位于花城西南紧邻珠江的长洲岛，在那里，有一家合作的玉石切割厂把这批原料切割、去杂，加工成玉石毛坯，然后再发往香港精加工。选择长洲岛完成初加工一方面是因为这家切割厂的信誉，另一方面是因为大陆低廉的加工成本。阿俊出发跟这批货的时候，给小帅哥打去电话，吩咐他，如果发现这批矿石中途有夹带，就在海关交接货时向他暗中示意。

在瑞丽货场卸货装车，准备开始中国境内的行程时，小帅哥借点烟的机会，向阿俊揸了三根手指，意思是多出三块石头。

石头都在木条箱里，从公司仓库出库总共装了二十三件，每件标号、重量、出库时间、出货人、领货人都清晰地反映在货单上。那么，在海关报关时，他们一定做了什么手脚过关。要么，赛欣手上有另一份报关单。在缅北待久了，阿俊知道，没有什么事情是用金钱搞不定的。“我要紧紧盯住箱子里多出来的三块石头，看它究竟要去往何方？”阿俊想。

在长洲岛前来接货的是一张老面孔，一个总是把开领T恤全部纽扣扣到领口的中年人，运抵花城的货物全都由他接手。那人姓梁，切割厂的人都叫他梁主管，他的薪水由柚叔按月支付，算是柚叔公司派驻切割厂接驳业务的主管。因为货车不能进城，每次都需要一部面包车摆渡。接货人、司机、阿俊仨费了好大劲才把木条箱塞进面包车肚子里。阿俊听梁主管介绍过，那个司机叫潘仔。

“作为押货人，我的职责是当面清点一下货物数量。”阿俊说。

“干吗？木条箱钉得好好的，怎的就突然变得这么神经兮兮的……”收货人有些意外，嘟哝着说。

阿俊没有看对方：“没什么，就是心血来潮呗。”

“你是个称职的押货人，撬箱查货没必要。这钉子封口都完好无损，看不出脱落的痕迹，干吗要脱裤子放屁，多此一举！”那人说。

“看一眼，仅此而已。”阿俊执拗起来。

面包车司机已经打燃发动机，看双方起了争执。司机下车打电话。

僵持间，阿俊的手机响了，是柚叔打来的。“你疯啦！接货人签了单，你拍屁股走人完事，在那里啰嗦什么？”柚叔在电话里咆哮。末了，柚叔又缓和语气说，“唉，长途跋涉也挺辛苦，别为一点点小事伤神。等你回来，我私人给你发奖金。”

阿俊眼睁睁看着面包车离去，他什么线索也没抓住。

阿俊第二天把这一情况打电话汇报给林墨染。几天后，林子彬从香港返回曼德勒。一天晚上，林子彬带阿俊去酒店面见一个神秘人。

那人是阮望京。他和阿川在曼德勒已经住了几天了。

“从我们已经掌握的信息看，柚叔不仅仅是夹带私货赚外快这么简单，捎带几块原石回国卖个好价钱不是什么大事。有人带我们去了曼德勒郊外货车中途停靠上货的竹寮，那是一个隐秘的毒窝，平时无人居住，只在交易的时候显山露水。出货人事先把货物放入竹寮离开，接货人确认货物，放下钱袋消失，交易双方在那一刻并不见面。但竹寮外的荒草丛中，可能就埋伏着手持AK47冲锋枪的保镖。”阿阮压低声音说。

这令阿俊大吃一惊。

他们分析，在这条隐秘的链条上，赛欣、长洲货场的接货人和面包车司机应该是知情人，柚叔则是隐身幕后的操纵者。面包车进入切割厂之前，他们就取走自己想要的东西，钉好木箱，完璧归赵，不留一丝痕迹。

根据林志雄的周密部署，林子彬有意无意间向柚叔泄露关于潇湘出事的消息。柚叔大为错愕，旋即，他打电话到花城，那位从前销售地下六合彩时期的老部下压低声调确认了这一噩耗。“大佬看上去遭到重创，老了一大截，很久都没有出现在公开场合了。大家都为老板的健康捏一把汗，担心他能否挺得过去。”那人在电话那头说。

柚叔闷坐在花梨木圈椅里，苦思冥想。那时，虽然已是深秋，但曼德勒的旱季依然炎热。行人从街边芒果树的阴影下穿过，嚼食槟榔的路人吐出的红色唾液把粗糙的树干染得如血渍斑斑。滚烫的空气中弥漫着一股成熟芒果的丝丝花香和甜味。

“这当儿，于情于理都非得给大佬打个电话。各家都有各家的心思和难处，出了人命血案，一家三口啊！谁能受得了这个？”柚叔心里嘀咕。

良久，他拨通雄哥的电话。

电话里传来一个男人苍老、滞重的声音：“喂，哪一位？”

“雄哥，我是柚子。”

“你回来啦……也不来看我，当真跌倒无人扶嗦?”电话那头的声音很迟缓。

“雄哥，我还在曼德勒，没有回来。上午才听说了潇湘的事，真是太可怕了，令人不敢相信是真的!”

“是真的，都过去好多天了……咳咳咳……”林志雄在电话里咳嗽。

“雄哥保重身体!”

“你也不打算回来看我?”

“回……”雄哥听见柚子电话那头的口吻犹犹豫豫。

“回来吧，为了祭奠、告慰不幸的孩子们，我们老哥仨喝上最后一小盅。”林志雄语调哀戚地说。

“雄哥千万别这么灰心，‘最后一小盅’这话太丧气，我们今后的日子还长呐。刚好，有一批翡翠原石运回来，我这就跟车赶回来看你。”

“好吧。我和莫兄等你。”

柚子并未登上货车如期出发，他掂量过这样做的风险。估摸着货车抵达珠江三角洲的时间，然后他搭乘航班返回花城与货物会合。这批私货数量巨大，足足有十公斤“白面”，这是前所未有的冒险，一旦翻船，柚叔深知他将面对什么后果。人货分离，如若出现意外，那么，断腕求生就还有余地。这趟货的跟车人是林子彬。

林子彬在瑞丽海关外面用潮汕话致电老板，汇报了情况。

“一如往常，静观其变。”林志雄吩咐。

次日下午，阿俊从曼德勒打来电话，说柚叔已乘车赶往德达伍国际机场，估计是乘坐最后一趟航班从曼德勒返回花城。

时机成熟，林志雄马上电话通知阮望京动手。与此同时，白云机场旅客出口以及柚叔住宅入口的眼线也已就位。

也是那天中午的时候，墨染陪同来自香港的地产大佬一行抵达花城，此行唯一目的是奔着“梦幻世界”大厦转让事宜而来。此前已经有过两轮接触，港商委托的资产评估机构已经对在建工程每一个细节进行了实地查看，取走了批文、证照、图纸等足足两纸箱复印资料。但每次热场过后不见主角登场，差不多一个月就要过去，得到的答复依然是：在研究。林志雄告诉儿子，成熟的商战博弈是冷处理，欲擒故纵，跟情场游戏类似，千万不要让对方嗅到急于出手的任何蛛丝马迹。

这一时期，货币资本像洪水猛兽一样肆无忌惮地冲进一些领域操纵市场价格。国际资本与本土资本巨鳄联手刚刚从红木原材料的炒作中获得巨额利润，又将“过江龙”的手段施加到翡翠原料的收购市场。一时间，从缅北到云南和广东，翡翠价格一天一个价格，就见一只看不见的大手在暗中翻云覆雨，仅仅三个月时间，翡翠原料价格就从产地直接翻一番，云集在交易市场的石头贩子巨量增长，而且全都是一些神情诡异的新面孔、出手豪横的年轻人。一些长期从事该行业的资深玩家大呼“看不懂”，但还未到第二个星期，翡翠原料价格再次一飞冲天。“奢侈品！资源稀缺！矿脉枯竭！……”交易市场和营销软文铺天盖地都是这种腔调。“赚钱！发财！”连街头的槟榔小贩都在兴致勃勃地说着赌石发财的梦话。林志雄预感，房地产市场将是下一个资本角逐的风口，但对林氏集团来说，掌门人在思考如何急流勇退，平安着陆。

林氏父子共同接待了香港客人，林志雄有意将墨染推上前台，自己在旁辅助，所以，这项业务就以墨染为主导，沟通、谈判、表态都由墨染主阵。接待午宴过后，一行人步入沉香大厦的豪华会议室，大家面对面隔着长桌坐下，会商进入正题。香港富商坐在正中间，两侧是他的幕僚团队。林氏集团出席会议的除了林氏父子，就只有负责工程开发的林普德和接替阿松岗位的林方成参加。港商是个有些派头的老头儿，不吸烟，所以，会议室没有人冒昧抽烟。他话很少，总是一副心事重重的样子。他的幕僚团队分不同的业务领域提出了一些疑惑和思路，林氏父子一一解答，林普德就客人提出的工程施工的参数做了解说。这时，屋外下起瓢泼大雨。按照原计划，会商过后，港商团队要去工地看看。因为此前拍板定案的大佬只从纸面看过标的物的样子，未曾实地感受。大家饮茶，墨染看到，对面的大佬依然一言不发。众人等待雨停。

这时，林志雄的电话响了，来电话的人说赛欣已经在手，经盘问，完全证实此前所有的判断。林志雄抬腕看表，“好的，按原计划进行。六点钟我们这边开会。”他说，他故意漏风给香港客人，要对方知晓他提前告辞的讯息。

“林老板对这项收购还未表态。”香港大佬平静地对林志雄说。

林志雄面带微笑，点头回复：“尊敬的主席阁下，这项业务由我儿子全权负责，他的任何表态不仅代表我个人，也代表集团意志。”

“我在香港的多个朋友告诉我，林氏集团真正的掌门人是您。”香港老人友善地说。

“谢谢主席抬爱！也谢谢主席拨冗出席犬子在香港国际会展中心的首场玉石饰品展演活动。自那场发布会之后，我就退居幕后，担子交给儿子打理。我正在适应退休生活，回归家庭，归隐田园。主席您大驾光临，我怎样也要出来奉陪啦！”林志雄谦和地笑着说。

大雨停了，天空依然乌云低垂。“梦幻世界”摩天大楼巨大的身躯兀然伫立在墨色天幕下，一如鬼影。暴雨期间，施工暂停，此时，空旷的工区阒无人迹。天空还零零星星飘着雨，一行人在工地大门口往里张望，泥泞的工地到处都是一片一片积水，高高的悬臂吊停在半空，形影单调，静默而立。

大佬望一望大楼的身影，看看工区的大致情况，向身边一位技术人员低声询问了几个问题。然后蹭一蹭鞋底的泥污，转身上了车。

林志雄因要事请求提前告辞。

“主席阁下，墨染是我唯一的儿子，请放心好啦，他的任何表态在集团一言九鼎。很抱歉，我约了要事，先行离开。您有什么要求尽管找他。”林志雄上前握手告别。

天黑下来，柚叔肩上挂着黑色的帆布旅行袋出了白云机场航站楼，他在街灯下龟缩着脖子钻进一辆绿色出租车。不远处，一部黑色私家车上一双眼睛紧紧盯住他的去向。出租车驶出，黑色私家车不远不近地咬着。

一场大雨带来冬天的寒意。是夜，林志雄、莫木、石头仔、林方成四人驻守在贝勒府，他们反复推演让柚叔人赃俱获的各个场景和细节：假如柚叔亲自出马接货，就实施 A 方案径直拿下；假如柚叔按往常套路还是安排马仔接货，自己深藏不露，就实施 B 方案，两队人马分头行动；假如柚叔上午亲赴白云居面见老板，那么，先由墨染稳住对方，B 方案完成后收网会合。这时，柚叔居住地投放的眼线打来电话，说柚叔进入小区回到家中。

“继续蹲守，不要放过目标的任何行踪。”林志雄简洁地发出命令。

那晚，香港客人并未离开花城。他们第二天上午去了政府机关，说是拜访政要。墨染估计，对方仍然对这桩巨额交易心存疑虑，需要向行业部门咨询意见。在房地产市场如日中天、水涨船高的行情下选择易手，这太蹊跷，也让交易对手多了心眼。

早晨，阮望京和阿川已经从曼德勒登上航班，直奔花城。他们干净地清除了赛欣，留下阿俊值守。

柚叔起床的时候，心烦意乱。草草洗漱了一下，准备下楼。

“刚回来住一晚，羽毛都未干，又要出去飞。”女人在厨房里嘟哝。

“我去检查车辆，好久未动了，那辆老爷车不知还能不能爬行。兴许还要去一趟修理厂。午饭不用等我，晚上煲点靓汤。”柚叔一脸倦意，气冲冲回复一句。

在楼下，柚叔给林子彬打电话，确认货车大约中午十二点前后抵达。“辛苦啦，我到时和梁主管在丁字路口候你。对、对、对，不用拐进货场。快抵达时你打电话给我，我们卸货就走。你还有大把时间，足够出去寻欢作乐。”

柚叔打开车门，从手套箱抽出一条毛巾，准备擦拭一下车身。一夜雨水冲刷，洗去了车身的浮尘，但陈年老垢让车子看上去黯淡无光，老气横秋。“扑街！”柚叔恶声咒骂，他发现自己简单擦拭解决不了问题，干脆放弃，准备启程找一个洗车场让人认真打理。老旧的车辆打不燃火，这让柚叔更加窝火。他一边咒骂一边给一个相熟的汽车维修工打电话，那人是他还在经营客运公司时就认识的一个老朋友。

不久，一个戴黄色头盔、披透明雨衣、骑着摩托车的人到达，载着一部蓄电池。掀开引擎盖，三下五除二拆了旧电池，更换新电瓶，接上线路。“打火试试。”那个维修工说。

柚叔在驾驶室扭动车钥匙，发动机“突突突”吃力地转动起来。那人关上引擎盖，柚叔下车将几张钞票递了过去。

“柚叔，你的车该淘汰了，老牙都磨平啦。”那人收钱，笑着说。

“老家伙了，该换辆新车。今儿急用，回头你帮我找个买主，随便换几文钱，够哥俩喝酒就成。回见，现在去找洗车的地方。”柚叔说。

接货地点改换在丁字路口，林志雄接到林子彬的电话，马上布置力量。他们选择了一辆绿皮面包车，由石头仔驾驶，莫木和林志雄上了车，林方成率领另外三个人开着一部厢式货车出发。

中午十二点过了，天空淅淅沥沥下起细雨，太阳躲在云层后面，白亮的天光照得湿漉漉的马路银光发亮。东西走向的主干道上车来车往，交会的辅路上车辆稀少，没有行人，偶尔有披着雨披的摩托车驶过。这时，一前一后，一辆黑色桑塔纳轿车和一部白色面包车驶入辅路。桑塔纳轿车在巷子的一棵老樟树下停住，白色面包车缓慢向主路口驶去。主路口那里，停着一辆厢式货车，车窗玻璃摇下来，酣睡的司机从敞开的车窗耷拉出来两只光脚。一部绿色面包车门窗紧闭停在接近路口的路边。

林志雄打电话给王顺心：“在你前方十米左右的榕树下，柚子和他的桑塔纳轿车在那。你的任务是行动开始后控制他。”

二十分钟的样子，一辆红色货车自西向东驶入路口停下。

“快看，货来了！”石头仔盯住停下的货车说。

白色面包车驶过去，左转再掉头停在大货车屁股后面。天气寒冷，细雨蒙蒙中，从辅路只能看见大货车醒目的红色头颅，看不见面包车的影子。红色货车的副驾驶车门开了，一个穿黑色冲锋衣的年轻男子敏捷地跳下车。那人是林子彬，他向车后走去。

“开车，抵近。”林志雄发令。

湿漉漉的两个木条箱卸下来，装进面包车肚子，大货车点火驶离。梁主管在面包车翘起的后尾厢盖下面急匆匆签署收货单，林子彬头上扣着风帽站在旁边看他写字。

这时一辆绿色面包车吱呀一声迫近停下。车上有两个人靠近，莫木一马当先。

“不许动！乖乖就范！”莫木大声说。

说时迟，那时快，突然，一梭子弹从两部车交接的缝隙射过来，莫木应声倒地。

林志雄抽枪还击。砰砰两枪，那个叫潘仔的持枪司机倒了下去。石头仔持枪冲了过来，他和林子彬一起迅速控制了梁主管。

莫木头部中弹，已经人事不省。林方成他们也到达现场。

“清理现场，赶快上车。阿彬，你和方成驾那部白色面包车，跟上我们。”

两分钟后，车辆在雨幕中离去。

与此同时，柚叔在雨雾中听到前方隐约的枪声，大感不妙。启动汽车，准备掉头离开。这时，一前一后两部车夹住他的车子，让他无法动弹。车上走下来的人正是王顺心。

柚叔颓唐地呆坐驾驶室，大脑一片空白。

“完了，”他说，“这下，他妈的彻底翻船了。”他嗫嚅着，自言自语。

大雪节气那天，天气晴朗。农场的男人送莫木归山。

清早，农场的入口增加了岗哨，杜绝一切来访。果园里，荔枝、龙眼在初冬发出新枝，铁锈红的嫩芽铺满树冠，为墨绿色的树梢镀上一层褐红，漫山遍野，恍若初春里果园的花季。

男人们一身黑衣，胸戴小白花，臂戴孝袖，墨染排在队伍最前面，手持招魂幡。后面是神情哀伤、披麻戴孝的莫林鹏，他双手将义父的遗像捧在胸前。棺椁起灵，林志雄、敖金、王顺心、石头仔四人扶灵而行。陈木莲一路恸哭，不能自已，林嫂搀扶着可怜的女人，踉踉跄跄跟随在出灵队伍后头。没有哀乐，没有送灵驱邪的炮仗声。送葬队伍鱼贯而行，气氛压抑、肃穆。小路沿途，燃起烟火，那是点燃落叶煨火祈告山神鬼怪的仪式，烟雾飘散，魂归天地。两小时后，湖边山坡上，波罗蜜树下方，隆起了一个新鲜的红土堆，莫木从此长眠地下。短促的一阵鞭炮声过后，莫林鹏头戴白孝，在义父坟前磕头下跪。林志雄跪下，开始给莫兄烧纸，口中念念有词。烈火熊熊，纸灰飞扬。微风拂起，黑色的纸灰飘飘摇摇，黑鸟般盘旋在灰蓝色的天空。

“父亲安息，我永远都叫莫林鹏。”孩子紧咬住腮帮子，眼中噙满泪水。

整整一天，林志雄水米未进，大脑一片空白。这是农场最为寂静的一天，连人们偶尔的交谈都变得轻声细语，神情凝重。

白云居时断时续传来清脆的木鱼声。哀戚时刻，这单调、清澈的梵音丝丝入扣，渗入人心，抚平妄念，引领迷失、沉痛、孤悬于风中如同摇曳、破损蛛网一样的灵魂。林母从早晨就没下楼，独自在她的卧室喃喃诵经，一时祈告，一时反思，一时心事缠绕。木鱼声在抚慰她老迈的心灵，往事与变故在那一刻再次掀起波澜，生命如此无常，又如此千疮百孔，让她经受亲人的悲欢离合、家庭的残缺不全、她所爱之人虎口掠食、一些鲜活的生命在某个时间节点戛然而止……她已活得足够长了，老而不死，残酷的命运却让她一再痛苦见证年轻、鲜活的面孔转瞬变成苍白的黑白照片，仿佛她正拼命抓住沙砾，但那些沙砾却不停从指缝漏掉，越想抓紧，漏得越快，一眨眼的工夫，两手空空。沙砾在随风而逝，没入泥土，踪影全无。她无数次苦口婆心劝谏长子回归寻常生活，平安是福，但固执的儿子嘴上应承，转身出门就把为娘的意愿抛到九霄云外。而婴儿，那个曾让她操碎了心的儿子，却超凡脱俗，一身轻松。她曾经记恨婴儿的无情，对他决绝地遁入观门无法谅解，为母的也固执地不愿前往风雷观探视他。思前想后，现在看来，曾经身体羸弱、少不更事就遭受刺激、中年又经受丧子打击的婴儿终是解脱，求得了圆满。而命硬的长子何时得以歇息，远离动荡不宁、险象环生的功名场呢？

黄昏时分，莫林鹏和孙骏在背篓里装了义父生前的遗物，出发去到墓地焚烧。这是早年间祖上延续下来的丧葬习俗，初葬入坟，连续三日的黄昏，须由子女焚烟祭坟，送别英灵，因为初逝亲人肉身虽已入土，但魂魄在这三日并未安眠。亡魂留恋阳界故人，缠绵徘徊，四下游走，总会在某个夜深人静时刻乘着一缕青烟悄然回归，回溯过往历程，然后方才安然踏上黄泉之路。

林志雄久坐墓地，独自和莫兄说话：自知青岁月起，他们一直在一起，患难与共，经历了知青农场的饥饿、革命的枪林弹雨、缅北泥潭般的不堪过往、创业艰辛和火中取栗的冒险生涯，信任和友谊从未中断。而今，兄长长别，却把自己一人留在险象环生的世界，今后有难，举目向谁呢……

深林中，此起彼伏的鸟鸣让湖畔愈显寂静。波罗蜜树茂密的枝叶中，一只看不见影子的素背虫在寂寞地唱歌，鸣声悠扬，宛如空谷磬音。

莫林鹏和孙骏沿着湖边小路上山。远远看见一个黑衣人在那里。林鹏知道是雄伯。走近打招呼，却见雄伯满脸泪痕，不能言语。

他们不再说话，一起在坟头那儿点燃篝火，把莫木生前的衣物一件一件投入火焰之中。

深夜，林志雄驱车载着林鹏出了农场，一路直奔贝勒府。

临江路街灯如昼，街道上车流如河，漆黑的江面倒映出两岸华丽璀璨的灯火。贝勒府院子里黑黢黢的，车子驶进院子的时候，车灯划过光亮处，林志雄可以看见几个身着黑衣的暗哨。一楼的房间一片漆黑，仅在通往二楼的楼梯口亮着灯。二楼接待室是林志雄原来的书房，窗户紧闭，厚重的窗帘透出微弱的灯光。林志雄快步进入楼梯口，与入口的守卫低声打过招呼，就径直上了二楼。莫林鹏紧紧跟随。

林志雄坐在宽大的靠背椅上，点燃一支香烟，沉思默想。

不多工夫，门外传来嘈杂的脚步声。

门开了，阮望京和石头仔挟持着柚叔进来。墨染阴沉着脸最后进入房间，咔哒一声锁上屋门。

柚叔被五花大绑，嘴巴上贴着封口胶带，被丢在地板中央。林志雄手指夹着燃烧的烟卷，仰着头，神情冷漠地看向天花板，看都不看跪在地上的人。

“到此为止了。有话说完，然后上路。”林志雄从牙缝里挤出一句话。

柚叔浑身肮脏，一脸油垢，神色惶乱而绝望。大个子阿阮双臂交叉，抱在胸前，靠门而立。石头仔骑坐在沙发扶手上，凶神恶煞地瞪着他。墨染留着和他父亲一样的小平头，面容清瘦、冷峻、表情凝重。站在墨染身旁的林鹏早已双眼喷火，鼻翼翕动。

林志雄使一个眼色，阿阮走过去撕掉那张封口胶。柚子从所有人的表情中看不到任何一丝温情与怜悯的缝隙，他绝望地看着大佬：“雄哥，看在我们往日曾经出生入死的分上，饶我不死！”

屋子里死一般寂静，没有人说话。

“我也曾为林氏集团的基业舍生忘死，不遗余力。留我一条命，让我死了可以埋进祖坟。”柚叔说。

还是没有人出声。

汗珠顺着柚叔花白的短发往下流，他像小鸡啄米一样磕头，额头碰得地板咚咚响。

他慌作一团，开始痛哭流涕。

“住口！”林志雄大喝一声。

柚叔立即收声。

“我告诉你，两条人命：阿松和莫兄。你见利忘义，背叛忠诚，十恶不赦。事已至此，你是百口莫辩！”林志雄说，站起身走向他。

柚子看到雄哥在他面前蹲下，面色平和而慈祥：“不过，你放心，我不会在你冬瓜一样的脑袋上留个窟窿眼。不、不、不，这会弄脏我的房子。”雄哥停顿了一下，“哎，我说，这些年，你赚得也不少喽，优厚的薪水，销售六合彩时大玩套路中饱私囊，我都能容忍，睁一只眼闭一只眼。人为财死，鸟为食亡呐！这期间你积累的财富足够你一家人花上三辈子也用不完吧？可你呀，在白颈仔的金银财宝面前鬼迷心窍，葬送林氏家族的顶梁柱；被贬曼德勒仍不思悔改，胆大包天，置所有兄弟于险境，让莫兄喋血于雨中。天不灭你，地亦难容。”

他从酒柜里拎来一瓶酒，从衣兜里掏出一个小圆瓶，“知道这是什么吗？”他对林鹏说。

“知道。上次我和父亲回乡探亲，父亲特意准备的。”林鹏说。

“好。”林志雄转向柚叔，“莫兄告诉我，这是鸡心螺毒素，世界上最致命的毒药。在北部湾热带海域，鸡心螺从薄如蝉翼的触手里射出毒箭，能杀死所有的庞然大物，毒箭可以轻松穿透潜水者厚厚的潜水服，让人在不知不觉中毙命。中毒者没有疼痛，吸一支卷烟的工夫就浑身僵硬，气绝而亡。在海边，人们把这种令人闻风丧胆的杀手叫作卷烟鸡心螺。”林志雄说完，把小圆瓶交给林鹏。

桌上有一个托盘，托盘里有一只空酒杯。

林鹏打开小圆瓶，往酒杯里倒进一些白色的粉末，斟满酒。

“张嘴！”林鹏端着托盘站在柚叔身边。

柚叔使劲摇头：“雄哥，饶命。”

林志雄背转身对着他，纹丝不动。

阿阮走过来，一双铁钳般的大手卡住那个拨浪鼓一样摇晃的大脑袋。

林鹏将整个酒杯塞进他的大嘴巴。说时迟，那时快，孩子猛击一掌，把整只酒杯拍进柚叔口中。

柚叔喉咙里发出咕隆一声牛饮的响声，接下来开始大声喘气，惨叫着，满口鲜血，从口腔中啐出玻璃碎片。

“来吧，我为你点支烟，安心上路。”雄哥说。

“不。”柚叔睁着惊恐的圆眼。

“别怕，当年在缅北，子弹在耳边呼啸，我们都没眨过眼。来，算我送你一程，品味一下香烟的美妙滋味，享受一次短暂的香烟旅行。在飘散的烟雾中，你能看见阿松和莫兄影影绰绰的样子，到了那个世界，面对他们，才够你受的。”林志雄从嘴上取下燃烧的烟卷，塞进柚叔的嘴里。

一刻钟后，柚叔一动不动。

那是林志雄在那一年最后一次离开农场。

一个月后，那天林母生日，林氏家族的亲友早早就来到白云居庆贺老太太的诞辰。远在祖安家乡的林志雄两个姐姐的家庭、阿松妈秀英、均伯等人都赶来为老人家八十大寿贺喜。村支书李金柱从山下骑摩托车上来，车座上架着一只家里养的乌鬃鹅。

林墨染在阿阮陪同下从香港归来。他拎着公文包，匆匆走进父亲的书房。他带来一个好消息，“梦幻世界”在建大厦交易达成，现在需要父亲签署相关文件。与此同时，企业变更法人的文书也已准备齐全，需要父亲签字。

“我们的移民手续弄好了？”父亲签完字问墨染。

墨染点头，从公文包里掏出一本棕色的证件，“都在这，你和妈妈、奶奶、敖金叔、木莲阿姨的。石头哥、林方成、颂先大哥的证件两周后办妥。”墨染说。

“过了生日，再和老人家说说，她执意不愿离开故土。”父亲说。

“我和她说说看。可以先以旅游的名义让她过去小住些日子，兴许习惯就好。木鱼照敲不误。”墨染说完开始收拾文件。

生日午宴过后，下午，林氏家族重要成员齐聚二楼书房开会，林志雄邀请均伯出席会议。尽管林志雄强打十二分精神，但难掩面容憔悴。“今天是个大日子，从今往后，林氏集团正式由林墨染当家。”他说。他宣布正式隐退，儿子墨染接手掌舵人的角色，自此走上前台。林志雄向大家鞠躬，然后和均伯提前离开会场。

墨染面色凝重，主持了接下来的会议。他在会议上思路清晰地宣布了重要人事任命：王顺心执掌花城所有经营项目，对林墨染负责；林方成作为王顺心的助理，担负沉香大厦经营重担和物业项目；石头仔自此常驻仁安羌，辅佐林氏女婿陈颂先在油田项目开疆拓土；“梦幻世界”成功转让给香港锦旗财团，林普德转回农场接替莫木的位置；林子彬接管珠宝公司驻曼德勒原矿采购业务，填补柚叔失踪留下的空白；阮望京作为集团总裁特别助理，今后负责集团运营安全和内部风纪。

“散会。”他冷冰冰地宣布，毫不拖泥带水结束了首次会议。

小忆他们回到花城，林志雄指派阿川进行对接。小忆带回了“湘西王”在株洲全军覆灭的消息。

临近年关的时候，花城的迎春花市在细雨天气如期开市。广府人举家出动游花街，湿漉漉的步行街一眼望去全是色彩缤纷的花雨伞，人们漫步街头，挑选正在盛放的花卉、红彤彤的年橘带回家装点居室，希望在新年第一天来临的时候，家中鲜花盈屋，硕果满堂。与北方人不同，广府人在花市上一定带回一大束热烈绽放的桃花。在保守、中庸的北方人的观念里，桃花是滥情之物，桃花、红杏，乃招蜂引蝶、纵情声色、耽于淫乱的道德符号。但在广府人的世界中，桃花是春天的象征，是运势兴旺的征兆，无论男女，命带桃花，都是吉象，爱与被爱，都是健康、和谐、人情和睦的标志，酒色财气，快意人生，何乐而不为呢?

按照林母的心思，阿松妈此番前来就在白云居住下，在花城度过春节，等年后时节转暖，再说回不回老家的事。这样，林母挂心儿媳孤孤单单在遥远的海边老家过年的心病算是料理妥当。林志雄病恹恹的，脸色蜡黄，即使满桌丰盛的家乡菜肴，也提不起他的胃口。小雨淅淅沥沥，农场山下的村庄时时传来新年的爆竹声，但林志雄感觉寒冷，孤独，心气涣散。“湖南帮”的沉没，让他感到焦虑，似乎危机在雨幕后面正在向他围拢过来，让他忧心忡忡，寝食难安。曾经信任的警方关系人杳无消息，表面上称兄道弟、酒席上推杯换盏的官场人脉资源，到了敏感的关键时期都躲躲闪闪，舌头打滑，顾左右而言他。林志雄盘算，眼下首要处理好两件事情：一件事是说服母亲春节过后随家人一起赴港定居，虽然老人家在这件事情上目前并不肯配合；年节期间拜访梁鸣，了解事态趋势，寻求老朋友帮助。

他在书房思索。不久墨染进来，父子俩商量“梦幻世界”交易的支付细节。“及早处理妥当，此地不宜久留。”林志雄说。

他从书柜的抽屉里取出一个麻质小袋，那是风雷观林老先生馈赠他的珍贵礼物。解开捆绑封口的麻绳，里面有一个细竹筒。竹筒外壁刻着一行字：“天雨大，不润无根之草；道法宽，只度有缘之人。”竹筒里有一张枯黄的草纸，那上面有林老先生的手迹。林志雄谨记先生嘱咐：危急时刻，可取出领悟。

纸上有四句艰涩难懂的颂诗：

一刻春宵厝，

场寰时有无。

虚露润虫足，

惊云出天手。

纸张右下角还有一行小字：事了拂衣去，深藏身与名。

父子俩注视着纸张上谜一样的文字，绞尽脑汁试图破解禅宗偈语一样的隐含的密码，两人一头雾水，如入迷宫。

“钟先生如果健在，我们可以向他寻求解读。可惜……”父亲说。

“也许，道长怕我们解不开，留了最后一行小字提示我们？不过，二爸应该知晓这文字后面的密码，过了这阵子，我去看他。”墨染说。

除夕晚上，家人围坐一起吃团圆饭。人们努力提振精神，说一些吉祥话，制造轻松、欢愉的节日气氛，但桌上氛围并不活跃，一如乌溪入海口咸淡水交汇的水流，清甜的淡水中混杂了咸涩的成分，黄绿的溪流与碧澈如蓝的海流之间隐隐可以看见交汇处的接缝。窗外依然下着冷雨。

“妈妈，过完年了，我们一起去香港住上一阵。您和染儿妈先走，荔儿届时准备在那边上幼稚园了，香儿一个人照顾不过来，你们过去帮帮手如何？”团圆饭的尾声，林志雄小心翼翼试探母亲的口气。木莲已经在厨房收拾锅灶。

“木莲怎么办？”母亲没有看谁，头和身子直挺挺的。

“放心吧，染儿都安排妥当了，木莲、敖金都一起出行，有一栋独立的住宅楼足够大家安身。”林志雄说。墨染点头称是。

“莫木七期未过，亡人百天祭也是档子大事，木莲不会走。这个节骨眼上，我不能抛下可怜的木莲。我不走。”母亲说，神情异常平静。

敖金也插话说自己要留下，“我就守在这儿，三日两晌，我就转到后山去陪陪莫兄。如果哪天，我没了气息，就把我埋在莫兄身旁。”敖金的门牙全掉了，嘴皮耷拉着，像个说话漏风的老太太。

最后达成的意见是林嫂年后先走。

因为替义父守孝的关系，墨染安排林鹏暂时留守白云居，在父亲身边陪伴，听候使唤。孩子已经长高、长大，他机灵、早熟、忠诚，心怀对雄伯一家的感恩，无怨无悔地在风高浪急时刻坚守林氏家族这艘大船。他知道，他虽然人微言轻，目前还无法担当重担，但他是个地地道道的林家人，自娘胎里还未降生时就是。

正月初七是人日。传说造物之神女娲创世之后，在初七日抟土造人。汉朝东方朔在《占书》记载，女娲于农历正月初一创造了鸡，该日为鸡日；正月初二创造了狗，该日为狗日；初三日创造了猪，该日为猪日；依次而做，陆续造了羊、牛、马，第七日造了人。广府人把这天俗称“众人生日”，正月初七这天，家人齐聚，远行者止步。次日自早餐开始要吃七种蔬菜熬制的菜羹，人们叫它“七宝羹”。还用五彩丝锦或者金箔制成玩偶，挂于屏风或纱帐之上，妇女将巧手雕琢的玲珑小人插于发髻，寓意子孙繁衍，人丁兴旺。如若天气晴朗，人们偕家出游，“逛花地”“游花海”，年长者登观音山或白云山饮茶赋诗，并从游人中即兴遴选出当天的“人日皇后”，引领众人游山。

林志雄知道，过了人日，政府机关将正式上班，他约了梁鸣中午在沉香大厦午宴。梁鸣出于谨慎，谢绝任何陪同，就两人在屋顶花园小聚。

菜品都由厨师精心烹饪后用保温的手推车搭乘电梯送至顶楼。屋顶花园年前经过认真修剪，灌木成球，槟榔树枝叶扶疏。假山流云，泉鸣淙淙。二人在洁白如雪的遮阳伞下就座，菜品陆续上桌。

林志雄打开一瓶年份原装法国葡萄酒，给梁鸣斟上。

梁鸣神情淡漠，心不在焉。

“梁兄，新年快乐！虽然是迟到的祝福，但此前都约不到你的时间。”林志雄举起杯打破沉闷。

梁鸣一动不动。

“梁兄，我林志雄能有今天，全托了你们梁家的福，否则，我林志雄今天可能还是一名四处揾工的大车司机。无论何时何地，情势如何变化，我都不会做出任何有违梁家意愿的事情。梁兄有任何难处，说与我听，我林志雄肝脑涂地，在所不惜。”林志雄动情地说。

梁鸣一把抓过冰桶中的酒瓶，咕咚咕咚给自己的高脚杯倒满。他仰头一饮而尽。林志雄见此，斟满自己的杯子仰头饮完。

“我要喝酒。”梁说。

林志雄拿起酒瓶就要倒酒。梁拦住，“我要喝真家伙，火烧火燎的那种。”他说，两眼通红。

林志雄一震，旋即打电话吩咐人送一瓶八十年代初的茅台酒上来。

三杯浓烈的酱香型白酒下肚，桌上的丰盛菜品倒没怎么动筷。

梁鸣起身在附近走动，他变得活跃起来。

“妈的，我要变成一只鸟就好了，自由自在，想飞哪就飞哪。”他趴在围栏边上，向深谷般的楼下望去，渺小的人影像蚂蚁一样在广场活动。他侧脸看着林志雄，突然说：“或许，像钟先生那样一跃而下。”他一脸讪笑。

林志雄大吃一惊，立马起身奔过去。

"梁兄，这种玩笑开不得！你还不如杀了我。"林志雄说。

坐下继续喝酒，林志雄打起精神留意梁鸣的举止，他被那句话吓得不轻。

"在我身边，有一张网正在向我靠拢。唉，装神弄鬼，遮遮掩掩，我都感觉到了背后那只手，冰冷，无情，遮云蔽日。"梁鸣喃喃自语一样诉说。突然就停止了倾诉。

"在花城，谁人有此等威力让梁兄恐惧？"林志雄关切地问。

梁不说话，用手指一指天空。

林志雄把椅子挪近梁鸣身边。"梁兄啊，我现在也正被警方盯住，感到危机四伏。"林志雄说，扶住梁鸣的膝盖。

梁突然凝固住，用利刃般的眼神看着林志雄的眼睛。

他噌一下站起来："我要走了。"

"我送你。"林志雄也站起来。

"你别过来。"梁鸣说，瞬间恢复了清醒，向电梯走去。

在电梯口，他半转身留下一句："此后，我们暂不联系。如若，我、你度过此劫，我去你祖安村小住几日养神。"他说完跨进电梯。

中午，林志雄酒醉，就在顶楼的总统套房和衣而睡。林方成和林鹏守在套房的外间看护。林志雄沉沉如梦，在梦中，他的身体迎空飞翔，飘飘荡荡，掠过洪流般行人匆忙的车站、码头，那是一个盛行出门闯荡的时代，南来北往的人都在离开贫穷、落后的村庄，搭乘巨蟒一样的绿皮火车，汇集到迷宫般的城市碰来撞去，小贩在中间穿梭，贼眉鼠眼的歹人在人群中窥伺。在臭气熏天的栖息地，人们相互厌倦，为蝇头小利争吵。流传已久的下海掘金故事不断召唤着按捺不住的年轻人，他们已经听闻了一个尽人皆知的南下冒险的财富神话，胆战心惊地迈出第一步，渴望知道遥远而陌生的南方正在发生什么。每个冒险远行的人似乎都急不可待，像饥饿中不顾一切跨越围栏的牲口。有那么一会儿，他的身体落到一条船上，那是一艘独自出海的小船，在茫茫洋面迷失了方向。除了天空，湛蓝的宛如冥府般深奥的海水，还有偶尔过往的风，其他什么都没有。他听得到自己空洞、孱弱的咳嗽声，毒辣的阳光灼痛皮肤，连海鸟的影子都看不见。一些传说中的神就在那一刻浮现，飞翔于幽蓝的海空之间，衣裙飘飘，丝带如云，众神有着超凡脱俗的仪表，划过天际时姿态优雅、从容，像鱼儿悠游于碧空。时间一点一滴地过去，他浑浑噩噩，口干舌燥。在天空之下，海洋是天地之间蠕动的胃液，发出腥臭的气味，时而暗流涌动，时而激情澎湃，在乌云与大地的肠胃褶皱之间翻卷激荡，消化这世间的一切悲欢离合。有那么一刻，天空和海面发生着旋转，大海倒扣在空荡荡的天上，他的船激烈颠簸。他陷入焦虑中，开始后悔当初不该一时冲动，咒骂自己的短视、愚蠢和草率。他向着浓雾中若隐若现的海市蜃楼方向划去，尽管长辈们无数次警告过追逐幻影那是一场徒劳，但侥幸心理和放手一搏的勇气让他开始接近那片浮光掠影……恍然间，他又在穿越人迹罕至的荒原，云雾缭绕的地平线，暗无天日的雨季，艰苦的跋涉……然后出现巨大的红色飞蛾，它们成群结队扎进篝火，无数的蚂蟥爬满身躯，他飞身跃入水中，水面漂浮着密密麻麻的尸体，年轻的知青战士、穿裙子的扁哒兵、老人、小孩、肚皮滚圆的孕妇，他们僵硬发胀的尸骸与他的身体碰来碰去……然后又是无边无际的大水面。他奋力划呀划，漂洋过海，攀登风光绮丽的山峰，遇见过隐居深山貌似菩提祖师一样的世外高人。走过鬼影幢幢的古怪街市，与那些长着红胡子、黄胡子、白皮肤、黑皮肤的怪人擦肩而过。他一路往东，去往太阳初升的地方。尽管遇到的麻烦不少，只身闯荡并不像待在家里那样四平八稳，除了偶尔出现犹豫之外，他并不打算回头。他历尽千辛万苦，感觉距离出发时的祖安村已经很远。他依稀看见珠江三角洲壮丽恢弘的落日景象：金子般的河流蜿蜒向东，平原上连绵起伏的高楼大厦沐浴在玫瑰色的晚霞中，鳞次栉比的城市群低声喧哗，暗自骚动，如同辽阔的海洋轻歌慢语、潮涌潮落……一轮硕大、肿胀、旋涡状的落日孤悬地平线之上，鬼魅的夜幕正由四面八方暗自袭来，繁星点点的城市灯火恍如亲人惜别时分脸上的泪珠。呼啸穿梭的车流灯光把大街灌成流光溢彩的河道，璀璨的都市灯光犹如银河落地，星汉燃烧。在天地无耻媾和的短暂暮色中，一幢又一幢高楼开始跳疯狂的舞蹈，在红润的落日失去光芒的背景前交头接耳，窃窃私语。不夜城，星光熠熠的摩天大楼身姿高挑，身材劲爆，在癫狂的群舞中时隐时现。他看见了一栋千疮百孔、衣衫褴褛的宏伟建筑，它浑身肌腱，神情黯然，额头烙印着“梦幻大厦”的名字。它在光华已逝的落日隐向绛紫色的天边之际悄然塌陷，然后无声隐去。他在昏睡中甚至生平第一次见到宛如童话世界般漫天飞雪的茫茫雪原……火焰般的红色山岭……高耸入云的仙人掌树……面目狰狞的野人和一些长着奇形怪状犄角的石屋……冥府般死寂的城市里人们都飘浮在空气中游荡……可是有那么一刹那，他穿过一道纸一样薄的隔门，身后绚丽的世界戛然而止，瞬间消逝……他变成了一个白发苍苍、勾腰驼背的老人，前面出现“祖安村”的破旧牌楼，旧瓦房前，一头老黄牛在碾盘那里转圈，它的眼睛被主人蒙了一块破布，脊背上固定着套具。它在磨道那儿无休无止地走啊走，步履蹒跚，没有指望，也无从摆脱羁绊……就像世间行走的人，终其一生，都行走在周而复始的路上，心如死灰，形如槁木。纵是穷尽生命，终究徒劳。曲终人散那一刻，了无痕迹罢了。一头老牛死去，另一头日渐长大的牛犊又被套上索具，夜以继日重复上一代的宿命……这时，他恍惚听到有人在看不见的地方叫老牛的名字，这名字熟悉又陌生。老迈的黄牛停止行走，仰头发出哞叫回应。他想起来了，那头牛有着与祖父一模一样的名字，在他童年的印象中，祖父是个穿长衫、留金钱鼠尾辫的枯瘦老头儿，前额至颅顶剃得铮亮，面孔却是模糊……林志雄从高烧昏迷中醒来，通身大汗，梦中的场景历历在目。

他大病一场，有时像在梦游，时不时还一个人喃喃自语。脑海里那幕落日余晖下壮丽城市背景中“梦幻大厦”正在无声倾塌、隐退的画面时时浮现。林志雄感觉寒冷，身体不由自主战栗，虚汗淋淋。

从家乡传来的消息并不让人乐观，警察通过祖安镇政府的官方渠道调查林志雄发迹和企业经营的情况，了解葬入林氏祖坟的两个年轻人阿松和林潇湘的死因。与此同时，白云山农场山口的维修店店主也在一个晚上给林老板反馈警察出现在路口，向维修工打听农场的情况。林志雄心里笼罩着阴云。“有人想吞下我。”他独自絮叨。

林嫂过了正月十五与儿子墨染一道来到香港的新家，开始熟悉家里的环境。

墨染一早去了公司上班，香儿在客厅整理林荔儿四处丢放的玩具，孩子在卧室酣睡。早餐过后，母亲进厨房拾掇锅碗，香儿开始清洁墨染的书房。书桌上，她看见丈夫昨晚在信笺上留下的一段文字：“我曾努力让自己活成自己喜欢的样子，活成奶奶、妈妈等所有林家人愿意看见的样子；活成山一样伟岸、海一样广阔、夜空一样浩瀚无垠和星斗闪烁的样子……我在梦想、爱、亲情与家族责任之间游弋、徘徊，试图寻找平衡并将自己精心雕琢成一个闪闪发光的多面体。但我感觉压抑，疲于应付，常常顾此失彼。那么多曾经鲜活的与我血肉相连的生命戛然而止，老人和孩子坠入激流，浮浮沉沉，危在旦夕。那一刻，我恍惚看见坐满亲人的木船正快速滑向深渊……我决定回来，以我的方式回归。我向尊敬的父亲和不屈不挠的家族承诺：当太阳像绚丽的罂粟花从海面升起，我将引领林氏家族的木船驶出黑暗，迎接大海的第一缕朝阳，并最终顺利抵达彼岸。”

伴随着湿腻腻的回南天，花城恼人的春天来了。来自海洋的暖湿气流倔头倔脑挤上陆地，在与来自北方蛮横的冷空气较劲的过程中，把纷纷扬扬的春雨洒向珠江三角洲星罗棋布的城市和乡村、山岭与河流，滞重、沉闷的空气饱含水分，浸入湿黑的大街小巷，渗入布满防盗窗的屋宇、床榻、衣物和老人气喘吁吁的呼吸里。每个人都感到难以言传的不舒适，浑身黏腻，身上的衣物发出难闻的体味，地板又湿又滑，墙壁挂满泪痕一样的水印。雨还在漫无边际落下，淅淅沥沥，有时，雨丝变成牛毛一样的雨雾，仿佛连鱼儿都可以在空气中漫游。

满城花树，在泥泞的城市次第开放，这毕竟是属于它们的季节，风也罢，雨也罢，身心俱疲也罢，姹紫嫣红的花城还是如约而至。

莫木的百日祭在雨歇时分进行。人们穿了雨衣在坟头烧纸焚香，那里没有墓碑，只有一座小小的红土堆，上面覆盖了几只雨水浸湿的花圈。林志雄打开一瓶酒，拎来莫木生前吸烟的大竹筒，竖放在坟头那儿。“莫兄，孤单的时候，抽一颗烟丝，喝杯小酒。等你三周年忌日的时候，我们来为你树碑立传，重修坟茔。”林志雄喃喃地说，头上扣着雨衣风帽，遮住面孔。

回到白云居，留守的人围桌而坐。大家说话很少，气氛肃穆。林志雄知道，这个时候提赴港之事有些不合时宜，他准备等到雨过天晴，人们心情开朗的时候再做安顿。

阔别已久的太阳终于露出久违的笑容。接下来一周，气温日渐升高，初夏的感觉似乎到来，林鹏也换上了夏日的圆领T恤在偌大的农场溜达。蔬菜地新播了种子，一畦一畦铺展出去，没有工人劳作的时候，山坳里显得空荡荡的，空气中弥漫着荔枝、龙眼、芒果树开花的花粉味道。林志雄走出房间去找敖金。他已做通了母亲和木莲的思想工作，最后打算通知敖金准备行装。敖金是通情达理的汉子，应该说走就走，没什么牵挂。然而，病病沉沉的疍人敖金口气坚决地拒绝了，“我不走。”他说，“我老了，城市让我紧张不安。我不会去到那边碍手碍脚，在这里，我每天都可以过去陪陪莫兄，和他说说话，聊上一整个下午。”

天气预报说，下周又有一股强大的西伯利亚寒流越过岭南，电视播音员提醒人们预防极端天气，避免强降雨造成地质灾害。林志雄打算过一天出去走走，真的要离别了，他分外不舍。他要趁着大好春光浏览花城美景，走进贝勒府和沉香大厦，远远地看一眼“梦幻世界”，会一会老部下，给他们加油打气。

清晨时候，林志雄驾车，林鹏上了副驾驶座。黑色奔驰轿车轻快地驶出农场。

不到十分钟时间，车子来到丁字路口。维修店门口的公路边停着一台蓝色大货车，店主和一名司机模样的人在说什么。林志雄放慢车速，从车窗里向店主打招呼，那司机看上去是个外地人，身上还穿着厚厚的冬装。林志雄右拐弯避让蓝色大货车减速前进，这时，迎面高速驶来一辆泥头车，与此同时，林志雄从倒车镜看到屁股后面一辆卡车正呼啸而至。

“天杀的！林鹏低头！”林志雄大声吼叫，猛打方向盘，轿车冲下陡峭的路基。接着传来大货车尖厉、刺耳的刹车声。泥头车上跳下一名陌生的黑衣男子，他口罩蒙面，举起冲锋枪，“哒哒哒”向四轮朝天的轿车一通扫射。维修店店主惊呆了，他大声喊叫，他的儿子蓬头垢面从屋里跑出来。围堵林志雄的车辆迅速驶离，蓝色大货车也启动开走了。

村口有几个人跑过来，有人马上打电话通知村支书李金柱。大约十分钟后，李金柱和农场主林普德也到达出事现场，心急如焚的敖金也到了。那时，满脸是血、昏迷不醒的林老板已经被众人从变形的驾驶室拖了出来，林鹏受了轻伤，额头流血，跪在斜坡上紧紧抱着雄伯。他一边制止有人报警和呼叫120医院救护车，一边与林普德用潮汕话紧急磋商。

“叫一台可靠的吊车过来，马上清理现场。”林鹏用潮汕话说。几个人合力把林志雄抬上林普德的车子，一名农场工人驾车，林鹏和敖金护送伤势危重的林志雄赶往医院。

当夜，墨染和胸外科陈医生一起从香港赶到病房。

“目前看，头部、心脏、肝脏未受到严重创伤。”陈医生手里举着一张X胶片对着灯光审视时说，“现在要害的地方在一处胸骨骨折，刺进肺部，需要赶紧实施手术，否则有生命危险。”他说。

手术后第三天，病人苏醒，脸上套着氧气面罩，不能说话。病室窗外，天空阴云密布。两名警察进入病房，他们说要找病人了解一些案件的情况。林志雄直挺挺躺在病床上，头上和胸部缠满绷带，身上连接着一堆电线。墨染客气地接待了前来的警察。

“病人目前还无法言语，伤势危重。这是一场意外事故，眼下重要的是伤者脱险。”

“听说传出枪声。这案子就大了！”一名神情冷淡的中年警察说。

“有这样的事？你们应该把精力放在那伙逃跑的人身上。”墨染露出惊讶的神情问。

“你是伤者的什么人？”警察问。

“亲属。”墨染低头作答。

“我们也是奉命行事，有些情况必须了解，需要回去向上司汇报。”警察说。

墨染示意房间的人离开。

这时，病房里就剩下病床上的人、墨染、两名警察。

“行行好。我理解你们的职责和使命，待伤情缓解，如有需要，我们积极配合。”墨染把两个沉甸甸的信封递给警察。

警察犹豫了一下，四下看看，接过信封迅速揣进兜里。

“希望伤者尽早康复！”警察说。

“谢谢。”

警察走后，墨染俯身在父亲耳边，压低声音说：“爸爸，我们得尽快离开这里。您意下如何？”

父亲直挺挺躺着，微微睁开眼皮。他伸出手，握住儿子的手，食指在儿子手上轻轻叩了两下，算是首肯。墨染听到非常轻微的呻吟声，父亲的嘴唇艰难地张合、嚅动。儿子俯身，把耳朵贴近父亲的嘴唇，他听到父亲断断续续的耳语：“染儿，听着。”

父亲艰难地吞咽口水，每一次呼吸似乎都在拼尽全力。他说：“假如我走了，那么，你要答应我，设法让家族活下去。”父亲气喘吁吁，面色苍白。

墨染低头向父亲耳边，用低沉而清晰的祖安方言告诉他：“父亲，请放心，我一定会全力以赴。缅北让您成长和刻骨铭心，那里也让我看清人性并意识到家族责任。我正在做，但我不能告诉您一切！我们今晚上路，去一个暂时安全的避风港疗伤。危机会过去，您安心休息才是。”

墨染起身，和病房里的其他人细声交代几句，就转身下楼。

他和阿阮白天密会了一位关系人，花大钱弄到一艘身份可靠、能够瞒天过海的快艇，然后在珠江沿岸实地探查了几处隐秘的登船地点，筹划了两套应急方案。墨染独自驱车赶回白云居的时候天色已晚，他要赶着收拾父亲的证件和行李，同时也看看奶奶。

白云居别墅区的入口安排了岗哨。墨染在院子里停下车，向后排别墅径直而去。在住所大门敞开的接廊那儿，他看见敖金的身影。敖金形只影单地坐在一张靠背椅上，廊灯照着他枯瘦的身影，他满身酒气，说话已经有些颠三倒四，语无伦次。墨染扶他上楼。

“我回来收拾几件父亲的换洗衣物，马上还要赶回医院。”墨染对敖金说。

“雄哥现况怎样？”敖金问，脸上现出哀戚的表情。

“伤势危重。眼下要对奶奶和木莲婶保密，省得她们担心。”

“我知。”

他们进入二楼书房，按下弱光壁灯。这时，一眼看见莫木就坐在红木沙发上，面无表情，一言不发，像往常的样子。

“莫伯，晚上好！”墨染轻声问。

莫木并未回应，他用幽怨的眼神看二人。敖金步履蹒跚地快步过去，紧挨孤零零的莫木坐下，摸一摸他的手，喉咙里咕哝着："哈！老莫，你终于愿意回来看我们了？这些天，我形只影单的，差不多每天都想你……"

墨染在他们对面坐下。"莫伯，父亲出了车祸，看情势，伤得不轻。"他说。

"我知道。我都看见了那一刻发生的一切。但我爱莫能助，我朝他们喊破嗓子，使劲挥手，但没有人听到我的声音。"莫木低头说。

"雄哥会没事的……"敖金的舌头在嘴巴里打卷儿。

莫木像往常一样想抽竹烟筒。"老莫，你真会搞笑，雄哥不是把竹烟筒给你放在坟头那儿了吗？"

"嗷，我就是找不到呢？"莫木喃喃地说。

"染儿，你得设法赶紧带你父亲走，去一个人不知鬼不觉的地方躲起来治伤，越快越好。"莫木用黑洞洞的眼神看着墨染说。

"正在物色可靠渠道落实，我急匆匆赶回来就为这事。"墨染说。

这时，书房门吱呀一声被推开。林老太太的身影出现在门口。"开这么暗的灯。你们在同谁说话呀？"老人家神色狐疑地问。她顺手打开屋顶的吊灯。

霎时，房间里一片雪亮。

再看莫木先前安坐的位置，他不见了，敖金身边空无一人。莫木就在明亮的灯光开启的那一刻突然消失了，无踪无影。

老人看着二人诧异的表情，"怎么啦？我怎么在这儿嗅到莫木身上的味道？"她嘟嘟囔囔地说。

"奶奶，我们适才就和莫伯说话儿，他就坐在敖金叔那边，像往常的样子和我们谈天。灯一亮，他就不见了。"染儿说，脸上依然有惊讶的表情。

"莫木？他兴许是舍不得咱们。你们说些什么？"奶奶问。

"他想抽烟，来找他的水烟筒。"染儿说，故意省略了父亲受伤的事。

"雄哥把那根水烟筒立在老莫坟头了，他说找不到。人老了就是这样，连眼皮底下的东西都看不见，还四下搜腾。"敖金也说。

"唉！你爸也是糊涂了，活了大半辈子喽，连这都不晓得。要给那个世界的人捎东西是一定要烧掉化灰的，那边的亲人才能收到。赶明儿你去坟上烧了它，顺便也给莫木烧点烟丝敬碗酒。"老太太咕哝着说。

"我等一下还要赶去贝勒府，陪父亲去一趟香港办理要紧的事。就拜托敖金叔明天去一趟坟地吧。奶奶，时候不早了，您也早点回屋休息吧。"墨染走向奶奶说。

奶奶在墨染搀扶下转身准备离开。“这几天，我老是感觉心慌慌，右眼皮鬼戳戳跳个没完，预感不好哩。你和你爸都要当心了，当紧儿提醒他多留个心眼，千万别出什么岔子……”敖金听见老太太在走廊跟孙子说。

次日一早，雷声隆隆，暴雨如注。

夜里接近十点，一辆深色商务面包车驶进医院的停车场。不久，林鹏推着乘坐轮椅的病人出了住院部电梯，径直往停车场而去。车上下来两个男人，迅速连人带轮椅一起抬上商务车。

车子驶出医院，在街灯璀璨、霓虹闪烁的大街兜了两圈，确定无人跟踪，才快速驶往贝勒府。

夜幕下的贝勒府暗哨影影绰绰。在那里，陈医生给病人接上了输液吊瓶，林方成迅速将商务车驶离。

过了午夜十二点，身着雨衣的林墨染快步走进贝勒府。不多时，陈医生和林鹏推着轮椅出来，匆匆向江边码头而去。

江面像一面漆黑的大镜子，粼波荡漾，街灯如碎银子般不间断地坠入镜子背后幽深如墨的水底冥府。江边有两个穿雨衣的夜钓人，他们是墨染事先安排的暗哨。码头那儿停泊着一艘白色快艇，微弱的街灯下，艇身上隐约可以看见“中国水警”四个黑体字。

林鹏和陈医生推着轮椅快步通过阒无人迹的街道，来到江边。阮望京在船上接应，雨衣风帽下，黑脸汉子浓黑的眉毛下一双警惕的眼睛正在密切注视码头上的动静。

“丢弃所有的通信工具，直入公海！”墨染低声命令。

阿阮启动快艇，江岸的灯火迅速向后隐去。

这时，林志雄朦朦胧胧看见岸上有三个人影：一个身体瘦弱的老妇人，一个瘦高女人和一名身躯佝偻的老男人。那老妇人冲着快艇挥手告别。

“哦，母亲……”林志雄嗫嚅地说，紧紧抓住儿子的手臂。这时，墨染也顺着父亲的视线看见了岸上的一幕。“阿阮，掉头！”墨染在轰鸣的引擎声里大喊。

快艇在黑沉沉的江面划了一个白亮的圈，泡沫翻卷，浪花四溅。

晦暗的夜空下，街灯照亮一株高大的木棉树，木棉殷红的花朵绽放高枝，逆光看去，像是点点黑色的宿鸟栖息枝头。

江水拍击船体，夜风冰冷。

“珠江……哦……母亲……”林志雄喃喃絮叨，艰难地朝岸上的母亲、木莲、敖金挥一挥手。

“出发！”墨染冷静地发出命令。

快艇滑过水面，形成一个巨大的黑色漩涡。一转头，它快速驶向暗夜深处，消失在虚幻阴冷、黑如洞窟、如同冥河尽头广袤无垠的宇宙深渊……

后 记

大约是 2017 年秋天，我开始又一次反思我的过去和当下：随波逐流的生活，日复一日重复的工作，孤悬的灵魂和即将告退的职业生涯。

我渴望做出改变，希望有一个新的开始，静下心来做一点自己真正喜欢也能告慰此生的事情。

我开始一点点沉淀浮躁的心，调整状态，规划一个写作方向。一开始，我并没有一个具体的写作框架和思路，只是想写一个有趣的故事，把我此前的文学积累、个人趣味、对岭南文化的情愫以及洪流般狂飙突进的开放时代融进去，毕竟，我曾置身其中，目睹并参与了整个大时代的剧变，在那片火热的土地上汗流如注、泪流满面……

这一年年底最后一天，我在流溪河畔徜徉，下定决心重新出发，去找寻曾经失落的文学梦。

大抵也是在这个时期，早年间一起逐梦而在生活的奔波中失联的伙伴们纷纷取得联系。

隆冬时节，我寒假返回故乡陕西汉中过年，多年未见的文学伙伴重新聚会。我们一起进入积雪的秦岭南麓——云雾山，寻幽叙旧。一路上，大家相谈甚欢。我惊奇地发现，我们虽然阔别将近二十年，但似乎从未远离，谈论文学、哲学、历史几乎是无障碍嵌入，滔滔不绝，共鸣如瀑。我曾远离，而旧时朋友却依然守护阵地从未放弃，尽管岁月催人老，但他们的精神境界恍如少年，纯粹如银装素裹的山林，思维敏捷如山涧的激流。我庆幸，我在青年时期遇到他们，并成为终生挚友。他们是：诗人屈永林，古岛、邹拂晓，书法家杜正满。

2018 年 10 月，我开始动笔。此前半年酝酿故事框架，勾勒出主线草图，但找不到故事突破口。但我并不急于下手，我在一种状态里逡巡漫游，东瞅西看，偶尔坐在山巅俯视故事起伏、走向、张弛和大致轮廓雏形。有些小灵感时而迸发出来，添加进树状提纲里。开篇从何处突破依然没有着落。

一天上午，我被故事牵引着坐在桌前，故事自然而然地流淌出来，看上去不费吹灰之力。我就这样不紧不慢地写开来。年底的时候，我告诉我妻子，我大约弄出来 8 万字。我也打电话告诉屈永林兄，说写作的开局似乎走得挺顺畅，滋味十足，大有手插在裤兜里摇头晃脑就走出了五里地的感觉。

2019 年夏天，我第一次遭遇写作困境，出现严重审美疲劳。日复一日地陷入一种单一情结中让我厌倦，焦虑、食不甘味。我感觉不到故事的魅力、修辞的美以及整个写作的价值。

我撂下笔打算把它遗忘，工作之余，我出门徒步远行，钓鱼，偶尔随手翻翻书。

暑假期间，我把 16 万字的东西连带写作提纲发给几位挚友，希望通过他们会诊，看看这场让我吃尽苦头而且还将旷日持久鏖战的高地究竟有无价值。旁观者清，他们都是阅读甚广、口味挑剔、禀赋出众之人，而且客观公允，在他们如炬目光下，纤毫毕现，原形毕露。

十多天过去了，我忐忑地等候意见反馈，但泥牛入海，未有音讯。一天深夜，屈兄打来电话。他说，稿子读了一些，故事非常吸引人。“我恨不得一口气读完它！”他说，语气急促而真切。我几乎是噙着泪花完成这次通话。屈兄唤醒了我的信心，让我知道，此前所有的煎熬都值得。“故事的张力，岭南浓郁的民俗文化，叙述的铺排，文字的魅力，连那些对话都非常好。兄弟，这么多年，你在那边没有白过……”屈兄用肯定的语气说。

带着这些鼓励和期待，我又开始重新上路。24 万字，30 万字，我在码字的海洋中奋力求生，苦不堪言。西贡故事是一个挑战，缅北故事又是一个挑战，因为我并没有在那里的生活经历，故事演绎的环境对我来说全然陌生。我不得不多次停下来查阅文献，搜寻、梳理片段，重构画面、环境、氛围。屡屡在未知的崇山峻岭中迷路，在泥潭里奄奄一息，时而光线熹微，时而绝望困顿。

这期间，新冠肺炎肆虐，大瘟疫让整个世界人心惶惶。我在这期间失去两位亲人：我尊敬、乐观的父亲和慈祥的岳母。我在奔丧的路上体味到人们的恐惧和封锁带来的冷酷。

有大半年时间，我无法动笔写作。亲人的离去让我伤感，无精打采。

后来，再读前稿，一方面是为了忘却悲伤，换一种心境；另一方面也因为疫情管控无所事事。故事再一次把我带进去，我不由自主地被它裹挟向前。写写停停，天昏地暗，日月无光……有一段时间，我感觉我难以支撑这个大家伙了，黑压压的丛林一眼看不到尽头，我像一个孤独的苦行僧那般一天又一天、一年又一年赶路，而且我不知道这条路将把我带向何方？我想起了多年前作家爱琴海有一次曾跟我说："长篇小说写作其实是一场漫长的体力消耗，根本就不是人干的活。"

缅北故事让我深陷泥潭：有价值的文献少之又少，而它又是全书非常重要的一个"眼"，立不起来，故事主人翁的厚度、高度将前功尽弃，为其倾注的心血也将功亏一篑。我在这部分写作中耗时颇久，分寸拿捏，大事件与历史、宗教文化、民族性格的勾连复杂而且敏感。我为此惶惑纠结，几至心力交瘁，大有江郎才尽之感。

那时候，我大致判断，这个大家伙可能要冲到百万字左右的量级了，我大抵是支撑不下来了。我再一次选择远离它，遗忘它，我需要喘息，需要从故事的囚禁中解放出来。

疫情还在肆虐，封控阻断了朋友间很多面对面的交流与研讨分享。我把30多万字的文稿发给屈兄，希望再一次让他会诊我最看重的缅北故事。屈兄不久反馈意见，他非常喜欢这个章节。"成了。"他说，"没有这个章节，此书只是一部故事精彩的黑帮题材作品，有了它，作品就站上云端。"屈兄告诫我，注意收拢了，否则，你将没完没了。

2023年3月份左右，我匆匆把故事讲完，画上句号。我长舒一口气，一身轻松。休整过后开始改稿，每天完成一部分，加班加点。

长篇小说写作是一场身心的漫长历练，是生活积累、人生经验、阅读认知和审美趣味的一场集中检阅。我熬过来了。但如果没有几位挚友的勉励和支撑，没有妻子张俊华女士的鼎力支持，我很难在漫长的六年多时间里坚持到最后，是他们给了我信心、勇气和力量，让我在这场写作的马拉松长跑中咬牙坚持到终点。

同时，在此感谢我的同事——人文学院的温旭老师，他馈赠的潮汕民俗文化方志为成书提供了重要文献参考。感谢我的学生傅祥波先生为本书出版奔走操劳。

图书在版编目（CIP）数据

花城落日 / 汤谷著．-- 北京：作家出版社，2024.11.
-- ISBN 978－7－5212－2968－4

Ⅰ．I247.5

中国国家版本馆 CIP 数据核字第 2024UT9315 号

花城落日

作　　者：汤　谷
责任编辑：桑良勇
美术设计：周思陶
出版发行：作家出版社有限公司
社　　址：北京农展馆南里 10 号　　　**邮　　编：**100125
电话传真：86－10－65067186（发行中心）
86－10－65004079（总编室）
E－mail: zuojia@zuojia. net. cn
http: // www. zuojiachubanshe.com
印　　刷：北京尚唐印刷包装有限公司
成品尺寸：170×240
字　　数：567 千
印　　张：30.75
版　　次：2024 年 11 月第 1 版
印　　次：2024 年 11 月第 1 次印刷
ISBN　978－7－5212－2968－4
定　　价：68.00 元